GOD'S † KNIGHT

ORIGIN

가즈 나이트 5
ORIGIN

이경영 지음

네오
픽션

차
례

등장인물

리오 스나이퍼
여신들에게 패해 2036년 서울로 차원이동이 된 가즈 나이트. 친구 바이칼과 손잡고 거대 군사비밀조직 EOM(Empire Of Messiah)과 거국적 기업 제너럴 블릭의 음모를 파헤치며 맞서 싸운다.

바이칼 레비턴스
서룡족의 제왕 드래곤 로드(Dragon Load). 냉정한 판단력과 리오 이상의 막강한 힘을 보유하고 있지만 어린아이처럼 군것질을 좋아하고, 의외로 요리도 잘한다. 리오의 판단이 흐려질 때 예리한 조언으로 도움을 준다.

티베 프라밍
케톤의 누나. 마왕 아슈테리카와의 대결에서 마지막 일격을 맞고 2035년 서울로 차원이동을 하게 된다. 마법을 사용할 줄 아는 능력 때문에 제너럴 블릭의 추적에 시달린다. 어느새 환경에 적응하여 현재 프랑스에서 기자를 하고 있다.

린 챠오
BSP 한국 지부 대원이자 지크의 동료로 중국계. 전 BSP 대원들 중 지크에 이어 두 번째로 강한 격투 능력을 보유하고 있다. 말수가 적고 성격이 거친 듯하지만 의외로 마음이 여리다. 짙은 눈썹에 검은색 눈동자, 그리고 적갈색 긴 머리카락의 미인. 180센티미터의 장신에 근육으로 다져졌다.

그렌 헤이그

BSP 사상 최초의 사이보그 대원이자 원년 멤버. 바이오 버그의 공격으로 신체 대부분을 잃어, 머리를 제외하고는 100퍼센트 기계로 되어 있다. 처크 부장의 후배이다.

프시케 맥도걸

BSP의 유일한 매직 유저. 고신전쟁 때 리오 일행을 도와주었던 환수신 사이키와 동일 인물이다. 임무를 띠고 다시 지상에 내려오긴 했지만 사실은 지크 때문이다. 성격에는 변함이 없으나 정신적으로 성숙해졌다.

넬 에렉트

예비 BSP 대원. 머리가 좋고 붙임성 있는 성격으로, 지쳐 있는 리오 일행에게 활력소가 되는 존재다. 누구도 존경하지 않는 지크를 존경하고 우상처럼 떠받드는 유일한 소녀.

네그

고위 악마 중에서도 서열 444위 안에 드는 악마 귀족. 악마답지 않게 신사적인 태도를 보이지만 도시 하나를 쉽게 날릴 수 있을 정도로 힘이 강하다. 자존심이 너무 강한 것이 흠이다.

크라주

네그와 절친한 고위 악마. 능력은 네그와 맞먹는다. 악마답게 살육을 즐기는 잔인한 성격이지만 상황 판단 능력은 약간 떨어진다.

아더

1,500년 전에 존재(지크가 있던 세계)했던 전설의 왕. 주신에게 진정한 인간의 왕으로 인정받고 엑스칼리버와 영원한 생명을 얻었다. 엑스칼리버와 함께하는 그의 검술은 가즈 나이트를 능가한다.

멀린

아더와 함께 주신의 가호를 받은 인물. 마법사보다는 과학자로서 더 잘 알려져 있다. 펜릴과 최강의 생체병기인 베히모스 등을 만들었으며, 서룡족 장로와 막역한 사이라 전해진다.

홀핀

'죽은 자의 여왕'이라는 별명을 가진 네크로맨서. 자유자재로 시체를 언데드로 만드는 능력을 지니고 있다. 마동왕이 라기아와 함께 소환한 인물.

힐린 벨로크

티베와 함께 사는 판타지 소설가로 나이는 서른세 살. 2036년에 사는 사람이라 생각되지 않을 정도로 마법이나 악마 등에 지식이 해박하다. 일에 집중하면 아무것도 못 하고 빠져드는 성격.

세이아 드리스

이유도 모른 채 지크의 세계로 끌려온 여성. 리오와 예전부터 알고 지낸 사이다. 하지만 그녀는 엄청난 비밀을 간직하고 있는데…….

와카루

나찰과 수라를 제작한 과학자. 그의 천재성은 고대 마법을 접목해 생체병기를 만들어 낼 정도로 우수하나 광적인 잔인함은 악마조차도 치를 떨 정도다. 제너럴 블릭과 손잡고 새롭고 강력한 병기를 꾸준히 만들어 내는 매드 사이언티스트(mad scientist).

앙그나, 카에

첨단 과학과 천재적인 두뇌가 탄생시킨 초(超)생체병기 베히모스. 가즈 나이트를 능가하는 막강한 전투력을 가졌다. 막내 시에와 달리 성체인 둘은, 이미 와카루에게 정신을 개조당한 상태이다.

시에
베히모스지만 성장이 느려 와카루에게 배제된 행운아다. 베히모스로 완전히 눈뜬 상태는 아니다. 먹을 것을 상당히 밝히며 지능 발달이 완전치 않아 아직은 언어 소통에 문제가 있다.

청성제
동방 대국의 왕. 상당한 정치력을 가진 인물로, 의(義)를 바탕으로 국가를 다스리기로 유명하다. 하지만 냉엄하지 못한 성격이어서 왕비의 무례한 행동에 아무 말도 못 할 때가 있다.

왕비
두 번째 왕비로서 가희와 련희의 친어머니다. 상류층 출신이 아니라는 사실에 상당한 콤플렉스를 가지고 있지만 실은 부드러운 성격을 지녔다. 딸에게 꾸중을 많이 하지만 잘되기를 바라는 마음이 다른 방식으로 표출된 것뿐이다.

쾌성
동방 대국의 태자이며 상당한 실력의 무술가. 동방 대륙 각지에 귀물(鬼物)이 출현하자, 무사들을 이끌고 대적하다 부상을 당해 현재는 병상에 누워 있다. 현 왕비의 친자식이 아니다.

청운
동방 9인의 선인 중 한 명. 로드 덕과 상당한 친분이 있다. 련희에게 정신술을 가르친 인물이다. 상당한 수준의 정신술을 사용한다.

어중천
지곡류 당수이자 관리인. 상당한 무술 실력만큼이나 보수적인 성격으로 유명하다. 동방인이라는 것에 지나친 자부심을 가진 것이 흠이지만 나라와 청성제에 대한 충성만큼은 확고하다.

난영

제국의 비밀호위단 사건정중의 두령. 가회의 무술 스승. 그는 자기
자신 말고는 누구도 그를 암살할 수 없다고 전해지는 동방 최고의
살수다. 생각보다 나이가 많다.

벨제브브

7인의 악마왕 중 한 명으로, 악마대공 린라우의 실질적인 직속상
관이다. 다른 악마왕과의 협약에 따라 린라우를 도와주지 않고 있
으며, 오히려 린라우의 행동을 즐기고 있다. 휀에게 입은 레퀴엠의
흉터가 그의 가슴에 훈장처럼 남아 있다.

19장
전사들의 퇴각

1

감춰진 그늘

리오와 바이칼이 다른 차원으로 날아간 직후 레프리컨트 왕국.

바이론은 노엘의 입에서 펜던트라는 말이 튀어나오자 눈빛이 날카로워졌다. 그는 싸늘한 얼굴로 노엘을 노려보았다.

"펜던트라고? 다시 한 번 말해 봐."

바이론의 눈썹이 꿈틀거렸다.

노엘은 마른침을 삼키며 대답하려고 고개를 들었다. 하지만 곧 입술을 깨물며 고개를 저었다.

그 모습을 본 바이론은 순간 표정이 굳어졌으나, 이내 한숨 섞인 짧은 웃음을 지으며 돌아섰다.

"크큭, 말하고 싶지 않으면 하지 마라. 어차피 일은 터져 버렸으니까……. 아, 저기 그들이 오는군."

바이론의 말에 일행은 그가 응시하는 쪽으로 일제히 고개를 돌렸다. 먼지를 일으키며 달려오는 힘찬 말발굽 소리가 대지를 진동했다. 네 명을 태운 말은 점차 가까이 질주해 왔다. 이윽고 베르니카의 손짓을 따라 말이 멈추자, 등에 타고 있던 네 사람이 차례로 내렸다. 전속력으로 달려왔는지 말은 콧구멍을 연신 벌렁거리며 가쁜 숨을 몰아쉬었다.

린스는 말에서 내리자마자 주위를 두리번거렸다. 리오가 보이지 않자 그녀는 노엘의 옷자락을 잡고 다급히 물었다.

"노, 노엘? 리오는? 빨간 머리는! 설마 죽은 건……!"

노엘의 눈빛이 순간 흔들렸다. 그녀는 아무 말도 못 하고 고개를 숙였다. 린스는 멍한 얼굴로 노엘을 바라보았다.

모두 도착한 것을 확인한 바이론은 등 뒤에 있는 일행에게 단호히 말했다.

"모두 철수한다. 여기서 제일 가까운 항구 쪽으로 가는 게 좋겠지. 남고 싶은 사람은 남아도 좋다. 그러나 결과는 책임지지 않겠다."

"아니야! 그럴 리가, 그럴 리가 없어! 그 녀석은 분명 돌아올 거야."

린스는 울음을 터뜨리며 절규했다. 노엘은 그녀를 말릴 수가 없었다. 그 모습을 본 련희는 말없이 고개를 옆으로 돌렸다.

"귀찮군……."

바이론은 거대한 손으로 린스의 멱살을 잡아 들었다. 그는 살기 어린 웃음을 지으며 섬뜩한 목소리로 말했다.

"한 번만 더 리오 녀석의 이름을 꺼내면 죽여 버리겠다. 속마음 같아서는 여기 있는 가즈 나이트들 빼고 모두 없애 버리고 싶지. 난 상관없어, 크크크큭. 솔직히 너희의 꼴사나운 전투 능력은 전혀 도움이 안 돼. 그나마 치유마법 정도? 크큭, 그것도 실은 우리 치유 능력에 비하면 쓸모가 없지. 너희는 입만 나불대는 귀찮은 짐일 뿐이야. 부정하진 못하겠지? 크크크크큭."

그때 뒤에 있던 슈렌이 앞으로 나서며 바이론의 어깨를 잡았다.

"뭐냐, 슈렌. 무슨 할 말이라도 있나?"

"……."

바이론은 비웃으며 린스를 내려놓았다.

"크크크크큭. 알았다, 이번만 봐주지."

노엘이 떨고 있는 린스를 보듬어 주자 그녀는 울음을 펑펑 터뜨렸다.

슈렌은 바이론의 어깨에서 손을 내려놓았다. 침울한 정적이 잠시 감돈 뒤 레디가 부드러운 목소리로 말했다.

"자, 모두 여기서 떠납시다. 우선 이곳을 떠난 후에 다음 일을 생각해 봐요."

그러자 사바신이 자신의 거대한 목도 팔봉신 영룡을 등에 지며 모두에게 말했다.

"날 따라와. 만약의 사태에 대비해서 내가 조치를 좀 취해 놨지. 인근 마을로 가면 되니까 오래 걸리진 않을 거야."

사바신을 선두로 하나둘 그 뒤를 따라 움직였다. 그러나 린스 일행을 태우고 온 말은 꼼짝하지 않았다. 련희가 걱정스러운 얼굴로 말에게 다가가 갈기를 쓰다듬으며 부드럽게 물었다.

"여기서 주인을 계속 기다릴 거니?"

순간 말의 검은 눈동자에 촉촉한 물기가 어렸다. 련희의 말을 알아들은 듯, 말은 지크가 있던 방향으로 머리를 돌리며 낮은 울음소리를 냈다.

련희는 말의 탄탄한 목덜미를 쓰다듬으며 고개를 천천히 끄덕였다.

"그래, 나중에 꼭 다시 보자. 살아서 말이야."

어둠에 묻혀 아무것도 보이지 않을 때까지, 말은 그 자리에 서서 멀어져 가는 일행의 뒷모습을 지켜보았다.

이날을 기점으로, 레프리컨트 왕국은 벨로크 왕국과 합병되었다. 마동왕은 전국에 수배령을 내려 레프리컨트 여왕과 린스 공주를 포함한 왕족 모두를 잡아들이려 했다. 또한 투항하지 않은 그레이 공작과 고위급 신하들을 잡기 위해 산천을 샅샅이 뒤졌다.

그렇게 레프리컨트 왕국은 짧은 암흑 시기를 맞이했다.

"여왕님, 괜찮으십니까?"

베르니카는 허름한 여관방 침대에 걸터앉아 있는 레프리컨트 여왕에게 물었다. 여왕은 억지로 미소를 지으며 고개를 끄덕였다. 며칠 사이 핼쑥해진 여왕의 얼굴을 본 베르니카는 가슴이 쓰라렸다. 여왕은 힘겨운 듯 나지막이 말했다.

"괜찮아요. 사람 자는 곳인데 설마 불편하겠어요? 아무 걱정 말고 베르니카도 쉬어요. 린스도 곧 올 테니 말이에요."

"예, 그럼 편안한 밤 되시길."

베르니카는 정중하게 고개 숙여 예를 표한 뒤 조용히 방을 빠져나왔다. 여관 복도에 놓인 의자에 녹색 머리카락의 청년 레디가 사바신과 함께 앉아 있었다. 그들은 아무 말 없이 생각에 골몰했다. 베르니카가 다가가자 레디가 흘끔 그녀를 올려다보며 말했다.

"당신도 쉬십시오. 저희보다 더 고생하신 것 같군요."

"당연하지, 우리는 아직 힘을 안 썼잖아."

사바신이 말참견을 하자 레디는 어깨를 으쓱했다.

"어찌 보면 다행이잖아? 자, 어서 방에 들어가서 주무세요, 베르니카. 경비는 저희들이 맡겠습니다."

베르니카는 말없이 고개를 끄덕이고 미네리아나와 함께 쓰는 방으로 향했다.

슈렌은 여관 주위를 돌며 순찰을 하고 있었다. 싸늘한 밤바람이 그의 파란 장발을 헝클어뜨리며 온몸을 휘감았다. 한기를 느끼는지 슈렌은 잠시 몸을 떨었다. 슈렌은 고요한 달빛을 받아 예리하게 빛을 발하는 그룬가르드의 날을 손가락으로 쓰다듬었다.

"슈렌 오빠."

그때 등 뒤에서 루이체의 조용한 목소리가 들려왔다. 슈렌은 고개를 돌렸다.

"바람이 차갑다. 들어가."

루이체는 컵에 담긴 뜨거운 차를 바위 위에 올려놓으며 말했다.

"차는 여기다 둘게. 수고해, 오빠."

여관 안으로 들어가는 루이체를 보며 슈렌은 아무 말도 하지 않았다. 문이 닫히는 둔중한 소리가 고요한 정적을 깼다.

미동도 않던 슈렌은 팔을 뻗어 컵을 들고는 입가로 가져갔다.

바람에 나뭇잎들이 서걱거리는 소리가 들렸다. 슈렌은 홀짝거리던 차를 한 번에 들이켜고 컵을 제자리에 다시 놓았다. 방금 마신 차 때문에 숨을 내쉴 때마다 하얀 입김이 뿜어져 나왔다.

"순순히 나와라. 친구들을 깨우기 싫으니."

슈렌이 낮은 어조로 경고했다. 그러자 근처 숲에서 무언가가 갑작스레 튀어 올랐다. 지면에 뒹구는 낙엽을 밟고 어스름한 달빛에 모습을 드러낸 것은 다름 아닌 조커 나이트였다.

백색 가면을 쓴 그의 모습은 괴괴했다. 슈렌은 그에게 물었다.

"무슨 일인가?"

조커 나이트는 백색 가면을 매만지며 대답했다.

"난 조커 나이트, 오늘은 지난번과는 다른 가즈 나이트인 듯하군. 이런, 신인들이 많이 등장해서 소개하는 것도 귀찮군. 후후훗."

"무슨 일로 왔냐고 물었다."

슈렌의 표정은 별 변화가 없었다. 하지만 그 말에는 엄숙한 경고가 실려 있었다. 조커 나이트는 다시 호탕하게 웃으며 말했다.

"훗, 내 농담이 재미없는 모양이군. 어쨌든 좋아. 난 너희가 여기 있다는 걸 보고하면 돼. 그럼, 좋은 밤 되길, 후후훗."

어스름한 달빛을 등지고 서 있던 조커 나이트는 몸을 돌려 이내 어둠 속으로 사라졌다. 슈렌의 무표정한 얼굴 위로 어두운 기색이 잠시 스쳤다.

찻잔을 들고 여관 안으로 조용히 들어선 슈렌은 생각에 골몰해 있는 바이론과 마주쳤다. 평소의 그답지 않게 심각한 표정을 짓고 있었다.

슈렌은 그에게 다가가 조커 나이트가 침입했음을 알렸다.

"녀석들이 왔다."

슈렌의 한마디에 바이론의 눈빛이 광기에 젖어들었다. 그는 살기 어린 웃음을 지으며 자신의 거구를 일으켰다.

"크크큭, 알고 있다. 이오스 님이 모르고 계시는 걸 보면 주무시기라도 하는가 보군. 하긴 아직 엘프의 몸에서 완전히 벗어나지 못했으니까. 위층에서 자고 있을 얼간이들이나 깨워라."

"좋아."

슈렌이 2층으로 올라가니 사바신이 레프리컨트 여왕과 린스 공주를 깨우고 있었다. 그 역시 조커 나이트가 온 것을 감지하고 있었는지 씩 웃으며 엄지를 들어 보였다.

"하핫, 다른 사람들은 레디가 깨울 테니 걱정 마. 넌 이오스 님 방으로 가 봐."

슈렌은 곧장 이오스의 방문 앞으로 가서 문을 두드렸다. 안에서는 아무런 반응도 없었다. 불길한 예감이 들었다. 신이 가즈 나이트보다 감각이 뛰어나다는 것을 알고 있는 슈렌은 결국 손잡이를 부수고 들어갔다.

"이오스 님?"

허름한 여관 침대 위에 이오스가 힘없이 쓰러져 있었다. 슈렌은 급히 그녀에게 달려가 상태를 확인했다.

그녀의 몸에선 신의 기가 전혀 느껴지지 않았다. 그저 보통의 하이엘프에 불과한 모습이었다. 슈렌은 미간을 찡그리며 그 이유를 잠시 고민했다. 그러나 결론을 내릴 수가 없었는지 이오스를 업고 재빨리 방을 나섰다.

"큭!"

순간 슈렌의 눈이 번쩍 떠졌다. 본능적으로 위험을 느낀 그는 이오스를 업은 채 공이 튕기듯 다시 방 안으로 들어갔다.

"쿠오오!"

나무가 부러지는 둔탁한 소리가 들리더니 여관 천장을 뚫고 흑색의 거대한 물체가 안으로 침입했다. 그것은 하나가 아니었다. 천장 곳곳에서 괴물체들이 안으로 쏟아져 들어왔다.

슈렌은 이오스를 왼팔로 끌어안은 채 그룬가르드를 오른손으로 빙그르르 돌렸다. 그는 눈을 부릅뜨며 중얼거렸다.

"저것이 나찰인가."

"쿠오오오!"

뚫린 천장에 매달려 슈렌을 노려보고 있던 나찰이 마스크를 열고 날카로운 이빨을 드러내며 포효했다. 저급 인공지능에서 오는 무지함일까 아니면 생체병기가 가진 본능적인 행동일까. 슈렌은 나찰의 행동이 무엇에 기인하고 있는지 알 길이 없었다.

"닥쳐!"

외마디 말이 날카롭게 들리더니 거대한 목도가 슈렌 곁을 지나 나찰의 옆구리를 강타했다. 나찰은 목도의 힘에 밀려 여관 밖으로 튕겨 나갔고, 장갑질 파편을 곳곳에 흩뿌렸다. 슈렌이 고개를 돌려 보니 나찰을 일격에 날린 사바신이 재빨리 몸을 돌려 나찰들을 상대하고 있었다.

"넌 어서 내려가, 슈렌! 여긴 이 사바신 님이 맡을 테니까."

"부탁해."

슈렌은 이오스를 안은 채 창문을 향해 몸을 날렸다. 지면에 가볍게 착지한 그는 모든 일행이 밖으로 피했음을 확인할 수 있었다. 슈렌은 일행이 있는 쪽으로 재빨리 내달렸다.

"으라차!"

어둠을 흔드는 또 한 번의 기합 소리와 함께 나찰 한 대가 천장을 뚫고 밖으로 내동댕이쳐졌다. 슈렌은 입가에 미소를 띠며 사바신의 위력에 감탄했다. 역시 최고의 물리력이었다.

"하하핫! 이 천하의 사바신 님께 힘으로 대결하려 들다니, 어리석은 것! 전부 박살 내 주겠다."

"쿠오오오오!"

그 말에 도전이라도 하듯 나찰 한 대가 사바신을 향해 재빨리 오른팔을 내뻗었다. 독수리의 발톱처럼 끝이 날카롭게 구부러진 생체병기의 손톱은 겉보기에도 위협적이었다.

"건방진!"

사바신은 기염을 토하며 왼손으로 공격을 가볍게 받아 냈다. 그러자 나찰은 왼손으로 다시 사바신을 급습했다. 이번에도 사바신은 오른손으로 공격을 간단히 막았다. 양손을 서로 붙잡은 상태에서 그 둘은 밀고 당기며 힘겨루기를 했다. 힘의 대결이 펼쳐졌다.

"쿠우우우!"―

나찰이 괴성을 지르며 힘을 주자 사바신의 발밑에서 우지끈 소리가 들려왔다. 목재 바닥이 둘의 힘을 견딜 리 만무했다. 하지만 사바신은 예리한 송곳니를 드러내며 여유 있게 웃었다. 그는 자기 팔목에 힘을 주며 이죽거렸다.

"뭐야, 어린애 팔목을 비트는 거 같잖아! 깡통 같은 자식."

사바신은 악력(握力)으로 나찰의 손목을 비틀어 으깨고 팔을 꺾었다. 그러고 우악스럽게 팔을 잡아 뜯었다. 뜯긴 부위에서 세포질 덩어리와 시뻘건 실린더 오일이 뿜어 나왔다. 동맥이 터진 것처럼 피 분수가 솟구쳤다.

나찰의 전투 불능을 확인한 사바신은 등 뒤에 떠 있는 팔봉신 영룡을 휘둘러 나찰을 강렬히 후려쳤다.

"꺼져."

"컥."

일격을 받은 나찰은 저항조차 못하고 여관 밖으로 날았다. 사바신은 여관 안으로 잠입한 나찰을 모두 처리한 후 팔봉신 영룡을 등에 메고 급히 아래층으로 내려갔다.

나찰들은 이 일대에서 일행들이 머물고 있는 여관을 골라 습격한 듯했다. 여관 밖으로 몸을 피한 일행은 갑작스러운 습격에 당황했다. 어디서 보안이 샜으며 그들이 어떻게 감지했는지 의아했다. 일주일 동안 잘 피해 다녔기에 더욱 의문투성이였다.

린스는 레프리컨트 여왕 품에 꼭 안겨 와들와들 떨었다. 그녀는 의미심장한 미소를 짓고 있는 회색의 거한 바이론을 보자 빽 소리를 질렀다.

"이봐, 미치광이! 어째서 오늘 이런 일이 생긴 거야? 가즈 나이트라면 알고 있을 거 아냐? 어서 대답해 봐."

바이론의 입에서 어김없이 싸늘한 광소가 흘러 나왔다.

"크크큭, 약효가 다 된 모양이다. 일종의 각성제라고 해야 하나? 이오스 님은 다른 여신들과는 달리 신약(神藥)의 힘을 빌려 신으로 각성된 상태다. 그래서인지 약효가 불완전한 듯하군. 어쨌든 이오스 님이 다시 일어나실 때까지 참아 봐, 공주. 이 미치광이와 함께 말이야. 크하하핫."

"쳇."

린스는 어금니를 악물며 주머니 속에 있는 작은 은십자가를 꼭 쥐었다. 예전에 리오가 그녀에게 준 물건이었다.

"왜 혼자 바보 같은 짓을 해서……."

린스는 혼잣말을 하며 고개를 떨궜다. 여왕은 안쓰러운 얼굴로 린스를 내려다보았다.

우르릉.

여왕이 린스에게 위로의 말을 하려던 찰나 멀리서 지축을 울리는 소리가 들려왔다. 무언가 감지한 바이론의 눈이 강렬한 광기로 더욱 예리하게 빛을 발했다.

가즈 나이트 외에 땅이 진동하는 걸 가장 먼저 감지한 마티는 재빨리 엎드려 땅에 귀를 대 보았다. 소리의 진원을 확인하려는 것이었다.

"뭐지?"

마티는 청각을 곤두세우고 계속 귀를 기울였다. 소리는 점점 가까워졌다. 게다가 무언가 땅속에서 솟아오르는 듯 지면이 조금씩 들썩이기 시작했다.

"위험해."

"앗?"

슈렌이 마티를 재빨리 안아 올렸다. 거의 동시에 귀를 대고 있던 땅 위로 뾰족한 창끝처럼 생긴 나무 덩굴이 불쑥 솟았다.

"뭐야, 이건?"

극적으로 위험을 넘긴 마티는 놀란 가슴을 진정하며 땅 위로 솟아난 나무 덩굴을 내려다보았다. 슈렌은 말없이 마티를 지면에 내려놓고 바이론에게 다가서며 나지막이 말했다.

"12신장이다, 바이론."

"알고 있다. 예전에 리오에게 깝죽대던 채소 녀석이군. 크크큭."

바이론의 말이 끝나기가 무섭게 지축을 울리는 굉음이 들려왔다. 멀찌감치 떨어진 땅 위에서 수많은 나무 덩굴들이 솟아오르더니 일행이 있는 쪽으로 다가왔다.

"서, 설마 12신장, 라우소? 그는 분명 스나이퍼 씨에게 죽음을 당했을 텐데?"

그 모습을 본 노엘은 믿을 수 없다는 표정으로 경악했다.

땅 위로 솟은 나무줄기가 다른 줄기에 감겼고 덩굴손이 다른 줄기에 붙어 올라가더니 이내 거대한 굵기의 나무로 변했다. 울울창창한 나뭇잎들은 하늘을 찌를 듯 솟았고 두께는 장정 몇 명이 에워싸도 모자랄 만했다. 일행을 압도할 정도로 어마어마한 크기를 가진 거목이었다. 이윽고 거목 한가운데가 쩍 갈라지고 정체불명의 사나이가 걸어 나왔다.

그는 요염한 미소를 지으며 바이론 일행을 휘둘러보았다.

"후후후훗, 안녕하십니까, 탈주자 여러분. 상당히 오랜만이군요.

여러분의 예상대로 12신장 나무의 라우소, 여기 대령했습니다. 후후후훗."

"흠."

눈꼬리를 올리며 조용히 응시하던 슈렌이 목을 풀며 앞으로 나섰다. 그러나 바이론이 다크 팔시온을 뽑아 들며 슈렌보다 먼저 앞으로 나갔다.

바이론은 뒤를 흘끔 바라보며 슈렌에게 말했다.

"저 말하는 채소 녀석은 내가 죽이겠다. 넌 여기서 사람들이나 돌보고 있어. 크크크큭."

슈렌은 불만 없는 듯 고개를 끄덕이며 그룬가르드를 거뒀다.

"좋을 대로."

라우소는 바이론이 자기 앞으로 천천히 걸어오자, 어깨를 으쓱하며 비아냥대는 목소리로 호들갑을 떨었다.

"오호, 혼자 오십니까? 오랜만에 다시 살아나 몸 좀 풀려고 했더니 섭하군요. 당신의 광기는 익히 들어 알고 있습니다. 아, 당신이 치렀던 경기를 봤죠. 정말 잔인하더군요. 가즈 나이트라는 거창한 이름에 어울리지 않을 정도로 말이지요. 후후후훗."

퓨웅.

순간 라우소의 머리 위로 무언가 빠르게 스쳐 지나갔다. 어느새 바이론이 한 손으로 다크 팔시온을 휘휘 돌리며 광기 어린 웃음을 흘렸다.

"감상이 너무 길구나, 12신장. 그 대가로 널 조각조각 잘라서 돼지죽을 만들어 주지. 크크큭, 크하하하핫."

바이론의 광소에 라우소는 어이없다는 표정으로 고개를 저었다. 그 순간 라우소가 걸어 나왔던 거목이 세로로 잘리더니 우지끈 바

24

닥으로 넘어졌다. 라우소는 눈에 칼을 세우고 이를 갈면서 조소하는 얼굴로 야유하듯 한마디 내뱉었다.

"후훗, 멋지군요. 돼지죽이란 말도 맘에 듭니다. 하지만 뜻대로 될까요? 훗, 희망 사항으로 끝날 수밖에 없다는 걸 모르시는군요. 후후후."

"크크크큭, 내가 죽인다면 죽이는 거다. 예외는 없다."

바이론은 다크 팔시온을 거머쥐고 라우소를 향해 질주했다. 힘줄이 불끈거리는 근육질의 회색 거구, 바람에 흩날리는 거친 장발과 야성적인 옷차림. 그 모든 것이 바이론의 본능적인 광기를 단적으로 보여 주었다.

그러나 라우소는 눈썹 하나 꿈쩍하지 않고 코웃음 쳤다. 그는 자신에게 달려오는 바이론을 싸늘한 눈빛으로 여유 있게 지켜보았다. 바이론이 사정거리 안에 들어오자 라우소가 손을 들어 슬쩍 휘둘렀다. 그러자 끝이 예리한 덩굴손이 지면을 뚫고 올라와 바이론에게 날아갔다.

"큭!"

덩굴들은 바이론의 회색 피부에 정확히 꽂혔다. 머리를 제외한 대부분의 상체에 덩굴손이 무수히 박히자 바이론은 움직일 수가 없었다. 나무덩굴이 박힌 부위에서 선혈이 흘러나왔다. 라우소는 가식적으로 안쓰럽다는 표정을 지으며 고개를 저었다.

"저런, 저런. 아프시겠군요. 하지만 저도 어쩔 수 없었습니다. 이렇게 하지 않았으면 제가 당할 것 같았거든요. 용서하시길. 아, 참고로 말씀드리죠. 그 덩굴들은 당신의 왕성한 생기를 모두 빨아들일 것입니다. 당신은 천천히 말라 죽겠지요. 재미있겠죠? 당신을 위해 특별히 생각해 낸 것입니다. 후후후훗."

바이론은 아무 말이 없었다.

그 모습을 보고 있던 린스가 콧방귀를 뀌며 구시렁댔다.

"흥, 저럴 줄 알았지. 그렇게 무턱대고 돌진하니까……."

"아닙니다."

슈렌이 린스의 말을 가로챘다. 린스는 의아한 표정으로 슈렌을 바라보며 다음 말을 기다렸다. 슈렌이 그답지 않게 장황한 말을 늘어놓았다.

"저 정도 공격에 바이론이 쓰러진다면 제가 바이론에게 전투를 양보할 이유가 없습니다. 바이론의 힘은 암흑에서 비롯되죠. 그때를 기다리는 것입니다."

슈렌의 말뜻을 이해 못한 린스가 얼굴을 찡그리며 되물었다.

"그게 무슨 뜻이야?"

"보시면 압니다."

슈렌은 묵묵히 팔짱을 끼며 다시 입을 다물어 버렸다. 조금이나마 설명을 기대하던 린스는 뾰로통한 얼굴로 중얼댔다.

"오호, 그럼 기다리기만 하면 다 알 수 있겠네?"

"크크크큭, 크큭, 크하하하하핫."

린스의 혼잣말이 끝나자마자 광기 어린 바이론의 웃음소리가 주위를 흔들었다. 린스는 온몸이 오싹해지는 것을 느끼며 바이론을 쳐다보았다.

바이론이 광적인 웃음을 터뜨리자 그의 근육질에 박혀 있던 덩굴들이 일제히 회색으로 변하기 시작했다. 그러고는 이내 말라 비틀어지며 낙엽처럼 그의 몸에서 떨어져 나갔다. 그의 몸에 있던 상처들은 근육들이 꿈틀대자 피를 뿜어낸 뒤 아물었다.

"아, 아니?"

라우소는 놀란 눈으로 회색 거한을 바라보았다. 바이론은 자기 몸에 묻은 피를 손등으로 훔치고 붉은 혀로 핥았다. 그는 음산한 웃음을 지으며 말했다.

"크크크큭, 일주일 동안 피를 못 봐서 근질거렸는데 잘됐군. 너의 애완 식물들은 내 기(氣)를 싫어하는가 봐? 크크큭, 내 기는 좀비도 부식시키는 암흑 투기니 탈이 나는 건 당연하겠지. 채소, 넌 상대를 잘못 골랐다."

바이론은 말을 끝내자 라우소가 했던 그대로 손을 슬쩍 휘둘렀다. 그러자 라우소의 발밑에서 덩굴손이 튀어나와 그를 휘감으려 했다. 라우소는 공중으로 몸을 날려 겨우 공격을 면했다. 그는 믿을 수 없다는 얼굴로 중얼거렸다.

"이! 이런 바보 같은! 어째서 당신이 내 기술을."

바이론이 씩 웃으며 펴고 있던 손을 오므리자 덩굴이 다시 땅속으로 들어갔다.

"크큭, 놀라운가? 하지만 이건 연습에 불과해. 네 기술을 잠시 빌렸을 뿐이니까. 크큭, 본격적인 싸움은 이제부터다. 넌 죽는 거다."

바이론은 왼손에 모아 둔 기탄을 라우소가 서 있는 바닥으로 내던졌다. 그 기탄이 바닥에 충돌하자 회색 빛이 번쩍 일어났다. 허공으로 뿜어져 나온 빛이 라우소의 몸을 휘감았고 그는 외마디 소리를 지르며 몸을 꿈틀했다.

바이론은 싸늘한 미소를 지은 채 왼손을 펴 얼굴 가까이 들었다.

먼발치에서 보고 있던 레디가 고개를 설레설레 저으며 일행에게 말했다.

"저런, 저걸 쓰다니…… 아무래도 여러분은 눈을 감고 계시는 게 나을 듯합니다. 설마 바이론 선배가 마리오네트를 쓸 줄은……."

"마리오네트? 설마 저승의 신 하데스가 즐겨 사용한다는 그 저주의 기술?"

노엘이 묻자 레디는 천천히 고개를 끄덕였다.

"예, 바이론 선배도 그 기술을 쓸 줄 알죠. 하지만 실제로 사용하는 건 저도 처음 봅니다. 다만 제가 알고 있는 것은 결과가 끔찍하다는 것뿐이죠."

레디가 시선을 옮기자 일행도 고개를 돌렸다.

바이론은 여전히 미소 띤 얼굴로 왼손을 들어 올렸다. 그러자 빛 속에 있는 라우소가 허공으로 떠올랐다. 바이론이 다시 손을 내리자 이번에는 그의 몸이 아래로 내려갔다. 회색 거한은 만족스러운 듯 광소를 터뜨리며 중얼거렸다.

"크크크큭, 인간의 몸은 유감스럽게도 손과 연결되어 있지. 머리, 팔, 다리가 다섯 개인 것처럼 손가락도 다섯 개다. 이들은 혈관으로 연결되어 있지. 크크크큭. 먼저 왼팔부터 볼까?"

바이론은 엄지손가락을 구부렸다. 그러자 라우소의 왼팔이 부러지는 소리와 함께 뒤로 꺾였다. 라우소는 고통스러운 비명을 지르며 몸을 뒤틀었다.

"아아아악."

"오, 멋진 비명이야. 크크크큭, 다음은 오른쪽 다리."

바이론은 이번엔 검지를 구부렸다. 그러자 이번엔 라우소의 오른쪽 다리가 뒤로 꺾이더니 녹색 체액이 솟구쳤다.

"허, 허어어억."

라우소는 고통으로 눈동자가 허옇게 뒤집히더니 날카로운 비명을 질렀다. 바이론은 고개를 저으며 말했다.

"오, 아니야. 아까 나에게 깝죽대던 아름다운 그 목소리로 비명을 질러 봐. 이번 것은 맘에 안 드는군. 다시 기회를 주지. 크하하하핫."

바이론은 이번엔 중지를 구부렸고 라우소의 왼쪽 다리가 꺾였다. 라우소는 더 이상 비명을 지르지 못하고 혼절하고 말았다. 바이론은 광소를 터뜨리며 즐거워했다.

"크하하하핫! 서서히 죽는 거다, 서서히! 다음번엔 오른팔, 그다음엔 머리! 목이 뒤틀렸을 때의 표정이 기대되는군, 크하하핫! 너의 최후다, 최후란 말이다."

린스는 양쪽 귀를 손으로 틀어막고 돌아선 채 눈을 질끈 감았다. 으드득 뼈가 꺾이는 소리와 처절한 비명 소리에 미쳐 버릴 것만 같았다.

"이, 이대로 끝나진 않습니다."

처참한 모습으로 뒹굴던 라우소가 바이론에게 소리쳤다. 이윽고 그의 눈에서 녹색의 빛이 번쩍 일었다. 라우소의 신체가 서서히 커지더니 리오와 대결했던 때의 거대한 모습으로 변했다.

라우소의 거체가 희색빛의 범위를 벗어나자, 바이론의 마리오네트는 더 이상 통하지 않았다. 바이론은 아쉽다는 듯 주먹을 쥐며 다음 상황에 대비해 기를 끌어 올렸다.

라우소가 이를 악문 채 바이론을 쏘아보았다.

"확실히 실수군요. 제 실수이고, 또 당신의 실수입니다. 저는 당신을 너무 얕잡아 본 실수를 범했고, 당신은 저의 본모습을 일깨우는 실수를 범했습니다! 자, 이제 모두 죽습니다. 모두! 나오너라, 글래시."

라우소가 명령하자 수십 마리의 글래시들이 땅속에서 튀어나와 일행을 포위했다. 그들은 허기가 졌는지 일행을 보고 군침을 흘렸다.

글래시의 위력을 잘 알고 있는 련희는 대처 방안을 고민하며 주위를 둘러보았다. 사방을 둘러싼 글래시들이 진공파를 사용해 한꺼번에 공격한다면 큰일이 아닐 수 없었다. 보통 사람들 눈에는 보이지도 않는 공격을 어떻게 피한단 말인가. 난감했다.

그러나 그런 그녀 앞으로 사바신이 성큼성큼 걸어왔다. 슈렌과 레디도 그 뒤를 따라 걸어왔다.

"쿠쿡, 잡초 제거반 등장인가? 어이, 왕잡초는 바이론에게 맡겨 두고, 우리는 작은 잡초나 처리하자고, 슈렌."

"음."

슈렌은 동감한다는 듯 손목을 풀며 글래시들에게 한 걸음 다가갔다. 레디, 시바신도 마찬가지였다.

그들의 당당함에 눌린 듯 글래시들은 뒷걸음쳤다. 하지만 라우소가 있기에 글래시들의 후퇴도 얼마 가지 않았다.

"크, 크옥! 죽어라, 인간."

순간 글래시 한 마리가 사바신의 머리 위를 지나 동료들을 향해 달려들었다. 그 속도는 베르니카조차 손쓸 수 없을 정도로 빨랐다.

"어딜."

하지만 사바신의 팔봉신 영룡은 글래시의 움직임보다 더 빨랐다. 사바신이 부메랑처럼 날린 팔봉신 영룡에 맞은 글래시는 풍선 터지듯 사방으로 흩어졌다.

"지금부터 시작이야."

사바신은 공중을 선회하고 돌아온 영룡을 다시 불끈 쥐며 외쳤다. 슈렌과 레디도 함께 글래시들에게 달려들었다. 글래시들은 몇 번 저항하다가 압도적인 힘에 질렸는지 결국 사방으로 줄행랑쳤다. 가즈 나이트들은 사방으로 몸을 날려 그들을 뒤쫓았다. 바이론은 팔짱을 낀 채 종횡무진 뛰어다니는 동료의 활약을 지켜보았다.

"아, 이런! 나의 글래시들이! 더 이상 용서할 수 없습니다! 전 당신의 목이라도 가져가야겠습니다."

그때 글래시들을 처리한 사바신이 바이론의 오른편에 섰다.

"큭, 상황 파악을 못하는군, 왕잡초."

레디가 바이론의 말에 고개를 끄덕이며 왼편에 섰다.

"당신은 지금 수적으로도 밀리고 있어요. 당신이 바이론 선배를 이길 리도 없지만."

마지막으로 슈렌이 바이론의 등 뒤에서 그룬가르드를 돌린 후 말했다.

"운이 없군."

라우소는 동작을 멈췄다. 한 명도 처리하기 어려운 가즈 나이트가 자그마치 넷이었다. 아무리 자신의 힘이 재충전되었을지라도 지금 상황은 너무나 불리했다. 결국 라우소는 다시 원래 체구로 되돌아가 공중에 뜬 채 분한 얼굴로 말했다.

"좋습니다. 오늘은 이만 돌아가지요. 하지만 오늘 빚은 꼭 갚아드리겠습니다. 이자까지 함께."

라우소가 텔레포트 마법을 쓰자 그의 모습은 이내 사라졌다. 그가 모습을 드러냈던 거목도 서서히 마르더니 땅속으로 사라졌다.

"쳇."

바이론은 싱겁다는 듯한 표정을 지으며 묵묵히 다크 팔시온을 거두었다. 그러고는 이오스가 있는 곳으로 발걸음을 재촉했다.

상황이 수습된 것을 확인한 슈렌은 주위를 둘러보며 사바신과 레디에게 말했다.

"뒷정리를 하자."

레디는 일이 마무리되어 유쾌한 듯 사바신에게 말했다.

"오늘은 여기서 끝이구나, 사바신. 다친 사람이 없으니 다행이야."

그러나 사바신은 인상을 찡그린 채 투덜댔다.

"다행이긴 하지만 이거 영 불만인걸? 12신장 녀석들도 우리랑 싸우려면 한 놈으로는 불가능하다는 것을 잘 알 텐데, 왜 왕잡초 하나만 보낸 걸까? 이상하다는 생각이 들지 않아?"

레디가 얼굴을 구기고 있는 사바신을 눈을 동그랗게 뜨고 쳐다보았다. 사바신이 짜증을 냈다.

"왜 그래?"

"네가 박치기할 때 말고도 머리를 쓴다는 사실을 오늘 처음 알았거든. 대단하다, 사바신."

레디는 손바닥을 치며 깔깔댔다. 가만히 보던 사바신도 호탕하게 웃었다.

"하핫, 칭찬이지?"

"으응."

그들은 옆에 서 있는 린스가 어이없는 표정으로 자신들을 쳐다보고 있는 것을 눈치채지 못했다.

이오스의 눈꺼풀이 파르르 떨리더니 천천히 눈을 떴다. 그녀의 몸에선 다시 신기(神氣)가 떠올랐다. 슈렌이 그녀 앞에 무릎을 꿇으며 물었다.

"괜찮으십니까, 이오스 님."

"예, 이제 좀 괜찮은 것 같습니다. 심려를 끼쳐 드려 사과드리는 바입니다."

그녀가 미소를 지으며 말했다. 일행과 떨어져 홀로 서 있던 바이론은 아무 말 없이 칠흑 같은 밤하늘을 올려다보았다.

이오스는 머리를 살짝 매만지고 주위를 둘러보았다. 그들이 기거했던 여관 건물과 그 일대가 파손되어 있자 그녀는 한숨을 내쉬며 한탄했다.

"아, 잠시라도 힘을 잃어버리면 이런 결과가 초래되는군요. 여관 주인은 어떻게 되셨나요? 다친 사람은 없습니까?"

무릎을 꿇었던 슈렌이 일어서며 대답했다.

"없습니다. 안심하십시오."

"다행이군요. 그럼 저 때문에 초래된 일이니 제가 다시 이곳을 복원하겠습니다."

이오스가 천천히 손을 벌리자 그곳에서 찬란한 빛이 흘러나왔다. 이윽고 그녀의 손에서 방출된 부드러운 황금빛이 파괴된 지면과 건물을 휘감자 모든 것이 깨끗이 복원되었다.

린스는 홀린 듯한 눈으로 그 광경을 바라보며 노엘에게 작은 소리로 말했다.

"노엘, 저 여자 정말 신인가 봐? 대단한데?"

"정말 대단하군요. 하지만 저렇게 복원할 수 있게 하는 근원적 힘은 무엇일까요? 제 능력으로는 도저히 알 수 없군요, 공주님."

노엘은 콧등에 걸린 안경을 손가락으로 치키며 말했다. 엄청난 지력을 가진 그녀조차도 이오스의 힘이 어떤 것인지는 알 수 없었다. 그저 신의 힘이라고만 생각할 뿐이었다.

옆에 있던 련희가 눈을 반짝이며 말했다.

"동방에서 전해 내려오기를, 신의 능력 중 물체의 시간을 거꾸로 되돌릴 수 있는 능력이 있다 합니다. 목표가 된 물체의 시간을 지정한 시간만큼 되돌리는 능력이죠. 저게 바로 그 신의 능력이라고 생각합니다."

그들이 대화하는 사이 파괴된 건물과 지면이 처음처럼 깨끗이 복원되었다. 이오스의 몸에서 나오던 빛이 사그라졌다. 그 즉시 슈렌은 허리를 굽혀 이오스에게 감사를 표했다.

"감사합니다. 그럼 뒤처리는 저희가 하겠습니다."

"예, 부탁드립니다."

이오스는 빙긋 웃으며 고개를 끄덕였다.

슈렌이 사바신과 레디에게 다가가 둘의 어깨를 손으로 툭 치며 말했다.

"뒷정리다."

그 말에 사바신은 무슨 소리냐는 듯 인상을 쓰며 버럭 소리쳤다.

"이, 이봐! 뒷정리할 게 어디 있어! 나찰인지 뭔지 그 괴물 단지들을 박살 냈잖아! 글래시들은 전부 재로 변해서 나뒹구는 시체도 없단 말이야. 그런데 무슨 뒷정리야."

레디도 일리가 있다는 듯 고개를 끄덕이며 말했다.

"나찰들을 모두 박살 내긴 했지만 그다음이 문제야. 마을 사람들과 여관 안에 머무는 사람들은 지금 벌어진 일을 알지 못해. 이오스 님이 신력을 써서 차단하고 있기 때문이지. 그러니 어딘가에 뒹굴고 있을 나찰의 파편이나 몸체를 깨끗하게 정리해야겠지. 슈렌은 그걸 처리하자는 거야."

사바신은 할 말이 없었다. 그는 뻗친 머리카락을 신경질적으로 긁적이며 슈렌에게 말했다.

"젠장, 그럼 가자고! 미치겠군. 도적단 우두머리까지 하던 이 몸이 철 쪼가리나 주우러 다니다니."

레디가 웃으며 투덜거리는 사바신에게 위로하듯 말했다.

"마음 풀어. 도적질보다는 좋은 일이니까."

슈렌은 묵묵히 앞장서서 나찰의 장갑 파편이 떨어진 부근으로 걸어갔다. 한편 사바신은 아직도 앙금이 남았는지 슈렌의 등에다 대고 소리 없이 주먹 감자를 먹였다. 레디는 뭐가 그리 즐거운지 계속 빙글거렸다.

슈렌 일행이 뒷수습을 하러 가는 모습을 보던 이오스가 나머지 일행을 보며 말했다.

"자, 힘드셨으니 모두 들어가서 쉬시죠. 아, 그리고 바이론 님?"

"……."

바이론은 아무 말도 하지 않았다. 일행에게 등을 돌리고 혼자 묵묵히 있을 뿐이었다. 그의 회색 피부와 빛바랜 은회색 머리카락은 은은한 달빛을 받아 괴괴한 느낌을 자아냈다. 평소의 그답지 않게 이상할 정도로 가라앉아 보였다.

이오스는 고개를 저으며 안으로 일행을 재촉했다. 그들은 여관으로 발걸음을 옮기면서도 바이론을 흘깃거리며 바라보았다.

모두 들어가고 혼자 남자 바이론의 얼굴에서 광기가 사라졌다. 그는 진지한 얼굴로 한숨을 쉬며 중얼거렸다.

"걱정이군. 동방으로 건너가려면 적어도 일주일은 더 걸릴 텐데. 운이 나쁘면 항구에서 막힐 수도 있겠어. 이를 어쩌지?"

미동도 않고 선 채로 골몰하던 바이론은 서녘으로 달이 완전히 기울었을 때에야 발걸음을 옮겼다. 여관을 향해 터벅터벅 걸어오는 그의 어깨가 무거워 보였다.

다음 날 마을은 같은 꿈을 꾸었다는 사람들 말로 북새통을 이루었다. 그러나 마을 어디에서도 꿈에서 본 흔적을 찾아볼 수 없자,

마을 사람들은 우연이라 생각하고 일단락 지었다.

한편 일행은 아침 일찍 짐을 챙기고 급히 다른 마을로 향했다. 그들이 가는 이 대륙의 최후 목적지는 노엘이 잠시 살았던 항구도시 트립톤이었다. 그곳은 소식이 빠르고 주위 산세가 험해 군(軍) 세력이 쳐들어오기가 쉽지 않았다. 설령 해상을 통해 침입한다고 해도 천연의 트립톤 요새가 있었다. 그 요새에는 풍부한 물자가 비치되어 있어서 그곳으로 몸을 숨기면 일단 안심할 수 있었다.

하지만 완전한 장소는 없었다. 이오스가 차단하고 있는 그들의 기가 새어 나가기만 하면 어디서든지 데몬 게이트를 통해 나찰과 수라, 12신장의 공격이 개시되었다. 때문에 가즈 나이트 셋과 나머지 일행은 잠시도 긴장을 늦추지 않았다.

그러나 바이론은 아무 일도 하지 않고 걸신들린 것처럼 술만 들이켰다. 물론 바이론에게는 알코올이 전혀 통하지 않았다. 마을에서 독하기로 소문난 술을 통째로 비웠어도 그의 신체와 정신에는 아무런 변화가 없었다. 그것을 보고 바이론이 물을 마신다고 생각한 린스가 그 술을 한 잔 들이켰다가 한 시간 내내 구역질을 하기도 했다. 그런 우여곡절을 겪으면서 일행은 최대한 재촉하며 항구도시 트립톤을 향해 나아갔다.

2

신의 아이, 라이아

"젠장, 나만 놔두고 그새 몽땅 도망가 버렸군. 이거 섭섭한데?"

지크는 재킷을 벗고 잔해 위에 주저앉아 난감한 표정을 지었다. 이렇게 덩그러니 혼자 남은 게 얼마 만인가. 시끄럽고 복작한 것을 좋아하는 그로서는 혼자 된 상황이 유쾌할 리 없었다.

일행의 흔적을 찾기 위해 잠시 정신 집중하던 지크가 머리를 긁적이며 투덜댔다.

"푸, 햄버거도 먹고 싶고, 핫도그도 먹고 싶고, TV도 보고 싶고, 어머니도 보고 싶고…… 진짜 이거 사람 죽이는군. 그건 그렇고, 무슨 요술을 부렸나? 어떻게 단시간에 그 많은 사람들의 기가 몽땅 사라질 수 있는 거지? 어디로 갔는지 찾을 수가 있나. 거참, 황당하네."

혼잣말하며 머리를 톡톡거리는 그에게 검고 커다란 생물이 빠르게 접근했다. 지크는 왼손으로 재빨리 무명도를 빼고 다가오는 검은 물체를 손가락 사이로 살펴보았다.

"푸르륵."

"어라, 웬 말?"

수수께끼의 검은 물체는 자신이 탔던 말이었다. 지크는 긴장감이 탁 풀리면서 맥이 빠졌으나 한편으로는 위안이 되었다. 말이라도 곁에 있다는 생각에 쓸쓸한 기분이 조금 나아졌다.

지크는 반가운 미소를 지으며 말갈기를 쓰다듬었다.

"녀석, 나 때문에 그 의리 없는 자식들을 따라가지 않았구나. 헤헷, 역시 인간보다 동물이 더 낫다니까. 좋아, 너와 나, 우리 이제 한 팀이다."

지크는 말 등에 가볍게 올라타고 목덜미를 부드럽게 만져 주며 말했다.

"자, 가자, 귀여운 녀석. 어찌 됐건 이 폐허 도시를 떠나자고. 아직 남아 있는 사람들에겐 무책임한 말로 들릴지는 몰라도……. 그렇게 생각하니 죄책감이 드는걸. 젠장."

말은 조용히 동쪽으로 머리를 돌리고 걸어갔다. 지크는 말 등에 누워 파란 하늘을 바라보았다. 파괴된 지상에 대조적으로 너무나 평온해 보였다.

"그래, 가 보자. 바람 따라, 구름 따라, 길 따라."

그렇게 지크를 태운 말은 레프리컨트 왕국의 수도를 빠져나갔다. 수도 반대편에서 벨로크 왕국 병사들이 그들을 찾느라 혈안이 된 것과는 달리 아주 평화롭고 유유자적하게.

지크는 엿새째 말을 타고 계속 길을 갔다. 자신이 어디로 가고 있는지도 알지 못했다. 그저 말과 구름이 가는 곳으로 갈 뿐이었다.

하늘에 구름이 끼었다. 지크는 별 생각 없이 말 등에 누워 풀을 씹으며 흐린 하늘을 감상했다. 장난기 많은 성격과 달리, 그는 화창한 날보다 흐린 날을 좋아했다. 이유는 단 하나, 활동하기 좋다는 것. 하지만 더욱 중요한 이유는 구름이 흘러가는 모습을 자세히 볼 수 있어서였다.

이상하게도 그는 어릴 때부터 구름을 좋아했다. 그런 탓인지 열세 살까지 가장 좋아하는 군것질거리는 솜사탕이었다.

얼마간 그렇게 헤맸을까. 지크는 말 등에서 일어나 앉아 자세를 바로 한 후 머리를 흔들어 정신을 차렸다. 아무런 일도 일어나지 않는 게 이상했다. 그것도 나흘 동안. 나라를 빼앗겼는데 저항하는 움직임도 군대도 발견할 수 없었다.

지크는 머리를 긁적이며 중얼거렸다.

"이해할 수 없군. 역시 정치엔 관심을 안 두는 게 나아. 자, 말아, 저기 나무 아래서 쉬어 가자. 너도 피곤할 테니까."

지크는 나무 그루터기에 앉아 한가롭게 말이 풀을 뜯는 모습을 부러운 눈으로 쳐다보았다.

"넌 먹을 풀이 천지에 깔려서 좋겠구나. 난 나흘째 물만 마시고 있으니 현기증이 나는데. 휴, 어째 뱀 한 마리 안 지나가는 걸까?"

지크는 허기를 느끼며 씁쓸한 표정을 지었다. 말은 아무 소리 없이 풀을 뜯고 있을 뿐이었다. 그렇게 주저앉아 쉰 지 반시간이 지나자 배고픔과 피로에 지친 지크는 서서히 잠에 빠져들었다.

"우웅, 이러면 곤란한데…… 쳇, 모르겠다."

눈꺼풀이 감기는 것을 이기지 못한 지크는 결국 팔베개를 하고 잠들었다. 나흘 동안 한숨도 자지 않고 물만 마시며 여기까지 온 그였다. 평상시보다 배에 달하는 긴장감 속에 뜬눈으로 밤을 지새운 터라 그의 몸은 기진맥진한 상태였다. 그러니 수마에 빠져드는 것도 무리가 아니었다.

얼마나 시간이 지났을까. 그는 자신의 전방에서 바스락거리는 인기척을 감지하고 황급히 잠에서 깨어나 정신을 차렸다. 마음속으로는 잠을 방해받아 부아가 치밀어 올랐으나 겉으로는 잠자는 척하며 귀를 곤두세웠다.

무언가 살금살금 풀을 밟으며 말이 있는 쪽으로 걸어오고 있었다. 하지만 말은 아무런 반응도 보이지 않았다. 낯선 사람에겐 즉각적인 반응을 보이게 마련인데 미동조차 하지 않았다. 지크는 마음속으로 감탄했다.

'대단한걸? 전문적인 말 도둑인가 보군. 말이 꼼짝도 하지 않는 것을 보니 자신의 기척을 변화시키는 고수인 것 같군. 근데 정말 이상하네, 무슨 기(氣)가 이렇게 깨끗하지?'

지크는 실눈을 뜨며 조심스레 살펴보았다. 대략 열네 살로 보이는 여자아이였다. 지크는 한숨을 내쉬고 싶었으나 그 아이가 말에게 관심이 있는 것 같아 모른 척하기로 했다.

'아니야. 관람료 대신 먹을 것을 받아 내는 것이 어떨까?'

아이는 말 등에 둘러친 검은 모피를 만지작거리며 신기하다는 듯 눈을 반짝였다. 그 모습은 무척 평화로워 보였다.

지크는 마음속에서 욕심이 고개를 내미는 것을 느꼈다. 저 아이가 내가 알고 있는 아이였으면. 전쟁 중이 아니었으면. 그리고 배가 불렀으면.

아이가 주위를 두리번거렸다. 그러다가 나무 그루터기 아래 누워 있는 지크를 발견하고 깜짝 놀랐다.

"어머, 주인이 있었구나?"

지크는 그 아이를 부르고 싶었지만 꾹 참았다. 아이의 다음 행동이 매우 궁금했다. 아이는 말갈기를 만지작거리며 장난치다가 무엇인가 이상한 기분이 들었는지 고개를 돌려 한곳을 응시했다. 사실 지크 역시 이상한 기운을 느꼈다. 몇 개의 기가 이쪽을 향해 빠르게 다가오고 있었다.

"대위님! 저기 저쪽에서 A급 마력 반응이 감지되고 있습니다! 앗, 저기입니다! 바로 저 아이입니다."

군인으로 보이는 남자의 거친 목소리가 들린 뒤 곧이어 그리 멀지 않은 곳에서 육중한 군홧발 소리가 들려왔다. 마음 같아서는 벌떡 일어나고 싶었지만, 지크는 정황을 파악하기 위해 가만히 누워 있었다.

"잡아라! 아, 저기 그루터기에 누워 있는 건달은 어떤가?"

"마력 반응…… 형편없습니다! 데려갈 가치조차 없습니다."

'저, 저 녀석들이!'

지크는 눈을 감은 채 아이가 잡히기 직전 멋지게 구해 낼 방법을 구상했다. 그때 그의 예상을 뒤집는 소리가 들렸다.

"도망친다, 발포해 버려! 죽이지만 않으면 된다."

철컥.

지크는 순간 자신의 귀를 의심했다. 하지만 그 소리는 분명 자신이 있던 차원계에서 대량으로 보급된 N-27 자동소총의 탄환 장전 소리였다. 지크는 눈을 번쩍 뜨고 아이에게 몸을 날리며 소리쳤다.

"그, 그만둬."

그러나 이미 때는 늦었다. 지크의 목소리에 놀란 군인은 그만 총을 조준한 자세가 흐트러지고 말았다.

엉겁결에 발포된 소총의 탄환은 아이의 다리가 아닌, 가슴팍에 직격으로 박혔다. 아이는 비명도 지르지 못하고 힘없이 쓰러졌다.

지크는 자신의 눈앞에서 벌어진 상황을 믿을 수가 없었다.

"제, 젠장! 빌어먹을! 이 거지 같은 세계에 왜 갑자기 총이 등장하는 거야."

지크는 재빨리 아이를 구하지 않고 혼자 폼 잡는 상상만 하고 있었던 자신을 용서할 수가 없었다.

그는 급히 몸을 일으켜 아이에게 달려가 상태를 확인했다. 탄환은 아이의 복부와 심장을 관통한 상태였다. 아직 살아 있었지만 살아날 가능성은 희박했다. 분명 탄환은 아이의 복부와 심장을 뚫고 들어가면서 내장을 휘저었을 것이다. 오히려 당장에 잠시라도 숨을 쉰다는 것 자체가 기적이었다.

지크는 갈색 머리카락을 가진 여자아이의 손을 꼭 잡으며 몸을 떨었다.

"미, 미안해! 내가, 내가 멍청한 생각만 안 했어도."

누워 있던 지크가 갑자기 일어나 총살당한 아이 곁에서 몸을 떨고 있자 군인들은 고개를 갸웃거렸다. 검은 제복 차림으로 군인들의 상관으로 보이는 자가 옆에 있는 부하들에게 소리쳤다.

"이 자식들, 뭐 하는 거냐! 쏴 버려! 없애 버리란 말이다."

상관의 지시에 군인들은 모두 지크를 향해 총구를 돌렸고 곧 방아쇠에 손을 가져갔다.

순간 지크의 몸에 파지직 푸른 스파크가 번쩍였다. 군인들과 대위는 눈을 동그랗게 뜨고 지크를 바라보았다. 점차 지크의 몸 전체에서 엄청난 양의 스파크가 일어났다.

지크는 파란빛이 일렁이는 눈으로 뒤로 돌아섰다. 그의 눈을 본 군인들은 아연실색하며 뒷걸음질을 쳤다. 그건 대위도 예외가 아니었다.

"용서 못 해! 너희가 아니라 나를 말이야."

겁에 질려 제정신이 아닌 한 병사가 지크를 향해 난사하기 시작했다. 현란한 스파크를 일으키며 재빠르게 탄환을 피한 지크는 이를 악물며 일갈을 터뜨렸다.

"각오해라!"

스파크를 몸에 두른 채 군인들이 있는 곳을 향해 음속으로 돌진한 지크는 무명도를 뽑아 들었다. 밝은 대낮인데도 은청색 검광이 군인들 사이에서 번뜩였다.

지크는 무명도를 허리춤에 찔러 넣고 소리쳤다.

"저승에 가서 확인해라! 천사가 있는지, 악마가 있는지 보고 오란 말이다."

"아아악."

처참한 비명 소리와 동시에 살점이 잘려 나가며 군인들의 온몸에서 피 분수가 솟구쳤다. 오직 한 사람, 대위만이 병사들이 뿜어내는 뜨거운 붉은 피를 고스란히 맞으며 서 있을 뿐이었다.

"아, 아아아."

거의 정신이 나간 듯 서 있던 대위는 지크가 자신에게 다가오는 것을 알아채고 뒷걸음쳤다. 그러나 그는 시체에 걸려 넘어져 온통 피범벅이 되었다. 지크는 대위를 들어 올려 살기 가득한 얼굴로 물었다.

"왜 저 아이를 납치하려 했는지 이실직고해. 내가 다시 살인을 저지르게 하고 싶지 않으면 말이야."

대위는 새파랗게 질린 얼굴로 더듬더듬 말문을 열었다.

"그, 그건 마력이 있는 사람들을 생포해 오라는 상부의 지시 때문에……."

"너희 상부가 누구야!"

지크는 완전히 이성을 잃은 상태였다. 눈에 쌍심지를 켜고 윽박지르는 지크를 보고 대위는 재빨리 실토했다.

"E, EOM의 총수님께서 특별 명령을 내리셨습니다! 그래서 악마들의 힘을 빌려 만든 데몬 게이트를 통해 이 세계로 들어왔고……."

지크는 잔뜩 겁에 질린 대위의 눈을 가만히 들여다보다가 씁쓸한 표정을 지었다. 그는 대위를 멀리 던져 버렸다. 대위는 땅에 떨어지자마자 허겁지겁 자신들이 왔던 쪽으로 내달렸다.

지크는 한숨을 깊게 내쉬며 쓰러져 있는 아이 곁으로 다가갔다.

지금쯤 저세상 사람이 되어 있을 그 아이를 보기 두려웠다. 깊은 죄책감이 그의 가슴을 무참히 할퀴었다. 아이가 누워 있는 곳으로 한 걸음씩 옮길 때마다 지크의 얼굴은 더욱 어두워졌다.

"미안하다, 나 때문에."

지크는 소녀의 목에 손끝을 댔다. 여전히 살아 있는지 맥을 짚어 보기 위함이었다. 그의 행동과 달리 마음속에서는 쓸데없는 짓이라는 공허한 소리가 메아리쳤다.

순간 지크는 손끝에서 감지되는 느낌에 흠칫 놀랐다. 그는 괴이쩍게 여기며 재차 소녀의 맥을 짚었다.

꿈이 아니었다. 그렇다고 자신이 맥을 잘못 짚은 것도 아니었다. 지크는 으악 소리를 내며 소녀의 상태를 확인했다.

"아, 아냐! 그럴 리가! 분명 총탄이 관통한 것을 눈으로 확인했는데! 세, 세상에 상처까지……?"

소녀의 맥박은 정상으로 되돌아왔다. 꿰뚫린 상처도 점점 아물고 있었다. 가즈 나이트로 개조된 자신보다 훨씬 더 강한 재생 능력에 지크는 경악할 수밖에 없었다.

사실 가즈 나이트들도 무방비 상태라면 보통 사람과 똑같은 부상을 입는다. 또한 심장에 타격을 입거나 머리에 관통상을 당하면 보통 사람처럼 사망한다. 단, 팔이나 다리처럼 생명에 직접적 연관이 없는 부위의 부상은 재생되며 눈 같은 정교한 기관인 경우도 시일이 걸리긴 하지만 재생된다는 점이 조금 다를 뿐이었다.

하지만 이 소녀는 심장이 관통되고 내장이 뒤틀렸는데도 몇 분만에 회복되었다. 게다가 의식도 금방 회복했다. 도저히 이해할 수 없는 불가사의한 일이었다.

"웅? 어, 어떻게 된 거예요?"

소녀는 깨어나자마자 화들짝 놀라며 물었다. 당황한 지크는 멍한 눈으로 소녀를 바라보며 말했다.

"너야말로 어떻게…… 아니, 관두자. 생각을 정리한 후에 묻는 게 낫겠어. 어쨌거나, 이리 와."

지크는 소녀를 한 팔로 번쩍 안아 올린 채 말에 올라탔다. 그러자 말은 기다렸다는 듯 질주했다. 소녀는 너무나 급작스러운 상황에 놀라며 소리쳤다.

"아니, 강제로 날 끌고 가는 이유가 뭐예요!"

지크는 당연하다는 표정을 지었다.

"조금 전 그 시꺼먼 옷을 입은 녀석들이 널 저격한 거 기억 안 나?"

소녀는 사태의 심각성을 깨달은 듯 지크에게 다급하게 물었다.

"그, 그럼, 마을 사람들이 위험하잖아요."

"그러니까 어서 마을 있는 곳이나 말해."

"저쪽이에요."

말도 급박한 상황을 알아챘는지 전속력으로 힘껏 내달렸다.

숲 속을 헤치고 나온 지크와 소녀의 눈앞에 언덕 아래로 작은 마을이 나타났다. 마을 곳곳에서 매캐한 검은 연기가 솟아올랐다. 음산한 기운이 두 사람을 휘감았다.

언덕 위에서 내려다보아도 살아남은 사람은 보이지 않을 정도로 마을 대부분은 폐허가 되어 있었다. 지크는 말에서 내리자마자 발을 동동 구르며 분개했다.

"이런, 제기랄."

말에 올라타 있던 소녀는 잠시 망연자실해 있다가 흐느꼈다.

"흐, 흐흑. 촌장님! 언니."

소녀의 처절한 외침이 슬프게 울렸다.

지크는 소녀와 함께 마을로 내려갔다. 수수께끼의 군대는 이미 철수한 뒤였다. 그는 이를 갈며 분통을 터뜨렸다. 마을에는 생존자가 아무도 없었다. 어린아이, 노인 할 것 없이 모두 참혹한 시체로 널브러져 있었다. 살점이 붙은 뼈가 땅바닥에 아무렇게나 나뒹굴고 있기도 했다.

"어! 언니는…… 세이아 언니?"

소녀가 황급히 어떤 집 안으로 들어갔다. 그러나 곧 갑자기 외마디 소리를 지르며 뒷걸음질을 쳤다.

"초, 촌장님! 버크 아저씨! 아아아악."

소녀의 비명을 들은 지크는 급히 안으로 들어가 보았다. 참혹했다. 그 역시 고개를 돌릴 수밖에 없었다.

"젠장!"

마을 전체는 도축장을 방불케 했다. 지크는 자신이 있던 세계에서 흔히 사용되던 총이란 무기의 잔혹함에 치를 떨었다.

"악랄한 놈들! EOM인지 뭔지, 대체 뭐길래. 죽일 놈들 같으니!"

그러나 분노하는 지크에게 EOM이 무엇인지 말해 주는 사람은 아무도 없었다.

지크는 마을 곳곳을 돌아보았다. 상당수의 사람이 죽었고, 사라진 사람들도 꽤 된다는 것을 알아냈다. 소녀의 언니를 비롯해 많은 사람들이 그 EOM이라는 군대에게 납치된 것 같았다. 물론 지크는 그들이 납치된 이유를 알 수 없었다.

두 시간 넘게 생존자 확인을 했지만 별다른 성과를 거두지 못했다. 부상자들은 확인 사살된 상태였다. 개미 한 마리도 살아 움직이지 않는 죽음 같은 폐허였다. 한동안 지크는 멍하니 서 있었고, 소녀는 말 등에 엎드린 채 흐느끼기만 했다.

밤이 이슥하자 지크의 시체 처리 작업은 끝났다. 그는 시체들을 쌓아 마을에서 쓰던 땔감과 기름을 섞어 그 위에 뿌린 뒤, 주먹으로 스파크를 내어 불꽃을 만들었다. 불은 붉은 혀를 날름거리며 크게 번지더니 가장 큰 땔감인 바리바라 나무를 집어삼키고 이윽고 시체들을 휘감으며 활활 타올랐다.

지크는 뻐근하게 몰려오는 육체적 피로보다도 소녀의 마음이 더 아프다는 것을 알기에 싫은 내색을 하지 않았다.

그는 실신한 듯한 소녀를 안고 말에 올라탔다. 시체가 타는 고약한 냄새를 피해 둘을 태운 말이 서둘러 마을을 벗어났다.

지크는 앞에 앉은 소녀를 측은한 얼굴로 살짝 안아 주며 말했다.

"네 언니, 꼭 찾게 될 거야. 죽지 않았잖아. 너무 슬퍼하지 마."

"어떻게 슬퍼하지 않을 수 있죠?"

소녀가 눈을 치켜뜨며 대꾸했다. 지크는 흠칫 놀라며 소녀를 바라보았다. 그녀의 눈에는 눈물이 그렁그렁 맺혀 있었다. 소녀는 이

읊고 절규했다.

"오빠와는 전혀 상관없는 사람들이 죽었으니까 그렇게 간단히 말할 수 있겠죠! 하지만, 하지만 저에겐 15년 동안 정들었던 사람들이라고요! 그렇게 쉽게 잊을 수 있는 사람들이 아니란 말이에요."

지크는 아무 말도 할 수 없었다. 소녀의 말은 전부 사실이었다. 자신이 위로랍시고 한 말은 그녀가 아닌 자신을 위한 자족적인 것일 뿐이었다. 소녀는 지크의 가슴에 얼굴을 묻고 울음을 터뜨렸다.

"흑, 이제 전 어떡해요! 어떡하냔 말이에요."

지크는 침통한 얼굴로 눈을 감았다. 소녀의 등을 토닥거릴 수도 없었다. 그럴 자격이 없는 것 같았다. 무슨 이유에서인지 자신이 너무도 부끄러웠다.

'이럴 때 바이론이라면 무슨 말을 했을까. 지금 같을 때는 차라리 바이론이 나보다 더 위로를 잘해 줄지도…….'

두 사람의 복잡한 심정에 아랑곳하지 않고 말은 어딘가를 향해 계속 걸어갔다. 해와 달이 뜨는 방향으로 가고 있어 그곳이 동쪽이라는 것만 알 수 있을 뿐이었다.

다음 날 해가 뜨자 말에 탄 채 자고 있던 지크는 천천히 눈을 떴다. 그렇게 복잡한 마음이었는데 잠이 들었다는 게 믿어지지 않았지만 숙면을 취해서 마음이 편안해진 것 같았다.

소녀는 자기 위에 누워 새근새근 자고 있었다. 갓 열다섯 살이 된 얼굴은 앳되었으나 어쨌든 여자이긴 했다. 하나 열아홉 살 이하의 여자에게는 관심조차 없는 지크였기에 아무 감정도 없었다.

지크는 밤새도록 자신과 소녀를 등에 태우고 걸어온 말의 목덜미를 톡톡 치며 말했다.

"넌 동물이긴 하지만 정말 맘에 드는 녀석이구나. 널 만난 건 정말 행운이야. 하지만 너와 그리 오래 있진 못할 것 같다."

지크의 말을 알아듣기라도 한 듯 말은 귀를 쫑긋거렸다. 지크는 계속 말했다.

"말을 애완동물로 키우기엔 우리 집이 너무 좁거든. 게다가 마구간을 새로 만들려면 신축 허가를 받아야 해. 그게 얼마나 귀찮은데."

"이상한 나라에 사시나 봐요?"

한참 진지한 표정으로 말하고 있던 지크는 소녀의 목소리에 움찔했다. 자고 있던 소녀가 어느새 일어나 방긋 웃고 있었다. 그녀가 환한 표정을 짓자 지크는 내심 기뻤다. 그러나 겉으로는 인상을 쓰며 퉁명스럽게 대답했다.

"응? 너무하잖아, 난 사실을 말한 것뿐이라고."

소녀는 지크가 천연덕스럽게 대답하자 미안한 듯 고개를 돌리며 나지막이 말했다.

"죄송해요. 어제 제가 심한 말을 해서……."

지크는 머리를 긁적이며 고개를 저었다.

"아, 아냐. 내가 너라도 그랬을 거야. 아마 나라면 더했을지도 몰라. 그러니 너무 신경 쓰지 마. 건강에도 안 좋으니까. 꼬맹이는 자기를 보호해 주는 어른을 위해서라도 건강해야 해. 물론 활짝 웃어주면 더 좋고. 헤헷."

소녀가 고개를 푹 숙이며 말했다.

"이제 저를 지켜줄 어른은 없는걸요."

"응? 그, 그러니까……."

지크는 난처했다. 다음에 할 멋진 대사가 떠오르지 않았다. 지크는 리오처럼 언변이 좋지 못했다. 결국 그는 얼굴을 붉히며 씁쓸하게 말했다.

"꼬마 숙녀에겐 관심 없지만, 당분간 내가 너를 지켜 주지. 대신 황송하게 여겨야 해."

소녀는 약간 자존심이 상한 듯한 얼굴로 지크에게 말했다.

"꼬, 꼬마 숙녀라뇨! 이래 봬도 열다섯 살이라고요! 숙녀란 말은 괜찮지만 꼬마란 말은 삼가세요."

지크는 떨떠름한 얼굴로 말했다.

"그래도 젯내 나는 꼬마보다는 괜찮은 표현이잖아. 게다가 지켜 준다고 약속했으니까 대충 넘어가 줘. 제발, 숙녀님?"

지크가 웃으며 윙크를 하자 소녀도 엷은 미소를 지었다.

"알았어요. 아, 오빠 이름을 묻지 못했네요? 어떻게 되죠?"

"내 이름은 지크 스나이퍼라고 해. 그냥 지크라고 불러."

"스나이퍼? 내가 아는 어떤 분이랑 성이 똑같은데…… 아, 제 이름은 라이아 드리스. 라이아라고 불러 주세요. 잘 부탁해요, 지크 오빠."

지크는 씩 웃으며 고개를 끄덕였다.

"헤헷, 좋아. 아, 마을이다. 오랜만에 사람 구경 좀 해 볼까?"

"좋아요."

두 사람을 태운 말은 경쾌한 말발굽 소리를 내며 멀리 보이는 마을을 향해 달려갔다.

3

우연한 동행

마을에 도착하자마자 지크는 바로 라이아의 옷부터 구입했다. 라이아가 입던 옷에는 총알 구멍이 숭숭 뚫려 있었다. 물론 지크는 그때까지 라이아에게 아무것도 묻지 않았다.

그다음으로 지크가 한 일은 허기를 채우는 것이었다.

그는 빵과 고기 부침을 주문해 햄버거를 만들더니 앉은자리에서 걸신들린 듯 먹어 댔다. 지크의 대단한 먹성에 라이아는 눈을 크게 뜨고 탄성을 질렀다.

"우아, 대단하네요, 지크 오빠? 벌써 일곱 개째! 말라 보이는 얼굴하고는 딴판이군요?"

"얼굴만 마른 거라고. 하긴 하도 턱을 많이 써서 얼굴만 말랐다는 말도 들었지. 헤헤헷."

지크는 그저 웃기만 했다. 사실 다른 가즈 나이트보다 그의 먹성이 좋은 이유는 따로 있었다. 그들 중에서 가장 빠르고 움직임이 많은 만큼 그가 소모하는 열량도 만만찮았다. 마법을 전혀 사용하지 못해서 모든 전투를 늘 몸으로만 해결해야 하는 탓도 있었다. 그래서 지크는 항상 제때 끼니를 챙겨 먹었다.

배를 채운 지크는 라이아와 함께 여관을 물색했다. 사실 지체한 시간이 많아 곧바로 출발해도 늦은 감이 있었다. 그러나 지친 말을 쉬게 하고 상황이 어떻게 돌아가는지 파악할 겸 하루 더 그곳에서 지내기로 했다.

"어떤 여관이 좋을까? 너도 어서 골라 봐, 라이아."

"글쎄요? 다 비슷할 것 같은데."

그때 골목에서 낯선 남자가 튕기듯 나오더니 지크의 발밑에 쓰러졌다. 흠칫 놀란 지크는 의식불명의 남자를 멍하니 내려다보았다.

"어라, 동물원에서 탈출한 사자 같군."

남자의 팔뚝은 야수에게 물어뜯긴 듯 상처투성이였다. 이윽고 의식을 되찾은 남자는 몸을 일으키자마자 뒤도 돌아보지 않고 도망쳤다. 괴이쩍게 여긴 지크는 그가 나온 골목 안으로 들어갔다.

"오호, 싸움판이군."

골목 안쪽에서 한 노인과 젊은 남자 둘, 여자 한 명이 험악하게 생긴 사내들과 격전을 벌이고 있었다.

톱처럼 날카로운 날이 번뜩이는 검을 휘두르고 있는 회색 머리카락의 청년이 첫눈에 들어왔다. 검술 동작은 겉보기엔 우스꽝스러웠지만 상당한 전투 경험이 밴 동작이어서 지크도 비웃을 수가 없었다. 또 다른 청년은 푸른빛이 감도는 검을 가지고 있었다.

"흠, 그 희끄무레한 샌님 케톤 녀석이 사용하는 검과 모양새가 비슷한데? 단지 색깔만 틀릴 뿐이지."

일행으로 짐작되는 노인의 마법 실력도 상당했다. 레이필과 비교해 전혀 손색 없는 노인의 마법 기술을 보고 지크는 탄성을 연발했다. 그 옆에 두 개의 단검을 들고 있는 여성도 실력자였다. 게다가 그 여성이 사용하는 기술은 마티가 사용하는 기술과 흡사했다.

"저 여자는 같은 스승으로부터 마티와 함께 전수받았나? 그렇지 않고서야 자잘한 기술까지 같을 수 없을 텐데. 어?"

순간 지크는 맞은편 건물의 옥상으로 시선을 돌렸다. 두 명의 남자가 활시위를 당기고 있었다. 조준 각도로 보아 노인 일행을 노리는 것이 분명했다.

지크는 씩 웃으며 같이 구경하던 라이아에게 말했다.

"라이아, 동전 두 개만 줄래?"

영문도 모르는 라이아는 지크에게 동전을 건네주면서도 고개를 갸웃거렸다.

"동전은 뭐하시게요, 오빠?"

"자고로 깡패들을 물리치려면 돈이 최고거든. 헤헤헷."

"예?"

라이아는 지크의 말을 이해할 수 없었다.

"녀석들, 이거나 먹어라."

현상금 사냥꾼 테크는 달려드는 건달들에게 맨이터를 맹렬히 휘두르며 돌진했다. 맨이터는 톱처럼 날카로운 날이 촘촘히 박혀 있어 한 번 스치기만 해도 마치 야수에게 물어뜯긴 듯한 중상을 입힌다. 그래서 그것을 이미 체험했거나 전해 들은 건달패들은 테크의 공격만큼은 필사적으로 피하려고 했다.

검을 계속 휘둘러 대던 테크는 옆에 있는 녹색 머리카락의 남자한테 소리를 버럭 질렀다.

"아슈탈! 너 꿰다 놓은 보릿자루처럼 멍청히 있을 거냐! 네가 초래한 일이니 네가 알아서 처리해야 할 거 아냐."

"누가 할 소리."

"뭐?"

아슈탈은 앞으로 흘러내린 녹색 머리카락 사이로 테크를 노려보며 말했다. 테크의 이마에 핏발이 섰으나 아슈탈은 아랑곳 않고 독설을 퍼부었다.

"난 나쁜 일을 하지 않았다. 이 녀석들이 다짜고짜 덤벼서 그중 하나를 손봐 주었을 뿐이야. 사실 일을 크게 만든 건 너잖아."

"닥쳐!"

급습한 건달 한 명을 다리로 차서 쓰러뜨린 테크는 더 이상 참지 못하겠다는 듯 아슈탈의 멱살을 잡으며 윽박질렀다.

"다시 한 번 말해 봐, 이 빌어먹을 자식."

테크보다 장신인 아슈탈은 테크를 내려다보며 비아냥댔다.

"소원이라면. 일을 크게 만든 것은 너, 테크 퍼밀리온이다. 됐나?"

"뚜, 뚫린 입이다, 이거냐."

테크의 다혈질 성격은 결국 폭발하고 말았다. 그러나 그런 그를 말릴 수 있는 존재가 없는 것도 아니었다.

"두 바보들, 이제 그만해! 상황을 보면서 싸워야 할 거 아냐."

그들의 등 뒤에서 리마의 목소리가 들려오자 테크는 아슈탈의 멱살을 놓았다. 그리고 몇 안 남은 건달에게 달려들었다.

"쳇, 왜 저따위 얼간이 녀석이 우리 일행이 되어서……."

건달들이 전멸하자 리마는 팔짱을 낀 채 숨을 돌렸다. 그는 고개를 저으며 중얼거렸다.

"흥, 내 눈엔 둘 다 얼간이들인데, 뭐. 어쨌든 현자 할아버지, 이렇게 신경 쓰게 해서 죄송해요. 제가 대신 사과드릴게요."

의자에 앉아 있던 로드 덕이 그 말을 듣자 고개를 저으며 투덜댔다.

"오늘은 리마가 사과했으니 내일은 아슈탈이 사과하겠군. 어째 달라진 게 하나도 없냐, 너희는! 세상에 어떤 용사들이 악당들보다 더 파괴를 일삼고 돌아다니냐."

리마는 허를 찔린 듯 곧 입을 다물고 말았다.

"알았다니까요…… 앗!"

투덜거리며 주위를 둘러보던 리마의 시선이 건물 옥상에 고정되었다. 테크와 아슈탈을 향해 화살을 조준하고 있는 두 저격수를 발견한 것이었다. 그녀는 재빨리 품속에서 암기를 꺼내 공격하려 했지만 암기는 이미 다 떨어지고 없었다.

"이런! 둘 다 어서 피해."

"으아악."

순간 날카로운 비명 소리가 주위를 흔들더니 옥상에 있던 두 저격수가 눈을 감싸 쥐며 쓰러졌다. 테크는 검을 거두며 놀란 얼굴을 하고 있는 리마에게 물었다.

"리마, 방금 전 왜 피하라고 했어?"

"시끄러워, 멍청이."

리마는 빽 소리를 지르며 건물 옥상으로 올라갔다. 두 남자는 쓰러진 채 고통에 신음하고 있었다. 리마는 이해할 수 없었다. 주위를 둘러보던 리마는 두 남자가 사용했던 활을 발견했다. 리마는 경악하고 말았다.

"엇? 이럴 수가."

그들이 당겼던 활시위가 모두 끊어져 있었다. 두 남자는 끊긴 시위의 탄성으로 부상당한 것이 분명했다. 리마는 턱 밑을 쓰다듬으며 중얼거렸다.

"운이라고 하기에는 뭔가 이상해."

아래를 내려다보던 리마는 짙은 금발의 남자와 갈색 머리카락의 소녀를 보았다. 그들을 태운 말이 어디론가 천천히 가고 있었다. 그녀는 우연이라 생각하며 다시 일행이 있는 곳으로 내려갔다.

"에이, 돈 함부로 던지면 복이 달아나는데."

덤덤한 표정으로 중얼거리는 지크와 달리 라이아의 얼굴은 놀라움으로 가득했다. 그녀는 지크가 동전을 던져 활시위를 끊어 놓는 것을 목격했다.

"대단하네요, 지크 오빠? 동전으로 그 가는 활시위를 끊을 수 있으리라고는 생각도 못 했어요."

지크는 피식 웃으며 말했다.

"헤헷, 운이 좋았지, 뭐. 자, 이제 여관이나 찾아보자. 말도 지쳤고, 너도 피곤할 테니."

"네."

라이아가 순순히 대답했다. 큰일을 당했던 아이치고는 목소리가 밝았다. 지크는 다시 미소 지으며 거리를 둘러보았다.

어렵지 않게 숙소를 구한 지크는 방 안에 들어서자마자 침대로 뛰어들었다.

"야, 침대 좋은데? 라이아, 네 것은 어때?"

지크가 침대 위에서 방방 뛰며 물었으나 아무런 대답이 없었다. 라이아는 대답할 겨를도 없이 잠에 빠져든 상태였다. 이틀 동안의 악몽으로 그녀의 정신과 육체는 지칠 대로 지쳐 있었다. 열다섯 살 소녀에게는 너무도 벅찬 고통이었다. 지크는 이불을 끌어당겨 소녀의 가슴까지 덮어 주었다. 그러고는 허탈감을 느끼며 자신의 침대에 누웠다.

"하, 이제 어떻게 해야 하나. 애 데리고 다니기는 좀 그렇고…… 그렇다고 매정하게 뿌리칠 수도 없고…… 리오 녀석이라면 데리고 다녔겠지. 이거 머리 복잡한데."

그때 왁자지껄한 소리가 문밖에서 들려왔다. 어찌나 시끄러운지 그가 눈을 부라리며 자리에서 벌떡 일어섰다.

"젠장, 애가 자는데 저 녀석들이? 이봐! 조용히 좀 할 수 없어."

지크는 문을 홱 열어젖히며 버럭 소리를 질렀다. 그러나 이내 입을 다물고 말았다. 소란을 피운 자들은 공교롭게도 조금 전 거리에서 난투극을 벌이던 바로 그 네 명이었다.

"뭐야, 아까 난동을 부리던 형씨들이잖아? 어쨌든 애가 자고 있으니 조용히 좀 할 수 없나? 다른 사람도 생각해 줘야 할 거 아냐."

그 말을 들은 회색 머리 청년이 지크의 가슴을 거칠게 밀치며 뇌까렸다.

"상관 마, 노랑 머리. 우리 실력을 봤으면 사과하고 그냥 들어가는 게 예의 아닌가? 너도 그 건달들처럼 당하고 싶어?"

지크는 눈을 동그랗게 뜨며 빙긋 웃었다. 순간적으로 화가 치밀었을 때 나오는 그의 버릇이었다.

"검술만큼이나 성격도 더럽구나, 밀가루 뒤집어쓴 멍청아. 너야말로 어른을 대하는 태도가 엉망이군."

"뭐라고! 이 자식, 다시 말해 봐."

청년은 거칠게 손을 뻗었으나 지크의 손에 붙잡혀 옴짝달싹하지 못했다. 지크는 씩 웃으며 말했다.

"어허, 생각이 안 나는데 어쩌지? 머리가 과포화 상태여서 말이야. 이를 어쩌지? 네가 다시 말해 주는 게 좋을 것 같은데? 헤헷."

"크윽."

청년은 손을 빼려고 안간힘을 썼으나 팔은 미동도 하지 않았다. 그때 노인이 둘 사이에 끼어들며 말했다.

"내가 대신 사과하겠네, 젊은이. 이 녀석 성격이 좀 불같아서 말이야. 소란을 피워 정말 미안하네."

"로, 로드 덕! 사과하실 필요는……."

"닥쳐."

청년은 금세 입을 다물었다. 지크는 청년의 손을 놓아주고 노인에게 말했다.

"사과하실 필요는 없는데…… 저는 괜찮지만 방에서 자고 있는 애 때문에 그랬습니다. 저도 죄송해요, 할아버지."

노인은 웃으며 고개를 끄덕였다.

"그럼 잘 쉬게나. 자, 우리는 다른 여관으로 가자. 꾸물거리지 말고 빨리 움직여."

노인의 한마디에 청년을 제외한 나머지 일행이 움직이기 시작했다.

"젠장, 운이 좋았다, 노랑 머리."

청년은 분한 듯 주먹을 쥐며 돌아섰다. 그 뒤를 향해 지크가 혀를 날름거리며 비아냥댔다.

"헤헷, 잘 가라, 밀가루 뒤집어쓴 멍청아."

"으, 으윽."

청년의 분노를 뒤로한 지크는 슬그머니 방 안으로 들어갔다.

"쳇, 감히 날 그 따위로 부르다니! 건방진……."

테크는 분에 못 이겨 숙소 벽을 주먹으로 후려쳤다. 옆에 있던

58

아슈탈이 놀리듯 한마디 툭 던졌다.

"전부 맞는 말인데, 괜히 화를 내는군."

"뭐라고! 다시 말해 봐, 잡초 머리."

"밀가루 뒤집어쓴 멍청이. 됐나?"

순간 화를 참지 못한 테크가 아슈탈에게 달려들었다. 그는 아슈탈의 멱살을 거칠게 움켜잡고 소리 질렀다.

"이 자식, 진짜 해볼래?"

"좀 싸우지 마, 둘 다."

리마가 문을 벌컥 열어젖히고, 엉켜 붙어 있는 둘을 향해 고함을 빽 질렀다. 그제야 테크는 아슈탈의 옷자락을 놓으면서 씁쓸한 표정을 지었다. 그러고는 침대에 털썩 누워 버렸다.

리마는 허리에 손을 올리고 테크에게 설교했다.

"이봐, 테크! 왜 승산 없는 싸움을 하려고 그래! 네 팔을 움직이지도 못하게 할 정도로 힘이 강한 자라는 것을 알면 더 이상 시비 걸지 말아야 할 것 아냐! 예전에 그 리오라는 남자에게도 그렇게 시비를 걸었다가 혼쭐난 거 기억 안 나?"

테크는 아무 말이 없었다. 그 말을 듣고 있던 아슈탈이 고개를 저으며 빈정댔다.

"후, 부부 싸움은 밖에 나가서 하는 게 어때?"

팟! 번뜩이는 검광이 아슈탈 곁을 스치고 그가 앉아 있던 의자에 정확히 박혔다. 암기를 던진 리마는 살기등등한 눈으로 그를 쏘아보며 말했다.

"한 번만 더 나불대면 의자가 아니라 네 잡초 같은 머리통을 꿰뚫을 테니 얌전히 있어."

아슈탈은 더 이상 아무 말도 하지 않았다.

"얼간이들 같으니라고."

리마는 시큰둥한 얼굴로 방을 나섰다. 그때 마침 문을 열고 들어온 로드 덕이 그녀를 붙잡았다.

"미안하지만 다시 들어가라, 리마. 모두에게 할 말이 있으니까."

"네."

리마는 로드 덕과 함께 다시 방 안으로 들어섰다. 로드 덕이 들어오자 테크는 씁쓸한 얼굴로 침대에서 몸을 일으켰다.

로드 덕은 의자를 끌어당겨 앉은 후 좌중을 둘러보며 진지한 얼굴로 말했다.

"사악한 마기가 이쪽으로 오고 있다. 죽지도 살지도 않은 존재를 데리고 말이야."

"언데드입니까?"

아슈탈이 확인하듯 묻자 로드 덕은 고개를 끄덕이며 말을 이었다.

"언데드 수는 그리 많진 않은 듯해. 하지만 그것들을 통솔하는 사악한 힘은 대단한 위력을 갖고 있다. 마력만 비교하자면 나보다 열등하지만, 내가 가지고 있지 못한 다른 것을 가지고 있기 때문에 위험하지. 언제쯤 여기에 올지는 알 수 없어. 또한 왜 오는지도 모르겠고…… 여하튼 이쪽으로 오거나 혹은 거쳐 간다는 것은 확실하니 단단히 마음먹고 있는 게 좋을 게야."

"그딴 녀석쯤이야 단칼에 없애 버리면 되잖아요."

테크가 자신만만하게 내뱉자 로드 덕의 얼굴이 일그러졌다.

"그런 소리 마. 넌 아까 그 청년도 당해 내지 못했잖아. 게다가 내가 가장 걱정하는 녀석이 바로 너란 말이다."

"예? 왜요?"

"넌 공격력만큼은 우리 일행 중 최강이지. 굽히지 않는 성격도 좋고. 하지만 감정을 절제하지 못하고 무모한 짓을 해서 모두를 곤경에 빠뜨리는 게 흠이야. 것도 자주. 넌 자숙하지 않는 한 최고의 검사가 될 수 없다. 그저 성격 나쁜 전직 용병으로 남을 뿐이야."

테크는 고개를 돌린 채 아무 말도 하지 않았다. 말을 마친 로드 덕은 자리에서 일어나며 한마디 내뱉었다.

"내가 적들이 온 것을 가장 먼저 감지할 테니 내 신호를 들으면 모두 장비를 챙겨 바로 나오도록. 그럼 편히 쉬어."

로드 덕은 리마와 함께 방을 나갔다.

"젠장!"

테크는 이래저래 분한 듯 이를 갈며 다시 침대에 주저앉았다. 아슈탈이 테크의 그런 모습을 흘끔 보다가 눈을 감으며 말했다.

"너, 나랑 처음 싸울 때 기억해?"

테크는 묵묵부답이었다. 아슈탈은 아랑곳 않고 계속 말했다.

"그때 네가 내 말에 흥분하지만 않았다면 날 이겼을지도 몰라. 지금도 마찬가지야. 한마디로 넌 흥분을 자제하지 못하고 일을 망치는 단순한 녀석이라는 거다."

"큭!"

테크는 울화가 치밀었지만 아슈탈의 농간에 넘어가지 않으려는 듯 꾹 참았다. 애꿎은 모포 자락만 손으로 구겨 대며 참는 기색이 역력했다. 아슈탈은 침대에 편히 드러누우며 말했다.

"하지만 아무리 생각해도 말이야, 미지근한 성격은 너에게 맞지 않아. 잘 자라, 밀가루 뒤집어쓴 멍청아."

테크는 옆 침대의 아슈탈을 흘끔 바라봤다. 지금까지 그가 조언을 한 적은 한 번도 없었다. 테크는 떨떠름한 표정을 지으며 천장을 바라보았다.

"쳇, 저녁을 잘못 먹었나 보군."

그는 만사 귀찮은 사람처럼 투덜대며 돌아누웠다.

"식사 안 하세요?"

아침 식사를 하던 라이아는 창틀에 턱을 괸 채 골똘히 생각에 잠겨 있는 지크를 보며 조심스레 말을 건넸다. 지크는 라이아를 흘끔 보며 힘없이 말했다.

"먼저 먹어. 난 좀 있다가 먹을게."

지크가 평소답지 않게 고민하고 있는 것은 바로 라이아의 재생력이었다. 아무리 생각해도 수수께끼였다. 숨이 끊어졌다고 생각했을 정도로 치명상을 입었는데, 1분도 채 지나지 않아 회복되었다는 것은 실로 엄청난 일이었다. 가즈 나이트같이 놀라운 생체 회복 능력을 가진 존재는 많지 않았다. 신만이 라이아와 같은 능력을 보유했다. 그러나 라이아가 신이 아닌 인간인 것도 확실했다. 라이아한테서는 아무런 힘도 느껴지지 않았다. 지크는 혼란스러웠다.

"라이아, 거기 빵 좀……."

"예."

지크는 라이아가 건네준 빵을 뜯으며 계속 의문에 빠져들었다. 라이아가 악마라면? 그렇다면 차라리 이해할 수 있었다. 왜냐하면 착한 악마도 상당수 존재하기 때문이다. 하지만 그녀가 신이라면? 지크는 완강히 고개를 저었다. 그것만은 상상조차 하기 싫었다. 사이키가 다시 떠올랐기 때문이다.

"라이아."

"예?"

수프를 떠먹던 라이아는 지크가 조용히 자신을 부르자, 눈을 깜빡이며 바라보았다. 지크는 그녀의 얼굴을 보자 갑자기 할 말이 생각나지 않았다. 멋쩍은 듯 지크는 머리를 긁적이며 말머리를 돌렸다.

"이제부터 어떻게 할 거지? 나하고 같이 갈래, 아니면 친척에게 갈래?"

그는 얼떨결에 생각나는 대로 라이아의 거처 문제를 끄집어냈다. 라이아는 숟가락을 내려놓으며 고개를 저었다.

"아직 잘 모르겠어요. 좀 더 시간을 주세요."

"그래, 천천히 생각해 봐. 자자, 빨리 먹자. 지겹겠지만 다른 곳으로 또 이동해야 하거든. 누가 빨리 먹나 시합할까?"

해죽 웃는 지크와 달리 라이아는 멍한 표정으로 그에게 말했다.

"저희 언니는 먹는 것으로 내기하는 사람이 제일 멍청한 사람이라고 그랬는데……."

그제야 지크는 아무 말 않고 묵묵히 먹기만 했다.

그들이 아침 식사를 하고 있을 무렵, 도시로 들어오는 성문 쪽에서 무서운 일이 벌어졌다. 땅속에서 시체들과 해골들이 치솟아 올라 사람들을 공격했다. 언데드의 대란을 공중에서 지켜보던 보라색 머리카락의 소녀와 갑옷 차림의 남자는 무표정한 얼굴로 얘기를 나누었다.

"루카 님, 어째서 당신까지 이곳에 오신 것입니까? 저 하나로도 충분하다고 생각하는데요."

12신장 천공의 루카는 자신의 머리카락을 부드럽게 매만지며 대답했다.

"글쎄. 난 워닐 대장군의 지시를 따를 뿐이다. 그건 그렇고 이쪽으로 그 신의 부산물이 왔다는 것은 확실한 것 같군. 반응이 와. 홀핀, 망자들을 동남쪽으로 이동시켜라. 반응이 강하다."

"예."

보라색 머리카락의 소녀 홀핀은 고개를 끄덕인 후 손바닥에 떠오른 칠흑 구슬을 매만졌다. 그러자 종횡무진하며 사람들을 공격하던 언데드들이 모두 동남쪽으로 방향을 바꾸어 전진했다. 그들이 휩쓸고 간 자리를 따라 홀핀과 루카도 움직였다.

"그나저나 이해할 수 없군. 왜 워닐 님은 신의 부산물 따위가 필요하신 걸까? 이오스의 자식이기 때문인가?"

그 말을 들은 홀핀이 루카를 홀끔 바라봤다. 하지만 루카는 뭘 보냐는 듯한 얼굴로 홀핀을 쏘아보았다.

"마족 따위가 끼어들 일이 아니다."

"아, 죄송합니다."

홀핀은 마음속으로 투덜대며 주위를 돌아보았다.

언데드들의 진행은 그럭저럭 순조로웠다. 도시에 경비대가 없었기에 더욱 쉬웠다. 하지만 목표 지점까지 순탄하게 가지는 못했다.

"멈춰라! 더 이상 진행하면 용서치 않겠다."

"음?"

루카와 홀핀은 목소리가 들려오는 쪽을 바라봤다. 언데드 군단 앞으로 네 사람이 버티고 서 있었다. 그 모습을 본 홀핀은 피식 웃으며 중얼댔다.

"오호, 인간들이군. 진행이 너무 순조로워 졸음이 올 것 같았는데, 심심하진 않겠어."

홀핀의 조롱 섞인 말을 들은 테크는 맨이터를 뽑아 든 채 앞으로 불쑥 나서며 소리쳤다.

"흥! 쥐방울 같은 마녀에겐 관심 없다! 뒤에 있는 녀석, 나와 한판 붙어 보는 게 어떠냐! 설마 무섭다고 그 마녀 치맛자락 속으로 숨는 것은 아니겠지?"

루카는 어이없다는 듯 피식 웃으며 테크를 향해 손을 내뻗었다. 그리고는 조용히 입술을 움직였다.

"후, 그게 아니고……."

"크앗!"

순간 루카의 손바닥이 잔상을 남기며 움직였다. 서 있던 테크는 마치 거인에게 뺨을 맞은 것처럼 충격을 받으며 옆으로 날아갔다. 루카는 다시 팔짱을 끼며 코웃음을 쳤다.

"같잖은 인간을 상대로 귀하신 몸이 움직인다는 게 말이 되느냐. 후후훗."

"설마 12신장?"

그 모습을 보고 있던 로드 덕은 신음을 내뱉었다. 그는 조금 전 루카가 테크를 어떻게 공격했는지 알 수 있었다. 루카는 주위의 기류를 자유자재로 조절했다.

여러 도시를 돌아다니며 12신장을 연구한 그는 루카의 정체를 쉽게 알아맞혔다. 12신장의 위력을 알고 있는 로드 덕은 그 사실을 믿고 싶지 않았다.

"12신장이라고요? 로드 덕, 그냥 당신과 비슷한 마력의 소유자가 온다고 했잖아요! 12신장이라뇨."

리마는 당황한 얼굴로 로드 덕에게 물었다. 그들 일행은 12신장의 힘을 익히 알고 있었다. 그들은 라우소와 대결했다가 저항 한 번 하지 못하고 일격에 기절한 경험이 있었다. 라우소의 말단 부하 글래시도 가까스로 이겼을 뿐이었다.

로드 덕은 침을 꿀꺽 삼키며 루카에게 물었다.

"그대가 천공의 신장, 루카인가?"

루카는 의외라는 듯 눈빛을 반짝이며 고개를 끄덕였다.

"내 이름을 알고 있군. 보통 인간은 아닌 것 같은데? 어쨌든 내 이름을 안다고 달라질 것은 없다. 너희 생명이 잠시 연장되는 것뿐이지. 후후훗. 홀핀, 처리해라."

"알겠습니다, 루카 님. 자, 내 귀염둥이들아, 활약해 보거라."

홀핀은 천천히 자신의 손가락을 움직였다. 그러자 주위에서 서성대던 좀비와 스켈레톤들이 일제히 로드 덕 일행을 향해 몸을 돌렸다. 그 행동이 무엇을 뜻하는지 재빨리 알아차린 아슈탈은 자신의 검 블루노드를 뽑아 들며 리마에게 말했다.

"저 멍청이를 깨워, 어서. 저 녀석이라도 힘을 합쳐야 도망칠 수 있을 테니."

"아, 알았어."

리마는 품속에서 약을 꺼내 기절해 있는 테크의 코밑에 갖다 댔다. 테크는 강렬한 약 냄새를 맡고 금방 의식을 회복했다.

"우, 우욱! 빌어먹을."

테크는 버릇처럼 거칠게 한마디 내뱉으며 자리에서 일어섰다. 그러자 그의 눈에 무리를 지어 자신을 향해 천천히 다가오는 언데드들이 들어왔다. 유년 시절부터 용병 생활을 했던 테크는 몰려드는 괴물들의 수를 재빨리 파악했다. 그는 괴물들의 수를 계산한 후 승산이 있는지 머리를 굴렸다. 그러나 결과는 불 보듯 뻔했다.

"좋아, 괜찮아! 천 마리가 넘는 고블린이 에워쌌을 때도 탈출했던 나야."

테크는 힘차게 소리치며 뒤에 있는 로드 덕에게 신호를 보냈다. 로드 덕은 테크가 무엇을 하려는지 짐작했다.

로드 덕은 즉시 양손을 모으고 주문을 외웠다. 테크는 맨이터를 거머쥔 손목에 힘을 주고 검 자루와 손을 긴 끈으로 단단히 감기 시작했다. 혹시라도 힘이 빠져 검을 놓치는 일이 없게 하기 위해서 용병들이 사용하는 방법이었다.

그 모습을 보자 아슈탈은 어렴풋이 미소를 지으며 중얼거렸다.

"정신을 차렸나 보군."

손과 검 자루를 끈으로 감아 단단히 고정한 테크는 숨을 깊게 들이마신 뒤 홀핀과 루카를 향해 소리쳤다.

"너희 뜻대로 되진 않을 거다! 덤벼 봐, 해골바가지들."

"버릇없는 인간."

홀핀은 손을 앞으로 강하게 뻗었고, 언데드들은 그에 맞춰 로드덕 일행을 향해 맹렬히 돌진했다.

"이거나 먹어랏!"

테크는 채찍 모양으로 늘인 맨이터로 달려오는 스켈레톤을 향해 거세게 휘두르기 시작했다. 원심력이 실린 맨이터의 날들은 하나하나가 해머 같은 위력을 갖고 있었다. 하지만 그 사나운 기세에도 불구하고 스켈레톤들은 거침없이 달려들었다.

뼛조각이 얼굴에 튀어 고약한 냄새를 풍겼지만 그런 감각은 지금의 테크에게 무의미했다.

"간닷!"

리마도 테크와 함께 공격에 동참했다. 그녀는 준비하고 다니는 작은 폭약을 스켈레톤 무리에게 던졌다. 폭약의 폭발 범위 내에 들어간 스켈레톤들은 처참히 부서져 땅에 뿌려졌다.

아슈탈은 블루노드의 성력으로 좀비들과 싸웠다. 블루노드는 성검이라 불릴 만한 푸른빛을 뿜어내며 좀비들의 몸을 토막 냈다. 블루노드의 성력에 몸을 베인 좀비들은 순식간에 불타며 바닥에 쓰러졌다.

'조금만, 조금만 버텨라, 모두들!'

번들번들한 로드 덕의 이마에 땀이 송골송골 맺혔다. 그의 등에는 땀줄기가 주르륵 흘렀다. 그의 몸에서는 황색 기가 모락모락 올라왔다.

그들의 저항이 예상보다 강하자, 홀핀은 감탄을 금하지 못했다. 한편으로 왜 그리 처절하게 저항하는지 이해할 수 없기도 했지만, 언제까지 버틸 수 있을지 궁금하기도 했다.

"대단하군요, 저 인간들. 저항이 상상 이상이에요. 이러다가 저들의 방해로 임무에 실패하는 것은 아닐까요?"

그 말에 루카는 호탕하게 웃었다.

"하하하핫! 역시 급수가 높은 마족이라도 별것 아니구나. 저들이 진짜 저항한다고 생각하나? 그럴 리는 없어. 내 존재를 아는 이상 도망쳤으면 도망쳤지 싸울 리는 없다. 뭔가 노리는 것이 있지. 저건 단순한 시간 끌기일 뿐이야. 홀핀, 넌 내 뒤에 가 있어라. 생각보다 강력한 공격을 할 것 같으니까. 조금은 짐작하고 있는 공격이지만 말이야. 하하핫."

"예."

홀핀은 자존심이 상하긴 했지만 신장과의 차이를 인정하기 때문에 순순히 루카의 뒤로 물러섰다. 루카는 열심히 주문을 외우고 있는 로드 덕을 재미있다는 듯 계속 바라보았다.

"뭐든 해 봐, 늙은 인간. 가브리엘 보이스는 빼고 말이야. 후훗."

열심히 식사를 하던 지크는 밖이 매우 소란스럽자 인상을 쓰며 창밖을 내다보았다.

그의 안면 근육이 풀린 것은 거리를 가득 메운 피난 인파를 본 직후였다. 때맞춰 누군가 방문을 다급하게 두드렸다.

"손님, 손님! 큰일이에요, 큰일! 어서 대피하세요."

지크가 문을 열자 새파랗게 질린 여관 주인이 문 앞에 서 있었다.

"아, 아저씨, 도대체 무슨 일이에요? 무슨 괴물이라도 나타났어요?"

"말도 마세요. 마을 변두리에서 시체들이 갑자기 출몰하더니 이쪽으로 몰려오고 있다고요! 다른 여관에 기거하던 사람들 몇몇이 막아 본다며 달려가긴 했지만, 수적으로 약세인지라 살았을지 죽었을지 모르겠군요. 어쨌든 빨리 도망가세요."

급박한 사태였다. 지크는 입술을 깨물며 머리를 굴렸다. 다른 여관에 기거하던 사람들이 누군지 짐작할 수 있었다. 물론 지크가 알고 있는 사람은 그들뿐이었지만 가능성이 가장 높은 것도 바로 그들이었다.

"젠장, 설마 밀가루 얼간이가?"

지크는 급히 방 안으로 들어가 재킷과 무명도를 챙겨 들며 라이아에게 소리쳤다.

"라이아! 말과 함께 사람들이 대피하는 곳으로 따라가! 혼자 도망치면 절대 안 돼, 알았지?"

라이아는 지크가 왜 그런 말을 하는지 알아들었다. 그녀 역시 다급한 목소리로 지크에게 물었다.

"지, 지크 오빠! 그럼 오빠는요?"

"나도 따라갈 테니 걱정 마! 지금은 그 멍청이들을 살리는 일이 더 중요해서 그래."

지크는 창문을 활짝 열고 한 뼘도 안 되는 창틀에 올라섰다. 여관 주인은 깜짝 놀라며 그를 저지하려 했으나 지크는 아랑곳하지 않았다. 지크는 호흡을 조절하며 주위를 둘러보았다. 북서쪽에서 좋지 않은 기운이 전해져 왔다.

"12신장급이군. 어쩐지 그동안 너무 조용하다 했지. 좋아, 오늘도 묵사발을 만들어 주지."

지크는 자신에 찬 목소리로 외치며 창밖으로 몸을 날렸다. 그는 탄력 있는 공처럼 사방으로 몸을 움직이며 건물 틈을 지나 목표 지점으로 향했다.

세 명의 강력한 저항에도 불구하고 언데드들은 거리를 점점 좁혀 왔다. 리마, 아슈탈, 테크 모두 서서히 지쳐 갔다.

"으윽! 더 덤벼 봐, 이 빌어먹을 녀석들!"

테크는 다시 한 번 맨이터를 강렬히 휘둘렀다. 낼 수 있는 모든 힘을 쥐어짜 대항하는 게 눈에 보일 정도였다. 그의 체력은 한계를 넘어서고 있었다. 아슈탈 역시 드러내지는 않았지만 검을 내던지고 싶을 정도로 힘겨워했다.

언데드에게 공포감이란 존재하지 않았다. 그 적이 드래곤이든 뭐든 상관하지 않고 무조건 돌격하는 것이 언데드의 생리였다. 언데드가 아니라 지능을 가진 생물이었다면 세 명이 이렇게 밀리지는 않았을 것이다.

그때 로드 덕의 목소리가 한 줄기 서광처럼 지친 그들에게 울려 퍼졌다.

"모두 나에게 붙어라! 빨리!"

셋은 기다렸다는 듯 일제히 로드 덕에게 달려갔다. 로드 덕의 발밑에는 어느새 거대한 빛의 마법진이 생성되어 있었다. 안전지대 안으로 세 명 다 들어서자 로드 덕은 팔을 높이 들어 올리며 소리쳤다.

"신이시여, 모든 것을 정화하소서! 가브리엘 보이스."

기도처럼 경건한 주문이 끝나자마자 마법진을 중심으로 거대한 빛의 파동이 사방으로 퍼져 나갔다.

빛이 퍼질 때, 안전지대 안에 있던 세 명은 굵직한 울림을 들었다. 테크는 왜 이 마법을 가브리엘 보이스라고 부르는지 알 것 같았다.

가브리엘 보이스. 성마력(聖魔力)이 담긴 거대한 음파가 마법 사용자 주위로 퍼져 나가면서 돌 같은 무기물질을 제외한 모든 유기물질을 파괴하는 강대한 위력의 1급 신성마법이었다.

그 빛의 파동에 닿은 모든 스켈레톤들과 좀비들은 바람에 흩날리는 민들레 홀씨처럼 가루가 되어 버렸다. 그 광경을 본 테크는 통쾌하다는 듯 한쪽 주먹을 불끈 쥐며 기뻐했다.

"하하핫! 맛이 어떠냐, 이 해골바가지들아! 더 이상 찍소리도 못 내겠지."

빛의 파동과 울림은 점차 사그라졌다. 휩쓸고 간 자리에 남은 것은 건물 잔해뿐이었다. 아슈탈은 무릎을 꿇고 기진맥진하여 쓰러져 있는 로드 덕에게 찬사를 보냈다.

"대단하군요, 로드 덕. 이 정도의 마법을 사용하실 수 있다니, 정말 존경스럽습니다."

테크는 손에 감긴 끈을 풀며 호탕하게 말했다.

"당연하지! 이 정도 할아버지가 아니면 내가 따르지 않는다고! 하하하핫."

안도의 한숨을 쉰 리마는 비틀대며 일어서려는 로드 덕을 부축했다. 그러나 모든 언데드들이 사라졌는데도 로드 덕의 표정은 밝지 않았다. 그는 쓰디쓴 얼굴로 중얼거렸다.

"실패다."

갑작스러운 한마디에 놀란 세 명은 일제히 로드 덕을 바라봤다.

"시, 실패라뇨, 할아범! 모두 깡그리 없애 버렸잖아요."

로드 덕은 대답 대신 힘없이 고개를 들었다. 그러자 셋도 일제히 그쪽을 향해 시선을 들었다.

"뭐, 뭐야, 저건?"

공중에 거대한 공 같은 기류 덩어리가 있었다. 기류는 얼마 후 천천히 멈췄고, 그 안에 있던 홀핀과 루카의 모습이 드러났다.

루카는 왼팔에 머물러 있는 기류를 털며 감탄하듯 말했다.

"훌륭했소, 늙은이. 설마 당신이 가브리엘 보이스를 쓸 줄이야……. 아마 다른 신장이었다면 죽었거나 중상을 입었을 것이오. 하지만 당신은 운 나쁘게도 천공을 조정하는 나를 만났소. 가브리엘 보이스는 큰 음파와도 같은 마법인지라 아무리 성력이 실리고, 유기물을 분해한다 해도 내가 만든 진공 결계는 절대로 뚫을 수 없소."

로드 덕은 침통한 표정으로 고개를 숙였다. 루카는 그를 비웃듯 웃으며 말을 이었다.

"어쨌든 고맙소. 인간 중에도 당신과 같은 강한 마력을 지닌 자가 있다는 것을 오늘에야 알았으니까. 천 년 사이 인간도 꽤 진화한 모양이구려. 자, 이제 내가 끝을 내드리지. 홀핀, 넌 여기 쉬고 있거라."

"예."

홀핀은 허리를 굽히며 뒤로 물러섰다.

루카는 온몸에서 기류를 맹렬히 뿜어냈다. 그 기류는 이내 세 가닥으로 나위어 두 가닥은 공처럼 둥글게 변했고 한 가닥은 검으로 변했다. 루카는 그 검을 불끈 거머쥐며 말했다.

"너희를 도와줄 사람은 아무도 없다. 아, 가즈 나이트라면 또 모를까. 하지만 꽁지 빠지게 줄행랑친 녀석들이 너희를 구하려고 여기까지 올 리는 없겠지. 자, 하나씩 목을 내밀어라. 아프지는 않게 해 주지. 하하하핫."

루카의 웃음소리를 듣던 로드 덕은 씁쓸히 미소를 지었다. 그는 곁에 있는 리마, 테크, 아슈탈을 돌아본 후 긴 한숨을 내쉬었다.

"여기까지군."

로드 덕은 천천히 앞으로 나섰다. 뭔가 이상한 낌새를 느낀 테크는 급히 로드 덕을 붙잡으며 소리쳤다.

"무슨 짓을 하려고 그래요, 할아범! 죽으려고 그래요?"

"그래."

로드 덕은 빙긋 웃으며 테크의 손을 따뜻하게 감싸 쥐고 조용히 말했다.

"너와 리마, 아슈탈은 앞날이 창창한 젊은이들이다. 난 살 만큼 살았고 이젠 너무 늙어서 미래를 꿈꿀 수도 없어. 늙은이로서 할 일은 젊은이들의 앞길을 터 주는 것이라고 생각한다. 테크, 다음에는 부디 유능하고 젊은 마법사를 찾아보도록 해라. 나보다 가능성이 큰 젊은이로 말이야."

말을 끝내자마자 로드 덕은 테크에게 마비주문을 걸었다. 주문이 걸린 테크는 다리에 힘이 풀려 주저앉고 말았다. 그런 상황에서도 테크는 있는 힘을 다해 소리쳤다.

"으윽! 안 돼! 다른 늙은이라면 내가 말리진 않아. 하지만 당신만은 안 돼! 내가 용병을 그만두는 걸 원하지 않는다면 가지 마, 이 대머리 할아범아."

"……즐거웠다, 테크."

로드 덕은 비통하게 한마디 던지고 천천히 걸음을 옮겼다. 테크는 온몸이 마비되어 쓰러진 채 절규했다.

"부모님과 동료들도 모자라 당신까지 날 버리려는 거야? 당신이 그랬잖아! 아버지라고 부르고 싶으면 그렇게 하라고 말이야! 그래놓고 뭐라고? 거기 서! 이 미친 할아범아."

"그만해라."

아슈탈이 무거운 표정으로 테크에게 말했다. 테크가 자신에게 시선을 돌리자 아슈탈은 담담한 얼굴로 그를 부축하며 말했다.

"이제부터 아버지라는 말 대신, 친구라는 말을 써라."

"뭐?"

"친구라는 단어도 꽤 좋은 말이다. 한번 써 봐. 나도 쓰려고 노력하지."

"크흑."

순간 테크는 아슈탈의 어깨에 이마를 댄 채 울음을 터뜨렸다. 고아인 테크는 부모의 임종을 지켜본 적이 없기에 그 슬픔은 말할 수 없이 컸다. 리마도 고개를 돌리고 흐느꼈다.

살기 어린 미소를 띤 채 그 광경을 지켜보던 루카는 천천히 다가오는 로드 덕에게 말했다.

"자기 희생주문을 쓰려고 하는 건가? 뭐, 좋아. 하지만 다 늙어빠진 인간의 생명에서 얼마만큼의 파괴력이 나올지 의문이군. 후후훗."

"그런가? 난 생전 처음 써 보는 주문이라 실패할까 두렵군. 허허허헛."

로드 덕은 농담조로 루카에게 말하며 마음속으로는 주문을 계속 외웠다. 자기 희생주문은 일생에 한 번밖에 쓰지 못하는 주문이어서 실패란 용납되지 않았다. 만약 실패한다면 자신이 구하려는 세 명도 위험에 빠질 수 있었다.

로드 덕은 처음 마법을 배울 때보다 더 조심스럽게, 그리고 확실하게 주문을 외웠다.

"윽?"

순간 무언가 로드 덕의 몸에 툭 하고 부딪쳤다. 그는 주문을 멈추고 의아해하며 앞을 바라보았다.

"아, 아니, 자네는!"

그의 앞에는 붉은 재킷 차림의 금발 청년이 등을 돌린 채 서 있었다. 당황한 로드 덕은 급히 그 청년에게 소리쳤다.

"자, 자네, 여기서 뭐 하는 건가! 어서 여길 떠나게."

로드 덕이 호통치자 그를 막아선 청년은 씩 웃으며 돌아보았다.

"헤헷, 미안하지만 그 말은 들어줄 수 없어요. 마치 영웅인 척하는 당신 모습에 닭살이 돋아서 말이에요. 어이! 너희들 뭐 하는 거야. 어서 자아도취에 빠진 이 할아범을 데려가지 않고!"

"내, 내 숭고함을 깔아뭉개다니! 이 무례한."

청년 지크는 로드 덕의 말을 무시한 채 루카를 노려보았다. 두 사람은 일전에 왕국에서 벌어졌던 경기 대회에서 만난 적이 있었다. 하지만 그때 승패는 정확히 갈리지 않았다. 루카는 살기 어린 웃음을 띠며 지크에게 말했다.

"가즈 나이트! 지크라고 했던가? 후훗, 승부를 가리고 싶었는데 잘됐군. 그런데 왜 넌 겁 많은 동료들과 함께 도망치지 않았나?"

지크는 코웃음을 치며 말했다.

"헤헷, 나도 지금은 길 잃은 어린 양이야. 내 여린 마음에 큰 상처를 주지 마, 친구. 어쨌든 나도 기다리던 바다. 어디 한번 붙어 보자, 날파리! 네 소원대로 승부를 가리는 거다."

"후훗, 미안하지만 사양하겠다."

갑자기 그렇게 말하며 루카가 어깨를 으쓱하자, 지크는 한쪽 눈썹을 치켜뜨며 소리쳤다.

"무, 무슨 소리야! 승부를 가리고 싶다며!"

루카는 웃으며 고개를 끄덕였다.

"그래. 하지만 가리고 싶을 뿐이다. 가리겠다고 말한 적 없어. 상대가 저 인간들이라면 모를까, 너 같은 괴물과는 싸우기 싫다. 시간도 많이 소요될 뿐만 아니라 나도 부상을 입을 게 뻔하거든. 난 임무만 수행하면 된다. 화를 자초하긴 싫군. 참, 넌 날지 못하지? 아무리 너라도 내 임무를 방해할 수는 없겠군. 하하하핫."

"이, 이 자식!"

결국 지크는 흥분하며 단숨에 몸을 날렸으나 루카는 가볍게 몸을 솟구치며 뒤로 멀찍이 물러났다.

"하하핫! 네 점프 실력은 지난번 팔 하나가 잘려 나가서 충분히 알고 있다! 더 뛰어 보시지? 억울하면 하늘을 날아보란 말이다! 하하하핫."

루카는 공중으로 높이 솟아올라 지크를 비웃었다. 폭발 직전의 흥분 상태가 된 지크는 공격 방법을 찾지 못한 채 주먹만 부르르 떨었다.

"빌어먹을 녀석!"

"그럼 난 이만."

루카는 공중을 몇 번 선회하더니 뒤로 물러서 있던 홀핀에게 후퇴하라는 눈짓을 보냈다. 그들은 방향을 틀어 동남쪽으로 날아갔다. 지크는 루카의 뒤를 쫓으며 소리를 질렀다.

"이 자식, 어딜 도망가!"

"도망이 아니고 임무 수행이다. 챙겨야 할 것이 좀 있어서 말야. 어디 따라와 봐라, 땅벌레. 하하핫!"

"이런!"

지크는 멀어져 가는 루카의 모습을 지켜보다가 순간 무언가 떠올랐다.

이 도시는 그저 평범한 도시에 불과했다. 금이라도 깊숙이 묻혀 있다면 모를까 신장들이 서둘러 가져갈 만한 특별한 것은 없었다.

"설마? 아냐, 설마가 아냐, 확실해! 이봐 당신들! 저 날파리가 뭐라고 떠들어 댔나? 뭐 특별히 말한 게 있나?"

혼자 흥분한 지크를 보던 로드 덕과 그 일행은 고개를 저었다. 사실 로드 덕 일행보다 홀핀에게 물어보는 것이 더 빨랐겠지만 그녀는 벌써 도망가고 없었다.

지크는 씁쓸히 내뱉으며 자신의 몸에 기합을 불어넣었다.

"쳇, 빌어먹을 날파리 녀석, 그 애의 털끝이라도 건드리면 넌 진짜 사망이다."

기합이 들어간 지크의 몸에서 곧 파란빛의 스파크가 번쩍였다. 눈에 보이지 않게 날아가 버린 루카를 따라잡기 위해서는 자신의 능력을 최대로 발휘하는 수밖에 없었다. 온몸에 스파크를 두른 지크는 루카가 날아간 방향으로 재빨리 뛰어갔다.

물론 지크에게는 달리는 것이었지만 로드 덕 일행의 눈에는 이미 지크가 사라지고 없었다. 로드 덕은 지크가 있던 자리를 멍하니 바라보며 중얼댔다.

"세, 세상에! 가즈 나이트가 실제로 존재하다니."

그 무렵 라이아는 말에 올라탄 채 지크를 기다리고 있었다. 지크가 언제쯤 올지 알 수 없었지만 그래도 라이아는 지크가 꼭 돌아올 것이라고 믿었다.

라이아가 자신의 불안한 마음을 추스르던 순간, 갑자기 말이 지크가 간 방향으로 질주했다. 뜻밖에 벌어진 상황이라 그녀는 말의 안장을 꼭 붙잡고 있을 수밖에 없었다.

"왜 그러는 거야, 멈춰."

라이아가 소리 지르며 애원해도 말은 못 들었는지 질풍처럼 도로 한복판을 내달렸다. 사람들도 피난을 간 후라서 말 앞을 가로막는 것은 아무것도 없었다.

쿵.

"꺅."

그때 달리던 말 앞에 큰 폭발이 일어났다. 짙은 흙먼지가 일면서 도로 한가운데 깊은 구덩이가 파였다. 여느 말 같았으면 폭발과 동시에 멈췄을 것이다. 그러나 말은 큰 구덩이도 가볍게 뛰어넘어 계속 전력 질주를 했다.

"무, 무슨 일이지?"

말 등에 앉아 두려움에 떨던 라이아는 자신도 모르게 하늘을 올려다보았다. 갑옷을 걸친 한 남자가 허공을 비행하며 자기 뒤를 쫓고 있었다.

"누구지, 저 사람은?"

12신장 루카는 빠른 속도로 말을 따라잡더니 앞질러서 그 앞을 가로막았다. 말은 결국 그 자리에 멈추고 말았다.

루카는 천천히 말과 라이아에게 다가오며 말했다.

"말이 참 영리하군. 내가 널 공격하지 않는다는 것을 알고 그냥 달렸어. 하지만 달려 봤자 동물일 뿐이야. 자, 말에서 내려와라, 소녀여. 네가 있어야 할 곳에 데려가 주지. 그런 구질구질한 안장과는 비교도 되지 않는 좋은 곳이니 안심해도 좋아."

루카에게서 불길한 느낌을 받은 라이아는 고개를 저으며 강력히 거부했다.

"싫어요! 제가 왜 아저씨를 따라가야 해요? 전 지크 오빠가 올 때까지 기다릴 거예요."

그러자 루카는 피식 웃으며 천천히 다가왔다. 말은 뒷걸음질을 쳤지만 루카는 가소롭다는 듯 눈을 번뜩였다.

"동물 주제에 어딜 도망가!"

그의 눈빛이 살기를 뿜으며 번뜩인 순간 말의 귀에서 피가 솟구치더니 그대로 몸이 굳어 버렸다. 딱딱하게 굳은 말을 보고 라이아는 흠칫 놀라며 루카를 바라보았다.

"마, 말을 어떻게 한 거예요?"

"후, 어떻게 하긴. 뇌를 곤죽으로 만들었지. 방해물이 사라졌으니 하던 얘기 계속해 볼까?"

루카는 웃으며 라이아에게 다가갔다.

"네가 왜 나를 따라가야 하냐고? 후훗, 너 같은 사소한 존재가 알 바 아니다. 어서 내려."

루카는 거칠게 라이아를 잡아끌어 내렸다. 라이아는 몸부림치며 저항했으나 열다섯 소녀가 신장의 괴력을 당해 낼 수는 없었다.

라이아를 붙잡은 루카는 천천히 공중으로 떠올랐다.

"안됐군. 그 가즈 나이트가 널 구하러 오지 못해서 말이야. 녀석은 날 수 없는 자신의 무능력을 한탄하고 있을 테지. 하하하핫, 바로 저렇게."

라이아는 흠칫 놀라며 루카가 가리킨 쪽을 바라보았다. 그곳엔 이쪽을 향해 파란빛의 스파크 덩어리 하나가 돌진해 오고 있었다.

"라이아!"

뒤늦게 도착한 지크가 루카의 손에 붙들려 공중에 떠 있는 라이아를 불렀다.

"지크 오빠! 지크 오빠."

라이아는 처절하게 지크를 불렀다.

루카는 안됐다는 듯 고개를 저으며 더욱더 공중으로 떠올랐다.

"땅을 뛰어다니는 능력이 어느 정도인지 참 궁금하구나! 어서 여기까지 날아와 봐라, 땅벌레! 후하하핫."

전속력으로 달리던 지크는 이를 악물며 루카가 떠 있는 공중을 향해 몸을 힘껏 날려 보았다.

"이 날파리 같은 녀석! 잡히면 가만히 안 두겠다."

전속력으로 뛰었지만, 지크는 공중에 떠 있는 루카의 발밑 바로 아래까지밖에 가지 못했다. 루카는 비웃으며 손을 뻗었다.

"하하핫! 이거나 받아라."

루카의 손에서 회청색 거대한 기체 덩어리가 뿜어져 나왔다. 그것에 일격을 맞은 지크는 기체의 압력에 못 이겨 지면에 급속도로 추락하고 말았다.

"크, 크아아앗!"

지크는 그 충격으로 땅속 깊숙이 처박혔고, 그 모습에 라이아는 안타까움을 감추지 못했다. 그녀는 공포에 못 이겨 목이 터져라 지크를 불렀다.

"지크 오빠! 살려줘요, 지크 오빠!"

큰 충격을 받은 지크는 구덩이 속에서 비틀거리며 겨우 몸을 일으켰다.

"으, 으윽! 라이아!"

그동안에 라이아는 계속 지크를 애타게 불렀다. 그 목소리가 듣기 싫었는지 루카는 손을 쳐들어 라이아의 뒤통수를 강타했다.

"시끄럽군."

뼈가 어긋나는 소리와 함께 라이아의 목뼈가 꺾였다. 그 충격에 기절했는지 아니면 죽었는지 그녀는 더 이상 움직이지 않았다.

"라, 라이아!"

그 광경을 목격한 지크는 허망한 얼굴로 라이아의 이름을 되뇌었다. 루카는 그사이 고도를 높여 지크에게서 점점 멀어져 갔다.

"빌어먹을, 젠장!"

지크는 결국 땅에 무릎을 꿇고 말았다. 그의 눈빛은 풀린 상태였다. 무리도 아니었다. 다른 가즈 나이트들에 비하면 다양한 상황과 전투를 많이 겪어 보지 못한 그였다.

"흥, 가즈 나이트도 별거 아니군. 나도 괜히 떤 것 아닌가?"

루카는 중얼거리며 자신들만의 공간이동 문을 천천히 열었다.

"크아아아앗."

공간이동의 문 안으로 막 들어서려던 루카는 갑자기 지상에서 들려온 지크의 괴성에 움직임을 멈추고 내려다보았다.

"뭐냐, 소리라도 지르면 일이 해결될……."

순간 루카는 자기 머리 위로 뭔가 스쳐지나간 것을 느꼈다. 본능적으로 위험하다고 느낀 루카는 몸을 재빨리 피했다. 곧이어 거대한 초승달 모양의 반사광이 그가 서 있던 자리를 갈랐다. 루카는 급히 몸을 틀어 자신을 공격한 존재를 응시했다.

"네, 네 녀석? 어떻게 이럴 수가!"

루카는 믿고 싶지 않았다. 몇 초 전까지만 해도 지상에서 점프밖에 못 하던 지크가 칼처럼 날카로운 기류를 온몸에 휘감고는 자기 눈앞에 떠 있었다.

"크으으윽! 죽여 버리겠다."

지크의 두 눈이 붉게 타올랐다. 온몸에서 뿜어 나오는 거대한 기의 압력은 루카를 압도하기 충분했다. 지크의 무명도 날은 청색이 아닌 핏빛 반사광을 내며 귀신이 우는 듯한 음산한 진동음을 냈다.

"이런!"

루카는 목이 부러져 미동도 하지 않는 라이아를 자기 주위에서 맴도는 바람정령한테 맡기고 즉각 전투 태세를 취했다. 루카는 특기인 원거리 공격을 위해 지크와 거리를 벌렸다.

"쳇, 네가 어떻게 날 수 있게 되었는지는 모르지만 네 녀석이 접근전에만 강하다는 것쯤은 알고 있다! 하지만 어림없지. 원거리 공격은 내가 앞선다. 오너라!"

루카는 양손을 모으고 천공의 힘을 응축했다. 지크는 빠르게 루카를 향해 돌진했다. 그러나 그것은 무턱대고 돌진하는 것이었다.

지금 지크는 판단력을 상실하고 모든 행동을 본능에 맡긴 채 움직였다.

"크오오오오옷!"

지크가 거의 접근해 오자 루카는 손에 모았던 힘을 풀어 지크를 향해 분출했다. 이전에 쓰던 초(超)기류가 루카의 손에서 나와 지크에게 날아갔다.

"받아라, 루스트 블래스트!"

그 공격의 범위 안에 있는데도 지크는 방어하거나 피하기는커녕 무작정 전진했다. 결국 루카의 루스트 블래스트를 정면으로 받은 지크는 그 충격으로 멀찌감치 날려가 버렸다. 루카는 회심의 미소를 지으며 다시금 천공의 힘을 응축했다.

"하하하핫! 하늘을 나는가 싶더니 이젠 바보가 되어 버렸구나! 그럼 다시 와 봐라. 루스트 블래스트를 얼마든지 맛보게 해 줄 테니까."

"풋!"

뒤로 쭉 밀려난 지크는 입가에 흐르는 피를 팔뚝으로 닦으며 괴이한 미소를 지었다. 그러고는 무명도를 몸과 일직선으로 치켜들고 멀리서 천공의 힘을 응축하고 있는 루카를 노려보았다.

"신장의 힘이 이것이다! 가즈 나이트 따위의 피는 한 방울도 남겨 두지 않겠다."

멀리서 지크가 괴상한 자세를 취하자 루카는 이때다 싶었는지 루스트 블래스트를 다시 한 번 쐈다. 그에 맞춰 지크의 동작도 개시됐다. 물이 흐르듯 부드럽게 무명도의 핏빛 반사광이 일직선으로 그어져 내려갔다.

엄청난 속도로 지크를 향해 날아오던 루스트 블래스트가 일순간 멈추며 두 조각으로 깨끗이 갈렸다. 그 뒤에 있던 루카의 몸과 건물, 심지어 멀리 있던 언덕도 양쪽으로 잘려 나갔다. 마치 칼에 종이가 잘리듯 루카의 몸과 루스트 블래스트의 덩어리가 완전히 이등분되었다. 지크는 웃으며 자세를 풀었다.

"죽어!"

"으, 으헉!"

운이 좋아 머리만은 피할 수 있었던 루카는 도저히 믿을 수 없다는 얼굴로 지크를 바라보았다. 어느새 지크가 무명도를 들고 돌진해 오고 있었다. 상황은 완전히 역전되고 말았다.

"크아아아앗!"

전투 불능 상태가 된 루카에게, 대성을 지르며 돌진해 오는 지크의 모습은 그야말로 사신 같았다. 순간 루카는 마지막 힘을 쥐어짜 지크에게 소리쳤다.

"이 녀석! 저걸 봐라."

지크는 루카가 가리킨 방향으로 고개를 돌렸다. 라이아를 감싸고 있던 바람정령들이 어느새 라이아에게서 떠나 버렸다. 그녀의 몸은 지상으로 추락하고 있었다.

"날 없애겠느냐, 아니면 목이 부러진 저 신의 부산물을 구하겠느냐! 날 없애 봤자 이득 될 건 하나도 없다는 것을 알겠지, 하하핫."

결국 지크는 추락하는 라이아를 구하기 위해 재빨리 아래로 내려갔다. 루카는 자신에게 다시 날아온 바람정령의 힘을 빌려 공간이동 문으로 향했다.

가볍게 라이아의 몸을 받아 낸 지크는 그녀를 편안히 바닥에 눕혔다. 그녀를 내려다보는 그의 눈빛이 흔들렸다. 그는 들고 있던 무명도를 땅에 떨어뜨리고 머리를 감싸며 괴로워했다.

"크윽, 크아아아악!"

지크는 땅 위를 뒹굴며 절규하더니 이윽고 의식을 잃었다.

"윽. 뭐야, 이거."

얼마나 시간이 지났을까. 지크는 의식을 차리자마자 이마 위에 올려진 물수건을 치우고 침대에서 몸을 일으켰다. 두 개의 침대가 놓인 방 안에 혼자 누워 있다는 것을 깨달은 지크는 어리둥절한 표정으로 주위를 둘러보았다. 머리맡에 대야와 물수건 몇 개가 놓여 있는 것으로 보아 누군가 자신을 간호했다는 것을 알 수 있었다.

"음, 누굴까? 그건 그렇고 내가 왜 여기 있는 거지? 아 참, 라이아."

그러자 누군가 문을 열고 안으로 불쑥 들어왔다. 라이아였다.

"나 불렀어요, 지크 오빠?"

라이아가 아무렇지도 않은 표정으로 대답하자 지크는 황당해하며 물었다.

"너 괜찮아? 목뼈가 삐걱거린다거나 좀 뻑뻑하다거나……."

"예? 글쎄요? 저는 그 갑옷 입은 아저씨에게 잡힌 기억밖에는……."

지크는 머리를 긁적이며 고개를 갸웃거렸다. 사실 자신도 라이아가 루카에게 목이 부러지는 모습을 보고 난 이후의 일은 전혀 기억나지 않았다.

"에이, 뭐 어때. 둘 다 무사하면 되는 거지."

"저, 말이……."

라이아가 말을 하려고 입을 여는 순간 지크는 알았다는 듯 손사래를 쳤다. 그는 쓸쓸한 미소를 짓고 있었다. 지크를 흘깃 본 라이아는 대야와 물수건을 정리하며 말했다.

"그저께 봤던 그 시끄러운 사람들 있잖아요. 그분들이 길거리에 쓰러진 우리를 이곳에 데려다주셨어요. 생각보다는 좋은 분들이던데요?"

라이아의 말에 지크는 의외라는 표정으로 고개를 끄덕였다.

"오호, 그래? 그 인간들이? 의외인걸?"

그때 테크가 떫은 표정을 지으며 열린 문으로 불쑥 모습을 드러냈다. 그는 투덜대듯 말했다.

"의외의 행동을 해서 미안하군, 노랑 머리. 몸 괜찮으면 좀 나오시지. 우리 캡틴이 좀 보자는데."

"오, 그래? 그 할아범이 나한테 관심 있을 줄은 몰랐는걸. 좋아, 한번 만나 주지 뭐. 영광으로 알라고, 헤헤헷."

지크는 침대에서 일어나 신발을 신었다.

"음, 잘 왔네. 다른 사람들은 좀 자리를 비켜 주겠나? 단둘이 할 얘기가 있어서 말이야."

로드 덕의 말에 리마와 테크, 아슈탈은 방을 나갔다. 문이 닫히자 지크는 씩 웃으며 정신감응으로 로드 덕에게 말을 걸었다.

「이거 할 줄 알아요?」

지크의 정신감응을 들은 로드 덕은 눈을 반짝이며 고개를 끄덕였다.

「오호, 정신감응이구먼. 하긴 가즈 나이트니 그 정도는 기본이겠지. 그냥 말하는 게 편하지 않은가?」

지크는 입을 동그랗게 모으며 고개를 가로저었다.

「음, 그렇게 되면 단둘이 얘기하는 게 아니죠. 저 녀석들이라면 이렇게 조용한 곳에서 소곤거리는 소리를 다 들을 수 있을 테니까요. 자, 얘기하고 싶으신 게 뭐예요?」

로드 덕은 담뱃잎을 길게 말아 그 끝에 불을 붙인 후 한 모금 깊게 들이마시고는 연기를 내뿜었다. 그는 궁금해하는 지크의 얼굴을 보며 천천히 정신감응을 보냈다.

「수도에서 일어난 일을 알고 싶어서 말이야. 가즈 나이트라면 왕국이 사라져 버린 이유를 알고 있을 것 같아서. 나도 한때는 레프리컨트 왕국의 신하였으니 이유를 알고 싶지 않겠나.」

그 말에 지크는 쓸쓸한 표정을 지으며 말했다.

"그거라면 그냥 얘기해도 될 것 같네요. 하지만 좀 재미없을지 모르는데……."

테크와 리마는 문에 귀를 바짝 대고 안에서 나누는 얘기를 듣기 위해 사력을 다했다. 아슈탈만 창가에 기대서서 밖을 내다보았다.

귀를 아무리 바짝 대고 촉각을 곤두세워도 소리가 들리지 않자, 테크는 답답해하며 리마에게 물었다.

"좀 들려, 리마? 넌 암살자니까 나보다 청각이 더 좋을 거 아니야."

"모르겠어. 아무 말도 하지 않는 것 같아. 음…… 아, 뭐라고 한다."

"엿듣는 건 실례 아니에요?"

등 뒤에서 들려온 소녀의 목소리에 테크와 리마는 흠칫 뒤를 돌아보았다. 라이아가 빙긋 웃음을 지은 채 쳐다보자, 둘은 무안해하며 문에서 귀를 뗐다.

"여, 엿듣다니, 정보를 좀 알아보려고 그런 것뿐이야."

테크가 그렇게 말하자 창밖을 바라보던 아슈탈이 놓치지 않고 한마디 던졌다.

"할 말 없으면 그냥 미안하다고 하는 게 어떨까."

"넌 가만히 있어."

테크가 주먹을 불끈 쥐며 소리치자, 아슈탈은 별말 없이 코웃음을 쳤다. 라이아는 그런 두 사람을 보고 재미있다는 듯 웃었고, 그녀의 모습에 리마 역시 자신도 모르게 미소 지었다.

"이봐, 이봐. 조용히 하는 게 어떠신가. 엿들으려면 좀 조용히 엿듣던가."

곧이어 지크가 문을 열고 나왔다. 로드 덕도 그 뒤를 따라 나오며 말했다.

"자, 우리가 해야 할 일은 정해졌다. 일차 목적지는 항구도시 트립톤이다."

로드 덕의 갑작스러운 말에 테크는 의아스러운 얼굴로 물었다.

"예? 갑자기 웬 항구예요, 로드 덕? 갈매기라도 보고 싶어졌나요?"

"우리는 동방으로 간다. 여기서는 우리가 할 수 있는 일이 없는 것 같다."

그 말에 테크와 리마는 깜짝 놀라며 로드 덕에게 소리쳤다.

"예? 도, 동방요? 그런 곳에 왜!"

로드 덕은 더 이상 얘기하지 말라는 듯 검지를 입술에 대며 계속 말했다.

"여기서 우리가 아무리 날고 기어봤자 아무런 도움도 되지 않아. 우리가 동방으로 가서 조금이라도 보탬이 되는 일을 하는 게 좋겠지. 어서 짐이나 꾸려."

그러자 창가에 기대서 있던 아슈탈이 자세를 고치며 로드 덕에게 조용히 물었다.

"보탬이라뇨, 누구에게 말입니까?"

"그건……"

로드 덕은 말끝을 흐리며 뒤로 돌아섰다. 잠깐 침묵이 흐른 뒤 로드 덕이 입을 열었다.

"앞으로 생길 너희 자식들이라고 하면 되겠나, 허허헛."

"……?"

로드 덕은 알 수 없는 말을 하고 방으로 들어갔다. 지크가 불만스럽다는 듯 인상을 찡그리며 라이아에게 소곤거렸다.

"저 대머리 할아범은 젊었을 때 꽤나 분위기 잡았던 것 같은데. 저렇게 잔뜩 폼 잡으며 말하는 노인네는 처음이야."

라이아는 그저 웃을 뿐이었다.

"하긴 뭐, 저 할아범도 나름대로 철학이 있나 보지. 자, 우리는 준비나 하자, 라이아."

"예. 아 참, 지크 오빠. 한 가지 물어봐도 돼요?"

라이아의 말에 지크는 눈을 껌벅이며 자신 없는 듯한 얼굴로 고개를 끄덕였다.

"그래. 계산하는 거나 그 외 이상한 것 빼고는 다 물어봐."

"정말 열아홉 살 이하 여자는 관심 없어요? 바꿔 볼 생각은요?"

그러자 지크는 뚱한 얼굴로 라이아의 머리를 톡 치며 말했다.

"얘가 날 이상한 사람으로 만드네. 스무 살 이상이 아니면 관심을 두지 않는다는 게 내 신조니까 그렇게 알아. 참 내, 열다섯 살짜리가 별말을 다 해요."

"죄, 죄송해요."

라이아는 맞은 부위를 손으로 쓰다듬으며 말했다.

"그럼 제가 스무 살 이상이 되면 괜찮은 거죠? 히힛, 알았어요."

"무슨 소리야? 넌 아직 5년이나 남았잖아."

"그때까지 오빠가 기다려주면 되는 거죠, 뭐. 안 그래요?"

그 말에 지크는 라이아의 머리를 쓰다듬으며 조용히 말했다.

"아픈 데 없니? 특히 머리 쪽은……."

라이아는 그 일 이후 이틀간 입을 꼭 다물고 지크와 한마디도 얘기를 나누지 않았다.

4

동방으로 향하는 길

모두의 예상과 달리 트립톤에 거의 가까워졌는데도 신장을 비롯한 적들이 나타나지 않았다. 가끔씩 출몰해 일행을 습격하는 것은 운 없는 몬스터뿐이었다.

일행은 힘든 여정과 긴장으로 인해 누적된 피곤을 달래려고 점심 식사 후 휴식을 취했다. 일행이 워낙 많았기에 가즈 나이트 한 명을 중심으로 몇 개의 조를 편성했다.

노엘과 린스의 경호를 맡은 가즈 나이트는 슈렌이었다. 나무에 기대어 앉아 휴식을 취하는 슈렌은 너무나도 조용해서 겉보기에 자고 있는 것처럼 보였다.

"저 장발은 왜 저렇게 잠만 자는 거지? 잠의 가즈 나이트 아냐?"

린스의 투덜거림에 노엘은 그냥 웃을 뿐이었다. 그때 휴식을 취하던 슈렌이 나지막이 말했다.

"저는 불의 가즈 나이트입니다."

슈렌의 음성을 들은 린스는 순간 말을 잊었다. 리오나 지크가 그렇게 대답했다면 천하의 말괄량이 린스가 당장 반항했겠지만 이상하게도 슈렌의 말에는 꼼짝도 못 했다. 슈렌은 딱 자르듯 대답하여 린스의 말을 받아 주기는커녕 더 이상 반문할 수 없도록 말문을 막아 버렸다.

린스가 우물쭈물하자 노엘이 대신 슈렌에게 사과했다.

"죄송합니다. 공주님께서 악의가 있어서 그런 건 아닌데……."

"괜찮습니다."

슈렌의 대답은 간단했다. 늘 그랬다. 하지만 틀린 말을 하는 경우는 없었기에 어느 누구도 뭐라고 할 수 없었다. 학자인 노엘이 보기에도 그랬다.

"헤이! 출발합시다."

사바신의 큰 목소리가 숲 저편에서 들려오자 슈렌은 천천히 몸을 일으켰다. 그는 린스와 노엘을 돌아보며 조용히 중얼거렸다.

"가시죠."

슈렌이 짧게 한마디 내뱉고 천천히 앞으로 걸어 나갔다. 린스는 그의 등 뒤에서 말소리는 내지 않고 입술만 움직이며 불만의 몸짓을 했다. 물론 린스의 불평은 말도 안 되는 것이었다. 사실 린스는 속이 탔다. 리오는 순순히 자신의 말을 받아 주었고 지크 역시 말을 받아치기는 했지만 잘 받아 주는 편이었다. 하지만 수도를 떠난 뒤 자기 말을 들어 주는 사람은 노엘뿐이어서 린스는 답답함에 숨이 턱턱 막혔다.

같이 움직이는 슈렌은 언제나 대답을 '예, 아니오'로 일관했고, 바이론은 아예 상대조차 해 주지 않았다. 그 모든 것이 결국 그녀의 마음속에 불만으로 쌓이고 있었다.

그때 슈렌이 고개도 돌리지 않고 조용히 말했다.

"하실 말씀이 있으시면 그냥 하십시오. 뒤에서 그러시는 것은 왕족다운 행동이 아닙니다."

"어휴!"

린스는 그냥 한숨만 폭 내쉴 뿐이었다.

사실 슈렌은 무뚝뚝해 보이는 것과 달리 생각이 많았다. 단지 말하는 것을 그리 즐기지 않는 편일 뿐. 독백으로 치면 아마 말이 제일 많은 지크보다도 더 할 것이다.

린스, 노엘과 함께 일행이 모일 곳으로 가던 슈렌의 눈에 맨 먼저 띈 것은 약하게 빛을 발하며 서 있는 이오스와 그루터기에 앉아 있는 바이론이었다.

'대조적이군.'

이오스의 하얀 피부와 바이론의 회색 근육질을 보며 슈렌은 생각했다. 마치 빛과 어둠처럼 그 색감이 너무나 대조적이었다.

잠시 후 일행이 모두 모이자 슈렌은 이오스 앞에 서서 좌중을 돌아보며 말했다.

"이제 곧 트립톤에 당도할 것입니다. 반나절 정도 걸어가면 될 것 같습니다. 가는 도중에 어떠한 일이 일어나도 침착해 주십시오. 저희 네 명이 알아서 적절히 처리할 것입니다. 그럼 모두 출발합시다."

모두 한 걸음 내디디며 움직이기 시작하자 바이론도 자리에서 일어섰다. 옆에 있던 이오스의 얼굴이 어두워 보였다. 말은 하지 않았지만 일행에게 별 도움이 되지 못해 미안해하는 것 같았다. 약에 의해 신으로서 각성한 이오스였기에 신의 능력을 발휘하려면 엄청난 체력을 소모해야 했다. 더구나 그녀는 중·하급의 신이었기에 전지전능한 능력도 없었다.

적어도 슈렌이 보기에는 그랬다.

'아직 신으로 힘을 발휘하지 못하는 것인가. 그런데 왜지? 아무리 각성된 신이라 하더라도 이렇게까지 능력이 저하되지는 않을 텐데……. 전투적인 신의 능력은 보이지 않고, 단지 물체의 시간을 역류시키거나 모두의 기를 일순간 차단하는 것뿐……. 그러나 그것은 신이면 간단히 해낼 일인데…….'

슈렌은 의문에 휩싸인 채 발걸음을 계속 내디뎠다.

그렇게 한참 길을 가던 중 슈렌은 이상한 기운을 느끼고 양팔을 급히 벌려 따라오는 일행을 저지했다. 뒤에서 린스가 뭐라고 구시렁댔지만 슈렌은 그 말을 무시하고 땅을 주시했다. 눈에는 보이지 않았지만 무언가 꿈틀거리는 기적이 느껴졌다. 슈렌은 자신의 창 그룬가르드를 감싼 헝겊을 풀며 일행에게 말했다.

"여러분, 뒤로 물러서십시오. 그리고 다들 주위를 살펴 줘."

일행이 즉시 뒤로 물러서자 슈렌은 한 손으로 창을 두 바퀴 정도 빙그르르 돌린 후 묵묵히 걸어 나갔다.

'발키드군. 꺼내 볼까!'

슈렌은 왼손으로 창을 돌린 후 다리를 구부리고 지면에 오른손을 갖다 댔다. 그 모습을 보던 린스는 제일 만만하게 여기는 가즈나이트 레디의 옆구리를 쿡 찌르며 물었다.

"이봐, 저 장발족이 지금 뭘 하는 거지? 금이라도 찾는 거야?"

레디는 옆구리를 손으로 문지르며 친절하게 설명해 주었다.

"슈렌이 저희를 멈추게 한 이유는…… 땅속에서 우리를 기다리는 괴물이 있기 때문입니다. 땅속에 있는 괴물은…… 아, 죄송해요. 이름을 잊어버려서…… 어쨌든 저 괴물을 땅속에서 꺼내기가 무지 어렵죠. 대(大)기술을 사용해야 하지만 신장들에게 발각될 위험이 있으니 조용히 꺼내야겠죠. 슈렌이 지닌 가열 능력이라면 저런 괴물을 조용히 꺼내는 것은 식은 죽 먹기죠."

그때 노엘이 소리쳤다.

"세, 세상에 저럴 수가!"

슈렌은 여전히 손바닥을 지면에 대고 있었다. 하지만 지면은 조금 전과 같은 상태가 아니었다. 불의 가즈 나이트 슈렌만이 갖고 있는 가열 능력에 의해 지면은 구워지는 빵처럼 연기를 뿜어내며 점점 부풀어 올랐다.

"왔군."

"쿠오오오옷!"

슈렌의 낮은 음성과 동시에 거대한 발키드가 지면을 뚫고 그 모습을 드러냈다. 슈렌의 가열 능력에 당해 표피가 상당히 손상되어 있었다. 몸도 아직 뜨거운 듯 심하게 몸부림쳤다.

슈렌은 오랜만에 눈을 크게 뜨며 말했다.

"사라져라."

순간 슈렌의 온몸에서 화염이 솟아오르더니 그는 한 덩어리의 불꽃이 되어 발키드의 머리까지 치솟았다.

"키익!"

마수의 비명은 공기를 가르는 듯한 두 개의 거대한 불꽃이 삼켜버렸다. 종횡으로 잘려 나간 발키드의 몸체가 천천히 무너져 내리더니 이내 맹렬한 불꽃에 휩싸여 재로 변했다. 타는 냄새도 나지 않았다. 발키드의 사체는 빠르게 사그라졌다.

자기 몸에서 불을 거두는 슈렌의 모습을 본 린스는 놀랐다. 옆에 서 있던 레디는 숨을 깊이 들이마시며 말했다.

"그의 무뚝뚝함 때문에 사람들이 쉽게 다가서지 못할 때가 많지만 가슴속에 무한한 불꽃을 숨겨 두고 있어서 불의 가즈 나이트에게 딱 맞는 사나이라 할 수 있죠. 정말 멋지죠?"

"그, 그렇군."

린스는 멋쩍은 듯 머리를 긁적였다.

트립톤에 당도한 일행은 일단 노엘이 살았던 집에 머무르며 동방행 배를 구하기로 했다. 배를 구하는 임무는 말재간이 있는 레디와 베르니카가 함께 맡았다. 일행이 집 안에서 한참 휴식을 취하고 있을 때 슈렌과 바이론은 집 밖에서 조용히 대화를 나눴다.

"웬일로 나와 얘기를 다 하려고 하지?"

슈렌이 묻자 바이론은 킥킥 웃으며 대답했다.

"크크큭. 넌 우리가 그들을 완벽하게 속이며 도망가고 있다고 생각하나?"

바이론의 갑작스러운 말에 슈렌은 그를 흘끔 바라보았다. 바이론은 계속 말을 이었다.

"이오스 님이 힘을 잃어 우리가 노출되었던 적은 지금까지 두 번쯤일 거다. 머리가 있는 녀석들이라면 포착한 위치를 파악해 우리의 진로를 예상하는 것은 식은 죽 먹기지. 내가 신장 녀석들이라면 이렇게 했을걸? 신장 한두 명씩 공격하는 것보다 우리가 도망칠 구멍이 없을 때 한꺼번에 공격하는 것이지. 우리가 여기 있다는 것은 다 알 거다. 크크크큭."

슈렌은 일리 있다는 듯 고개를 끄덕였다. 하지만 힘에서는 분명 이쪽이 앞섰다. 가즈 나이트 한 명당 신장 네 명 정도는 거뜬히 맞설 수 있었다.

"하지만 그 녀석들이 과연 총공격을 해 올까? 그쪽도 힘이 얼마

없을 텐데."

바이론은 허리에 찬 다크 팔시온을 꺼내 땅 위를 기어가던 벌레를 내리찍으며 말했다.

"크큭, 신장 녀석들도 분명 얼마 남아 있진 않을 거다. 그때 살아 있던 신장 다섯에, 기껏해야 두세 명 정도 다시 살아났겠지. 물론 신장 따위야 별것 아니다. 하지만 그쪽에는 신이 셋이나 있다. 목적을 위해서라면 그녀들도 움직일 게 뻔하지. 이오스 님은 약에 의해 각성된 상태이기에 순간적인 힘은 그들만큼 될지 모르지만 오래가지는 못한다. 어떤가? 멋진 위기 상황이지 않은가? 크하하하핫!"

"그렇긴 하군."

슈렌은 팔짱을 낀 채 고개를 끄덕이며 말했다. 잠시 후 바이론이 다크 팔시온을 털며 일어났다.

"내가 맡겠다. 뒤는 너에게 한번 맡겨 보지. 크크큭, 어둠의 가즈 나이트인 내가 우스운 말을 하는군. 크하하하핫."

바이론이 광소를 퍼붓는 순간 그들의 눈앞에 다섯 명의 신장과 세 명의 여신들이 모습을 드러냈다. 슈렌은 재빨리 일행이 쉬고 있는 집의 벽면을 그룬가르드로 강하게 쳐서 일행에게 위험을 알렸다.

"사바신과 레디도 가즈 나이트다."

자신의 말을 무시하고 슈렌이 옆에 서자 바이론은 웃으며 그의 등을 세게 쳤다.

"크크큭, 감히 내 일에 끼어들다니. 하지만 이번만은 용서해 주지. 크하하하핫."

신장 무스카는 자신들 앞을 막아선 바이론과 슈렌을 보고 인상을 구기며 말했다.

"이번에는 도망치지 않는군. 왜지? 우리가 그렇게 만만해 보이나?"

다크 팔시온을 돌리며 천천히 몸을 풀던 바이론은 피식 웃으며 맞받아쳤다.

"크큭, 우리는 네놈들 뒤에 보모처럼 서 있는 여신들을 피한 거지, 너희가 무서워 피한 게 아니다. 하긴 착각은 자유라고 했으니…… 크크큭."

"이, 이런."

그 와중에도 여신들은 말없이 공중에 떠 있었다. 그들 옆에 있던 워닐은 신장들을 데리고 한 걸음 나서며 말했다.

"저 어둠의 가즈 나이트는 내가 일대일로 맡겠다. 불의 가즈 나이트는 라우소, 루카, 무스카가 맡아라. 여신들이시여, 오늘로서 가즈 나이트와 이오스를 다 처리하겠습니다."

여신들은 말없이 고개를 끄덕였다.

그것을 신호로, 신장들은 각자의 임무를 위해 앞으로 나아갔다. 바이론과 슈렌 역시 그들을 향해 걸음을 옮겼다.

처음으로 바이론과 맞닥뜨린 워닐은 장신인 그를 올려다보며 말했다.

"어둠의 가즈 나이트, 나와 일대일로 대결해 보지 않겠나?"

"뭐라고?"

바이론이 어이없다는 표정으로 바라보자, 워닐은 덤덤한 표정으로 자신의 손을 휘둘렀다.

"큭!"

순간 바이론은 얼굴에 타격을 입고 비틀거렸다. 워닐은 그의 얼굴을 가격한 손을 여유 있게 쓰다듬으며 말했다.

"이제 진지하게 싸울 생각이 나겠지."

바이론은 정신이 아찔했다. 아무리 무방비 상태라지만 12신장에게 이 정도의 타격을 받을 줄은 상상도 못했다. 지금 워닐의 힘이 리오 정도의 위력을 갖고 있다고 짐작한 바이론은 궁금증을 잠시 접고 광기를 머금으며 다크 팔시온을 혀로 핥았다.

"크크크큭, 좋아. 일대일로 한번 붙어 보지."

슈렌은 예전처럼 세 명의 신장을 상대할 준비를 했다.

레프리컨트 왕국 수도에서 슈렌은 신장 세 명을 신속하게 처리했다. 그리고 지금은 그때 그 셋을 죽이지 않았던 것을 후회했지만 그는 내색하지 않았다.

어떠한 상황에서도 흔들림 없는 침착함, 그것이 슈렌의 최대 강점이었다. 슈렌은 자신을 에워싼 신장들에게 조용히 물었다.

"준비는 되었나?"

물음은 짧았다. 루카의 일격이 슈렌의 옷깃을 살짝 스치고 지나갔다. 그러자 슈렌은 가늘게 뜨고 있던 눈을 부라리며 말했다.

"나와의 만남이 너희의 불운이 될 것이다. 이런 말은 하고 싶지 않지만, 예전처럼 살려두지는 않겠다."

슈렌의 낮은 목소리를 들은 신장들은 순간 위축감을 느꼈다. 하지만 그들은 기세등등했다. 이번에는 믿는 구석이 있었다. 바로 그들 뒤에 있는 여신들…….

바이론과 워닐의 대결은 한 치의 양보도 없었다. 양보는 곧 죽음이었다. 바이론도 워닐도 상대방 실력에 내심 놀랐다. 바이론은 신장 워닐이 가즈 나이트 중 두 번째로 강한 자신의 공격을 받고도 물러섬이 없는 것에 놀랐다. 반대로 워닐은 광기의 강력함만 있을 것이라고 예상했던 바이론이 자신을 능가하는 막강한 공격력을 발휘하자 놀랐다.

바이론은 자기 검이 워닐의 검과 교차하며 팽팽하게 맞서자 기다렸다는 듯 그에게 물었다.

"너, 그냥 신장이 아닌 것 같군."

워닐은 얼굴에 땀을 흘리며 웃었다.

"글쎄? 후후훗, 그 의문을 네가 살아서 풀 수 있을까?"

바이론은 워닐을 힘으로 밀어붙인 후 왼손에 암흑투기를 집중시키며 외쳤다.

"의문 사항 따윈 필요 없다. 여기서 없애면 그만이니까! 닥치고 죽어라."

이윽고 바이론의 왼손에 집중된 투기에서 곧 우레 같은 소리가 나더니 다섯 마리의 흑룡이 튀어나왔다. 흑룡들은 제각기 여러 방향으로 몸을 틀며 워닐을 향해 날아들었으나 정작 워닐은 빙긋 웃으며 양팔을 벌렸다. 마치 흑룡들을 맞이하려는 듯.

"이 녀석."

바이론은 급히 왼손을 뒤로 거두고 날아가던 흑룡들을 멈췄다. 워닐은 여전히 웃음을 지은 채 바이론에게 말했다.

"왜 그러나? 잘못된 것이라도 있나? 하하하핫! 그 유명한 오대명룡포를 한번 받아보고 싶었는데 유감인걸?"

바이론은 흑룡들을 다시 투기화하여 빨아들였다. 그는 광기가 사라진 굳은 표정으로 말했다.

"신장이 아니군, 네 녀석……! 그렇군, 그랬어. 크크크큭."

바이론은 다시금 미친 듯이 웃어 대며 소리쳤다. 워닐 역시 좀 전과 다른 희미한 미소를 지었다.

"크크크큭, 크하하핫! 내 실수였다, 완전히 내 실수. 여신들이라는 빛 좋은 허울에 속아 그 뒤에 몸을 숨기고 있던 진짜 적을 보지 못한 내 실수다. 그러니 넌 절대적으로 여기서 죽어야 한다."

워닐은 자신에게 돌진해 오는 바이론을 보통 때와 다른 녹색의 눈으로 바라보며 말했다.

"너 따위가 할 수 있다면. 후후후훗."

신장이라 불리는 자가 두 명째 그의 발밑에 쓰러졌다.

'슈렌이 눈을 떴을 때 말릴 수 있는 자가 과연 누구일까.'

이것은 신계 전사들 사이에서 오랫동안 회자된 의문이다.

그리고 지금 그런 의문이 생길 수밖에 없었음을 슈렌은 여실히 보여 주고 있었다.

슈렌은 기염(氣炎)이 옮겨 붙은 그룬가르드를 천천히 돌리며 자신을 쓰러뜨리겠다며 큰소리치던 신장 중 마지막 남은 한 명, 라우소를 바라보았다.

"다음은 너다."

표정 변화가 없는 슈렌의 얼굴을 보자 라우소는 자신도 모르게 뒷걸음치고 말았다. 그러자 슈렌은 공격 자세를 약간 풀며 라우소에게 말했다.

"자신 없으면 도망쳐도 좋아. 어차피 너나 나나 좋은 일일 테니."

"크윽!"

라우소는 분노에 치를 떨었다. 하지만 그뿐이었다. 자신보다 위력이 센 루카와 무스카가 간단히 나가떨어지는 모습을 본 라우소는 슈렌에게 덤비는 것이 무의미하다는 것을 느끼고 있었다.

"하지만 도망칠 수는 없습니다. 적어도 신장이라는 이름이 있으니 말입니다! 이렇게 된 이상, 목숨을 걸고 당신을 죽이겠습니다!

각오하십시오. 신장의 진짜 힘을 접할 테니 말입니다."

녹색의 빛과 함께 라우소의 몸이 점점 커졌다. 바이론의 마리오 네트로부터 벗어나기 위해 몸집이 커졌을 때와 똑같았다.

라우소의 몸체가 커지자 트립톤 도시 곳곳에서 거대한 라우소의 모습이 목격되었다. 그 모습을 목격한 수많은 사람들이 비명을 지르며 도망치기 시작했다.

예전 모습과 달리 강철 거인으로 변한 라우소는 슈렌 쪽으로 크게 한 발을 내디뎠다. 슈렌은 조용히 몸을 옆으로 움직여 라우소의 공격 같지 않은 공격을 피했다.

쓰러져 있는 동료 신장에게서 슈렌이 물러나도록 한 후 라우소는 동료 신장들을 손으로 들어 올리며 말했다.

"일어나십시오, 둘 다! 저 가즈 나이트는 내가 맡을 테니 여신들 께 가보십시오."

"라, 라우소! 그럼 부탁하네."

루카와 무스카는 만신창이가 된 몸으로 겨우 공중에 뜨더니 여신들과 워닐이 있는 곳을 향해 날아갔다.

그들이 시야에서 완전히 사라질 때까지 지켜본 라우소는 다시 슈렌을 내려다보며 비웃듯 말했다.

"지난번과 달리 동료 가즈 나이트가 없으니 어떻습니까? 당신 기분이 상당히 궁금하군요. 후후훗."

슈렌은 무표정한 얼굴로 잠시 생각하다가 이내 고개를 끄덕이며 가볍게 말했다.

"없으니 오히려 편하군. 할 말 다 끝났나?"

슈렌의 몸에서 다시금 화염이 타오르자, 라우소는 조금 전과 달리 자신 있다는 듯 크게 웃었다. 그러고는 슈렌에게 양팔을 뻗었다. 곧 라우소의 팔은 네 조각으로 갈라지며 펼쳐졌고, 그 가운데서 녹색 빛이 발광했다.

"신상으로 변한 신장의 힘을 잘 느껴 보십시오! 감상을 듣고 싶지만 당신의 감상을 과연 들을 수 있을지 모르겠군요. 안타깝기 그지없습니다."

거구의 라우소는 공중으로 떠오르며 양팔에 모은 녹색의 빛을 일시에 방출했다. 그 에너지가 방출되자 주위의 건물과 지면이 에너지의 압력으로 인해 폭음을 일으키며 날아가 버렸다. 곧 주위의 지면은 수십 미터 이상 함몰되고 말았다.

몇 분간 에너지를 계속 방출한 라우소는 에너지를 거두고 팔을 정상적으로 접으며 푹 꺼져 들어간 지면을 바라보았다. 슈렌의 모습은 어디에도 찾아볼 수 없었다.

"하하하핫! 안타깝군요. 당신의 감상을 듣지 못하고 말았으니까요! 하하핫! 이로써 화염의 가즈 나이트라는 이름은 끝입니다."

라우소의 통쾌한 웃음이 사방을 흔드는 그때, 라우소의 바로 밑 함몰된 지표에서 커다란 불꽃이 다시 생성되었다. 이윽고 그 불꽃 속에서 슈렌이 모습을 드러냈다. 그는 자신이 나타난 것도 모른 채 자아도취에 빠져 있는 라우소를 올려다보며 한심하다는 듯 고개를 저었다.

"성격이 급하군."

슈렌의 눈이 순간 붉은색으로 번뜩였다. 그의 몸에서 방출되는 화염 색이 붉은색에서 푸른색으로 바뀌어 갔다. 그는 그룬가르드를 라우소를 향해 높이 들어 올리며 중얼댔다.

"이걸 사용하기는 솔직히 싫지만, 나를 조금 화나게 만들었으니 어쩔 수 없지."

"앗!"

기세등등하게 웃던 라우소는 함몰된 지면 밑바닥에서 갑자기 엄청난 마력을 느꼈다. 그는 밑을 내려다보고 깜짝 놀랐다. 자신이 만든 거대한 크레이터 전체가 지옥의 밑바닥같이 화염으로 가득한 것이었다.

"무, 무슨! 이게 어찌 된 일입니까!"

활활 타오르는 화염 속에서 슈렌의 창 그룬가르드가 굉음을 내며 또 한 번 타올랐다. 염창(炎槍) 그룬가르드라는 이름을 의심하는 이들을 비웃기라도 하듯.

슈렌은 짧게 한마디 내뱉었다.

"멜튼."

"으, 으아아악!"

라우소는 도망치지 못했다. 아니, 도망치기에는 멜튼의 범위가 너무도 컸다. 공중으로 뿜어져 올라가는 거대한 불기둥 속에서 라우소의 몸은 서서히 녹아내렸다. 흘러내리는 자신의 몸을 바라보며 라우소는 처참히 절규했다.

"아, 안 돼, 이럴 수는 없습니다! 나의 아름다운 몸이…… 크아앗."

이윽고 라우소의 몸은 멜튼의 강렬한 폭염 속에서 폭발했다. 잔해가 압력에 의해 하늘 위로 휩쓸리며 치솟았다.

멜튼의 불꽃은 이내 사라졌다. 구멍에서 나온 슈렌은 붉게 달궈진 그룬가르드를 바닷물 속에 던졌다. 다른 이유는 없었다. 창의 열기를 식히려는 것뿐이었다.

그룬가르드가 들어간 바닷물이 더 이상 끓어오르지 않자, 슈렌은 다시 그룬가르드를 떠오르게 한 후 손으로 잡으며 바이론이 있는 방향으로 고개를 돌렸다.

"크큭, 크크크큭! 웃기는군."

바이론은 웃었다. 여전히 광기 어린 웃음이었다. 그러나 그의 몸은 정상이 아니었다.

그는 떨어져 나간 자신의 왼팔 부위를 오른손으로 감싸 지혈하며 자기 앞에 멀쩡히 서 있는 워닐을 바라보았다.

워닐은 녹색으로 빛나는 눈을 살짝 찡그리며 바이론에게 말했다.

"아직도 그렇게 웃을 기운이 있다니 멋지구나, 가즈 나이트 바이론. 후후훗, 넌 강하다. 확실히 나의 힘을 능가하지. 하지만 지금의 내 힘 앞에서는 아무것도 아닌걸? 하하핫, 내가 너무 강한 것뿐이다. 자신의 무력함에 실망하지 말길."

"다른 신장들도 너에 대해 알고 있나?"

바이론은 미소를 거두며 싸늘하게 물었다. 워닐은 바이론의 물음에 고개를 저었다.

"유감스럽게도. 그 멍청이들은 아직도 자신들의 신이 멀쩡한 줄 알고 있지. 이미 허깨비에 지나지 않는데 말이야. 그건 그렇고 고민이구나. 그들은 또 어떻게 처리해야 할지 말이야. 후후훗."

워닐은 냉소를 지었다. 바이론은 천천히 몸을 일으키며 다시 한 번 워닐에게 물었다.

"넌 또다시 아마겟돈을 꿈꾸는 건가? 그 유치한 전쟁을?"

건물 파편 위에 사뿐히 앉은 워닐은 어깨를 으쓱하며 대답했다.

"그럴 리가! 나도 아마겟돈 같은 대전쟁은 싫다. 그런데 의외군. 널 개조한 주신이 최고신이 될 수 있었던 계기가 아마겟돈인데 유치한 전쟁이라고 격하하다니 말이야. 자, 질문 시간은 이걸로 끝이다, 가즈 나이트. 그럼 끝내 볼까?"

워닐은 바이론을 향해 손을 내뻗었다. 검보라색 빛이 스파크를 내며 워닐의 손바닥에 모여들었고, 방어할 수가 없다는 것을 깨달은 바이론은 이를 악물며 인상을 찡그렸다.

"잘 가라, 어둠의 가즈 나이트. 어둠 속으로 말이야! 후하핫."

평소답지 않은 광소와 함께, 워닐은 손에 모은 광채를 바이론에게 쏘았다.

퉁.

그때 무언가 튕기는 소리가 들려왔다. 고개를 숙이고 있던 바이론은 움찔하며 앞을 바라보았다.

"이오스 님!"

몸에서 찬란한 빛을 내뿜고 있는 여신 이오스가 바이론 앞을 가로막고 있었다. 워닐이 쏜 광채를 이오스가 막아낸 것이다. 워닐은 유감이라는 듯 눈을 찡그리며 자리에서 일어섰다.

"역시나 나를 방해하는군, 이오스. 역시 넌 맘에 안 드는 존재야. 천 년 전이나 지금이나. 하지만 지금은 상황이 다르지. 허깨비에 불과하지만 나를 도와줄 신이 셋이나 있으니 말이야. 쿠쿠쿡."

이오스 역시 그 사실을 알고 있었다. 바이론은 애써 몸을 일으키며 이오스 옆에 섰다.

"왜 오셨습니까, 이오스 신이시여."

"바이론, 당신은 아직 죽어선 안 돼요. 당신이 지켜야 할 동료들을 위해서라도. 잠깐 저에게 가까이 오시겠어요? 드릴 말씀이 있어요."

바이론은 왼팔의 단면부에서 전해지는 통증에 눈을 움찔거리면서도 자신보다 키가 훨씬 작은 이오스에게 몸을 굽혔다. 이오스가 자신의 빛나는 손으로 바이론의 회색 장발을 쓰다듬어 주자 그는 눈을 크게 뜨며 이오스를 바라보았다.

"당신께서 그런……? 하지만!"

이오스는 빙긋 웃으며 고개를 끄덕였다.

"부탁해요, 바이론. 이제 이 세계는 당신을 포함한 가즈 나이트들에게 달렸어요. 자, 어서 가세요. 모두가 동방으로 향하는 배로 가고 있으니 그들을 지켜줘야죠."

바이론은 결심한 듯 말없이 뒤로 돌아섰다.

이오스는 시야에서 빠르게 사라져 가는 바이론의 뒷모습을 보며 희미한 미소를 지었다.

워닐은 녹색 빛을 발하는 눈을 가늘게 뜬 채 이오스를 노려보았다. 그녀는 옷차림을 갑옷의 형태로 바꾸며 전투 태세를 취했다. 그리고 일명 새벽의 검이라 불리는 자신의 검을 뽑아 들고 단호히 외쳤다.

"자, 결판을 내자! 네 뜻대로 세계를 넘겨줄 수는 없다."

그러자 워닐은 피식 웃으며 손을 들었다.

"후훗, 미안하지만 아직은 때가 아니군. 귀찮은 날파리 두 마리가 날아오니 사양하겠어. 후후훗, 하하핫."

워닐이 치켜든 팔로 자신의 가슴을 내리치자 그의 손이 갑옷을 뚫고 피부 속으로 파고들었다. 이윽고 검은색 피가 용솟음치며 솟아올랐다. 이오스는 자해하는 워닐의 모습에 놀란 표정을 지었다.

워닐의 자해는 계속됐다. 왼팔을 스스로 부러뜨리고, 복부에도 몇 차례의 타격을 가했다. 이윽고 워닐은 피를 흘리며 바닥에 쓰러졌다.

놀란 눈으로 워닐을 잠시 바라보던 이오스는 멀리서 기에 의한 충격파가 날아오자 가볍게 튕겨 내며 그쪽을 바라보았다. 심한 상처를 입은 두 명의 신장이 이를 악문 채 자신을 노려보고 있었다.

"이오스! 감히 워닐 님을 저렇게 만들다니! 우리의 신들께서 용서하지 않으실 것이다."

사람들이 트립톤을 빠져나와 대피하는 것과 달리, 네 명의 젊은이와 노인 한 명 그리고 한 아이가 거꾸로 트립톤으로 향하고 있었다. 그중에는 금발의 청년 지크가 끼어 있었다. 그는 한쪽 눈썹을 추켜올리며 구시렁댔다.

"빌어먹을, 너무 늦은 건가?"

"늦다뇨. 뭐가요, 오빠?"

"응? 으응."

라이아의 물음에 지크는 머리를 긁적이며 생각하다가 이내 로드 덕에게 다가가 말했다.

"어이, 할아버지. 저 먼저 가 볼 테니 천천히 따라오세요. 급한 일이 생긴 것 같거든요."

"급한 일?"

그러나 지크는 그 말을 듣기도 전에 거대한 불기둥이 솟아오른 지점을 향해 빠르게 뛰어갔다. 로드 덕은 수염을 매만지며 나지막이 투덜댔다.

"흠, 요즘 젊은이들이란……."

사바신은 방금 돌아온 레디와 함께 신경을 곤두세우고 노엘의 집 안을 이리저리 돌아다녔다. 바이론도 슈렌도 방금 전 급히 나간 이오스도 돌아오지 않았다.

"음, 왜 안 오지? 설마 여신 셋이 한꺼번에 나타난 건 아니겠지?"

그가 팔봉신 영룡을 바닥에 툭툭 내리치며 근심스럽게 말하자 옆에 있던 레디가 맞장구를 치며 말했다.

"아, 그럴지도 몰라. 그렇다면 우리가 여기서 이러고 있을 시간이 없어!"

그 순간 노엘의 집 문이 벌컥 열렸다. 사바신과 레디는 각자의 무기를 재빨리 거머쥐며 문 쪽으로 고개를 돌렸다. 잠시 후 그들의 얼굴은 완전히 경악하는 표정으로 바뀌었다. 어느 누구도 당해 낼 수 없을 것만 같은 강력함으로 무장된 바이론이 잘려 나간 왼팔을 감싼 채 만신창이가 되어 들어선 것이었다.

"세, 세상에! 괜찮으십니까, 바이론 경!"

상처를 입은 바이론에게 맨 먼저 달려간 사람은 다름 아닌 레프리컨트 여왕이었다. 그리고 린스와 미네리아나, 베르니카, 노엘 등 왕실 사람들은 한 번도 보지 못한 여왕의 태도에 놀랐다.

바이론은 눈을 움찔거리며 레프리컨트 여왕을 손으로 저지하더니 말했다.

"가까이 다가오지 않는 게 좋아, 여왕 폐하. 내 피가 옷에 튈 테니까!"

"예?"

여왕은 무슨 소리인가 의아해하며 바이론의 말대로 물러섰다. 그러자 바이론은 끊어진 왼팔에 힘을 불어넣기 시작했다. 이윽고 그의 왼쪽 가슴, 목, 어깨에 굵은 힘줄이 도드라지기 시작했다. 그 모습에 일행은 저절로 인상을 찡그렸다.

푸웃.

순간 무언가 바이론의 왼팔 단면에서 튀어나왔다. 검붉은 근육 덩어리였다. 오른팔의 길이만큼 뻗어 나온 그 근육 덩어리는 회색 연기와 함께 점차 팔의 모양을 갖추기 시작했다. 또한 빠른 속도로 피부도 재생되어 갔다. 자욱한 연기가 걷힌 후 바이론은 완전히 회복된 자신의 팔을 움직였다. 관절마다 접골된 뼛소리가 들렸다.

바이론의 왼팔이 재생되는 모습을 끝까지 지켜본 린스는 손으로 입을 가린 채 노엘에게 말했다.

"예상대로 괴물이었어."

이윽고 바이론은 오른손으로 자신의 왼팔을 주무르며 모두에게 말했다.

"더 이상 도망칠 필요 없다."

그 말을 듣자 사바신과 레디는 깜짝 놀라며 바이론에게 소리쳤다.

"뭐라고! 무슨 소리야, 바이론!"

"무슨 소리긴. 일이 반쯤은 틀렸다는 말이다. 추가로 더 이상 이오스 님을 걱정할 필요는 없다. 이오스 님은 우리를 살리시려고 스스로 저들에게 몸을 던지셨으니까."

사바신과 레디를 비롯한 일행의 분위기는 곧바로 무거워졌다. 이제 그들이 기댈 곳은 아무 데도 없다는 뜻이었다. 하지만 바이론의 말은 끝나지 않았다.

"우리는 동방으로 간다. 어차피 지금 저들은 우리를 완전히 전멸할 만한 힘을 가지고 있지 못하다. 저들이 힘을 다시 비축하는 틈을 타서 우리는 동방에 있는 '신벌의 기둥'을 단 하나라도 지켜야 해. 동방이란 곳의 사정은 알 수 없지만 이곳보다는 낫겠지. 그런 곳이라면 귀찮은 짐도 맡겨 두고 마음껏 활동할 수 있을 테니까."

그 말에 린스가 발끈하며 소리쳤다.

"지, 짐이라니, 무슨 소리야!"

그러자 바이론은 웃으며 말했다.

"크큭, 다행이군. 사실 이번 일은 누구를 보호해 가면서 해결할 수 있는 성질이 아니야. 특히 공주 너와 여왕 폐하가 그렇지. 그리고 저 신장들 앞에서 다른 사람들은 어린아이에 불과해. 아니, 그 보다 못할지도…… 크크크큭."

사실 바이론의 말이 옳았다. 가즈 나이트를 제외하고, 신장 한 명과 대결하려면 일행이 엄청난 희생을 치러야 했던 것이다. 린스는 분한 마음에 몸을 떨었고, 노엘은 한숨을 쉬며 린스를 다독거려 주었다. 그때 여왕이 일행의 앞으로 나서며 말했다.

"바이론 경의 말이 맞습니다. 사실 지금 가즈 나이트를 제외한 우리는 짐이 될 뿐이에요. 짐이 되었다고 화를 낼 것이 아니라, 이 먼 트립톤까지 우리를 안전하게 보호해 주신 이분들께 고마워해야 해요. 린스, 내 말 알겠니?"

린스는 입을 다물었다. 그러자 여왕은 조용히 린스 앞으로 다가가 그녀를 안아 주며 나지막이 말했다.

"남의 나라가 되어 버린 레프리컨트 왕국의 여왕으로서가 아니라, 네 엄마로서 부탁하는 말이란다, 린스야."

그 말을 들은 린스는 눈을 크게 뜨며 여왕을 올려다보았다. 그녀의 눈빛이 순간 흔들렸고 떨리는 목소리로 말했다.

"어, 엄마……."

"그럼, 양어머니도 얼마나 좋은 분이 많은데. 헤헷."

그때 열린 문밖에서 들려온 목소리에 모두 그쪽으로 고개를 돌렸다. 코 밑을 손등으로 훔치며 씩 웃고 있는 지크와 슈렌의 모습이 함께 보였다.

"지크!"

미네리아나와 마티, 루이체가 동시에 그의 이름을 외쳤다. 그러자 지크는 양 주먹을 불끈 쥐며 감격스러운 표정을 지었다.

"오호, 아직 내 인기가 식지 않았군, 헤헤. 역시 나에게도 광명이 있는 것인가? 하핫…… 욱."

그때 무언가 지크의 뒤통수를 강타하자 그는 머리를 감싸고 몸을 웅크렸다. 가로막은 지크를 보던 슈렌이 덤덤한 표정으로 들어오며 바이론에게 말했다.

"여신과 신장들은 모두 사라졌다. 우리가 확인하고 오는 길이야. 이오스 님도 역시…… 그리고 그 이외의 적은 없어."

그 말을 들은 바이론은 다시 좌중을 둘러보며 말했다.

"누구 말대로 아직 희망이란 것은 있을지도 모른다. 이오스 님이 마지막으로 나에게 전해 주신 것이 있으니까."

바이론은 자신의 은회색 머리카락을 쓰다듬었다. 이오스가 마지막으로 만져 주었던 머리카락이었다. 그러자 그쪽에서 밝은 광채가 갑자기 떠올랐다. 그 광채는 점점 커지더니 희미하게 사람의 모습으로 변했다. 바로 이오스의 잔영이었다.

"죄송합니다, 여러분. 아무 도움이 되지 못하는 저를 믿어 주신 여러분께 할 말은 이것뿐이군요. 하지만 제가 끌려갔다 해도 여러분은 희망을 잃지 마세요. 동방으로 계속 가 주십시오. 어두운 밤이 끝나면 여명이 오는 법. 저의 아이인 여명을, 여러분 마음속의 여명을 찾아보세요. 모두…… 힘을 내시길."

그 말이 끝나자마자 환하게 광채를 내던 빛덩이가 점차 사그라졌다. 지크는 뒤통수가 아직도 아픈 듯 손으로 비비며 중얼거렸다.

"……여명을 찾으라고?"

바이론을 비롯한 모두는 더 이상 아무 말도 할 수 없었다.

로드 덕 일행과 합류하여 식구가 늘어난 그들은 지크를 제외하고 모두 동방으로 가는 상선에 몸을 실었다. 서방 대륙에는 지크만

남았다. 그가 남게 된 이유는 서방에 있을지도 모르는 그 '여명'을 찾기 위해서였다.

지크는 한사코 자신과 떨어지지 않으려는 라이아를 달래느라 애를 먹긴 했지만 꼭 보내야 할 것 같은 묘한 느낌에 애원하다시피 해서 라이아를 겨우 떼어 놓았다.

텅 빈 노엘의 집 안에 홀로 남게 된 지크는 소파에 드러누우며 한숨을 내쉬었다. 먼지 냄새가 약간 나긴 했지만 일면 홀가분하기도 했다.

"괜히 다 보냈나. 마티 녀석이나 루이체라도 남겨 둘걸……. 에이, 어차피 벌어진 일. 시간이 해결하겠지, 뭐."

슈렌은 까마득히 멀어져 이젠 보이지 않게 된 서방 대륙 쪽을 바라보며 상념에 잠겼다. 그는 과연 신이라는 존재 없이 자신들이 성공적으로 해낼 수 있을까 생각했다.

"휴."

슈렌은 실로 오랜만에 한숨을 깊게 내쉬었다. 그때 그의 코끝에 익숙한 향기가 풍겨 왔다. 차 향이었다. 슈렌은 루이체일 것이라고 생각하며 뒤를 돌아보았다.

"너는……?"

자신에게 차를 내온 사람은 루이체가 아니라 다름 아닌 지크가 특별히 부탁한 라이아였다. 그녀는 애써 웃음을 지으며 자신보다 키가 훨씬 큰 슈렌에게 힘겹게 찻잔을 들어 올렸다.

"드세요. 차 타는 것은 제가 가장 자신 있는 것이니까요."

슈렌은 말없이 찻잔을 받아 들고 살짝 마셨다. 루이체가 타 주던 차 맛과 너무나 흡사했기에 슈렌은 내심 놀랐다.

"고맙구나. 루이체한테 배운 거니?"

라이아는 고개를 힘차게 끄덕였다.

"예, 사실은요. 그 언니가 배에서 내리면서 슈렌 오빠가 좋아하는 차 맛을 가르쳐 주셨거든요. 그렇게 타다 드리면 좋아하실 거라고요."

"……."

슈렌은 찻잔을 든 채 서방 대륙을 바라봤다. 하지만 이미 뱃머리를 돌리기에는 늦었고, 자신만 그쪽으로 날아갈 처지도 못 되었다. 슈렌은 고개를 저으며 다시 차를 들이켰다.

"지크가 알아서 하겠지."

슈렌 옆에 다소곳이 서 있던 라이아는 순간 또 무언가 떠올랐다는 듯 손가락을 튀기며 혼잣말을 했다.

"아 참, 마티인가 하는 언니도 루이체 언니랑 같이 내렸는데?"

슈렌은 다시 한 번 서방 대륙 쪽으로 고개를 돌렸다. 하지만 어쩔 수 없다는 듯 역시 고개를 설레설레 저으며 다시 차를 한 모금 들이켰다.

"불쌍한 녀석."

"예? 누가요?"

슈렌은 궁금한 표정을 지으며 자신을 보고 있는 라이아의 갈색 머리카락을 매만지며 고개를 저었다.

"아냐, 아무것도."

20장
어둠의 늪지대

1

수배자들

"아니, 왜 당신이 이 집에 남아 있어야 해요?"

"어허, 차별하지 말아요. 여기서 자원봉사를 하고 있는 저라고 뭐 좋은 줄 알아요?"

"저희는 자원봉사 필요 없으니 어제 말씀하신 대로 당장 나가 주세요."

"노골적인데? 좋아요. 그럼 내가 나가야 하는 이유 1백 가지를 대면 나가 주죠."

"어머? 그런 억지가 어딨어요!"

리오가 떠난 직후, 티베의 집 거실에서 지크와 티베의 논쟁이 한창이었다. 그 모습을 지겹게 바라보던 넬과 힐린, 세이아는 각자 걱정스러운 표정을 짓고 있었다.

"티베 언니한테 저런 면이 있는 줄은 몰랐네."

넬이 막대 사탕을 입에 문 채 쫑알거리자 세이아도 동감한다는 듯 고개를 끄덕였다.

"그러게. 인원으로는 변한 게 없는데 말이야. 티베도 너무하네. 그냥 재워 드리지."

힐린은 막 감은 머리카락의 물기를 수건으로 닦으며 말했다.

"오늘따라 이상하네. 웬만해서는 저렇게 퇴짜 놓지 않을 텐데. 리오 씨가 아니라서 그런가?"

"그럼요. 리오 씨가 얼마나 멋진 분이신데요. 어머, 죄송해요."

세이아의 갑작스러운 발언에 힐린은 피곤한 듯한 표정으로 그녀를 쳐다보았다. 세이아는 얼굴을 붉히며 아무 말도 하지 못했다.

"아, 좋아! 내가 나가 주지! 이런 억센 여자는 하리진 이후 처음이군! 케톤 녀석, 누나가 이렇게 변한 걸 보면 기절하겠어."

"뭐라고! 당신이 뭔데 내 동생 이름을 꺼내고 그래! 다시 말해 봐."

두 사람의 대화는 점점 극으로 치달았다. 결국 모두 안되겠다는 생각이 들었는지 급히 뜯어말렸다. 그러자 티베는 분해하며 힐린, 세이아와 함께 자기 방으로 들어가 버렸다. 지크는 넬과 단둘이 거실 소파에 앉았다.

"젠장! 뭐 저런 여자가 다 있지? 넬, 저 여자, 원래 저러니?"

넬도 확실히 대답할 수는 없었다. 자신도 티베와 같이 생활한 지한 달이 채 안 되었기 때문이다. 넬은 단지 참으라는 말로 지크를 진정시켰다. 사실 그런 일은 별로 마음에 담아 두지 않는 지크였기에 넬은 안심할 수 있었다. 하지만 힐린과 세이아는 그렇지 않았다.

"왜 그러니, 티베. 좋은 분 같은데."

"아냐, 세이아 넌 몰라! 난 여기 1년 있어 봐서 저 사람에 대해 대충 안단 말이야. 6개월 전쯤이었어. 지금 일하는 방송국에 온 지 얼마 안 되었을 때 저 남자에 대한 기사를 다룬 적 있거든."

힐린은 기억이 떠올랐다는 듯 손가락을 튀기며 중얼거렸다.

"아, 예전에 네가 말했던 바로 그 BSP가 저 사람이니? 저 사람이 바로 그 최강의 BSP라던 남자였구나. 하지만 재미있어 보이는데?"

그러자 티베는 말도 안 된다는 듯 고개를 저으며 말했다.

"재미있기는! 재미있는 사람이 런던 브리지를 두 동강 내고, 영국 수상의 양복 바지에 구멍을 내는 건 물론이며, 미국 대통령의 차를 가볍게 부숴? 안 돼, 안 돼! 저 사람은 안 돼!"

무슨 소린지 알지 못하는 세이아는 머리만 긁적였다. 그 옆에서 힐린은 터져 나오는 웃음을 참느라 진땀을 뺐다. 티베는 진지한 얼굴로 계속 말했다.

"어쨌든 난 저렇게 폭력적인 남자와 한집에 있을 수 없어! 언제 어떻게 우리 집을 부술지 어떻게 알아."

티베가 계속 완강히 거부하자, 결국 힐린이 정색하며 티베에게 말했다.

"티베, 너무 그러지 마. 리오 씨가 생각하기에 믿을 만한 사람이고, 그보다 이곳 상황에 익숙하다고 판단했기에 여기를 맡겼겠지. 좋게 생각하렴."

"……알았어, 언니."

흥분하던 티베는 한숨을 쉬며 진정하려는 듯 눈을 감았다.

상황이 조금 나아지자, 그사이 세이아는 지크와 넬이 어떻게 하고 있는지 보려고 문을 열고 거실로 나왔다. 하지만 거실에는 아무도 없었다.

지크와 넬은 공원 벤치에 앉아 아이스크림을 먹으며 철거 반대 집회가 아직도 진행되고 있는 에펠탑 주위를 보고 있었다. 지크는 부드러운 바닐라향 아이스크림을, 넬은 초코칩이 앙증맞게 박힌 아이스크림을 핥았다. 지크는 오랜만에 느껴 보는 달콤함과 시원함에 기분이 좋은 듯 중얼거렸다.

"음, 맛있다. 이런 맛을 수개월 동안이나 못 느꼈다니, 정말 슬픈 일이야. 헤헤헷."

그 말을 들은 넬은 의아한 눈으로 지크를 바라보며 물었다.

"예? 선배님 실종되신 지 한 달밖에 안 되셨잖아요?"

"뭐 그런 이유가 있어. 음, 그건 그렇고 왜 BSP를 해체했을까? 궁금하네."

넬은 지크에게 BSP 대원 체포령이 전 세계에 내려졌다는 것을 차마 말할 수 없었다. 분노가 극에 달했을 때 그가 어땠는지 넬은 보았기 때문이다.

'선배가 또 그렇게 변한다면 근처에 있는 사람들까지 위험할 텐데. 이건 도저히 말할 수 없어.'

그러나 넬이 입을 다문다고 해서 해결될 일이 아니었다. 변장하고 있는 넬은 괜찮았지만 수배와 체포령이 내려진 것을 모르는 지크는 평상시 모습이었다. 그래서 경찰을 대신해 거리를 순찰하던 EOM의 군인 중 한 명이 우연히 지크를 보았다. 그리고 조회기에 그의 영상을 집어넣은 결과, 그 정체를 알게 된 것이다.

"우아, 지크 스나이퍼? 이거 상당한 거물 아냐?"

"지크? 최강의 BSP라는 녀석 말이야? 하지만 잡기 어려울걸."

"그러니 지원을 요청해야지. 무전기 줘 봐."

지크의 위력을 익히 알고 있는 그들은 즉시 지원 병력을 요청했다.

EOM의 군인들은 어느새 도착한 지원 병력과 함께 공원의 사방을 막고 서서히 포위망을 좁히기 시작했다.

"음? 저 얼간이들이 또 저러네? 내가 돈이라도 횡령한 줄 아는 거야, 뭐야? 계속 쫓아다니고 말이야."

지크는 남은 아이스크림을 한 번에 입속으로 밀어 넣고 양손의 관절을 풀며 자리에서 일어섰다. 넬도 이상한 낌새를 눈치챘는지 남은 아이스크림을 쓰레기통에 버리며 주위를 둘러보았다. 지크는 둘러볼 것 없다는 듯 넬의 짧은 뒷머리를 쓰다듬으며 말했다.

"내가 녀석들의 시선을 끌 동안 넌 다른 곳으로 피해. 저 정도 병력이면 내가 처리할 수 있어."

"아, 네……."

넬은 EOM의 군사들이 제발 수배자라는 말을 꺼내지 않기를 마음속으로 빌었다. 그때 지크와 넬의 귀에 확성기의 탁한 소리가 들려왔다.

"수배자, 지크 스나이퍼는 들어라! 특별 국제조례 9항에 의거해, BSP 대원인 너를 체포한다! 벌집이 되고 싶지 않으면 순순히 투항하라!"

체포와 수배라는 말을 들은 지크는 웃음을 지우며 넬에게 물었다.

"체포라니, 저 녀석들 무슨 헛소리야?"

넬은 눈을 질끈 감은 채 대답하지 않았다. 그러자 지크는 인상을 쓰며 넬에게 소리쳤다.

"말해 봐! 알고 있을 것 아냐."

지크가 다그치자 넬은 훌쩍거리며 자신이 알고 있는 사실을 털어놓았다.

"흑흑, BSP가 해체된 것에 불만을 품은 BSP 대원들이 세계 곳곳에서 반란을 일으키려 한다며 모두 수배하고 있어요. 진정하세요, 선배! 분명 저들의 모함일 거예요."

지크의 귀에는 더 이상 넬의 목소리가 들리지 않았다. 지크는 살기 어린 미소를 지으며 자신과 넬을 에워싼 EOM 병사들을 노려보았다.

"그래, 정당히 법으로 처리해 버리겠다, 이거지. 바이오 버그들이 없어지니 방패처럼 목숨을 바친 우리가 돈 먹는 쓰레기로 보이나 봐? 그래서 이젠 제거하시겠다? 헤헤헷, 좋아, 좋아."

"아, 아니에요! 진정하세요, 지크 선배!"

우웅.

순간 벤치 뒤에 걸려 있던 무명도가 음산한 공명음을 냈다. 넬은 섬뜩함을 느끼고 움찔했다. 무명도가 스스로 움직이기 시작한 것이었다. 더욱 놀라운 것은 예전과 같은 파란색이 아닌 붉게 타는 듯한 핏빛을 띠며.

지크는 자신의 앞에 둥실 떠 있는 무명도를 거머쥐며 자리에서 일어섰다. 그의 얼굴에 나타난 살기는 여전히 살벌했다.

"박살을 내 주마!"

지크가 움직이려는 찰나, 어디선가 날아온 연막탄이 터지며 지크와 넬이 있는 공원 한가운데를 연기로 가득 메웠다. 살기의 힘으로 움직이려던 지크는 그 연막탄의 냄새를 맡고 순간 정신을 차렸다. 그가 제정신을 차리자마자 무명도가 공명음을 멈추며 예전과 같은 파란색을 띠었다.

"뭐야, 중국식 화약 연막이잖아? 그렇다면 린 챠오!"

지크는 반가움과 놀라움이 교차하는 얼굴로 소리쳤다. 그 목소리에 반응이라도 하듯 자욱한 연기를 뚫고 한 사람이 지크와 넬이 있는 쪽으로 천천히 다가왔다.

무표정한 얼굴에 긴 적갈색 머리카락을 위로 질끈 묶어 내린 장신으로 볼륨감 있는 몸매의 여성이었다. 그녀의 어깨 보호대에는 BSP라는 글자가 겨우 알아볼 수 있을 정도의 크기로 새겨져 있었다. 한국지부 BSP 대원이자 지크의 동료인 중국계 린 챠오였다.

"한 달 동안 어디 가서 뭐 했지?"

오랜만에 지크를 보자마자 그녀가 차갑게 한마디 내뱉었다. 정신이 돌아온 지크는 머리를 긁적이며 대답했다.

"헤헷, 바쁜 일이 있어서. 그런데 넌 잡혀 가지 않은 거야?"

"저런 바보들에게 잡혀갈 정도면 애초에 BSP를 하지도 않았어. 그건 그렇고 옆에 있는 꼬마 아가씨는 누구지? 너에게 납치된 민간인?"

지크는 어깨를 으쓱하며 넬을 챠오 앞으로 슬쩍 떠밀었다. 지크가 제정신을 찾은 것에 기분이 좋아진 넬은 활짝 웃으며 명랑하게 인사했다.

"네! 저는 BSP 미국지부 사관학교 생도인 열다섯 살의 넬 에렉트입니다! 잘 부탁드립니다."

"어서 빠져나가자."

챠오는 넬의 소개를 듣는 둥 마는 둥 지크에게 말했다. 지크는 별말 없이 고개를 끄덕이며 자신의 기척을 최대한 지운 채 공원을 빠져나갔다. 한편 넬은 자신의 말을 무시한 듯한 키 180센티미터의 장신 린 챠오라는 여자가 어떤 사람인지 몹시 궁금해졌다.

적외선 방해 물질까지 포함된 연막이어서 EOM 병사들은 결국 세 명이 빠져나가는 것을 눈치채지 못했다.

연기가 대충 빠진 뒤 그들이 사라진 것을 확인한 병사들은 상관의 문책을 들을 생각에 시름 섞인 한숨을 내쉬며 본부로 돌아갔다.

멀찌감치 빠져나간 세 명은 근처 편의점으로 몸을 피해 잠시 숨을 돌렸다. 편의점에 들어서자마자 린 챠오는 등에 멘 작은 가방에서 옷가지를 꺼내 화장실로 향했다. 지크는 전해질 이온 음료 세 개를 사서 넬에게 하나를 주고 나머지 하나는 옆자리에 올려놓은 뒤 천천히 목을 축였다.

음료를 한 모금 마신 넬은 눈을 동그랗게 뜨고 지크에게 물었다.

"린 챠오라는 선배는 어떤 사람이에요? 지크 선배가 꽤 반가워하는 것을 보니 대단한 여자 같은데……."

지크는 곤란한 듯 머리를 긁적이다가 음료 캔을 탁자에 올려놓으며 말했다.

"중국인인데도 한국지부로 온 특이한 녀석이야. 키하고 몸을 봐서 대충 알겠지만, 근접 전투 능력이 전 BSP중 둘째지. 물론 내가 첫째고, 헤헷. 중국인이니까 중국 무술의 달인인 건 당연하겠지? 그 외엔 별로 대단한 건 없어. 음, 가슴이 큰 것도 특성이 되나?"

"입 닥쳐!"

지크는 움찔하며 옆쪽으로 고개를 돌렸다. 어느새 옷을 갈아입고 나온 린 챠오가 지크 옆에 앉아 음료를 들고 있었다. 짙은 눈썹에 초롱초롱한 검은색 눈동자, 그리고 적갈색 긴 머리카락은 동양적인 미인임에 손색이 없었지만 근육으로 다져진 몸매와 큰 키는 같은 여자인 넬에게도 위협적으로 보였다.

지크는 머리를 긁적이며 멋쩍은 듯 웃음을 지어 보였다.

"아, 미안, 챠오. 그건 그렇고 수배령인가 체포령인가 하는 빌어먹을 것이 전 세계에 내려졌다는데, 어떻게 걸리지 않고 이 프랑스까지 올 수 있었어?"

챠오는 대답 없이 음료만 들이켰다. 무안해진 지크는 어색한 미소를 지으며 넬에게 고개를 돌렸다.

"얘는 원래 이래. 이해해 주렴, 넬."

"예? 예."

그때 음료수를 다 마신 챠오가 입을 열었다.

"뭘 먹고 있는 사람에게 질문을 하고 대답할 시간을 안 주다니, 버릇은 여전하군. 어쨌든 대답은 해 줄게. BSP가 해체된 직후, 부장님께서 우리를 소집하시고 이렇게 말씀하셨어. 세계 최대의 암흑조직 EOM이 움직이기 시작했다고 말이야. 그들이 UN의 고위 관직까지 마수를 뻗은 것 같으니, BSP가 해체되면 각자 국내나 해외로 흩어지라는 지시를 하셨지. 결국 우리는 해산했어. 케빈은 그의 고향인 호주로, 헤이그 선배는 외동딸과 함께 한국으로 여행을 떠나셨고, 리진은 독일로 간다고 했어. 난 보다시피 세계 여행을 하고 있고. 하지만 프시케만은 어디로 갔는지 모르겠어."

"……그래."

지크는 씁쓸한 표정을 지으며 캔을 흔들어 댔다. 챠오는 다시 입을 열었다.

"그렇게 해산된 지 얼마 되지 않아 BSP 대원 체포령이 떨어졌고, 그 후 동료들의 소식은 알 수 없게 되었어. 처크 부장님이 구속되셨다는 확실한 정보 말고는."

지크는 믿지 못하겠다는 듯 챠오에게 물었다.

"처크 할아버지가 구속을?"

챠오는 무표정하게 고개를 끄덕였다.

"그래. TV에도 나왔지. 어디에 수감되셨는지는 나도 몰라."

"젠장, 망할 녀석들!"

처크 켄트 부장은 지크의 양어머니 레니의 삼촌이었다. 그래서 지크에게는 할아버지뻘이라 할 수 있었다. 비록 핏줄을 나눈 친척은 아니어도 가족인지라 지크는 당연히 분노를 금치 못했다.

"내가 세계 여행을 떠난다니까 처크 부장님께서 너를 만나면 이걸 전해 주라고 하시더군."

"할아버지가?"

챠오는 자신의 가방을 뒤적거려 반투명 비닐봉지에 들어 있는 물건을 꺼냈다. 지크는 그것을 받아 물건을 꺼내 보았다.

특수 합금 재질에 반달형으로 둥글게 휘어진 물건은 표면에 'Last Radiance'라는 글귀가 양각으로 새겨져 있는, 손바닥만 한 옷 장식용 메탈 플레이트였다.

"자, 난 이제 볼일이 끝났으니 이만 갈게."

챠오는 곧 일어섰다. 지크는 그녀를 배웅하거나 붙잡을 생각은 하지 않고 그녀에게 건네받은 메탈 플레이트만 뚫어지게 쳐다보았다. 챠오는 말없이 편의점 자동문을 지나 거리로 나갔다.

편의점을 뒤로한 채 한참을 걸어가던 챠오는 뒤를 돌아보며 쓸쓸히 중얼거렸다.

"……부장님만이 아닌 우리 모두의 뜻이야. 그럼 안녕."

나지막한 그녀의 음성이 불어오는 바람에 흩어졌다. 챠오는 천천히 꺾인 골목으로 돌아갔다. 그 순간 그녀는 숨이 멎는 듯했다. 제너럴 블릭의 전투 로봇 BX-03 다섯 대가 그녀의 앞을 가로막고 서 있었다. 하지만 챠오는 당황하지 않고 몸을 돌려 오던 길로 다시 발걸음을 재촉했다.

꽤 오랫동안 걸었는데도 누구 하나 자신을 부르지 않자 챠오는 안도감을 느꼈다.

"이봐! 거기 키 큰 여자! 잠깐 이리 올 수 있겠나!"

그러나 운명은 그녀를 놔두지 않았다. 병사의 목소리를 들은 챠오는 조심스레 자신의 코트 주머니에 양손을 찔러 넣었다. 주머니 속에 숨겨 놓은 전투용 너클을 손에 착용한 후 그녀는 천천히 뒤돌아섰다. 다행히 병사 네 명만 접근해 왔다. 백인대련 최단 기록 세계 3위 보유자인 그녀에게 병사 네 명은 누워서 떡 먹기였다.

"무슨 일이시죠?"

그녀의 물음에 병사들은 음흉한 웃음을 띠며 서서히 접근해 왔다. 중요한 용무로 접근한 것이 아님을 알아차린 챠오는 순간 화가 치밀었지만 내심 안도했다.

"아니, 별것 아니고. 우리에게 시간 좀 내주면 어떨까 하고 말이야, 응? 우리는 외로운 병사들이거든."

"그래, 그래. 히히히힛."

챠오는 조용히 주위를 둘러보았다. 도로 옆쪽으로 으슥한 골목을 확인한 챠오는 빙긋 웃으며 병사들에게 그 골목을 가리켰다.

"어때요, 저쪽은요?"

그러자 병사들은 입가에 침을 흘리며 선뜻 챠오의 뒤를 따라 그 골목으로 들어갔다.

골목 깊숙이 들어간 챠오는 뒤로 돌아서서 병사들을 바라보았다. 벌써 허리띠를 푸는 성질 급한 병사도 있었다. 챠오는 미소가 싹 가신 얼굴로 말했다.

"자, 시작해 볼까, 바보들?"

"바, 바보들? 윽!"

당황한 병사 중 한 명이 챠오의 손에 얼굴을 잡혀 벽에 찍히듯 머리를 부딪혔다. 이내 그 병사의 코와 귀에서 붉은 피가 주르르 흘러내리더니 땅바닥에 힘없이 쓰러졌다.

"너, 너? 설마!"

동료가 순식간에 당하자 병사들은 정신을 차리며 방아쇠를 당기려 했다. 그러나 모든 BSP 중 두 번째 격투 능력을 지닌 린 챠오 앞에서 보통 군인의 총은 힘을 쓰지 못했다.

"헙!"

몸과 거의 일직선에 가깝게 올라가는 챠오의 유연한 하이킥이 병사의 턱을 강타했다. 병사는 총을 장전하지도 못한 채 턱뼈가 부서지며 뒤로 나가떨어졌다.

당황한 두 병사는 챠오를 향해 총구를 겨누었으나 그녀의 장타(長打)는 그들의 움직임보다 더 빨랐다. 약하디약한 복부에 기력이 실린 장타를 맞은 병사 두 명은 항문과 입에서 피를 뿜으며 그 자리에 힘없이 쓰러졌다. 완전한 내장 파열이었다.

"싱겁군."

손에 장착한 너클을 뺀 챠오는 즉사한 병사들의 시체를 유유히 넘어 골목을 빠져나갔다.

지잉.

그 순간 유압 모터 소리와 함께 골목 입구를 거대 물체가 봉쇄했다. BX-03이었다. 챠오를 포착한 전투 로봇은 기계 합성음으로 소리쳤다.

"EOM 군관 살해죄. 사형."

"이런!"

린 챠오는 코트 주머니 속에 숨겨 둔 길이 50센티미터가량의 대형 나이프를 꺼냈다. 틸 니켈이란 특수 합금으로 만든 바이오 버그 살상 전용 나이프였다.

바이오 버그 중에는 웬만한 총탄으로는 관통할 수 없는 두꺼운 덮개를 가진 것들이 있었다. 그래서 격투를 조금이라도 할 수 있는

BSP에겐 모두 틸 니켈 나이프가 지급되었다.

치익.

날카로운 기계 마찰음과 함께 BX-03의 긴 조족(鳥足)형 양쪽 다리에 불꽃이 튀었다. 챠오는 한 발로 벽을 박차고 공중으로 뛰어올라 BX-03 반대쪽에 사뿐히 착지했다.

"목표물, 도주."

챠오를 이미 포착한 BX-03은 돌아서기 위해 다리를 움직였다. 그 순간 BX-03의 다리기동용 유압 파이프에서 기름이 분출되었고, 유압이 떨어진 BX-03의 다리는 힘없이 주저앉았다. 이동이 불가능하게 된 BX-03은 고철 덩어리에 불과했다.

"휴."

챠오는 조심스럽게 호흡을 조절하며 나이프를 다시 코트 속에 집어넣었다. 그러나 그것은 너무 이른 행동이었다.

철컥.

총탄이 장전되는 소리에 챠오는 반사적으로 등을 젖혀 공중제비를 돌았다. 그 순간 그 자리에 무수한 총탄이 퍼부어졌다. 챠오는 날렵하게 움직이며 BX-03의 수를 확인해 봤다. 전부 세 대. 이동이 불가능하게 된 것까지 합하면 모두 네 대. 자신이 쓰러뜨린 군인들의 숫자와 같았다.

'한 명당 하나씩 연결되어 있었나? 어쩌지? 셋은 나 혼자 무리인데.'

챠오는 자신이 불리하다는 걸 알고 도망쳐야겠다고 생각했다. 허리에 찬 주머니에서 붉고 둥근 구슬 다섯 개를 꺼낸 그녀는 서 있는 자리에서 2미터 정도 떨어진 지점에 그 약재 구슬들을 내던졌다. 바닥에 떨어진 구슬들은 사방에서 폭발했다. 열기를 이용해 BX-03의 적외선 추적장치를 무력화하려는 것이었다. 효과가 있었는지 BX-03의 총격은 멈췄고, 챠오는 있는 힘껏 거리를 질주했다. 챠오의 100미터 비공식 기록은 5.73초. BX-03의 추적 가능 범위를 벗어나기에 충분한 속력이었다.

파앙.

"헉!"

순간 챠오는 멀리서 들려온 산탄 소리와 함께 바닥에 쓰러지고 말았다. 그녀는 이해할 수 없다는 표정으로 부상당한 다리를 살펴보았다. 다행히 작은 납탄이 두 개 정도 박힌 것뿐이었다. 탄이 꿰뚫고 들어간 반대 부위에 손을 갖다 댄 챠오는 기를 강하게 불어넣었다. 그러자 그 힘으로 근육 속에 박힌 납탄 두 개가 밖으로 튀어나왔다.

"이런, 어떻게 내 위치를……!"

챠오는 몸을 일으키며 BX-03들이 있는 곳을 바라보았다. 열기의 벽을 뚫고 BX-03들이 고속 이동용 호버 제트를 가동하며 그녀가 있는 쪽으로 다가오고 있었다. 탄을 빼긴 했지만 근육이 손상된 상태였기 때문에 민첩하게 움직이는 것은 무리였다. 챠오는 할 수 없다는 듯 다시 나이프를 빼 들고 몸을 움직일 준비를 했다.

"엿차!"

그때 누군가 기합 소리를 내며 챠오를 왹 들어 안고는 빠르게 골목 안으로 이동했다. 순식간에 일어난 일이었다. 놀란 챠오는 고개를 들어 자신을 안고 있는 사람의 얼굴을 확인했다. 지크였다. 그는 씁쓸한 웃음을 지으며 고개를 내저었다.

"헤헷, 너 몸이 좀 가벼워진 것 같다. 예전엔 무거웠는데 말이야. 아, 잔소리를 안 들으려면 빨리 내려 줘야겠군."

그는 챠오를 사뿐히 내려놓았다. 얼굴을 찡그린 채 챠오가 물었다.

"어떻게 저 로봇들이 적외선 교란을 벗어날 수 있었지?"

지크는 천천히 장갑을 조이며 가볍게 대답했다.

"아, 그거? 너 BX-02와 BX-03를 혼동했나 보구나. BX-02는 추적 유니트가 적외선 추적 하나여서 교란탄 두 개면 열 대의 로봇이 무용지물로 변하지. 하지만 BX-03은 레이저 추적장치와 가시적 추적장치가 붙어 있어서……."

"목표, 확인."

지크의 말이 채 끝나기도 전에, BX-03 한 대가 그들이 서 있는 골목 입구에 모습을 드러냈다. 지크는 기다렸다는 듯 로봇 몸체 한가운데 스트레이트를 꽂았다.

"방해하지 마."

BX-03가 뒤따라오던 다른 두 대와 충돌하며 나뒹굴었다. 세 대를 한꺼번에 처리한 지크는 다시 챠오를 바라보며 말을 이었다.

"이렇게 완전히 부숴 버리거나 분리하지 않는 한 계속 따라다닌다고. 넌 여전히 무기 정보에는 약하구나."

"흥!"

챠오는 상처를 지혈하며 관심 없다는 듯이 다른 데로 시선을 돌렸다. 조금 후 넬이 헐레벌떡 그들이 있는 골목으로 뛰어왔다.

"선배님들, 괜찮아요? 앗, 챠오 선배님 부상……!"

그러자 지크는 피식 웃고는 넬의 짧은 머리카락을 헝크러뜨리며 말했다.

"괜찮아. BSP 한국지부의 '철의 여인'이 다름 아닌 바로 쟤니까. 안 그래, 챠오? 헤헤헷. 그럼 천천히 우리를 따라와. 납탄에 맞은 상처는 꼭 치료해야 하니까. 자, 가자, 넬."

지크는 말을 마치고 청바지 주머니에 손을 찌르고 무심하게 걸어갔다. 등 뒤에 서 있던 넬이 재빨리 그의 벨트를 붙잡았다.

"욱! 왜 그래, 꼬마."

지크는 순간 복부가 조여지자 고개를 돌려 넬을 쳐다보았다. 그녀는 실망한 듯한 눈초리로 사납게 쏘아붙였다.

"선배님! 아무리 챠오 선배가 강하다고는 하지만 부상을 입었잖아요! 동료고요! 어떻게 손 한 번 내밀지도 않고 뒤돌아 가 버릴 수 있어요!"

지크는 검지로 넬의 이마를 툭툭 건드렸다.

"나도 그러고 싶지만, 다음에 나올 반응이 뻔하다는 것을 알기 때문에 이러는 거야. 한번 해 볼까? 어이 챠오, 내가 부축해 줄게."

그러자 벽을 짚으며 천천히 걸어오던 챠오가 눈살을 찌푸리며 지크에게 대답했다.

"도움은 필요 없어."

지크는 어깨를 으쓱하며 그것 보라는 표정으로 넬을 쳐다봤다.

"거봐, 내가 쟤하고 1년이나 같이 일한 사람인데 모르겠니?"

"그래도 그렇지 그런 법이 어디 있어요! 지크 선배가 챠오 선배를 부축해 주지 않으면 저는 집에 돌아가지 않을 거예요."

넬이 그 자리에 털썩 주저앉으며 단호히 선언하자 지크는 고심했다. 머리를 긁적이며 생각하던 지크는 무심코 챠오의 다리에 감긴 손수건을 보았다. 피로 붉게 물들어 있었다. 생각보다 상처가 깊은 듯했다. 지크는 어쩔 수 없다는 듯 한숨을 내쉬고 말했다.

"어쩔 수 없지. 귀여운 후배를 위해 오늘만은 좀 강압적으로 행동해야겠어."

챠오는 아무 말 없었다. 지크는 곧 챠오를 안아 올리고 불만스러운 얼굴로 투덜댔다.

"그리고 가벼워졌다는 말은 취소야."

"바라지도 않았어."

"쳇, 입은 살았군."

"너야말로 입 닥쳐."

투덜대는 그들의 얼굴은 찡그려 있었으나 그들을 바라보는 넬의 표정은 밝았다.

"거봐, 언니! 저 사람 또 누구를 데리고 들어왔잖아."

챠오를 안고 들어온 지크를 본 티베가 빽 소리를 질렀다. 지크는 인상을 잔뜩 쓴 채 뒤따라오던 넬에게 고개를 까딱였다.

"넬, 그거 드려."

"예."

화가 날 대로 난 티베는 내키지 않았지만 넬이 건네주는 물건을 받아 들었다. 저칼로리 레몬 아이스크림 한 통이었다. 사실 티베가 가장 좋아하는 먹거리였다. 그녀는 미간을 좁히며 지크에게 말했다.

"뇌물이 통할 것 같아요?"

그러자 지크는 챠오를 내려놓고 정색하며 너스레를 떨었다.

"어허, 그거 드시고 머리 좀 식히라는 깊은 뜻이 담겨 있답니다. 나중에 좋은 사람 만나 결혼하려면 자제할 줄도 아셔야죠."

아이스크림 통을 옆에 끼고 있던 티베가 발끈하며 소리쳤다.

"이봐요! 내가 언제 댁보고 내 결혼 문제 걱정해 달라고 했어요?"

"그렇게 화가 나도 아이스크림 통을 내던지지 않는 걸 보면 먹고 싶기는 했나 봐요. 나중에 천천히 얘기합시다, 제발요. 그럼 맛있게 드세요."

티베는 아무 말 않고 매섭게 지크를 노려보기만 했다.

싸움이 일단락되자 다리를 절며 바이칼이 쓰던 방으로 걸어가던 챠오가 묵묵히 중얼거렸다.

"기세만으로는 BSP감이군."

지크는 챠오의 다리 부상을 살피다가 한숨을 푹 쉬었다. 납탄이 빠지고 출혈도 멈췄지만 근육 손상이 생각보다 심했다. 고심하는 지크와는 달리 정작 챠오는 덤덤했다.

"무슨 문제라도 있어?"

"글쎄. 어쨌든 여기 좀 있어 봐. 생각 좀 하고 오게."

지크는 티베의 방 앞으로 가서 문을 두드렸다. 티베가 떫은 표정을 지으며 문을 열었다.

"오호, 드디어 나가실 결심을 굳히신 건가요?"

티베가 말했다. 지크는 티베처럼 떨떠름한 표정을 짓고 그녀와 눈높이를 맞추며 말했다.

"입가에 묻은 아이스크림이나 닦고 말하시죠. 별건 아니고요. 이전 차원에서 배웠던 마법들 기억하시죠? 샌님 같은 당신 동생 말로는 마법에 대해 일가견이 있다고 하던데요."

티베는 무안한 듯 손등으로 입술을 훔치며 대답했다.

"내 동생을 샌님이라고만 안 했어도 다 기억했을 텐데."

지크는 진지한 표정을 지었다. 그 모습에 티베는 움찔하며 무의식적으로 뒷걸음쳤다.

"이, 인상 쓰는 저의가 뭐예요."

"말장난 치지 마요. 지금 제 동료가 근육에 꽤 큰 상처를 입어서 당신 도움을 받으려고 온 거라고요. 확실하게 말해 주세요. 기억하고 계시나요, 아니면 잊으셨어요?"

티베는 이렇게까지 지크가 진지하게 나올 줄은 몰랐기에 자못 진지하게 그의 질문에 답했다.

"고급 마법은 기억이 희미하지만 웬만한 중급 마법까지는 아직 기억하고 있어요. 치유 마법은 거의 다 할 수 있죠. 원하신다면 해볼게요."

그러자 지크는 티베의 손을 쥐고 기뻐했다.

"헤헷, 고마워요! 그 표시로 당신 동생을 샌님이라고 부르지 않을게요. 하하핫."

지크가 싱글벙글하며 감사를 표하자, 티베는 손을 빼고 그를 쏘아보며 생각했다.

'너구리 같은 인간이군. 주의해야겠어!'

2

살아 있는 전설

미국에 도착한 리오는 장발을 깔끔하게 올백으로 넘겨 스타일을 바꿨다. 제너럴 블릭의 본거지인 만큼 주의하자는 생각에서 취한 행동이었으나 실은 자신처럼 산발을 하고 다니는 사람을 본 적이 없어서였다. 그는 활동적인 복장에 모자까지 쓰고 있어서 딴사람 처럼 보이는 바이칼과 함께 뉴욕 거리를 활보했다. EOM과 제너럴 블릭에 관련된 정보를 수집하기 위함이었으나 별다른 성과는 거두지 못했다.

"휴, 이 나라는 먹는 것 하나는 크고 싸서 좋군."

공원 벤치에 앉은 리오는 거대한 핫도그를 씹으며 중얼거렸다. 옆에 앉은 바이칼은 아무 말 없이 콜라만 들이켰다. 치아에 나쁘다 고 리오가 주의를 주었지만, 한번 맛을 들인 바이칼의 귀에는 들리 지 않는 모양이었다.

"이보게, 젊은이들, 말동무 좀 되어 줄 수 있겠나?"

어디선가 노인의 음성이 들려왔다.

"예, 그러시죠."

갑작스러운 부탁이긴 했지만 리오는 흔쾌히 고개를 끄덕였다. 노인은 나이에 비해 몸집도 좋고 건장해 보였다. 등도 곧은 데다가 키도 자신과 별로 차이 나지 않았다. 여행용 모자를 쓰고 있는 노인은 모자를 벗고 리오 옆에 천천히 앉으며 말했다.

"어디서 온 젊은이들인가? 요즘 젊은이들치고는 약해 보이지 않아서 묻는 것일세."

그 말을 들은 리오는 고개를 갸웃거리며 대답했다.

"글쎄요. 유럽 쪽에서 오긴 했습니다만 그곳 출신은 아니랍니다."

그러자 노인이 손을 내저으며 말했다.

"아, 아닐세. 충분히 알 것 같으니까. 음, 그 옆에 앉아 있는 젊은이도 마찬가지인가?"

바이칼은 잠시 대답을 하지 않았다. 인간임을 전제로 한 질문이었기에 어떠한 대답을 해도 사실일 수 없었다. 그렇지만 결국 바이칼은 고개를 끄덕였다.

"예."

"아, 그런가. 초면에 실례되는 질문을 해서 미안하군, 허허허헛. 난 보름 동안 프랑스를 여행한 후 미국의 첨단 문물을 구경하기 위해 건너왔네. 뭐, 다른 목적도 있긴 하지만 말이지."

"다른 목적이라 하시면……?"

"아, 드래군이라 불리는 청년일세. 허헛, 멋지지 않나."

그 말에 리오는 고개를 갸웃거리며 노인에게 물었다.

"예? 하지만 드래군이 여기로 왔다는 보장도 없지 않습니까?"

"하긴 그렇지. 하지만 만난다면 그에게 새로운 힘을…… 음?"

애기를 하던 노인이 갑자기 말을 멈추자 리오도 움찔하며 감각을 집중했다. 리오보다 청각이 훨씬 뛰어난 바이칼이 멀리서 들려오는 비명 소리를 감지하고 리오의 어깨를 두드렸다. 리오는 고개를 끄덕이며 바이칼이 가리킨 방향으로 질주했다. 그는 혼자 남게 된 노인을 돌아보며 소리쳤다.

"죄송합니다! 급한 일이 있어서요. 돌아올 수 있으면 돌아오겠습니다, 어르신."

"아, 그러게."

리오와 바이칼이 시야에서 멀리 사라지자 노인은 허리춤에 찼던 물통을 꺼내 들며 중얼댔다.

"……오랜만에 세상 구경을 하겠구나, 귀염둥이야."

노인은 손가락으로 물통을 몇 번 튀기며 웃었다.

리오는 비명 소리가 들리는 방향으로 달려가며 제 모습으로 변신했다. 그러나 바이칼은 드래곤으로 변신하지 않았다. 건물들이 높이 솟아 있고 촘촘하게 들어선 곳에서 변신하면 우선 이동이 불편할 것이다. 또한 건물 유리창들이 그의 거대한 날개가 펄럭일 때 나오는 압력을 견디지 못하고 터져 버릴 수도 있었다. 바이칼은 그 점을 우려하여 변신하지 않았다.

비명 소리가 들리는 현장에 도착한 리오와 바이칼은 눈살을 찌푸리지 않을 수 없었다. 수십 대의 나찰과 수라 로봇들이 도망치는 사람들을 붙잡아 찢어발기며 집단적으로 식인(食人)을 하고 있었다. 일대는 비릿한 피냄새가 진동했고, 붉은 피가 강물처럼 지면을 타고 흘렀다.

"이, 이런!"

리오는 이를 갈며 즉시 파라그레이드를 뽑아 로봇들에게 달려들었다. 바이칼 역시 허공에서 드래곤 슬레이어를 뽑아 들며 공격할 준비를 했다.

그러자 나찰과 수라가 이상한 반응을 나타냈다. 단 몇 대만 남기고 일제히 공중으로 도주하기 시작했다. 리오는 의문에 휩싸이면서도 살상을 자행하는 나머지 나찰과 수라를 처리하기로 마음먹고 힘차게 돌진했다.

그때 나찰과 수라의 등에서 기계음이 들리더니 괴상한 형태의 무기가 튀어나와 그들의 어깨에 장착되었다. 나찰과 수라는 그 무기로 연청색 빔을 쏘며 그들을 공격했다.

"광학병기? 아니 어떻게……."

거리가 꽤 되었지만 연청색 광선은 그들에게도 위협적인 무기였다. 게다가 나찰과 수라들이 지능적으로 빔을 교차하며 연이어 발사했기 때문에 보통 방법으로는 접근조차 할 수 없었다.

그때 옆에 있던 바이칼이 왼손을 내밀며 가볍게 중얼거렸다.

"편하게 하지."

순간 푸른색의 거대한 빛이 바이칼의 손바닥에서 뿜어 나왔다. 그 빛의 범위 안에 있던 나찰과 수라는 거대한 폭발에 휩싸여 이내 사라져 갔다.

리오는 어깨를 으쓱하며 감탄하듯 중얼거렸다.

"후, 조금만 더 편하게 했다간 아예 도시를 날리겠군. 여기서 기가 피니셔를 쓰다니……."

바이칼은 아무 말 없이 드래곤 슬레이어를 거뒀다.

"쿠오오오오!"

갑자기 화염을 뚫고 무언가 그들의 머리 위를 포효하며 날아갔다. 리오와 바이칼은 흠칫 놀라며 뒤를 돌아보았다. 한쪽 팔만 잘린 수라 한 대가 시민들을 향해 돌진하고 있었다.

"젠장! 어떻게 살아남았지?"

리오는 즉시 그 수라를 쫓았다. 그때 그의 눈앞에 조금 전 그 노인이 나타났다.

노인은 수라가 자신에게 돌진해 오는 것을 아는지 모르는지 물병을 기울여 바닥에 물을 쏟아붓고 있었다.

"이런! 어르신, 피하십시오!"

리오의 외침에도 노인은 결코 꿈쩍하지 않았다. 다급해진 리오는 파라그레이드를 창처럼 내던지기 위해 자세를 취했다.

그리고 믿을 수 없는 일이 벌어졌다. 노인이 바닥에 부은 물에서 1.3미터가량의 검이 공중으로 솟구쳐 올라왔다. 검은색 칼자루에 푸르스름한 빛을 머금은 날, 그리고 예리한 날 중앙에 세로로 위치한 검은색의 코어.

그 검은 스스로 공중을 날아다니며 돌진해 오던 수라를 순식간에 조각냈다. 산산조각 난 수라는 검은빛과 함께 분해되기 시작했고 이내 세포질조차 남지 않은 채 사라졌다. 검은 노인의 주위를 빙빙 돌다가 땅에 푹 꽂혔다. 노인은 희미하게 웃으며 땅에 막힌 검의 자루를 쓰다듬었다.

리오는 할 말을 잃었다. 바이칼 역시 내색은 하지 않았지만 충분히 놀라고 있었다.

"뭐, 뭐지? 저 검은? 그리고 할아버지는?"

리오와 바이칼이 미동도 하지 않자 노인이 한숨을 쉬며 다가와 말했다.

"이보게, 뭐 하는 건가. 사람들이 다 쳐다보고 있잖아."

"아, 아차!"

리오와 바이칼은 급히 발걸음을 돌리려 했다. 그러자 노인이 빙긋 웃으며 말했다.

"자네들, 어디로 가는지는 모르지만 나도 좀 데리고 가 주면 안 되겠나? 할 말이 꽤 많으이, 허허헛."

리오는 혼란스러운 머리를 정리하려고 고개를 흔들었다. 자신의 역할을 잠시나마 대신한 노인의 검은 아직도 땅에 박혀 있었다. 그런데도 노인은 아무렇지도 않은 얼굴로 빙긋 웃고 있었다.

노인이 할 얘기가 있다고 하자 리오는 노인과 함께 어디론가 급히 사라졌다. 멍하니 구경하던 사람들은 황당한 표정으로 주위를 두리번거렸다. 그사이 땅에 박혀 있던 검이 다시 공중으로 떠오르더니 물방울로 변해 물통 속으로 들어갔다!

리오와 바이칼은 정체불명의 노인과 마주 앉아 있었다. 치킨전문점 안은 거나하게 술에 취한 남자들의 거친 말과 매캐한 담배 연기, 기름 냄새로 가득했다. 그러나 그들은 아랑곳하지 않고 대화를 나누었다. 물론 바이칼은 거의 말을 하지 않았다.

리오는 진지한 얼굴로 노인을 보며 물었다.

"어르신께서는 어떤 분이시기에 그런 검을 소지하고 계신가요? 또한 저를 왜 만나려 하십니까?"

노인은 큼지막한 닭다리 한 조각을 손에 쥐고 입으로 뜯으며 말했다.

"음, 웬만하면 질문은 하나씩 해 주게나. 자네 말대로 난 노인네니까. 허허허허헛."

"아, 예. 실례했습니다."

치킨을 세 조각째 뜯은 노인은 휴지로 손을 닦으며 입을 열었다.

"역시 치킨 요리는 세월이 가면 갈수록 맛있어지는군. 내가 한창때는 구이만 있었는데……. 자, 그럼 내 얘기를 해 볼까? 난 영국 태생이라네. 자네들처럼 다른 세계에서 온 것은 아냐."

순간 리오와 바이칼의 동작이 일시에 멈췄다. 노인은 놀란 표정으로 둘을 보며 말을 이었다.

"한때는 왕 노릇도 해 보았네. 내가 통치하던 백성에겐 미안하지만 대전쟁 이후 이곳저곳 방랑하기 시작했지. 그런데 어떤 작자가 '전설의 왕'이라고 나를 칭하며 책으로 내 얘기를 늘어놓았는데, 그 말이 지금까지 전해지고 있어. 그게 좀 불만이긴 하지만 그 얘기의 반은 사실이니까. 어쨌든 그때부터 난 전 세계를 돌아다니며 오랫동안 유람을 했지. 천 년은 족히 넘었지, 아마? 험험."

리오는 멍한 표정으로 노인의 말을 계속 들었다. 보통 인간이 요정보다 오래 살아왔다는 것은 대단한 일이었다. 희미하긴 하지만 그 노인의 이름을 알 듯도 했다.

"음, 몇백 년간은 나도 조금 활동할 수 있었는데, 총이란 무기가 나오면서 내 역할이 사라지더군. 하지만 세계에 BSP라는 조직이 등장하게 되자 난 내심 기뻤네. 내가 예전에 이끌던 기사단과 흡사한 일을 했기 때문이지. 그런데 그들이 해체되었다는 말을 듣고 막막했던 나에게 자네들이 나타난 것이라네. 가즈 나이트 리오 스나이퍼와 용제 바이칼."

"풋!"

바이칼은 노인의 입에서 자신의 정체가 드러나자 마시던 콜라를 뱉어 내고 말았다. 리오는 어안이 벙벙한지 입을 벌린 채 할 말을 잊었다. 노인은 난감한 표정으로 머리를 긁적이며 계속 말했다.

"음, 자네들 정체를 아는 것은 그리 어렵지 않았네. 주신께서 다 말씀해 주셨거든. 2백여 년 전에 가즈 나이트에 대한 말씀을 하셨고, 그보다 훨씬 전에 용제인 자네에 대해 말씀하셨지. 주신께서는 지금도 잘 계시나? 하긴 신이시니 별 걱정은 없겠지만. 허허허허헛."

할 말을 잃고 만 리오와 바이칼은 서로를 멍하니 바라볼 뿐이었다. 하지만 어찌 보면 그들이 놀라는 것도 당연했다. 눈앞에 있는 노인이야말로 진짜 살아 있는 신화였기 때문이다.

그날 저녁 그들은 어느 공원의 숲에 함께 있었다. 관람 시간이 끝나 인적은 없었다. 노인은 반반한 돌 위에 물병을 기울여 물을 쏟아 내며 말했다.

"어험, 요즘은 진짜 내가 늙었다는 사실을 느낀다네. 예전에 티베인가 하는 기자 아가씨를 공원에서 구해 준 적이 있네. 사실 다시는 세상 빛을 보지 못하게 악당들을 혼내 주려고 했는데 기절밖에 못 시켰거든. 자네들도 나이를 더 먹으면 느낄 걸세, 허허허헛. 자, 리오 군은 이리 가까이 오게나."

노인의 손짓에 따라 리오는 물이 고인 반석에 가까이 다가갔다. 노인은 심호흡을 깊게 한 뒤 말을 이었다.

"주신께서 말씀하셨네. 분명히 자네 전용 검인 디바이너가 자네 성격 탓에 부러질 일이 한 번 있을 거라고 말일세. 난 디바이너가 어떻게 생겼는지 알고 있지. 예전에 주신으로부터 내 검에 대한 설명을 들을 때 주신께서 제작한 다른 무기도 봤거든. 어쨌든 자네의 검이 부러지면 그 세계에 있는 동안 내 검을 빌려주라고 하셨지. 자, 나오너라."

노인의 말에 따라 낮에 보았던 그 검이 고인 물에서 다시금 솟아오르더니 이내 잔광을 남기며 반석 위에 떨어져 꽂혔다.

리오는 그 검을 보며 환희에 찬 어조로 외쳤다.

"오신검(伍神劍)의 하나인 엑스칼리버! 디바이너, 플렉시온, 다크 팔시온, 세레인 그리고 당신의 말씀이 맞다면 이것이 바로 제가 보지 못했던 엑스칼리버!"

노인은 고개를 천천히 끄덕이며 말했다.

"그렇다네. 비록 최강의 검은 아니지만, 최강급이니 사용할 만할 거야. 자, 뽑아 보게."

"아, 예."

리오는 가슴이 두근거렸다. 주신이 만든 오신검 중에서 가장 능력이 탁월해 엑스칼리버라는 이름까지 붙은 검을 사용하게 되자 묘하게 흥분되었다.

리오는 엑스칼리버 자루에 손을 뻗어 쥐고 돌에 박힌 검을 잡아당겼다.

"어?"

검이 뽑히지 않았다. 그의 강한 완력에도 불구하고 엑스칼리버는 꿈쩍도 하지 않았다. 옆에 있던 바이칼이 혀를 차며 고개를 설레설레 저었다.

"역시 마음이 순수하지 못한 바람둥이를 검이 알아보나 봐. 진실은 속일 수 없는 건가."

노인 역시 고개를 저으며 리오에게 말했다.

"이보게, 그 검을 괜히 엑스칼리버라 부르는 줄 아나. 그 검을 다룰 수 있을 정도의 정신력과 기력이 있어야만 하네. 다시 한 번 정신을 집중하고 검을 뽑아 보게."

"아, 예."

리오는 심호흡을 하며 정신을 가다듬었다. 아무래도 파라그레이드 이상의 기력과 정신력을 필요로 하는 것 같았다.

"좋아, 다시 한 번!"

리오는 다시금 칼자루를 굳게 잡고 기력을 천천히 끌어 올렸다. 그러자 검신과 검신 중앙에 길게 그어진 검은색 코어 부분이 순간 은은한 빛을 발했다. 곧 엑스칼리버는 박힌 돌에서 조금씩 빠져나오기 시작했다. 그래도 시원치 않았는지, 리오는 눈에서 푸른빛을 뿜으며 기를 한껏 증대시켰다.

"하앗!"

이윽고 엑스칼리버는 리오의 손에 이끌려 돌에서 가볍게 빠져나왔다. 검은 주입된 리오의 기와 반응해 은회색의 빛을 강렬히 뿜어내며 그들이 있는 숲 전체를 환하게 밝혔다.

"아, 이런!"

엑스칼리버를 들고 서 있던 리오는 일순 현기증을 느끼며 무릎을 꿇었다. 바닥에 떨어진 엑스칼리버는 스스로 황색 빛을 내뿜으며 공중으로 붕 떠올랐다. 노인은 무릎을 꿇은 채 숨을 몰아쉬는 리오에게 다가가 물었다.

"괜찮나? 하긴 이 검은 성검(聖劍)을 처음 다루는 사람이 제어하기에는 매우 까다롭지. 차차 익숙해질 테니 너무 걱정 말게."

노인의 말에 리오는 머리를 흔들며 일어나더니 웃으며 말했다.

"후, 까다로운 정도가 아니군요. 어쨌든 감사합니다. 이런 소중한 것을 저에게 빌려주시다니."

노인은 리오의 어깨를 두드리며 진지한 표정으로 말했다.

"괜찮네. 아깝지 않아. 그리고 이것만은 알아 두게. 자네의 최후의 적은 하나가 아냐. 둘이 될 수도 있고, 셋이 될 수도 있네. 마음을 굳게 먹게나. 자, 그럼 난 이만 가겠네."

노인이 천천히 뒤돌아서자 리오가 소리쳤다.

"아, 당신의 검은 언제, 어떻게 돌려드리면 됩니까?"

노인은 리오를 흘끔 돌아보며 미소 짓고 말했다.

"내 것이니 당연히 돌아올 때가 되면 내게 돌아올 것이네. 그럼 수고하게나, 허허허헛."

노인의 호탕한 웃음소리는 그의 모습이 점차 희미해지자 잦아들 었다.

리오는 공중에 떠 있는 엑스칼리버를 잡아 디바이너가 꽂혀 있 었던 가죽 칼집에 집어넣었다.

"감사합니다. 주신께서 인정하신 유일한 영웅왕, 아더."

그는 노인이 사라진 방향을 바라보며 나지막이 중얼거렸다. 그 모습을 보고 있던 바이칼은 불만이 있는 듯 인상을 쓰며 말했다.

"저 노인네, 나에겐 단검 하나도 안 주는군."

3

쫓는 자, 쫓기는 자

어둠을 벗겨 내며 빌딩 사이로 동이 터 올 때쯤, 리오와 바이칼
은 뉴욕 항구를 천천히 거닐고 있었다. 묵묵히 걷고 있던 리오가
심호흡을 하더니 갑자기 멈춰 섰다.

"……!"

눈치채지 못하고 계속 걷던 바이칼은 나중에야 혼자 걷고 있다
는 걸 알고는 투덜대며 리오 곁으로 다시 왔다.

"후, 역시 유럽에 비해 공기가 맑지 않군. 물론 거기도 좋다고 할
수는 없지만 말이야. 그나마 30년 전보다는 공기가 맑아진 것이라
고 하니 할 말은 없지."

하늘을 쳐다보던 리오가 말했다.

옆에서 묵묵히 주위를 둘러보던 바이칼은 저 멀리 상반신이 날
아간 거대 석상에 눈길을 주었다.

"저기 보이는 신상은 뭐지?"

리오는 바이칼이 눈짓으로 가리키는 석상을 보았다. 연한 푸른색을 띤 석상은 이른 아침의 은은한 햇빛을 받아 이상하리만큼 따뜻한 기운을 자아내고 있었다.

"자유의 여신상이겠지. 지크의 말로는 이 미국이란 나라의 상징 중 하나라고 하더군. 30여 년 전 이곳에서 일어났던 폭동 때 미사일 공격으로 상반신이 박살 났대. 그 계기로 다시 미국이 평온해졌다나? 아마 그럴 거야. 지크가 덧붙이길, 저 여신상은 소프트 아이스크림을 광적으로 좋아해서 오른손에 아이스크림을 자랑스럽게 들고 있는 거래."

그 말을 듣고 신상의 모습을 연상하던 바이칼은 고개를 저으며 말했다.

"다른 건 몰라도 아이스크림 얘기는 믿을 수가 없군."

"나도 마찬가지야."

리오는 천천히 앞서 걸었다. 바이칼은 그 뒤를 따라 걸었다.

패스트푸드점에서 바이칼과 함께 햄버거 몇 개로 간단히 아침을 때우던 리오는 햄버거 포장지를 신경질적으로 구겼다. 이윽고 지겹다는 듯한 표정으로 투덜댔다.

"푸, 며칠째 계속 햄버거, 치킨, 핫도그 같은 인스턴트 음식으로 배를 채우니, 원……. 이런 걸 게걸스럽게 먹어 치우는 지크 녀석은 정말 괴물이군. 근데 뭐 하는 거야?"

바이칼이 햄버거를 쌌던 포장지를 펴더니 차곡차곡 쌓고 있었다. 리오는 그런 바이칼을 이해할 수 없다는 눈으로 바라보았다. 바이칼은 무표정한 얼굴로 대답했다.

"종이 접기. 이 몸의 거룩한 취미다."

"아아, 어련하시겠어."

리오는 어깨를 으쓱하며 의자 깊숙이 몸을 묻었다.

그때였다.

"엎드려!"

리오가 갑자기 소리치며 바닥에 엎드렸다. 바이칼 역시 재빨리 탁자 밑으로 상체를 숙였고 가게 점원들은 엉겁결에 몸을 숙였다.

그와 거의 동시에 약 10미터 정도 떨어진 은행 건물이 폭발했고 부근의 상점들 유리창이 단숨에 깨졌다. 패스트푸드점 안에 있던 사람들은 리오 덕분에 신속하게 피해 부상을 입지 않았다.

점원들은 두려움에 떨며 여전히 몸을 숙이고 있었다. 리오는 식후 운동도 할 겸 잘됐다는 듯 밖으로 뛰어나가려고 했다. 그때 그의 귀에 낯익은 목소리가 들려왔다.

"사람들이 활동을 시작하는 아침에 감히 폭탄을 터뜨려 시끄럽게 하다니…… 식사 중이던 사람으로서 용서할 수 없다!"

리오가 알고 있는 사람 중에 불의를 보고 이렇게 말할 용사는 단 둘뿐이었다. 지크 아니면 루이체였고 여자 목소리인 것으로 보아 루이체가 확실했다. 리오는 이해할 수 없다는 표정으로 얼굴을 슬쩍 내밀며 중얼거렸다.

"이건 악몽이야."

바이칼 역시 살짝 고개를 들었다. 돈 자루를 들고 도주하려던 은행 강도 여섯 명과 복면을 쓴 두 명이 그의 눈에 들어왔다. 그들 중 한 명은 평상복 차림이었고 다른 한 명은 중동인처럼 터번을 쓰고 통이 넓은 옷을 입고 있었다.

곧 2대6의 격투가 벌어졌다. 물론 결과는 생각보다 간단했다. 인질을 잡은 은행 강도 여섯 명의 승리였다.

리오는 피곤한 듯 머리를 감싸며 중얼거렸다.

"그럼 그렇지. 아무래도 나서야 할 것 같은데…… 왠지 귀찮군."

리오의 혼잣말을 들은 바이칼이 투덜대며 말했다.

"어차피 나가려고 했으면서 말이 많군, 자원봉사자."

한편 은행 강도들은 행인을 인질로 잡은 채 앞길을 막아선 두 사람을 조롱하고 있었다.

"후후훗, 감히 우리 앞에서 시비를 걸다니. 너무 용감한데, 아가씨? 우리가 버릇을 고쳐 주지. 그리고 옆에 있는 까만 콩…… 넌 남자인지 여자인지 모르겠으니 한번 벗어 봐."

"큭!"

마티의 인상이 일그러졌다. 하지만 은행 강도들이 겁에 질린 인질의 입안으로 총구를 들이밀자, 마티는 어쩔 수 없이 터번부터 슬슬 풀었다.

"지겹지도 않나, 이런 패턴. 나도 지겹군."

루이체와 마티는 자신들의 등 뒤에서 갑자기 들리는 목소리에 놀라며 뒤돌아섰다. 리오가 어색한 웃음을 지으며 두 사람에게 손을 흔들었다.

"여, 잘 있었어, 둘 다? 그건 그렇고 어쩌다가 여기 있는 거지? 너희 둘 동방 대륙에 있어야 하는 거 아닌가?"

그러자 루이체는 흘러내리는 머리카락을 쓸어 넘기며 별것 아니라는 듯 대답했다.

"그냥, 지크 오빠 혼자 있기가 그럴까 봐 아탄티스 대륙에 남았지. 배 타고 무작정 오다 보니 여기더라고. 그리고 어쩌다 보니 이렇게 되었어. 근데 오빠는 왜 여기 있어? 다른 차원으로 날아가 있어야 하는 거 아냐?"

리오는 바지를 툭툭 털고 일어서며 말했다.

"복잡한 건 묻지 말아 줘, 동생님. 자, 둘은 저기 보이는 햄버거 가게에 가서 바이칼이랑 같이 아침이나 먹어. 몰골을 보니 한 이틀 굶은 것 같은데 말이야."

"숙소를 제대로 잡지 못한 것뿐이야, 뭐."

루이체는 뾰로통한 표정을 지으며 가게로 들어갔다. 리오는 손을 흔들며 어색한 미소를 지어 보였다.

"자, 이제 너희를 상대해 볼까?"

바짝 긴장한 채 서 있던 여섯 명의 은행 강도는 인질 머리에 총구를 들이대며 소리쳤다.

"흥, 감히 우리와 맨손으로 싸우겠다는 거냐! 우리가 들고 있는 총이 보이지 않는 모양이군!"

리오는 머리를 긁적이며 얼굴을 살짝 찡그렸다.

"보이긴 해. 하지만 내가 얘기하고 있는 틈을 타서 도망가지 않은 너희가 더 비정상인 것 같은데? 곧 경찰도 올 텐데 말이야."

그러자 그들 중 두목으로 보이는 자가 앞으로 나서며 소리쳤다.

"우리의 목적은 이까짓 돈이 아니다! 우리는 BSP. 곧 방송국 차량이 올 것이고 그때 우리의 결백을 증명할 것이다! 이봐! 말은 끝까지 들어야 할 것 아니야!"

리오는 그 말을 무시한 채 일행이 있는 패스트푸드점으로 가면서 투덜거렸다.

"젠장, BSP라는 녀석들은 다 저런가? 차라리 그 시꺼먼 생체 로봇과 싸우는 게 낫겠군."

그러던 중 사이렌 소리가 요란하게 울렸다. 경찰용 BX-02 대신 군용 BX-03과 군인들이 몰려온 것이었다. 재빨리 몸을 피한 리오는 주위를 둘러보고 취재 차량이 오지 않은 것을 확인한 후 포위된 미국 지부 BSP들을 보았다.

"안됐군. 쯧쯧."

리오는 고개를 절레절레 저으며 중얼거렸다.

전직 BSP라고 밝힌 여섯 명의 은행 강도들은 방송국 카메라 대신 총포의 포구만 자신들을 겨누자 떨리는 음성으로 소리쳤다.

"이, 이봐! 방송국 차량은 왜 안 오는 거지?"

군인들 중 장교로 보이는 자가 웃기지 말라는 듯 웃으며 소리쳤다.

"흥, 기껏해야 수배자인 너희에게 취재 차량이 올 이유는 없다. 자, 순순히 잡혀 주거나, 아니면 죽어 주거나, 둘 중 하나니까 잘 선택해라."

그러자 인질로 붙잡혀 있던 남자가 하얗게 질린 얼굴로 장교에게 애원했다.

"자, 잠깐만! 저는 인질이에요! 이 사람들하고는 하등 상관없다고요! 어서 저를 구해 주세요!"

장교는 머리를 살짝 움직이며 무언의 신호를 보냈다. 곧 그 인질의 어깨에 구멍이 뚫리더니 힘없이 바닥에 쓰러졌다. 원거리 저격이었다. 은행 강도들은 놀란 표정으로 소리쳤다.

"이봐! 이 사람은 진짜 민간인이라고! 너희가 그러고도 미합중국 군인이야!"

그러자 장교는 피식 웃으며 중얼거렸다.

"본 사람은 없다. 어차피 너희 짓이라고 언론에 공개하면 끝이야. 자, 순순히 잡힐 건가, 아니면 죽음을 자처할 텐가?"

"어차피 순순히 웅해도 죽일 것 아니냐! 여기서 그냥 죽이지 왜 꼭 잡으려고 하는가."

계속되는 은행 강도의 질문에, 장교는 귀찮다는 듯 인상을 쓰며 소리쳤다.

"젠장, 없애 버려! 실험할 가치도 없는 녀석들이다."

뗑그렁.

장교의 명령과 동시에, 등 뒤에서 쇠붙이 떨어지는 소리가 들려왔다. 장교는 고개를 갸웃하며 뒤를 돌아보았다.

"앗?"

장교의 움직임은 그대로 멎고 말았다. BX-03 두 대가 정육점의 고기처럼 부위별로 잘린 채 흩어져 있었다. 주위에 있던 병사들은 BX-03을 파괴한 자를 피해 이미 건물 곳곳으로 몸을 숨긴 상태였다.

병사도, 장교도 BX-03을 소리도 없이 박살 낸 남자를 떨리는 눈으로 보았다. 그들은 로봇의 동체 위에 앉아서 주위를 둘러보고 있는 자가 누군지 TV와 비밀문서를 통해 익히 알고 있었다. 붉은 장발에 짙은 회색 망토를 펄럭이며 회색의 복면을 쓴 남자.

리오는 조금 전 소리 없이 휘둘렀던 파라그레이드로 아스팔트 바닥을 툭툭 치며 장교에게 말했다.

"초면에 실례인데, 잡은 BSP들은 어떻게 처리했는지 좀 들어 볼 수 있을까? 아는 사람이 좀 끼어 있어서 말이야."

장교는 두려움으로 하얗게 질린 채로 입을 굳게 다물었다. 그러자 리오는 깔고 앉아 있던 BX-03의 동체에서 몸을 일으키며 말했다.

"뭐, 싫다면 할 수 없고."

"아, 아닙니다!"

장교는 리오가 자신의 코앞까지 다가오자 재빨리 털어놓았다. 그는 떨리는 목소리로 말했다.

"전투 능력이 탁월하다고 기록된 BSP는 생체 실험실에 끌려갔다고 합니다. 어딘지는 몰라요. 사무직 BSP인 경우 기밀 사항을 어느 정도 알고 있는지 취조한 후 필요 없다고 판단되면 무혐의 처리를 하고 귀가를……"

리오는 약간 미심쩍은 면이 있긴 했지만 어차피 대령 정도의 직위가 낮은 장교였기에 고개를 끄덕이며 그의 어깨를 두드렸다.

"좋아. 인질이 죽었다면 질문하지도 않고 없애 버렸을 텐데 넌 참 운이 좋군. 부하들하고 귀대해 주시지, 이제. 사람들 많은 곳에서 피 뿌리기 싫으면 말이야."

그러자 장교는 병사들과 함께 쏜살같이 도망쳤다.

리오는 혀를 끌끌 차며 은행 강도들에게 다가갔다. 그들 역시 리오를 TV로 본 적이 있었기에 아까보다 더 겁에 질린 얼굴로 뒷걸음쳤다. 리오는 괜찮다는 듯 손을 살짝 들어 보이며 말했다.

"괜찮소. 당신들을 해칠 생각은 없소. 그런데 당신들 정말 BSP 맞소? 내가 알기로는 BSP 정도면 어디서 저격하는지 감지할 텐데, 괜히 무고한 사람만 저격당하게 만들었으니 의심하지 않을 수 없군요. 솔직히 말해 보시오."

그러자 그들은 눈을 질끈 감으며 털어놓았다.

"BSP가 맞긴 합니다만, 사실 우리는 사무직이거나 무기 관리직이랍니다. 무기 관리직이라 폭탄 하나는 잘 다룰 수 있었죠. 그래서 여섯 명이 힘을 모아 은행을 털고 우리를 취재하러 온 방송국 사람들에게 BSP의 결백을 표명하려 한 것입니다. 우리는 전투 요원과는 달리 할 수 있는 일이라곤 BSP 사무뿐이거든요. 다른 직업을 구하기엔 나이가 그렇고……, 하지만 이렇게 간단히 속을 줄은……."

리오는 뭐라고 해 줄 말이 없었다. 솔직히 화가 나긴 했지만 그렇다고 해서 그들을 욕할 수도 없는 노릇이었다.

"알았으니, 총상을 입은 저 무고한 아저씨부터 병원에 데려다주시오. 엄밀히 말하면 당신들 때문에 저렇게 된 것이니 말이오. 그리고 은행에서 훔친 돈은 당신들 양심껏 처리하시오."

리오의 말이 끝나자 여섯 명은 두 조로 나뉘어 한쪽은 어깨에 총격을 당한 시민을 병원에 데려갔다. 나머지는 자신들이 훔친 돈을 다시 은행에 돌려주었다.

어느새 평상복 차림으로 바꾸고 바이칼이 있는 패스트푸드점으로 들어간 리오는 한숨을 쉬며 중얼거렸다.

"휴, 저러면 BSP의 이미지만 더 격하된다는 것을 모르나? 하긴 수배를 당하는 입장에서는 저 길밖에 없겠지만…… 그건 그렇고, 루이체."

리오는 마티와 함께 햄버거를 허겁지겁 먹고 있는 루이체를 안쓰러운 표정으로 불렀다. 루이체는 입가에 햄버거 소스를 잔뜩 묻힌 채 리오를 올려다보았다.

"응? 왜 오빠?"

큰 눈을 더 동그랗게 뜨고 자신을 올려다보는 동생의 모습에 리오는 웃음만 지을 뿐이었다. 뒤편에 앉아 있던 바이칼이 퉁명스럽게 한마디 했다.

"숙녀라면 입 정도는 닦으면서 먹어야 하는 것 아닌가? 남자라면 모를까, 쯧쯧."

"어머? 바이칼 님이 웬일이세요? 그런 말씀도 하실 줄 알고?"

루이체가 의외라는 듯 돌아보자 바이칼은 무표정한 얼굴로 깨진 창밖으로 시선을 돌려 버렸다. 루이체는 인상을 쓴 채 리오 쪽으로 고개를 돌리며 물었다.

"오빠, 어떻게 저런 사람하고 같이 다니면서 정상적으로 행동할 수 있어?"

"익숙해졌다고 하면 될까? 하하하핫."

리오가 웃음으로 얼버무리자 바이칼이 리오를 보며 말했다.

"이렇게 관광만 하고 다닐 건가? 시간을 낭비하는 건 그리 좋지 않는데."

팔짱을 끼고 있던 리오가 고개를 끄덕였다. 하지만 입가의 미소는 여전했다.

"물론 좋지 않지. 하지만 지금 우리가 할 수 있는 일은 단 세 가지뿐이야. 첫째, EOM의 본거지를 찾는다. 둘째, 제너럴 블릭의 본사를 한번 탐색해 본다. 셋째, 그냥 관광만 한다. 마음 같아서는 세 번째를 택하고 싶지만 그렇게 하면 큰일 나겠지. 우선 EOM의 본거지를 찾기로 하자. 여기서 말하기는 좀 그렇군. 장소를 옮길까?"

"오빠, 안 돼!"

갑자기 루이체가 빽 소리치자 리오는 움찔하며 그녀를 바라보았다. 미안한 듯 루이체가 빙긋 웃으며 조심스럽게 말했다.

"히힛, 아직 배가 안 찼단 말이야."

그러자 바이칼이 이마를 감싸며 신음하듯 중얼거렸다.

"저 애는 버리고 가는 게 어때."

"이봐, 리오."

바이칼은 고민스러운 듯 한 손으로 이마를 짚고 리오를 불렀다. 리오는 냉장고 속에서 맥주를 꺼내 병째로 마시며 바이칼을 돌아보았다.

"음, 왜?"

바이칼은 손가락으로 탁자를 툭툭 치며 따지듯 말했다.

"장소를 옮기는 건 좋은데, 이건 외교관이나 묵는 고급 호텔이잖아."

리오는 피식 웃으며 고개를 저었다.

"그렇긴 하지. 하지만 제너럴 블릭 녀석들이 설마 이런 고급 호텔에 우리가 있을 거라고 생각이나 하겠어? 어차피 아까 그 장교가 다 불었을 테니 여기 있는 게 더 안전할 거야. 우리는 그렇다 치고 루이체와 그 까만 아가씨에겐 말이지. 자, 너도 한 병 마실래?"

리오가 맥주병을 들며 말했다. 바이칼은 취미 없다는 듯 고개를 돌리며 투덜댔다.

"흥, 이 몸에게 감히 싸구려 보리술을 먹으라고 하다니, 건방지군."

듣고 있던 리오는 기다렸다는 듯 백포도주를 꺼내며 바이칼에게 권했다.

"자, 이건 어때? 후훗."

"나쁜 놈."

바이칼은 그렇게 중얼거리며 어쩔 수 없다는 듯 리오에게 받은 유리잔에 포도주를 채웠다.

"후, 오랜만에 알코올이 들어가니 괜찮군. 취하고 싶어도 못 취하지만. 어이, 바이칼, 너는 어때?"

리오는 다 마신 맥주병을 쓰레기통 옆에 놓으며 바이칼을 돌아보았다. 그러나 바이칼은 대답할 상황이 아니었다. 취기가 도는 듯 얼굴이 발그레해진 채 침대에 고개를 처박고 쓰러져 있었다.

"포도주 반병에 뻗다니, 정말 엉뚱한 녀석이라니까."

리오는 일어나 앉아 바이칼에게 다가갔다. 불편하게 침대에 엉거주춤 기대어 있는 바이칼을 편히 눕혀 주려는 것이었다.

그때 리오의 귀에 상상하지도 못했던 소리가 들렸다.

"음, 리오. 나를 침대로 데려다주는 거야?"

"뭐?"

달콤하게 말하는 바이칼의 목소리에 리오의 몸이 딱딱하게 굳었다. 그는 자기 팔에 매달린 바이칼을 보고 더더욱 놀랐다.

바이칼이 얼굴에 홍조를 띤 채 묘한 웃음을 짓고 있었다.

"나 취한 것 같아. 어떻게 좀 해 줘."

"무, 무슨 소리야! 이 녀석 너무 취했군!"

리오의 외침에도 불구하고, 바이칼은 리오의 팔 근육을 만지며 심한 행동을 했다. 예상치 못한 바이칼의 모습에 리오가 세게 뿌리쳤다. 그러나 마음 한구석에서는 다른 생각이 고개를 들었다.

'이 녀석이 이렇게 예뻤나?'

"아, 아냐! 무슨 생각을! 침대에 눕혀 줄 테니 어서 잠이나 자."

리오는 정신을 차리려는 듯 머리를 세차게 흔들며 소리쳤다. 그러나 바이칼은 아랑곳없이 배시시 웃으며 리오에게 더욱 달라붙었다. 그리고 그의 행동은 점점 노골적으로 변했다.

"너무 자신의 감정을 억제하지 마, 리오. 나랑 영원한 친구로 남고 싶다고 했잖아?"

바이칼이 코웃음까지 치며 계속 달라붙자 리오는 결국 어쩔 수 없다는 듯 붙들리지 않은 왼팔을 들었다.

"이 녀석!"

똑똑.

샤워를 마치고 막 잠을 자려던 루이체는 누군가 방문을 두드리자 고개를 갸웃거리며 문에 장치되어 있는 화면을 보았다. 리오가 고개를 푹 숙인 채 문 앞에 서 있었다.

"오빠가 웬일이지?"

루이체는 고개를 갸웃거리며 재빨리 문을 열었다.

리오는 비틀거리며 안으로 들어와 소파에 털썩 쓰러졌다.

"오빠, 왜 그래? 바이칼 님이 오빠 쫓아냈어?"

루이체가 눈을 동그랗게 뜨며 다급히 물었다. 리오는 팔뚝으로 눈을 가린 채 신음하듯 말했다.

"비슷해. 아니, 그런 게 있어. 제정신으로는 방에 못 들어갈 것 같으니 오늘은 여기서 좀 재워 줘, 루이체."

그러자 루이체는 얼굴이 빨개진 채 고개를 완강히 내저으며 소리쳤다.

"그, 그건 안 될 말이야! 나 말고도 마티 씨가 있어서 절대 안 되는데……."

리오는 정신적 피로가 몰려왔는지 갑자기 곯아떨어졌다. 루이체는 어쩔 수 없다는 듯 한숨을 쉬고는 불을 끄고 미등이 켜진 침대로 걸어갔다. 그녀는 자리에 누워 이불을 끌어당기며 중얼거렸다.

"하긴 뭐, 숲 속에서 노숙하는 거랑 뭐가 다르겠어. 그럼 잘 자, 오빠."

다음 날.

리오는 조심스럽게 방문을 열어 보았다. 침대에 바이칼이 없었다. 뒤통수를 쳐서 기절시켰는데도 제때 일어난 모양이었다.

"뭘 훌끔거리지."

평소처럼 딱딱한 바이칼의 말투가 들려오자 리오는 가볍게 한숨을 내쉬며 방 안으로 들어섰다. 바이칼은 소파에 앉아 TV 모닝쇼를 보는 중이었다. 리오는 억지로 웃음을 지으며 옆으로 다가갔다.

"아, 아냐, 아무것도. 그런데 잠은 잘 잤어?"

리오가 자신과 거리를 둔 채 묻자 바이칼은 퉁명스럽게 물었다.

"무슨 뜻이야?"

"벼, 별것 아냐. 하하핫."

"쳇!"

바이칼이 기억을 하든 못 하든, 리오는 어젯밤의 일을 영원히 잊을 수 없을 것만 같았다.

"서부? 그쪽은 EOM에 반기를 들고 갈라선 쪽 아니었나?"

바이칼이 물었다. 리오는 고개를 저으며 지도를 펼치고 대답했다.

"표면상으로는 그런 것 같지만, 사실은 아냐. 사실 평야지대가 많은 동부엔 EOM 같은 대부대를 이끌 정도의 거대 군사시설이 들어서기 어려워. 하지만 서부는 그렇지 않지. 꽤 문명이 발달된 지금도 서부엔 사람이 살지 않는 험난한 산지나 습곡이 많거든. 거대 군사시설을 만들기에 적합하지. 그리고 예전에 지크에게 들은 정보가 하나 있어."

리오의 입에서 지크의 이름이 나오자, 바이칼은 고개를 다른 쪽으로 돌리며 들을 것도 없다는 듯 중얼거렸다.

"그 단순한 녀석의 말을 믿다니, 넌 역시 대단한 자선사업가군."

리오는 마음속으로 웃음을 금할 수 없었다. 그는 애써 정색하며 말했다.

"너무 그러지 마. 그래 봬도 그 녀석 예전에 BSP 대원으로서는 꽤 높은 직책에 있었으니까. 그 녀석이 말하기를, 오래전에 BSP의 기지 건설 예정 지역으로 잡혔다가 취소된 명당 자리가 서부 어디에 있다고 했어. 왜 취소되었는지는 그 녀석도 모른다더군. 뭔가 냄새가 나지 않아?"

바이칼은 별말이 없었다. 그건 거의 동의한다는 의미였으므로 리오는 빙긋 웃으며 말했다.

"좋아. 결정했으니 이제 출발 준비하자. 난 루이체와 마티를 불러올 테니 넌 로비로 나가 있어."

"음."

바이칼은 묵묵히 일어났다. 리오는 대충 정리하고 방을 나섰다.

리오가 루이체의 방으로 가려고 하자 리오에게 방 열쇠와 돈을 받아 든 바이칼이 그의 어깨를 톡톡 두드렸다.

"응? 왜?"

그는 약간 굳은 얼굴로 리오에게 천천히 물었다.

"어제 나, 조용히 잤나?"

바이칼의 그 말을 들은 순간 리오는 최대한 자제력을 발휘해 터져 나오려는 웃음을 참았다.

"응? 무슨 소리야?"

리오가 정색하며 물었다. 그러자 바이칼은 고개를 다시 돌리며 중얼거렸다.

"아니야, 가 봐."

"흠, 이상한 녀석."

리오는 알 수 없다는 듯 고개까지 갸웃거리며 완벽하게 연극했다. 리오가 나가자, 바이칼은 안도의 한숨을 크게 내쉬었다.

"예전에 지크 녀석에게 걸린 것만 해도 치욕인데 저 녀석에게 직접 걸렸다면…… 생각하기도 싫군."

바이칼은 중얼거리며 1층 로비로 내려갔다.

"야, 이거 대단한데, 루이체?"

마티는 열차 창문에 찰싹 달라붙어 감탄을 연발했다. 루이체는 이해한다는 듯 웃으며 말했다.

"웅, 그래. 시속 600킬로미터로 가니 진짜 대단하지. 그건 그렇고 저기 앉아 있는 두 남자들은 뭘 하는 걸까?"

루이체는 고개를 돌려 리오와 바이칼을 홀끔 바라보았다. 둘은 별 얘기 없이 무표정한 얼굴로 밖을 응시하고 있었다. 둘 사이의 분위기가 너무 가라앉아 있었기에 안내원조차 그들에게 말을 걸지 못했다.

시간이 꽤 지나 루이체와 마티가 의자에 몸을 기대고 잠들자 리오는 낮은 어조로 바이칼에게 물었다.

"저 애들은 어쩌지?"

리오의 물음에, 바이칼은 무표정한 얼굴로 대답했다.

"나하고는 상관없지. 죽든 말든."

리오는 피식 웃은 뒤 멀리서 다가오는 안내원에게 손짓을 했다. 안내원은 미소를 지으며 빨리 다가왔다.

"예, 무엇을 도와드릴까요?"

"초콜릿 밀크, 차가운 것으로 부탁합니다. 바이칼, 너는?"

안내원이 곧바로 바이칼을 바라보자 그는 조용히 한마디 내뱉었다.

"꺼져."

안내원은 황당함에 얼굴이 굳더니 그 자리에서 미동도 하지 않았다. 리오는 일어서서 안내원에게 대신 사과를 했다.

"죄송합니다. 저 친구 말버릇이 좀 그래요. 이해해 주십시오."

안내원이 괜찮다는 말과 함께 주방 쪽으로 가자, 리오는 자리에 앉으며 한심하다는 듯 바이칼에게 말했다.

"이봐, 여긴 드래고니스가 아니니 말 좀 부드럽게 하면 안 돼? 너무 심하잖아."

"인간 따위에게 예의 지킬 필요 없어."

바이칼의 싸늘한 말에, 리오는 결국 고개를 저으며 의자에 푹 눌러앉았다.

"나야 뭐, 한두 번 들은 것도 아니니 상관없지만. 음, 샌프란시스코까지 일곱 시간이나 걸리니 주문한 우유나 마시고 한숨 자 볼까나."

바이칼은 눈을 감는 리오를 흘끔 보고 나서 이내 창밖으로 시선을 돌려 버렸다.

어젯밤 술기운에 숙면을 취했던 리오는 잠이 오지 않아 그냥 눈만 감고 있었다. 바이칼은 마네킹처럼 똑같은 포즈로 계속 창밖만 바라보고 있었다.

창밖에서는 정식 미군 헌병들이 ID 카드를 검색하고 있었다. 리오 일행은 미리 빼돌려 완벽하게 위조해 둔 ID 카드가 있었기에 마음을 놓고 있었고, 예상대로 합법적인 통과를 할 수 있었다. 그러나 문제는 일행이 검문을 마친 뒤에 발생했다.

"출발이 늦는군."

리오는 눈 감고 있기도 지겨워진 듯 몸을 일으키며 창밖을 내다보았다. 하지만 볼만한 것은 아무것도 없었다. 전력 감소 전 20세기 후반에 흔히 볼 수 있었던 네온사인만이 번뜩일 뿐이었다.

슝.

순간 리오의 눈앞으로 붉은 구체 하나가 쏜살같이 지나갔다. 잠시 뒤 구체가 날아간 쪽에서 강한 빛과 함께 큰 폭발이 일어났다.

"아, 아니, 저것은 파이어 볼? 맞지, 바이칼!"

바이칼은 무표정한 얼굴로 고개만 끄덕였다. 리오는 즉시 열차 밖으로 뛰어나갔다. 열차 밖에는 벌써 많은 사람들이 파이어 볼의 빛과 폭발에 놀라 웅성거리며 나와 있었다. 폭발이 일어난 곳에서는 BX-03 세 대가 기계음을 내며 호버 이동으로 리오가 있는 쪽을 향해 고속으로 다가오고 있었다.

그때 다시 한 번 파이어 볼의 불꽃이 리오 앞을 지나쳐 BX-03에게 날아갔다. BX-03 두 대가 그 마법탄에 직격으로 맞아 멀찌감치 나가떨어졌다.

연속적으로 또 한 방의 파이어 볼이 날아오자 나머지 BX-03은 파괴되어 플랫폼 위에 나뒹굴었다. 리오는 마법을 사용한 사람을 찾기 위해 즉시 시력을 확대해 곳곳을 주의 깊게 응시했다.

"아니, 도대체 누구지?"

리오는 한 여성이 빠르게 반대편으로 뛰는 것을 보았다. 직감적으로 그녀가 마법을 사용했다는 것을 느낀 그는 그녀를 뒤쫓았다.

얼마 지나지 않아 그녀와 리오의 거리가 단숨에 좁혀졌다. 리오는 뒤에서 큰 소리로 불렀다.

"이봐요! 잠깐 거기 서요!"

질주하던 그녀는 거짓말같이 멈춰 서서 리오를 돌아보았다. 리오와 그녀 주위로 사람들이 모여들면서 그들이 마주 선 거리가 좁혀졌다.

긴 갈색 머리카락의 여성은 리오를 보고 고개를 갸웃거렸다. 리오도 그녀의 얼굴을 보고 어디서 본 듯한 느낌이 들었으나 잘 기억나지 않아 머뭇거렸다. 여자가 먼저 알아보았다는 듯 손바닥을 마주치며 리오에게 다가왔다.

"아! 리오 스나이퍼! 여기서 만나다니. 프시케, 꿈만 같아요!"

"예?"

리오의 미간이 좁혀졌다.

그러나 리오는 아직 그녀가 누군지 기억나지 않았다. 그가 여전히 자신을 몰라보자 그녀는 손으로 머리카락을 쓸어 넘기며 말했다.

"저예요, 사이키라고요."

"예?"

그녀의 손길을 따라 갈색 머리카락이 서서히 푸른색으로 바뀌어 갔다. 4년 전, 고신전쟁 때 자신들을 도와주었던 환수신 프시케였다. 하지만 그때보다 훨씬 성숙한 모습이었다. 리오는 여전히 이해할 수 없다는 듯한 얼굴로 물었다.

"아니, 사이키 님이 어째서 여기에? 당신은 신계(神界)에 계셔야 하는 것 아닌가요?"

프시케는 빙긋 웃으며 고개를 저었다.

"죄송하지만 저는 더 이상 신이 아닌걸요. 아, 그 얘기는 나중에 하고 어서…… 앗!"

막 돌아서려던 찰나, 프시케의 얼굴이 하얗게 질리며 리오의 옆으로 물러섰다. 리오는 프시케의 시선이 고정된 쪽으로 고개를 돌렸다. 그곳엔 특별할 게 없었다. 단지 옆구리에 노트북 컴퓨터를 끼고 있는 작은 체구의 동양계 노인이 서 있을 뿐이었다.

노인은 인자한 웃음과 함께 사람들 사이를 비집고 앞으로 나서며 말했다.

"허허헛, 예상하긴 했지만 당신이 진짜 서부로 가는 열차를 탈 줄은 몰랐소이다. BSP의 유일한 매직 유저 프시케 맥도걸. 멍청한 군인들이 쓸모없는 BX-03을 보내 괜히 세금 낭비만 하다니…… 쯧쯧쯧. 응? 그런데 언제 머리카락을 파란색으로 염색했소?"

안경을 쓴 노인은 동그란 눈을 재미있다는 듯 찡긋거리며 턱에 듬성듬성 난 흰 수염을 쓰다듬었다.

리오는 알 수 없는 느낌에 사로잡혔다. 겉모습은 보통 노인과 같았으나 그에게서 기괴한 분위기가 느껴졌다. 리오는 프시케를 자신의 등 뒤로 감추며 노인에게 말했다.

"당신은 누군데 이 여자를 쫓는 거지? EOM에서 보낸 늙은 개인가?"

그러자 노인은 호탕하게 웃으며 고개를 저었다.

"하하핫. 젊은이, 무슨 실례의 말이오. 이 늙은이는 이래 봬도 과학자란 말이오. 아, 시간이 너무 지났군, 쯧쯧쯧. 할 수 없지, 방해할 생각이면 잘 가시오, 젊은이."

리오는 순간 노인의 양옆에서 뿜어 나오는 싸늘한 분위기에 긴장감을 느꼈다.

"가다니, 어딜 말이지?"

노인은 눈앞이 잘 안 보이는지 안경을 벗어 소매로 닦아내며 별것 아니라는 듯 대답했다.

"흠, 눈치 없는 젊은이구먼. 어디긴 어디오, 저승이지. 어허, 이런, 렌즈를 바꿀 때가 되었나? 긁힌 자국이 많군, 쯧쯧."

노인이 중얼거리는 동안 그의 양쪽에서 검은색의 거대한 구멍이 눈 깜짝할 사이 생성되었다. 이윽고 그 안에서 중무장을 한 생체로봇, 나찰과 수라가 천천히 걸어 나왔다.

두 로봇은 나오자마자 크게 포효하며 사람들을 둘러보았다. 주위에 있던 사람들은 경악하며 사방으로 뿔뿔이 흩어졌다.

"시, 식인 로봇이다! 식인 로봇이 나타났다!"

사람들의 비명 소리에 노인은 귀를 후비며 인상을 찌푸렸다.

"이런, 노인의 귀는 약하다는 것을 잊었나 보군. 자, 귀염둥이들

아, 저 청년은 너희가 알아서 처리하고, 저 파란 머리카락 아가씨
는 모시거라. 어이구, 착하지?"

손자를 대하는 할아버지처럼 노인은 나찰과 수라의 탄탄한 장갑
질 다리를 톡톡 두드렸다. 리오는 씩 웃으며 노인을 바라보았다.

"저 로봇들을 제작한 자가 당신인가? 그 거룩한 이름을 듣고 싶
은데 말해 줄 수 있겠지?"

악의에 찬 리오의 질문에, 노인은 왼손으로 오른손을 지압하며
가볍게 대답했다.

"나찰과 수라를 아는 모양이구먼, 난 후지바라 와카루라고 하네.
사람들은 닥터 와카루라고 하지만. 자네 이름은 뭔가?"

리오가 원래 모습으로 변신하며 소리쳤다.

"리오 스나이퍼. 들어봤을 텐데?"

순간 와카루의 얼굴에 화색이 돌았다. 그는 수라와 나찰의 움직
임을 정지시킨 뒤 리오 앞으로 다가서며 재차 물었다.

"다, 다시 한 번! 자네 이름이 뭐라고? 분명 리오 스나이퍼라고 했나?"

"후, 할 말이 많으셨던 모양이군."

와카루는 접었던 노트북을 재빨리 다시 펼치더니 주머니에서 소
형 디지털 카메라를 꺼내 연결한 후 눈앞에 서 있는 리오를 촬영했
다. 그러고는 희열에 찬 얼굴로 키보드를 두드리기 시작했다. 리오
는 의아한 표정으로 눈썹을 움찔거리며 와카루를 내려다보았다.

"당신 뭐 하는 거지?"

리오가 물었으나 와카루는 대답하지 않고 키보드만 두드렸다.
잠시 후 그는 손바닥을 마주치더니 놀랍다는 듯 탄성을 연발했다.

"오호, 대단해! 193센티미터의 키에 8.5등신의 완벽한 체형! 그
리고 군살 없는 완벽한 근육질! 자네 말해 봐, 개조를 당한 뒤 키가

더 컸지? 그렇지?"

와카루가 흥분하며 얼굴을 들이밀자 리오는 굳은 얼굴로 고개를 끄덕였다.

"흠, 그런 것 같기도 하오. 그런데 왜 묻지?"

대답을 들은 와카루는 키보드를 다시 두드리며 말했다.

"전투용 인간의 가장 완벽한 체형이 바로 8.5등신이지! 그 체형에서는 인간의 생체적 탄력과 반동력이 최고가 돼! 역시, 들은 대로 신이 개조한 인간은 달라도 뭐가 다르군! 자, 그럼 물리적 테스트를 해볼까? 수라, 나찰."

와카루가 큰 소리로 명령했다. 정지해 있던 수라와 나찰의 아이 렌즈가 붉은빛을 발했다. 와카루가 리오를 손가락으로 가리키며 소리쳤다.

"저 연구 대상을 공격해라."

순간 수라와 나찰의 몸에 장치된 방열구에서 증기가 뿜어져 나왔다. 수라와 나찰은 동시에 리오를 공격했다. 갑작스러운 공격에 리오는 프시케를 안고 공격 범위 밖으로 멀리 벗어났다.

리오는 그녀를 열차 안으로 들이밀며 말했다.

"들어가셔서 6-12석에 가십시오. 바이칼이 보호해 드릴 겁니다. 말은 거칠게 하겠지만요."

차분한 목소리였다. 프시케는 막 가려는 리오를 부르며 말했다.

"혼자서 괜찮으시겠어요?"

"홋, 저 녀석들 걱정이나 해 주시죠. 그럼!"

리오는 자신에게 달려오는 수라와 나찰을 향해 쏜살같이 튀어나 갔다. 프시케는 그가 가르쳐 준 좌석을 찾아 이동했다.

"오오오옷!"

수라는 전보다 더 빠른 속도로 날카로운 손톱을 내뻗었다. 방심한 리오는 볼을 살짝 긁히고 말았다. 나찰 역시 전과 비교할 수 없는 속도로 연속 공격을 개시해 리오를 위협했다.

리오는 이러다가 열차 안의 승객들이 다칠 것 같아 공중으로 몸을 날리며 소리쳤다.

"오너라! 너희가 장난감일 뿐이라는 것을 확실히 알게 해 주마!"

나찰과 수라는 리오를 쫓아 공중으로 몸을 날아올랐다. 그들이 공중으로 장소를 이동하는 사이, 와카루는 수라와 나찰들이 전송하는 데이터를 참고하여 리오를 분석했다.

"허헛, 수라의 공격을 피할 때의 순간 속도는 마하 7이군. 공중으로 상승할 때의 속도는 시속 748킬로미터. 멋진 숫자야!"

공중으로 날아오른 리오는 파라그레이드를 뽑아 들며 기를 주입했다. 그가 잠시 멈춰 있는 사이, 수라는 어깨의 미사일 포트를 열고 적외선 추적 단거리 미사일들을 쏘았다.

"간단하지 않을 거다!"

파라그레이드의 날을 완성한 리오는 검을 휘둘러 미사일들을 간단히 막아 냈다. 그러자 화약의 매캐한 연기가 리오의 시야를 가렸고, 리오는 아차 하며 고도를 급히 높였다.

"크오오옷!"

순간 기동력 중시형 로봇 나찰이 연기를 뚫고 리오에게 빠르게 돌진했다. 그러나 연계 공격을 예상한 리오는 나찰을 강하게 내리쳤다. 역습을 당한 나찰은 갑자기 가해진 엄청난 물리력에 힘을 잃고 플랫폼에 거꾸로 처박히고 말았다.

"어이쿠! 위험하잖아!"

와카루는 노트북을 껴안고 날아오는 콘크리트 파편을 피했다.

그 말을 들었는지 듣지 못했는지, 리오는 빔포와 개틀링 머신건을 무차별 난사하는 수라를 향해 왼손을 뻗었다.

"예의를 가르쳐 주지."

리오의 외침과 동시에, 무형 충격파에 맞은 수라는 공중에서 중심을 잃고 빙빙 돌았다. 인체의 반고리관과 같은 역할을 하는 중력 조절기가 망가진 것이었다. 그러나 그건 수라와 나찰에게 치명적인 부상은 아니었다. 두 기종은 강력한 자기 재생 능력이 있었다.

그러나 리오도 그것을 알고 있었다. 어느새 수라 밑으로 몸을 움직인 리오는 어깨를 이용해 수라의 등을 세차게 들이받았다. 그 충격으로 수라의 몸체 곳곳에서 체액이 뿜어 나오더니 공중에 정지하고 말았다. 리오는 다시 수라의 머리 위로 몸을 솟구치며 단번에 동강을 낼 자세를 취했다.

"없애 버리겠다!"

강렬한 섬광이 내리긋자 약 3.5미터정도 되는 육중한 수라의 몸체가 간단히 동강 나더니 플랫폼으로 떨어졌다. 바닥에 처박혔던 나찰이 복수를 하려는 듯 리오에게 다시 돌진하며 어깨에 장착된 2문의 빔포를 동시에 쏘았다. 무수히 날아오는 빔포 사이로 몸을 피한 리오는 빔 에너지가 재충전되기 전에 몸을 급강하했다.

이내 나찰의 안면을 손으로 덮쳐 잡은 리오의 손등에 화염의 마법진이 떠올랐다.

"타 버려!"

붉은빛과 함께 나찰은 몸의 각 연결 부위에서 불꽃을 튀기며 수라를 덮쳤다. 둘은 이내 폭염에 휩싸였다. 단백질이 타는 고약한 냄새가 진동했다.

리오는 와카루에게 다가갔다. 와카루는 고개를 저으며 노트북을 덮고 아쉽다는 듯 말했다.

"허허, 이런. 데이터도 제대로 전송하지 못하고 죽어 버렸군. 좋아, 오늘은 내가 졌네그려."

살의 담긴 미소를 띤 리오가 파라그레이드의 날카로운 날을 와카루의 목에 댔다.

"난 저 식인 로봇들을 만든 할아범을 고이 보내 드리고 싶지 않은데? 편안히 집으로 보내기엔 아쉬움이 너무 많아. 어쨌든 당신 목적이 뭐지? 어째서 저런 로봇들을 만들었나?"

와카루는 턱 아래를 손가락으로 긁적거리며 말했다.

"글쎄? 난 단지 내가 오래 살고 싶어서 이 생명공학에 뛰어든 것뿐이라네. 어쩌다 보니 나찰과 수라를 설계하게 되었고, 신이란 존재가 진짜 있다는 것도 우연히 알게 되었지."

대답과 동시에 괴상한 소음을 내며 와카루가 빠르게 물러섰다.

"음?"

리오는 흠칫 놀라며 노인을 바라보았다. 와카루는 이상하게 생긴 기계 장치를 주머니에서 꺼내 보이며 말했다.

"펜릴의 다리에 장착된 리니어 모터를 본따 소형으로 만든 장치인데 이런 데서 써먹을 줄이야. 허허허헛. 자, 나중에 여기보다 더 좋은 자리에서 만나 얘기를 나누도록 하지. 내 연구실은 어떤가? 하하하핫. 그럼 잘 있게나."

부우웅.

와카루의 모습은 빠르게 사라져 갔다.

움찔거리는 사이 와카루를 놓친 리오는 아깝다는 듯 파라그레이드를 플랫폼에 박으며 중얼거렸다.

"젠장, 일을 더 쉽게 할 수 있었는데! 어쨌든 두려운 노인이군.

닥터 와카루, 다음 번에는 사정 봐주지 않겠다. 엇?"

열차에서 나온 군중들이 리오를 에워싸고 있었다. 리오는 전투에 몰입한 나머지 사람들이 있다는 사실도 잊고 있던 상태였다.

"오, 이런!"

눈 깜빡하는 사이 리오가 잔상도 남기지 않고 사라져 버리자 놀란 사람들은 주위를 두리번거렸다. 그러나 어디에서도 그의 모습을 찾을 수 없었다.

여유 있게 사람들을 따돌린 리오는 변신한 후 프시케와 바이칼이 있는 열차 칸으로 향했다.

"큰일 날 뻔했군. 이제 사이키 님에게 자초지종을 들어 볼까?"

리오가 객로로 돌아왔을 때 프시케는 머리카락을 갈색으로 바꾼 상태였다. 그녀는 바이칼과 마주 앉아 있었고, 바이칼은 떫은 표정을 지은 채 아무 말 없이 창밖만 내다보았다.

리오는 고개를 저으며 바이칼 옆자리에 앉았다.

"여기서 당신을 다시 뵐 줄은 상상도 못했습니다. 제 시간으로는 약 4년 만이군요, 사이키 님."

프시케가 빙긋 웃으며 고개를 끄덕였다.

"예. 저는 리오 님과 21년 만에 재회하는군요. 호홋."

"네? 아니 어떻게……?"

리오가 놀란 얼굴로 묻자 프시케는 옅은 미소를 띠며 대답했다.

"아까도 말씀드렸지만 저는 신이 아니랍니다. 지금은 마력을 지닌 조금 특별한 인간일 뿐이에요. 휀 님과 함께 신계로 돌아갔을 때 주신과 그분의 부인이신 시간의 신 크로파논 님에게 즉시 불려 갔답니다. 저는 그 자리에서 신의 지위를 포기하고 대신 이 세계에 다시 태어났지요. 시간을 거슬러서요. 다행히 예전의 기억을 그대로 간직한 채 태어났죠. 하지만 저를 낳아 주신 부모님 두 분은 일찍 돌아가셨습니다. 그리고 몇 년 뒤, 저는 주신께 다시 불려가 한 가지 임무를 받고 지크 씨를 다시 만날 수 있었답니다. 아, 이 세계에서 제 이름은 프시케 맥도걸입니다. 사실 이름 때문에 지크 씨가 알아차릴 줄 알았는데…… 눈치를 채지 못하셨으니 참 다행이에요, 호호홋."

얘기를 듣던 리오는 그녀의 외모와 말투가 전보다 많이 성숙해졌다고 느꼈다.

'지크에 대해 칭찬을 하시는 건가?'

리오는 그녀에게서 지크 얘기가 나오자 눈썹을 움찔거리며 생각했다. 프시케의 얘기는 계속되었다.

"리오 님도 아시겠지요. BSP의 모든 대원들이 현재 수배 중이라는 것을요. 저 역시 BSP 대원입니다. 게다가 전 세계 BSP 중 유일한 마법 사용자입니다. 그래서 최근까지 동료들과도 연락을 끊은 채 제너럴 블릭과 EOM으로부터 피신해 있었는데, 어찌 된 영문인지 와카루라는 일본인 박사에게 포착되고 말았답니다. 그래서 계속 도주를 했는데 이 중간 기착지에서 와카루를 만나게 되었죠. 다행히 이런 위기에 리오 님을 만나 살아나게 된 것입니다. 아, 정말 신께 감사드려야겠군요."

묵묵히 프시케의 얘기를 듣고 있던 리오는 그녀가 말을 마치자 한숨을 내쉬며 물었다.

"음, 그럼 이제 어떻게 하실 생각입니까? 계속 이대로 혼자 다니시기에는 무리가 있을 것 같습니다만."

프시케는 고개를 끄덕였다.

"예, 저도 그렇게 생각합니다만 리오 님께 더 이상 신세를 질 수는⋯⋯."

그때 옆에서 묵묵히 창밖을 바라보던 바이칼이 나지막이 말을
꺼냈다.

"솔직하게 말해 보시지. 대놓고 부탁해도 저 자선사업가는 거절
하지 않고 다 받아줘."

"아, 예."

급박한 사건이 전개되었던 것을 아는지 모르는지 루이체와 마티
는 머리를 맞댄 채 여전히 꿈속을 거닐고 있었다.

21장
예정된 싸움

1

또 다른 만남

지크의 동료 린 챠오가 합류한 지 2주일이 지났다. 넬까지 포함해 단 세 명뿐인 BSP는 나흘 동안 프랑스를 점령하고 있는 EOM 군을 통제 불능 상태까지 몰고 갔다. 결국 그들의 소식이 기폭제가 되어 숨어 지내던 유럽 전역의 BSP들이 다시 뭉쳐 EOM 군에 대반격을 가하기 시작했다. 상황은 반전되고 있었다.

사용할 수 있는 것이라고는 총뿐인 용병과 인간이 아닌 존재를 맨몸으로 상대해 왔던 BSP의 전투력 차이는 엄청났다. 유럽을 점령하고 있던 EOM의 세력은 BSP들의 게릴라 전법에 의해 단 닷새 만에 흔들렸다. 그로 인해 BSP를 향한 나쁜 인식은 다시 좋아지기 시작했고, 부족했던 그들의 무기도 차츰 보충되었다. 더 이상 EOM에 대한 반격은 BSP만의 반격이 아니었다.

상황이 호조를 이루자 대반격의 기폭제 역할을 한 지크와 넬, 그리고 린 챠오 등은 티베의 집에서 TV를 보며 오랜만에 편안한 나

날을 보냈다.

휴일이어서 간편한 차림으로 있던 티베는 소파에 누워 태평하게 TV나 보는 지크가 사뭇 맘에 안 들었다. 그녀는 지크가 먹던 과자를 봉지째 빼앗으며 말했다.

"이봐, 지크. 지금 유럽 전역으로 확산되는 BSP들의 반격에 촉매제가 된 사람이 여기서 왜 이러고 있는 거야? 다른 BSP들이 보면 참 좋아하겠네."

두 사람은 어느새 말을 트고 지내는 사이가 되었다. 뿐만 아니라 티베는 챠오와 세이아와도 말을 트고 허물없는 친구처럼 지냈다.

과자를 빼앗긴 지크는 얼굴을 찌푸리며 다시 봉지를 빼앗고는 말했다.

"방송국 안 나가고 뭐 해? 오늘은 배짱으로 공치는 거야?"

티베가 다시 봉지를 빼앗으며 대답했다.

"어머, 그럴 리가. 오늘은 휴일이랍니다. 왜, 너무 기뻐?"

이번에는 지크가 다시 봉지를 빼앗으며 투덜거리듯 말했다.

"쳇, 시어머니에게 잔소리 듣는 날이 일주일에 이틀이면 미치지 않을 정도인데, 나도 참 운이 없군. 욱!"

순간 티베가 지크의 복부를 걷어찼다. 티베에게 맞은 지크는 과자 봉지를 떨어뜨리며 괴로워했다.

티베는 인상을 구긴 채 지크를 쏘아보며 소리쳤다.

"이봐! 숙녀에게 그게 무슨 말버릇이야!"

"네네, 잘못했습니다."

결국 지크는 양손을 들고 저항할 뜻이 없음을 보였다. 티베는 팔짱을 끼며 지크에게 명령조로 말했다.

"오늘은 넬하고 같이 나가서 놀아 줘. 닷새 동안 나하고 재미없는 방송국만 들락거리느라 피로가 누적되었을 테니까. 알았지?"

"예예."

지크는 과자 봉지를 티베에게 건네고 부엌에서 세이아를 돕고 있는 넬에게 말했다.

"어이, 넬. 데이트 안 할래?"

"당연히 하죠!"

넬은 얼굴에 묻은 밀가루를 털고 웃으며 지크에게 다가왔다.

"어디로 갈래? 에펠탑? 아니면 베르사유 궁전?"

"에펠탑요!"

"오케이, 가 볼까?"

지크는 웃으며 밖으로 도망치듯 나섰다.

"저, 저 녀석."

둘의 모습에 옛일이 떠오른 챠오는 왼손을 불끈 쥐며 잊으려는 듯 고개를 저었다. 그때 스쳐 가던 세이아가 덩치 좋은 챠오의 어깨를 손으로 살짝 치며 물었다.

"왜 그러니, 챠오? 지크 씨께서 또 무슨 말실수라도 하셨어?"

챠오는 팔짱을 끼며 고개를 저었다. 그러나 여전히 화가 난 얼굴이었다.

"아니, 별로. 좋지 않은 기억이 떠올라서 그래."

그녀의 대답에 세이아는 빙긋 웃으며 챠오의 등을 토닥거렸다.

"자자, 부엌으로 가자. 네가 좋아하는 코코아 끓여 줄게."

챠오와 세이아가 부엌에서 차를 마시며 얘기를 나누고 있을 때 티베가 들어왔다. 그녀는 조금 전 지크가 먹던 과자를 먹고 있었다. 티베는 활짝 웃으며 챠오 옆에 앉았다.

"어머, 맛있겠다, 챠오. 나도 코코아 끓여 줘, 세이아."

"잠시만 기다려."

세이아는 웃으며 코코아를 끓여 티베에게 찻잔을 건네주었다. 잔을 받아 든 티베는 향을 음미하더니 감격에 겨워 말했다.

"아, 역시 세이아의 솜씨는 달라. 너무너무 부러워."

티베의 아낌없는 칭찬에 세이아의 얼굴이 홍당무처럼 붉어졌다.

"얘는, 너무 그러지 마. 난 할 줄 아는 게 요리하고 재봉뿐인걸."

그러자 티베는 완강히 손을 저으며 정색했다.

"어허, 세이아. 요즘 세상에 너 같은 사람이 어디 있니? 내가 남자라면 너하고 당장 결혼하겠다. 성격 좋지, 예쁘지, 요리 잘하지, 요즘 이런 사람 흔하지 않아."

"고마워, 티베. 그런데 챠오랑 티베는 왜 지크 씨를 그렇게 때리는 거야? 지크 씨 성격 좋은 분 같던데."

세이아가 걱정스러운 표정으로 물었다. 챠오와 티베가 동시에 고개를 내저으며 말했다.

"그런 백수 건달이 좋은 분이라고? 아냐, 아냐, 맨날 나보고 시어머니라고 놀려 대는데? 세이아, 너에겐 아직 본성을 드러내지 않았을 뿐이라고. 그런 남자 조심해야 한다."

"맞는 말이야."

"윽."

넬과 함께 시내 구경을 하고 있던 지크는 한쪽 귀를 후비며 괴로운 표정을 지었다. 넬은 궁금한 듯 지크를 돌아보았다.

"지크 선배, 왜 그래요? 어디 아파요?"

"아니, 이상하게 자꾸 귀가 간지러워서. 빌어먹을, 오늘따라 왜 이렇지?"

지크는 계속 귀를 후비며 고개를 갸웃거렸다.

"휴, 덥다. 오늘처럼 햇볕이 쨍 하고 내리쬐는 날은 처음인데 그래? 넌 어떠니, 넬?"

"헤헤, 그래서 그런지 더워요, 선배. 아, 예전부터 여쭤 보고 싶은 것이 있었는데, 여쭤 봐도 돼요?"

"웅웅, 맘대로."

지크는 작열하는 햇빛 때문에 정신이 없는지 건성으로 대답했다. 넬은 활짝 웃으며 당당히 물었다.

"애인 있죠? 사랑하는 사람 말이에요."

지크는 가만히 하늘을 올려다보다가 넬을 바라보며 말했다.

"아, 내가 재미있는 얘기해 줄까? 옛날 옛날에 호랑이가 시가를 태우던 시절에 말이야……."

"말 돌리지 말아요."

넬이 차갑게 대꾸했다. 지크는 곤란한 듯 머리를 긁적이며 뜸 들였다. 넬은 팔짱을 끼며 지크를 가만히 바라보았다. 아무래도 안 되겠다는 듯 지크는 헛기침을 두어 번 하더니 대답했다.

"우리 엄마."

"세이아, 넌 애인 있니?"

티베의 입에서 갑작스러운 질문이 나오자 세이아의 하얀 얼굴이 붉어졌다. 그녀는 고개를 폭 숙이며 기어드는 목소리로 말했다.

"애, 애는. 내 나이가 몇인데."

세이아가 쑥스러워하자 티베는 장난기 어린 미소를 지으며 추궁했다.

"에헤, 솔직히 말해 봐. 리오 씨 맞지?"

세이아의 얼굴이 더더욱 붉어졌다. 티베는 재미있다는 듯 웃으며 계속 말을 걸었다. 리오가 누구인지 모르는 챠오는 조금 식은 코코아를 마시며 얘기를 들을 뿐이었다.

"호호홋, 그렇겠지. 리오 씨 같은 남자가 세상에 어디 있니? 할줄 아는 게 칼싸움뿐이라는 게 단점이지만 말이야. 그렇지만 그것도 이전 차원으로 돌아가면 귀족이 될 수 있는 거잖아? 그리고 전투를 좀 잘하니?"

세이아가 고개를 설레설레 저으며 말했다.

"아, 아냐. 리오 님은 성격도 좋으셔. 그리고 그분을 사모하는 여자들이 한둘이 아닐 텐데? 우리 왕국 공주님도 좋아하시는 것 같으니, 나 같은 평민은 리오 님과 함께 있다는 것만으로도 행복한 것이겠지."

세이아가 쓸쓸히 웃으며 말하자 티베도 할 말이 없다는 듯 고개를 숙였다. 갑자기 분위기가 가라앉자 챠오가 무안한 듯 헛기침을 했다. 티베가 고개를 들며 챠오에게 물었다.

"아, 그 지크라는 인간은 BSP일 때 어땠어? 조금은 알 듯한데."

잠자코 옆에 있던 챠오가 쥐었던 주먹을 풀며 입을 열었다.

"변한 건 하나도 없어. 그 경이적인 멍청함과 무사태평함은 천하무적이야."

티베는 맞장구를 치며 고개를 끄덕였다.

"음, 역시 예상대로군. 그런 사람이랑 결혼하는 여자는 참 불행할 거야."

그러자 세이아가 정색을 하며 반론을 펼쳤다.

"글쎄? 난 지크 씨도 괜찮은 분이라고 생각하는데? 솔직히 너희 얘기를 다 받아주잖니. 티베의 불평과 챠오의 놀림, 넬의 투정까지

말이야. 그분이 온 후로 이 집이 떠들썩해서 사실 난 더 좋았어. 안
그러니?"

그 말에 티베와 챠오는 머리를 긁적일 뿐이었다.

그때 띵동 하고 초인종 소리가 명쾌하게 들려왔다. 챠오는 혹시
하는 마음으로 긴장한 채 천천히 현관으로 나갔다.

"누구시죠?"

"넬이에요!"

넬의 날카로운 목소리가 문밖에서 들려왔다. 챠오는 의아해하며
문을 열어 주었다.

넬은 훌쩍거리며 안에 들어오더니 자기 방으로 뛰어가 버렸다.

챠오는 의아해하며 다시 문 쪽을 바라보았다. 이번엔 지크가 힘
빠진 얼굴로 터벅터벅 걸어 들어왔다. 챠오는 가볍게 한숨을 내쉬
며 중얼댔다.

"나 같은 희생자를 만들었나 보군, 바보."

그러자 지크는 힘없이 웃으며 챠오에게 말했다.

"아냐. 난 호랑이 담배 피우던 시절 얘기를 해 준 것뿐이라고."

지크의 얘기가 끝나기도 전에, 챠오는 조용히 부엌으로 돌아갔
다. 현관에 홀로 남게 된 지크는 어깨를 축 늘어뜨리며 소파로 향
했다. TV를 켠 지크는 한숨을 내쉬며 힘없이 중얼거렸다.

"빌어먹을 리오 녀석, 날 이런 생지옥에 두고 가다니."

애꿎은 형제에게 투덜대던 지크는 TV를 켠 채 그만 잠이 들고
말았다. 그날은 그에게 있어서 정신적 피곤이 극에 달한 날이었다.
티베는 지크의 뒷모습을 보고 TV를 시청하고 있다고 생각하고 가
만히 내버려두었다. 그러다 저녁 9시가 되어서야 그가 잠들었다는
것을 확인한 티베는 인상을 쓰며 투덜댔다.

"아니 이런! 남자가 이렇게 뻗다니, 이러고도 BSP야?"

TV 전원을 끄고 그를 깨우려던 티베는 순간 지크가 뭐라고 웅얼 거리는 소리에 잠시 멈춰 섰다.

잠에 푹 빠져 평온한 얼굴을 한 지크는 이렇게 중얼거렸다.

"음, 엄마 보고 싶어."

그 소리에 티베는 잠시 지크를 멍하니 내려다보고 자신도 모르 게 미소를 지었다.

"마음 약하게 만드네, 이 인간."

다음 날. 지크는 본능적으로 아침 일찍 일어났다. 소파 위에서 잔 탓에 뒷목이 뻐근했다. 자신도 모르게 잠이 들었음을 알아차린 지 크는 인상을 쓰며 주위를 둘러보았다.

"많이 늙었구나, 지크. TV 보다가 자는 것도 정말 오랜만이네. 응? 이건 뭐지?"

지크는 토끼 그림이 앙증맞게 그려진 분홍색 이불을 보고 머리 를 긁적였다.

"내가 이런 애들 이불을 덮고 잤단 말이야? 설마?"

그때 방에서 나오던 티베가 화들짝 놀라며 지크에게 달려왔다. 그녀는 덥석 이불을 빼앗으며 소리쳤다.

"아니, 숙녀의 이불을 훔쳐서 덮고 자다니, 어떻게 이럴 수가 있지!"

"무, 무슨 소리야!"

지크는 억울하다는 듯 따지려 들었다. 마침 티베와 방을 같이 쓰 는 세이아가 부엌으로 향하며 지크에게 아침 인사를 했다.

"어머, 지크 씨 일어나셨네요? 어제 티베가 지크 씨한테 이불을 드리고 다른 이불 덮고 자느라 고생했는데……."

티베의 안색이 하얗게 변하면서 굳어졌다. 지크는 씩 웃으며 복수를 하려는 듯 비아냥댔다.

"헤헹, 그러셨구먼. 내가 이해해 주지, 내숭 아가씨. 하하핫."

"아, 아냐! 난 단지……!"

티베가 말을 더듬으며 완강히 부정하자 지크는 손을 휘휘 내저으며 말했다.

"아아, 걱정하지 마셔. 나중에 데이트 신청하면 받아 줄게."

"이, 이런!"

티베는 방 안으로 뛰어 들어갔고 지크는 회포를 풀었다는 듯 가뿐하게 일어서며 미소를 지었다. 그러자 세이아가 조심스럽게 지크에게 다가오며 물었다.

"저, 제가 말을 잘못한 건가요?"

지크는 손사래를 치며 말했다.

"아뇨, 당신은 제 생명의 은인이십니다. 하하하핫!"

무슨 소리인지 이해가 되지는 않았지만 다시 활발해진 지크의 얼굴을 본 세이아는 빙긋 미소를 지었다.

여유로워 보이는 그날 아침, 그러나 지크는 모르고 있었다. 아니 아무도 짐작하지 못했다. 아직 리오가 완전히 처리하지 않은 사건이 자신들 근처에서 도사리고 있다는 것을.

"이봐, 아무리 EOM을 마비시켰다고는 하지만 이렇게 돌아다녀도 되는 거야?"

티베는 언짢은 표정으로 지크에게 물었다. 그녀와 넬을 자전거에 태우고 방송국으로 향하던 지크는 엄지손가락으로 자신을 가리키며 당당히 말했다.

"헤헷, 어차피 그 시꺼먼 녀석들이 거리를 활보하고 다닐 때도 난 아무 문제 없이 움직였던 사람이니 걱정 마. 그리고 그 녀석들이 아무리 날고 기어 봤자 이 지크 님을 잡지는 못하지! 하핫!"

지크는 두 사람을 방송국에 내려 주고 홀가분한 마음으로 돌아섰다.

"아, 날씨 좋고, 기분도 괜찮고, 이럴 때 진짜 애인이라도 내 뒤에 태우고 있다면 얼마나 좋을까? 하하핫."

"아저씨, 잠깐."

갑자기 테가 넓은 모자를 쓴 여성이 그의 앞으로 가로막았다. 자전거를 급히 세운 지크는 여자에게 말했다.

"어이 아가씨, 거기 멍하니 서 있으면 어떡해요? 좀 비켜요."

그러나 그 여성은 꿈쩍도 하지 않았다. 오히려 모자를 벗고 지크를 쏘아보았다. 순간 지크는 심장이 얼어붙는 듯한 느낌을 받았다.

"윽!"

검은 생머리의 동양계 여성은 억지웃음 지으며 지크에게 접근해 오더니 그의 허벅지를 손가락으로 쿡쿡 찌르며 비아냥거렸다.

"호호홋, 인기가 좋아졌군, 지크? 여자를 둘씩이나 뒤에 태우고 노닥거리니 말이야."

지크는 그 여성을 내려다보며 떨리는 목소리로 말했다.

"덕분에. 사실 저 여자랑 꼬마는 집에 그냥 같이 사는…… 윽!"

여성에게 허벅지를 꼬집힌 지크는 이를 악물더니 말을 끊었다. 그 여성은 화를 참으려는 듯 심호흡을 깊게 하며 말했다.

"뭐, 얘기는 챠오에게 다 들었으니 괜찮아. 그리고 난 일 때문에 왔어. 자존심 상하긴 하지만 네 힘이 좀 필요하거든."

지크는 즉시 자전거에서 내려 허리를 굽실대며 말했다.

"예예, 말씀만 하십시오, 리진님."

그녀는 손으로 목을 매만지며 말했다.

"덥고 갈증이 나는데?"

"쳇, 알았다고. 저기 보이는 아이스크림 가게는 어때? 너 아이스크림 좋아하잖아."

지크가 팔짱을 끼며 아이크스림 가게를 가리키자, 그녀는 뒷짐 지며 고개를 저었다.

"좋긴 하지만 오늘은 싫어. 나도 이제 어른인데 프랑스까지 와서 아이스크림을 먹기는 시간이 아깝겠지? 사실 난 예전부터 에펠탑 밑에서 카푸치노를 마시는 게 소원이었어. 빨리 사 줘."

지크는 철거 계획이 중단되어 반대 시위도 사라진 파리의 명물 에펠탑이 훤히 보이는 카페에 그녀와 함께 들어갔다.

"그런데 지금까지 어디 있었던 거야? 독일에 있었다고 들었지만."

"독일에 사는 친척 집에 있었어. 어쨌든 독일에서 지내는 도중 최근에 큰일을 당한 적이 있어. 바로 거대한 늑대가 출현해 베를린 시를 파괴하기 시작한 거야. 나 혼자 힘으로 물리치기 역부족일 것 같아 다른 BSP를 찾아보았지만 모두 수배 중이어서 그럴 수도 없었어. 이젠 어떻게 할까 하는 도중에 리오 씨가 나타나 그 거대 늑대를 잠재웠지. 그런데……."

손으로 턱을 괴고 리진의 얘기를 듣던 지크는 다 알겠다는 듯 고개를 끄덕이며 말했다.

"그런데…… 사실은 완전히 잠재우지는 못했다, 이거지?"

리진은 고개를 끄덕였다.

"응. 그런데 이상하게도 예전처럼 당당히 나타나 부수고 다니는 게 아니고, 어둠을 틈타 야밤에만 출현해 건물 두어 채 정도만 파괴하는 거야. 내가 조사해 본 결과 좋지 않은 결론이 나왔지."

지크는 피식 웃으며 장난기 어린 얼굴로 슬쩍 떠보았다.

"그럼, 누구네 집 개로 변신해 있다가 보름달이 뜨는 밤이면 괴물로 변신해 난동을 부린다, 이거야? 근데 표정이 갑자기 왜 그래?"

리진은 경악했다.

"어, 어떻게 그걸 알았어? 보름달 말고는 다 맞는데?"

지크는 눈을 동그랗게 뜨며 리진을 바라보았다.

2

펜릴의 최후

다음 날, 지크는 리진과 함께 비행선을 타고 독일로 향했다. 고속 비행선이긴 했지만 예전에 날던 극(極)초음속 여객기에 비할 것은 아니었다. 하지만 창밖으로 보이는 풍경 때문에 사람들에게 의외로 인기가 있었다. 점점 잊혀져 가던 로맨스의 부활이라며 어떤 시인이 평을 하기도 했다.

"이히. 리진, 저것 봐 저거! 저게 젖소라고, 젖소! 와하핫, 정말 신기하다!"

지크가 창문에 찰싹 달라붙어 어린아이처럼 소리치며 좋아하는 동안, 옆에 앉은 리진은 다른 승객들 눈치를 보느라 얼굴이 홍당무가 되었다. 그러나 변치 않은 지크를 보고 내심 안도감을 느꼈다.

"이봐, 근육질 피터팬 씨. 애도 아니고 계속 그러고 있으면 사람들이 뭐라고 생각하겠어!"

그러자 지크는 머리를 긁적이며 창문에서 떨어졌다.

"응? 아, 그렇구나. 여러분 죄송해요!"

지크는 자리에서 일어서 승객들에게 씩씩하게 소리쳤다. 리진은 재빨리 고개를 숙여 지크를 외면했다. 지크는 몸을 푹 숙이고 있는 리진의 등을 토닥거리며 물었다.

"왜 그래, 리진. 어디 아파?"

리진은 분홍색 모자를 푹 눌러쓰며 스스로를 한심스러워했다.

"이런 인간이 필요해서 내가 왔다니. 어쨌든 한 달 동안 뭐 하느라 사라졌어? 혹시 정신병원에 감금되기라도 한 거야?"

"응? 으응…… 헤헤헷, 비밀이야."

지크가 대충 얼버무리자 리진은 오른손에서 염력을 뿜어 그에게 쏘았다. 하지만 아무리 그래도 말할 수 없는 일이기에 지크는 미안하다는 듯 어깨를 으쓱했다.

"아직은 말해 줄 수 없어. 그리고 남자에겐 감추고 싶은 비밀이 하나쯤 있는 거야."

예전처럼 지크가 반응하자 리진은 상대도 안 하겠다는 듯 고개를 돌렸다.

"정신병원에 감금됐다고 솔직히 말하시지."

"아니라니까."

비행선이 독일에 도착할 때까지 두 사람의 실랑이는 계속되었다.

독일에 도착한 둘은 친척 집까지 걸어갔다. 물론 집이 공항과 가깝기도 했지만, 결정적으로 주머니 사정이 좋지 않아 교통수단을 이용할 수 없었기 때문이다.

지크는 걸으면서 도시 곳곳에 처참히 파괴된 건물을 목격했다. 그는 인상을 찡그리며 리진에게 물었다.

"그 늑대가 한 짓이야?"

리진의 발걸음이 멈췄다.

"응, 밤사이 또 건물 세 채가 무너졌나 봐. 그런데 참 이상하지? 왜 그 늑대는 꼭 밤에만 나타나는 걸까?"

지크는 입을 비죽거리며 대답했다.

"그건 슈퍼맨이 왜 꼭 망토를 두르고 날아다니느냐 하는 것과 같은 질문이지."

"……."

"이봐! 난 맞는 말을 했다고!"

지크는 벌써 한참 앞서간 리진을 뒤쫓아 달음박질했다.

리진의 친척 집에 당도한 지크는 안타깝게도 그리 환영받지 못했다. 리진의 친척들이 거의 다 BSP와 연관되어 있어 지크에 대해 얼추 알고 있었기 때문이다. 하지만 지크는 그리 오래 머물지 않을 것이기에 그다지 마음에 두지 않았다.

드디어 밤이 찾아왔고 지크와 리진은 다시 베를린으로 향했다. 그날은 만월이어서 밤이 매우 밝을 것으로 예상됐으나 아쉽게도 구름이 많이 끼는 바람에 시야가 어두웠다.

사람들 사이에서 일명 펜릴이라 불리는 그 괴물 늑대가 새벽 2시를 전후해 출몰한다기에 둘은 1시부터 잠복근무를 했다.

기다리는 동안 지크는 편의점에서 햄버거를 먹었고, 리진은 우유를 마셨다. 우유를 홀짝거리던 리진은 문득 지크의 붉은 재킷 오른쪽 어깨에 단단히 재봉되어 있는 작은 메탈 플레이트를 보았다. 그녀는 손가락으로 그것을 톡톡 건드리며 물었다.

"이건 또 어디서 난 거야? 훔친 건 아닐 테고."

"응, 이거? 챠오한테 받았지."

'세상에, 그 애가? 아니 저 인간이 뭐가 좋다고?'

리진은 깜짝 놀라며 속으로 이상하다고 생각했다. 그녀로서는 믿을 수 없는 일이었다. 물론 다분히 그녀의 오해였지만. 리진은 그 메탈 플레이트에 양각으로 새겨진 영문을 읽었다.

"흠, 라스트 라디언스(Last Radiance)? 최후의 광휘라는 뜻이네? 무슨 뜻이 담겨 있을까?"

"글쎄다. 음?"

순간 지크의 두꺼운 손이 리진의 입을 막았다. 리진은 깜짝 놀라 지크를 돌아보았다. 그는 오랜만에 진지한 표정으로 시선을 앞에 고정하고 말했다.

"육감이 맞다면 저 녀석이 우리 목표인 것 같은데?"

"읍?"

리진은 눈을 동그랗게 뜨며 지크가 보고 있는 쪽으로 시선을 돌렸다. 두 개의 푸른 광점이 새까만 어둠이 드리워진 거리에서 선명하게 빛났다.

"읍! 읍읍!"

지크의 손이 여전히 입을 막고 있어서 리진은 고개만 끄덕이며 소리를 냈다. 지크는 곧바로 등에 멘 낚시 가방에서 무명도를 꺼내 허리에 차며 멀리 보이는 광점을 향해 뛰었다.

"넌 여기서 인명 피해가 없도록 지키고 있어!"

그 말과 함께 지크는 어둠 속으로 사라졌다. 그제야 리진은 입을 비죽 내밀며 불만스러운 듯 투덜댔다.

"하여튼 말은 잘해요."

광점이 빛나는 곳으로 기를 숨기며 달리던 지크는 불현듯이 뭔가 이상함을 느꼈다. 그 광점의 높이가 점점 상승하는 것이었다.

"어?"

그때 달을 덮고 있던 구름이 천천히 걷혔다. 지크는 움찔하며 건물 유리창을 향해 높이 점프했다. 그와 동시에 그 광점의 실체가 뿜어낸 황색 빛이 그가 있던 자리에 내리꽂혔다.

아스팔트 도로는 폭발로 수십 미터나 밀려났다. 곤충처럼 건물 유리창에 매달려 그 광경을 지켜본 지크는 휘파람을 길게 불며 감탄했다.

"휘익, 엄청난데? 저런 무기는 고폭 레이저 이후 처음이야. 어라?"

그때 괴이한 소리와 함께, 어깨 높이가 어림잡아 5미터 정도 되는 거대 늑대가 어느새 지크가 있는 건물 외벽까지 뛰어올라 앞발을 날렸다. 지크는 힘껏 몸을 날려 다른 건물의 외벽으로 몸을 피했다.

그 늑대는 지크가 몸을 숨긴 건물의 외벽에 계속 타격을 가했고 그로 인해 벽에 큰 균열이 생겼다. 유리창도 모조리 부서져 나갔다. 지크는 그 거대 늑대의 괴력과 스피드에 다시금 감탄하지 않을 수 없었다.

"이거 오랜만에 상대다운 상대를 만났는데? 좋아, 덤벼라!"

부웅.

괴상한 소음을 내며 거대 늑대 펜릴이 지크를 향해 몸을 날렸다. 그러나 지크는 거기에 있지 않았다. 당황한 펜릴은 빠르게 고개를 쳐들어 위를 올려다보았다.

"자격 시험을 볼까!"

펜릴의 머리 위로 몸을 날린 지크는 양손으로 펜릴의 등을 내리찍었다. 펜릴이 지면으로 추락했다. 그러나 펜릴은 마치 고양이처럼 공중에서 몸을 비틀더니 안전하게 지면에 착지하는 것이 아닌가. 다시 건물 벽에 매달린 지크는 놀라며 중얼거렸다.

"엇? 뭐 저런 게 다 있지?"

그러나 더 이상 생각할 틈은 없었다. 펜릴은 입에서 황색 광선을 뿜어냈고, 지크는 건물 사이를 옮겨 다니며 그 광선을 피하기 위해 사력을 다했다.

"젠장, 무서운데!"

계속 피하기만 하던 지크는 펜릴이 잠시 광선을 뿜지 않은 틈을 타서 즉시 무명도를 빼어 들고 건물 벽을 수직으로 달려 내려갔다.

에너지를 다 소모한 펜릴은 재충전할 시간을 벌기 위해서 달려오는 지크에게 돌격했다. 지크는 육탄전을 벌이려는 듯 몸을 날린 펜릴을 보고 기회라고 생각했다. 그는 적당한 거리다 싶은 곳에서 왼손으로 기합파를 날렸다. 펜릴의 날카롭고 유연한 움직임을 잠시라도 봉쇄하려는 생각에서였다.

"이거나 먹어랏!"

그러나 또다시 부웅 하는 괴상한 소음과 함께 펜릴의 몸체는 지크의 시야에서 사라지고 말았다. 그것을 알아차렸을 때 지크는 이미 엄청난 충격을 받아야만 했다.

"크아악!"

지크는 블로킹을 당한 공처럼 아스팔트 지면에 내리꽂혔다. 지크 몸이 충돌한 부분의 아스팔트는 둥글게 함몰되었다. 충격의 여파로 몇 미터 이상 바닥을 구른 지크는 피가 흐르는 머리를 감싸며 천천히 일어섰다.

"어이구, 대단한데 저 녀석? 하지만, 이제 시작일 뿐이야!"

출혈이 멈추자마자, 지크는 몸에서 스파크를 뿜으며 펜릴을 향해 빠르게 돌진했다.

"쿠오오오옷!"

도로 위에 서서 지크를 바라보던 펜릴 역시 포효하며 맞붙었다.

그러나 두 번씩이나 속도에서 제압당할 지크가 아니었다. 코앞까지 달려온 지크에게 펜릴이 강력한 앞발을 휘둘렀으나 이번엔 빗나가 버렸다.

"보였어!"

지크가 소리쳤다. 그는 스파크가 튀는 라이트훅을 펜릴의 복부에 꽂았다.

퍽! 파지직!

온몸이 푸른색 스파크에 휩싸인 채 펜릴은 뒤편에 있는 건물 외벽으로 날아갔다.

"쿠오오!"

펜릴은 외벽을 부수고 1층에 있는 옷 전시장에 처박혔다. 펜릴이 뚫고 들어간 외벽은 내부 철골이 드러났고 그곳에서 잔여 전류가 튀었다. 지크는 주먹 근육을 천천히 풀며 미소를 짓고 중얼거렸다.

"헤헷. 어떠냐, 애완견. 이제 너도 상대할 마음이 생길 것 같은데?"

지크는 아무렇지도 않은 듯 이죽거렸지만 사실 등이 쓰라렸다. 아까 공중에서 펜릴의 공격을 받았을 때 발톱이 등을 할퀴어 외상을 입은 상태였다. 출혈은 금방 멎었지만 통증은 남아 있었다.

"크르르릉!"

야수의 울음소리가 옷 전시장 안에서 울리자 지크는 무명도를 쥐고 자세를 취하며 공격에 대비했다.

"그런데 좀 이상하네? 아까보다는 좀 작은 것 같은데?"

"쿠오오오옷!"

크고 긴 울음소리가 다시 들리더니 옷 전시장에서 빠르고 거대한 물체가 벽을 뚫고 공중을 날았다. 지크도 이때를 놓칠세라 재빨리 그것을 따라 뛰어올랐다.

"타아앗!"

기합과 동시에 펜릴의 몸체에선 보통 때 들리던 것보다 더 긴 소음이 들렸다. 그러나 이상하게도 지크의 눈에는 펜릴의 속도가 가감 없어 보였다. 지크는 그 소음에 상관없이 무명도를 빼어 들었다. 구름이 걷혀 환한 달밤이어서 무명도는 독특한 푸른색 반사광을 한층 더 강하게 뿜어냈다.

"끝이다! 엇?"

지크는 무명도로 우아한 원을 그리며 펜릴을 두 동강 내려고 했다. 그러나 그 순간 지크는 술에 취한 사람처럼 비틀거리며 쓸데없이 허공만 가르고 말았다. 공중에서 완전히 중심을 잃은 지크가 지상으로 아무 대책 없이 서서히 떨어졌다. 펜릴은 추락하는 지크를 보며 회심의 일격을 준비했다.

"쿠오오오옷!"

펜릴의 입에서 황색 빛이 보이자, 지크는 무명도로 방어 자세를 취한 채 기도했다. 공중에서 이렇게 천천히 추락하기는 처음이었다. 반격은커녕 속수무책이었다.

"비, 빌어먹을! 앗?"

갑자기 추락 속도가 빨라졌다. 지크는 중심을 잡으며 급히 옆 건물 외벽에 왼쪽 손가락을 박아 넣었다. 손가락은 외벽을 따라 미끄러져 내려갔다. 그러나 그 덕에 추락 속도를 줄인 지크는 펜릴의 입에서 빛이 뿜어져 나옴과 동시에 반대편 건물로 건너뛰었다. 지크가 있던 자리에 펜릴이 뿜어낸 광선이 꽂혔다. 건물 외벽이 크게 폭발하며 무너졌다. 아직 반대편 건물을 향해 뛰어오른 상태였던 지크는 그 충격파에 휩쓸려 급가속으로 날려졌다. 결국 그는 유리

창을 들이받고 그 안에 처박히고 말았다.

"크아악!"

지크는 짧게 비명을 지르며 사무실 집기들을 부수고 바닥을 굴렀다. 강한 충돌이 있었지만 몸은 별로 다치지 않은 듯 그는 즉시 일어나 창가로 갔다.

"이 녀석! 뭔 짓을 했는지는 몰라도 날 화나게 하다니. 아무리 내가 정이 많지만 절대 용서 못 해! 엉?"

펜릴은 이미 사라진 뒤였다. 모래 먼지 섞인 바람이 고층 건물 사이로 불어왔다. 지크는 허무감에 다리 힘이 풀린 듯 그 자리에 주저앉았다.

여러 차례 울린 폭음 소리를 듣고 달려온 리진은 허탈한 얼굴로 앉아 있는 지크를 발견했다.

"뭐 하는 거야? 그 늑대는 잡았어?"

지크는 고개를 저으며 힘없이 대답했다.

"인명 피해만 날 뻔했지, 젠장."

"인명 피해? 이상하다. 이 근처 사람들은 벌써 피신한 상태인데, 사람이 또 있었단 말이야? 누구야?"

리진의 물음에, 지크는 고개를 푹 떨구며 손가락으로 자신을 가리켰다.

"나."

발끈한 리진이 주먹을 불끈 쥐었다.

철퍽.

그녀가 지크를 쥐어박으려고 앞으로 한 발 내디딘 순간 리진의 발에 끈끈한 액체가 닿았다.

"어?"

리진은 발밑을 내려다보고 얼굴이 경직되었다. 바닥은 지크의 피로 범벅이 되어 있었다.

"어떻게 된 거야, 바보야! 뭐 하면서 싸웠기에…… 세, 세상에!"

힘없이 축 늘어져 있는 지크의 등을 본 리진은 놀라지 않을 수 없었다. 야수의 거대한 발톱이 할퀸 자국 틈으로 커다란 유리 파편이 박혀 있었다. 신기하게도 출혈은 조금씩 멎고 있었지만 피를 다량으로 흘린 탓에 지크는 잠이 오는 듯 꾸벅꾸벅 졸았다.

출혈 과다 증상이라는 것을 안 리진은 지크를 부축하며 소리쳤다.

"바보야, 자면 안 돼! 눈을 뜨란 말이야! 나 놀리지 말고, 제발!"

그러자 지크는 힘없이 웃으며 중얼거렸다.

"예전에도 이거보다 더 다친 적 있었는데, 놔둬. 나 잘래."

잠이 든 듯 지크의 고개가 푹 숙여졌다. 겁이 난 리진은 울며불며 지크를 업고 편의점으로 달려갔다.

지크는 침대에 엎드린 채 독일에서 둘째 날을 맞이했다. 밤사이 혈액도 많이 보충되었고 유리 파편에 입은 내상도 많이 회복된 터라 움직이는 데 문제는 없었다. 지크는 부자연스러운 자세로 주위를 두리번거렸다. 궁금한 건 못 참는 성격의 지크였다. 깨끗한 방인 것으로 보아 리진의 친척 집이 분명했다. 지크는 한숨을 내쉬며 중얼거렸다.

"에휴, 유리가 몸에 박히지만 않았더라도 괜찮았을 텐데. 하여튼 그 녀석 엄청 세네. 설마 무중력 공간을 만들어 낼 줄은 몰랐어. 그건 그렇고 지금 몇 시나 됐지? 음? 3시!"

지크는 즉시 몸을 일으켰다. 그러나 순간 영양 부족으로 현기증을 느끼며 침대에 다시 주저앉아 버렸다. 피를 보충하느라 몸에 축

적된 영양분과 단백질이 많이 소모된 탓이었다.

"에구구, 애 가진 임산부들의 고통을 알 것 같구나. 이런 게 빈혈과 비슷할까?"

그때 문이 열리며 누군가 방으로 들어왔다. 리진일 거라고 생각한 지크는 최대한 처량해 보이는 표정을 지으며 고개를 들었다.

"에헤헤! 나 배고픈데…… 엇?"

그러나 방에 들어온 사람은 2미터에 가까운 장신의 거인이었다. 머리를 제외하곤 모두 기계로 만들어져 있었기 때문에 그가 움직일 때마다 유압 모터 소리가 들려왔다.

그는 불쌍한 듯 턱을 쓰다듬으며 말했다.

"쯧쯧쯧, 처참하게 당하긴 했군, 지크. 너를 이렇게 만들 정도면 대단한 괴물 같긴 한데? 어쨌든 몸은 괜찮나?"

기계 손이 자신의 어깨를 두드리자, 지크는 중년의 사이보그를 믿을 수 없다는 표정으로 바라보며 입을 열었다.

"헤, 헤이그 선배? 여긴 어떻게 오셨죠?"

그렌 헤이그.

바이오 버그의 공격으로 치명상을 입은 BSP 한국지부의 최고참이자 전 세계의 BSP 중 몇 안 되는 현역 원로 멤버였다. 헤이그는 지크의 질문에 머리를 긁적이며 대답했다.

"딸하고 같이 독일 관광을 왔지. 가자고 하도 졸라대는 바람에, 하하핫."

지크는 고개를 저으며 중얼댔다.

"휘유, 난 또 사랑하는 후배를 위해 한국에서 독일까지 음속으로 날아오셨나 했어요. 엘렌은 어때요?"

지크 입에서 엘렌의 이름이 튀어나오자 그의 어깨를 잡은 헤이그의 기계 손에 힘이 들어갔다. 지크는 윽 소리를 내며 빌었다.

"아, 아니에요, 아니에요. 용서해 주세요."

그러자 헤이그는 다시 손목의 힘을 빼며 중얼거렸다.

"너에게 내 딸을 보여 준 것이 일생일대의 실수였지."

그때 문이 또 한 번 열리더니 머리채를 틀어 올린 금발의 여성이 리진과 함께 들어왔다. 지크는 손을 흔들며 반갑게 소리쳤다.

"야호! 엘렌, 오랜만이야!"

금발의 여성은 왼쪽으로 늘어뜨린 앞머리를 옆으로 쓸어 넘기며 반갑게 말했다.

"응, 한 달 만인가? 그런데 많이 다쳤다던데…… 몸은 괜찮아?"

엘렌이 걱정스럽게 묻자 지크는 상의를 벗고 힘을 불끈 주었다.

"당연하지! 이 지크 님은 천하무적……."

순간 헤이그가 지크 앞을 가로막으며 엘렌을 타이르듯 말했다.

"엘렌, 호텔에 있으라고 했는데 왜 또 온 거니? 밖은 위험하다고 했잖아."

"아빠가 안 계신 호텔이나 펜릴이 날뛰는 거리나 거의 비슷할 것 같은데요? 어차피 호텔도 베를린 중심에 있잖아요, 아빠."

"하긴 그렇구나. 나중에 갈 때는 아빠가 데려다주마. 이곳에는 펜릴보다 더 위험한 늑대가 살고 있으니까. 비록 부상당하긴 했지만 말이야."

그 말에 동조하듯 리진은 팔짱을 긴 채 고개를 끄덕였다.

"맞아요, 맞아. 역시 인생의 선배다우세요."

그런 대화가 오가자, 지크는 씁쓸히 미소 지으며 중얼거렸다.

"후후훗, 역시 영웅은 외롭군. 괜찮아, 사람들을 비춰 줄 빛이 된다면 이런 외로움쯤은 감수할 수 있어! 음하하핫!"

그런 지크를 보며 리진은 한심하다는 얼굴로 중얼거렸다.

"또 영웅병이 도졌군. 어제 그냥 자게 놔둘걸."

시계가 오후 6시를 가리켰다.

오른쪽 뺨에 반창고를 붙인 지크는 시내를 돌아다니다가 잠시 쉬기 위해 인도에 있는 주차 관리기에 몸을 기댔다. 그는 콜라 캔을 입에 문 채 잠시 어제 일을 생각해 보았다.

처음 출현했을 때보다 훨씬 줄어든 크기와 초고속 이동을 할 때마다 들리던 이상한 소리, 생물을 능가하는 유연성과 탄력, 잠시간이긴 하지만 무중력 상태를 만들어 내는 능력 등 모든 것이 수수께끼인 거대 늑대였다.

'젠장, 왜 그런 괴물이 하필 지금 설치고 돌아다니는 거지? 그렇지 않아도 이 일 저 일로 바쁜데. 엇, 가만. 만약에…….'

계속 불만을 토로하던 지크는 순간 불길한 생각이 떠올랐다.

'그 늑대 녀석이 EOM에서 장난으로 만든 실험용 생체병기라면, 더한 괴물이 나올 수도 있다는 소리 아냐? 만약 그것이 사실이라면 이건 베를린 하나로 끝날 문제가 아닌데?'

"후."

지크가 계속 한숨만 연발하자 행인들이 이상한 눈으로 그를 흘끔거렸다. 그러나 정작 지크는 그런 시선에 아랑곳하지 않았다.

"어머, 어디 가니, 쿠키! 돌아와!"

그때 한 여자아이의 목소리가 지크를 흔들어 깨웠다. 그는 목소리가 들린 쪽을 바라보았다.

검푸른색의 큰 개가 줄이 풀려 주인에게서 도망치듯 지크 쪽으로 달려오고 있었다. 지크는 어쩔 수 없다는 듯 콜라 캔을 주차 관리기 위에 올려놓고 그 개의 앞을 가로막았다.

"어허, 애완동물이 도망가면 사랑을 못 받……."

지크가 앞을 가로막은 순간, 달려오던 그 개는 순간 멈추며 지크를 조용히 응시했다. 개에게서 풍기는 느낌이 심상치 않자 지크는 말을 멈추고 시선을 마주했다.

"네 녀석?"

행인들은 달리던 개와 주차기에 기대서 있던 건달 사이에 묘한 긴장감이 감돌자 숨을 죽이며 둘을 바라보았다. 그러나 그리 오래 가진 않았다.

"갑자기 도망가면 어떡해, 쿠키! 아, 쿠키를 잡아 주셔서 감사합니다."

개의 주인으로 보이는 여자아이가 사이에 끼어들며 감사를 표했다. 지크는 얼른 미소를 지으며 손을 살짝 흔들어 주었다.

"아, 아냐. 어른이라면 당연히 해줘야지, 헤헤헷. 그건 그렇고 이 개의 이름이 쿠키니?"

아이는 개의 목덜미를 만지며 고개를 끄덕였다.

"예, 과자를 하도 좋아해서 저하고 제 친구들이 쿠키라고 이름을 붙여 줬어요. 만난 지는 얼마 안 됐지만 지금은 제일 친한 친구예요. 늦어서 이만 가 봐야겠어요. 안녕히 가세요."

아이는 방긋 웃으며 인사하고 개와 함께 뒤돌아 걸어갔다. 그 모습을 바라보던 지크는 묘한 웃음을 흘리며 아이를 불러 세웠다.

"아, 잠깐, 얘야! 아버지 성함 좀 알 수 있겠니? 혹시 내가 너의 아빠를 알고 있는가 해서."

아이는 다시 뒤를 돌아보며 선뜻 대답했다.

"그래요? 저희 아빠 성함은 마르틴 가르웨이랍니다. 아시는 분이신가요?"

아이의 물음에 지크는 아쉽다는 듯 고개를 저으며 대답했다.

"음, 아니구나. 처음 들어보는 이름이야. 미안하다. 잘 가거라."

"예, 안녕히 가세요."

아이는 다시 가던 길을 가기 시작했다. 개는 아이와 함께 가며 조용히 지크를 돌아보았다. 둘의 눈이 마주치자 지크는 개를 향해 보라는 듯 주먹을 꼭 쥐며 중얼거렸다.

"헤헷, 리턴 매치라고 들어봤는지 모르겠군. 이번엔 필히 박살을 내주지!"

밤 11시. 지크는 나갈 준비를 하며 콧노래를 흥얼거렸다. 이상하게도 그는 기분이 좋았다. 예전부터 그랬다. 상대하기 어려운 녀석을 만날 때마다 그는 장갑 끈을 조이며 즐거워했다. 사물에서부터 급수가 높은 바이오 버그와 전투 로봇에 이르기까지, 그가 전투에 대한 본능적인 즐거움을 느낄 땐 어김없이 상대는 쓰러졌다. 지크 자신은 느끼지 못했지만, 옆에서 전투를 지켜봤던 동료들은 그가 전투를 즐기는 모습에 내심 공포마저 느꼈다. 리진도 그랬다.

그녀는 약간 걱정되는 얼굴로 지크에게 다가와 충고하듯 말을 건넸다.

"지크, 괜찮겠어? 이번엔 상대가 좋지 않은 것 같은데. 게다가 너도 몸에 부상을 입은 상태잖아. 위치도 알았으니 나중에 찾아가는 것이……."

그러자 지크는 씩 웃으며 고개를 저었다.

"헤헹, 그 늑대 녀석도 본능적으로 알고 있어. 내가 오늘 밤 찾아간다는 것을 말이야. 내가 안 가면 피하는 것과 다름없지. 넌 내가 패하는 것을 죽음보다 더 싫어하는 걸 알잖아."

옆에서 대화를 듣던 헤이그가 비통한 표정으로 한마디 했다.

"그럼 펜릴을 없앤다고 치자. 그 녀석을 잠시라도 진짜 애완견처럼 기르던 아이의 마음은 어떻게 될까. 네 말을 들어 보니 꽤 아끼는 것 같던데 말이야. 아이라서 기억이 오래가지는 않겠지만……."

그 말을 들은 지크는 장갑을 쥐던 손은 멈추었다. 자신만만하던 그의 얼굴에 그늘이 지고 말았다. 이성(異性)과 인정에 약한 지크의 모습이었다.

"그럼 선배님, 다른 방법이 있나요?"

지크가 질문하자 헤이그는 고개를 저었다.

"글쎄, 내가 자네보다 25년이나 더 살았지만 그 질문에 대답하기가 그렇군."

어느새 어둠이 짙게 깔린 창밖을 바라보던 지크는 골똘히 무언가를 생각했다. 그러다 씁쓸히 웃으며 말했다.

"주인을 구하다 쓰러지는 충견, 멋있지 않아요?"

지크의 묘안이었다. 사실 이런 상황에서 지크가 자신들에게 먼저 방법을 말하는 적은 드물었다. 그래서 헤이그와 그의 딸 엘렌, 리진은 깜짝 놀랐다.

지크와 동갑이며 대학에서 판단력이 뛰어나기로 소문이 자자했던 엘렌은 지크가 한 말을 잠시 생각했다. 그러다 흠칫 놀라며 지크에게 소리쳤다.

"지, 지크. 설마?"

엘렌이 자신의 생각을 알아차린 듯하자 지크는 자신의 손가락을 그녀의 입술에 갖다 댔다. 딸에 대한 일이라면 물불을 안 가리는 헤이그도 지금은 별말을 하지 않았다. 리진도 마찬가지였다.

지크는 예전처럼 밝게 웃으며 말했다.

"헤헷, 내일 아침에 다시 보자."

그는 짧게 한마디 하며 무명도를 다시 허리에 묶고 집을 나섰다. 한참을 걸어가던 그는 바지 주머니에서 약도가 그려진 종이쪽지를 꺼내며 중얼거렸다.

"자, 방해꾼도 없겠다, 화끈하게 놀아 볼까? 헤헤헷."

지크는 절전 때문에 더욱 칠흑같이 변해 버린 도심의 어둠 속으로 사라졌다.

마르틴 가르웨이는 밤에 갈증을 자주 느끼곤 했다. 자정이 지나서도 부엌에 자주 들락거렸다. 그날도 거실의 괘종시계가 자정을 가리키자 마르틴은 목이 타는지 침대에서 일어나 방을 나섰다.

"흠, 이거 병이 아닌지 모르겠네. 병원에선 비만이 원인이라고 하던데."

"갈증이 지겨우신가 보죠, 아저씨?"

갑자기 낯선 남자의 목소리가 등 뒤에서 들려왔다. 마르틴은 화들짝 놀라며 거실 등 스위치에 재빨리 손가락을 가져갔다.

우우웅.

순간 음산한 진동음이 마르틴의 귀에 들렸다. 그는 완전히 질린 얼굴로 진동음이 들리는 방향을 바라보았다. 불이 켜지지 않은 어두운 거실 한가운데 희미하게 붉은빛을 내뿜고 있는 긴 칼날이 보였다. 칼날에서 뿜어 나오는 빛 때문인지 붉게 빛나는 두 눈도 함께 보였다.

마르틴의 두리뭉실한 몸은 순간 경직되고 말았다.

"누, 누구요, 당신은?"

"귀신, 오늘만."

붉은 칼을 든 청년은 마르틴이 묻자 그의 복부를 가격하며 간단히 대답했다. 마르틴은 비명조차 지르지 못하고 바닥에 쓰러졌다.

"여보, 무슨 일 있어요?"

마르틴의 외침을 들은 그의 부인은 무슨 일인가 하며 방에서 나왔다. 그녀도 붉은색 빛을 발하는 칼을 쥔 청년의 모습을 보았다. 그리고 입가에 피를 묻힌 채 쓰러져 있는 남편의 모습에 경악했다.

"여, 여보! 어째서 당신이!"

그녀가 처절하게 절규하자 청년이 달려들었다. 그녀 역시 반항 못 한 채 복부를 맞고 그 자리에 쓰러졌다. 청년은 붉게 빛나는 두 눈을 연신 굴리며 소리 없이 거실을 거닐었다.

"자, 나올 때가 됐지, 귀염둥이? 어서 나오너라. 헤헷."

이윽고 조심스럽게 위층 방문이 열리며 겁에 질린 한 여자아이가 모습을 드러냈다. 그 애의 발 옆에는 검푸른색 털의 큰 개가 눈에서 푸른빛을 희미하게 뿜어내며 서 있었다. 개는 으르렁대며 지크를 노려보았다. 둘이 나온 것을 확인한 청년은 거실 등 스위치를 올렸다.

불이 환하게 거실을 비춘 순간 아이는 바닥에 나란히 쓰러져 있는 부모를 보고 힘없이 무릎을 꿇었다. 아이 옆에 있던 큰 개는 노여움인지 슬픔인지 크게 울부짖었다.

"어, 엄마, 아빠? 설마 아저씨가!"

아이의 눈빛이 흔들렸다. 복면을 한 청년은 붉은빛을 띤 눈으로 아이를 바라보며 보란 듯이 양팔을 벌렸다.

"그래, 내가 너희 부모님을 영원히 잠재워 드렸단다. 이제 넌 자유야, 학교에 가지 않아도 되고, 친구들하고 맘껏 놀아도 뭐라고 할 사람이 없어. 참 좋지?"

아이 귀에는 청년의 말소리가 들리지 않았다. 웃음 짓고 있는 청년의 붉은 눈과 손에 든 붉은빛의 칼날만이 눈에 들어올 뿐이었다. 아이는 완강히 고개를 저으며 외쳤다.

"싫어요. 저는 아빠랑 엄마랑 같이 있고 싶어요! 학교도 가고 싶다고요! 아빠와 엄마를 깨워 주세요, 제발!"

아이는 급기야 울음을 터뜨리며 청년에게 소리쳤다. 그러나 청년은 곤란하다는 듯 턱에 손가락을 대며 말했다.

"어쩌지? 두 분은 이제 돌아오지 못하시는데. 아, 좋은 방법이 있단다. 뭔지 가르쳐 줄까? 헤헤헷."

가볍게 2층으로 뛰어오르며 자신에게 천천히 다가오기 시작하는 붉은 눈의 청년을 보며 아이는 뒷걸음쳤다. 청년은 희미한 미소를 띤 채 중얼거렸다.

"너도 이 '바이론 아저씨'가 같이 보내 줄게, 지옥으로. 하하하핫!"

"시, 싫어! 쿠키, 도와줘, 쿠키!"

아이는 자기 방으로 도망쳤다. 그러자 옆에 있던 큰 개가 안광을 번뜩이며 아이의 방 문을 막아섰다.

아이가 들어간 것을 확인한 청년은 곧 안도의 숨을 내쉬며 복면을 벗어 던졌다. 붉게 빛나던 눈빛도 정상으로 돌아가고 그가 지니고 있던 칼도 점차 푸른색으로 변했다.

"헤헷, 바이론 녀석 이름을 도용해서 좀 미안하군. 어쨌든 밖으로 좀 나갈까? 어차피 여기 있으면 개하고 사람이 싸우는 것뿐이니까 말이야."

그러자 그 개는 창문을 뚫고 밖으로 몸을 날렸다. 청년 역시 그 뒤를 따랐다.

창문 밖으로 나온 개는 서서히 몸체가 변하기 시작했다. 어깨 높이만도 족히 5미터는 넘었고, 외형도 훨씬 날카롭고 사납게 변했다.

"우오오오오오!"

변신한 펜릴은 도로에 선 채 아직 보름달이 떠 있는 하늘을 향해 길게 울음을 토했다. 앞에 선 청년은 자신만만히 웃으며 말했다.

"자, 파티의 시작이다!"

지크는 양손에서 엄청난 스파크를 뿜어내기 시작했다. 온몸에 스파크를 두른 지크는 무명도에 손을 댄 채 공중에 몸을 날렸다. 살기등등한 펜릴 역시 그 뒤를 쫓아 허공으로 몸을 날렸다.

부웅.

몸에 장착된 리니어 모터가 뿜어내는 소리와 함께 펜릴은 큰 덩치에도 불구하고 고속 이동을 하며 지크에게 돌진했다. 엄청난 파괴력을 지닌 앞발의 일격이 지크에게 쏟아졌으나 더 이상 그 공격은 통하지 않았다. 펜릴의 앞발을 잽싸게 피한 지크는 펜릴의 목을 향해 무명도의 일격을 날렸다. 펜릴은 간발의 차이로 그 일격을 피했지만 진공파의 영향으로 목에서 붉은 피가 터져 나왔다.

"쿠오옷!"

펜릴의 입장에서는 대수롭지 않은 경상이었으나 사람들이 보기에는 엄청난 출혈이었다. 창문에 매달리다시피 한 채 싸움을 구경하던 사람들은 결국 눈을 감고 말았다. 집 밖으로 나와 구경을 하던 사람들은 잠이 덜 깬 얼굴로 허공에 흩뿌려지는 피를 보며 몸서리를 쳤다.

지크는 목에 난 상처로 펜릴이 주춤하는 사이, 빈틈을 놓치지 않고 다시 일격을 가하기 위해 돌진했다. 그러나 간단히 당할 펜릴이 아니었다.

"헉!"

무언가 지크의 다리를 휘감았다. 엄청난 힘이 전해지더니 급기야 지크는 옆집에 처박히고 말았다. 그 충격으로 지크 입에서 선혈이 쏟아졌다. 지크의 다리를 감은 그 물체는 공격이 효과가 있음을 알고 계속해서 그를 벽에 후려쳤다. 그것은 다름 아닌 펜릴의 기다란 꼬리였다.

"크읔!"

결국 벽은 부서졌고 지크는 집 안으로 내던져졌다. 꽤 충격이 심했는지 그는 머리를 감싸고 비틀거리며 일어났다. 몸에 흐르던 스파크도 끊긴 지 오래였다.

"젠장, 빌어먹을! 애완동물이라고 봐주는 것도 이젠 끝이다!"

변장을 위해 재킷을 벗고 있던 지크는 바지 주머니에서 미리 가져온 준비물을 꺼냈다. 직사각형의 황색 종이, 바로 부적이었다. 하지만 종이 안에는 아무것도 쓰여 있지 않았다. 지크는 그것을 왼손으로 잡고 부채처럼 펼치며 중얼거렸다.

"헷, 난 대형과는 싸울 자신이 별로 없어. 음? 쿨럭!"

지크는 결국 몸에 가해진 충격을 견디지 못하고 검붉은 핏덩이를 토해 내고 말았다. 어제 당한 외상은 거의 회복되었다고는 하지만 몸에 쌓인 충격은 그렇지 않았던 것이다.

가죽 장갑에 묻어 있는 피를 보며 지크는 씁쓸히 중얼거렸다.

"장 파열인가? 내가 너무 봐줬나 보군, 헤헷. 빨리 끝내야겠어."

그 말과 동시에 지크는 천장을 뚫고 집 밖으로 몸을 피했다. 곧바로 폭음이 일더니 그가 있던 집이 산산조각 났다. 펜릴의 특기인 하이드로 브레스의 일격이었다.

도로에 착지한 지크는 왼손에 든 부적을 접어 손가락에 끼고 오른손에 무명도를 높이 들었다. 그리고 다시 한 번 기를 끌어 올렸다.

"자, 간다!"

지크의 모습이 빠르게 흔들리는가 싶더니 곧바로 사라졌다. 곧 초승달 모양의 잔광이 펜릴을 둘러싸더니 좁혀 들어갔다. 위기를 느낀 펜릴은 눈을 재빨리 움직이며 잔광들 사이에서 희미하게 보이는 지크의 모습에 시선을 집중했다.

"크오오오옷!"

지크의 움직임을 읽은 듯 펜릴은 괴성을 질렀다. 발톱이 날카롭게 선 앞발로 잔광 중 하나를 강하게 눌렀다. 아스팔트 바닥이 쉽게 떨어져 나갈 정도로 위력 있는 공격이었으나 유감스럽게도 목표물을 맞추지는 못했다.

펜릴은 움찔하며 주위를 둘러보았으나 지크의 모습은 찾을 수가 없었다.

"인조 가죽치고는 상당히 쿠션이 좋은데?"

갑자기 뒤에서 웃음소리가 들려오자, 펜릴은 흠칫 놀라며 뒤를 돌아봤다. 그러나 목표물은 다시 점프하더니 공중으로 튀어 올랐다. 펜릴의 콧등에 착지한 지크는 회심의 미소를 지으며 중얼거렸다.

"칼의 반사광에 비친 내 모습이 어땠어? 헤헤헷, 그럼 죽어!"

지크는 왼손을 들었고 바로 다음 순간 펜릴의 몸 곳곳에서 붉은 빛이 번쩍였다. 펜릴의 몸체에서 빛이 나오는 게 아니었다. 펜릴의 공격이 실패한 직후 지크가 펜릴의 몸체 곳곳에 붙여둔 부적이 빛을 내는 것이었다.

염(炎) 자가 피로 적힌 부적들은 점점 더 빛을 더해 갔다. 본능적으로 위험을 느낀 펜릴은 급히 부적을 떨어뜨리기 위해 몸부림을 쳤다. 그러나 주술로 붙여 놓은 부적은 쉽사리 떨어지지 않았다.

펜릴의 코를 박차고 공중으로 떠오른 지크는 왼쪽 주먹을 쥐며 짧게 외쳤다.

"터져 버려!"

이윽고 펜릴의 몸에 붙어 있던 부적들이 반응해 한꺼번에 폭발했다. 펜릴은 자신의 온몸을 휘감은 폭발의 충격으로 입에서 피를 뿜으며 바닥에 쓰러졌다.

"우, 우오오!"

밤하늘에 울려 퍼지는 늑대의 처절한 울음소리가 거대한 폭음에 이어 하늘에 진동했다. 근처에 있던 사람들 모두 잠에서 깨어나 불빛이 번쩍거린 마을 쪽을 바라보았다.

그들 중 긴 수염을 기른 한 노인이 심각한 얼굴을 한 채 믿을 수 없다는 듯 중얼거렸다.

"페, 펜릴? 연구소 안에 봉인되어 있어야 할 녀석이 왜! 아, 이럴 때가 아니군. 어서 막아야 해!"

알 수 없는 말을 남긴 노인은 하나둘 켜지기 시작한 불빛을 피해 어둠 속으로 빠르게 사라졌다.

3

기밀 프로젝트

지크는 무명도를 들고 자기 앞에 쓰러진 펜릴을 향해 서서히 걸어갔다. 펜릴은 분하다는 듯한 눈으로 그를 노려보았다.

계속 앞으로 나아가던 지크는 갑자기 무언가 자신에게 날아오는 것을 느꼈다. 그는 손을 들어 날아오는 것을 쉽게 잡아냈다. 촉감으로 보아 작은 돌멩이가 분명했다. 지크는 뒤를 돌아보았다. 펜릴을 애완견으로 기르던 여자아이가 눈물이 범벅이 된 채 자신을 쏘아보고 있었다.

묵묵히 소녀를 바라보던 지크는 손에 든 돌멩이를 땅에 던지며 시선을 다른 쪽으로 돌렸다.

"사라져. 너에겐 볼일 없어."

지크가 그렇게 말해도 아이의 표정은 변하지 않았다. 여자아이는 맨발로 달려와 지크 앞을 가로막고 쓰러진 펜릴에게 소리쳤다.

"어서 도망가, 쿠키! 내가 아저씨를 막을 테니까 넌 어서 도망가!"

다리까지밖에 오지 않은 아이가 필사적으로 막는 모습을 본 지크는 쓸쓸함을 느꼈다. 청바지에 묻은 아이의 눈물과 연약한 손으로 바지를 붙들고 있는 조그만 손이 지크의 마음을 아프게 했다.

아이가 도망치라고 소리를 쳐도 펜릴은 일어날 줄을 몰랐다. 예전에 리오가 가한 동력부의 치명상이 어제 지크와의 전투에서 무리하게 무중력 결계를 만드느라 더욱 심해져 있었다. 펜릴은 몸을 움직일 수 없었다. 동력 이상으로 펜릴은 에너지를 아끼기 위해 예전보다 더욱 몸체를 줄여야만 했다. 그러나 펜릴의 머릿속에서는 입력되었던 명령이 계속 작동되고 있었다.

베를린의 파괴, 자신을 다시 깨운 누군가가 머리에 새로 입력한 명령이었다. 그 명령 때문에 펜릴은 계속해서 베를린 시를 파괴하고 돌아다녔던 것이다. 다만 야밤을 틈탄 이유는 다름 아닌 아이 때문이었다.

지크는 가만히 선 채 아이에게 물었다.

"너, 왜 도망치지 않았지? 경찰서에라도 가야 하는 거 아냐?"

아이는 여전히 지크의 바지를 붙잡은 채 외쳤다.

"쿠키도 우리 가족이에요! 선생님이 가족은 소중히 여기라고 하셨단 말이에요! 쿠키마저 잠들게 놔두진 않을 거예요!"

지크는 한탄을 하는 수밖에 없었다. 비틀거리며 천천히 일어서는 펜릴의 모습이 지크 눈에 들어왔다. 지크는 씩 웃으며 무명도를 든 손에 힘을 주었다.

"크르르르르!"

그러나 펜릴은 싸울 힘이 없었다. 그런데도 일어나려 했다. 지크는 아이에게 붙들린 채 펜릴에게 말했다.

"착하디착한 사람은 나중에 멋지게 희생을 당하지. 대부분의 소설이나 만화에서는 그렇더라고. 이제 네가 악당에게 희생당할 대목이다. 날 용서하렴."

"잠깐 젊은이! 제발 그만하게!"

그때 갑자기 들려온 외침에 지크는 멈칫했다. 흘끔 뒤를 바라보니 긴 수염을 기른 한 노인이 도로에 힘겹게 서 있었다. 숨을 가쁘게 몰아쉬던 노인은 지크를 향해 발걸음을 옮기며 입을 열었다.

"어떻게 된 일인지는 잘 모르겠지만, 펜릴은 내가 처리하겠네. 자네가 처리하면 이 근처가 모조리 날아가 버릴 수도 있어."

"예?"

지크는 깜짝 놀라며 무명도를 쥔 손을 내렸다. 노인은 지크를 붙잡고 있는 아이에게 다가가 다독거리며 말했다.

"자, 걱정하지 말거라. 네 쿠키는 괜찮을 테니 말이다. 자, 젊은이는 이리 와 보게나. 보여 줄 것이 있네."

"네? 아, 알았어요."

지크는 이 노인이 누군지 매우 궁금했다. 갑자기 나타나 모든 것이 괜찮을 거라고 단언하는 것부터 의심스러웠다. 어쨌든 지크는 노인과 함께 펜릴에게 다가갔다.

펜릴을 바라보는 노인의 얼굴에는 사뭇 동정이 가득했다. 노인은 짐승의 등을 부드럽게 쓰다듬으며 말했다.

"오랜만이구나, 얘야. 나를 기억하느냐?"

노인의 눈을 가만히 들여다보던 펜릴은 잠시 후 눈을 감으며 머리를 숙였다. 펜릴의 머리를 쓰다듬으며 노인은 부드럽게 미소를 지었다.

"어디, 얼마나 상처를 입었는지 보자꾸나."

노인은 호주머니에서 계산기와 유사한 것을 꺼내 버튼을 빠르게 눌렀다. 잠시 작업을 한 노인은 한숨을 깊게 쉬며 중얼거렸다.

"흠, 몸이 엉망이 되었군. 리니어 모터 시스템을 포함한 모든 기계 장치가 엄청난 충격을 받았어. 복부의 내장 기관도 큰 충격을 받았고. 게다가 어떤 못된 녀석이 인공지능에 장난을 쳐놨군. 어디 보자, 베를린 파괴? 이런 막연한 명령을 해 놓으니 몸이 엉망이 되어도 계속 돌아다닌 게로군. 좋아, 이제 됐다."

노인이 작업을 하는 동안, 펜릴은 도로에 엎드린 채 눈을 감고 있었다. 마치 주인에게 진찰을 받는 애완동물 같았다. 작업을 끝낸 후, 노인이 손에 든 기계의 뚜껑을 덮었다. 그러자 곧 펜릴은 다시 눈을 뜨며 멀리 보이는 산을 향해 재빨리 사라졌다.

"아, 저런!"

펜릴이 도망가자 지크는 움찔하며 펜릴을 뒤쫓으려 했으나 노인이 그를 제지하며 말했다.

"일단 아이를 안심시킨 후 얘기하세. 저기 골목에 자네 친구들로 보이는 사람들이 있으니 거기서 기다리고 있게. 펜릴을 저 지경으로 만들 정도의 사내에게는 내가 해 줄 말이 많으니까."

"좋아요. 도망치면 안 되요, 할아버지!"

지크는 고개를 끄덕이며 노인의 제의를 승낙했다. 그는 곧 번개처럼 그곳에서 사라졌다.

노인은 미소를 지으며 아이에게 다가가 다정하게 말했다.

"자, 쿠키는 내일 아침에 돌아올 거란다. 상처를 치료하기 위해 산으로 간 것이니 너무 걱정하지 말거라, 애야."

노인의 부드러운 태도에, 아이는 다시 훌쩍거리며 노인의 품에 안겼다.

"엄마랑 아빠가 깨어나지 않아요. 어떡해요!"

"응?"

그것은 노인이 모르는 사항이었다. 노인이 곤란한 표정을 짓고 있을 때, 저쪽에서 한 남자의 목소리가 들려왔다.

"마리! 아아, 마리야! 무사했구나!"

그 목소리에 아이는 화들짝 놀라며 고개를 돌렸다. 자신의 부모가 멀쩡한 모습으로 서 있자 아이는 부모에게 달려가며 소리쳤다.

"엄마! 아빠!"

그 가족이 서로를 얼싸안으며 상봉의 기쁨을 나누는 동안, 노인은 빙긋 웃으며 지크와 약속한 곳으로 향했다. 그 광경을 계속 구경하던 마을 사람들은 어떻게 된 일인지 영문도 모른 채 고개를 갸웃거릴 뿐이었다.

"흠. 여기서 뭐 하시는 거예요, 선배님? 그리고 너희는? 야밤에 소풍이라도 오셨나?"

지크는 피 묻은 윗옷을 벗으며 풀숲에 숨어 있는 동료들에게 물었다. 헤이그와 리진, 엘렌은 숲에서 나오며 억지웃음을 지었다.

"다음부터 악당이 되려면 함께 되자고. 이런 좋은 악행이면 얼마든지 동참할 테니까."

리진은 멋쩍은 듯 코끝을 만지작거리며 말했다. 지크는 머리만 긁적일 뿐 아무 말도 하지 않았다. 궁금한 얼굴로 서 있던 헤이그가 지크에게 물었다.

"그건 그렇고, 아까 그 노인은 누구시길래 펜릴을 훈련견처럼 다루는 거지? 아는 분인가?"

"아니요. 저도 오늘 처음 뵙는 분인데?"

지크의 등 뒤에서 노인의 목소리가 들려왔다.

"내 소개는 내가 직접 하는 게 좋겠구려. 허허헛."

노인은 천천히 일행에게 다가와 다리를 쉬려는 듯 도로와 인도를 막는 굵은 파이프형 바리케이드에 앉으며 말했다.

"먼저 앉아 미안하게 생각하오, 젊은이들. 내 이름부터 소개하리다. 난 과학자 멀린이라 하오."

"예?"

멀린이라는 이름을 들은 헤이그의 얼굴이 파랗게 질렸다. 사정을 모르는 나머지 세 명은 헤이그의 반응에 다들 의아해했다. 러닝셔츠를 벗고 있던 지크는 왼손으로 오른팔 근육을 주무르며 헤이그에게 물었다.

"선배님, 이 할아버지 아세요? 설마 유명한 악당?"

"응? 아, 아냐."

헤이그는 고개를 저었다. 그러나 그 이상은 아무 말도 하지 않았다. 노인은 헛기침을 두어 번 한 후 천천히 말을 꺼냈다.

"우선 펜릴에 대해 얘기하겠소. 난 최근까지 러시아의 생체병기 연구소에서 일하고 있었다오. 베히모스 프로젝트라 불리는 국가의 1급 기밀 작업을 맡았는데, 그 베히모스 프로젝트의 프로토 타입 창조물이 바로 펜릴이오."

그 말에 지크는 움찔하며 소리치듯 물었다.

"그럼 할아버지가 바로 저 괴물 단지를 만들었다는 소리예요?"

멀린은 고개를 끄덕였다.

"그렇소, 젊은이. 지금 말하지만 베히모스 프로젝트는 원래 러시아 BSP에서 바이오 버그의 원형인 마더(Mother)라 불리는 존재를 찾아 없애기 위한 생체병기를 만드는 것이 목적이었소. 그쪽 분야에서 명망 있던 일본의 후지바라 와카루 박사와 나, 둘 중 한 명을 팀장으로 초청하려 했다오. 그러나 와카루 박사는 정신적인 문제가 있다는 소문으로 인해 내가 팀장이 되었소. 어쨌든 펜릴이 완성되었고 최고의 생체병기가 될 베히모스가 완성될 무렵, 프로젝트는 자금 사정 등 여러 이유로 취소되었다오. 완성된 펜릴은 수면 프로그램이 가동된 채 핀란드 BSP의 비밀기지에 보내졌소. 베히모스가 어떻게 되었는지는 나도 모르오. 그 후 꽤 오랜 시간이 흘렀는데, 어째서 저 펜릴이 이상한 명령 프로그램을 가지고 이 베를린에 나타났는지 이해가 안 가는구려. 그나저나 내가 프로그램을 복원해서 잠시 산에 숨어 있으라고 시한부 명령 프로그램을 주입했기 때문에 다시 날뛸 일은 없을 것이오. 이제부터는 쿠키라는 평범한 개로 살아갈 것이오."

그 얘기를 듣고 있던 지크는 이제 펜릴과 싸울 일이 없다는 것에 안도의 한숨을 쉬었다. 거대 괴물과 잘 싸우지 못하는 그로서는 다행이었다. 멀린은 계속 말을 이었다.

"펜릴을 저 지경으로 만들 정도라면 당신들은 BSP가 확실하겠구려. 이 세상에서 그런 일을 할 사람들은 BSP뿐이니까. 독일지부 BSP들이오?"

리진은 고개를 저으며 대답했다.

"저희는 한국지부 BSP입니다."

"아, 그랬구려. 그럼 금발의 청년만 좀 남고, 다른 사람들은 가주겠소? 단둘이 하고 싶은 말이 있어서 그러는데."

"예, 알겠습니다."

헤이그를 비롯한 세 명은 노인에게 인사하고 지크에게 리진의 친척 집으로 오라는 말을 남기며 다른 곳으로 향했다.

그들이 사라지자 지크는 머리를 긁적이며 노인에게 물었다.

"자, 하실 말씀이라는 게 도대체 뭐예요?"

218

「이 방법으로 말하세, 젊은이.」

노인이 입술을 움직이지 않고 말을 건넸다. 지크는 놀라며 정신 감응으로 물었다.

「당신, 진짜 보통 노인이 아닌 것 같은데, 누구슈?」

지크의 물음에 노인은 빙긋 웃을 따름이었다.

「멀린이라고 소개했잖나. 흠, 그럼 자네가 누군지 내가 알아맞혀 볼까? 바람의 가즈 나이트 지크 스나이퍼, 맞지?」

지크는 순간 뒤통수를 한 대 맞은 듯 멍했다. 노인은 계속 말했다.

「이래 봬도 난 천 년 이상을 이 세계에서 살아왔네. 자네처럼 신의 가호를 받았기 때문이지. 하긴 자네는 가즈 나이트 중에서 마법과는 가장 동떨어진 존재니 나를 모르는 것도 무리가 아닐걸세. 다른 건 둘째치고, 자네에게 부탁할 것이 있네. 자네와 같은 가즈 나이트만이 할 수 있는 일이기에 부탁하는 것일세.」

지크는 약간 미심쩍은 표정을 지으면서도 고개를 끄덕였다. 멀린은 한숨을 쉬며 지크를 바라보았다.

「아까 말했던 베히모스 말일세. 다른 BSP들을 걱정시키지 않으려고 그랬네만, 사실 베히모스는 완성되어 있다네. 펜릴은 내가 3백 년의 시간을 투자하여 만든 것이지만, 펜릴을 모체로 한 베히모스는 7백 년의 시간을 투자한 내 생애 최대의 역작이자 최강의 생체병기지. 펜릴의 능력은 자네 친구인 용제의 직속 부대 전룡단의 단장들과 비슷하지만, 베히모스의 능력은 용제 휘하의 4대 용왕과 맞먹거나 그 이상이라네. 게다가 자기 강화 능력까지 있어서 그 병기는 공포 그 자체야.」

「네?」

듣고 있던 지크는 그 말이 거짓이길 바랐다. 그도 그럴 것이, 사실 바이칼은 인간의 모습일 때 리오나 바이론, 휀과 맞먹을 정도로 막강했다. 게다가 가즈 나이트들처럼 안전주문이라는 힘의 제약이 없기 때문에 평상시엔 더 강하다고 할 수 있었다. 또한 드래곤으로 변했을 때의 힘은 행성이라는 개념을 무의미하게 만들 수 있었다. 그리고 바이칼 휘하의 4대 용왕 역시 힘을 숫자로 환산했을 때 천문학적인 숫자로 표기할 만큼 막강했죠. 지크는 도저히 믿을 수가 없었다.

「그, 그런 괴물을 왜 만드셨어요!」

멀린은 하얀 장발을 긁적이며 어쩔 수 없었다는 듯 지크를 바라보았다.

「그 정도의 괴물이라야 마더(Mother)를 쓰러뜨릴 수 있기 때문이라네. 마더(Mother)의 능력을 만만하게 보지 말게.」

지크는 팔짱을 긴 채 아무 말도 하지 못했다. 독에는 그보다 더한 독을 써야 한다는 말이 이런 것인가 싶었다. 멀린은 할 말이 많은 듯 계속 말을 이었다.

「베히모스가 펜릴처럼 난동을 부릴지는 의문이지만, 만약 그렇다면 막을 수 있는 것은 가즈 나이트인 자네들뿐이라네. 만약 날뛴다면 꼭 막아 주게나.」

그러자 지크는 말도 안 된다는 듯 고개를 저으며 완강하게 거부했다.

「싫어요, 싫어! 그 개 한 마리도 처리하기 어려운데 그보다 더한 괴물을 상대하라고요? 죄송하지만 사양하죠!」

「하하핫, 어렵진 않을 것이네. 나도 이런 상황을 고려하지 않은 것은 아니니까.」

지크가 그렇게 나올 줄 알았다는 듯, 멀린은 품속에서 펜릴에게 사용했던 것과 같은 계산기형 컴퓨터를 내주며 말했다.

「이걸 베히모스가 있는 500미터 안에서 작동하게. 베히모스의 인공두뇌에 연결할 수 있는 유일한 장치니까 말일세. 당연히 움직임을 멈출 수도 있고 자폭시킬 수도 있지. 설명서는 안에 첨부되어 있다네. 그 설명서대로 하면 될 거야.」

그제야 지크는 크게 웃으며 고개를 끄덕였다.

"하하핫! 좋아요, 좋아! 역시 어르신답군요!"

지크가 쾌히 응하며 컴퓨터를 받아 들자, 멀린은 고개를 끄덕이며 마지막으로 말했다.

"주의할 점은 작동을 잘못하면 더욱더 폭주하거나 이상한 행동을 할지 모른다는 것이네. 그것만 주의하면 된다네. 자, 이제 난 가보겠네. 지금 찾고 있는 분이 있어서 말일세."

지크는 손바닥만 한 컴퓨터를 주머니에 넣으며 멀린에게 물었다.

"예? 누군데요? 할아버지보다 더 오래 산 사람도 있나요?"

멀린은 천천히 밤길을 걸어가며 말했다.

"그렇지는 않지만, 하여튼 내가 모셨던 분과 오랜만에 술이나 한잔하고 싶군. 하하하핫, 나중에 또 보세."

"알았어요. 그럼 안녕히 가세요!"

어둠 속으로 사라져 가는 멀린의 뒤에서 지크는 빙긋 웃으며 계속 손을 흔들어 주었다.

멀린의 모습이 어둠 속으로 사라지자 지크는 배가 고픈 듯 복부를 쓰다듬으며 밤길을 터벅터벅 걸어갔다. 상의를 벗은 상태라 약간 쌀쌀한지 가끔씩 손으로 몸을 비비며.

22장
다가오는 침입자들

1

고독한 대결

"수고했네, 크라주. 자넨 역시 내 친구야."

리오에 의해 입은 부상이 완전히 회복된 네그는 자신 대신 계약을 이행해 준 크라주와 악수를 나누며 말했다. 크라주는 킥킥 웃으며 고개를 저었다.

"아냐, 오랜만에 인간계로 나를 불러 준 자네에게 더 고맙지. 그건 그렇고 대공님은 만나 뵈었나?"

네그는 고개를 끄덕이며 불에 타 버린 시체들을 향해 왼손을 뻗었다. 열에 의해 시체들은 그을린 채 서로 엉겨붙어 있었다. 상당히 참혹한 광경이었지만 네그와 크라주가 신경 쓸 만한 광경은 아니었다. 네그가 뻗은 왼쪽 손바닥에서 역마법진이 생성되었고, 그 마법진이 떠오르자마자 시체 더미에서 회색의 빛덩이들이 조금씩 튀어나왔다.

튀어나온 빛은 네그의 마법진 안으로 흡수되었고, 그 빛을 흡수하며 네그는 한숨을 길게 쉬었다.

"휴, 카오스 에너지는 오랜만에 섭취해 보는군. 아, 대공님은 뵈었네. 일은 잘 진행되고 있는데, 그 가즈 나이트들에 대해 상당히 신경 쓰시더군. 한 명도 처리하기 어려운 판에 여섯 명씩이나 이 일에 개입되었으니 그러실 만도 하지. 하지만 방법이 생겼네."

방법이라는 말에, 크라주는 의외라는 듯 눈썹을 움찔했다.

"방법? 그 괴물들을 처리할 방법이 있단 말인가?"

"그렇다네. 대공께서 확실한 존재 하나를 확보해 두셨네. 곧 만날 수 있을 테니 돌아가 보세."

크라주는 네그와 함께 데몬 게이트 안으로 들어가며 생각했다. 가즈 나이트를 처리할 수 있는 존재, 그 존재가 무엇인지 너무나 궁금한 그였다.

시애틀 공항에 도착한 리오 일행은 천천히 호텔로 향했다. 프시케와 루이체는 쇼핑을 한다며 어디론가 사라졌고, 바이칼은 잠을 푹 자겠다며 리오를 방 밖으로 쫓아냈다.

별말 없이 쫓겨난 리오는 한숨을 내쉬며 호텔을 빠져나갔다. 기분 전환을 할 겸 밖을 돌아보고 싶어서였다.

"담배라. 백해무익한 것인데……."

호텔 로비에서 서비스로 준 슬립형 담배를 주머니에서 꺼낸 리오는 어색한 미소를 지으며 고개를 갸웃거렸다. 피워 볼까 말까 고민하던 그는 우연히 호텔 문 밖에서 어정쩡하게 서 있는 마티를 보았다. 리오는 심심하던 차에 잘됐다는 듯 그녀에게 다가갔다.

차원이동을 하기 전 복장을 그대로 하고 있던 마티는 지나가는 사람들이 자신을 흘깃거려도 아랑곳하지 않았다. 마티는 호텔 문 앞을 계속 왔다 갔다 하고 있었다. 결국 보다 못한 호텔 직원이 그녀에게 다가와 주의를 주듯 말했다.

"저, 손님. 다른 곳에 계시면 안 될까요? 부탁드립니다만."

마티는 별말 없이 고개를 끄덕이며 호텔 문 옆 기둥에 몸을 기댔다. 호텔 직원은 그녀를 보고 고개를 저으며 다시 일을 보았다.

리오는 혀를 차며 마티에게 다가가 말했다.

"간단히 말해 영업 방해라는 거군요. 후훗, 차 한잔 어떻습니까?"

"예?"

마티는 움찔하며 뒷걸음쳤다. 리오가 사상 유례 없는 바람둥이라는 말을 지크에게 익히 들은 그녀였다. 하지만 오가며 리오의 매너와 얼굴에 상당히 끌렸던 마티는 군말 없이 그를 따라나섰다.

"다, 다른 짓 하시면 안 돼요."

"예? 하하핫, 지크에게 또 무슨 말을 들으셨군요. 걱정 마십시오."

리오는 마티가 의외로 순진하다고 생각하며 그녀를 안내했다.

호텔 내 카페에 들어가 마티와 마주 앉은 리오는 차를 들며 마티에게 넌지시 물었다.

"마티 양, 이 일이 끝나면 어디 갈 곳이라도 생각해 뒀습니까?"

"아뇨."

마티가 찻잔을 내려놓으며 짧게 대답하자 리오는 고개를 끄덕이며 말했다.

"갈 곳이 마땅치 않다면, 원래 차원에 돌아가지 말고 여기 있는 것이 어떻습니까?"

"예?"

마티는 움찔하며 리오를 바라보았다. 그는 계속 말을 이었다.

"사실 지크는 이곳 사람입니다. 게다가 BSP라는 훌륭한 직업을 가지고 있으니, 당신에게 도움을 줄 수 있을 겁니다. 여자 혼자 무면허 암살자로 살아가는 것보다는 나을지 모르죠."

"뭐라고요!"

마티는 순간 깜짝 놀라며 리오를 쏘아봤으나 그는 웃으며 그녀를 달랬다.

"암살자가 마티 양의 꿈이라는 것은 루이체에게 충분히 들었습니다. 그리고 지크가 말하더군요. 당신은 암살자에 어울리지 않는다고요."

"……."

"BSP는 마티 양과 비슷한 능력을 가진 사람들이 인간이 아닌 존재로부터 인류를 보호하기 위해 일하고 있습니다. 제가 보기에 마티 양 정도의 실력이라면 충분히 에이스가 될 수 있을 거라고 생각됩니다. 어떻게 보면 암살자보다 더 영광스러운 직업이라고 할 수 있죠."

마티는 말없이 생각에 잠겼다. 리오는 녹차를 비우며 말을 맺었다.

"그리고 지크도 당신을 도와줄 겁니다. 음, 련희 양이 타 준 녹차보다는 맛이 덜하군. 자, 얘기는 끝났으니 나가 볼까요?"

"예."

카페를 나선 둘은 쇼핑을 마치고 돌아오는 루이체와 프시케를 로비에서 만났다. 루이체는 옆구리에 잔뜩 끼고 있던 쇼핑백을 마티에게 자랑스럽게 들어 보였다.

"마티! 새 옷 사 왔어! 입어 보자!"

"새, 새 옷?"

방에 돌아온 리오는 루이체가 사 온 옷으로 갈아입은 마티를 보며 감탄을 터뜨렸다.

"오호, 이곳의 옷도 잘 어울리는군요. 워낙 건강미가 넘치는 몸매여서 그런가요? 후훗."

최신 유행하는 간단한 옷차림을 한 마티는 부끄러운 듯 머리를 긁적였다. 그러나 이미 돌아와 있던 바이칼은 무표정한 얼굴로 한 마디 내뱉었다.

"말이 좋아 건강미지. 남자 같잖아."

바이칼의 말에 주눅이 들었는지 마티는 고개를 푹 숙이며 등을 돌렸다. 옆에 같이 있던 루이체는 인상을 쓰며 바이칼에게 소리쳤다.

"어머? 바이칼 님, 너무 심한 거 아니에요? 보이기 싫다는 사람을 억지로 데리고 나온 건데 그렇게 말하면 어떡해요!"

바이칼은 여전히 무표정한 얼굴로 맞받아쳤다.

"난 내 생각을 말한 것뿐이야."

"어, 어떻게 그런 심한 말을! 오빠, 뭐라고 말 좀…… 오빠?"

주위가 순간 잠잠해지자 마티는 동그랗게 눈을 뜨며 뒤를 돌아보았다. 언제나 여유 있는 표정을 짓고 있던 리오가 생각에 잠겨 창밖을 응시하고 있었다.

"무, 무슨 일이에요?"

마티가 물었다. 리오는 한숨을 내쉬며 말했다.

"지금까지 휴가 기간이었나 보군요. 뭐, 늘 폭풍 전야라고 느끼고 있었지만 하필 오늘이 될 줄은 몰랐습니다."

마티는 이해할 수 없었다.

"휴가라……, 뭐, 틀린 말은 아냐. 훗훗훗."

창가에 놓아 두었던 의자에서 검은색 연기가 자욱하게 일었다. 그 연기는 점점 인간의 형체로 변하더니 이내 본래의 모습을 드러냈다. 검은색 피부의 고위 악마 크라주였다. 그러나 리오와 바이칼, 루이체는 그리 놀라지 않았다. 언젠가는 크라주나 네그가 다시 나타날 것을 예상하고 있었다.

리오는 덤덤히 크라주를 바라보다가 루이체에게 넌지시 말했다.

"네 방에 계시는 프시케 님을 모시고 오렴. 도움이 될거야."

"응? 응."

루이체는 조용히 방문을 열고 밖으로 나갔다. 리오는 팔짱을 끼며 앞에 앉아 있는 크라주에게 물었다.

"뭐하러 왔지? 혹시 사망유희(死亡遊戱)가 취미인가?"

크라주는 미소를 지은 채 일어서며 고개를 저었다.

"그럴 리가. 난 아직 하고 싶은 일이 많거든. 가즈 나이트에다가 용제까지 계시는 마당에 한판 붙을 용기를 가진 녀석은 별로 없겠지. 우리 대공님께서 보내시는 특별 선물을 전해 주러 왔다."

대공이라는 말에 리오는 의외라는 듯 눈썹을 움찔거리며 크라주에게 재차 물었다.

"대공(大公)? 악마대공이라면, 다섯 중에서 누구를 말하는 거지?"

"큭, 당연히 내가 모시는 린라우 님이시지. 자, 나와 보면 안다. 전할 것을 전했으니 난 이만 가지."

크라주의 모습이 서서히 사라지자, 바이칼은 주먹을 불끈 쥐며 거칠게 한마디 내뱉었다.

"좀 더 남아 얘기할 생각은 없나 보군."

거의 다 사라지고 흙빛 얼굴만 남은 크라주는 크게 웃으며 머리를 끄덕였다.

"난 겁이 좀 많거든. 하하하하핫."

크라주가 사라진 뒤, 리오는 닫혀 있던 커튼을 활짝 열며 바이칼에게 말했다.

"좋아, 다시 한 번 날아 볼까, 친구?"

"흥, 이럴 때만 친구겠지."

바이칼이 투덜댔다.

밖으로 나온 바이칼은 곧바로 드래곤의 모습으로 변신한 후 거대한 날개를 퍼덕였다. 그는 자기 등에 리오가 안착하자 곧바로 호텔 주위를 선회하며 떠올랐다.

고도를 높여 비상한 그들은 호텔 옥상에 그려진 헬리콥터 패드 위에 서 있는 한 사람을 보았다. 커다란 로브로 머리를 비롯해 온몸을 휘감고 있어서 여자인지 남자인지 확실히 구분할 수는 없으나 그것은 중요하지 않았다. 리오는 눈썹을 움찔하며 파라그레이드 대신 엑스칼리버를 뽑아 들었다. 바이칼은 리오가 아직 제어하기 힘들다고 하던 엑스칼리버를 뽑아 들자 의외라는 듯 나지막이 물었다.

「뭐 잘못된 것이라도 있나? 왜 그 칼을 꺼내 들고 그러지?」

리오는 굳은 표정을 지은 채 대답했다.

"저 선물의 기가 느껴지지 않아. 저건 기계인간이 아니면 내 탐색 능력을 뛰어넘는 선물이야. 넌 고속 이동을 할 준비나 해. 저 녀석이 뭘 쏠지도 모르니까. 일단 내가 내려가서 인사나 하고 오지."

리오는 곧바로 그 정체불명의 존재가 서 있는 헬리콥터 패드 위에 내렸다. 바이칼은 가까이 있는 고층 빌딩 꼭대기에 안착한 후 날개를 접고 조용히 그 둘을 지켜보았다.

리오는 엑스칼리버의 검은색 날로 자기 어깨를 툭툭 치며 앞에 있는 수수께끼의 존재에게 말했다.

"네가 린라우의 선물인가? 네그가 나타났을 때 조금은 의심했지만 설마 린라우가 개입되었을 줄은 몰랐어. 나도 이름만 들어 보았기 때문에 린라우가 확실히 어떤 존재인지는 모르지만. 어쨌든 용건을 밝혀라."

리오의 말이 끝나자 망토에 가려졌던 존재의 손이 쏙 앞으로 올라왔다. 리오는 움찔하며 재빨리 엑스칼리버로 방어했다.

"큭!"

순간 그 존재의 손에서 무형의 기가 뻗어 나왔고 리오는 그 충격으로 약간 밀려났다. 그리고 리오의 등 뒤를 에워싸고 있던 건물 서너 채가 둥글게 관통되더니 결국은 파괴되었다. 그 건물 중 한 채의 옥상에 앉아 있던 바이칼은 천천히 날갯짓을 하며 다른 건물로 옮겨 갔다.

방어하긴 했지만 자신의 몸을 덮친 그 무시무시한 충격파의 위력에 리오는 실소를 터뜨리며 고개를 끄덕였다.

"훗, 용건은 잘 알았다. 대답은 이거다!"

리오는 힘껏 기합을 지르며 엑스칼리버로 헬리콥터 패드를 찍었다. 그러자 날카로운 충격파가 철근 콘크리트 패드를 산산조각 내며 그 존재를 향해 질주했다. 정면으로 충격파를 맞은 존재는 약간 움찔하며 뒤로 물러섰다. 두르고 있던 망토가 세로로 조각나며 바닥에 흩날렸다. 그 존재의 실체를 본 리오는 고개를 갸웃거렸다.

'여자? 인간으로 보이는데? 어쨌든 내 충격파를 정면으로 맞고도 멀쩡한 걸 보면 대단하긴 하군. 근데 많이 본 얼굴 같은데?'

마음속으로 계속 생각하던 리오는 잡념을 떨치려는 듯 고개를 세차게 젓고 앞에 있는 여성에게 말했다.

"자, 시작해 볼까? 너도 집에 가서 쉬어야 할 것 아닌가."

순간 그녀의 모습이 흐릿해지더니 이내 리오의 등 뒤에 나타났다. 미처 상상하지 못한 엄청난 속도였다.

"재미있는 농담이군요."

"큭!"

리오는 등에 갑작스럽게 타격을 입고 앞으로 날아가 버렸다. 그는 바닥에 내동댕이쳐지기 직전 왼팔로 지면을 지탱하여 가볍게 착지했다.

'뭐, 뭐지? 이 속도는!'

리오가 바짝 긴장한 얼굴로 자신을 쳐다보자 여성은 왼손으로 갈색 머리카락을 쓸어 넘기며 오른손으로 리오에게 오라는 듯 손가락을 까딱거렸다.

"자, 어서 오세요. 말을 아주 잘하시던데? 호호호홋."

"쳇, 닥쳐!"

리오가 뻗은 왼쪽 손바닥에서 작은 마법진이 생성되기 시작했다. 이윽고 마법진에서 장대처럼 솟은 불기둥이 뻗어 나왔다. 그는 곧바로 그 불기둥을 잡아 검처럼 휘두르며 자신을 날린 그 여성을 향해 강하게 내리쳤다.

"꺼져!"

폭음과 함께 호텔 옥상의 절반이 날아갔다. 그러자 호텔 안에 있던 루이체 등은 폭음과 진동에 움찔하며 천장을 바라보았다.

"위에서 도대체 무슨 일이 벌어지는 거지?"

마법진을 거둔 리오는 바짝 긴장한 채 주위를 둘러보았다. 하지만 소용없었다. 기가 전혀 느껴지지 않았다.

"내가 도대체 무엇과 싸우고 있는 거지? 이런 느낌은!"

"호호홋, 에티켓이 빵점이군요, 미남 오빠. 여자를 물건 취급 하다뇨."

"윽?"

순간 리오의 시야가 갑자기 무언가에 의해 가려졌다. 그의 몸은 이내 중심을 잃고 옥상 바닥에 처박혔다.

그 정체불명의 여성은 불가사의한 속도와 파괴력으로 리오의 안면을 잡아 바닥에 내쳤고, 호텔 옥상은 충격을 견디지 못하고 이내 무너져 내렸다. 여덟 개의 층을 뚫고 바닥에 쓰러진 리오는 이를 악물고 몸을 일으켰으나 또다시 큰 충격이 그의 옆구리를 강타했다. 그 여성에게 차인 리오는 창문을 뚫고 건너편 건물 외벽에 다시금 처박혔다.

"크앗!"

단시간에 이런 충격을 받은 적이 없는 리오는 당황하지 않을 수 없었다. 이런 상대를 만나리라고는 생각지도 못했다.

리오는 몸을 덮고 있는 철근 콘크리트의 잔해를 치우며 몸을 일으켰다. 옆에서 지켜보던 사무원들은 황당함이 가득한 얼굴로 리오를 바라보았다.

"이, 이럴 수가!"

그때 리오를 유린한 여성이 다시 그 앞에 나타났다. 리오는 정신을 집중하며 자세를 취했다.

그 모습을 본 여성은 빙긋 웃으며 리오에게 중얼거렸다.

"아직 힘이 남아 있군요. 그럼 계속해 볼까요?"

실로 강했다. 리오조차 전혀 상상해 보지 못한 엄청난 상대였다.

리오가 당하는 모습을 지켜보고만 있던 바이칼은 한숨을 쉬며 인간의 모습으로 다시 변했다.

"멍청한 놈. 하긴, 기를 읽을 수 없으니 상대의 수준도 모르겠지. 지금 자신이 상대가 안 된다는 것을 모르나?"

바이칼이 투덜대는 동안에도 리오는 건물 사이를 옮겨 다니며 계속 공격을 받았다. 주위의 빌딩들 역시 파괴되어 갔다.

반격 한번 제대로 하지 못한 채 리오는 계속 쫓기기만 했고, 그 수수께끼의 여성은 여유 있게 리오를 공격했다.

"크악!"

공중에서 공격을 받은 리오는 주차되어 있던 컨테이너 차량에 충돌하며 아스팔트 바닥으로 떨어졌다. 상당한 충격을 받은 그는 검에 의지하여 겨우 몸을 일으켰다. 가로등 위에 가볍게 걸터앉은 그 갈색 머리카락 여성은 쿡쿡 웃으며 리오에게 말했다.

"자, 힘은 좀 빠지셨나요? 그 정도면 당신이 안전주문이라는 것을 스스로 푼다 해도 저에게 손찌검을 하실 수는 없을 것 같군요. 호호호홋. 어쨌든 의외군요. 기만 숨긴 채 당신하고 싸우면 쉽게 이길 수 있을 거라는 린라우 님의 말이 진짜일 줄은 정말 몰랐어요. 후훗, 힘이 빠진 가즈 나이트란 정말 볼만한 구경거리인데요?"

"난 많이 봐서 재미가 없군."

순간 그 여성은 자기 정수리에 금속이 닿은 듯한 감촉을 느꼈다. 흠칫 놀라 뒤를 돌아보니 등 뒤에서 차가운 표정을 한 바이칼이 드래곤 슬레이어의 칼날로 위협하고 있었다.

바이칼은 표정 변화 없이 드래곤 슬레이어의 날 끝으로 그 여성의 정수리 머리카락이 잘리지 않을 만큼 칼로 쓸어 냈다.

"저 녀석은 머리가 좀 나빠. 그래서 자신의 힘이 빠진 걸 잠시 잊을 때가 있지. 그걸 좀 주의를 주려고."

바이칼이 칼을 거두자 그 여성은 의외라는 듯 큰 눈을 반짝이며 물었다.

"오호, 그냥 말만 하실 건가요? 저는 상대가 바뀔 줄 알았는데요? 호호호홋."

바이칼은 조용히 답했다.

"나에게 온 선물이 아니니까 필요 없어. 상관해 봤자 너 정도는 지루해."

바이칼은 그렇게 말을 흘리며 다른 건물로 올라갔다. 그 여성은 피식 웃고는 다시 리오가 있는 도로를 내려다보았다. 리오는 아직도 검에 의지한 채 몸을 숙이고 있었다.

"아직 바보가 되진 않은 것 같군요, 호홋."

그녀가 말하자 리오는 씩 웃으며 몸을 서서히 일으켰다. 피가 엉겨 붙은 앞 머리카락을 손가락으로 대충 정리한 리오는 미소를 머금은 채 말했다.

"바보가 된 게 아니고 지금까지 잠깐 바보였다. 여기서 해볼 만한 상대라고는 늑대 한 마리밖에 만나 보지 못했거든? 그래서 전투 감각이 좀 녹슬었나 봐. 자, 다시 덤벼 봐."

"정말인가요?"

엄청난 속도로 리오의 후방에 나타난 그녀는 조금 전과 마찬가지로 세찬 공격을 가했다. 리오는 다시 그 공격을 맞고 앞으로 날려갔다. 리오가 별로 달라진 것이 없자 그 여성은 괜히 놀랐다는 듯 한숨을 내쉬며 중얼거렸다.

"어머? 그렇게 사람을 놀리면 어떡해요? 나는 또 당신이 엄청난 힘을 발휘할 줄 알았잖아요?"

의류 매장에 처박힌 리오는 다시 일어나 도로로 나왔다. 그는 희미한 눈으로 그녀가 있는 쪽을 바라보았다. 그러나 바로 옆에서 여성이 나타나 리오의 머리카락을 쥐어 잡고 다른 건물 안으로 밀어 넣었다. 몇 채의 상가를 뚫고 벽에 처박힌 리오는 팔이 풀린 듯 가지고 있던 엑스칼리버를 떨어뜨리고 말았다.

리오의 몸이 만신창이가 된 것을 보고 여성은 요사스러운 웃음을 흘렸다. 그녀가 리오의 얼굴을 잡았던 손을 놓자 그는 앞으로 고꾸라져 버렸다.

"후훗, 이제 당신은 적당히 처리되었으니 당신의 동료들을 처리해야겠네요. 뭐, 너무 걱정하지 마세요. 조금 후면 편안해질 겁니다. 그때까지 좀 주무시길, 호호홋."

곧 고개를 돌리고 밖으로 나가려던 그녀는 꺼져 가던 리오의 기를 다시 느꼈다.

"아, 아니?"

그녀는 믿을 수 없다는 듯 급히 뒤를 돌아보았다. 리오가 다시금 검을 잡고 일어서서 자신을 바라보고 있는 것이 아닌가. 그녀를 더욱더 전율하게 한 것은 그의 기가 상상도 못 할 만큼 빠르게 증진되고 있다는 사실이었다.

리오는 망토를 벗고 토시로 얼굴에 묻은 피를 닦으며 말했다.

"적당히 날 가지고 놀려 먹으려 했다면 아쉽군, 아가씨. 어쨌든 안마를 좀 한 덕분인지 옛날 누구 때문에 더러워졌던 성질이 되살아나는군."

리오는 씩 웃으며 오른손을 앞으로 내뻗었다. 그에 반응하기라도 하듯 바닥에 떨어져 있던 엑스칼리버가 공중으로 튀어 올라 리오의 손에 안착했다. 그는 칼자루에 입을 맞추며 중얼거렸다.

"좋아, 귀여운 녀석. 이젠 말을 잘 듣는구나. 자, 해 볼까?"

리오의 온몸에서 붉은색의 싸늘한 살기가 흘러나오기 시작했다. 그의 눈도 붉은빛을 뿜어냈다. 아까와 전혀 다른 느낌의 리오를 보며 수수께끼의 여성은 긴장감에 사로잡혔다.

호텔 안에서 안절부절못하고 있던 루이체는 바이칼이 표정 없는 얼굴로 방에 돌아오자 기다렸다는 듯 물었다.

"바, 바이칼 님. 리오 오빠는 괜찮은 거예요? 아까 기가 거의 끊어진 듯했는데."

바이칼은 묵묵히 냉장고 문을 열고 물통을 꺼내 찬물을 들이켜고 애타는 표정의 루이체에게 대답했다.

"얻어맞았지. 그다음 상황은 나도 몰라."

그러자 루이체는 그런 대답이 어디 있냐는 듯 바이칼에게 크게 소리쳤다.

"아니, 어떻게 그럴 수 있어요! 친구끼리 그래도 되는 거예요?"

바이칼은 평상복으로 옷차림을 바꾼 후 침대에 드러누우며 중얼거렸다.

"관심 없어."

"그런…… 그럼 내가 나갈 거예요! 리오 오빠가 당하는 것을 안 이상, 여기서 이러고 있을 수 없어요!"

루이체가 복장을 바꾸며 밖으로 나가려 하자 바이칼은 옆으로 돌아누우며 나지막이 중얼댔다.

"네가 나왔다고 해서 그 녀석이 뽀뽀라도 해 줄 것 같나? 동생이라면서 오빠라는 녀석의 성질을 그렇게 모르다니 멍청하군. 난 쉴테니 나중에 숙소를 옮길 시간이 되면 깨워."

루이체는 고개를 푹 숙이고 그 자리에 멈춰섰다. 프시케는 희미한 웃음을 지으며 루이체에게 다가와 그녀를 다독거리며 말했다.

"바이칼 님의 속뜻은 리오 님의 전투는 리오 님 스스로 해결하도록 내버려두어 가즈 나이트로서 자존심을 건드리지 않아야 한다는 것이에요. 그리고 친구가 당하는 모습을 지켜본 바이칼 님 마음도 그렇게 편하지 않을 거예요. 그렇죠, 바이칼 님?"

바이칼은 아무 대답이 없었다. 프시케는 빙긋 웃으며 루이체에게 계속 말했다.

"기다려 보세요. 리오 님이 그렇게 약하다고 생각하지는 않습니다."

"……알았어요."

루이체는 조용히 고개를 끄덕였다.

"흠, 역시 듣던 대로 말은 잘하시네요? 하지만 지금 당신에게 나를 쓰러뜨릴 만한 체력이 남아 있는지 궁금하군요. 나는 좀 강하거든요? 호호홋."

그 여성의 비아냥대는 말투에 리오는 재미있다는 듯 붉은 눈을 번뜩이며 말했다.

"홋, 말이 많군. 하긴 말이라도 실컷 해 두어야 후회 안 하지. 조금 있으면 비명밖에 못 지를 테니까!"

말이 끝나자마자, 리오가 발산한 기의 압력에 근처 건물의 창문이 모조리 터져 버렸다. 위협을 느낀 여성은 빠르게 공중으로 솟아올랐고, 리오도 그 뒤를 따라 날아올랐다.

주위에 숨어 있던 사람들은 여성이 뿜어내는 파란색의 맑은 오러와 리오의 피처럼 붉은 오러가 공중에서 격돌하는 모습에 다들 넋을 잃고 말았다.

"이, 이건?"

그녀는 놀라지 않을 수 없었다. 지금 그는 조금 전까지 저항도 못하고 두들겨 맞던 리오가 아니었다. 물론 그녀보다 월등히 강하다고 할 정도는 아니었지만, 기진맥진한 상태에서 또다시 이 정도의 힘을 내는 리오라는 사내의 저력이 두려워지기 시작했다.

"타아아앗!"

그녀가 잠시 생각하는 동안 리오가 기합을 터뜨리며 거친 공격을 해 왔다. 틈을 놓친 여성은 그 공격에 왼팔을 스치고 말았다.

"음!"

그런데 살짝 스쳤다고 생각한 왼팔 상처가 폭발하듯 터졌다. 꽤 가느다란 그녀의 팔에 뼈가 드러날 정도로 큰 상처가 났다.

그녀는 오른손으로 왼팔의 상처를 막으며 생각했다.

'살의에 의해 뿜어져 나온 검기라서 그런가? 살짝 스쳤는데도 세포 자체가 파열되다니. 좋아, 일단 임무는 완수했으니 돌아가자.'

여성은 자신에게 다시 공격을 가하기 위해 돌진해 오는 리오를 킥으로 간단히 날린 뒤 하늘 높이 몸을 솟구쳤다. 리오는 입가에 묻은 피를 닦으며 그녀를 올려다보았다.

그녀는 어느새 회복된 왼팔에서 오른손을 떼고 소리쳤다.

"좋아요, 초반엔 부진했지만 오늘은 합격점을 드리죠. 당신을 없애지 못한 것을 그리 걱정하지 않아도 될 것 같군요. 다시 만났을 때 당신은 얼마나 더 강해질까요? 호호홋. 실례했군요, 그럼 안녕."

오색의 빛과 함께 수수께끼의 여성은 사라졌다. 리오는 분함을 억누르지 못하고 공중에 떠오른 채 치를 떨었다. 그의 몸에서 분출되던 붉은색 기는 차차 사라졌고 시끄러웠던 시애틀의 시간은 점차 정오를 향하고 있었다.

숙소를 다른 곳으로 옮긴 리오는 아무 말 없이 자신과 바이칼이 쓸 방으로 들어갔다. 항상 뭐라고 말을 하던 리오가 잠잠하자 분위기는 그야말로 침묵이었다.

몸을 씻으러 욕실로 들어간 리오는 머리를 풀며 한숨을 쉬었다.

"후우…… 욱!"

갑자기 목구멍으로 무언가 올라왔다. 리오는 세면대에 얼굴을 처박고 다량의 피를 토했다.

리오는 수도꼭지를 틀어 물을 흘려보내며 중얼거렸다.

"심각하군. 몇 시간이 지났는데도 몸이 회복되기는커녕 아직까지 충격이 남아 있다니."

뜨거운 물을 욕조 가득 받으며 리오는 조용히 생각에 잠겼다. 자신이 안전주문을 풀지 않은 상태에서 싸웠다고는 하지만 지금까지 상대해 본 적들 중에서 몇 안 되는 강력한 상대였다.

"……자신이 개입되었다, 이건가. 이젠 봐주지 않을 모양이군."

린라우는 악마왕 바로 밑 서열인 악마대공(惡魔大公) 중 한 명이었다. 악마대공이란 악마왕 이하 권력 동률 5위의 인물들로서 인간계를 비롯한 다른 차원계에 세력을 넓히는 실질적인 임무를 맡고 있었다. 그러나 고대에 일어난 선신과의 전쟁 중 한 명이 사로잡혀 신계 어딘가에 갇히고, 두 명은 가즈 나이트인 휀에게 당해 활동을 제대로 한 인물은 단둘뿐이었다. 그중 한 명인 린라우는 천여 년 전 실종되어 소식이나 소문이 일절 끊긴 상태였다.

리오는 욕조에 몸을 담그며 자신을 궁지에 몰아 넣은 순진한 얼굴의 여성을 떠올렸다. 어디선가 본 듯한 얼굴이었으나 좀처럼 생각나지 않았다. 그 또래의 여성은 웬만하면 다 기억하고 있는 그였기에 초면이 틀림없다고 결론 내렸다.

"여자를 너무 많이 알고 있는 죄일지도. 후훗."

생각에 골몰하던 리오는 욕조 안의 물이 차갑게 식은 것도 모른 채 의식을 잃고 잠에 빠져들었다. 나쁜 버릇이 또 발동한 것이다.

네 시간이 되어도 리오가 나오지 않자 바이칼은 지겨운 듯 고개를 저으며 욕실로 향했다. 이번에는 또 어떻게 깨울까 생각하며.

2

베일에 가린 여전사

블랙 프라임 세력이 거의 와해된 후 생긴 임시정부에 의해 차츰 평온을 되찾고 있는 파리 시내의 한 공원. 검은 코트와 모자로 최대한 몸을 가린 거구의 한 사내가 어디론가 걸어가고 있었다. 근처에서 캐치볼을 하며 여유롭게 휴일을 즐기던 부자를 흘낏 본 그 사내는 웃으면서 앞으로 계속 걸었다.

"앗, 아저씨, 조심하세요!"

그때 야구공을 잘못 던진 소년이 조금 전 지나갔던 검은 코트 차림의 사내에게 외쳤다. 공은 빠르게 사내를 향해 날아갔다.

팍.

공은 그 사나이의 머리에 닿기도 전에 공중에서 터졌다. 그 광경을 직접 목격한 아버지와 아들은 눈을 동그랗게 뜬 채 멍하니 그 사내를 바라보았다.

"크크크큭, 크하하하핫!"

무엇이 그리 즐거운지, 사내가 크게 웃자 아버지와 아들은 공 값은 포기한 채 쏜살같이 도망쳐 버렸다.

딩동.

하릴없이 소파에 누워 TV를 보던 지크는 갑자기 초인종 소리가 들려오자 머리를 긁적이며 현관으로 나갔다. 이 시간에 올 사람이 거의 없다는 것을 알고 있는 세이아가 고개를 갸웃거리며 부엌에서 나왔다. 지크가 자신이 나가 보겠다는 손짓을 하자 그녀는 다시 부엌으로 들어갔다.

지크가 문을 열자 스무 살쯤 되어 보이는 아름다운 갈색 머리카락의 여성이 빙긋 웃으며 서 있었다.

'어디서 많이 본 얼굴인데.'

지크가 미간을 찡그리며 생각하다가 물었다.

"저, 누굴 찾아 오셨나요?"

그 여성은 고개를 끄덕이며 말했다.

"예, 지크 스나이퍼 씨를 찾고 있습니다. 당신이죠?"

지크는 더욱더 궁금한 표정을 지으며 물었다.

"예…… 그렇긴 한데, 아가씨는 누구슈? 나를 아시나요?"

그러나 그녀는 지크의 물음에 대답도 않고 여전히 미소 띤 얼굴로 다른 얘기를 했다.

"네그 님의 말씀이 맞군요. 골치 아픈 분들이 여기 다 계시다는 말씀을 하셨거든요. 세이아 씨도 계시죠?"

지크는 뭔가 심상치 않은 기운을 느꼈다. 그는 정색을 하며 자기 앞에 서 있는 여성에게 물었다.

"당신, 용건이 뭐지?"

그러자 의문의 여성은 어깨를 으쓱하며 내뱉었다.

"음, 정확히 말하자면 세이아를 데려가고 당신을 없애는 것이죠, 호홋. 너무 섭섭하게 생각하지 마세요, 지크 씨. 이제 곧 편안하게 해 드릴게요."

뉴스 원고를 들고 기자실에서 열심히 예행 연습을 하던 티베는 조금 지루해졌는지 옆에서 자신을 지켜보고 있는 넬을 바라보았다. 아이스크림을 입에 문 채 탁자 위에 거의 쓰러지다시피 한 넬은 눈을 껌벅이며 말했다.

"무슨 일 있어요, 언니?"

사실 티베는 아무 할 말이 없었다. 심심하고 지루하긴 했지만 별뾰족한 수가 없었다. 티베는 한숨을 쉬며 고개를 저었다.

"어휴, 아니다, 아냐. 연습해야지, 연습. 하나둘……."

다시 연습에 몰입하는 티베를 보며, 넬은 한심하다는 듯 고개를 저은 후 창밖을 바라보았다.

"계십니까."

갑자기 누군가 기자실 문을 열고 안으로 들어섰다. 티베는 노크도 없이 들어온 남자를 보며 의아한 표정을 지었다.

"어머, 난 또 누구라고…… 깜짝 놀랐잖아요, 샘 씨. 그런데 경비실은 어쩌고 웬일로 여기에 오셨나요?"

그러나 샘은 평소 순진한 청년으로 알려진 그가 아니었다. 샘이 피식 웃으며 자신의 어깨를 잡고 펼치자 그의 모습은 곧 보라색 턱시도를 입은 붉은 피부의 악마 귀족 네그로 바뀌었다.

"앗!"

그 모습을 너무나도 잘 기억하고 있던 티베는 뒤로 주춤거렸다.

네그는 웃으며 고개를 저었다.

"후훗, 당신을 잡기 위해 내가 인간으로 변장해야 했다니, 나도 겁이 많아진 모양이군. 하지만 괜찮아. 이 세계에 들어온 가즈 나이트들은 지금 모조리 막혀 있으니 나를 방해할 존재는 없어. 자, 이제 순순히 가주실까, 티베 양?"

그러자 티베는 옆에 있던 넬과 꼭 붙은 채 자신에게 다가오는 네그에게 소리쳤다.

"다, 당신, 왜 나에게 집착하는 거예요! 다른 사람도 많잖아요!"

네그는 재미있다는 듯 턱밑을 매만지며 실소를 터뜨렸다.

"훗, 인간은 급박한 상황에 처하면 예나 지금이나 별말을 다 하는군. 당신은 인간인 주제에 나를 실패자로 만든 유일한 존재야. 당신을 악마계로 데려가 색귀들이나 아귀들에게 던져 주고 싶을 정도로 자존심이 상했으니까. 다른 동료 악마들은 가즈 나이트들 때문에 실패했으니 괜찮다고 위로했지만 난 용납할 수가 없었어. 자, 이제 잔말 말고 순순히 나와 가 주실까?"

넬은 완전히 겁에 질려 꼼짝도 못 하고 있었다. 티베는 등 뒤로 돌린 손가락으로 마법진을 열심히 짜며 네그에게 물었다.

"어딜 가자는 거죠?"

네그는 쿡쿡 웃으며 대답했다.

"말했잖나, 악마계라고."

순간 티베는 뒤로 돌렸던 손을 앞으로 내뻗으며 외쳤다.

"폴타인!"

그러나 네그 주위엔 연기만 났을 뿐 아무런 일도 일어나지 않았다. 네그는 의외라는 듯 너스레를 떨며 말했다.

"오호, 봉마주문(封魔呪文)? 고급이긴 하지만 주문을 좀 잊어먹은 모양이군. 견습 마법사들인 경우 이런 현상이 종종 일어나지. 후후후후훗. 자, 저항하지 말고 어서 오시지, 티베 양."

"닥쳐!"

티베의 손이 네그를 향해 다시 뻗었고 아까와 달리 찬란한 빛을 뿜는 마법진이 생성되었다. 네그는 자신이 말하는 동안 티베가 주문을 다 외운 것에 내심 놀랐다.

"오호?"

"폴타인!"

이번엔 성공했는지 네그 주위에 우윳빛 성호막이 생성되었고, 네그는 더 이상 앞으로 나오지 못했다. 넬은 굉장하다는 듯 티베를 바라보며 소리쳤다.

"우아! 티베 언니, 굉장해요, 굉장해! 정말 마녀 같…… 아니 마법사 같아요!"

그러나 티베는 오랜만에 무리한 고속 주문법을 사용하는 바람에 비틀거리더니 의식을 잃고 쓰러지고 말았다.

아무리 흔들어도 티베가 일어나지 않자, 넬은 어쩔 수 없다는 듯 그녀를 부축해 문 쪽으로 향했다.

"유감스럽게도 3급 정도의 봉마주문은 악마 귀족에게 전혀 통하지 않지."

네그가 낮은 음성과 함께 성호막을 간단히 깨 버렸다. 붉은 눈을 번쩍이며 다가오는 그를 보며 넬은 저도 모르게 뒷걸음질을 쳤다.

"시, 싫어. 지크 선배!"

그런 넬의 모습을 본 네그는 웃음을 지은 채 몸을 굽혀 그녀의 머리를 쓰다듬었다. 넬에게는 모든 것이 공포 그 자체였다.

"후후훗, 귀여운 꼬마. 어른이 되면 꽤 예쁠 것 같구나. 그러나 지금 널 데려가면 너무 말라서 아귀들이 싫어할 것 같은데?"

그때 문밖에서 갑자기 소란스러운 소리가 들려왔다.

"이봐, 당신 누구야! 그곳은 함부로 들어갈…… 크아악!"

청원 경찰로 짐작되는 남자의 처절한 비명 소리가 들린 후, 곧 기자실의 자동문 모터가 철컥 소리를 내며 돌아갔다.

"방해물인가!"

네그는 급히 그 문을 마기(魔氣)로 막았다. 문은 다시 굳게 닫혀 열리지 않았다. 그러나 문밖에서는 희미한 웃음소리가 들려왔다.

"크크큭, 크후후, 크하하핫!"

그 소리가 극에 달하는 순간, 기자실의 반자동문은 고철 덩이로 변해 기자실 안으로 날아들었다. 연기와 방전 스파크가 이는 문에는 약 2미터에 달하는 거인이 서 있었다. 네그는 자기 마기를 뚫고 들어온 사나이를 보며 소리쳤다.

"웬 놈이냐! 누가 감히 내 일을 방해하느냐!"

그러자 문밖에 서 있던 사내는 광기 어린 웃음을 지으며 소리쳤다.

"악마 귀족이라, 크크크, 뭐라도 상관없어. 죽는 거다! 크하핫!"

"커억!"

짧은 비명 소리와 함께 지크는 공중에서 몸을 비틀며 거실 한구석에 처박혔다. 몇 번이나 공격을 해 봤지만 매번 허사로 돌아갈 뿐이었고 대신 얻은 것은 카운터 공격뿐이었다. 지크를 공격한 갈색 머리카락의 여성은 짧은 한숨과 함께 고개를 저으며 말했다.

"흠, 가즈 나이트들은 다 이런가요? 리오라는 분도 그렇고 당신도 그렇고. 힘의 차이를 알면서도 나를 끝까지 공격하는 이유가 뭘까요? 알 수 없네요. 자, 크라주 님, 나와 주세요."

그녀의 말과 동시에 발밑에 드리운 그녀의 그림자에서 크라주가 모습을 드러냈다. 크라주는 허리를 굽히며 그 여성에게 정중히 예를 올렸다.

"예, 악마 귀족 크라주, 대령했습니다."

"세이아라는 여자분을 찾아 주시겠어요? 나는 지크라는 오빠와 조금 더 얘기를 나눠야 할 것 같아서요. 부탁드립니다."

크라주는 허리를 더욱 굽히며 대답했다.

"예, 분부 거행하겠습니다. 후후후훗."

크라주는 미끄러지듯 세이아가 있는 부엌으로 향했다.

세이아는 부엌 구석에서 떨고 있을 뿐 아무런 저항도 하지 못했다. 크라주는 황금빛 눈을 번쩍이며 안타깝다는 듯 중얼거렸다.

"자, 어서 이리 오시지. 안 그러면 아프게 해 줄 거다."

세이아는 점점 다가오는 크라주를 피해 뒷걸음쳤지만 더 이상 물러설 곳이 없었다. 크라주는 회심의 미소를 지었다.

"옹!"

그때 크라주는 자신의 등 뒤로 무엇인가 날아오는 느낌에 공중으로 몸을 날렸다. 번쩍거리는 물건은 세이아를 아슬아슬하게 스치더니 머리를 기댄 양쪽 벽에 정확히 박혔다. 그 물건이 수리검임을 알아챈 크라주는 공중에서 송곳니를 드러내며 뒤돌아보았다.

"키잇! 웬 놈이냐!"

그러나 상대는 이미 거기에 없었다. 어느새 크라주보다 높이 떠오른 린 챠오는 강렬한 회전 킥으로 크라주의 귀를 가격했다. 뼈가 으스러지는 소리가 나더니 크라주의 귀에서 검푸른 피가 솟구쳤고 이내 그는 식탁 위에 쓰러졌다. 그 틈을 타서 챠오는 크라주를 향해 주술 걸린 수리검을 연속으로 던졌다. 크라주의 몸에 박힌 수리검은 곧 불꽃을 뿜어내며 타올랐다.

"키아아아앗!"

크라주는 처절한 비명을 질러댔다. 챠오는 재빨리 세이아를 데리고 창문 밖으로 몸을 날렸다.

"아, 챠오!"

챠오는 끌어안고 있던 세이아를 지면에 안전하게 내려주며 굳은 표정으로 말했다.

"동료들에게 연락했으니 에펠탑 쪽으로 뛰어, 어서! 여긴 나와 지크가…… 흡!"

말하던 도중, 챠오는 허리춤에 장착되었던 대바이오 버그용 권총 70구경 블래스터를 뽑아 들고 공중을 향해 쏘기 시작했다. 갑자기 공중에서 검푸른 피가 튀겼고 모습을 잠시 감추었던 크라주가 다시금 나타났다.

대포와도 같은 굉음을 내며 장갑차의 초강도 합금도 뚫을 수 있는 위력을 지닌 가스식 9연발 자동 권총이 크라주를 향해 불꽃을 뿜었다. 그러나 탄환이 떨어져 탄창을 가는 순간 크라주는 그야말로 악마의 모습으로 변해 챠오를 덮쳤다.

"건방진 인간!"

챠오는 재빨리 세이아 쪽으로 몸을 피한 후 탄창을 갈아 끼운 블래스터를 계속 발사했다. 한 발 맞을 때마다 크라주는 뒤로 쭉 밀려났으나 그리 큰 충격을 받지 않는 듯했다. 그런 크라주의 모습을 보며 챠오는 세이아에게 다시 한 번 소리쳤다.

"어서 뛰어!"

"하, 하지만 챠오는……!"

다시금 챠오는 탄창을 빠르게 갈아 끼우며 세이아에게 말했다.

"즐거웠어."

블래스터는 굉음과 함께 불꽃을 내뿜었다. 세이아는 울음을 터뜨리며 챠오가 가리킨 에펠탑을 향해 달려갔다.

도망치는 세이아를 본 크라주는 안되겠다는 듯 자신의 마기를 폭발시켰다. 그 힘에 밀릴 수밖에 없는 린 챠오는 블래스터를 놓치며 뒤로 밀려나고 말았다.

챠오는 중심을 잡으며 틸 니켈 나이프를 꺼냈다. 그녀는 발로 벽을 세차게 디디며 크라주에게 몸을 날렸다.

"버릇을 고쳐 주마, 인간!"

피부를 관통하는 둔한 소리와 함께 챠오는 바닥에 힘없이 쓰러졌다. 그녀의 옆구리에 크라주의 검은색 꼬리가 박혀 있었다. 크라주는 악마답게 웃으며 중얼거렸다.

"키키키킷. 잠시 그러고 있어라. 네 처분은 나중에 해 주지. 먹어치우든가, 몸을 갈기갈기 찢어 개들에게 던져 주거나 할 테니까."

쾅.

그때 티베가 사는 맨션 2층 벽이 뚫리며 무언가 빠르게 반대편 건물 쪽으로 날아갔다.

"허억!"

비명을 지르며 벽에 박힌 지크는 피투성이 상태로 보도에 떨어졌다. 뚫린 벽에서 모습을 드러낸 수수께끼의 여성은 자신의 갈색 머리카락을 쓰다듬으며 크라주 옆에 내려섰다. 크라주는 챠오의 옆구리를 공격한 꼬리를 다시 짧게 만들고 거친 목소리로 물었다.

"과연 대단하시군요. 저 가즈 나이트는 죽은 것입니까?"

"아뇨, 가즈 나이트들은 죽으면 속성에 맞게 변하죠. 불이면 불로, 바람이면 바람으로 말이에요. 그리고 나서 3개월 후 사라졌던 바로 그 자리에 다시 나타나죠. 바람으로 변하지 않는 것을 보니 살아 있는 모양이네요. 호호호홋.”

“지크 씨! 챠오!”

멀리서 한 여자의 울음 섞인 목소리가 들려왔다. 세이아가 다시 돌아온 것이었다. 세이아는 옆구리에서 피를 흘리며 쓰러져 있는 챠오에게 다가갔다.

“챠오, 안 돼, 챠오! 죽지 마, 제발 죽지 마!”

그러나 챠오는 움직일 줄을 몰랐다. 마치 태엽이 풀린 장난감처럼 모든 생체 기능이 정지된 채 바닥에 쓰러져 있었다.

“으, 으윽!”

지크는 다시금 몸을 일으켰다. 그는 머리에 손바닥을 대고 문지른 후 주위를 두리번거렸다.

“빌어먹을! 어떻게 이럴…… 엇? 챠오!”

순간 지크의 시야에 쓰러진 챠오와 세이아의 모습이 잡혔다. 실눈을 짓던 그는 눈을 번쩍 뜨며 더욱 자세히 바라보았다.

세이아가 울며 흔드는 바람에 움직이던 챠오의 얼굴이 지크 쪽으로 향했다. 챠오의 눈은 멍하게 풀려 동공이 열려 있었다.

지크는 할 말을 잃고 말았다.

주먹에 점차 힘이 들어가고, 미간도 점점 일그러졌다.

수수께끼의 여성은 그런 지크의 모습을 흘끔 바라보며 가볍게 웃어 보였다.

“어머? 드디어 정식으로 싸울 마음이 생기셨나 보군요? 호홋.”

“크하하하핫!”

기자실의 문을 부수고 들어온 사내는 거친 광소와 함께 네그에게 달려들었다. 네그는 이상하게도 그 사내의 돌격을 피할 수가 없었다. 사내가 쓰고 있던 모자가 넬과 티베가 있는 쪽으로 떨어졌다. 그러자 사내의 은회색 장발이 공중에서 펄럭였다.

네그는 안되겠다고 느꼈는지 몸을 피하려 했으나 사내의 코트에서 나온 검이 더 빨랐다. 검은 네그의 몸을 뚫고 벽에 깊숙이 박혔고, 검에서 뿜어 나오는 암흑의 힘에 의해 네그는 옴짝달싹도 할 수 없었다.

표본이 된 곤충처럼 고정된 네그를 보며, 사내는 만족한 듯 씩 웃었다.

"오, 그래. 좋은 생각이 났어. 크크크큭. 너, 가시나무새의 얘기를 아나? 모른다고? 크크크큭!"

일방적으로 말을 하던 사내는 티베가 쓰던 나무 탁자를 주먹과 발로 산산조각 냈다. 그는 산산이 부서져서 끝이 뾰족하게 된 나뭇조각들을 들며 네그에게 소리쳤다.

"크크크, 모른다면 몸으로 느끼게 해 주마! 크하핫!"

"세상에……."

눈앞에서 벌어지는 잔악한 광경에, 아직 어린 넬은 그만 실신해 버렸다. 티베 역시 혼절해 버렸으면 하는 생각이었지만 안타깝게도 관객이 될 수밖에 없었다.

"크크크, 식물과 가까워진다는 것은 매우 좋은 것이지. 몸에 박을 정도로 말이야, 크하핫!"

몸에 나뭇조각들을 듬성듬성 박은 채 검푸른 피를 흘리고 있는 네그는 힘이 빠져나가는 듯 희미한 목소리로 사나이에게 물었다.

"어, 어째서…… 내가 저항도 못 해 보고! 넌 도대체 누구냐!"

사나이는 미소를 지으며 네그의 머리를 한 손으로 잡고 검을 뽑아 들었다.

"크크, 너희가 가진 마(魔)의 힘은 정령 계열로 상위인 암흑(暗黑) 앞에서는 꼼짝도 못 하지. 이 귀여운 검은 다크 팔시온. 이 귀염둥이가 내뿜는 암흑투기는 너희 같은 악마들의 모든 생체 기능을 틀어지게 만든다. 천사? 천사의 경우는 곤죽이 되지. 크하하하핫!"

사나이는 네그의 머리를 잡은 오른손에 점점 힘을 가했다. 압도적인 악력에 머리의 형태가 변해 갔다. 네그는 이를 악문 채 몸을 부르르 떨었다.

"이 세계의 인간들은 성형수술이라고 불리는 것을 하고 다니더군. 지금 내가 하고 있는 성형수술은 아무나 받지 못하는 두개골 변환 시술이니 즐겁게 받아라. 그러니 웃어 봐, 웃어 보란 말이다! 크하하하핫!"

순간 그 사나이의 손에 잡혀 있던 네그는 연기로 변해 사방으로 흩어졌다. 그의 몸에 박혀 있던 나뭇조각들은 후두두 소리를 내며 바닥에 떨어졌다. 사나이는 여전히 미소를 지으며 뒤를 돌아 천장을 올려다보았다. 천장으로 올라간 연기는 이내 네그의 모습을 갖추더니 붉은색 눈을 번뜩이며 말했다.

"네가 바로 3백 년 전 악마계 5분의 1을 날려 버린 가즈 나이트 바이론이군. 오늘은 운이 좋지 않은 듯하니 이만 물러가 주마. 그리고 티베 양, 난 당신을 아직 포기하지 않았어!"

네그는 즉시 천장에 생긴 검은 구멍 속으로 빨려들어 갔다.

티베는 기절한 넬을 꼭 껴안으며 안도의 한숨을 내쉬었다. 넬도 그제야 정신이 드는 듯 눈을 살며시 떴다.

"아, 티베 언니? 어떻게 됐어요?"

넬의 물음에 티베는 순간 움찔하며 바이론을 바라보았다. 그는 어느새 두 사람 앞에 버티고 서서 형광등 빛을 몸으로 가리고 있었다. 바이론은 광기 어린 미소를 흘리며 티베에게 물었다.

"네가 바로 티베 프라밍인가? 크큭, 의외로 일이 잘 풀리는군."

바이론의 묵직한 목소리와 회색 근육질에 압도된 티베는 완전히 겁에 질린 표정으로 벌벌 떨며 말했다.

"제, 제발 살려주세요!"

바이론은 크게 웃으며 질문을 던졌다.

"네 집에 세이아라는 여자가 살고 있나?"

바이론의 입에서 세이아의 이름이 나오자 넬은 뭔가 이상하다고 느꼈는지 벌떡 일어서며 소리쳤다.

"저희는 몰라요! 세이아 언니가 어떻게 생겼는지도 모른다고요!"

바이론은 넬에게 시선을 고정한 채 킥킥 웃으며 말했다.

"크큭, 재미있는 농담이군. 나무 파편은 아직 바닥에 널렸으니 계속 나를 웃겨 봐, 꼬마. 크크큭."

순간 넬은 아차 하며 바닥에 주저앉았다. 가만히 생각하던 티베는 도박이라는 듯 마른침을 삼키며 말했다.

"아, 알았어요. 세이아는 우리 집에 있어요. 주소는……."

티베가 말하려는 순간, 바이론은 티베와 넬을 즉시 일으키고 광기가 걷힌 목소리로 말했다.

"이제 장난할 시간 없다. 안내해."

"예?"

갑자기 달라진 바이론의 태도에 티베와 넬은 내심 놀랐다. 그러면서 집에 무슨 일이 생긴 것은 아닌지 불안해졌다.

"아, 참! …… 경비들에게 안 들키고 갈 수 있어요?"

바이론은 쿡쿡 웃어 대며 대답했다.

"아, 그 파란 옷의 얼간이들 말인가? 아까 이 문 앞을 가로막은 녀석이 마지막 녀석이었지, 아마. 크크크크."

넬과 티베는 순간 입을 꼭 다물고 말았다.

"으, 으으으윽!"

분노에 몸을 떨던 지크는 갑자기 자신의 머리를 감싸며 보도를 뒹굴었다.

"으으윽! 크아아악!"

결국 지크는 허공을 향해 처절한 괴성을 질렀다. 챠오를 안은 채 울고 있던 세이아는 깜짝 놀라며 지크를 바라보았다. 얼굴에 손을 댄 채 심하게 몸을 비틀거리며 일어서던 지크는 순간 경련을 멈추고 얼굴에서 손을 뗐다.

지크의 두 눈은 어느새 핏빛으로 변해 있었다.

"크으, 하아아앗!"

지크가 기합을 지르자 그의 몸 주위로 날카로운 기류가 휘몰아쳤다. 이윽고 지크는 엄청난 속도로 수수께끼의 여성과 크라주가 있는 곳을 향해 돌진했다.

바닥에 발을 대고 이동하던 지크가 더 이상 아니었다. 마치 호버 크래프트가 이동하듯 도로 위에 살짝 떠오른 채 고속 이동을 하고 있었다. 크라주는 방심한 사이 결국 지크에게 잡혀 버렸다. 지크는 볼 것 없다는 듯 즉시 수도로 크라주의 정수리를 내리쳤다.

"죽어!"

크라주의 몸은 단숨에 이등분되었고, 그의 내장 기관과 검푸른 혈액은 폭포수처럼 바닥에 떨어졌다.

양분된 크라주의 몸을 내던진 지크는 이번엔 수수께끼의 여성을 노려보았다.

그녀는 재미있다는 표정을 지으며 공중으로 떠올라 소리쳤다.

"단단히 화가 나신 모양이네요. 좋아요, 이제야 제대로 상대할 기분이 나는군요!"

"크, 크아아악!"

그녀의 뒤를 쫓아 이를 악물며 지크도 몸을 솟구쳤다. 둘은 곧 공중에서 맹렬히 격돌했다. 이번엔 지크도 밀리지 않았다. 둘은 호각의 실력을 보이며 무서운 전투력으로 맞붙었다. 막상막하였다.

지상에서 둘의 대결을 올려다보던 세이아는 챠오를 천천히 껴안았다. 몸이 마비된 듯 챠오는 꿈쩍도 하지 않았다. 세이아의 눈가에 눈물이 그렁그렁 맺혔다. 그녀는 챠오를 꼭 안으며 희미한 목소리로 중얼거렸다.

"리오 씨, 도와줘요."

세이아의 어깨에 싸늘한 무언가가 살짝 닿았다. 그녀는 흠칫 놀라며 고개를 뒤로 돌렸다. 세이아의 눈이 공포로 가득 찼다. 크라주는 두 동강 났던 몸이 반쯤 재생된 끔찍한 몰골로 세이아를 내려다보고 있었다.

"키킷, 자, 난 임무를 계속해야겠어. 키하하핫!"

크라주가 음흉한 광소를 터뜨리며 세이아에게 접근해 왔다.

"시, 싫어!"

세이아의 처절한 목소리가 허공에 메아리쳤다.

23장
정체불명의 여성

1

쫓기는 세이아

지크와 수수께끼의 여전사가 공중에서 격렬하게 맞붙고 있는 사이 어느새 양분된 몸이 거의 복원된 크라주가 세이아를 덮치려 했다. 그리고 세이아는 쓰러진 챠오를 안은 채 마음속으로 리오가 나타나 도와주기만을 바랄 뿐이었다. 이제 크라주의 끔찍한 몰골은 바로 코앞까지 다가와 있었다.

"윽? 키아아앗!"

순간 엄청난 괴성과 함께 크라주는 뒤로 쭉 밀려나 벽에 부딪히고 말았다. 복원되어 가던 크라주의 몸뚱이가 그 충격 때문에 다시 반으로 쩍 갈라졌다. 크라주는 분리되어 한쪽만 남은 기괴한 입술로 중얼거렸다.

"아, 아니? 어떻게 된 거지?"

온몸에서 강렬한 광휘를 발산하던 세이아는 무슨 영문인지 몰라 주위를 두리번거렸다.

양분된 크라주의 몸이 다시 일어나기까지 얼마 걸리지 않았다. 그는 경악에 찬 눈으로 세이아를 바라보았다.

"비, 빛의 힘을 인간이! 어떻게 인간 따위가…… 위험해, 여기서 널 죽이겠다!"

크라주는 채 복원되지도 않은 몸을 세이아에게 던졌다. 원형질에 가까워진 그의 몸에서 늑골들이 칼처럼 뻗어 나왔다.

세이아는 비명을 지르며 품에 있는 챠오를 더욱 꼭 껴안았다.

"아, 안 돼!"

"뭘 하십니까!"

믿을 수 없는 일이 벌어졌다. 공중에서 지크와 격돌하던 그 정체불명의 여성은 기합탄으로 크라주의 늑골을 모조리 부숴 버렸다.

"우욱, 무슨 짓이오!"

흐물대는 몸에 간신히 붙어 있던 크라주의 황금색 눈동자가 위를 향했다. 지크를 꼼짝 못 하게 봉쇄해 놓고 기합탄을 날린 그녀는 무서운 눈으로 크라주를 쏘아보며 외쳤다.

"린라우 님 명령을 거역할 생각입니까! 그분께서 납치만 하라는 당부를 직접 내리셨을 텐데요. 무슨 일을 당하려고 그러십니까!"

"크아악!"

그리 오래지 않아 봉쇄를 푼 지크는 그녀에게 덤벼들었다.

크라주는 그녀의 행동에 분함을 참지 못하겠다는 듯 덜렁대는 이빨을 딱딱 부딪치며 뒤로 물러섰다.

세이아는 공포에 질린 얼굴로 크라주를 계속 쳐다보았다. 크라주의 입에서 희미한 소리가 새어 나왔다.

"운이 좋았다, 인간!"

세이아는 눈을 질끈 감아 버렸다. 모든 것이 한순간의 악몽이길 바랐다. 어떻게 된 영문인지 생체 능력이 정지되어 쓰러져 버린 챠오, 피투성이 몸으로 공중에서 싸우고 있는 지크. 처음 보는 것 같은데도 낯설지 않은 수수께끼의 여성. 그 모든 것이 세이아에게 악몽처럼 느껴졌다.

"세이아 언니! 세이아 언니!"

그때 그녀의 귓가에 반가운 목소리가 들려왔다. 세이아는 감았던 눈을 번쩍 뜨고 소리가 들리는 쪽을 바라보았다. 붉은 재킷에 반바지 차림의 넬이 그녀를 향해 달려오고 있었다.

"넬!"

바람처럼 잽싸게 달려온 넬은 세이아에게 안겨 기뻐했다. 그러나 그 기쁨도 잠깐, 동공이 열린 채 쓰러져 있는 챠오의 모습이 넬의 시선에 잡혔다.

"챠, 챠오 선배! 세이아 언니, 어떻게 된 거예요!"

"모, 몰라. 나도 잘 모르겠어. 어떻게 손을 쓸 수가 없어."

세이아는 안타까운 표정으로 고개를 저었다. 그때 굵직한 남자의 목소리가 거대한 그림자와 함께 다가왔다.

"악마의 꼬리에 찔렸군. 괜찮아. 좋은 경험이 될 테니까. 크크큭."

"예?"

세이아는 넬의 등 뒤에 서 있는 거한을 올려다보았다. 모자의 넓은 테 속으로 드리운 검은 그림자 속에서 광기 어린 미소가 잠깐 보였다. 그러나 세이아는 크게 신경 쓰지 않았다.

"그, 그럼 챠오는 괜찮은 건가요?"

그 남자, 바이론은 지크와 수수께끼의 여성이 격돌하고 있는 하늘을 올려다보며 말했다.

"크큭, 그렇다고 볼 수 있지. 일종의 저주이기 때문에 저주를 건자를 없애거나 그자가 직접 풀지 않는 한, 깨어날 수 없다는 게 흠이지만 말이야. 어쨌든 지크 녀석, 오랜만에 멋진 모습을 보여 주는군. 크크크, 지금까지 보아 왔던 멍청한 표정 중 제일 맘에 드는 표정이야. 크하하하! 거기 서라!"

어느 순간 바이론의 코트 앞자락이 풀리더니 거대한 무언가가 크라주를 향해 날아올랐다. 크라주는 바이론을 보자마자 데몬 게이트를 통해 혼자 도망치려 했다. 그러나 그가 날린 다크 팔시온에 꿰뚫려 네그처럼 건물 벽에 꽂히고 말았다. 크라주를 옴짝달싹 못하게 만든 다크 팔시온은 이윽고 암흑투기를 뿜어내며 크라주의 몸을 완전히 봉쇄했다.

"크, 크아앗! 이런!"

미동조차 하지 못하는 크라주를 보며, 바이론은 모자를 벗고 천천히 그에게 다가갔다.

"크크크, 도망치려고? 안 돼, 안 되지. 멋진 경험을 하게 해 주겠다는데, 도망치면 내가 가슴이 아프지. 자, 나를 위해 춤을 춰 보겠나? 크하하하핫!"

바이론은 양손에 붉은 마력을 모아 건물 벽에 고정된 크라주에게 내던졌다. 그 빛을 맞은 크라주는 빛 속에서 괴로워하며 처절한 비명을 질렀다.

"으아아아악!"

바이론은 킥킥 웃으며 다크 팔시온을 뽑아 들었다. 고정되었던 몸이 풀리자마자 크라주의 몸은 사방으로 진동했다. 바이론은 재미있다는 표정으로 팔짱을 끼고 중얼거렸다.

"크크크, 저주 마법 중 내가 세 번째로 좋아하는 마법이 바로 '지옥의 춤'이지. 너 같은 악마 녀석들에게 사용하면 기분이 더 좋아지는 마법이기도 하다, 크큭.”

붉게 쏟아져 내리는 빛 속에서, 크라주는 끔찍한 비명을 계속 질러 대며 필사적으로 바둥거렸다. 거의 회복되었던 크라주의 몸뚱이가 갈기갈기 뜯겨 나가는 광경을 본 넬은 이를 악물며 고개를 돌려 버렸다. 세이아 역시 그렇게 끔찍한 장면을 본 적이 없기에 귀를 막고 눈을 감았다.

“세이아, 넬, 괜찮아?”

그때 티베가 자전거를 타고 숨을 헉헉거리며 달려왔다. 그러나 바이론이 또다시 끔찍한 짓을 하는 광경을 보고 고개를 돌렸다.

“웩, 아무리 상대가 악마라지만 저 저주는 너무 잔인한데.”

지옥의 춤. 이 저주는 상대의 자체 복원 능력이 강력하면 강력할수록 효과를 발휘하는 마법이다. 상대방의 복원 능력을 파괴 능력으로 바꿔 스스로 몸을 파괴하기 때문에 저주 마법 중 잔인하기가 둘째가라면 서러울 정도였다.

하지만 마법 사용자보다 강한 마법 방어력을 가지고 있는 상대방이나 몸이 점점 부식되는 좀비와 스켈레톤 같은 언데드에게는 통하지 않는다는 단점도 있다.

물론 그 예외적인 대상에 해당되지 않는 크라주는 고통으로 일그러진 눈을 바이론에게 돌리며 절규했다.

“크아아아아! 저, 저주는 풀었어! 날 살려줘, 제발 살려 달란 말이다! 크아악!”

형체도 알아볼 수 없을 만큼 몸이 부서진 크라주는 바이론을 향해 애원했다. 바이론은 여전히 미소를 지으며 중얼거렸다.

“저주를 풀었다? 하지만 난 재미가 붙었는데 어쩌지? 크하하핫!”

“거기까지입니다!”

그 순간 하늘에서 푸른빛이 쏟아지더니 크라주를 휘감고 있던 붉은빛과 충돌했다. 두 빛은 거대한 폭음을 일으켰고 이내 공중에서 사라져 버렸다. 지면에 툭 떨어져 쓰러진 크라주는 재빨리 지상으로 내려온 수수께끼의 여성과 함께 데몬 게이트 안으로 한 발을 내디뎠다. 크라주를 데몬 게이트 안으로 완전히 밀어 넣은 그 여성은 지친 얼굴로 바이론을 바라보았다.

"결국 이곳에 오셨군요, 바이론. 후후, 오늘은 운이 좋으셨지만 저는 반드시 다시 찾아올 것입니다. 내일이라도 당장!"

말이 끝나자마자 그녀는 형형한 오색 빛에 휩싸여 사라졌다. 그녀의 뒤를 쫓아 지상에 안착한 지크는 적이 사라진 것을 느끼고는 머리카락을 쥐어뜯으며 괴성을 지르고 바닥을 뒹굴었다.

"으아아아악!"

"지크!"

티베와 넬은 지크의 이상한 행동에 다들 놀란 표정을 지었다. 언제나 웃음을 잃지 않던 그가 이렇듯 야수처럼 울부짖으며 고통스러워하는 것은 처음이었다.

"크큭, 불쌍한 녀석."

뭔가 다 알고 있는 듯, 바이론은 웃는 얼굴로 지크를 발로 걷어찼다. 그러고는 바닥에 엎드려 있는 지크의 등을 발로 내리찍었다. 티베는 놀란 나머지 상대가 바이론이란 것도 잊고 소리쳤다.

"이, 이봐요! 당신, 뭘 하는 거예요!"

바이론은 발밑에서 괴로워하는 지크를 내려다보며 말했다.

"지금 이 녀석은 자신이 가진 능력의 200퍼센트 이상을 사용하고 있다. 물론 진정한 힘이라 할 수도 있지만 지금 이 녀석의 능력 한계를 감안할 때 그저 광풍(狂風)에 지나지 않아. 믿지 못하겠으면 녀석의 목에 손을 대 봐라. 크크큭, 놀라운 경험이 될 테니까."

티베는 고개를 갸웃하며 손을 뻗어 지크의 목을 만져 보았다.

"엇? 세, 세상에 이럴 수가!"

바이론의 말대로 지크의 목에 손을 댄 티베는 놀라지 않을 수 없었다. 맥박이 셀 수 없을 만큼 빠르게 뛰고 있었다. 그녀가 놀라는 모습에 넬도 궁금해하며 지크의 목덜미에 손을 대었다가 역시 흠칫 놀라며 뒤로 주춤거렸다.

"앗, 선배의 맥박이 이상해요!"

"크크큭. 대충 잡아도 평소의 80배 정도? 보통 사람의 심장과 혈관이었으면 터지고도 남을 수치지. 과다한 심장 박동은 혈관은 둘째치고 먼저 뇌출혈을 일으킨다. 그래서 저렇게 머리를 감싸며 즐거워하는 것이지. 크크크크크."

"그, 그럼 어떻게 해요! 이대로 지크가 죽는 것은 아니겠죠?"

티베가 경악하며 물었다. 바이론은 세이아와 챠오를 향해 슬쩍 눈길을 주며 말했다.

"이 녀석보다는 저 여자가 더 위험하다. 저 여자나 데리고 들어가. 뭐, 시체 보는 것을 즐긴다면 상관하진 않겠다. 나도 즐기니까. 크크크크큭."

그 말에 티베와 넬, 세이아는 허둥지둥 챠오를 집 안으로 데리고 들어갔다.

남아 있던 바이론은 얼굴에서 웃음기를 거두었다. 그리고 지크를 밟고 있던 발을 뗀 후 지크의 등에 손바닥을 대고 심장이 있는 부분에 자신의 기를 강하게 방출했다.

"허억!"

짧은 숨소리를 거칠게 토해 내며 지크의 몸이 크게 들썩거렸다.

"좋아. 크크크큭."

바이론은 손을 떼며 가볍게 웃은 후 지크를 어깨에 들쳐 메고 천천히 티베의 집으로 들어갔다.

2

데몬 게이트로 온 사나이

"으, 으윽!"

혼절한 지 12시간가량 지나서야 지크는 겨우 의식을 회복했다. 정신을 차린 지크는 주위를 휘둘러보며 어떻게 된 일인지 생각해 보았다. 새벽인지 밤하늘에 깨알 같은 별들이 총총히 빛나고 있었다. 그런 고요하고 아늑한 밤하늘을 뒤로하고 베란다 의자에 앉아 홀로 술을 마시고 있는 바이론의 모습이 보였다.

"바, 바이론?"

지크는 도저히 믿을 수 없었다. 그의 예상대로라면 지금쯤 동방에서 활약, 아니 광기를 부리고 있어야 할 바이론이 지금 눈앞에 앉아 술을 들이켜고 있었다.

지크의 목소리를 들은 바이론은 슬쩍 뒤돌아보며 말했다.

"정신 차렸나, 꼬마? 크크큭. 어쨌든 조용히 해라. 다른 사람들 깨우고 싶지 않으면."

지크는 입을 다물고 조용히 바이론에게 다가갔다.

"아니 어째서 네 녀석이 이곳에 있는 거지? 차원 간의 틈이 뚫린 거야?"

"크큭, 그럴 리가 있나? 하긴 네놈은 자신의 특성도 모르는 놈이니 남의 특성이라고 알 리가 없지……. 어떤 바보 같은 과학자 덕분에 이곳에 올 수 있었다. 데몬 게이트를 열어 둔 채 사람들을 채집하러 다니더군. 나는 다른 가즈 나이트들과 달리 데몬 게이트로 이동이 가능하거든. 훼 녀석에게 뒤를 맡기고 이곳에 관광차 왔지. 크큭, 오자마자 네 녀석의 유약한 모습을 보게 되었지만 기분은 그럭저럭 좋다. 크크큭, 이 세계의 술맛은 언제 맛봐도 괜찮거든. 크하하하핫."

지크는 미심쩍은 표정으로 술병을 보며 바이론에게 물었다.

"지난번에 왔을 때처럼 또 편의점을 턴 거야?"

바이론은 들고 있던 빈 코냑 병을 내려놓고 대신 새 위스키를 꺼내며 대답했다.

"이 세계에는 백화점이라는 곳도 있더군, 크크큭."

지크는 팔짱을 낀 채 어이없는 표정으로 고개를 젓다가 갑자기 무슨 생각이 떠올랐는지 바이론에게 물었다.

"아, 맞아. 이봐, 회색분자. 아까 날 무참히 팬 윈더우먼은 어떻게 했어? 챠오가 쓰러진 것까지는 생각이 나는데 그 후로는 기억이 나질 않아."

"큭, 말이 많군. 닥치고 내일 아침까지 잠이나 푹 주무시지. 여기서 영원히 잠재우기 전에."

"쳇, 말하기 싫으면 싫다고 하지."

지크는 머리를 긁적거리며 소파에 다시 드러누워 생각에 잠겼다.

'저 녀석, 내일 아침에 뭔가 할 얘기가 있나 보군. 뭔데 그러지?'

지크는 조용히 눈을 감았다. 그러고 나서 자신을 압도했던 그 수수께끼의 여성에 대해 생각했다.

'그나저나 그 원더우먼의 정체는 뭐지? 그렇게 강한 사람은 처음이야. 속도에서는 차이가 없었는데 힘과 파괴력은…… 여지껏 접근전(接近戰)에서 밀려 본 적이 없는데…… 휴, 모르겠다.'

지크는 다시 잠을 청했다. 다른 사람들이 피해를 입었는지 걱정되긴 했으나 바이론이 아무 말도 하지 않았기에 모두 무사하다고 생각했다. 또한 부상당해 옆에 누워 있는 사람이 한 명도 없었기에 내심 안도하고 있었다.

나중에 안 사실이지만 남겠다던 넬과 티베를 바이론이 위협해 그의 곁에 아무도 있지 못했던 것이다.

다음 날 아침 일찍 일어난 지크는 챠오가 있는 방에 슬쩍 들어갔다. 허리에 붕대를 칭칭 감고 누워 있는 챠오 곁에는 밤새 간호하다 지쳤는지 세이아가 쓰러져 잠을 자고 있었다.

"하이고, 고생하셨군요, 식모 누님. 쯧쯧, 챠오도 그렇고."

혼잣말을 하던 지크는 그냥 지나칠 수 없어서 이불을 꺼내 세이아를 덮어 주고 나왔다. 거실로 나오니 티베가 여느 때와 다름없이 헝클어진 머리카락을 매만지며 욕실로 향하고 있었다.

"어이, 티베. 잘 잤어?"

"뭐, 그런 대로."

티베는 아직도 몽롱한 눈으로 고개를 끄덕였다. 그녀는 마치 몽유병자 같은 걸음으로 욕실에 들어갔고, 지크는 소파에 풀썩 주저앉아 TV를 켰다.

"아 참, TV는 어제 부서졌지. 아깝다."

그 순간 티베가 욕실 문을 박차고 나오며 소파에 앉아 있는 지크에게 달려왔다. 약간 놀란 지크는 인상을 찌푸리며 물었다.

"갑자기 왜 그래? 욕실에 회색분자가 있기라도 한 거야?"

"이 바보야! 너 어쩌려고 움직이고 다니는 거야?"

티베는 얼굴이 벌겋게 달아오른 채 소리쳤다. 지크는 고개를 몇 번 젓고는 대답했다.

"음, 배가 고픈 것만 빼고는…… 그것도 몸이 멀쩡한 건 아니지. 히히힛."

"그것 말고! 그 회색 아저씨가 어제 뇌출혈일 거라고 했단 말이야! 그런데 정말 멀쩡하네?"

소리치던 티베는 지크가 자신을 아무렇지 않게 보고만 있자 멋쩍은 듯 언성을 낮추며 중얼거렸다. 지크는 별 싱거운 사람 다 보겠다는 듯 허탈하게 웃었다.

"헤헷, 이 몸이 잘못되면 여기 계시는 숙녀분들은 누가 책임지겠어. 자자, 아침부터 흥분하지 말고 머리나 식힐 겸 샤워나 하시지. 방송국에서도 또 스트레스 받을 거 아냐."

"오늘은 방송국 비번이라네."

티베는 혀를 쑥 내밀고는 돌아서서 욕실로 향했다.

"좋겠수."

마치 어제 아무 일도 없었던 것처럼 두 사람의 대화는 그렇게 일상적이었다.

티베가 욕실로 들어간 뒤 30분 동안 지크는 멍하니 창밖만 쳐다보았다. TV가 있는 세계에서 TV를 보지도 못하는 신세가 되다니. 일어난 사람은 티베 말고 아무도 없었다. 넬도 피곤했는지 고개조차 내밀지도 않았고, 바이론도 무슨 일이 있는지 코트와 모자만 남겨 둔 채 사라져 버렸다.

"쩝, 심심하다. 그건 그렇고 뚫린 벽은 누가 막아 놨지? 널빤지로 잘도 막아 놨네."

"누구긴 누구야, 나지."

티베가 욕실에서 나오며 말했다. 지크는 잘했다는 듯 고개를 끄덕이곤 말했다.

"그래? 정말 별걸 다 할 줄 아네. 아, 맞아. 티베는 오늘 뭐 할 거야? 비번이라며?"

티베는 눈을 동그랗게 뜨고 갑자기 언성을 높였다.

"어머머? 그 악마들이 언제 또 쳐들어올지도 모르는 판국에 한가하게 그런 생각이나 하고 있어? 그럴 시간 있으면 도망칠 궁리나 하시지!"

그러자 지크는 피식 웃으며 고개를 저었다.

"헷, 걱정하지 마. 어제 그 원더우먼만 빼고 나머지 악마 따위는 몇 초에 해결할 수 있어. 도망갈 필요는 없다고. 게다가 회색분자까지 있으니 더욱 걱정 없어."

티베는 미심쩍은 표정을 지으면서도 고개를 끄덕였다. 바이론의 활약상을 익히 알고 있는 그녀였다. 그때 문득 그녀의 머릿속에서 중요한 것이 스쳤다.

"아, 그런데 우리 집에 원더우먼…… 아니, 그 여자랑 악마는 왜 쳐들어온 거야? 그럴 이유가 없잖아."

"세이아 씨를 납치하기 위해 왔다고 했던 것 같아. 그러고 보니 왜지? 세이아 씨의 음식 솜씨가 탐이 나서 그랬나?"

지크가 너무나 진지한 얼굴로 그렇게 말하자. 티베는 어이없는 표정으로 말했다.

"뭘 믿고 진지한 표정으로 헛소리를 하는 거지?"

"그 바보를 보통 인간과 똑같다고 생각하지 마, 티베."

그때 들려온 차가운 목소리에 지크는 머리카락이 쭈뼛 서는 것을 느끼며 뒤를 돌아보았다. 챠오가 별 이상 없는 얼굴로 내려다보고 있었다. 지크는 믿을 수 없다는 얼굴로 그녀에게 물었다.

"엇? 너 괜찮은 거야? 분명히 옆구리가 뚫렸을 텐데?"

지크의 거침없는 말에 티베는 머리를 감싸며 속으로 투덜댔다.

'정말 여자에 대한 에티켓이 빵점이라니까. 리오 씨 형제 맞아?'

그러나 정작 챠오는 그런 지크를 한두 번 겪어 온 게 아닌지 덤덤한 표정으로 대답했다.

"일어나 보니 상처도 없던데. 이유는 모르겠지만."

"그래? 아 참, 세이아 씨는?"

챠오는 엄지를 들어 자기가 나온 방을 가리키며 말했다.

"안에. 아직 자고 있어."

지크는 다시 들어가 볼까 생각했지만 그래 봤자 자신이 할 수 있는 일은 없었기에 그냥 한숨만 내쉬고 고개를 저었다.

"흠, 그래. 나중에 보면 되지, 뭐. 그건 그렇고 누구 요리할 줄 아는 사람? 배고프지 않아?"

지크의 말에 모두 침묵을 지켰다. 지크는 알았다는 듯 인상을 구기며 소파에서 몸을 일으켰다.

"알았다, 알았어. 패스트푸드점에서 햄버거나 몇 개 사 올게."

그가 현관에서 막 신발 끈을 조이고 있는데, 티베가 미안하다는 표정으로 슬쩍 얼굴을 내밀었다.

"헤헤. 저, 지크."

"왜? 생각을 바꾼 거야?"

"아니, 나가는 김에 치킨하고 후식으로 먹을 아이스크림도 사 오라고. 잘 갔다 와."

"윽."

현관문을 나선 지크는 패스트푸드점을 향해 냅다 달음박질쳤다. 또 추가 주문이 있을 것만 같아서였다.

한참 번화가를 지나치던 지크는 한 백화점 정문이 산산조각 나 있는 광경에 걸음을 멈추었다.

"EOM의 폭탄 테러인가? 저게 어떻게 된 일이지?"

궁금함을 억제하지 못한 지크는 결국 마음씨 좋아 보이는 경찰에게 다가가 물었다. 경찰은 대머리를 긁적이며 대답했다.

"나도 이해가 안 되는 사건인데, 몸에 회색 칠을 한 2미터가량의 거한이 백화점 안에 들어가 상품을 강탈한 후 정문을 부수고 도망쳤다고 하오. 참 나, EOM이 잠잠하니 별 이상한 일도 다 생기는군. 근데 그게 알콜중독자일 확률이 높다고 하더군."

"예? 알콜중독자요?"

"중국산 배갈하고, 럼주 한 박스만 털어 갔다는군. 정말 이상한 일이야."

순간 지크의 머릿속을 스치는 사람이 있었다. 그는 어색한 미소를 지은 채 건너편 패스트푸드점으로 발걸음을 옮겼다.

"회색 칠을 한 2미터의 거인? 어떻게 보면 웃기는 녀석이라니까."

지크는 자신이 살 메뉴를 떠올리며 패스트푸드점 안으로 들어갔다. 고소한 치킨 냄새가 코끝을 감미롭게 간지럽혔다. 그는 즐거운 표정으로 점원에게 주문을 했다.

24장
동방에서의 재회

1

동방 대륙에서의 첫날

"동방이군."

감은 듯 만 듯한 슈렌의 눈은 멀리 보이는 강렬한 녹색 대륙에 고정되어 있었다. 바닷바람은 길게 자란 파란 머리카락을 한차례 헝클어 놓았다. 슈렌은 휘날리는 머리카락에 아랑곳하지 않고 나직이 중얼거렸다.

"유, 육지인가! 우우욱!"

열흘 내내 멀미를 하던 사바신은 파랗다 못해 하얗게 질린 얼굴로 괴로워했다. 슈렌은 바닥에 뒹구는 그에게 조용히 말했다.

"조금만 참아."

"말이야 쉽지! 우욱!"

계속 헛구역질을 하는 사바신을 뒤로하고 슈렌은 천천히 발걸음을 옮겼다. 선실 안에서는 레디가 진땀을 흘리며 린스를 비롯한 여자들의 심부름을 하고 있었다. 슈렌은 불쌍하다는 생각을 하며 안으로 들어섰다.

"아앙, 또 실을 끊으시면 어떡해요, 바이론 아저씨. 힘 좀 빼세요."

비음 섞인 아이의 목소리가 들려온 쪽에서는 바이론과 라이아가 실 놀이에 열중하고 있었다. 며칠 전부터 실 놀이에 심취하고 있던 바이론은 아무 말도 하지 않고 신중한 표정으로 실을 다시 묶었다. 그 모습을 보던 슈렌은 방으로 들어가며 중얼거렸다.

"진풍경이군."

그는 의자에 앉자마자 련희와 가희가 그려 준 동방 대륙의 지도를 책상 위에 펼쳐 놓았다. 동방 대륙에서의 숙식은 걱정 없을 것이라고 가희가 말했지만 현재 슈렌이 고민하고 있는 것은 그것이 아니었다.

서방 대륙에 비해 산지와 나무가 많은 지형이라 이동할 때 곤욕을 치를 것이라는 예감이 들어서였다. 하지만 가희는 여전히 걱정하지 말라는 말만 되풀이했다.

"······믿어 보지."

슈렌은 펜을 들고 동방 대륙 지도 위에 선을 그려 나갔다.

"오, 육지다, 육지야!"

배가 선착장에 도착하자마자 사바신은 배에서 뛰어내려 맨땅에 입을 맞추었다. 여기 오기까지 그가 고생했다는 것을 잘 알고 있는 일행은 측은하다는 표정으로 사바신을 바라보았다.

련희는 배에서 내려 선착장 근처에 있는 나무 쪽으로 다가가 거친 등걸을 만졌다. 바늘처럼 뾰족한 잎을 가진 나무, 동방에서는 소나무라 불리는 식물이었다.

슈렌은 헝겊에 싼 그룬가르드로 어깨를 툭툭 치며 주위를 둘러보았다.

서방 대륙의 가옥과는 구조가 판이하게 다른 집들이 항구 근처에 빼곡히 들어차 있었다. 대부분의 가옥 지붕은 일명 벼라고 불리는 식용식물의 줄기를 엮어 만든 것이어서 누런 황색을 띠고 있었다. 드문드문 흑갈색 지붕들도 눈에 띄었는데, 흙을 낱장으로 구워 만든 기와가 겹겹히 지붕을 두르고 있었다. 이런 지붕의 가옥은 상류 계층들이 기거하는 집이라고 련희가 설명했다.

낯선 이국에서 느껴지는 신비로움에 일행은 주위를 두리번거리며 서성댔다. 그때 분홍빛 구름 한 점이 일행을 향해 빠르게 날아오기 시작했다. 아슈탈과 테크는 이상한 예감이 드는 듯 재빨리 각자 무기에 잡으며 전투 태세를 갖추었다. 그 모습을 본 사바신과 레디는 고개를 내저으며 중얼거렸다.

"……바보들."

날아오는 분홍빛 구름을 주시하던 케톤과 아슈탈의 눈동자는 구름이 점차 가까울수록 더욱 커져 갔다. 구름 위에 서 있는 사람 형상이 희미하게 보였다.

"로, 로드 덕! 사람이 구름 위에 타고 있어요!"

"시끄러워, 멍청아! 저런 광경은 동방에서 흔하게 볼 수 있다고! 이 녀석들이 여기까지 와서 날 망신시키려는 게냐? 어쨌든 어이, 청운선인(靑雲仙人)!"

로드 덕이 크게 소리치며 손을 흔들자 구름을 타고 일행이 있는 쪽으로 다가오던 백발 노인도 손을 흔들며 호탕하게 웃었다.

"핫핫핫핫핫. 이거 로드 덕 선인 아니오! 하하하핫!"

백발 노인은 넓은 옷자락을 펄럭이며 구름에서 뛰어내려 솜털처럼 사뿐히 지면에 착지했다. 둘은 마치 약속이나 한 듯 오른손 주먹을 왼손 손바닥으로 감싸고 앞으로 내밀며 고개를 숙였다. 그것이 동방에서 예를 갖추는 방식인 듯했다.

"귀공을 뵌 지 오랜 시간이 지났구려! 하하핫!"

청운이라는 노인이 먼저 인사를 하자, 로드 덕 역시 평소보다 크게 웃으며 고개를 끄덕였다.

"그렇소이다! 그런데 귀공처럼 귀하신 분이 어인 일로 항구까지 오셨소? 매우 궁금하오."

"음? 아, 미안하오. 내 깜빡 잊고 있었소."

청운은 아차 하며 주위를 급히 돌아보았다. 그리고 일행 중 단정하게 두 손을 모은 채 자신을 보고 있는 련희를 발견하자마자 달려가 그녀 앞에 무릎을 꿇었다.

"이 청운, 련희 공주님께 인사 올립니다! 방금 보인 이 노물(老物)의 무례함을 부디 용서해 주십시오!"

그 순간 잠자코 보고 있던 모든 일행이 경악했다. 그러나 슈렌은 덤덤한 표정으로 푸른색 장발을 매만질 뿐이었고, 바이론은 관심 없다는 듯 다른 곳을 응시하고 있었다.

련희는 살며시 웃음을 지으며 고개를 숙인 청운의 어깨에 가볍게 손을 댔다.

"아닙니다. 일어나세요, 청운 공(公). 정말 오랜만에 뵙습니다."

"성은이 망극하옵니다, 공주님!"

련희의 모습이 가희로 바뀌었고, 가희 역시 웃으며 청운에게 인사했다.

"청운 노사(老師), 실로 오랜만에 뵙습니다."

청운은 다시 한 번 예를 갖추고 가희에게 인사를 올렸다.

"이 청운, 가희 공주님께 인사 올립니다! 방금 보인 이 노물의 무례함을 부디 용서해 주십시오!"

"아닙니다. 일어나십시오, 청운 노사."

"성은이 망극하옵니다!"

그렇게 같은 인사를 되풀이하는 청운이 이상한지 라이아는 고개를 갸웃거렸다. 이윽고 슈렌의 바지 자락을 잡아당기며 물었다.

"저기, 저 할아버지는 왜 똑같은 인사를 되풀이하시나요? 그리고 인사할 때마다 소리를 크게 지르시네요?"

슈렌은 상체를 숙여 라이아를 안아 올리며 친절히 대답해 주었다.

"동방엔 예(禮)라는 것이 있단다. 아탄티스에도 예라는 것이 있지만 동방 대륙은 더 엄하고 형식이 매우 까다롭지."

"우아, 슈렌 오빠가 이렇게 말을 많이 하는 것은 처음 봐요."

슈렌의 말이 끝나자 라이아는 그의 무표정한 얼굴을 신기하다는 듯 쳐다보며 말했다.

일행끼리 이런저런 얘기를 나누고 있는 동안, 가희와 청운 사이에도 많은 대화가 오갔다.

"역시 노사께서는 다르시군요. 저희가 온 것을 아시고 바로 이렇게 오시다니."

청운은 호탕하게 웃으며 대답했다.

"핫핫핫핫, 과찬의 말씀이십니다! 어쨌든 공주님들, 정말 잘 돌아오셨습니다. 안 그래도 서방으로 공주님들을 모시러 사신을 보내려고 했습니다."

순간 가희는 불길한 예감을 느끼며 청운의 주름진 얼굴을 봤다.

"예? 설마 무슨 흉한 일이라도 생긴 것입니까, 노사?"

청운은 자신의 흰 수염을 쓰다듬며 고개를 끄덕였다.

"예, 최근 들어 전국 각지에서 귀물(鬼物)들이 속출하는 재앙이

잇달아 일어났답니다. 결국 쾌성 태자께서 직접 귀물들을 몰아내기 위해 무사들을 이끌고 험난한 길을 떠나셨습니다. 그러나 매우 강력한 마귀를 만나시는 바람에 동행했던 무사들 모두 전멸했고 태자 마마도 중상을 입은 채 환궁하셨습니다."

"오라버니께서!"

가희는 경악하는 표정에서 점차 슬픈 표정으로 변하더니 이내 고개를 떨구고 말았다. 청운의 말은 계속되었다.

"병상에 누우신 태자 마마께서 공주님들을 애타게 찾으셨답니다. 그래서 막 서방으로 사신을 보내려던 참이었는데 이 노물의 황금조(黃金鳥)가 배를 타고 귀향하시는 공주 마마의 모습을 봤다기에 확인할 겸 제가 직접 항구로 온 것입니다. 아아, 이건 정말 하늘의 성은이십니다."

"그렇군요……. 아, 제가 힘이 되어 주실 분들을 모시고 왔습니다. 저기 보이는 네 분입니다. 저분들 말고도 다른 귀빈들이 더 계시니 일단 자리를 옮기는 것이 어떠할지요, 노사."

청운은 다시 양손을 모으고 무릎을 꿇으며 가희에게 소리쳤다.

"예! 이 청운, 오랜만에 공주 마마의 안전(眼前)에서 미력한 힘이나마 보여 드리겠습니다! 이 노물에게 맡겨 주십시오!"

"예. 여러분, 모두 뒤로 물러서 주시겠습니까?"

련희의 말에, 일행은 청운을 중심으로 한 발짝씩 뒤로 물러섰다. 가희 역시 청운과 거리를 두었다. 청운은 공간이 확보되자 양손을 모은 후 눈을 감고 기력을 집중했다.

"흐으으으음!"

기력이 올라갈수록 청운이 입고 있는 넓은 도복 자락이 크게 펄럭였다. 그의 온몸에서 흰색 빛이 발하더니 점차 광휘가 강렬해졌다. 자신의 기력이 적절히 올라갔다고 판단한 청운은 눈을 번쩍 뜨며 짧게 외쳤다.

"진(陣)!"

청운의 일갈과 동시에 땅바닥이 터지더니 청운을 중심으로 거대한 문자가 완성되었다. 거대 문자는 청운의 몸에서 뿜어 나오는 흰색의 기와 반응하듯 엄청난 빛을 발산했고, 그 빛은 구름을 뚫고 하늘로 솟아올랐다. 청운은 기를 낮추며 자신이 만든 빛 기둥에서 천천히 걸어 나왔다.

"자, 모두 이 안으로 들어오십시오. 여러분을 도성(都城)까지 곧바로 모셔다 드릴 것입니다. 우선 공주님, 이쪽으로……."

청운은 가희를 향해 정중히 허리를 굽혔다. 가희가 그 빛 기둥 속으로 발걸음을 내디디며 일행에게 말했다.

"걱정 마세요. 안전하답니다. 동방 정신술이 만들어 낸 이동 수단 중 하나니까요. 그럼 제가 먼저 들어가겠습니다."

가희는 곧 기둥 속으로 들어갔다. 그녀의 몸이 허공에 떠오르는가 싶더니 곧바로 사라져 버렸다.

테크와 리마는 눈을 휘둥그렇게 뜬 채 로드 덕을 바라볼 뿐이었다. 로드 덕은 한심하다는 듯 두 사람에게 말했다.

"그렇게 놀랄 것 없어. 동방 대륙은 산지가 험하고, 야수들이 득실대기 때문에 큰 주(州)마다 주문진이 하나씩 그려져 있다. 지체 높은 벼슬아치들이나 다급한 일이 있는 사람들이 다른 주(州)나 왕국으로 이동할 때는 주문진과 주문진 사이를 옮겨 가면 되지. 일반인들의 경우 반드시 주문진이 있는 곳이어야만 이 성도(聖道)를 사용할 수 있지만, 성도를 만든 9인의 선인은 어디든 자리만 확보되면 주문진을 만들어 마음대로 이동할 수 있지. 청운은 9인의 선인

중 한 명이므로 그게 가능한 거야."

테크와 리마는 신기하다는 표정만 지을 뿐이었다. 옆에서 듣고 있던 아슈탈이 불쑥 로드 덕에게 물었다.

"그럼 워프 마법과 비슷한 것입니까?"

로드 덕은 고개를 설레설레 저었다.

"음, 우리가 쓰는 워프 마법과 비슷한 것 같지만 차이가 있지. 굳이 비교하자면 워프가 웬만한 고등 마법사만이 사용할 수 있는 반면, 성도는 어느 누구나 사용할 수 있다. 또한 워프는 본인 마음대로 어디든지 갈 수 있지만 성도는 그 지역이 정해져 있다는 것이 다르지."

묵묵히 얘기를 듣고 있던 노엘은 안경테를 만지작거리며 고개를 천천히 끄덕였다.

"각각 장점과 단점이 있다, 이 말씀이시군요. 어쨌든 듣던 것보다 훨씬 대단한데요?"

"허허헛, 그렇지. 동방에 처음 왔을 때 나도 이걸 보고 정말 놀랐어. 자, 노엘은 베르니카 양과 함께 여왕 마마와 공주님, 미네리아나 님을 모시고 저 안으로 들어가게. 저기 저 젊은이들은 우리가 이동한 후에야 움직일 것 같으니까."

로드 덕의 말을 듣고 노엘은 주위를 둘러보았다. 슈렌을 비롯한 네 명의 가즈 나이트들은 마치 딴청을 피우는 듯했지만 동서남북 사방을 각각 경계하며 일행을 경호하고 있었다.

"대단한 사람들이야."

노엘은 혼자 중얼거리며 멍한 표정으로 있는 린스에게 다가갔다. 린스의 표정으로 보아 아직도 련희와 가희가 동방 대국의 공주라는 충격에서 벗어나지 못한 듯했다.

슈렌이 계속 마을 쪽만 보고 있자, 옆에 서 있던 라이아는 지루했는지 바닥에 구부리고 앉아 나뭇가지로 낙서를 하기 시작했다.

여왕 일행이 성도 안으로 들어간 것을 확인한 슈렌은 라이아의 등을 손끝으로 살짝 두드리며 말했다.

"가자."

"아, 알았어요, 슈렌 오빠……. 아, 레디 오빠!"

라이아는 벌떡 일어나 손짓하는 레디를 향해 뛰어갔다. 슈렌 역시 몸을 돌려 성도 쪽으로 발걸음을 옮기려 했다.

순간 슈렌은 라이아가 지면에 적은 낙서를 우연히 보았다. 거기엔 장발의 남자가 괴발개발 그려져 있고 깨알 같은 글씨도 함께 적혀 있었다.

'꺼벙이 슈렌 오빠'

가만히 낙서를 내려다보던 슈렌은 예의 그 덤덤한 얼굴로 머리를 긁적이며 성도를 향해 걸어갔다. 바이론도 묵묵히 그 주문진 안으로 들어갔다.

주문진 안에 모두 들어서자 광염에 휩싸이더니 모두 어디론가 날아갔다. 기분은 그리 나쁘지 않았다. 오히려 포근할 정도였다.

이윽고 빛의 장막이 걷히자 일행의 눈앞에 드넓은 성안의 광장과 열을 맞춰 서 있는 수많은 사람들의 대열이 펼쳐졌다.

"우아……."

테크는 자신이 보고 있는 그 거대한 광경에 입을 다물지 못했다. 린스도 마찬가지였다.

"세상에, 누가 죽기라도 했나? 사람들이 왜 이리 많지?"

그렇게 말하는 린스에게 슈렌이 조언하듯 특유의 낮은 목소리로 말했다.

"축제 분위기군요. 아직 풍악을 올리지 않은 것뿐이지요."

"그래? 대단하네?"

서로 수군대는 일행에게, 치장이 거의 없이 단순미를 강조한 옷차림의 여인들이 다가왔다. 그들은 광택이 흐르는 비단 위에 이상하게 생긴 목걸이를 얹어 들고 있었다. 여인들이 일행 앞으로 그것을 내밀자, 사바신은 짙고 굵은 눈썹을 위아래로 움직이며 슈렌에게 물었다.

"이, 이게 뭐지? 난 목걸이 같은 장신구는 좀 싫은데?"

"일종의 통역기지."

슈렌의 짤막한 대답에 이어 로드 덕이 설명을 덧붙였다.

"우리가 맨 처음 도착한 항구 도시에선 그나마 서방 대륙의 언어가 조금 통했지만, 이곳은 동방 대륙의 내륙 지방이라서 우리의 언어가 거의 통하지 않을 것이네. 이 목걸이는 염주(念珠)라 불리는데, 이걸 목에 걸면 신기하게도 통역이 되지. 나도 처음엔 이걸 사용했네. 나중엔 동방 언어를 조금씩 배웠지만 말이야…… 별로 예쁘지 않을진 모르지만 걸고 있는 게 좋을 거야."

그 말을 들은 일행이 일제히 염주를 걸자 가희가 입을 열었다.

"자, 곧 저희 부모님께서 나오실 것입니다. 레프리컨트 여왕님과 린스 공주님께서는 그냥 서 계십시오. 다른 분들은 서방에서 하던 예를 그대로 하셔도 무방합니다."

얘기를 끝낸 가희는 청운에게 시선을 돌리며 물었다.

"청운 노사, 그동안 아바마마와 어마마마께선 별고 없으셨는지요?"

청운은 애써 웃음을 지어 보이며 대답했다.

"예. 그, 그렇습니다. 하하핫."

곧이어 풍악이 울렸고 멀리 보이는 큰 건물에서 사람들의 긴 행렬이 나타났다. 거의 200미터 가까이 되었기 때문에 성질 급한 사바신은 인상을 찡그리며 투덜댔다.

"젠장, 운동 좀 하실 것이지 왜 저렇게 느릿느릿 걸어와. 아얏!"

투덜대던 사바신은 레디가 등을 치며 잠자코 있으라는 신호를 하자 무안했는지 헛기침을 했다.

"귀찮군, 크크큭."

바이론의 굵직한 목소리에 광기가 어리기 시작하자 슈렌을 제외한 일행은 바싹 긴장을 하며 그를 흘끔 바라보았다.

"도망가지는 않을 테니 나중에 부르기만 해라. 난 무릎이 아파서 도저히 무릎을 꿇고 인사할 수 없겠어. 크크크."

바이론이 슈렌에게 조용히 말했다.

슈렌은 묵묵히 고개만 끄덕였고, 바이론은 그림자처럼 조용히 사라졌다. 일행은 모두 안도의 한숨을 내쉬었다. 그 모습에 영문을 모르는 청운은 로드 덕을 바라보며 물었다.

"아니, 저 회색 피부의 거한이 뭐라도 되는가? 왜 모두 긴장하는 것인가?"

"저 거한과 사흘 정도 같이 지내면 그 이유를 알 수 있을 것이네. 뭐, 운이 좋으면 하루 만에 알 수도 있지. 말로는 설명 못 하겠네."

얼마나 시간이 흘렀을까. 동방 대국의 왕과 왕비는 곧 일행과 가까이 마주 섰다. 동방 대륙의 왕 청성제는 그동안 참아왔던 그리움이 솟구치는지 가희에게 바짝 다가서며 말했다.

"오, 가희 공주, 정말 잘 돌아와 주었구나! 련희도 잘 있겠지?"

가희는 허리를 굽혀 왕과 왕비에게 인사를 올렸다.

"예. 그러하옵니다, 아바마마. 잠시나마 아바마마와 어마마마께

심려를 끼쳐 드린 저희 자매를 용서해 주십시오."

왕은 기쁘게 웃으며 고개를 끄덕였다.

"하하하핫, 용서라니…… 긴 시일을 기다려 만나는 공주들에게 화를 낼 이유는 없겠지. 아, 저기 계시는 분이 바로 레프리컨트 왕국의……."

왕의 시선이 레프리컨트 여왕에게 향하자 여왕은 치맛자락을 살짝 잡고 목례를 올렸다.

"서방 대륙의 나라 중 하나, 레프리컨트 왕국의 여왕입니다. 대국의 왕을 알현하게 돼서 영광입니다."

"레프리컨트 왕국, 제1왕녀 미네리아나입니다. 청성제시여, 만나 뵙게 되어 감개무량할 따름입니다."

미네리아나에 이어 린스도 정색하며 살짝 무릎을 굽히며 인사했다.

"레프리컨트 왕국 제2왕녀 린스입니다. 저 역시 뵙게 돼서 영광입니다."

세 사람의 인사가 끝난 후 나머지 일행들도 땅에 무릎을 대며 인사를 올렸다. 왕은 웃음을 지으며 모두에게 말했다.

"자, 먼 길 오느라 수고했소. 레프리컨트 여왕님과 공주께서는 시종의 안내를 받아 특별관으로 가시고, 다른 분들은 국빈관으로 가시오."

"기다려 주십시오, 전하."

불만 있는 얼굴로 서 있던 젊은 왕비가 왕을 바라보며 말했다.

"전하, 왜 저 여왕과 공주라는 아녀자들은 마마 앞에 무릎을 꿇지 않는 것입니까! 제가 알기로 레프리컨트라는 왕국은 약 반개월 전에 멸망한 것으로 아옵니다. 나라가 없는 여왕이 대국의 지배자이신 마마 앞에 꼿꼿이 서 있다는 것이 말이나 되는 것입니까?"

그러자 왕은 들떴던 기분이 가라앉은 듯 고개를 돌려 버렸다. 왕비는 앞으로 한 걸음 나서며 여왕에게 소리쳤다.

"어서 무릎을 꿇지 못할까! 감히 어전 앞에서 뻣뻣하게 서 있다니! 내가 다 민망스럽구나! 모두 들어라! 저 세 여자들도 국빈관으로 데려가라!"

보다 못한 가희가 나서며 왕비에게 큰 소리로 외쳤다.

"어마마마! 레프리컨트 왕국이 완전히 멸망한 것도 아닌데 그런 말씀을 하시면 양국 사이에 오랫동안 이어져 내려온 친선 관계가 어떻게 되옵니까!"

그러나 왕비는 굽힐 뜻이 없는 듯했다.

"예전의 친선 관계가 어떻든 망한 나라는 망한 나라란다, 가희 공주! 네가 상관할 바가 아니니 공주는 물러서거라!"

"기다리십시오."

그때 무릎을 꿇고 있던 슈렌이 서서히 일어섰다. 일행의 놀란 눈을 뒤로한 그는 낮은 어조로 왕비에게 말했다.

"레프리컨트 여왕님 안전입니다. 마마께서 아무리 동방의 국모라 하실지라도, 저분은 한 나라의 왕이십니다. 어전 앞에서 그런 말씀은 감히 하실 수 없는 것입니다."

"뭐, 뭐라고!"

왕비는 기가 막혔는지 뒤로 주춤거렸다. 그녀는 곧 근처에 있는 근위병들에게 소리쳤다.

"이, 이런 방자한 녀석이 어디 있단 말이냐! 여봐라, 무엇들 하는 게냐! 어서 저 무례한의 목을 쳐라! 어서!"

왕비의 명이 떨어지기가 무섭게 근위병 2명이 슈렌에게 달려가 양팔을 세게 붙들었다. 슈렌은 눈을 크게 뜨고 근위병에게 무겁게 내뱉었다.

"놔라."

근위병들은 무슨 주문이라도 걸린 듯 슈렌의 양팔을 잡았던 손을 내려놓으며 뒷걸음쳤다. 그 모습을 보고 더더욱 흥분한 왕비는 언성을 높였다.

"이, 이놈아! 여봐라, 무엇들 하는 게냐! 너희가 나서지 않는다면 내가……."

"왕비! 그만하시오!"

왕의 입에서 청천벽력과 같은 소리가 터져 나오자, 주위는 찬물을 끼얹은 듯 잠잠해졌다. 왕은 근심 어린 얼굴로 한숨을 내쉬며 왕비에게 말했다.

"레프리컨트 왕국이 아무리 어려운 상황이라 하지만, 가희 공주의 말대로 오랫동안 이어져 내려오던 관계로 도와주진 못할망정 이렇듯 비정하게 내친다는 것은 왕의 도리로 두고 볼 수는 없소. 여왕께서는 기억이 나지 않으실지 모르지만, 짐은 레프리컨트의 선대왕과 학업을 같이 했을 정도로 친한 사이였소. 선대왕께서 운명을 달리하셨을 때 서방 대륙까지 문상을 가려고 했으나 그때 이나라의 상황도 그리 좋지 않아 그럴 수는 없었소. 그 일은 아직도짐의 가슴속에 사무쳐 있다오. 그러니 왕비도 이해하시구려. 짐의부탁이오."

그러나 왕비는 아직도 화가 풀리지 않는지 슈렌을 손가락으로 가리키며 말했다.

"네, 알겠습니다! 그러나 저 무례한이 저에게 저지른 일은 그냥 넘어갈 수 없습니다!"

왕은 그 점에 대해서는 아무 말도 하지 않았다. 하지만 표정만큼은 그렇지 않았다. 여왕과 린스는 걱정 어린 표정으로 슈렌을 쳐다보았다. 슈렌은 평상시와 달리 눈을 부릅뜬 채 말없이 서 있었다.

그때 청운 선인이 왕비 앞에 나서며 말했다.

"아, 소인에게 좋은 방법이 있습니다. 저 젊은이의 힘을 시험할 겸, 여러 병사를 상대로 대련을 하도록 함이 어떨지요? 저 젊은이와 대련할 상대와 인원수는 마마께서 선택하십시오."

왕비는 좋은 제안이라는 듯 회심의 미소를 지으며 말했다.

"흠, 좋소! 경의 제안을 승낙하겠소! 그럼 적사자대(赤獅子隊) 30명을 부르시오!"

"예?"

그 말을 들은 청운은 움찔하며 눈을 크게 떴다. 가희는 말도 안 된다는 듯 왕비 앞에 무릎을 꿇으며 간곡히 애원했다.

"어마마마! 적사자대를, 그것도 30명이나 부르심은 저 기사분에게 사형을 내리시는 것과 같사옵니다! 부디 선처를 내려 주십시오, 어마마마!"

그러나 왕비는 매정하게 뒤돌아서 버렸고 청운과 가희는 한숨을 쉬며 고개를 저었다. 반면 정작 당사자인 슈렌은 묵묵히 서 있을 뿐이었다.

사바신은 불쌍하다는 듯 고개를 저으며 옆에 있는 레디에게 말했다.

"쯧쯧, 큰일 났다."

레디도 공감한다는 듯 힘없이 말했다.

"그래, 불운이구나. 오늘 또 30명이나 실려 나간다니, 정말 슬퍼."

대련 준비가 서서히 되어 갈 무렵, 노엘은 궁금한 얼굴로 청운에게 다가갔다.

"저, 청운 선인님. 적사자대라는 사람들이 대체 어떤 무인들이기에 선인님과 공주 마마께서 그토록 놀라십니까?"

청운은 고뇌가 실린 한숨을 내쉬며 천천히 대답했다.

"흠, 이 드넓은 땅 전체의 무인 수천만 명 중에서 강자 1천 명을 뽑아 만든 정예부대인 사자대에서 최강의 무인 180명을 다시 추려 낸 것이 바로 적사자대요. 그야말로 최고의 무인으로 구성된 집단인데…… 아아, 내가 잘못 생각했던 것 같소. 이건 정말 가희 공주님의 말대로 사형 선고나 다름없다오."

"예, 그랬군요."

그 말에 노엘은 덤덤히 고개를 끄덕였다. 노엘이 그리 놀라지 않자 청운은 의아한 표정을 짓고 노엘에게 물었다.

"아, 아니, 그대는 저 젊은이가 걱정되지 않소? 세상을 하직할 수도 있는데?"

"예? 아, 아뇨. 슈렌 님도 꽤 강하신 분이라서……."

그때까지 청운은 노엘의 말을 이해할 수 없었다.

한편 테크는 멀리서 몸을 풀고 있는 적사자대 무인들을 보며 입을 다물지 못했다. 손가락 하나로 물구나무서기를 한 채 팔굽혀펴기를 하는 것은 기본인 듯했다. 바늘방석 위에서 술을 마시는 사람도 있었고, 손가락으로 물방울을 튀겨 종이에 자신의 이름을 새기는 사람도 있었다. 그야말로 최고의 고수들이었다.

"세, 세상에! 저건 인간이 아냐!"

그렇게 겁에 질려 있는 테크 옆에서, 디텍터를 쓴 채 적사자대의 수준을 측정하던 로드 덕은 빙긋 웃으며 말했다.

"음, 너와 아슈탈보다 조금 강하긴 하구나. 하지만 다른 사람 아닌 슈렌 군의 눈에는 저 모습이 그냥 서커스처럼 보일지도 몰라."

"예?"

테크는 멍하니 슈렌을 바라보았다. 슈렌은 헝겊을 두른 그룬가르드를 어깨에 멘 채 이리저리 몸을 돌리며 풀고 있을 뿐이었다. 테크는 고개를 저으며 중얼거렸다.

"말도 안 돼."

가볍게 몸을 풀던 슈렌은 뭉쳤던 근육이 다 풀린 듯 그룬가르드를 내려놓으며 멀리서 준비운동을 하고 있는 적사자대를 묵묵히 바라보았다.

"슈렌 오빠! 여기 좀 보세요!"

라이아의 명랑한 목소리가 슈렌의 귓가에 들려왔다. 슈렌은 라이아를 흘끔 바라보았다. 라이아가 사기로 만든 큼지막한 잔에 물이 출렁거리도록 차를 끓여 와 슈렌에게 내밀었다. 라이아는 빙긋 웃으며 말했다.

"여기는 정말 없는 게 없던데요? 언니들에게 부탁하니까 바로 나오더라고요. 자, 드세요, 오빠."

"음."

그때 대련을 알리는 징 소리가 들렸다. 라이아는 어쩔 수 없이 차를 들고 대련장 밖으로 나가야만 했다.

"차가 다 식을 텐데. 다시 끓여야 하나?"

투덜대며 뒤돌아 걸어 나가던 라이아의 등 뒤에서 그룬가르드를 싼 헝겊을 풀던 슈렌이 낮은 어조로 말했다.

"식기 전에 돌아오지."

"예?"

깜짝 놀라는 라이아를 뒤로하고, 슈렌은 헝겊을 내던지며 천천히 한가운데로 나갔다.

적사자대 30명은 왕비로부터 특별한 약속을 받은 상태였다. 대결할 상대의 목숨을 빼앗는 자는 고향에 있는 가옥을 크게 바꿔 주겠다는 것이었다. 동방에서는 가옥의 규모가 집주인의 권력과 위세를 가늠하는 척도였다. 그래서 가옥을 바꿔 준다는 말뜻은 곧 계급을 올려 주겠다는 말과 같았다.

그런 명령을 받고 살의를 불태우던 적사자대 중 한 명이 장비한 갈고리를 혀로 핥으며 슈렌에게 말했다.

"크히히히힛, 마지막으로 할 말은 뭐냐?"

슈렌은 잠시 생각하다 조용히 대답했다.

"광대들에게 할 마지막 말은 없군, 미안해."

"뭐라고!"

의외의 대답을 들은 적사자대들은 크게 흥분했다. 그중 한 명이 슈렌을 향해 고래고래 소리를 쳤다.

"쳇, 여자처럼 머리카락이나 기르고 곱상하게 생긴 주제에 감히 우리에게 그런 말장난을 하다니! 다른 전우들이 나설 필요도 없다! 이 몸이 네 버릇을 단단히 고쳐 주마!"

순간 슈렌이 눈을 부릅떴다. 그 모습을 지켜보던 사바신과 레디는 흠칫 놀라며 서로의 얼굴을 쳐다보았다.

"크, 큰일 났다! 저 녀석들이 죽으려고 환장을 했나 봐!"

사바신의 말에 레디는 맞장구를 치듯 고개를 끄덕였다.

"하필이면 슈렌이 제일 싫어하는 말을 하다니. 저 녀석들 이젠 실려 나가는 정도로 끝나지 않겠는걸."

분노에 찬 슈렌은 왼손을 앞으로 뻗은 후 엄지와 검지, 중지를 펴고 검지와 중지 사이에 창을 끼웠다. 창끝은 슈렌의 콤플렉스를 자극한 적사자대를 겨냥했다.

슈렌을 지켜보던 청성제와 왕비를 비롯한 모든 관중은 그가 갑자기 이상한 자세를 취하자 의아한 표정을 지었다. 겨냥당한 적사자대 역시 의아한 얼굴로 고개를 갸웃거렸다.

"먼저 자라."

슈렌이 한마디 내뱉는 것과 동시에 창 가운데를 잡고 있던 그의 오른팔은 보통 사람이 식별하지 못할 정도로 재빠르고 짧게 움직였다. 슈렌이 창으로 일으킨 충격파는 곧 목표가 된 적사자대의 이마에 어김없이 꽂혔다.

"으억!"

무형의 충격파에 이마를 가격당한 적사자대는 대련장 밖으로 밀려났다. 그 광경을 지켜본 적사자대 한 명은 쓰러진 동료와 슈렌을 번갈아 보더니 긴장했다.

슈렌은 자세를 풀고 그룬가르드를 빙빙 돌리며 말했다.

"나와 싸우게 된 걸 불운이라 생각해라."

적사자대는 큰 뜻이 내포된 슈렌의 한마디를 듣고 더욱 긴장하지 않을 수 없었다. 그때 사바신의 우렁찬 목소리가 터져 나왔다.

"적사자대인지, 빨간 사자인지, 하여튼 이놈들아! 어서 머리를 땅에 박고 잘못했다고 빌어!"

"사, 사바신!"

옆에 앉아 있던 레디는 크게 당황하며 사바신을 끌고 밖으로 나갔다. 사바신은 붙들려 가면서도 적사자대를 향해 계속 소리를 질러 댔다.

"장난이 아냐! 이 사바신 님이 네놈들을 위해서 이러는 것이란 말이다! 불운이 아니고 사형 선고야, 사형 선고! 듣는 거냐, 이 대머리 머저리들아!"

레디가 멀리 끌고 나갔는지 사바신의 목소리는 점차 줄어들다가 더 이상 들리지 않게 되었다. 그러나 적사자대는 더더욱 가중된 불안감을 떨칠 수가 없었다.

적사자대의 사기가 떨어진 모습을 본 왕비는 봉선(鳳扇, 큰 부채)을 쥔 손을 앞으로 뻗으며 크게 소리쳤다.

"네 이놈들! 그러고도 너희가 적사자대란 말이냐! 저자의 하찮은 속임수에 넘어가지 말고 어서 용맹을 떨쳐라!"

구경하고 있는 왕비의 입장과 슈렌을 직접 맞닥뜨린 적사자대의 생각이 같을 순 없었다. 슈렌에게서 뿜어져 나오는 압박감을 정면으로 느낀 적사자대는 솔직히 당장 대련을 포기하고 싶었다.

왕비의 외침에 그나마 의지를 다진 적사자대는 눈 깜짝할 사이에 슈렌을 한가운데 놓고 포위했다. 아직도 눈을 부릅뜬 채 서 있던 슈렌은 나지막이 중얼거리며 손을 내려 그룬가르드의 아랫부분을 잡았다. 슈렌이 자세를 취하자마자 적사자대들은 그야말로 먹이를 노리는 사자와 같이 공격을 개시했다. 적사자대는 모두 개성 있는 무술을 사용했고 각각 다른 무기를 휘둘렀기 때문에 아무리 무술로 단련된 사람이라도 그들의 총공격을 받으면 어김없이 무너져 버렸다. 그러나 그것은 인간의 한계에 다다른 무술가에게만 해당되는 것이었다. 슈렌의 눈은 침착하게 반짝였다.

"29명."

순간 넓고 거대한 곡선이 달려드는 적사자대 사이에서 번뜩이기 시작했다. 슈렌은 길게 잡은 그룬가르드를 마치 검처럼 휘두르며 푸줏간에 매달린 고기들을 내려치듯 적사자대들을 후려쳤다. 한 번의 일격이 가해질 때마다 뼈가 부러지는 소리와 함께 적사자대가 이리저리 나가떨어졌다.

"흡!"

기합과 함께 슈렌이 이번에는 위에서 아래로 창을 휘둘렀다. 길이 3미터가 넘는 그룬가르드 밑에 깔린 4명의 적사자대가 나란히 의식을 잃었다.

세 차례의 공격이 모두 전개된 시간은 단 2초. 그러나 적사자대는 슈렌이 공격을 한 번 할 때마다 4명씩 한꺼번에 쓰러져 모두 12명이 전투 불능 상태가 되고 말았다.

"대, 대단하군!"

청성제는 자신도 모르게 감탄을 터뜨렸다. 무술에 일가견이 있는 그였기에 슈렌의 순간적인 동작을 보기는 그리 어렵지 않았다. 적사자대의 공격 방향을 철저하게 계산한 회피 동작과 그들의 움직임을 미리 읽었다고밖에 볼 수 없는 슈렌의 반격은 신기하기보다 두려움을 불러일으켰다.

몸을 피한 것인지 아니면 공격당하지 않은 것인지, 아직 멀쩡한 17명은 위험을 느낀 듯 뒤로 빠르게 물러섰다. 슈렌은 재빨리 창의 중앙을 오른손으로 잡고 빠르게 회전시키며 다시 중얼거렸다.

"17명."

청운은 입을 다물지 못했다. 창을 검처럼 크게 휘두르며 상대를 쓰러뜨리는 창술을 여태껏 본 적이 없고, 적사자대 12명이 단 2초 만에 간단히 쓰러지는 광경 또한 본 적이 없었다.

"아, 아니, 저 젊은이의 초식은 도대체 뭐지? 서방 대륙에 저런 강력한 무술이 있다는 말은 들어본 적이 없는데!"

경악하고 있는 동방 사람들과는 달리, 린스는 오랜만에 신이 나는 듯 주먹을 위로 치켜들며 슈렌을 향해 소리쳤다.

"잘한다! 싹 쓸어버려!"

옥좌는 아니었지만 꽤 좋은 의자에 앉아 있던 레프리컨트 여왕도 이번만큼은 철없는 린스의 행동에 아무 말도 하지 않았다. 노엘역시 가볍게 박수를 치며 응원했다.

"차가 식겠군. 끝내 볼까."

혼잣말을 하던 슈렌은 오른손으로 돌리던 창을 멈춘 후 몸의 기를 끌어 올렸다. 곧 그의 몸에서 불꽃과 같은 기염(氣炎)이 화려하게 타올랐고, 그걸 본 순간 적사자대 대부분은 전의를 상실했다.

기가 적당히 올라간 듯 슈렌은 몸을 빠르게 움직였다.

"흡!"

그저 방어 자세만 취하고 있던 적사자대는 슈렌이 빠르게 움직이며 한 명씩 공중으로 들어올리자 속수무책으로 당했다. 17명 전원은 어느새 공중에 떠 있었고 그 한가운데 있던 슈렌은 낙하하는 상대를 향해 차례차례 돌진하며 기염에 의해 불타오르는 그룬가르드를 움직였다.

슈렌이 몸에 불꽃을 휘두른 채 창으로 거대한 화염의 원을 그릴 때마다 적사자대 17명은 한 명씩 공중으로 솟구쳤다. 그 모습은 동방의 어느 무술이나 춤에서도 볼 수 없는 장관이었다. 곧 기염에 휩싸인 적사자대 17명은 의식을 잃고 대련장 사방으로 흩어져 떨어졌다.

지면에 가볍게 착지한 슈렌은 그룬가르드에 남은 기염을 털어내며 나지막이 중얼거렸다.

"즐거웠다."

대련 아닌 대련은 그렇게 끝났다. 대련이 끝났음을 알리는 징 소리와 동시에 라이아는 차를 들고 슈렌에게 달려갔다.

"우아! 멋져요, 슈렌 오빠!"

슈렌은 다시 감은 듯 만 듯한 눈으로 차를 받아 들었다. 그는 차를 한 모금을 마시고 슬며시 고개를 저었다.

"조금 식었군."

잠시 후 청성제는 천천히 일어나 슈렌을 향해 크게 박수를 쳤다. 결국 왕비를 제외한 모든 성안의 사람 대부분이 박수를 쳤다. 반면 왕비는 펼쳤던 봉선을 거칠게 접으며 떨떠름한 얼굴로 고개를 돌려 버리고 말았다.

우레 같은 박수가 대련장에 울려 퍼져도, 슈렌은 라이아 옆에 서서 덤덤히 차를 마실 뿐이었다.

"잠깐!"

그때 기가 실린 듯한 엄청난 괴성이 성안에 울려 퍼졌다. 그 순간 슈렌을 향한 박수가 뚝 멎었다. 그와 동시에 빠른 그림자 하나가 대련장 중앙을 향해 질주해 왔다. 그 그림자는 슈렌과 두세 걸음 떨어진 곳에 이르러 멈추더니 왕과 왕비를 향해 손을 모으며 무릎을 꿇었다.

"신, 지곡류(止哭流) 16대 당수 어중천(御重泉), 마마께 문안 인사를 여쭙니다! 소인이 갑작스럽게 어전에 나타난 점, 깊이 사죄드리옵니다!"

청운은 갑자기 나타나 왕에게 인사를 올리는 어중천을 보고 수염을 쓰다듬으며 고개를 갸웃거렸다.

"아니, 중천 저 사람이 갑자기 왜 왔지?"

동방에서는 정식 군인을 제외하고 유파의 당수이면서 정계에서도 활약하는 무인은 그리 많지 않았다. 그들이 벼슬에 오를 수 있는 조건은 유파의 세력과 실력이 왕이 인정할 만큼 상당하지 않으면 안 되었기 때문이다.

어중천은 정계에 있는 두 명의 무인 중 한 명이었다. 그만큼 그는 특출한 무술 실력과 재능을 겸비한 인물이었다. 하지만 자신이 동방인이라는 것에 대해 지나친 자부심을 가지고 있어서 외국인과 마찰이 일어나면 쉽게 이성을 잃는다는 단점도 가지고 있었다.

그 사실을 아는 청성제는 다시 자리에 앉으며 그에게 물었다.

"중천, 경은 어인 일로 대련장에 나오셨소?"

어중천은 손을 앞으로 모아 내밀며 대답했다.

"서방에서 온 기사들에게 동방 대국의 정예부대인 적사자대가 단 4합 만에 무참히 쓰러진 것을 두고볼 수가 없어서입니다! 한 명도 아니고 30명이나 말입니다. 그런고로, 저 서방 젊은이에게 다시 한번 대련을 청할까 해서 소인이 나왔사옵니다. 윤허하여 주옵소서!"

"좋소! 어중천, 그대가 동방 대국의 자존심을 세워 주길 바라오!"

옆에 있던 왕비가 재빨리 대답했다. 청성제는 한숨을 쉬며 고개를 저었고, 어중천은 허리를 굽히며 왕비에게 감사를 표했다.

"성은이 망극하옵니다! 이 어중천, 반드시 동방 무예의 자존심을 다시 세우겠습니다!"

슈렌은 귀찮은 듯 한숨을 내쉬고 차를 단숨에 들이켰다. 라이아가 걱정스러운 눈빛으로 그를 슬그머니 올려다보았다.

"그렇다면 나도 잠깐!"

또 다른 그림자 하나가 관중석 뒤에서 솟아올랐다. 그 모습을 본 레디는 얼굴을 손으로 감싸며 고개를 숙여 버렸다. 옷에서부터 머리카락까지, 머리띠를 제외하고는 온통 검은색 차림을 한 가즈 나이트 사바신이었다. 만면에 미소를 띤 사바신은 손가락으로 어중천을 찍듯 가리키며 말했다.

"너무 비겁하지 않소, 아저씨? 슈렌은 지금 30명과 싸우느라 기운이 빠졌는데, 그런 사람에게 쉴 틈도 주지 않고 밀어붙이는 것은 좀 그렇지. 어이, 마마! 저 어중천이라는 아저씨와 제가 붙어 보겠습니다! 재미 삼아 한번 시켜 주십시오!"

"오호, 그래? 좋소! 한번 기량을 펼쳐 보시오!"

상당히 건방지고 불량스러운 말투였지만, 청성제는 이상하게도 재미가 붙은 듯 고개를 끄덕여 사바신의 청을 들어주었다.

슈렌은 라이아와 함께 일행 쪽으로 향하며 사바신에게 말했다.

"살살해."

"죽이진 않을게. 하하하하핫!"

사바신은 호탕하게 웃음을 터뜨리며 코트를 벗어 던졌다. 기절한 적사자대를 끌어내는 동안, 사바신은 머리띠를 다시 조여 매며 어중천을 바라보았다. 어중천 역시 자신의 관복을 벗어 하인에게 주며 사바신을 응시했다.

뿜어 나오는 힘에 비하면 사바신의 몸은 그리 우람하진 않았다. 지크보다 약간 더 근육이 붙어 있을 뿐이었다. 그러나 그의 피부 속에 무수히 숨어 있는 푸른 힘줄은 어떤 가즈 나이트보다 단단했다. 사실 신계에서 사바신은 힘보다는 깡으로 더 유명했다.

어중천 역시 중년이라고는 생각되지 않을 정도로 좋은 몸을 가지고 있었다. 게다가 몸을 풀 때마다 느껴지는 기합은 사바신으로 하여금 감탄을 자아내게 만들었다.

대련장이 정리됨과 동시에 두 사람은 중앙에 섰다. 사바신은 주먹의 근육을 풀며 어중천에게 소리쳤다.

"좋아, 좋아! 실전 무술이 뭔지, 깡이 뭔지 아저씨에게 확실히 가르쳐 드리지!"

"흥, 버르장머리 없는 녀석! 동방 대국의 자존심이 담긴 지곡류의 권(拳)으로 너의 코를 뭉개 주마! 각오(覺惡)!"

곧 징 소리와 함께 둘의 대결은 시작되었고 어중천이 먼저 공격했다. 당수라는 이름답게 어중천의 움직임은 적사자대와는 비교가 되지 않았다.

어중천은 자세도 잡지 않고 가만히 서 있는 사바신에게 전광석화와 같은 권을 날렸다. 하지만 사바신은 방어도 하지 않은 채 가만히 서서 그 공격을 모조리 몸으로 받아 냈다.

"뭐야! 저런 녀석이 무슨 가즈 나이트야! 집어치워!"

사바신이 계속 얻어맞기만 하자 린스는 주먹을 불끈 쥐며 고래고래 소리를 질렀다. 노엘은 이마를 감싼 채 살며시 중얼거렸다.

"아아, 공주님 제발 체통을……."

"종(終)!"

사바신에게 수십 차례 공격을 퍼부은 어중천은 결정타인 듯한 장파를 사바신의 명치에 날렸다. 끝났다 생각했는지 어중천은 회심의 미소를 지으며 사바신을 올려다보았다.

"후훗, 어떤가. 나의 권이…… 앗?"

순간 장내는 쥐 죽은 듯 조용했다. 어중천의 눈도 크게 벌어졌음은 물론이다.

수십 차례의 공격에 결정타까지 맞았는데, 사바신은 한 치도 물러서지 않았다. 게다가 고통스러운 표정은커녕 웃고 있었다.

"하하핫! 이 사바신 님께 그런 공격이 통하리라고 생각하면 큰오산이야, 아저씨! 이제 쉬시지!"

사바신은 완전히 빈틈투성이가 되어 버린 어중천의 면상을 손으로 잡고 바닥에 후려쳤다. 어중천은 두부에 큰 타격을 입고 대련장한계선까지 주룩 밀려 나가고 말았다.

어중천은 밀려 나간 상태로 하늘을 멍하니 바라보며 속으로 외쳤다. 사실은 입 밖으로 외치고 싶었으나 충격이 너무 큰 탓에 입술을 움직일 수가 없었다.

'나, 나의 권을 몸으로 막아 내다니! 설마 저 나이에 금강불괴를 극한까지 익힌 것인가?'

"헤헷, 저 아저씨, 더 이상 자존심 어쩌고 하는 헛소리는 지껄이지 못하겠지? 하하하핫!"

사바신은 입가에 약간 흘러나온 피를 굵은 팔로 쓱 훔치며 웃음을 터뜨렸다. 레디는 가소롭다는 듯한 표정을 지으며 중얼거렸다.

"아프면서 안 아픈 척하기는…… 하여튼 알아줘야 한다니까."

충격에서 어느 정도 회복된 어중천은 곧바로 몸을 일으켜 자세를 취한 뒤 기를 끌어 올렸다. 보통의 기예로는 사바신에게 충격조차 주지 못할 것 같았다. 어중천의 몸에 기가 상승함에 따라 바람과 같은 세찬 기운이 일기 시작했다. 이번만큼은 사바신도 자세를 취하며 어중천의 공격에 대비했다.

"아저씨, 진짜 해보시려고?"

"흥, 무엄(無嚴)! 조용히 지켜봐라!"

청운은 알고 있었다. 현재 어중천이 시도하려는 공격이 어느 정도의 파괴력을 지니고 있는 것인지를. 그는 즉시 어중천과 사바신의 일직선상에 있는 관중들에게 크게 소리쳤다.

"이보시오! 남서쪽 관중들은 모두 피하시오! 병사들은 무엇을 하느냐, 어서 저분들을 대피시키도록 하거라!"

어중천의 이마에 어느새 땀이 송골송골 맺혔다. 보통 공격이 통하지 않는다는 것을 깨달은 어중천은 일격 필살의 공격으로 사바신에게 치명타를 주자는 계산을 하고 있었다.

"용 세 마리의 몸을 일격에 관통했다고 전설로 전해지는 지곡류의 최고 기술이다! 위력상 성의 일부가 부서질지 모르지만 대(大)문파의 당수가 젊은 애송이에게 당했다는 얘기가 서방에 퍼져 망신을 당하는 것보다는 나을 것이다! 받아 보아라!"

사바신과 어중천의 대련을 덤덤한 표정으로 지켜보던 슈렌은 새로 가져온 차를 한 모금 마신 다음 낮게 중얼거렸다.

"저런다고 그쪽 사람들이 신경이나 쓸까."

사바신은 왼팔로 방어 자세를 취한 채 어중천의 공격을 기다렸다. 그 역시 기를 끌어 올린 상태였지만 왼팔에만 약간 집중한 상태였다. 방어를 너무 단단히 하면 반탄력 때문에 오히려 어중천의 몸이 터질 수도 있었다.

"어중천, 이 사람아. 제발 기를 중지하게!"

청운의 우레 같은 목소리가 들려오자 어중천은 흠칫 놀랐다. 그는 무서운 눈으로 쏘아보고 있는 노(老)선인을 바라보았다.

"처, 청운 선인!"

"지금 이것은 살기를 사용하는 전투가 아닐세! 대국이라 불리는 우리 동방의 자존심도 중요하지만 자네가 지금 그 기술을 사용하면 자존심을 지키기는커녕 자칫하면 살인만을 위한 권을 쓴다는 오명을 뒤집어쓰게 된다네! 자네의 문파인 지곡류도 권의 본질을 추구한다는 정통 문파가 아닌가! 도대체 왜 이러는 것이야!"

그러자 어중천의 눈빛이 흔들렸다. 그에 따라 어중천의 공력도 점차 하강했다. 사바신은 실망스러운 표정을 지으며 중얼댔다.

"쳇, 내가 무서운 모양이군. 저런 설득에 넘어가다니 말이야."

"뭐라!"

다시금 흥분한 어중천은 미리 모아 두었던 기를 이용해 기술을 전개했다. 어중천의 양손에서 뿜어져 나온 거대한 기합은 날카로운 창과 같이 사바신을 향해 뻗어 나갔다.

"어라? 이런!"

순간 위험을 느낀 사바신은 방어 자세를 풀고 양손을 모았다. 생각보다 어중천의 기술이 강하다고 판단한 그는 폭발의 영향을 줄이기 위해 어중천의 기합파를 그대로 땅에 찍어 내렸다.

"우욱!"

엄청난 폭발이 사바신의 주먹과 발밑에서 일어났다. 그런데도 사바신은 충격파가 다른 곳으로 새어 나가지 않게 하기 위해 몸을 피하지 않고 그 충격을 온몸으로 받았다.

"크으윽! 큰일 날 뻔했잖아. 아저씨! 이런 기술이면 이런 기술이라고 진작 얘기를 해 줘야 할 거 아냐!"

어중천은 더 이상 할 말이 없었다. 마지막에 기가 흐트러지긴 했지만, 자신의 최고 기술을 받고도 멀쩡히 소리치는 사바신의 저력에 그는 고개를 떨구고 말았다.

이윽고 청성제가 일어나 대련장에 있는 두 사람에게 말했다.

"자, 됐소. 행무판관 어중천은 그만 멈추고 귀가해 쉬시오. 그리고 서방에서 건너온 청년도 짐이 마련해 준 곳으로 가서 일행과 함께 여장을 풀길 바라오. 모두 들어라! 대련으로 부상을 입은 적사자대는 어의들을 불러 잘 치료하도록 하고, 금일의 호투(好鬪)가 벌어진 대련장을 잘 정리하거라!"

청성제가 지시를 내리는 동안에도 봉선으로 얼굴을 가린 왕비의 일그러진 표정은 여전했다. 슈렌은 궁인들이 자신과 일행을 숙소로 안내할 때 잠깐 왕비를 바라보았다가 말없이 고개를 돌려 다시 숙소로 향했다.

"자, 편히 쉬십시오."

나이가 좀 들어 보이는 궁녀가 일행에게 숙소를 안내해 준 뒤 인사를 하고 가려 하자 슈렌이 살짝 손을 올려 궁녀를 붙잡았다.

"방 하나만 더 부탁합니다."

궁녀는 의아한 눈으로 슈렌을 바라보며 물었다.

"예? 방은 한 분에 하나씩 드린 것으로 압니다만?"

그 순간 일행 뒤에서 기분 나쁜 웃음소리가 들려왔다.

"크크큭, 이거 섭한데? 하긴 난 궁녀들하고 같이 방을 써도 상관없어. 크하하하핫."

일행들 사이를 비집고 다가오는 회색 피부의 거한을 본 궁녀는 얼굴이 새파랗게 질리더니 빌 듯이 말했다.

"이, 이 방입니다. 열쇠를 가지고 올 테니 진정하십시오, 손님!"

그러자 바이론은 궁녀가 가리킨 방 앞에 서서 문고리를 잡으며 중얼거렸다.

"열쇠? 크하하하핫!"

바이론은 광소를 지르며 방문을 뜯고 안으로 들어갔다. 그 박력에 질린 궁녀는 황당한 표정으로 바이론이 들어간 방 쪽을 멍하니 바라보았다. 슈렌이 그녀에게 다가와 고개를 살짝 숙이며 말했다.

"빠른 시일 내로 저희가 수리하겠습니다. 죄송합니다."

"아, 아닙니다. 그럼 편히 쉬십시오, 여러분."

궁녀는 쫓기듯 황급히 물러갔고, 일행들은 각자의 방으로 들어가 피곤했던 여정을 풀었다. 하지만 일행 대부분은 제대로 잠을 이루지 못했다. 갑작스러운 편안함이 오히려 불안했다.

그렇게 동방에서의 첫날 밤이 서서히 지나갔다.

2

마귀와 야만족의 공격

"태자 마마, 련희 공주님께서 오셨습니다."

헬쑥한 표정으로 어의에게 침을 맞고 있던 태자는 련희가 왔다는 말을 듣고 밝게 웃으며 큰 소리로 말했다.

"오오, 그런가! 어서 들라 하시게!"

곧 붉고 화려한 옷을 입은 련희가 방으로 천천히 들어왔다. 그녀는 문가에서 자기 오라버니이자 태자인 쾌성에게 큰절을 올렸다.

"실로 오랜만에 뵙습니다, 태자 마마. 그간 별고 없으셨는지요."

그러자 쾌성은 엎드린 채 고개를 저으며 말했다.

"아니다. 거의 1년 만에 만났는데 태자 마마라니. 예전처럼 오라버니라 불러다오, 련희야. 하하하핫…… 욱!"

순간 쾌성은 입에서 피를 토하며 말을 멈췄다.

"오라버니!"

련희는 깜짝 놀라며 일어났지만 쾌성은 스스로 입가의 피를 닦으며 앉으라는 손짓을 했다.

"아, 가까이 올 필요 없다. 하루에 두세 번 피를 토하는 것은 예사 니까 걱정할 필요 없다. 게다가 네가 1년 만에 입는 기린포(麒麟袍, 동방의 왕족 여성이 입는 옷)에 내 피를 묻힐 수는 없지 않느냐."

련희는 시무룩한 표정을 지은 채 다시 정좌를 했다. 쾌성은 한숨 을 내쉬며 련희에게 물었다.

"그래, 서방에서 공부는 어땠느냐? 보모는 너나 가희가 어른이 돼서 왔다고 기뻐하던데……. 아, 그리고 너에겐 남자가 생긴 듯하 다는 사족을 달더구나, 하하하핫. 그런데 정말이냐? 연애에 관한 한 보모의 예상이 틀린 적이 없는데……."

련희는 대답 대신 희미한 웃음을 지었다. 쾌성은 그 모습을 보고 고개를 끄덕였다.

"그래 그래. 하긴, 네 나이도 스무 살이 다 되었으니 무리는 아니 지. 그래, 그 남자는 어떤 인물이더냐? 강하더냐? 네가 어렸을 때 부터 이 오라버니와 힘을 겨룰 수 있을 정도의 남자여야 한다고 말 했는데."

이번에도 련희는 대답 대신 고개만 끄덕였다.

그때 어둠이 깔리기 시작한 창문 너머로 병사들의 거친 목소리 가 들려왔다.

"큰일 났다! 마귀와 야만족이 습격해 온다!"

그 함성은 슈렌 일행이 있는 귀빈관까지 들려왔다. 천장에 거꾸 로 매달려 몸을 풀고 있던 슈렌은 눈을 번쩍 뜨며 중얼거렸다.

"성격이 급한 녀석들이군."

그날 밤은 구름이 많이 낀 만월이었다.

옷을 챙겨 입은 슈렌은 그룬가르드를 들고 방문을 나섰다. 사바신과 레디는 이미 복도에서 슈렌을 기다리고 있었다.

"늦었군, 슈렌. 바이론은 벌써 북쪽을 맡겠다며 나갔어."

"그래? 그럼 난 남쪽을 맡겠다. 나머지는 너희가 알아서 정해."

그 말을 남기고 슈렌은 라이아가 기거하는 방으로 가서 방문을 살짝 열었다. 라이아는 비단 이불을 덮은 채 곤히 자고 있었다. 라이아가 잠든 것을 확인한 슈렌은 곧바로 문을 닫고 밖으로 나섰다. 그 모습을 본 사바신과 레디는 알 수 없다는 얼굴로 중얼거렸다.

"저 녀석, 이상한 구석이 있군. 어쩐지 성인 여자들에겐 눈도 안 돌린다 했어."

"아냐, 의심하지 말자고, 사바신. 슈렌은 절대 그런 사람이 아냐."

"……안 나갈 건가?"

슈렌의 묵직한 목소리가 들려오자 둘은 혼비백산하며 밖으로 뛰쳐나갔다. 슈렌은 덤덤히 귀빈관을 나서서 성의 남쪽으로 향했다.

성의 북쪽 숲.

"여봐라, 선발대는 어떻게 되었나."

2미터가 약간 안 되는 신장을 지닌 야만족 족장은 짐승의 생고기를 씹으며 부하에게 물었다. 그의 오른팔 역할을 하는 부하는 날카로운 눈빛을 번뜩이며 대답했다.

"아직 소식은 오지 않았지만 곧 만날 수 있을 것입니다. 마귀들의 요술에 힘입은 그들은 모습이 보이지 않기 때문에 성안의 병사들이 눈치챌 가능성은 희박합니다. 너무 걱정하지 마십시오, 족장."

"좋아. 그럼 전진한다!"

족장은 고기 조각을 던지고 계속 앞으로 걸음을 옮겼다.

마귀족과 결탁한 야만족의 눈에 북쪽 성문이 보이기 시작할 무렴, 근처의 소나무 숲에서 무슨 소리가 들려오기 시작했다. 족장은 굵디굵은 팔을 위로 치켜들며 부하들을 멈추게 했다. 그들은 곧 소리가 들리는 쪽으로 천천히 갔다.

어둠 속에서 뭔가 부스럭거리고 있었다. 하지만 구름이 달을 가리고 있어서 사람인지 짐승인지는 구별할 수 없었다. 그러나 소리만은 구별할 수 있었다.

"사, 살려 줘! 살려 줘! 으아아아악!"

야만족 언어로 외치는 끔찍한 비명이 그들 귀를 세차게 때렸다. 야만족은 소리가 들려온 쪽으로 무기를 거머쥔 채 달려갔다. 그때 소름이 돋을 정도로 음산한 목소리가 야만족의 귀에 들려왔다.

"크크크크. 오랜만에 사람의 피 냄새를 맡아 보니 즐겁군, 크크크큭. 더 소리를 질러 봐. 재미가 없잖아? 너의 동료들도 구경하러 왔는데 말이야, 응?"

어둠 속에서 장신에 엄청난 덩치의 그림자가 희미하게 보였다. 뭔가를 손에 든 그 그림자는 붉은색 안광을 뿜어내며 자신에게 달려온 야만족들을 바라보았다.

"뭐, 뭐지, 저 녀석은?"

그때 운이 없게도 달을 가렸던 구름이 걷혔다. 그와 동시에 앞 대열의 야만족 전사들은 비명을 지르며 뒤로 나뒹굴었다.

달빛과 같은 회색 피부를 가진 근육질 괴한이 피부 가죽이 벗겨진 채 쓰러져 있는 야만족의 선발대에 둘러싸여 있었다. 그 괴인의 왼손엔 피부 가죽이 벗겨져 처참한 몰골의 야만족 젊은이가, 오른손엔 막 벗긴 듯 김이 나는 갈색 피부 가죽이 들려 있었다.

"우욱!"

야만족 족장은 아랫도리가 축축이 젖어 드는 것을 느끼며 뒤로 주춤거렸다. 다른 야만족 전사들 역시 겁에 질려 뒤로 물러섰다. 회색 피부의 괴한 바이론은 손에 든 야만족과 피질을 내던지고 자신을 보고 있는 야만족에게 천천히 걸어갔다.

"크크크, 내가 무서운가? 괜찮아, 솔직히 말해라. 어차피 결과는 동료들과 똑같을 테니 말이다, 크하하하핫!"

바이론이 웃음소리와 동시에 온몸에서 살기를 뿜어내자, 공포에 질려 어쩔 줄 모르던 야만족은 지지 않겠다는 듯 크게 소리를 지르기 시작했다.

"우오오오오!"

그러나 결국 그들은 족장과 함께 숲을 내달려 성의 북쪽 문에서 멀리 도망쳐 사라졌다.

바이론은 손에 묻은 피를 털며 미소를 지은 채 중얼거렸다.

"크큭, 1차 방어는 성공인 것 같군. 크크크크큭."

바이론의 모습은 어둠 속으로 빨려 들어가듯 사라졌다. 남은 것은 처참히 살해당한 야만족 전사들의 시신뿐이었다.

남쪽 성문에서는 일명 마귀라 불리는 흉칙한 몰골들이 성벽과 성문에 달라붙어 성안으로 들어오기 위해 안간힘을 쓰고 있었다. 병사들은 화살을 쏘며 분투했지만 하늘을 나는 마귀가 뒤를 공격하는 바람에 성벽을 방어하는 병사는 거의 전멸 직전이었다.

2차 방어를 맡은 보병부대는 약간 기세가 꺾인 상태로 돌격해 오는 마귀를 두려움에 떨며 바라보았다. 수비대장은 침을 꿀꺽 삼키며 중얼거렸다.

"하필 오늘 같은 경사스러운 날에 마귀들이 침입을 하는 것이냐! 다른 때는 성 밖에서 난동만 부리고 가더니. 허 참, 녀석들이 온다. 모두 온 힘을 다해 싸워라!"

"와아아!"

병사들은 함성을 지르며 다가오는 마귀에게 돌격했다. 수비대장은 부적을 꺼내 진언을 외웠다.

"방령진(防靈陣)!"

수비대장 손에 있던 부적은 곧 굉음을 내며 적에게 날아갔다. 마귀의 몸에 하나씩 붙은 부적은 그들의 움직임을 저지했다. 그사이 병사들은 짧은 칼로 움직일 수 없는 마귀들을 손쉽게 처리했다.

하지만 부적술도 한계가 있었다. 마귀는 거의 끝이 보이지 않을 만큼 기어 올라왔고 결국 제2 수비대도 점차 밀렸다. 정신력을 소모하느라 꽤 지친 수비대장은 움찔하며 병사들에게 소리쳤다.

"조금만, 조금만 더 버텨라! 제3 수비진형이 아직 완전히 갖추어지지 않은 상황이다! 여기서 우리가 물러서면 남문뿐만 아니라 다른 방향의 문들도 위험해진다! 필사의 의지로 싸워라!"

"나 좀 보시오."

갑자기 등 뒤에서 들려온 목소리에 수비대장은 자신의 아내와 아이들의 얼굴을 떠올리며 재빨리 검을 휘둘렀다. 사력을 다해 휘두른 수비대장의 검은 그의 어깨를 건드린 남자 손에 의해 간단히 잡히고 말았다. 남자는 낮은 목소리로 수비대장에게 말했다.

"흥분하지 말고 뒤로 가서 쉬시오. 여긴 내가 맡겠소."

그러자 수비대장은 자신에게 맡기라는 그 푸른 장발의 사나이를 어이없는 표정으로 보더니 소리쳤다.

"자, 잠깐만! 당신이 아무리 적사자대를 단 4합 만에 날려 보낸 실력자라고 하지만 저 녀석들의 수는 장난이 아니란 말이오! 한번 세어 보시오!"

슈렌은 새까맣게 몰려오는 마귀를 보며 덤덤히 중얼거렸다.

"30명 이상은 되겠군요."

"무, 무슨 소리요?"

"여기 계시라는 말입니다."

슈렌은 수비대장을 뒤로하고 병사들보다 더 앞으로 나섰다. 그의 몸과 들고 있는 그룬가르드에서 불꽃이 활활 타올랐다. 슈렌이 그룬가르드를 놓자 그것은 서서히 옆으로 붕 떠올랐다. 그 상태에서 슈렌은 양손에 기염을 집중했다.

"이거면 될까."

이윽고 그의 양손에서 엄청난 크기의 염탄(炎彈)이 생성되었다. 그걸 보자 마구잡이로 달려들던 마귀와 뒤에서 불안한 표정을 짓고 있던 수비대의 눈동자가 놀라움으로 커다랗게 떠졌다.

"세, 세상에!"

수비대장 역시 놀랄 뿐이었다.

사바신은 자신의 무기인 팔봉신 영룡을 어깨에 기대어 놓은 채 성벽 위에 앉아 지루한 표정을 짓고 있었다. 마귀는커녕 쥐 새끼 한 마리도 눈에 띄지 않았다.

"서쪽 문에 누가 지뢰라도 심어 놨나? 왜 아무도 안오지? 젠장, 지겨워 죽겠구먼. 하아아아암."

사바신은 길게 하품을 하며 주위를 둘러보았다. 활을 들고 경계를 서고 있는 서문 수비부대 병사들만이 눈에 들어올 뿐이었다. 사바신은 입맛을 다시며 제일 가까이 있는 병사에게 말을 걸었다.

"쩝, 담배 있소, 형씨? 기다리기 지루해서 그러는데."

그러자 병사는 고개를 갸웃거리며 사바신에게 되물었다.

"다, 담배라뇨?"

"젠장, 연초 말이오, 연초. 당신들 많이 들고 다니던데, 뭐."

병사는 그제야 알겠다는 듯 사바신에게 손가락 길이의 연초 서너 개를 건네주었다. 사바신은 입에 연초 하나를 물며 다시 앞을 바라보았다. 착하디착한 병사는 사바신에게 불까지 주려고 부싯돌을 꺼내 들었다.

"자, 이것으로 피우시면…… 응?"

그러나 사바신은 손가락을 튀겨 연초에 불을 붙였다. 병사는 눈을 동그랗게 뜨고 불이 붙은 연초를 바라보았다.

사바신은 전방에서 연초 불빛이 보이지 않게 뒤로 고개를 돌리며 병사에게 물었다.

"음? 뭐 문제 있소?"

"아, 아니올시다."

병사는 다시 활을 들고 전방을 주시했다. 사바신은 연기를 후 내뿜으며 미소를 지었다.

"후, 좋다 좋아. 얼래? 저건 또 뭐야?"

사바신은 남문 쪽 하늘에 거대한 불꽃기둥이 치솟는 것을 보았다. 잠시 생각하던 사바신은 그 불꽃 기둥이 무엇인지 알겠다는 듯 고개를 끄덕이며 다시 앞을 응시했다.

"흠, 한 8백에서 9백 마리 정도 구워졌겠군. 쳇, 저거 보니까 더 몸이 근질거리네."

사바신은 계속 연기를 뿜어 댔다.

맹렬히 돌격해 오던 마귀들은 새파랗게 질린 얼굴로 조금씩 뒷걸음쳤다. 동족 4분의 1이 한순간에 불타 재로 변했다.

"수비대장님."

슈렌은 그룬가르드를 고쳐 잡으며 뒤에 있는 남문 수비대장을 불렀다. 수비대장은 멍한 눈으로 슈렌을 보고 있었다.

"적들의 사기가 좀 떨어진 것 같습니다. 공격 명령을 내리심이 어떨까요."

"아! 전 보병부대, 진격하라!"

정신을 차린 수비대장의 명령에 병사들은 검을 움켜쥐고 앞으로 돌격했다. 동시에 성벽 위로 넘어와 있던 마귀들은 뒤돌아 달아났다. 병사들은 있는 힘을 다해 도망치는 마귀의 뒤를 공격했다.

성벽 아래로 마귀들이 내려가자 슈렌은 그룬가르드를 들고 공중으로 떠오르며 중얼거렸다.

"마무리는 해야겠지."

슈렌은 눈을 뜨며 기력을 급격히 끌어 올렸다. 성벽에서 화살을 날리던 병사는 자기 머리 위가 등을 켜 놓은 듯 훤해지자 깜짝 놀라며 고개를 쳐들고 올려다보았다. 위에는 불길에 휩싸인 슈렌이 있었다. 슈렌은 숲으로 도망치는 마귀들을 쏘아보며 그룬가르드를 던질 자세를 취했다.

"가랏!"

슈렌의 그룬가르드는 붉은 잔광을 남기며 마귀들이 도망치는 숲에 대각선으로 내리꽂혔고, 창이 꽂힌 일대 숲은 곧 대폭발에 휩싸이며 모든 것들을 순식간에 소각시켰다.

"전멸은 못 시켰군."

슈렌은 성벽 위에 살며시 착지하며 손을 앞으로 뻗었다. 그러자 아직도 불길에 휩싸여 있는 숲에서 붉은빛이 슈렌에게 모여들었다. 슈렌은 정신이 더욱 혼미해진 수비대장에게 말했다.

"물을 좀 가져다 주시겠습니까. 조금 긴 통에 담아 주십시오."

"예! 여봐라!"

수비대장은 즉시 병사에게 명해 마구간에서 쓰는 긴 물통을 가져다 슈렌 앞에 놓았다. 슈렌은 붉게 달궈진 그룬가르드를 물통 속에 넣었다. 그룬가르드는 곧 피식 소리를 내며 식어 갔다.

수비대장은 궁금한 얼굴로 슈렌에게 물었다.

"아니, 왜 창을 이렇게 식히는 것이오?"

슈렌은 어느 정도 식은 그룬가르드를 다시 잡으며 대답했다.

"달궈진 창을 잡으면 손에 화상을 입기 때문입니다."

수비대장은 자신이 바보 같아 무안한 듯 헛기침을 몇 번 하더니 병사들을 돌아보며 외쳤다.

"무엇들 하는 게냐! 2차 공격이 올지 모르니 다른 명령이 내려질 때까지 경계를 늦추지 말거라!"

"예!"

주위를 둘러보던 슈렌은 왕족들이 있는 제궁(帝宮) 쪽을 바라보았다. 그러다 다시 앞을 바라보며 나지막이 중얼거렸다.

"나까지 갈 필요는 없겠군."

청성제는 불안한 얼굴로 소식을 기다리고 있었다. 같이 있던 어중천은 고개를 숙이며 말했다.

"마마, 너무 심려치 마시옵소서. 병사들도 그리 지치지 않은 상태이고, 마귀들과 결탁한 야만족들이 쳐들어온 것이 어제오늘의 일도 아니지 않습니까."

"그렇긴 하오만, 왜 하필 공주들이 돌아온 오늘 습격을 해 온단 말이오. 정말 걱정이구려."

어중천 역시 한숨을 쉴 뿐이었다. 그때 어중천의 옆으로 검은 그림자가 내려앉아 무릎을 꿇었다. 청성제는 고개를 살짝 들며 갑자기 나타난 그 그림자를 바라보았다.

"아, 왔구려, 난영 두령. 제궁 쪽에 잠입한 침입자는 아직 없소?"

온몸을 흑색 옷으로 가리고, 두건을 쓴 난영은 머리를 깊이 조아리며 낮은 음성으로 대답했다.

"그 일로 대령했사옵니다. 누군가 제궁에 침입했사옵니다."

청성제는 깜짝 놀라며 난영에게 물었다.

"아니, 2백 년 가까이 돌파되지 않았던 사건정중(死乾丁衆)의 제궁 호위망이 돌파되었단 말이오?"

난영은 계속 말을 이었다.

"그렇사옵니다. 죽은 사건정중의 체온을 본 결과 약 한 시간 전에 돌파되었사옵니다. 저의 실력과 맞먹거나 그 이상의 힘을 가진 암살자임에 틀림없습니다. 어중천 당주께선 반드시 마마 곁에 계셔 주십시오. 소인은 침입자를 추적하겠사옵니다."

난영은 곧바로 잔상도 남기지 않고 사라졌다. 어중천은 청성제에게 가까이 다가가 앉으며 말했다.

"난영 두령과 동등한 실력자라면 저도 간파할 수 있다고 자신할 수는 없사옵니다. 그러나 소인 어중천, 한 문파의 당주로서 마마를 기필코 보호해 드리겠사옵니다."

청성제는 한숨을 길게 내쉬며 고개를 끄덕였다.

"고맙소, 어중천. 그건 그렇고 왕비와 태자, 그리고 공주는 괜찮을지 모르겠소."

어중천도 그것이 걱정되는 듯 소리 없이 한숨을 지었다.

런희는 병석에 누워 있는 쾌성 태자와 함께 있었다. 살집이 좀 많은 견습 궁중 어의는 촛불 아래서 꾸벅꾸벅 졸고 있었다. 금년 76세의 궁중 최고 어의는 침을 정리하며 런희에게 말했다.

"공주 마마, 태자 마마는 소인이 보좌하겠사오니 그만 쉬시지요."

런희는 걱정 말라는 듯 웃으며 고개를 저었다.

"배에서 많이 쉬어서 괜찮습니다. 어의께서나 좀 쉬시지요."

"아닙니다, 공주. 공주님은 쉬셔야 합니다. 영원히, 후후후훗."

순간 방에 있는 모든 사람은 갑자기 들려온 기분 나쁜 음성에 깜짝 놀라며 주위를 둘러보았다. 그 순간 천장에서 붉은 물방울이 떨어졌고 졸음 때문에 정신이 몽롱한 상태였던 견습 어의는 자기 얼굴에 떨어진 물방울을 만져 보았다. 미끌거리는 감촉, 그리고 기분 나쁘게 미지근한……

"피, 피다!"

늙은 어의는 급히 쾌성을 몸으로 감싸며 외쳤다.

"지붕 위의 사건정중이 당했군!"

런희는 즉시 품에서 부적을 꺼내 결계를 만든 뒤 주위를 둘러보며 소리쳤다.

"어디 계십니까! 저를 노리신 것이라면 어서 나오십시오!"

"공주님의 명이시라면. 후후훗."

음성과 함께, 태자의 방 천장에 긴 낫을 든 거인이 거꾸로 매달린 채 홀연히 나타났다. 런희는 잔뜩 긴장하며 그의 이름을 내뱉었다.

"조커 나이트?"

"후훗, 황송하게도 이름을 기억해 주시는군요. 안심하고 저승으로 보내 드릴 수 있을 것 같습니다, 하하하하핫!"

순간 런희의 몸이 소리 없이 조커 나이트를 향해 날았다. 조커 나이트는 긴 낫으로 자신의 몸을 감싸듯 방어 자세를 취했다.

강철음과 함께, 어느새 변신한 가희가 호신용 도검으로 조커 나이트의 낫과 대치하는 모습이 어의들의 눈에 들어왔다. 늙은 어의는 깜짝 놀라 가희에게 외쳤다.

"마마! 옥체를 보존하소서!"

"시끄럽소! 경들은 어서 오라버니를 모시고 안전한 곳으로 피하시오! 이건 명령이오!"

"공주 마마!"

그들은 어쩔 수 없이 태자를 데리고 급히 방을 빠져나갔다. 조커 나이트는 광대 가면에서 다시 한 번 기분 나쁜 웃음소리를 냈다.

"후후훗, 불구자인 태자에겐 별 관심 없는데…… 어쨌든 공주 마마는 실수하셨습니다. 하하하하."

"뭐라고?"

가희가 깜짝 놀라 눈을 크게 뜬 순간, 비명과 함께 온몸을 난도질당한 사람이 방문을 박차고 들어왔다. 다름 아닌 늙은 어의였다.

"마, 마귀다!"

젊은 견습 어의는 태자를 업은 채 퍼렇게 질린 얼굴로 다시 방에 들어왔다. 가희는 침을 꿀꺽 삼키며 조커 나이트를 바라보았다. 조커 나이트가 쓴 광대 가면의 초승달 모양 눈구멍에서 불가사의한 기운이 밀려 나왔다.

조커 나이트는 웃음과 함께 말했다.

"여긴 가즈 나이트가 넷이나 있습니다. 나 혼자 왔을 거라고 생각하셨습니까? 하하하, 밖으로 나가면 죽습니다. 태자고 뭐고!"

"함구(緘口)!"

그 순간 천장이 정사각형으로 잘리며 검은 그림자 하나가 방으로 들어왔다. 그림자는 태자를 안고 다시 천장으로 귀신처럼 사라졌다. 태자와 함께 있던 견습 어의는 넋이 나간 얼굴로 구멍이 뚫린 천장을 바라보았다.

가희는 그 그림자가 누군지 알고 있었다.

"난영 두령!"

그때 가희의 칼에 엄청난 힘이 가해졌다. 가희는 조커 나이트에게서 밀려났다. 바닥에 제대로 선 조커 나이트는 분노 실린 목소리로 말했다.

"시간을 너무 많이 드린 것 같군요, 사과드립니다. 이제 당신을 저승 여행 코스로 모시겠습니다!"

그러나 갑자기 천장이 폭음과 함께 부서지더니 조커 나이트를 향해 화염이 쏟아져 내렸다. 화학물질로 발생한 불인지 조커 나이트를 둘러싼 화염은 쉽사리 꺼지지 않았다.

"크윽, 뭐냐!"

이번에는 바깥쪽 벽이 부서지며 그 안에서 검은 그림자가 다시금 나타났다. 그림자는 조커 나이트를 향해 대적 자세를 취하며 가희에게 말했다.

"난영, 대령했사옵니다. 공주 마마께서는 사건정중이 대기하고 있는 건물 밖으로 대피하시옵소서. 식귀탄(食鬼彈)으로는 저 마귀를 오래 잡아 둘 수 없을 것 같사옵니다."

"알았소. 고맙소, 난영."

가희는 고개를 끄덕이며 견습 어의를 데리고 벽 밖으로 몸을 날렸다. 난영이 뚫은 벽은 건물의 외벽. 고로 두 사람은 잠시 하늘을 날아야 했다. 견습 어의는 가희의 팔에 매달린 채 눈을 꼭 감았다.

가희는 사건정중 여럿이 대기하고 있는 건너편 건물 지붕 위로 안전하게 착지했다. 사건정중은 그 즉시 가희를 중심으로 방어진을 만들었다.

"짐을 덜겠사옵니다, 마마."

"아악!"

말이 끝나기 무섭게 사건정중 한 명이 뚱뚱한 견습 어의를 발로 차 지붕 밑으로 떨어뜨렸다. 가희는 깜짝 놀라 소리쳤다.

"이, 이게 무슨 짓이냐! 어의는 정식 신하급의 관리라는 것을 모른단 말이냐!"

곧 물에 뭔가 떨어지는 소리가 들려왔다. 어의를 발로 차서 떨어뜨린 사건정중은 그들 두령과 같은 무뚝뚝한 말투로 대답했다.

"밑은 연못입니다. 근처 병사가 구해 줄 것입니다."

"……당신 두령과 똑같구려."

가희는 어쩔 수 없다는 듯 고개를 저으며 자신이 있던 건물을 바라보았다. 곧 건물 4층에서 대폭발이 일어났다. 그리고 가희 앞으로 난영이 몸에서 연기를 뿜어내며 착지했다. 그는 자신의 애검(愛劍) 구십구도(九十九刀)를 등에 있는 칼집에서 뽑아 들며 가희에게 말했다.

"잔당들은 모두 폭사시켰사옵니다만, 어의의 시신은 수습하지 못할 듯하옵니다. 그 부분은 수고스러우시겠지만 마마께서 직접 폐하께 전해 주시길 바라옵니다. 사건정중, 공주 마마를 모시고 이동하라."

그의 명에 따라 사건정중은 마치 기계처럼 똑같은 걸음과 보폭으로 움직이기 시작했다. 가희 역시 그들과 함께 이동하며 난영에게 말했다.

"경은 1년 전이나 지금이나 달라진 것이 없구려. 하긴 경의 임무가 어둠 속에서 움직이는 것이니만큼…… 음?"

순간 가희는 이상한 느낌에 공중으로 몸을 솟구쳤다. 가희를 둘러싼 채 움직이던 사건정중 여덟 명은 단숨에 몸이 동강 나며 즉사하고 말았다.

가희는 폭이 넓어 움직이기 불편한 기린포를 벗어 던지며 전투태세를 취했다. 난영 역시 가희 앞에 서며 사방으로 눈을 굴렸다.

"저에게 배우신 것은 잊지 않으셨군요."

"언제나 평상복 속에 도복을 입고 있으라는 것? 기본 아니오, 난영 두령?"

곧 둘의 시선은 몸이 두 동강 난 사건정중의 시신들이 있는 곳으로 향했다. 그 근처에서 조커 나이트가 커튼을 좌우로 열듯 어둠을 열어젖히며 나타났다. 옷이 약간 그슬린 듯했지만 그리 충격을 받은 것 같지는 않았다.

조커 나이트는 낮에 묻은 사건정중의 피를 바닥에 떨구며 난영과 가희에게 시선을 돌렸다.

"잔재주 따위로 나를 죽일 수 있을 것 같나? 어쨌든 공주, 당신은 명도 길군요. 나에게 표적이 된 인간 중에서 이렇게 오래 산 인간은 처음입니다. 어쨌든 나를 화나게 한 이상 그냥 돌아가실 수 없을 것 같군요. 좀 천천히 돌아가셔야 할 것 같습니다…… 앗! 뭐지?"

조커 나이트는 가면에 갑자기 물방울이 튀자 흠칫 놀라 주위를 두리번거렸다. 난영과 가희도 갑자기 물방울이 떨어지자 하늘을 올려다보았다. 구름도 거의 걷힌 상태여서 비가 내릴 확률은 낮았다. 그 순간 둘 앞에 큰 물보라가 일더니 녹색 스포츠 머리의 청년이 홀연히 나타났다.

"제가 늦어도 한참 늦은 것 같군요. 동쪽 성문을 습격한 마물을 혼자 처리하느라 좀 늦었습니다."

"휴, 그래도 다행이군요, 레디 님. 오신 것만 해도 어디예요."

가희는 이제 안심이라는 듯 한숨을 내쉬었다. 그러나 조커 나이트의 기분은 그녀와 정반대였다.

"가, 가즈 나이트! 빌어먹을!"

조커 나이트는 뒤로 주춤거리며 낫으로 방어 태세를 취했다. 레디 역시 환도(環刀) 세레인을 뽑아 들며 공격 자세를 취했다.

"자, 두 분은 다른 곳으로 가 주시겠습니까?"

"그럼 저 광대를 부탁해요, 레디 님."

가희는 제궁 중앙 쪽으로 몸을 날렸다. 난영은 레디를 한 번 바라본 뒤 아무 말 없이 가희를 따라 몸을 날렸다.

"윽, 놓치다니, 모조리 놓치다니!"

조커 나이트는 분한 듯 낫을 든 손을 부르르 떨며 살기를 내뿜었다. 레디는 정신을 집중한 채 조커 나이트를 바라보았다.

"실패한 걸 알았으면 그냥 가시죠. 꼭 저와 대결하시겠다면 말리지는 않겠습니다만."

가만히 레디를 보던 조커 나이트는 이내 낫을 접으며 투덜댔다.

"쳇, 뭐 괜찮아. 난 이쪽 계약자의 부탁을 받고 온 것뿐이니까."

그 말에 레디는 눈을 움찔하며 조커 나이트에게 물었다.

"허튼소리는 하지 말았으면 합니다. 말만으로 괜히 이간질을 하는 것 아닙니까?"

조커 나이트는 우습다는 듯 어깨를 들썩이며 말했다.

"후후훗, 믿기 싫으면 그만두시지. 공주가 돌아오는 것을 매우 싫어하는 계약자가 한 분 있다는 것은 확실하니까. 이렇게 말해 봤자 너희 머리로는 밝혀낼 수 없을 거다. 후후."

"그렇다면 그와의 계약 조건은 말해 줄 수 있습니까?"

"훗, 우리가 원하는 것은 신주(神柱), 즉 신벌의 기둥 외에 없다는 것을 잘 알잖나? 이 동방엔 신주가 단 두 개뿐이야. 그 두 개가 다 떠올라야 서방 대륙에 이어 동방 대륙도 떠오르지. 하지만 우리도 아직 위치를 몰라. 그러나 계약자는 알고 있지. 그 이외의 계약 조건은 말해 줄 수 없다. 재미가 없을 테니까, 하하하핫!"

거기까지 들은 레디는 검을 거두고 공격 자세를 풀었다. 레디는 뒤돌아서며 말했다.

"당신도 지금 싸울 마음은 없는 듯하니 그냥 보내 드리죠. 하지만 다음 방문 때는 제가 당신을 상대하지 않을지도 모릅니다."

"후훗, 겁나서 미치겠군. 그럼 다음에 보자!"

조커 나이트는 웃으며 데몬 게이트를 열고 스륵 사라졌다. 레디는 머릿속이 복잡한 듯 짧은 머리칼을 손으로 비비며 중얼거렸다.

"모르겠군, 모르겠어."

3

광황강림(光皇降臨)

원(愿) 차원계 내부.

훼른 라디언트는 팔짱을 낀 채 차원결계가 쳐진 차원계를 묵묵히 바라보았다. 그의 시간으로 일주일째, 그는 그곳에서 같은 자세를 취하고 있었다. 주신의 명으로 다른 가즈 나이트를 지원 나온 그는 자기 앞에 놓인 차원결계를 어떻게 뚫을까 고민 중이었다.

차원결계를 뚫지 못하면 지원할 수 없다. 한참 생각하던 그는 허리에 찬 플렉시온을 바라보았다. 주신이 만들긴 했지만 다크 팔시온과는 완전히 상반되는 검이기에 두 검 모두 기준치 이상의 힘을 발휘하면 차원 간의 거리가 꽤 멀어도 서로 반응하게 되어 있었다. 훼른은 그것을 이용해 바이론이 있는 장소를 알아내려 했다. 일단 장소를 알아낸 뒤, 어떻게든 힘으로 차원결계를 뚫겠다는 생각이었다. 훼른은 마지막 남은 담배 한 개비를 입에 물었다. 가볍게 불을 붙인 그는 길게 연기를 내뿜으며 입을 열었다.

"……지루하군."

그것이 휀 라디언트가 일주일 만에 내뱉은 말이었다.

"얘들아, 슈렌 공자님이셔!"

다음 날 아침, 성안을 돌아다니던 궁녀들은 슈렌의 모습을 보고 어쩔 줄을 몰라 했다. 슈렌은 나무 그늘이 드리운 성벽에 기대어 앉아 명상에 잠겨 있었다. 그런 상황을 아는지 모르는지 그는 계속 아침 일을 생각했다.

'이래저래 곤란하게 됐군.'

아침에 슈렌은 일행을 대표해 청성제에게 기둥에 대해 물어보았으나 유감스럽게도 동방에 단 두 개뿐이라고 전해지는 신주의 위치를 가르쳐 주지 않았다. 게다가 어젯밤 조커 나이트와 만난 레디가 성안에 내통자가 있다는 말까지 해서 슈렌의 마음은 꽤 복잡한 상태였다.

'조커 나이트라…… 녀석이 나타나면 늘 나쁜 일이 생겼는데, 이번엔 어떨지 모르겠군.'

그때 갑자기 상공에서 느껴지는 이상한 기운에 슈렌은 고개를 쳐들었다.

제궁 상공에 흑색의 거대한 구멍이 뚫려 있었다. 게다가 그 구멍에선 사람 그림자 몇 개가 서서히 내려왔다.

"역시나!"

슈렌은 마치 용수철 튀어 오르듯 일어났다.

방에 있던 레디는 정좌를 한 채 몸의 기를 빠르게 돌리고 있었다. 레디의 특성상 기를 돌리면 공기 중 물방울이 구슬처럼 뭉쳐져 몸 주위를 빙글빙글 돌게 되는데, 이를 유지하는 수련을 하는 중

326

이었다. 햇볕이 좋은 곳에서 그 수련을 하면 웬만한 장식품보다 더 멋진 광경을 연출할 수 있었다. 하지만 그는 아무도 없는 곳에서 수련을 했다. 왜냐하면 자신은 장식품이 아닌 데다 이 수련을 할 때 빛이 비치면 어떻게 된다는 것을 알고 있었기 때문이다.

"레디 님, 있어요?"

"예, 들어오십시오."

베르니카가 멋쩍은 얼굴로 머리를 긁적이며 방에 들어왔다. 그녀 눈에 가장 먼저 띈 것은 수련 중인 레디의 모습이었다.

"뭐 하는 거예요?"

레디는 친절히 대답했다.

"수련의 일종이랍니다. 기를 높이는 수련이지요."

그러자 베르니카는 턱을 쓰다듬으며 미심쩍은 얼굴로 말했다.

"내가 보기에는 서커스 마술사가 하는 수련 같은데요?"

"네? 하핫, 그런 말 자주 듣지요. 그건 그렇고 저 때문에 다치신 눈은 아직도 안대로 가리고 다니시나요?"

레디의 말에, 베르니카는 안대로 가린 왼쪽 눈을 만지며 고개를 끄덕였다.

"레디 님 잘못은 아니었어요. 제가 칼을 허술하게 잡아서 그런 것이죠. 그리고 제 칼로 상처 입은 거고요. 뭐, 별로 힘든 건 없어요."

그러자 레디는 붕 뜬 채 베르니카 쪽으로 돌아서며 말했다.

"얼굴에 난 상처는 다른 상처보다 더 힘들 수 있습니다. 장래를 생각하면 더욱 그렇죠. 음, 그 정도 상처라면 제가 어떻게 해 볼 수 있을 것 같군요."

레디의 말을 들은 베르니카는 고개를 저었다.

"괜찮아요. 이 상처 덕분에 검술이라는 것이 뭔지 조금은 깨달았으니까요. 그리고 얼굴에 상처가 있다고 해서 지금까지 불편했던 적은 없어요."

"……그렇습니까."

레디는 웃으며 뒤로 돌아섰다. 그런 모습을 두 번씩이나 본 베르니카는 인상을 찡그린 채 밖으로 나가며 말했다.

"앞으로 그렇게 돌아서지 말아요. 유령 같아요."

"네."

베르니카는 레디의 방문을 닫고 자기 방으로 향하다 달려오던 사바신과 부딪히고 말았다. 쓰러진 베르니카는 화내며 소리쳤다.

"앞 좀 똑바로 보고 달려요! 하여튼 이상한 사람들만 모인 집단이라니까!"

그러나 사바신에게는 그 소리가 들리지 않았다. 그는 듣는 둥 마는 둥 레디의 방문을 벌컥 열어 젖히며 소리쳤다.

"이봐, 손님들이 오셨다!"

"뭐? 어떤 녀석들인데?"

레디는 자세를 풀고 세레인을 집어 들며 물었다.

"이상하게 귀가 큰 녀석 둘하고 그들을 끌고 온 할아범 하나야. 슈렌이 우리도 나오는 게 좋겠다고 하더군."

그러자 레디는 진지한 표정을 지으며 고개를 끄덕였다.

"그럼 심각한 일이구나……. 그래, 가자."

제궁에 마련되어 있는 넓은 광장에는 동물처럼 끝이 뾰족한 귀를 가진 근육질 남자가 서 있었다. 그 옆에는 그처럼 특이한 신체를 가진 여자와 안경을 쓴 키 작은 노인 와카루가 처참히 부서진 병사 몇 명을 뒤로하고 서 있었다. 와카루는 듬성듬성 난 수염을 긁적거리며 은색 손목시계를 내려다보았다.

"흠, 너무 늦는구먼. 이렇게 몇 명 본때를 보여 주면 즉시 모일 거라 생각했는데, 시답잖은 병사 몇 명과 저 젊은이 둘만 오다니, 험험."

그가 지루해하는 만큼, 양쪽의 남자와 여자도 몸이 달아오른 듯 이를 갈며 와카루에게 물었다.

"주인! 앙그나, 싸우고 싶다! 저 녀석들이랑!"

"그렇다! 카에도 앙그나와 같이 싸우고 싶다!"

그러자 와카루는 곤란한 표정을 지으며 달래듯 말했다.

"이런, 조금만 참아 보거라. 그건 그렇고 이 할애비가 말해 둔 것, 기억하고 있지?"

앙그나라는 남자가 고개를 끄덕였다.

"그렇다, 앙그나! 갈색 머리카락의 여자애, 보이면 납치한다!"

옆에 있던 카에라는 여자도 질세라 대답했다.

"기억한다, 주인! 카에, 가즈 나이트와 싸운다! 그들을 죽인다!"

와카루는 만족한 듯 고개를 끄덕이며 품에서 과자를 꺼내 둘에게 건네주었다.

"헛헛, 착한 녀석들. 그런데 시에도 데리고 올 것을 잘못했구나."

시에라는 이름이 나오자 앙그나는 고개를 세차게 저으며 말했다.

"아니다! 막내 시에, 너무 어리다! 우리는 네 살이나 먹었지만, 시에는 두 살이다! 너무 어리다!"

와카루는 자신의 대머리를 만지며 고개를 끄덕였다.

"헛헛, 하긴 그렇지. 아, 저기들 나오는구나."

앙그나와 카에의 시야에 자신들에게 다가오는 가즈 나이트 네 명의 모습이 들어왔다.

"강한 것 같은데, 어떻게 생각하나?"

슈렌은 처음부터 눈을 부릅뜬 채 바이론에게 물었다. 그는 킥킥 웃으며 가볍게 대답했다.

"크크큭, 할아범은 더위 먹은 엿가락에 불과하지만 저 둘은 참 재미있군. 처음 보는 생명체 같은데 4대 용왕과 맞먹는 힘을 가지고 있다. 크큭, 피가 끓어오르는군. 안 그러나? 크크크크큭."

막 도착한 레디와 사바신은 그 말을 듣고 깜짝 놀라며 바이론에게 물었다.

"잠깐, 4대 용왕과 맞먹는다면 현재 우리로서는……!"

"크큭, 나 빼고는 모두 상대도 안 되지. 안전주문이 풀리지 않은 상황에서 그 정도 힘을 가진 존재와 붙을 수 있는 것은 나와 휀, 리오 셋 뿐이다. 슈렌도 마찬가지야. 안 그런가? 크크크큭."

슈렌은 인정한다는 듯 고개를 끄덕였다. 레디와 사바신은 분하다는 듯 주먹을 불끈 쥐며 바이론에게 물었다.

"그럼 우리는 뭘 하면 되지?"

슈렌이 대신 대답했다.

"저 노인의 목적에 따라 바뀌겠지."

그들이 그렇게 얘기하는 사이, 노인은 소형 스피커와 연결된 마이크를 주머니에서 꺼내 그들을 향해 말했다.

"요오, 처음 뵙겠습니다, 제군들. 저의 이름은 와카루, 닥터 와카루입니다. 우리가 온 것은 다름이 아니라, 어젯밤 제 일을 도와주는 분들 중 한 분이 여기에 여러분이 있다는 정보를 주시더군요. 그래서 어떤 물건을 좀 찾을 겸해서 이곳으로 왔습니다, 허허허허헛."

그 말을 들은 바이론은 광기가 가신 진지한 표정으로 나지막이 중얼거렸다.

"알아냈군, 약은 녀석들!"

슈렌은 묵묵히 와카루를 바라보다 레디에게 넌지시 말했다.

"넌 먼저 숙소로 가서 라이아를 지켜줘. 그 아이를 지키지 못하면 우린 여기서 끝장이다."

그 말에 레디와 사바신은 슈렌과 바이론을 멍하니 바라보았다.

"그 꼬마를? 왜! 도대체 무슨 소리야!"

사바신이 소리를 지르는 찰나 어중천의 지시에 따라 와카루 일행을 미리 포위하고 있던 동방 군사들이 활시위를 당겼다.

"쏴라! 저 무례한 녀석들에게 예를 가르쳐 주는 거다!"

어중천의 호령을 들은 와카루는 섭섭하다는 듯 미소 지으며 고개를 가로저었다.

"이런, 이런…… 얘들아, 나오너라."

와카루의 한마디에, 그들 주위로 10여 개의 데몬 게이트가 열리며 생체 로봇 나찰과 수라들이 나타났다. 시위를 당겼던 병사들은 혼비백산하며 뒤로 물러섰다.

"세, 세상에…… 강철 거인이다!"

병사들이 소리치자 와카루는 귀를 후비며 나찰과 수라에게 지시를 내렸다.

"하이고, 시끄러워. 뭐라고 하는지도 모르겠군. 조용하게 만들어라, 얘들아."

명령을 받은 나찰과 수라의 두뇌는 각 무기의 안전장치를 해제한 뒤 무기 조작 프로그램을 즉시 로딩했다. 그들이 무얼 하는지 모르는 어중천은 병사들에게 화를 낼 뿐이었다.

"무얼 하는 게냐! 적을 두려워하지 마라! 어서 쏘란 말이다!"

어중천이 말하는 동안 수라의 어깨에 장치된 개틀링 머신건 총신이 빠르게 회전했다. 나찰의 어깨에 장착된 대인미사일 발사기의 발사구도 모두 열렸다. 이윽고 나찰과 수라의 무기들이 모조리 불을 뿜어댔다.

"멈추십시오!"

그때 병사들 앞에 얇은 물로 이루어진 장막이 솟아올랐다. 나찰과 수라가 쏜 탄환들은 그 얇은 막에 닿자마자 힘을 잃고 바닥에 후두두 떨어졌다. 그 워터 스크린은 너무나 얇아 기계에 탐지되지 않았기에 나찰과 수라들은 계속 무기들을 가동하고 있었다.

"얘들아, 그만!"

와카루의 명령에 나찰과 수라들은 곧 사격을 중단했다. 와카루는 혀를 차며 워터 스크린을 만든 녹색 스포츠 머리의 청년 레디를 응시했다.

"쩝, 생각을 못 했구먼. 하는 수 없지…… 앙그나는 내 옆에 있도록 하고, 카에는 잠시 후 저 청년들과 좀 놀아 주려무나. 지금 상태로 좀 힘들다 싶으면 본모습으로 돌아가거라, 알았지?"

"알았다! 그러나 카에 조건 있다! 한 명당 과자 하나다!"

와카루는 껄껄 웃으며 대답했다.

"허허헛, 오냐 오냐, 이 할애비가 듬뿍듬뿍 주마, 허허허헛."

"뭣이라고! 마물들이 또 습격을 해 와? 게다가 이번엔 성안까지 들어왔다고!"

청성제는 옥좌를 박차고 일어섰다. 소식을 전한 궁인은 더더욱 허리를 굽히며 대답했다.

"그러하옵니다, 마마. 철의 거인들까지 수십 명이 나타나 성안의 지친 병사들로는 어려울 것 같다고 하옵니다."

"허허, 이런 망조가 있나! 그럼 어서 선인들을 불러 모으도록 하여라! 선인들이라면 막을 수 있을 게다!"

"예, 알겠사옵니다, 마마."

궁인이 황급히 사라진 후 청성제는 한숨을 쉬며 옥좌에 털썩 주저앉았다. 걱정스러운 얼굴로 옆자리에 앉아 있던 가희는 고개를 살짝 들며 청성제에게 말했다.

"아바마마, 너무 심려치 마시옵소서."

그러자 청성제는 애써 웃음을 지으며 가희에게 말했다.

"난 괜찮다. 그건 그렇고 서방 공자들은 매우 용감무쌍하구나. 병사들이 나서기도 전에 그들이 먼저 나설 줄이야⋯⋯. 무인으로서 정말 모범이 되는 자들이로구나."

그런 말을 들으면서도 가희는 불안한 느낌이 엄습하는 것을 어쩌지 못했다. 자신이 귀향하고부터 쉴 새 없이 일이 터지고 있었기 때문이다.

워터 스크린이 가로막아 나찰과 수라가 공격할 수 없게 되자 사바신은 그 틈을 타 팔봉신 영룡을 들고 워터 스크린 안으로 뛰어들었다. 그는 무 자르듯 나찰과 수라를 이리저리 동강 내며 안쪽으로 조금씩 파고들었다.

바이론의 말이 그의 자존심을 건드렸는지, 다른 어느 때보다 난폭하게 무술을 펼쳤다. 그런 사바신을 레디가 그냥 바라보고만 있자 슈렌이 그에게 조용히 말했다.

"아까 들었을 텐데. 그 아이를 못 지키면 어떻게 된다는 것을 말이야."

"으, 웅?"

레디는 섬뜩함마저 느꼈는지 동그랗게 눈을 뜨고 슈렌을 바라보았다. 슈렌은 더 이상 말이 없었다. 그는 그저 사바신이 난동을 부리고 있는 워터 스크린 안을 바라보고 있을 뿐이었다.

"알았어, 슈렌. 그럼 뒤를 부탁해."

레디가 귀빈궁 쪽으로 빠르게 사라지자 바이론은 킥킥대며 중얼거렸다.

"크크큭. 녀석, 분하긴 분한가 보군. 어쨌든 오랜만에 보겠는걸? 푸른 불꽃이 붉은 불꽃으로 변한 모습을 말이야. 하긴 지금 이 상황에는 너의 그런 모습이 더 필요하지, 크크크크크."

"깡통들은 저리 꺼져! 지금 내 눈에 거슬리는 녀석은 모두 다친다!"

그렇게 소리치며, 사바신은 주위에 있는 나찰과 수라를 전부 부숴 버렸다. 앙그나와 카에 사이에 서 있던 와카루는 씁쓸한 표정을 지으며 고개를 저었다.

"쯧쯧쯧, 1분도 안 돼서 2천만 달러가 날아가는군. 카에, 뭐 하느냐. 저 젊은이를 좀 진정시키렴."

"알았다!"

카에는 고개를 끄덕이고 자신들 쪽으로 몸을 날리는 사바신을 향해 돌아섰다.

"뭐냐? 날 막겠다는 건방진 생각을 하는 건 아니겠지! 그렇다면 깨끗이 버려라!"

목표를 카에로 바꾼 사바신은 팔봉신 영룡을 거칠게 휘둘렀다. 그러나 거기에 맞춰 카에 역시 왼팔을 빠르게 움직였다.

"박살 내 주…… 크앗!"

사바신은 복부에 갑자기 엄청난 충격을 받고 전신이 마비되는 듯한 통증을 느끼며 뒤로 나가떨어졌다.

카에는 쓰러진 사바신을 노려보고 주먹을 풀며 천천히 다가갔다.

"너, 검은 옷! 카에, 너부터 죽이겠다!"

"크으윽! 할 테면 어디 해 봐라!"

겨우 몸을 일으킨 사바신은 코트를 벗어 던지며 카에를 향해 돌진했다. 카에는 이번에도 사바신을 간단히 날리려고 팔을 움직였다. 그러나 특유의 근성이 발동한 사바신에게 기초적인 공격은 통하지 않았다.

"허술하다!"

공격을 피한 사바신은 카에의 팔을 양팔로 붙잡고 반대 방향으로 힘을 가했다. 꺾기였다.

우두둑.

"윽! 아, 아니?"

그러나 카에의 팔은 꺾이지 않았다. 소리가 들린 쪽은 오히려 사바신의 왼쪽 어깻죽지 관절이었다. 사바신은 아차 하며 뒤로 물러서려 했으나 카에의 오른팔이 더 빨랐다. 카에는 오른손으로 사바신의 머리통을 잡고 자신 앞으로 끌어당기며 입을 크게 벌렸다.

"죽엇!"

카에의 입속에서 푸른색의 불빛이 번쩍였다. 사바신은 급히 양팔로 눈앞을 가렸으나 그 빛의 압력에 밀려나 멀찌감치 날려가 성한쪽에 박혔다.

"크아아악!"

곧 엄청난 폭음과 함께 사바신이 떨어진 부근의 성벽은 대폭발을 일으키며 산산조각 났다. 그 모습을 보고 어중천을 비롯한 동방인들은 입을 벌린 채 아무 말도 하지 못했다.

즐겁게 구경하던 와카루는 책상다리를 하고 앉은 채 박수를 치며 카에에게 말했다.

"허허허헛. 잘했다, 애야. 이제 저 젊은이는 정신을 차렸을 게야."

그러자 카에는 와카루를 바라보며 손을 내밀었다.

"카에, 과자 먹고 싶다! 한 명 죽였으니 과자 줘라!"

와카루는 손사래를 치며 얼굴을 살짝 찡그렸다.

"오오, 카에야. 그 젊은이는 아직 죽지 않았단다. 잘 보거라."

"뭐!"

카에는 깜짝 놀라며 자신이 날려 버린 성 한쪽을 바라보았다. 와카루의 말대로 그곳에서 사바신이 연기를 헤치며 서서히 걸어 나오고 있었다. 외형상 그리 다치진 않은 듯했으나 꼭 그렇지도 않았다.

카에가 뿜어낸 아토믹 레이에 양쪽 팔뚝 뼈는 부서지기 직전까지 금이 가고 말았다. 양팔을 움직이지 못하게 된 사바신은 눈을 움찔하며 카에를 향해 소리쳤다.

"아직이다! 난 아직 싸울 수 있어! 그렇게 과자 타령만 하지 말고 어서 와라! 널 귀여워해 줄 힘은 남아 있으니까! 움직여라, 영룡!"

사바신의 외침에, 근처 바닥을 굴러다니던 팔봉신 영룡은 귀신 들린 듯 움직이기 시작했다. 사바신은 금이 가서 움직이지 못하는 팔을 앞으로 애써 들어 올리며 소리쳤다.

"잘라 버려라, 영룡! 도움이 안 되는 팔 따위는 필요 없어!"

"뭐라!"

그 외침을 얼핏 들은 어중천은 깜짝 놀라며 사바신 쪽을 바라보았다. 그는 설마 했으나 영기를 뿜어내는 거대 목도는 거침없이 사바신의 팔을 날려 버렸다.

"이봐, 무슨 짓인가! 아직 앞날이 창창한 젊은이가!"

사바신의 잘린 양팔은 바닥에 떨어지자마자 즉시 흙으로 변했다. 팔이 잘린 단면에서 피가 분수처럼 솟구치다가 이내 멈췄다. 통증으로 얼굴이 새파랗게 질린 사바신은 자신을 가지고 논 카에를 바라보며 씩 미소를 지었다.

"크헤헷, 이게 사바신 님이 갖고 있는 오리지널 사나이 근성이라는 것이다. 이제 본격적으로 처리해 주겠어!"

신음 섞인 그 외침과 동시에, 잘린 팔 부위에서 붉은색 근육 덩어리들이 쏟아져 나왔다. 사바신은 고통으로 땀을 뻘뻘 흘리면서도 꾹 참고 일갈을 터뜨렸다.

"크윽, 하아앗!"

근육 덩어리들은 이내 뼈 소리를 내며 인간의 팔 형상을 만들어 갔다. 얼마 안 되어 근육 덩어리들은 완전히 새로운 팔의 모습을 갖추었다. 그것을 본 어중천과 동방 병사들은 더욱 혼비백산했다.

그런 것을 아는지 모르는지 사바신은 조금 괜찮은 듯 자신의 새 팔을 매만졌다.

"좋아! 자, 또 해볼까?"

그 모습에 와카루는 흥미 있다는 듯 턱을 매만지며 야릇한 미소를 지었다. 그리고 말없이 옆에 서 있는 앙그나의 굵은 다리를 툭 치며 말했다.

"임무를 처리해야지, 앙그나. 안 그러면 이 할애비, 너에게 과자 안 줄 거다."

"아, 알았다! 앙그나, 지금 간다!"

앙그나는 와카루의 말에 대답하고는 귀빈궁을 향해 야수처럼 달려갔다. 사바신은 흠칫 놀라 앙그나를 저지하려고 했다.

"이 자식, 넌 아무 데도 못 간다!"

순간 카에가 사바신 앞을 가로막았다. 카에는 짙은 적색 눈동자를 번뜩이며 사바신에게 분노를 토했다.

"카에, 너 때문에 과자 못 받았다! 카에 화났다! 죽이겠다!"

"쳇, 맘대로 지껄이지 마!"

사바신이 팔봉신 영룡을 빠르게 휘둘렀다. 그러나 카에는 탄력 있는 동물처럼 유연한 동작으로 사바신의 영룡을 피했다.

바이론은 또다시 싸우는 둘을 보며 미소를 지은 채 중얼거렸다.

"크큭, 사바신 녀석, 도저히 상대가 안 되는군. 하지만 근성 하나는 칭찬해 주지. 크크큭."

"뒤를 부탁한다."

슈렌은 더 이상 볼 것 없다는 듯 앙그나가 달려간 귀빈궁을 향해 빠르게 움직였다. 사바신의 전투를 본 이상, 가즈 나이트 중 가장 약한 레디가 위험할 것은 뻔했다.

슈렌이 급히 달려간 것과 반대로, 바이론은 팔짱을 낀 채 사바신의 불리한 전투를 보고만 있었다. 동방 병사들은 바이론이 사바신을 도울 생각이 없는 것처럼 보이자 뒤에서 수군거렸다.

"뭐야, 저 거한은. 친구가 얻어맞는 것만 겨우 면하고 있는데도 가만히 서서 구경만 하고 있다니, 의리라는 것이 뭔지 모르나?"

"그렇게나 말일세, 우리라도 저 공자를 도와주고 싶구먼."

그때 그 병사들과 멀리 떨어져 있던 바이론이 갑자기 크게 웃었다.

"크하하하핫! 남자의 자존심도 모르는 녀석들, 한 번만 더 지껄여 봐라. 크하하핫!"

광기 어린 웃음소리를 들은 병사들은 곧바로 다른 쪽으로 시선을 돌리며 속닥거렸다.

"귀신이구먼."

이윽고 카에의 강력한 일격이 사바신의 복부를 강타했다. 사바신은 입에서 피를 토하며 뒤로 주춤거렸다. 빈틈을 놓칠 리 없는 카에였다. 그녀는 양손을 모아 허리를 굽히고 있는 사바신을 내리칠 자세를 취했다.

"카에, 네 머리를 부수겠다!"

"닥쳐!"

사바신은 필사적으로 오른손에 쥔 영룡을 머리 위로 치켜들었다.

쿠웅.

엄청난 굉음과 함께 사바신이 있던 자리가 푹 꺼졌다. 카에는 자신의 일격이 통하지 않은 것에 분노를 통제하지 못했다.

"우아아악! 카에, 진짜 화났다!"

그러나 사바신은 전혀 움직이지 않았다. 영룡으로 방어 자세를 취한 그대로 혼절한 것이었다. 카에는 아는지 모르는지 팔을 치켜들며 사바신에게 마지막 일격을 날릴 준비를 했다.

"이봐, 그런 쓰레기에게 화를 낼 힘이 있으면 나에게 덤비는 것이 어때? 크크큭, 난 더 짜릿하게 놀아 줄 수 있는데 말이야."

"응?"

카에는 즉시 목소리가 들리는 방향으로 돌아섰다. 단단한 회색 근육질의 바이론이 대검을 든 채 쏘아보고 있었다. 바이론에게서 풍겨 나오는 살기는 대단했다. 카에는 빙긋 웃으며 곧장 그에게 돌진했다.

"카에, 네 살기, 맘에 들었다! 먼저 죽이겠다!"

그 말이 떨어지기가 무섭게, 카에의 공격은 바이론의 안면으로 날아들었다. 그러나 거기까지였다. 아무렇게나 휘두르는 듯한 카에의 주먹은 바이론의 왼손에 간단히 막혀 버렸다. 카에의 원초적인 힘에 약간 뒤로 밀렸을 뿐인 바이론은 킥킥 웃으며 중얼거렸다.

"크크크큭, 장난은 사양이다."

카에는 깜짝 놀라며 뒤로 물러섰다. 바이론은 다크 팔시온의 힘을 증폭시키며 속으로 중얼거렸다.

'왼손이 부서졌군. 하긴 사바신 녀석이 힘으로 감당하지 못한 녀석을 내가 힘으로 어쩌진 못하겠지. 크크크크, 재미있군.'

다크 팔시온에서 구우웅 하는 웅장한 소리가 나더니 칠흑색의 암흑투기가 뿜어져 나오기 시작했다. 바이론은 준비가 끝난 듯 칼끝으로 카에를 도발하며 말했다.

"어서 오너라, 귀여운 녀석. 크크크크큭."

광기 어린 눈을 번뜩이며 자신을 도발하는 바이론의 모습에 카에는 본능적으로 몸을 움츠렸다. 먼저 상대했던 검은 옷차림의 사내와는 차원이 달랐다.

그때 다크 팔시온이 갑자기 이상 반응을 일으켰다. 바이론은 움찔하며 주위를 둘러보았다. 카에 역시 엉겁결에 주위를 살폈다.

낚시용 간이 의자에 앉아 둘의 싸움을 지켜보던 와카루는 피식 웃으며 중얼거렸다.

"흐음, 이런 이런…… 하지만 저 애들은 내가 만든 게 아니라서 개선할 수 없지."

담배를 피우던 그의 앞으로 무언가 스쳐 지나갔다. 와카루는 허리가 잘린 담배를 말없이 바닥에 내던지며 주위를 슬쩍 보았다. 동방 병사들이 다시금 그를 향해 활시위를 당겼다.

와카루는 맘에 안 든다는 표정으로 시선을 다른 곳에 돌리며 중얼댔다.

"실험 준비물이나 채집해 봐야겠군. 나찰, 수라."

그의 명에 따라 나찰과 수라 10여 대가 데몬 게이트를 열고 다시

모습을 드러냈다. 와카루를 향해 활시위를 당기던 병사들은 깜짝
놀라며 뒷걸음질을 쳤다. 와카루는 미소를 지은 채 명령했다.

"실험물 채집 시간이다. 죽이진 말거라, 헛헛헛헛."

나찰과 수라는 곧 포효하며 앞으로 돌진하기 시작했고 병사들
은 사방팔방으로 흩어져 도망쳤다. 그러나 나찰과 수라의 속도를
보통 인간의 달리기로 감당할 수는 없었다. 로봇들은 병사들의 머
리를 팔로 쳐서 기절시켰다. 네 명 이상 붙잡은 로봇은 병사들을
특수 보호막으로 감싸고 데몬 게이트를 통해 어디론가 사라졌다.
그러한 인간 사냥을 와카루는 즐겁게 지켜보았다.

한편 주위를 두리번거리던 바이론은 공중의 어느 한 지점에 시
선을 멈추었다. 바이론은 씩 웃으며 중얼거렸다.

"그래, 잘 알겠다…… 크크크. 하지만 지금 그걸 쓸 때가 아니니
좀 기다리고 있거라, 광황."

바이론은 다시 검을 잡고 카에를 노려보았다. 주위를 둘러보던
카에는 움찔하며 다시 전투 태세에 돌입했다.

바이론은 다크 팔시온을 거머쥐고 카에를 공격했다.

"크하하하핫! 네 피는 무슨 색인지 궁금하구나!"

바이론이 바로 앞에서 검을 휘두르자 카에는 양손을 모아 다크
팔시온을 어렵사리 막아 냈다. 그녀는 힘으로 바이론을 밀어내며
소리쳤다.

"카에 피, 빨간색이다!"

슈렌은 굳은 표정으로 귀빈궁에 들어섰다. 정체불명의 귀가 큰
남자와 거의 동시에 출발하긴 했지만 그자의 속도가 훨씬 빨랐기
에 슈렌은 걱정하지 않을 수가 없었다. 그는 곧바로 라이아와 레디

가 있는 2층으로 올라갔다. 라이아의 방문이 열려 있었다. 슈렌은 그룬가르드를 거머쥐며 복도를 뛰어 잽싸게 방으로 뛰어들었다.

"슈렌……."

방에 들어서자마자 피투성이가 된 청년이 쓰러지듯 그의 품에 안겼다. 슈렌은 앞을 주시한 채 침을 꿀꺽 삼키며 조용히 물었다.

"안에 있나?"

레디는 힘없는 미소를 지은 채 고개를 끄덕였다. 슈렌은 창을 잡은 손을 부르르 떨며 또다시 그에게 물었다.

"라이아는?"

청년은 말이 없었다. 슈렌은 청년을 부축한 왼팔에 힘을 주며 다시 물었다.

"라이아는!"

"미안……."

그 짧은 한마디와 함께 녹색 머리카락 청년은 물로 변해 바닥에 흩어지고 말았다. 남은 것은 그 청년이 지니고 있던 환도뿐이었다.

"이런!"

슈렌은 비통해하며 천천히 방 안을 둘러보았다. 한 남자가 기절한 라이아를 데몬 게이트 통과용 특수 보호막 안에 넣고 있었다. 앙그나는 슈렌이 들어오자 그를 흘끔 바라보며 소리쳤다.

"응? 또 한 명 있었다! 앙그나, 일 방해하면 다 죽는다!"

앙그나는 자신의 근육을 한껏 자랑하듯 몸에 힘을 주며 슈렌에게 달려들 자세를 취했다. 슈렌은 분노하며 그룬가르드를 양손으로 잡았다.

"할 수 있다면 해 봐라."

"크아아앗! 아프닷!"

카에는 바이론의 다크 팔시온에 살짝 스친 자신의 팔을 감싸며 고통스러운 표정을 지었다. 바이론은 카에에게 빈틈이 생긴 것을 놓치지 않고 재빨리 검을 휘둘렀다.

"크하하핫! 죽는 거다!"

순간 바이론의 다리에 카에의 긴 꼬리가 감겼다. 그 힘에 의해 바이론은 중심을 잃고 바닥에 내동댕이쳐졌다. 그리 큰 충격은 아니었기에 바이론은 씁쓸한 표정을 지으며 다시 몸을 일으켰다.

"큭, 잔재주를…… 앗?"

다시 카에를 바라본 순간 바이론은 눈을 크게 뜨며 뒤로 물러섰다. 적에게 기가 눌려 뒤로 물러선 것은 아니었다. 상대방의 몸이 점점 커지고 있었다.

"크오오오오!"

마치 늑대의 울음 같은 긴 포효와 함께 카에의 몸은 완전히 변했다. 어찌 보면 날개 달린 흑색 사자 같은 모습이었다. 하지만 분명 달랐다. 바이론이 가진 지식에 그렇게 변신하는 생물은 없었다.

"쿠오오오오!"

그 거대한 포효에, 와카루는 의자에 앉은 채 천천히 박수를 쳤다.

"하하하핫, 베히모스로서의 카에군."

그러자 바이론은 와카루를 쏘아보았다. 와카루는 손을 휘휘 저으며 말했다.

"헛헛헛. 그런 무서운 눈으로 쏘아보지 마시오, 젊은이. 소개해 주리다. 저기 있는 카에와 아까 같이 있던 앙그나는 내가 만들진 않았지만 첨단 과학과 천재적인 두뇌가 탄생시킨 초생체병기 베히모스요. 프로젝트명에서 딴 총괄적인 이름이지만 카에와 앙그나라는 이름이 있으니 그 이름으로 불러 주길 바라오, 허허헛."

"······큭!"

바이론은 재빨리 공중으로 날아올랐다. 그가 있던 자리에 거대 괴물의 모습으로 변한 카에의 앞발이 강렬히 내리꽂혔다. 바이론은 공중에 뜬 채 피식 웃으며 중얼거렸다.

"크큭, 크하하하핫! 이거 녀석을 부르지 않을 수가 없겠군. 크크크크큭! 이봐, 할아범!"

바이론은 나찰과 수라가 인간을 채집하는 모습을 다시 보고 있던 와카루를 불렀다. 와카루는 다시 바이론을 바라보며 물었다.

"무슨 일이오, 젊은이? 이 노인은 자네와 상대할 힘이 없는데? 허허헛."

"크큭, 나도 뼈다귀뿐인 노인과 붙고 싶은 생각은 없다. 누굴 좀 초대하려고 한다. 당신의 귀염둥이들과 아주 잘 놀아 줄 녀석이지. 잠깐 기다려 주겠나? 크크큭."

"음? 좋소. 나야 거절할 이유가 없지."

와카루는 고개를 끄덕이며 가지고 있던 소형 마이크로 카에에게 말했다.

"얘야, 널 더 즐겁게 할 분이 오신다니 잠시 멈추거라. 착하지?"

"크르르르르!"

카에는 천천히 몸을 공중에 띄웠다. 그러자 바이론은 잘됐다는 듯 양손을 모으고 자세를 바로하며 나지막이 중얼거렸다.

"이 녀석만 초대하면 다 모이는 것이군, 크크크크큭."

바이론의 몸에서 검은색 투기가 놀라운 속도로 뿜어져 나왔다. 와카루는 그 모습을 흥미 있다는 듯 가만히 바라보았다.

바이론은 검은색 불꽃 속에서 손을 모으고 수도하듯 기를 모았

344

다. 얼마나 시간이 흘렀을까. 바이론의 모아 쥔 손에서 회청색 빛이 발산되었다. 그 순간 그는 눈을 뜨며 공중을 향해 손을 펼쳤다.

"크하하핫! 강림하라, 광황(光皇)!"

바이론의 손에서 회청색 빛이 공중을 향해 폭사되었다. 그 반동으로 의자에서 넘어지고 만 와카루는 머리를 비비며 공중을 올려다보았다.

"에구구, 거칠게도 부르는군. 그런데 도대체…… 앗?"

하늘을 뚫고 날아갈 것이라고 생각했던 바이론의 다크 포스는 성의 상공에서 무언가에 충돌한 듯 갑자기 폭발했다. 하늘은 곧 유리창이 깨지는 듯 산산조각 나기 시작했다.

"뭐, 뭐야? 설마 차원결계에 균열이 생긴 건 아니겠지?"

와카루는 유리창처럼 깨진 하늘을 멍하니 바라보며 신음하듯 중얼거렸다. 깨진 공간은 영원히 깨져 있지만은 않았다. 깨진 곳은 빠른 속도로 복원되었으나 완전히 복원되기 직전, 그 균열의 중앙에서 거대한 빛의 기둥이 제궁으로 떨어졌다.

그 빛이 떨어진 직후, 공간의 균열은 사라졌다. 기를 많이 소모한 바이론은 약간 비틀거리며 빛의 기둥을 향해 말했다.

"크크크큭, 뭐 하나? 거기서 노는 건가? 어서 나오시지."

곧 빛의 기둥 속에서 희미한 그림자 하나가 걸어 나왔다. 싸늘한 표정의 그 남자는 자신의 흰색 전투 코트 자락을 손으로 툭툭 털며 바이론에게 말했다.

"힘을 과다하게 쓸 필요는 없었다."

"크큭, 터진 입이라고 말은 잘하는군. 네 말대로 난 힘을 과다하게 썼으니 이제 저 괴물은 네가 맡아라. 난 숙소에 가서 좀 쉬어야겠어, 크크크크큭."

"좋을 대로."

바이론은 귀빈궁을 향해 달려갔다.

금발의 남자 휀은 목의 근육을 천천히 풀며 주위를 둘러보았다. 자신의 옆에는 거대 괴물로 변한 카에가, 그리고 눈앞에는 와카루 박사와 인간 채집을 하고 있는 나찰과 수라들이 있었다.

그는 코트 주머니에서 손을 빼며 중얼댔다.

"시끄럽군."

순간 수라와 나찰들 사이에서 황색 빛이 번뜩였다. 어느새 그 사이에 선 휀은 자신의 검 플렉시온을 빙글빙글 돌리며 와카루 박사가 있는 방향으로 천천히 걸어갔다.

"마그나 소드, 광염 소나타…… 죽어."

그러자 나찰과 수라, 그리고 채집되어 보호막에 둘러싸였던 병사들까지 모조리 빛에 휩싸이더니 폭발했다. 빛이 사라진 뒤에 남은 것은 녹아 버린 성의 바닥 석재였다.

카에와 단둘이 남게 된 와카루는 자신의 안경테를 추켜올리며 뒷걸음쳤다.

"젊은이, 수라와 나찰을 없앤 것은 그렇다 쳐도 병사들까지 모두 죽이면 어떻게 하나? 자네 편이잖아?"

와카루를 지나쳐 카에에게 걸어가던 휀은 조용히 말했다.

"내가 알 바 아니다."

휀은 천천히 카에를 돌아보았다. 카에는 놀고만 있지 않았다. 휀이 나찰과 수라를 부수는 것을 본 직후 입속에 에너지를 미리 응축하고 있었다.

"구오오오오!"

엄청난 괴성과 함께, 카에의 입에서 아까와 다른 적색 광선이 뿜어졌다. 하지만 휀은 덤덤한 표정으로 그 빛을 향해 손을 뻗었다. 카에의 입에서 뿜어져 나온 아토믹 레이는 이상한 장막에 충돌해 휀의 손 뒤로 나아가지 못했다. 정확히 말하자면 흡수된 것이었다.

"아니 세상에! 저런 고출력 입자광선을 어떻게 흡수할 수 있지?"

와카루가 소리치자 카에의 아토믹 레이를 모조리 흡수해 손 안에 응축한 휀은 그를 슬쩍 보며 말했다.

"인공적인 빛은 나에게 통하지 않아."

그렇게 중얼거리며 휀은 왼손에 응축한 빛을 카에에게 뿜어냈다. 폭음과 함께 카에는 뒤로 죽 밀려났다. 그러나 카에 역시 휀의 공격을 몸으로 받은 것은 아니었다. 펜릴의 무중력 배리어의 강화판인 역중력 배리어가 장착된 베히모스 역시 보통 광학 무기는 통하지 않았다.

카에가 밀려난 이유는 순전히 휀이 자신의 에너지로 응축, 변환해서 뿜어낸 빛의 출력 때문이었다.

카에와 연결된 노트북으로 현재 충격량을 측정한 와카루는 입을 다물 수 없었다. 휀이 쏜 빛의 출력은 카에가 쏜 아토믹 레이에 비해 4배 정도 강했다.

"허헛, 역중력 배리어가 아니었다면 카에도 산산조각 났겠는데? 저런 젊은이가 어디서 갑자기 등장한 거지?"

그 말을 듣고 있는지, 휀은 고속 이동을 하며 카에에게 접근했다. 그는 아직 비틀거리는 카에에게 플렉시온을 겨눴다.

"마그나 소드, 운명."

휀의 눈에서 빛이 번뜩였다. 흰색 잔광을 남기며 움직이던 플렉시온은 일순간 빛 덩어리가 되어 카에에게 내리꽂혔다.

부웅.

하지만 광음과 함께 카에는 고속으로 이동하여 휀의 등 뒤에 나타났다.

"뻔하군."

검을 내리치던 휀은 여유 있게 검의 방향을 꺾어 자신의 등 뒤에 나타난 카에를 검광으로 후려쳤다.

"크오오오옷!"

플렉시온의 특성 중 하나는, 검에서 뿜어지는 광입자(光粒子)를 이용해 적당히 떨어져 있는 적에게도 충분히 공격할 수 있다는 것이다. 그 공격에 양쪽 눈을 당한 카에는 뒤로 물러서며 괴로워했다. 휀은 플렉시온을 휘휘 돌리며 조용히 중얼거렸다.

"리니어 모터 시스템인가. 그런 유치한 방법으로 내 공격을 피하려고 했다면 다른 방법을 강구하는 게 좋을 거다."

"크우우!"

카에는 신음 소리를 내며 이마에 힘을 집중했다. 카에의 이마 중앙에 작은 균열이 생기는가 싶더니 곧바로 붉은 보석 같은 것이 이마에서 튀어나왔다. 그것은 곧 이리저리 움직이더니 마치 눈처럼 휀에게 시선을 보냈다.

휀은 다시 플렉시온을 잡으며 말했다.

"살기 싫은가? 그렇다면 좋을 대로."

슈렌과 앙그나의 싸움으로 귀빈궁은 이미 반파(半破) 상태가 되었다. 아니, 반파되었다는 것이 오히려 이상했다. 슈렌은 방어에 집중한 덕분인지 레디처럼 간단히 당하지는 않았다.

전투라는 것은 공격을 해야만 이길 수 있는 것이다. 하지만 슈렌은 공격할 수가 없었다. 앙그나라는 괴물은 라이아를 앞에 두고 있었고, 또한 상당히 강했다.

"이런, 잠이나 한숨 자려고 왔더니 여기서도 활극이 벌어지는군. 크크크큭."

그때 앙그나 뒤에서 기분 나쁜 웃음소리가 들려왔다. 앙그나는 라이아를 잡은 채 뒤를 돌아보았다.

바이론은 벽에 손을 짚은 채 약간 힘이 빠진 얼굴로 슈렌을 바라보며 물었다.

"그 녹색 머리카락 소년은 어디 있지? 세수라도 하러 갔나?"

슈렌은 여전히 방어 태세를 취한 채 고개를 저으며 대답했다.

"일이 잘못됐어."

그러자 바이론은 손바닥으로 얼굴을 가리며 중얼거렸다.

"그래? 크크큭. 하긴, 약한 녀석은 죽는 게 당연하지. 아이까지 넘겨줬으니 내가 죽였을지도 몰라, 크큭."

바이론이 그렇게 말하자, 앙그나는 짜증이 났는지 바이론에게 달려들며 자신의 양팔을 뻗었다.

"앙그나, 네 웃음소리 싫다! 죽인다!"

순간 검은색 섬광과 함께 10개의 긴 살점이 바닥으로 떨어졌다. 앙그나는 괴성을 지르며 뒤로 주춤거렸다.

"우우우욱!"

다크 팔시온을 든 바이론은 안면을 가린 손가락 사이로 광기 어린 눈빛을 폭사하며 앙그나에게 말했다.

"크크크, 손가락을 잘라 줬으니 이젠 내 웃음소리가 맘에 들겠지. 자, 이젠 내 모든 것이 맘에 들도록 해 볼까, 응? 크크크크크!"

손가락이 모두 잘린 채 괴로워하던 앙그나는 몸을 부르르 떨며 바이론을 쏘아보았다. 확실히 무차별적으로 덤벼들 기세였다.

"흥!"

그러나 앙그나는 라이아를 잡고 창밖으로 재빨리 몸을 날렸다.

"약은 것!"

바이론은 앙그나를 뒤쫓기 위해 역시 몸을 날렸다. 슈렌은 앙그나가 갑자기 도망친 것에 의문을 가졌지만 지금은 그런 것을 생각할 상황이 아니었다. 슈렌 역시 앙그나를 뒤쫓기 위해 몸을 움직이려 했다. 그러나 슈렌의 체력은 한계에 달한 상태였기에 그대로 방바닥에 쓰러지고 말았다.

"아직 힘이 남아 있군."

휀은 피투성이가 된 채 숨을 헐떡이고 있는 카에를 내려다보았다. 인간의 모습으로 돌아온 카에는 상처 입은 야수가 사냥꾼을 보듯 휀을 바라보았다. 겁에 질린 그 모습을 지켜보던 와카루 박사는 무엇이 그리 조마조마한지 손을 모은 채 안절부절못했다.

"아, 아니 어떻게! 분명 린라우 님이 말씀하시길 이 녀석들의 힘은 4대 용왕과 필적할 수준이라고 하셨는데! 허허, 이런!"

그러자 휀은 와카루를 슬쩍 바라보며 말했다.

"4대 용왕? 하긴 그 정도로 약하긴 한 것 같군."

"뭐, 뭐라고?"

와카루는 흠칫 놀라며 휀을 바라보았다. 차디찬 무표정에서 알 수 없는 위압감을 풍기는 휀은 플렉시온에 기를 주입하며 짧게 중얼거렸다.

"말이 너무 많군, 노인."

와카루는 자신의 뒤쪽으로 작은 캡슐을 집어 던졌다. 그러자 캡슐이 바닥에 떨어져 깨지면서 거대한 에너지를 방출했다. 곧 캡슐이 떨어진 자리에 무서우리만큼 어두운 공간이 생성되었다. 와카루는 자신의 몸에 보호막을 친 후 비틀거리는 카에에게 소리쳤다.

"카에! 어서 들어오너라!"

와카루는 곧바로 어두운 공간인 데몬 게이트 안으로 도망치듯 사라졌다. 카에 역시 사력을 다해 데몬 게이트 안으로 거대한 몸을 밀어 넣었다. 곧이어 휀의 곁을 스치며 또 한 명이 데몬 게이트 안으로 들어갔다. 마지막으로 암흑투기를 뿜어내는 검 하나가 막 닫히려고 하는 데몬 게이트 입구에 박혔다.

그 광경을 묵묵히 지켜보던 휀은 플렉시온을 칼집에 집어넣으며 중얼댔다.

"급하긴 했군, 바이론."

어느새 휀의 등 뒤에 서 있던 바이론은 분한 듯 이를 갈며 다크 팔시온의 마력에 의해 닫히지 않은 데몬 게이트를 쏘아보았다. 휀은 자신의 코트 자락을 툭툭 털고 하늘을 올려다보았다.

"좋은 날씨군."

4

여명을 찾아서

그날 밤 바이론의 다크 팔시온이 데몬 게이트가 닫히는 것을 제지했던 현장에 일행이 다시 모였다. 붕대로 상처를 묶으며 슈렌은 바이론과 기나긴 이야기를 시작했다. 자신들이 지금껏 숨겨 온 이야기를…….

"이오스 님께서는 라이아의 잠재의식 속에 자신의 모든 것을 심어두셨습니다. 아, 라이아의 언니 세이아라는 분께도 말입니다. 이런 일이 생길 것을 미리 예상하셨나 봅니다."

슈렌의 말을 듣고 있던 린스는 이해가 안 되는지 인상을 찡그리며 물었다.

"라이아? 이오스 신이 그 애랑 세이아한테 왜 그랬는데?"

잠시 린스에게 시선을 돌린 슈렌은 다시 말을 이었다.

"이것은 저희도 최근에 안 사실입니다. 이오스 님은 이 세계의 시간으로 1천 년 전, 물론 모든 시간을 합하면 더 오래되었겠지만 다른 여신들과 마찬가지로 신벌을 받으셨습니다. 이오스 님은 그 강도가 약했던 탓에 신의 힘만 봉인되었죠. 그래서 하이엘프의 몸으로 계속 살아오셨던 겁니다. 그러다 약 20여 년 전 한 남성을 만나게 되셨습니다. 그가 바로 레프리컨트 왕국의 마법기사 '발컨 드리스'라는 사람입니다."

발컨에 대해 알고 있는 여왕과 미네리아나, 노엘 그리고 로드 덕의 눈이 크게 벌어졌다. 슈렌은 계속 말을 이었다.

"이오스 님은 검술에 대한 애착이 깊으신 분이셨습니다. 결국 두 분은 같이 있는 시간이 길어졌고, 세월이 지나 이오스 님은 그 발컨이라는 남자의 아이를 잉태하셨습니다. 그래서 태어난 첫째 아이가 라이아의 언니 세이아 양입니다. 그리고 그 후에 라이아가 태어났죠. 그런데…… 큭!"

슈렌은 순간 피를 토하며 몸을 숙였다. 몸에 쌓인 충격이 아직 가시지 않은 듯했다. 그가 미네리아나에게서 회복주문을 받는 동안, 나머지 얘기는 바이론이 해 주었다.

"그 두 아이는 반신반인(半神半人)이기 때문에 신의 능력을 가질 수밖에 없었다. 하지만 이상하게도 둘 다 반신반인으로서 각성을 하지 못했지. 그러다 여신들의 신벌이 강대한 마력에 의해 억지로 풀리면서 둘에게까지 보이지 않는 여파가 미친 것이다. 어쨌든 힘을 쓸 줄 모르는 둘은 평범하게 살아왔지만, 어느 날 차원을 넘어 들어온 다른 세계의 군대가 둘을 갈라놓았다. 우리로서는 어찌 보면 다행이라고 할 수 있지. 운이 좋게도 라이아는 지크 녀석이 우리에게 양도했으나 바로 몇 시간 전, 사라져버렸다."

모두 그 놀라운 사실에 입을 다물 수 없었다. 아무것도 모르는 듯한 그 아이와 순진한 시골 처녀인 줄만 알았던 세이아가 반신반인이란 것을 눈치챈 사람은 아무도 없었다.

사바신에게 부축을 받은 슈렌이 이야기를 마무리했다.

"어쨌든 둘은 이오스 님의 힘을 나누어 받게 되었습니다. 언니 세이아 양은 이오스 님의 정신을, 동생 라이아는 이오스 님의 육체를. 그것도 더 강한 힘을 말입니다. 그 둘이 바로 이오스 님께서 마지막으로 저희에게 남기신 말, 새벽의 아이 '여명'인 것입니다."

그 얘기를 묵묵히 듣고 있던 퀜은 슈렌과 바이론, 사바신을 차례로 바라보며 말했다.

"간단히 말해 임무는 반쯤 실패했다는 것이군. 가즈 나이트까지 한 명 잃고 말이야."

그러자 사바신은 발끈하며 퀜에게 소리쳤다.

"이 자식, 여기까지 와서 그 재수 없는 입을 나불대는 거냐! 한번 붙어 보자, 이 빌어먹을 녀석!"

하지만 퀜은 관심 없다는 듯 눈을 감으며 말했다.

"결과가 뻔한 싸움을 그렇게 하고 싶나."

"이, 이……!"

사바신은 화를 참지 못하고 앞으로 나서려 했다. 그 순간 린스가 그의 앞으로 나서며 사바신에게 화를 냈다.

"이 멍청아! 여기까지 와서 너희끼리 싸우면 누가 잘했다고 박수 쳐 줄 줄 알아? 그런 데 힘쓸 시간 있으면 이 상황을 극복할 방법이나 생각해!"

사바신은 쓸쓸한 표정을 지으며 홱 돌아섰다. 그리고 퀜은 별 반응 없이 계속 눈만 감고 있었다. 곧 옆에 있던 바이론이 데몬 게이트가 있는 쪽으로 걸어가며 말했다.

"다른 녀석들에게는 불가능하지만, 나는 데몬 게이트를 통과할 수 있다. 저 데몬 게이트는 라이아가 간 방향과 이어져 있을 테니 지금으로서는 유일한 통로겠지. 여긴 휀 하나만으로 충분하다. 죽은 레디 녀석 10명을 모은 것보다 저 녀석이 더 실용적이지. 크크크크크."

이번엔 베르니카가 발끈했지만 그녀는 사바신처럼 나서지는 못했다. 바이론은 미소를 지은 채 계속 말했다.

"처음 가즈 나이트가 되었을 때, 난 바보처럼 이오스 님의 초상을 보고 한눈에 반해 버렸다. 빛을 낼 수 없는 난 그분이 내는 빛을 소유하고 싶었지. 그러면서도 이오스 님을 지키지 못했고, 지금은 또 그분의 자녀를 지키지 못했다."

바이론이 내뱉은 말이라 생각되지 않을 만큼 깊고 진지한 말이었다. 휀을 제외한 모두는 놀란 눈으로 회색 거한의 쓸쓸한 뒷모습을 바라보았다.

"세이아라는 여자가 잡혀 가긴 했지만 어떻게 탈출을 하긴 한 모양이다. 아직까지 별 반응이 없는 것을 보면 말이지. 난 그쪽 세계로 가서 마지막 여명을 찾아낼 것이다, 크크크크."

바이론의 말에 담긴 속뜻을 알아차린 일행은 지금까지 피에 미친 미치광이인 줄 알았던 그가 달라 보였다. 하지만 레프리컨트 여왕은 이미 알고 있었다는 듯 손을 모은 채 고개를 저었다.

바이론은 데몬 게이트를 양쪽으로 잡고 괴력으로 공간의 틈을 벌리며 마지막으로 말했다.

"휀, 이오스 님께서 내게 부탁한 것 중에 하나가 저 짐들을 무사하게 해달라는 것이었다. 그리고 저기 여왕이란 여자와 수명의 계약을 좀 했지. 모두 너에게 넘기겠다. 나 대신, 지켜 주길 바란다."

눈을 살짝 뜬 휀은 바이론을 바라보며 조용히 말했다.

"좋을 대로."

이윽고 바이론은 다른 세계를 향해 출발했다. 그가 사라진 후 데몬 게이트도 닫혔다.

일행은 그가 남긴 이상한 여운에 잠시 아무 말도 하지 못했다. 바이론이 사라진 곳을 바라보던 슈렌은 천천히 몸을 일으키며 모두에게 말했다.

"아직 우리 일은 끝나지 않았습니다. 이 대륙에 있는 마지막 신주를 지켜야 합니다, 윽!"

린스는 고통스러워하는 슈렌의 넓은 어깨를 두드리며 말했다.

"알았으니 좀 쉬어, 슈렌. 이제 믿을 것은 너뿐이잖아, 안 그래?"

슈렌은 고개를 푹 숙이며 대답했다.

"알겠습니다, 공주님. 죄송합니다."

"바이론이 사용하던 방이라……."

다음 날 아침 휀은 문짝이 떨어져 나간 방에 들어서며 중얼거렸다. 휀에게 바이론이 쓰던 방을 안내해 준 노엘은 조금 미안한 표정으로 말했다.

"저, 귀빈궁이 반파되어 어쩔 수 없었습니다. 나중에 옮겨 주신다고 청성제께서 말씀하셨으니 좀 불편하더라도 참아 주십시오."

"……흠."

휀은 그녀의 어깨에 자기 팔을 두르며 말했다.

"방은 나빠도 여자가 같이 있으면 해결될 것 같군."

"예? 지, 지, 진심입니까?"

이렇게 적극적으로 나오는 남자는 라세츠 이후 본 적이 없는 노엘이기에 심하게 말을 더듬거리며 물었다. 휀은 표정 변화 없이 그녀에게 가까이 다가가며 말했다.!

"난 농담엔 취미 없어."

"그, 그러세요? 그럼, 실례하겠습니다!"

노엘은 결국 휀을 강하게 밀치며 귀빈궁을 도망치듯 빠져나갔다. 하지만 휀은 무슨 일이 있었냐는 듯 코트를 툭툭 털며 방 안으로 들어섰다.

궁을 빠져나온 노엘은 숨을 헐떡대며 귀빈궁 쪽을 흘끔 바라보았다. 하지만 안에서 나오는 사람은 수리공들뿐이었기에 그제야 안심하며 발걸음을 옮겼다. 슈렌과 우연히 마주친 그녀는 재빨리 그에게 다가갔다.

"슈렌 씨! 잠깐 여쭤 보고 싶은 것이 있는데, 괜찮을까요?"

상처가 하룻밤 사이 많이 회복된 탓인지, 그날 아침 슈렌은 별 이상 없이 걸어 다녔다. 슈렌은 무덤덤한 표정으로 고개를 끄덕였다.

"무슨 일이십니까?"

"저, 휀이라는 분…… 어떤 분이죠? 꽤 독특한 분인 것 같은데."

그러자 슈렌은 고개를 끄덕이며 천천히 대답했다.

"휀은 신계 전사 중 바이론과 더불어 최강입니다. 그의 경험과 카리스마, 그리고 냉철함은 전 가즈 나이트 중에 으뜸입니다. 휀은, 예를 들어 누가 봉인을 풀 열쇠를 쥐고 있다면 그자를 제일 먼저 찾아서 살해합니다."

"예?"

"그렇게 놀라실 것 없습니다. 사실 임무 처리만으로는 그것이 가장 효율적인 방법이니까요. 그리고 만약 혈통이 열쇠가 된다면 그 조상의 묘부터 마지막 후세의 태아까지 완전히 없애 버립니다. 좋게 말하면 다수를 위한 소수의 희생이죠. 그렇게 되면 봉인은 영원히 지켜지게 마련입니다."

"그, 그렇군요."

노엘은 무서운지 침을 꿀꺽 삼켰다.

25장
되살아난 5백 년 전의 분노

1

베히모스 시에와의 만남

"일어나라, 멍청이."

"음…… 바이칼?"

수수께끼 여성과의 전투 직후, 새로운 숙소에 있는 욕조 속에서 거의 기절하다시피 잠이 든 리오는 바이칼의 싸늘한 표정을 보고 머리를 비비며 일어났다.

바이칼은 욕실에서 나오며 친구에게 말했다.

"버릇은 여전하군. 널 죽이려면 욕실이 최고의 장소일 거다."

"흠, 그럴지도 모르지."

리오는 실소를 터뜨리며 고개를 끄덕였다.

욕실에서 나온 리오는 냉장고에서 맥주를 꺼내 엄지로 병 뚜껑을 날린 후 병째 들이켰다. 그 모습을 흘끔 본 바이칼은 조금 긴장된 목소리로 말했다.

"난 오늘 술이 잘 안 받을 것 같아."

그러자 리오는 웃으며 고개를 끄덕였다.

"후훗, 달라고 빌어도 안 줄 거다."

"뭐라고?"

바이칼은 속으로 크게 놀라지 않을 수 없었다. 무언가를 알고 있었기에 리오가 술을 권하기는커녕 안 준다는 생각이 든 것이다. 바이칼은 약간 떨리는 목소리로 물었다.

"너, 지난번에 왜 다른 방에서 잤지?"

바이칼이 이상하게 변했을 때의 일이었다. 말실수를 했다고 생각한 리오는 빠져나갈 궁리를 했다.

"아, 그, 그거? 루이체가 밤에 혼자 자기 무섭다고 해서 노숙하는 셈치고 그쪽에서 잤지. 그리고 남자끼리 같이 안 자면 또 어때. 그것 가지고 그럴 거야 없잖아."

하지만 바이칼의 날카로운 시선을 피할 수는 없었다.

"그런 시시한 게 아냐. 너 그때 뭘 봤지? 난 그때 술을 마시고 기억이 없는데, 그때 뭔가 봤을 것 같은 느낌이 드는군."

바이칼이 이상하게 집착하듯 묻자 결국 리오는 안 되겠다는 듯 정색하며 조용히 말했다.

"오늘은 피곤하군. 먼저 잘게."

리오는 될 대로 되라고 속으로 외치며 자신의 침대로 향했다. 그 뒤에서 바이칼은 몸을 부르르 떨며 이를 갈았다.

꽤 오랫동안 바이칼이 잠잠하자 리오는 속으로 안심하며 그대로 잠을 자기로 했다.

"그렇다, 이거지?"

그때 냉장고 문이 열리는 소리가 들렸다. 리오는 깜짝 놀라며 냉장고를 바라보았다. 바이칼이 평소와는 달리 매우 화가 난 모습으로 위스키를 꺼내 병째 들이켰다.

리오는 기겁하며 바이칼에게 달려들었다.

"이, 이 녀석! 너 갑자기 무슨 짓이야!"

"이것 놔! 난 술을 마셔도 아무렇지 않단 말이다! 말리지 마!"

"이런! 진정해, 바이칼!"

힘으로 위스키 병을 빼앗은 리오는 바이칼이 벌써 많은 양의 위스키를 마신 것을 알고는 어쩔 수 없다는 표정을 지으며 바이칼의 복부를 주먹으로 올려쳤다.

"큭!"

의외의 기습을 당한 바이칼은 결국 욱 소리를 내며 마신 술을 토해 냈다. 그 후 둘 사이에는 잠시 침묵이 흘렀다. 리오는 곧 위스키 병을 옆 탁자에 내려놓으며 말했다.

"그래, 미안하다. 사실 그날 밤 네가 다른 생물로 변해 주정 아닌 주정을 부리는 것을 봤고, 그 덕분에 루이체 방에 잠시 피신했어. 네가 다음 날 아침 아무것도 모르기에 난 네 자존심을 위해서라도 그냥 넘어가려고 했지. 그 죗값을 오늘 받나 보다. 후훗, 미안."

퍽.

"흡! 네, 네 녀석!"

무방비 상태에서 바이칼에게 복부를 강타당한 리오는 허리를 굽힌 채 바이칼을 올려다보았다. 얼굴이 붉게 달아오른 바이칼은 리오를 향해 차갑게 내뱉었다.

"받은 건 돌려줘야지."

"풋, 하하하!"

리오는 복부의 통증에도 불구하고 터지는 웃음을 참지 못했다. 바이칼은 더욱더 얼굴을 붉히며 리오에게 소리쳤다.

"닥쳐! 계속 웃으면 지옥으로 보내 주겠다!"

그러나 리오는 계속 웃었다. 그는 바이칼의 어깨를 두드리며 힘겹게 말했다.

"쿡쿡쿡, 아직도 순진한 녀석이구나. 몇백 년이 지났는데도 말이야. 하긴 그러니 지크 녀석에게 매번 놀림을 당하지. 그래, 이젠 화 풀렸어?"

바이칼은 별말 없이 창가 쪽 의자에 앉아 창밖의 야경을 바라보며 말했다.

"흥, 멍청이와 괜한 시간 낭비를 했군."

바이칼이 다시 예전처럼 대하자, 리오는 피식 웃으며 자신의 침대로 갔다. 그는 편하게 누워 눈을 감으며 말했다.

"자, 멍청이는 잔다. 잘 때 불은 끄고 자거라, 얘야. 후훗."

바이칼은 더 이상 아무 말도 하지 않았다.

다음 날 아침, 바이칼은 쏟아지는 햇빛을 받으며 상쾌하게 일어났다. 일찌감치 일어나 신문을 보고 있던 리오는 신문의 다음 장을 넘기며 들으라는 듯 중얼거렸다.

"모든 것이 밝혀진 후의 다음 날 아침은 누구나 상쾌한 법이지."

바이칼은 말없이 욕실로 들어갔다. 리오는 피식 웃으며 신문을 접고 TV를 켰다. 마침 진행되던 뉴스에서 어제 자신이 벌인 사건이 적나라하게 나오고 있었다. 리오는 무슨 이유에선지 얼굴을 반쯤 손으로 감싼 채 고개를 저었다.

카메라는 리오와 그 의문의 여성을 잘 포착했다. 리오는 뉴스 화면을 유심히 보았다. 그러다 그는 알 수 없는 의문에 휩싸였다.

자신이 아는 한도 내에서 그 여성 정도로 강한 인간은 존재할 수 없었다. 적어도 신급의 초월적 존재의 개조를 받지 않는 한. 리오는 여러 가지 가능성을 타진해 보았다.

'얼굴은 분명 어디선가 본 듯한데…… 하지만 내가 아는 여성 중 저 정도로 강한 여성은 여신들뿐이야. 하지만 신들 중에 구면인 듯한 여자는 없단 말이야…….'

그때 마침 바이칼이 욕실에서 나오자 리오는 그에게 한 가지 가능성을 물었다.

"이봐, 어제 그 여자 말이야. 혹시 용족 아닐까?"

바이칼은 이내 콧방귀를 뀌며 물병을 놓고 대답했다.

"내가 아는 드래곤 중 인간형으로 그 정도 힘을 낼 수 있는 드래곤은 없다. 물론 이 몸은 제외지. 4대 용왕도 용의 모습일 때는 너희 가즈 나이트 이상의 힘을 발휘하지만, 인간 상태에서는 너나 미친 바이론, 빌어먹을 휀 녀석에게 그냥 박살 나. 그건 동룡족도 같아. 주룡 녀석과 군주들 외엔 인간 모습으로 별 볼일 없어."

"그렇군."

리오는 한숨을 쉬며 계속 머리를 굴렸다. 하지만 더 이상 떠오르는 것이 없었다.

"아, 모르겠어. 나도 늙었나 보군."

리오가 천장을 보며 그렇게 말하자 바이칼이 나지막이 말했다.

"늙은 걸 이제야 깨닫다니…… 불쌍한 녀석."

"오호, 너랑 나랑 나이 차가 별로 안 날 텐데?"

"닥쳐."

"뭐? 시에가 사라졌다고!"

와카루 박사는 평소엔 전혀 내보이지 않던 당혹스러운 표정으로 소리치듯 물었다. 하지만 조수들은 머리를 숙인 채 아무 말도 하지 못했다. 와카루는 의자에 털썩 주저앉아 짜증을 냈다.

"시에를 놔두면 어쩌자는 것이야! 다른 아이들과는 달리 시에는 추적 장치가 달려 있지 않단 말이다! 게다가 카에나 앙그나처럼 교육하지 않았기 때문에 어떤 돌발 사태가 일어날지 모른다고! 허허, 이런 바보들! 어서 군인들에게 말해서 이 근처를 뒤져 봐!"

언성을 높인 와카루는 결국 줄담배를 피웠다. 그때 아무 말 없이 옆에 서 있던 조수 중 한 명이 주위를 두리번거리며 동료들을 돌아보다가 뭔가 결심하고 와카루 앞에 나섰다.

"저, 추가로 말씀드릴 것이……."

"뭔가!"

와카루의 신경질적인 반응에 조수는 눈을 질끈 감았다. 그러다 아무래도 말해야겠다는 듯 천천히 입을 열었다.

"저, 시에는 5일 전에 사라졌습니다."

순간 담배 연기를 흡입하던 와카루가 동작을 멈췄다. 결국 그는 재떨이를 집어던지며 조수들에게 노발대발했다.

"이런, 이런 멍청이 같은 것들! 그 애에게 5일이면 이 아메리카 대륙을 횡단하고도 남았을 시간이란 말이야! 어서 EOM 서부 비밀부대에 연락을 취해!"

조수는 깜짝 놀라며 되물었다.

"예? EOM이 서부에도 진출했습니까?"

"시끄러워, 이 멍청이들아!"

와카루의 청천벽력 같은 노호성에 조수들은 즉시 흩어졌다. 와카루는 얼마 남지 않은 머리카락을 거칠게 매만지고 나서 손가락으로 기기판을 두드렸다.

시에라는 베히모스 한 개체가 없어진 것은 나찰이나 수라 하나가 없어진 것과는 차원이 다른 문제였다. 잘못되면 골치 아픈 적을 하나 더 만들 수도 있었다.

"음, 최악의 상황이 되면 할 수 없지. 쓰레기는 처리하는 수밖에."

그는 담배 필터를 질근질근 씹으며 계속 한탄했다.

"꼭 그 지도라는 것을 사야겠나?"

옆에서 걷던 바이칼의 질문에, 목을 이리저리 풀던 리오는 가볍게 대답했다.

"당연하지. 그 산맥은 만들어진 지 얼마 안 된 젊은 산맥이라고. 지형이 험준해서 조난의 위험이 있어."

바이칼은 미간을 살짝 찡그리며 친구를 바라보았다.

"우리가?"

리오는 빙긋 웃으며 말했다.

"조난은 농담이야. 지도를 보면 대요새가 어느 위치에 있는지 예측할 수 있을 거고, 로키 산맥이라는 곳에 지크가 말했던 바로 그 '명당'이 있어."

리오와 바이칼은 현재 로키 산맥 지도를 구하기 위해 시내를 돌아다니는 중이었다. 하지만 이상하게도 관광지도 외에 구할 수 없었다. 결국 그들은 관광지도를 살 수밖에 없었다. 지도를 바라보던 바이칼은 리오에게 넌지시 물었다.

"여기 그려진 곰 그림은 뭐지?"

리오는 피곤하다는 얼굴로 대답했다.

"옆에 있는 퓨마 그림보다 귀엽네."

그렇게 대화를 주고받은 둘은 몇 미터를 계속 걸어가다가 동시에 말을 내뱉었다.

"빌어먹을!"

지도를 접고 호텔로 향하던 둘은 많은 사람들이 음식점 앞에 몰려 있는 것을 보았다. 무슨 일인가 궁금한 리오는 사람들 사이를 비집고 들어가 옆에 있는 구경꾼에게 물었다.

"저, 무슨 일인데 사람들이 이렇게 모여 있는 거죠?"

구경꾼 중 한 명이 음식점 유리창을 가리키며 대답했다.

"동물처럼 생긴 귀를 가지고 가죽을 걸친 소녀가 음식점에 난입해 폭식을 하고 있다오. 나 참, 살다 보니 별일을 다 본다니까. 어제는 칼 가진 사람이 날아다니질 않나."

구경꾼의 한탄 아닌 한탄을 들은 리오는 무엇이 마음에 걸렸는지 머리를 긁적이며 음식점 안을 살짝 바라보았다.

"어이구."

음식점 안에서 벌어진 광경을 본 리오는 자신도 모르게 감탄사를 내뱉었다. 그곳엔 사자처럼 털이 난 둥근 귀에 사자 꼬리를 하고 황색 털가죽을 둘러쓴 열입곱 살쯤 되어 보이는 소녀가 있었다. 그녀는 주위 시선에 아랑곳없이 음식점의 재료를 날것이든 익힌 것이든 남김없이 먹어 치우고 있었다.

조금 후 소녀는 배가 불렀는지 만족스러운 미소를 지으며 큰 생수통을 한 손으로 들고 벌컥벌컥 들이켰다. 리오는 미간을 좁히며 같이 보고 있던 바이칼의 어깨에 손을 얹으며 물었다.

"네가 나라면 어떻게 하겠어?"

바이칼은 리오를 흘끔 보고 다시 소녀에게 시선을 주며 답했다.

"우선 내 어깨에서 손을 뗀 후, 무릎 꿇고 살려 달라고 빌겠지."

"음, 여기서 기다리고 있어. 내가 저 애를 데리고 나올게."

리오는 바이칼의 뒤통수를 토닥거리고 음식점으로 들어갔다. 바이칼은 무표정으로 일관한 채 음식점으로 들어간 리오와 정체불명의 소녀를 번갈아 바라보았다.

리오는 손등을 혀로 핥고 있는 소녀에게 다가갔다. 한마디로 웃음이 나오는 광경이었지만 리오는 웃지 않았다.

그가 다가가 살짝 헛기침을 하자 소녀는 자기 머리카락 색깔처럼 아름답게 빛나는 진홍색 눈동자에 경계의 빛을 가득 띠었다.

리오는 빙긋 웃으며 소녀에게 물었다.

"많이 먹었니?"

리오가 묻자 그 소녀는 고개를 살짝 끄덕였다. 그는 주머니에서 손수건을 꺼내며 소녀에게 다가왔다.

"오지 마!"

순간 소녀가 리오를 향해 팔을 휘둘렀다. 리오는 흠칫 놀라며 피했다. 내색하진 않았지만 그는 속으로 마른침을 꿀꺽 삼키며 생각했다.

'보통 사람이 맞았으면 즉사했겠군. 도대체 뭐 하는 앤데 저렇게 힘이 세지?'

어쨌든 그 소녀를 음식점 밖으로 끌어내는 것이 우선이었기에 리오는 다시 소녀에게 접근했다. 이번엔 리오의 행동이 빨랐다.

"읍!"

리오가 재게 접근하자 놀란 소녀는 몸을 움직이려 했지만 자세가 좋지 않아서 어쩔 수 없이 그의 기습을 받았다. 리오는 지저분한 소녀의 입가를 손수건으로 닦아 주며 낮은 목소리로 말했다.

"입에 뭘 묻히고 다니면 보기 안 좋아. 누가 널 좋아하겠어?"

그러자 소녀는 인상을 쓰며 소리쳤다.

"아니다! 앙그나 오빠, 시에 좋아한다!"

그녀는 소리는 질렀지만 방금 전처럼 공격하지는 않았다. 그 반응에 리오는 반쯤 성공했다고 생각하며 소녀에게 미안하다는 표정을 지었다.

"아, 그래? 미안하구나, 시에."

"음? 시에 이름 어떻게 알았어!"

"네가 가르쳐 줬잖니."

리오는 여전히 웃음을 띠며 말했지만 왠지 속으로는 묘한 기운에 위화감을 느끼고 있었다. 분명 보통 인간은 아니었다. 그렇다고 그가 기억하는 갖가지 생물 정보에 그녀와 같은 생김새가 등록되어 있는 것도 아니었다.

일단 그 문제를 뒤로 미룬 리오는 현재 일을 계속 진행했다.

"자, 나랑 같이 나갈래, 시에? 이 음식점 주인 양반이 오늘 기분이 안 좋을 것 같구나."

시에는 고개를 홱 돌리며 리오의 제의를 거절했다.

"싫다! 시에, 여기가 좋아! 먹을 것 많아!"

리오는 알았다는 듯 고개를 끄덕이며 시에의 어깨를 두드렸다.

"나랑 같이 나가면 맛있는 거 더 많이 줄게. 친구 해 줄 사람도 많이 있단다."

그제야 시에는 활짝 웃으며 말했다.

"정말? 시에, 친구 좋아해! 먹을 거 다음으로 좋아해!"

"그래 그래, 어서 나가자. 널 기다리고 있는 친구가 또 한 명 있으니 나가면 소개해 줄게."

"좋아, 좋아!"

리오의 말에 간단히 넘어간 소녀 시에는 그와 함께 음식점을 빠져나갔다. 시에가 마치 원숭이처럼 리오의 팔에 매달리다시피 하며 나가는 모습을 지켜보던 음식점 주인은 바닥이 꺼져라 한숨을 내쉬었다.

"하, 정말 세상이 싫어지는구나."

옆에 서 있던 종업원들도 그 말엔 동감하는 듯 고개를 끄덕였다.

"어딜 나간 거지, 오빠는? 지도 사러 나간다고만 하고 소식이 끊겼네."

루이체가 투덜대자, 신문을 읽던 프시케는 걱정 말라는 듯 웃으며 말했다.

"웬만해선 위험에 빠지실 분들도 아니잖아요. 그리고 나가신 지한 시간밖에 안 되었으니 너무 걱정하지 말아요."

"알았어요. 아, 그런데 언니는 왜 신을 포기하셨어요? 리오 오빠에게 들었을 때부터 굉장히 궁금했는데, 가르쳐 주실 수 있어요?"

루이체의 질문에 프시케는 침대에 누워 잠을 자고 있는 마티를 살짝 보고는 대답해 주었다.

"음, 그냥 바람 따라? 호호홋."

루이체는 이해가 안 간다는 표정을 지었으나 프시케는 그저 웃을 뿐이었다.

그때 누군가 방문을 두드려 루이체는 별 생각 없이 문 가까이 걸어갔다.

"네, 누구세요?"

"문 열어."

문밖에서 허무감이 깃든 차가운 음성이 들려오자 루이체는 미간을 좁히며 문을 열었다.

"뭐예요, 바이칼 님. 갑자기 여자들만 있는 방에 왜 왔어요? 그리고 오빠는요?"

바이칼은 아무 말이 없었다. 그는 화가 난 얼굴로 다짜고짜 들어와 냉장고 속에 있는 물을 벌컥벌컥 들이켰다. 프시케는 뭔가 이상하다는 듯 그에게 조심스레 물었다.

"저, 리오 님과 무슨 일이 있으셨나요?"

그러자 바이칼은 물통을 손으로 꽉 움켜쥔 채 기를 이용해 물과 물통을 통째로 증발시키고 나서야 흥분한 목소리로 대답했다.

"리오 녀석은 자기 방에서 원시 생명체와 같이 놀고 있지. 궁금하면 가 봐. 난 절대 안 갈 거야."

"워, 원시 생명체요?"

루이체는 곧바로 리오 방으로 가서 노크도 없이 문을 열었다.

"오빠, 도대체 무슨 일이야? 응?"

리오는 그녀가 처음 보는 소녀에게 아이스크림을 떠먹이고 있었다. 희한한 것은 리오가 주는 아이스크림을 받아 먹고 있는 소녀가 인간인 듯하면서도 인간 같지 않은 외모를 갖고 있다는 점이었다.

그 광경을 본 루이체는 발끈하며 고함을 질렀다.

"아니, 뭐 하는 거야, 오빠! 이 꼬마는 또 뭐고!"

그러자 리오는 아이스크림을 한 번 더 떠서 소녀의 입에 넣어 주며 아무렇지도 않은 얼굴로 대답했다.

"응, 지도 사러 갔다가 우연히 만난 아이야. 자세한 건 나중에 얘기해 줄 테니 잠깐 나가 있을래? 참, 냉동실 안에 내가 사다 둔 아이스크림 하나 가져가. 초콜릿 맛은 이 애가 제일 좋아하는 거니까 웬만하면 다른 걸로 가져가고."

"이이익!"

리오가 그녀를 외면한 채 계속 말하자 흥분한 루이체는 문을 꽝 닫고 나가 버렸다. 문이 흔들리는 소리에 아이스크림을 먹던 시에는 큰 눈을 껌벅이며 리오에게 물었다.

"리요! 저 시끄러운 녀석은 누구냐!"

"응, 내 동생이야. 기분 안 좋은 일이 있나 봐. 그리고 내 이름은 리요가 아니고 리오야, 리오."

그가 다시 아이스크림을 떠 주며 말하자 시에는 선홍색 머리카락을 긁적이며 말했다.

"헤헷. 알았다, 리요!"

뾰로통해진 루이체는 거칠게 자기 방문을 열고 들어와 침대 위에 쓰러져 버렸다. 루이체마저 화가 나서 들어오자 프시케는 알 수 없다는 표정으로 바이칼에게 다시 물었다.

"아니, 루이체 양까지 왜? 리오 님이 설마 또 데리고 오신 건 아니겠죠?"

바이칼은 귀찮다는 듯 고개를 돌리며 심호흡을 한 후 조용히 대답했다.

"로키 산맥에 있다는 EOM의 기지를 알고 있는 원시 생명체지."

밤이 되어 시에가 일찍 잠자리에 들자, 리오는 자기 방에 모두를 불러 모았다.

그는 모두 약간씩 긴장된 표정으로 자신을 보고 있다는 것을 느끼면서 천천히 말했다.

"이 아이는 로키 산맥에 있는 EOM의 기지를 알고 있어. 어쨌든 난 이 아이를 처음 만났을 때부터 보통 아이가 아니다 싶었지. 그래서 여기 데려온 거야."

리오가 말을 끝내자 루이체가 기다렸다는 듯 말문을 열었다.

"하, 그렇겠지, 오라버니. 세상에 어떤 아이가 빨간 머리카락에 빨간 눈과 꼬리를 달고 있겠어! 어서 본론으로 들어가!"

리오는 머리를 긁적이며 고개를 끄덕였다.

"알았다, 알았어. 바이칼과 함께 아이를 데리고 오는 도중 우리가 산 지도를 아이가 우연히 보게 된 거야. 그 애는 지도를 막 찢더니 갑자기 웩 소리를 내며 어느 한 지점을 가리켰지. 바로……"

리오는 옆에 접어 두었던 지도를 펴고 곰 그림이 그려진 곳을 손끝으로 찍으며 말했다.

"여기야."

루이체는 손으로 턱을 괴며 불만이 쌓인 목소리로 말했다.

"곰 고기를 먹고 싶었나 보지."

리오는 어깨를 으쓱하고 계속 말했다.

"흠, 그럴지도. 하여튼 좀 이상하다는 생각이 들어서 근처 사냥용 총포사에 들러 여기 그려진 곰 서식지에 대해 물어봤지. 그랬더니 이곳은 꽤 오래전부터 입산 통제가 된 곳이라더군. 약 6년 동안 말이지. 그리고 왜 이 근처에 로키 산맥 지도를 파는 곳이 없냐고 물었더니 미국 동부가 EOM에 가담한 지 얼마 안 되어 모든 지도가 회수되었다고 하더군. 그 후로는 관광용 지도 외에 모두 발간이 정지되었대. 나는 시에에게 과자를 사 주며 물었지. 네가 가리킨 곳에 뭐가 있냐고 말이야. 그랬더니 자기가 눈뜬 곳이라는 거야."

리오가 거기까지 말하자, 바이칼은 흥미 없다는 듯 휙 돌아서며 퉁명스럽게 말했다.

"흥, 지금 원시인 서식 장소를 찾아 뭘 어쩌겠다는 거지? 미쳐도 단단히 미쳤군."

리오는 씩 웃으며 대답했다.

"박살 내는 거지. 네 말대로 미친 듯이."

모두 리오를 흘끔 쳐다보았으나 그는 그저 미소를 지을 뿐이었다.

2

새벽의 검을 든 여전사

다음 날 리오는 느긋하게 떠날 준비를 했다. 가져갈 것이 없으니 천천히 해도 빨리 해도 달라질 것은 없었다. 호텔 밖으로 나온 일행 속에는 시에도 끼여 있었다.

리오는 자신의 등 뒤에 찰싹 달라붙은 시에를 바라보며 물었다.

"시에야, 배고프지 않니?"

시에는 리오의 머리를 손으로 쓰다듬으며 명랑하게 대답했다.

"응. 시에, 배고프지 않아! 시에, 리요 좋아! 무지무지 좋아!"

"응응, 그래 그래. 하하핫."

그렇게 리오와 웃던 시에는 자신을 말없이 보고 있는 바이칼의 눈과 마주치자 고개를 획 돌리며 짧게 말했다.

"시에, 빠이 싫어!"

바이칼은 눈을 잠깐 감았다 뜨더니 고개를 저으며 리오의 뒤로 물러설 뿐이었다.

리오와 시에의 모습을 뒤에서 지켜보던 루이체는 무표정하게 걷고 있는 바이칼의 옆구리를 쿡 찔렀다. 바이칼은 짜증스러운 표정으로 루이체를 말없이 쏘아보았다.

"저 꼴을 더 이상 어떻게 봐요, 바이칼?"

바이칼은 짧게 한숨을 쉬고 앞을 바라보며 대답했다.

"내 옆구리를 찌른 것에 대해 용서를 빌고 나서 지켜보면 돼."

"흥! 내 편은 하나도 없어!"

루이체는 투덜대며 고개를 휙 돌려 버렸다.

풍.

그때 어디선가 들려온 굉음과 함께 루이체는 비명도 지르지 못하고 쓰러졌다. 리오는 소리가 들려온 방향을 돌아보았다.

"누구냐!"

한 은행 건물 대리석 벽에, 붉은색 옷차림의 갈색 머리카락 여성이 손가락 하나를 뻗은 채 서 있었다. 바닥에 피 흘리며 쓰러진 루이체를 본 리오는 눈을 가늘게 뜨며 그녀에게 조용히 말했다.

"드디어 죽고 싶어 안달이 나셨나? 갑자기 나타나서 나를 화나게 할 필요는 없을 텐데?"

갈색 머리카락의 여성은 손을 내리며 요사스러운 웃음을 지었다.

"어머 죄송해요, 리오 스나이퍼. 당신 일행이 설마 손가락 하나로 만든 충격파에 쓰러질 줄은 상상도 못 했거든요? 호호홋, 이거 어쩌죠? 어쨌든 오늘은 당신 때문에 온 게 아니에요. 등에 업혀 있는 그 소녀를 데리러 왔거든요? 자, 시에? 어서 언니한테 와야지?"

그러자 리오의 등에 업혀 있던 시에는 리오의 넓은 등에 얼굴을 묻으며 크게 소리쳤다.

"싫어! 시에, 약 냄새 나는 곳 싫어! 할아버지 싫어! 먹을 것도 안

줘! 거기 사람들 전부 시에를 괴물 취급해! 시에, 무서워! 절대 안 갈 거야!"

시에가 소리 지르며 반항하자, 수수께끼의 여성은 피식 웃으며 천천히 다가왔다.

"어머, 괴물이 아니었니? 괴물을 괴물로 보는 것은 당연한 것 아 냐? 어차피 사람이 만든 피조물인 주제에 말이 많구나, 시에. 그러 지 말고 어서 언니에게 오는 것이 좋을 거야. 응?"

리오는 아무 말 없이 서 있었다. 그는 느끼고 있었다. 또한 들을 수 있었다. 두려움 때문인지 떨고 있는 시에의 마음을, 그리고 점 점 희미해져 가는 루이체의 숨소리를.

"바이칼, 시에를 맡아 줘."

리오는 바이칼에게 등을 돌린 채 말했다. 바이칼은 팔짱을 낀 채 여느 때와 마찬가지로 투덜대며 대답했다.

"흥, 내가 왜 그런 원시 생명체를……."

"좀 맡아 줘."

묵직하게 깔리는 듯한 리오의 목소리에 바이칼은 투덜대는 것을 멈췄다. 리오의 그런 모습을 처음 본 마티와 프시케는 루이체를 응 급 치료하다가 흠칫 놀라며 그를 쳐다보았다. 얼굴을 보지는 않았 지만 지금까지 느껴 보지 못했던 살기를 내뿜고 있었다.

바이칼은 짧게 투덜대며 시에를 받아 안았다. 리오는 손목의 관 절을 풀면서 앞에 서 있는 그 여성에게 다가가며 말했다.

"이틀 전이었지? 옛날 누구 때문에 버렸던 내 모습을 다시 찾도 록 해 준 게 말이야. 그때도 상당히 죽고 싶어 했던 것 같은데 오늘 도 마찬가지군. 너에게 알아보고 싶었던 것도 있는데 잘됐어."

그 여성은 손으로 입을 가린 채 낭랑히 웃으며 리오에게 물었다.

"어머, 그래요? 뭘 알고 싶으셨는데요?"

리오는 망토 차림의 원래 모습으로 바꾸며 5백 년 전 버렸던 사악한 미소를 지었다.

"내가 알고 있는 열다섯 살 아이가 너랑 비슷하게 생겼지. 머리카락 색깔도 비슷하고⋯⋯. 널 여기서 없애 버린 뒤 그 애가 다시 내 앞에 나타날지 안 나타날지⋯⋯. 간단해, 바로 그거다. 후후훗."

"오호, 그랬군요? 그럼 제가 당신에게 죽었다 치고, 그 애가 다시 당신 앞에 나타나지 않는다면 어떻게 할 거죠?"

그 여성이 팔짱을 끼며 맞받아치자 리오는 엑스칼리버를 슬며시 뽑아 들며 말했다.

"그건 그때 가서 생각하지. 이제 죽는 게 좋아!"

"오호, 그래요? 뭐, 좋아요. 당신께서 오늘은 보통 각오가 아니신 것 같으니 저도 정식으로 상대해 드리죠."

수수께끼의 여성은 공중을 향해 오른손을 내뻗었다. 그러자 하늘에서 흰빛이 구름을 뚫고 내려와 그 여성의 손에 내리꽂혔다. 사방을 밝히던 그 빛은 놀랍게도 검의 형상으로 물질화되었다.

빛이 완전한 검의 형상을 갖추자 리오는 눈썹을 꿈틀대며 물었다.

"새벽의 검? 네가 왜 이오스 님의 새벽의 검을 쓰는 거지?"

그녀는 새벽의 검을 굳게 잡으며 대답했다.

"린라우 님께서 선물로 주신 거예요. 뭐 어때요? 제가 쓰면 안 된다는 법 있나요? 호호호훗."

리오는 두 눈에서 푸른빛을 폭사하기 시작했다.

"후훗, 좋아. 무기도 제대로 갖춰지지 않은 적을 쓰러뜨리면 어차피 나도 망신이니까."

이윽고 엄청난 기류와 함께 리오의 이마에 한 쌍의 회색 무늬가 떠올랐다. 안전주문이 풀렸다는 뜻이었다. 바이칼은 자신의 등 뒤에서 덜덜 떨고 있는 시에에게 나지막이 말했다.

"열이 나긴 열이 났군. 안전주문 1단계 해제라면 지난번처럼 처참히 깨지지는 않겠어."

리오의 몸에서 분출된 기의 압력으로 근처 약 500미터 반경 내 건물 유리창이 심하게 흔들리거나 파열되었다. 근처를 지나가던 시민 가운데 불어닥친 돌풍에 쓰러진 사람들이 속출했다.

그것을 본 수수께끼의 여성은 침을 꿀꺽 삼키며 말했다.

"호오? 생각보다 대단하신데요? 큰소리친 이유가 있었군요. 어쨌든 해봅시다!"

둘은 곧바로 공중으로 치솟아 대격돌을 했다. 그런 와중에 프시케의 회복주문을 받던 루이체는 희미한 목소리로 중얼거렸다.

"오빠, 안 돼!"

엑스칼리버와 새벽의 검이 남긴 잔광으로 뭐라고 형용할 수 없이 현란한 빛에 하늘에 난무했다. 하지만 시민들은 대피하느라 그 모습을 구경할 틈이 없었다. 그 현란한 잔광 사이에는 핏빛 오러가 파란색의 오러를 거세게 추격하는 모습도 있었다.

"도망치는 건가! 쓸데없는 짓 하지 말고, 목을 내밀어라!"

핏빛 오러에 둘러싸여 노기를 토하는 리오의 눈은 분노로 불타고 있었다. 그가 처음 가즈 나이트가 되었을 때, 바로 그때처럼.

시에를 업고 있던 바이칼은 리오의 그런 모습에서 시선을 거두고, 아직도 의식을 차리지 못하고 있는 루이체에게 다가갔다. 그러고는 회복주문을 사용하고 있는 프시케를 밀어냈다.

"비켜."

프시케는 당황한 얼굴로 그에게 소리쳤다.

"이, 이게 무슨 짓입니까, 용제님! 루이체는 계속 회복주문을 받아야만 살 수 있단 말입니다!"

바이칼은 아무 말 없이 중상을 입은 루이체를 똑바로 눕히고 자기 오른손 약지를 입에 댔다. 그리고 그 끝을 송곳니로 살짝 깨물어 피를 낸 후 곧바로 피 한 방울을 루이체의 입에 떨어뜨렸다. 그 모습에 프시케는 흠칫 놀라며 바이칼을 쳐다보았다.

"요, 용제님?"

바이칼은 상처가 난 약지를 입으로 몇 번 빨고 나서 프시케를 향해 나지막이 말했다.

"네 수준 낮은 마법보다는 이 몸의 고귀한 피 한 방울이 낫겠지."

프시케는 슬며시 미소 지었다. 용제의 약지에서 나는 피가 그 어떤 약보다 효험이 빠르다는 사실을 그녀는 잘 알고 있었다. 옆에서 루이체를 걱정스러운 얼굴로 지켜보던 마티는 도대체 무슨 상황인지 알지 못했다. 그저 눈만 깜빡거릴 뿐이었다.

바이칼의 치료법이 효과를 보였는지, 충격파에 의해 심한 내상을 입었던 루이체는 곧 눈을 떴다. 그녀는 언제 다쳤냐는 듯 벌떡 일어서며 주위를 두리번거렸다.

"오, 오빠는 어떻게 됐죠?"

약지를 입에 넣은 채 바이칼이 대답했다.

"저기 오잖아."

그의 말이 끝나기가 무섭게, 수수께끼의 여성이 지친 모습으로 저만치 도로에 착지했다. 그녀 앞에는 누더기가 된 망토를 걸친 리오가 착지했다.

"오, 오빠!"

루이체의 외침에도 리오는 눈을 돌리지 않았다. 루이체 때문에 그의 분노가 폭발한 것이지만, 현재 그의 머릿속을 지배하고 있는 것은 적에 대한 불타는 투쟁 욕구밖에 없었다.

리오는 상처가 난 볼을 토시로 닦고 망토를 풀어 일행의 옆으로 던지며 말했다.

"좋아, 신나는군. 후훗, 오랜만에 멋진 싸움을 하는 것 같아."

그 말에 리오 앞에 자세를 잡고 버티던 수수께끼의 여성은 힘없이 미소를 지었다.

"그렇군요. 당신 말대로 정말 짜릿하네요. 후후."

둘의 모습을 보던 루이체는 자신을 공격했던 여성이 이미 탈진한 상태라는 것을 알아챘다. 그녀는 점점 두려워지기 시작했다. 다른 사람도 아니고, 자신 때문에 리오가 또다시 피를 본다는 것이 두려웠다. 물론 리오에게 있어서 생명을 빼앗는 것이 그리 대단한 일은 아니라는 것을 루이체도 알고 있었다. 하지만 두려움과 동시에 그 갈색 머리카락의 여성을 죽여서는 안 된다는 이상한 느낌이 들었다. 결국 루이체는 큰 소리로 외쳤다.

"안 돼, 안 돼. 오빠! 그만둬!"

"닥쳐! 날 방해하면 모두 없애 버리겠어!"

리오가 루이체를 쏘아보며 소리쳤다. 붉게 빛나는 안광에 의해 그의 눈동자는 보이지도 않았다.

몸이 굳어 버린 루이체를 뒤로한 그는 다시금 그 여성을 향해 엑스칼리버를 굳게 쥐며 외쳤다.

"널 박살 내 버리겠다!"

"안 돼!"

그 순간 루이체가 리오와 그 여성 사이에 끼어들었다. 리오는 휘두른 검을 루이체의 목 언저리에서 가까스로 멈췄다. 앞을 가로막은 루이체에게 리오는 분노에 찬 목소리로 욕설을 퍼부었다.

"어서 꺼져! 방해하면 없애 버린다고 분명히 말했잖아! 동생이라고 봐주는 것도 한계가 있어!"

"오, 오빠!"

루이체는 정말 무서웠다. 제대로 서 있지도 못할 정도로 리오가 무서웠지만 어디서 힘이 나는지 그녀는 제정신이 아닌 오빠에게 소리쳤다.

"안 돼. 제발 이러지 마, 오빠! 아직도 레나의 망령에서 벗어나지 못하고 있는 거야? 난 안 죽었어. 그만둬, 오빠!"

"젠장, 저리 비키지 못해!"

리오는 아직 검을 휘두르진 않았지만 거의 휘두를 기세로 소리쳤다. 그러나 루이체도 만만치 않았다. 오히려 자신을 공격했던 그 여성을 감싸며 리오에게 외쳤다.

"싫어, 리오 오빠가 그랬잖아! 확인할 아이가 있다고! 이 여자가 그 아이인지 확실하진 않았지만 오빠가 없는 사이 무슨 일이 벌어졌을지 어떻게 알아! 그리고 이 여자는 악마가 아냐. 무슨 이유가 있으니 악마들을 도와주는 것 아냐!"

"이유고 뭐고, 저리 꺼져!"

결국 리오는 루이체를 밀치고 곧바로 수수께끼 여성의 목을 잡아 들어올리며 말했다.

"짧은 시간이었지만 즐거웠다. 지옥이든 천국이든 내 눈에서 사라져! 앗?"

그때 리오의 손에 있던 엑스칼리버가 섬광을 발함과 동시에 그의 손에서 튀어 나갔다. 검의 의식마저 행동을 거부하고 있었다. 리오는 붉은 눈을 찡그리며 파라그레이드를 대신 뽑아 들었다.

"빌어먹을, 검까지도 날 방해하는군. 어쨌든 이젠 방해할 것이 없다. 넌 이제 죽는 거다!"

그러자 그 수수께끼 여성은 씁쓸히 웃으며 모든 것을 포기한 듯 입을 열었다.

"후훗, 여기서 끝날 줄은 몰랐군요. 좋아요, 맘대로 해요. 어쨌든 당신은 착한 동생을 둔 것만은 틀림없군요, 리오 기사님."

"뭐?"

그 순간 리오의 손이 풀렸다. 그 바람에 그 여성은 땅바닥에 쓰러졌다. 살의로 붉게 타오르던 리오의 눈은 원래 상태로 돌아왔다. 그는 믿을 수 없다는 눈으로 자신의 앞에 쓰러진 여성을 바라보며 힘없이 중얼거렸다.

"아, 아냐. 그럴 리가 없어. 설마 네가……?"

갑자기 리오의 태도가 변하자, 바닥에 쓰러진 그 여성은 싱겁다는 듯 웃으며 말했다.

"뭐죠? 저를 죽이겠다고 그렇게 큰소리치시던 분이 갑자기 왜 그러시나요? 약효라도 떨어졌나요?"

"닥치고 자라."

순간 바이칼의 강렬한 킥이 무방비 상태인 그 여성의 후두부를 강타했다. 아직도 시에를 등에 업고 있던 바이칼은 기절한 그녀를 주문으로 묶었다. 그런 후 시에를 등에서 내리며 리오에게 말했다.

"옛날 성격을 고쳤다고? 그대로잖아, 멍청이."

"……."

"여기서 머리 좀 식히시지. 귀찮게 하지 말고."

바이칼은 갈색 머리카락의 여성을 끌고 호텔 안으로 사라졌다. 리오와 마주 서게 된 시에는 그를 흘끔 바라보다가 눈이 마주치자 곧바로 프시케의 등 뒤로 도망쳤다. 겁에 질린 목소리가 들려왔다.

"무, 무서워! 시에, 리요가 더 무서워! 리요 싫어!"

시에의 반응에 리오는 시에를 부르려다 곧바로 고개를 돌렸다. 이번에는 루이체와 시선이 마주쳤으나 그녀 역시 화난 표정으로 스쳐 지나갈 뿐이었다. 리오에게 얻어맞은 볼을 손으로 감싼 채.

마티와 프시케는 루이체와 시에를 데리고 바이칼의 뒤를 따라갔다. 모두가 대피해 인적 없는 거리에는 기가 주입되지 않은 파라그레이드를 든 리오와 공중에 떠 있는 엑스칼리버만 남았다.

홀로 남은 리오는 한숨과 함께 결국 고개를 떨궜다.

"음?"

얼마나 의식을 잃었던 것일까. 갈색 머리카락의 여성은 의식이 돌아오자마자 주위를 둘러보았다. 그녀는 자신이 고급 호텔의 침대 위에 누워 있다는 사실과 옆에 리오가 있다는 사실에 놀랐다.

팔짱을 낀 채 묵묵히 고개를 숙이고 있던 리오는 고개를 들며 말했다.

"정신이 들었군. 곤란하지 않다면, 잠시 얘기나 할까?"

그녀는 몸에 주문이 걸린 탓인지 비웃는 듯한 미소를 지을 뿐이었다.

"물어보면 내가 대답할 줄 아나 보군요? 좋아요, 질문을 듣기는 할게요. 하지만 대답하는 건 제 자유예요."

"그럼 널 살리든 죽이든 그것도 내 자유겠군."

리오는 한동안 말없이 그녀를 바라보았다. 그녀는 뭐라고 말하려고 했으나 그를 감싸고 있는 분위기가 좋지만은 않았기에 그냥 고개를 돌리고 말았다.

이윽고 리오가 입을 열었다.

"돌아가고 싶나?"

리오가 의외의 질문을 하자 여성은 피식 웃으며 간단히 대답했다.

"질문이라고 하는 거예요? 정말 싱거운 남자군요. 아까는 나를 죽인다며 소리치다가 갑자기 바보 같은 표정을 짓더니, 이젠 돌아가고 싶지 않냐고요? 하여튼 가즈 나이트들은 다 이상…… 흡!"

순간 리오의 두꺼운 손이 그녀의 가녀린 목을 움켜쥐었다. 그녀는 말을 멈출 수밖에 없었다. 리오는 조용히 말했다.

"묻는 말에 대답이나 해. 난 지금 농담할 기분이 아니니까."

리오가 손을 풀자 그녀는 헛기침을 몇 번 하고 간단히 답했다.

"당연히 돌아가야죠."

"그래? 반겨 줄 사람이라도 있나?"

그녀는 선뜻 대답하지 못했다. 눈을 감은 채 그녀의 대답을 묵묵히 기다리던 리오는 한숨을 내쉬며 커튼과 창문을 열었다.

시애틀은 어느새 밤이 되어 있었다. 벌써 10년 넘게 화석 연료를 사용하는 자동차들이 다니지 않아 시애틀의 밤하늘은 매우 아름답게 빛났다. 그 밤하늘을 바라보며 리오는 조금 기분이 풀린 얼굴로 말을 이었다.

"마지막 질문이 정말 바보 같을지 모르겠군. 외롭지 않아? 돌아가 봤자 아무도 반겨 주지 않을 거고, 게다가 임무까지 실패했으니 더할 텐데?"

그녀는 잠시 리오 뒷모습에 시선을 두다 곧 웃어넘기며 말했다.

"그런 말로 나를 설득하려 했다면 큰 오산이에요. 아무리 따뜻하게 대해 줘도 난 넘어가지 않아요."

리오는 고개를 숙인 채 쓸쓸한 미소를 지으며 말했다.

"그래? 따뜻하게 느껴지기라도 했다니 다행이군, 후훗."

말을 마친 리오는 손가락을 한 번 튀겼다. 그와 동시에 그녀를 옭아맸던 주문이 풀렸다. 몸을 몇 번 움직여 본 그녀는 리오를 물끄러미 바라보았다. 리오는 방에서 나가며 마지막으로 말했다.

"돌아가. 아, 배고프면 냉장고에 있는 빵하고 우유를 먹어도 좋아. 돈 내라는 말은 안 할 테니까. 그럼 다음에 만날 수 있길……. 건투를 빌지."

밖으로 나온 리오는 복도에 기대서서 기다리는 바이칼과 마주쳤다. 바이칼은 앞머리를 쓸어 넘기며 리오에게 물었다.

"어째 죽이진 않았군. 그녀와 무슨 얘기를 했지?"

리오는 씩 웃으며 대답했다.

"응, 나를 걱정해 주는 친구가 있는데, 어떻게 해야 고마움을 표시할 수 있는지 물어봤지."

"큭!"

바이칼은 눈을 부릅떴다. 리오는 아무 말 없이 방으로 들어가며 나지막이 말했다.

"미안하군. 한숨 자면서 기분을 좀 풀어야겠어. 나중에 보자."

리오가 방으로 들어가자 바이칼은 눈의 힘을 풀며 차가운 말투로 중얼댔다.

"흥, 목숨이 백 개라도 모자랄 녀석."

3

힐린 벨로크 여사의 행방불명

바이론은 소리 없이 집 밖으로 나갔다. 그가 왜 나가는지, 어딜 가는지 궁금해하는 사람은 아무도 없었다.

집 안에는 세이아와 지크, 넬, 챠오가 있었다. 잠에서 깨어난 넬은 부스스한 얼굴로 새로 산 TV 앞에 앉았다. 그 옆에 앉아 있는 지크는 TV를 보며 계속 쿠키를 입에 넣고 있을 뿐이었다. 평화는 생각보다 사람을 게으르게 만들었다.

"넬, 챠오는 뭐 하니?"

"하아암, 선배님은 아직 주무시는 것 같은데요."

넬은 눈을 비비며 대답했다. 지크는 고개를 끄덕이고 마지막 쿠키를 공중에 높이 집어 던졌다.

"피곤하긴 할 테지. 놀리고 싶긴 하지만 놔두지, 뭐."

지크가 공중으로 던진 쿠키는 곧바로 그의 입속으로 들어갔다. 마지막 남은 쿠키는 뭐든 그렇게 처리하는 지크였다.

전화벨이 울렸다. 넬은 별 생각 없이 전화를 집어 들었다.

"네, 티베 프라밍 기자님 댁입니다."

"응, 나 티베야. 넬, 옆에 지크 있니?"

"아, 잠간만 기다리세요."

넬은 곧바로 지크에게 전화를 건네주었다. 지크는 리모콘으로 TV의 채널을 바꾸며 전화를 받아 들었다.

"네, 지크 스나이퍼입니다."

"난데, 힐린 언니가 아무래도 행방불명된 거 같아. 연락이 안 돼. 어떻게 된 건지 모르겠어. 출판사에서도 모르겠다고 하고……."

티베가 다짜고짜 말하자, 지크는 인상을 찡그리며 말했다.

"헤이, 티베. 라디오 연애 프로그램이라도 틀어 놓은 거야? 갑자기 무슨 소리야?"

"이봐! 사람이 진지하게 나오면 좀 진지하게 받아 줘야 할 것 아냐! 사람이 벌써 사흘이나 행방 묘연한데 농담 따먹기나 할거야!"

수화기가 쩌렁쩌렁 울릴 정도로 티베가 소리치자 지크는 웃으며 천천히 말했다.

"흠, 어디 봅시다. 힐린 벨로크 여사 실종 사건. 납치된 증거 없음. 흔적 없음. 단서는 단 하나. 3일 전 오전 8시 13분경. 집에 아무도 없을 때가 있었죠. 나는 넬과 함께 티베라는 시끄러운 아가씨를 직장에 데려다주는 중이었고, 세이아 씨는 시장에 있었습니다. 챠오는 산책을 갔는지 집 안에 없었죠. 타이밍 좋게도 그 시각 전화가 걸려왔고, 집 안에 있던 힐린 씨는 그 전화를 받았습니다. 전화의 출처는 파리 시내의 한 특급 호텔. 그 후로 올해 서른 살의 힐린 씨는 행방불명되었습니다. 자, 됐습니까, 티베 기자?"

지크가 거의 빈틈없이 조사했음을 안 티베는 깜짝 놀랐다. 지크는 앞에 있는 쟁반을 손가락으로 돌리며 계속 말했다.

"지금으로부터 약 일주일 전, 이 집 주변엔 7대의 카메라가 설치되었습니다. 그중 한 대는 비에 맞았는지 고장이 났고, 나머지 6대는 열심히 이 집을 감시하고 있었죠. 나는 독일에서 돌아오자마자 즉각 방해 공작을 시작했습니다."

거기까지 말했을 때 수화기 속 티베의 음성이 돌연 낮아졌다.

"방해공작이 거실에서 육체미를 하는 거였어?"

"응, 난 그냥 여자에게 관심 있는 변태 짓인 줄 알았거든. 어쨌든 결과는 힐린 벨로크 씨의 실종이었지. 그분의 단서를 찾을 수 있는 가장 유력한 장소는 파리 특급 호텔 나폴레옹. 그리고 그 호텔의 로비와 옥상, 지하 주차장에는 제너럴 블릭에서 만든 최신 스텔스 방식의 고속 기동병기 BX-F라는 귀염둥이가 시각 장치로 몸을 숨기고 있어. 뭐, 지크라는 멋진 사나이가 나타나길 기다리는 모양이지, 헤헤헷."

"대, 대단해! 정말 다시 봤어, 지크!"

전화선을 타고 티베의 찬사가 들려왔다.

"정말이에요! 지크 선배 최고예요!"

옆에서 듣고 있던 넬도 감탄하며 말했다. 지크는 씩 웃으며 티베에게 말했다.

"아 참, 티베? 기자실에 있는 전화 쓰는 거지?"

"응. 그렇긴 한데?"

"그럼 전화 밑을 좀 봐. 빨리."

"세, 세상에! 도청 장치가!"

지크는 그럴 줄 알았다는 듯 몸을 일으키며 말했다.

"어서 그 자리를 피해. 가급적이면 가요 프로그램을 하는 스튜디오로! 내가 곧 갈 테니 기다려."

"앗! 이봐, 잠깐!"

지크는 곧바로 전화를 끊고 현관으로 가며 넬에게 말했다.

"조금 있으면 챠오가 일어나거나 바이론 아저씨가 올 테니 넌 여기 가만히 있어. 아이스크림 사 올 테니까. 헤헷, 그럼!"

지크는 바람처럼 건물을 나섰다. 넬은 휜하게 열린 현관문을 향해 터벅터벅 걸어가며 말했다.

"오늘은 선배가 기분이 좋은 모양이네? 저렇게 활발한 모습은 정말 오랜만이야."

넬이 문을 닫으려는 순간 누군가 팔로 문을 막았다. 넬은 흠칫 놀라며 뒤로 물러섰다.

"누, 누구세요!"

얼굴에 검은 복면을 한 누군가가 소음기가 장착된 권총을 든 채 문을 막고 있었다. 그것도 한 명이 아니었다. 적어도 10명 이상의 무장 괴한이 문밖에 있었다. 문을 막은 남자는 복면 구멍을 통해 씩 웃었다.

"집에 어른이 없는 모양이구나? 후후후, 아까 나간 그 얼간이 말고는 없겠지?"

넬은 마른침을 꿀걱 삼키며 해결책을 강구했다.

'어쩌지? 이런 상황은 처음인데?'

넬이 도망칠 수 있는 확률은 높았지만 막아 낼 수 있을 확률은 낮았다. 그러나 넬이 놀란 탓에 생각을 못 했던 것이 있었다.

"넬, 가짜 피자 배달원이야?"

"예?"

순간 넬의 머리 위를 스친 강렬한 킥이 현관문에 꽂혔다. 문을 막고 있던 괴한의 팔에서 우두둑 하는 음산한 소리가 들려왔다.

"으아악!"

넬은 문에 발을 대고 있는 린 챠오의 모습을 보았다. 챠오는 문을 막은 채 자느라 헝클어진 긴 머리칼을 원래대로 묶어 올리며 넬에게 물었다.

"밖에 있는 얼간이들은 누구지?"

"잘 모르겠지만 우리를 그리 좋아하는 것 같지는 않네요."

넬의 대답에 챠오는 고개를 살짝 끄덕인 후 가지고 나왔던 70구경 블래스터를 현관문에 조준했다. 넬은 깜짝 놀라며 챠오에게 소리쳤다.

"자, 잠깐만요, 선배님! 블래스터로 사람을 쏘면……!"

그러자 챠오는 넬의 말을 가로챘다.

"나 살인면허 있어."

말이 끝나기가 무섭게 챠오의 블래스터가 불을 뿜었다. 그와 동시에 문밖에서 남자들의 끔찍한 비명 소리가 들려왔다. 챠오는 바로 문을 열고 밖으로 나섰고, 넬은 문밖에 있는 괴한들이 하얀 가루를 뒤집어쓴 채 괴로워하는 모습을 보았다. 특수 소이탄이었다.

곧이어 챠오의 무시무시한 몸놀림이 전투 불능이 된 남자들 사이에서 현란하게 움직였다. 남는 것은 뼈가 부러지는 소리와 바닥에 튀는 피뿐이었다.

"무, 무슨 일이야?"

방에서 낮잠을 자던 세이아도 블래스터 소리에 깜짝 놀라 뛰쳐나왔다. 그녀는 손으로 이마를 짚으며 넬에게 물었다.

"넬, 도대체 어떻게 된 일이니?"

"으허억!"

순간 얼굴에 복면을 한 남자가 피를 뿌리며 현관문 안쪽으로 쓰러졌다. 세이아는 또 한 번 놀라 뒤로 주춤했다. 그 남자가 문 안쪽으로 쓰러짐과 동시에 문밖에서 챠오의 팔이 뻗어 왔다. 남자는 기절한 채 문 밖으로 다시 끌려 나갔다.

얼마 후 티베의 집 밖에는 무장 괴한 10여 명이 포박된 채 이리저리 쓰러진 모습이 가득했다.

챠오는 그중 가장 멀쩡해 보이는 괴한을 골라 복면을 벗기고 심문을 시작했다.

"복면을 왜 벗기는지 이유는 알겠지?"

그러자 괴한은 챠오를 올려다보고 씩 웃으며 말했다.

"헷, 글쎄? 나랑 한번 즐겨 보자는 건가? 하하핫!"

그 말에 넬은 눈을 멀뚱거렸다. 현관에서 그 광경을 보고 있던 세이아는 얼굴을 붉히며 슬그머니 안으로 들어갔다. 챠오는 표정 변화 없이 다시 한 번 괴한에게 물었다.

"누가 너희를 보냈지?"

괴한은 웃음을 거두고 낮은 목소리로 말했다.

"조금 있으면 잠복해 있던 나머지 팀이 들이닥칠 거다. 말해서 죽느니, 말 안 하고 그 녀석들을 기다리는 게 낫겠지."

"그래?"

순간 챠오의 양 수도가 괴한의 턱 언저리에 꽂혔다. 괴한은 입을 벌린 채 아무 말도 하지 못했다. 챠오는 그 괴한을 멀찌감치 밀고 다른 사람들에게 시선을 돌렸다.

"턱뼈를 부쉈으니 더 이상 지껄이진 못하겠지. 상관없어. 아직 10명 넘게 남았으니까, 다음."

그 공포의 심문 광경을 지켜보던 넬은 혀를 내두를 뿐이었다.

무대 위에서 열창을 하고 있는 가수들의 모습을 카메라로 담고 있던 카메라맨은 스튜디오 문을 통해 티베가 뛰어 들어오는 모습을 흘끔 보았다. 그녀가 약간 당황한 표정으로 자신에게 뛰어오자 그는 고개를 갸웃거렸다. 그에게 가까이 다가온 티베는 주위를 두리번거리며 작은 목소리로 물었다.

"저, 이 스튜디오에 수상한 옷차림을 한 사람들 안 들어왔나요?"

티베가 갑자기 묻자 카메라맨은 실소를 터뜨리며 말했다.

"하핫, 괴상한 옷차림의 사람들요? 저기 무대 위에서 춤추는 사람들이라면 대기실에 가서 만나시죠? 저는 카메라에 집중을 해야 하기 때문에 이만."

퓽.

순간 작은 물체 하나가 초음속으로 공기를 가르며 날아와 티베의 왼쪽 귀걸이를 스쳤다. 티베와 카메라맨은 떨어지는 귀걸이 조각을 멍하니 바라보다가 즉시 몸을 숙이며 서로에게 말했다.

"무, 무슨 일이에요, 티베 기자! 왜 갑자기 총알이 날아오는 거죠?"

티베는 양쪽 귀걸이를 빼며 급히 말했다.

"저도 잘 모르겠어요! 어쨌든 전 달아나야 하니 먼저 가 볼게요!"

티베는 몸을 숙인 채 급히 관람석 쪽으로 달아났다. 카메라맨은 얼굴이 파랗게 질린 채 다시 카메라 좌석에 앉았다. 그때 그가 귀에 꽂고 있던 이어폰이 시끄럽게 울렸다.

"이봐, 셀틱! 카메라 안 잡고 뭐 하는 거야! 지금 생방송 중이라는 거 잊었어!"

"피, 피디님! 방금 총알이 날아왔다니까요!"

"아, 그래? 내 앞엔 방금 슈퍼맨이 날아갔네. 잔말 말고 카메라나 똑바로 잡아!"

티베는 소녀 팬들이 열광하며 괴성을 지르고 있는 관람석 한구석에 앉아 계속해서 주위를 살폈다. 이번엔 인간들에게 쫓기는 것이라 한편으로는 다행스럽게 생각되었지만 언제 어디서 당할지 모르니 불안함은 여전했다.

그때 어두운 관람석에 붉은 빛줄기 하나가 티베에게 향했다. 그빛이 만들어 낸 붉은 점은 의자에 앉아 두리번거리고 있는 티베의 목을 향해 천천히 올라갔다.

"왜 죽여야 하는지 모르겠지만 사라지시지, 티베 프라밍!"

레이저 조준기와 소음기 달린 권총으로 티베를 조준하던 괴한은 권총의 노리쇠를 살며시 당겼다.

"앗, 티베 기자님 아니세요?"

"아, 네."

얼굴에 여드름이 약간 난 소년들이 좌석을 찾는 도중 티베를 알아보았다. 티베는 애써 웃음을 지으며 고개를 끄덕였다. 소년들은 일제히 함성을 지르며 티베를 에워싸고 질문을 던졌다. 티베는 속으로 짜증이 났으나 자신이 남자들에게 웬만한 연예인보다 인기가 많다는 것을 알기 때문에 소년들과 얘기를 나누었다.

잠시 권총을 접었던 괴한은 방해물이 나타나자 짜증스러운 표정을 지으며 중얼댔다.

"할 수 없지. 피가 튀어 발각되겠지만, 일단 확실히 하는 수밖에."

괴한은 놓았던 노리쇠를 다시 당겼다. 모든 준비는 완료되었다. 이제 방아쇠를 쥔 손가락만 움직이면 임무 완수였다.

"그럼 확실히 주무시지!"

순간 괴한의 머리 위에서 가느다란 철사 같은 것이 내려와 그의 목을 옭아맸다. 괴한은 소리도 내지 못하고 위로 끌려 올라갔다.

소리 없이 내려온 금발 청년은 오른손 장갑 위로 묶은 강철실을 왼쪽 손가락으로 끊었고, 괴한은 목이 졸린 채 바닥으로 떨어졌다. 음악 소리에 묻혀 그가 바닥에 떨어지는 소리는 방청객들에게 들리지 않았다.

금발 청년 지크는 방청석에 앉아 소년들 질문에 곤란해하고 있는 티베를 한 번 본 후 한숨을 푹 쉬며 중얼댔다.

"에구, 바보. 아예 날 쏴 주세요 하고 앉아 있네. 빨리 안 왔으면 어쩔 뻔했어."

마침 가수의 노래가 끝나고 사회자의 중간 멘트가 시작되었다. 그사이 무대의 조명이 꺼지자 지크는 회심의 미소를 지으며 빠르게 티베에게 다가갔다.

"아, 그게 그러니까 말이죠……."

소년들의 계속되는 질문에 티베는 아무래도 빠져 나갈틈이 없다는 생각을 하고 있었다. 그러던 중 안경을 쓴 한 소년이 안경을 벗으며 티베에게 물었다.

"이런, 죄송하지만 손수건 있으세요? 안경에 뭐가 묻어서요."

소년의 부탁에 티베는 겉으로는 미소 지으며 고개를 끄덕였지만 속으로는 심하게 투덜거렸다.

'빌어먹을 자식, 교복에다 닦을 것이지!'

그때 소년이 갑자기 안경 다리를 부러뜨리더니 칼처럼 끝을 휘어잡고 티베의 목에 갖다 댔다. 갑작스러운 상황에 티베는 아무런 대항도 할 수 없었다.

"윽!"

티베는 자기 몸이 또 다른 사나이에 의해 공중으로 들려 올라가는 것을 느꼈다. 또한 자신이 빠르게 방청석을 내려가고 있다는 것도 느꼈다.

무대 세트를 넘어 대기실 쪽으로 들어간 사나이는 곧 멈추었다.

"쳇, 하여튼 피곤한 아가씨라니까."

희미한 빛 덕분에 티베는 사나이의 얼굴을 볼 수 있었다. 지크였다. 티베는 마음이 놓이고 기쁜 나머지 지크를 안으려 했다.

"역시 지크!"

"앗, 잠깐. 네 옷에 피 묻으니까 가까이 오지 마."

지크가 제지하자 티베는 놀라며 지크의 몸을 살폈다. 그는 왼팔에 상당한 부상을 입고 있었다.

"아니 세상에! 어떻게 된 거야, 지크!"

지크는 살짝 인상을 쓰며 당연하다는 투로 대답했다.

"어떻게 되긴, 너 구하려다가 이렇게 된 거지. 그 녀석들은 전문 킬러거나 일본의 닌자 같아. 면도날보다 날카롭게 가공된 안경다리를 사용하는 것은 그쪽에서 자주 써먹는 방법이라고. 으, 쓰려. 독도 발라 놨는데?"

"발라 놓다니? 광택도 나지 않았는데? 그리고 닌자가 뭐야?"

티베가 기자 근성을 발휘하며 질문을 던지자, 지크는 오른손으로 그녀의 머리카락을 거칠게 만지며 대답했다.

"닌자들은 전령, 암살, 성 내부 방어 등을 맡는 전천후 집단이야. 현재는 몇 개의 전통 집단만이 남아 있지만 여전히 강력하지. 그리고 그 녀석들은 날이 있는 무기라면 모두 독을 발라 놓는데. 원래 액체성 독을 바른 수리검은 상대방에게 제대로 날아가지 않아. 그리고 날아갈 때 독물이 사방으로 튀기 때문에 효과가 없어. 하지만 설탕 같은 과당이 섞인 독은 다르지. 사탕처럼 물이 묻거나 열을 받으면 액체 상태가 되지만 평상시엔 고체거든. 그걸 뜨겁게 해서 날에 발라두고 식히는 거야. 강의는 이쯤 해두고…… 윽, 뒤로 물러서. 피를 뽑아내야겠어."

티베는 즉시 뒤로 물러섰다. 지크는 상처 난 왼팔에 힘을 주었다. 검푸른 피가 솟구쳤고 곧 상처가 빠르게 아물었다. 팔을 움직여 본 지크는 만족스러운 듯 웃으며 티베에게 말했다.

"자, 갑시다, 아가씨. 한곳에 계속 있으면 위험해."

"지, 지금도 위험한 거 같은데."

흰색 그림자들이 어느새 두 사람을 에워싸고 있었다. 지크는 움찔하며 그들을 둘러보았다. 겉으로 보기에 분명 교복을 입은 소년들이었지만, 눈빛만은 절대 그렇지 않았다.

지크는 씩 웃으며 티베를 앞으로 바싹 끌어안으며 말했다.

"자식들, 닌자였군. 총을 쓰는 클리너까지는 이해를 하겠는데 왜 너희가 끼어든 거지? 이 형이 궁금한데, 대답해 주지 않으련?"

소년들은 말이 없었다. 대신 등에 감추고 들어온 소태도(小太刀)를 꺼내 들 뿐이었다. 지크는 할 수 없다는 듯 어깨를 으쓱했다.

"뭐, 좋아. 대답이 그렇다면 할 수 없지. 헤헷, 간다!"

지크는 눈에 보이지 않을 정도로 빠르게 왼팔을 뻗어 사방으로 휘둘렀다. 이상한 느낌을 받은 소년들은 공중으로 몸을 솟구쳤으나, 지크는 웃으며 왼팔을 강하게 당겼다.

"닌자라면 사정 봐주지 않아!"

지크가 왼팔을 당김과 동시에, 7명의 소년 중 5명의 목이 몸에서 분리되었다. 나머지 2명은 동료가 당한 것에 아랑곳하지 않고 티베를 향해 소태도를 내리쳤다.

"옛차!"

지크가 어느새 손가락에 감은 피아노 선을 풀고 공중으로 뛰어오르며 두 소년의 머리를 손으로 움켜쥐었다. 그는 그 상태에서 공중제비를 빠르게 돌았다. 지크의 공중회전 속도는 상상을 초월했다. 목이 비정상적으로 꺾인 소년들은 힘없이 바닥에 떨어졌다. 지크는 손을 털며 가볍게 바닥에 착지했다.

"헤헷, 인간의 모습으로 나에게 덤빈다는 것은 자살행위라고. 어이, 티베, 이제 가는 게……."

그러나 서 있어야 할 티베가 바닥에 쓰러져 있는 게 아닌가. 눈앞에서 다섯 명의 목이 날아가는 모습을 본 직후 기절해 버린 것이었다. 지크는 혀를 차며 티베를 어깨에 들쳐 멨다.

"이런, 하여튼 짐이라니까."

지크는 머리를 긁적이며 재빨리 대기실을 빠져나갔다.

잠시 후 모자를 뒤로 돌려 쓴 남자 청소부가 대기실을 청소하려고 들어왔다가 붉은색의 액체와 교복 같은 옷가지가 바닥에 널려 있는 것을 보았다.

그는 브러시로 바닥을 내리치며 짜증을 냈다.

"아니, 어떤 소품 담당이 여기에 흘린 거야! 게다가 이 피 같은 액체는 또 뭐야! 빌어먹을 녀석들 같으니라고!"

방송국 안에서 일어나는 일을 아는지 모르는지, 다음 쇼의 녹화 방송 시간을 기다리는 교복 차림의 소녀들은 자신이 보려고 하는 남자 연예인에 대해 얘기하고 있었다. 그때 검은 머리카락에 보통 키 정도의 소년이 보자기에 싼 긴 등짐을 진 채 소녀들에게 다가왔다. 소년은 쓰고 있는 모자를 살짝 들어 올리며 소녀에게 물었다.

"저, 말씀 좀 물어도 될까요?"

상당히 준수한 용모의 소년이었지만 소녀들은 별로 관심 없는 듯 소년을 흘끔 보며 말했다.

"예, 그러세요."

"저, 티베 프라밍 씨를 찾고 있습니다만, 어디서 그분을 뵐 수 있을까요?"

그러자 소녀들은 모조리 인상을 찡그렸다. 소년은 자신이 무슨 실수를 한 것이 아닌가 하여 순간 당황스러운 표정을 지었다. 소녀들은 그 소년을 위아래로 훑어보며 천천히 말했다.

"하긴 뉴스 한번 본 남자들은 다들 그 여기자를 보고 싶어 하니까. 그 여자, 지금은 아마 기자실에 있을 거예요."

설명을 해 준 여학생은 껌을 후 불어 풍선을 만들며 시선을 돌렸다. 소년은 공손히 머리를 조아리고 곧 기자실을 찾아 헤맸다.

"어이, 정신차리라고. 쫓기고 있는 사람이 이렇게 편히 자고 있으면 어떡해."

지크는 아직도 기절해 있는 티베의 뺨을 손으로 톡톡 쳤다. 티베는 이윽고 정신을 차리며 주위를 둘러보았다.

"그, 그 애들은?"

티베가 제정신 아닌 채 묻자 지크는 머리를 긁적이며 대답했다.

"응? 지금쯤 우릴 찾고 있겠지. 뭐, 우리 옆이나 천장 위에 있을 수도 있고. 만나고 싶으면 부탁만 해, 헤헷."

그러자 티베는 믿을 수 없다는 표정으로 눈을 깜박이며 다시 물었다.

"뭐, 뭐라고? 부, 분명히 내 눈앞에서 목이 날아갔을 텐데 무슨 소리야?"

지크는 당연하다는 듯 자연스레 고개를 끄덕였다.

"응, 당연하지. 나도 처음엔 놀랐는데 목이 날아갔는데도 내 탐지 범위 안에서 계속 기가 느껴지더라고. 아마 인간형 괴물 내지는 바이오 버그 둘 중 하나일 거야."

지크가 그렇게 대답하는 동안 티베는 주위를 둘러보았다. 자신이 어디 있다는 것을 안 그녀는 깜짝 놀라며 소리쳤다.

"아, 아니, 지금이 어떤 상황인데 구내식당에 앉아 있는 거야!"

지크는 식탁에 놓인 샌드위치 하나를 입에 넣었다.

"이봐, 난 점심을 못 먹었다고. 힘이 있어야 싸우지. 자자, 많이 샀으니까 너도 먹어. 방송국 구내식당치고는 맛 좋은데? 헤헷."

어쩌면 이렇게 태평할 수 있을까 하는 말이 티베 입에서 맴돌았다. 하지만 조금 생각해 보니 그럴 만도 했다.

지크는 전직은 BSP. 바이오 버그라는 괴물들 사이에서 살아왔고, BSP 사이에서 통칭 '최강'이라 불리기까지 했으니 그 괴물 닌들은 그의 앞에서 '고작 일곱 마리' 정도로 보이는 것이 당연했다.

"어디 보자, 그 녀석들 7명이었으니까……."

순간 지크는 갑자기 뭐라고 중얼거리며 자리에서 일어섰다. 지크의 말대로 샌드위치를 먹고 있던 티베는 또다시 눈을 동그랗게 뜨며 그를 바라보았다. 자리에서 일어난 지크는 오른손 주먹에 낀 장갑을 조이며 바닥을 서서히 둘러보다가, 어느 순간 바닥을 강하게 내리쳤다.

"여기다!"

지축을 울리는 소리와 함께, 분식점 안에 있던 모든 방송인과 손님들이 지크와 티베를 바라보았다. 바닥에 주먹을 내리꽂은 지크는 말없이 바닥만 바라보았다. 뭐라고 형용할 수 없는 원형질이 그 깨진 틈에서 스며 나오자 그는 씩 웃으며 주먹에 기를 집중했다.

"안 나오면 계속 귀여워해 줄 거야, 헤헤헷!"

곧이어 엄청난 스파크가 지크의 주먹에서 튀기 시작했다. 바닥의 깨진 면에서 스며 나오던 원형질 덩어리는 곧바로 지글지글 타들어 갔다. 잠시 그렇게 방전을 하던 지크는 이윽고 주먹을 거두었다. 바닥에는 금이 간 흔적만이 있을 뿐 원형질의 흔적 따위는 아무것도 없었다.

지크는 샌드위치 하나를 다시 집으며 아까 한 말을 맺었다.

"일곱 마리였으니까, 이제 여섯 마리 남았군."

그 광경을 멍하니 지켜보던 사람들은 고개를 저으며 식당을 빠져나갔다. 티베는 부끄러웠는지 고개를 푹 숙인 채 물었다.

"이제 어쩔 거야? 여길 빠져나가야 할 거 아냐."

샌드위치를 다 먹은 지크는 왼손에 칭칭 감고 있던 강철실을 천천히 풀었다. 강철실을 이용한 암살 방법이 통하지 않는 이상, 방송국에서 훔친 피아노 선은 이제 무용지물이었다. 선을 풀어내며 지크는 티베에게 조용히 물었다.

"말이 나온 김에, 너 저쪽 대륙이 다시 나타났는데 가고 싶은 생각 없어?"

티베는 움찔하며 그를 쳐다보았다. 지크의 표정에서 장난기를 찾아볼 수 없었다. 티베가 아무 말이 없자 지크는 나지막이 말했다.

"사실 난 한국에 계시는 어머니가 보고 싶어. 양어머니시긴 해도 나 하나 때문에 서른네 살이 되시도록 결혼을 못 하신 분이지. 지금 그분 혼자 집을 지키고 계실 거야. 고향 가고 싶은지 왜 물어봤냐고? 나도 이런데, 넌 얼마나 집에 가고 싶을까 해서."

"응."

"크워어어어!"

그때 천장을 뚫고 흉측한 모습을 한 괴물 한 마리가 괴성을 지르며 지면으로 떨어졌다. 인간형 괴물은 즉시 티베와 지크를 향해 소태도를 들고 빠르게 달려들었다. 순간 기가 실린 지크의 강렬한 백너클이 괴물의 몸 중앙을 강타했다.

괴물은 스파크를 일으키며 뒤로 멀찌감치 날아가 벽에 처박혔다. 곧 괴물은 언제 나타났냐는 듯 소태도만을 남기고 연기처럼 사라졌다. 지크는 짜증스러운 얼굴로 주먹을 쓰다듬으며 말했다.

"젠장, 오랜만에 진지한 얘기를 하는데 귀찮게…… 에이, 기분 깨졌으니 다시 돌아다니자고."

"돌아다니자니? 집으로 가는 것 아니었어?"

티베는 갑자기 불안감을 느꼈다. 지크는 씩 웃으며 자신 있게 대답했다.

"헤헷, 도망치는 것은 성미에 안 맞아. 널 습격한 것이 이곳저곳에 숨어 있는 클리너들이나 괴물 일곱 마리가 전부는 아니기 때문에 도망쳐도 소용없어. 나만 믿으라고. 오늘부터 두 다리 뻗고 편히 잘 수 있게 해 줄 테니까."

지크가 그렇게 말하자, 티베는 순간 씁쓸한 표정을 지으며 말했다.

"차라리 바이론 씨를 믿겠다. 아, 악의는 없으니 화내진 말아."

티베는 말실수를 했다는 것을 깨달았지만 이미 때는 늦었다. 뚱한 표정을 지은 지크는 씁쓸히 웃으며 자리에서 일어섰다.

"헤헷, 그럼 잘됐군. 날 확실히 믿게 해 주지!"

"자, 잠깐, 지크! 난 그런 뜻이 아니라……!"

농담으로 그런 말을 했던 티베는 속으로 굉장히 미안해하며 지크를 따라나섰다.

지크가 아무 말 없이 계속 걸어가자 티베는 나긋하게 접근했다.

"저, 지크. 화난 거야?"

그러자 지크는 별일 없다는 듯 어깨를 으쓱했다.

"아니, 내가 왜 화가 나. 그냥 집중하고 있는 것뿐이야."

그렇게 대답을 하긴 했지만 그래도 티베는 지크의 분위기가 뭔가 이상하다는 생각이 들었다.

방송국 로비를 지나가던 도중 지크와 티베는 그 자리에 멈춰 섰다. 곧이어 검은 옷의 닌자 5명이 둘 앞에 팔짱을 낀 채 나타났다. 지크는 조용히 주위를 둘러보며 말했다.

"흥, 닌자 주제에 정면 대결을 하려고 그러는 거냐? 그렇지 않아도 기분이 안 좋은데…… 윽!"

순간 옆에 서 있던 티베가 지크의 등을 손가락으로 쿡 찔렀다.

"화 안 났다며!"

지크는 티베에게 찔린 등을 매만지며 언성을 높였다.

"인간적으로 그런 말 들어서 화 안 날 사람이 어디 있어! 그 말은 이 지크 님의 자존심을 뭉개도 한참 뭉갠 거라고!"

"뭐라고? 악의가 없다고 했잖아! 사과도 했고!"

"사과? 화났냐고 물어보는 게 사과냐?"

"뭐? 리오 씨는 그보다 더한 말을 들어도 별말 안 했는데, 뭐가 대단하다고 그러는 거야? 말해 봐!"

"그 녀석은 그 녀석이고 나는 나야! 비교하지 말라고!"

그렇게 옥신각신 다투는 두 사람을 멍하니 지켜보던 다섯 닌자는 오래 볼 것 없다는 듯 등에 매달린 소태도에 손을 댔다. 그리고 곧장 둘을 향해 달려들었다

"멈춰라! 감히 누구에게 손을 대려고 하는 것이냐!"

갑자기 우렁찬 함성과 함께 한 소년이 검을 빼 들고 닌자들에게

404

달려들었다. 생각보다 빠른 공격에 닌자 중 한 명은 그대로 당하고 말았다. 소년은 다른 닌자를 처리하기 위해 고개를 돌렸으나 상황은 이미 끝난 후였다.

그 소년이 한 명을 처리하는 동안 지크는 어느새 나머지 네 명을 고기 조각으로 만들었다. 게다가 그 소년의 목에 새파란 칼날을 들이댔다. 미소년은 큰 눈을 반짝이며 지크에게 소리쳤다.

"지, 지크 님! 저예요, 못 알아보시겠어요?"

"닥치고 엎드려!"

지크가 왼손으로 소년의 뒷덜미를 잡아 바닥에 내리꽂았다. 갑자기 벌어진 상황에 놀란 소년은 바닥에 쓰러져 지크를 바라보았다.

"쿠오오오오오!"

닌자 한 명이 갑자기 괴성을 지르며 괴물로 변해 일어섰다. 지크도 이에 질세라 몸에 기합을 불어넣으며 손에 쥔 무명도를 빠르게 움직였다.

"괜히 살아서 나불대지 마!"

수십 가닥의 검광이 일더니 괴물로 변했던 닌자는 살점이 흩어져 나간 채 바닥에 쓰러졌다.

그는 곧 동료 닌자의 시체들과 함께 연기로 변해 사라졌다. 지크는 버릇대로 무명도를 몇 번 돌린 뒤 칼집에 깨끗이 집어넣은 다음 티베를 봤다.

"자, 이제 날 믿겠어?"

그러나 티베는 그럴 상황이 아니었다. 그녀의 온몸에는 레이저 조준기의 붉은색 광점이 찍혀 있었다. 지크는 팔짱을 낀 채 한숨을 내쉬며 말했다.

"쳇, 천벌이다."

티베는 거의 울먹이다시피 하며 도움을 요청했다.

"그, 그러지 말고 좀 도와줘! 믿을게!"

"누, 누나!"

티베는 좌우로 눈을 굴렸다. 과거에 많이 듣던 목소리가 그녀의 귓가에 울렸기 때문이다. 닌자 한 명을 벤 소년이 울먹거리며 티베를 보고 있었다. 그의 말끔한 얼굴을 멍하니 보던 티베는 믿을 수 없다는 듯 손으로 입을 막으며 소리쳤다.

"케, 케톤? 정말 케톤이야?"

팡.

그때 갑자기 방송국 로비에 총알이 마구잡이로 난사됐다. 케톤은 멍하니 티베가 있던 곳을 바라보았다.

"누, 누나?"

티베는 어느새 어디론가 사라져 버리고 없었다. 곳곳에 숨어 있던 클리너들은 순간 당황하며 주위를 두리번거렸다.

"꺄아아악!"

그 순간 여성의 높은 비명 소리가 로비에 울려 퍼졌다. 클리너들과 구경꾼, 케톤은 모두 로비에 있는 높다란 천장을 올려다보았다. 얼굴이 새파랗게 질린 티베를 안고서 천장에 왼쪽 손가락을 박은 채 자신과 티베의 무게를 지탱하고 있는 지크가 있었다. 지크는 한심하다는 표정으로 품에 있는 티베에게 소리쳤다.

"아이고! 왜 여기서 소리를 지르는 거야!"

"이 바보야! 내가 챠오인 줄 알아! 난 민간인이라고!"

티베의 위치를 잡은 클리너들은 천장에 매달려 있는 지크와 티베를 향해 총을 조준했다. 그것을 본 지크는 거의 보이지 않을 정도로 오른손을 휘둘렀다.

"아저씨들, 느려!"

동전이 탄환보다 더 빨리 공중을 날았다. 그리고 곧 클리너들은 모조리 머리에서 피를 뿜으며 그 자리에서 즉사했다.

티베와 함께 안전하게 바닥에 착지한 지크는 한시름 놓았다는 듯 숨을 내쉬며 티베를 놓아주었다.

"자, 이제 남은 것은 하나뿐이니 그사이 남매 상봉을 하시지?"

지크는 씩 미소를 지으며 손가락으로 케톤을 가리켰다. 케톤과 티베는 울먹이며 서로를 바라보았다.

"누, 누나! 역시 살아 있었어!"

"케톤! 정말 케톤이야?"

갑자기 지크가 두 사람을 자신의 양팔 사이에 끼며 짧게 중얼댔다.

"이제 감동의 상봉식은 끝이에요."

"무, 무슨 소리야!"

티베가 말도 안 된다는 얼굴로 자신을 바라보았으나 지크는 그들을 데리고 정문으로 전력질주를 했다. 그와 동시에 그들이 지나간 자리에 총격이 가해졌다.

정문을 통과한 지크는 곧바로 계단 뒤로 몸을 날렸다. 물론 그곳에도 총격은 가해졌다. 지크는 계속되는 사격으로 튀어 오르는 석재 파편으로부터 둘을 보호하며 인상을 구겼다.

"젠장! BX-F까지 동원하다니. 이 녀석들 오늘 뿌리를 뽑으려고 하는군!"

"BX-F?"

티베가 몸을 웅크린 채 물었다. 그러자 지크는 이런 상황에서까지 그녀의 기자 근성이 발동되는지 이해할 수 없다는 생각을 하며 대답했다.

"제너럴 블릭에서 만든 고(高)기동형 스텔스 육상 병기지! 정식 명칭은 BX-Final이야! 이런 젠장, 총알도 안 떨어지나! 어쨌든 BX 시리즈의 파이널 버전이라 불릴 정도로 전투 능력이 대단하지. 중형인데도 건물 천장에 거꾸로 서서 이동할 수 있을 정도로 기동성이 뛰어나. 예전에 시험기 몇 대가 인공지능 폭주를 하는 바람에 상대한 적 있어. 지금은 그때보다 더 강하겠지! 시각 방해 장치는 그때도 있었지만 이젠 시각 스텔스 장치까지 있는 것 같아! 좋아, 둘은 여기서 계속 상봉하고 있어! 저 녀석은 내가 박살 내지!"

자세를 낮춘 지크는 빠르게 몸을 움직였다. 탄의 총구도 지크의 움직임에 따라서 빠르게 이동했다. 자신들에게 공격이 가해지지 않자, 티베는 살짝 고개를 내밀고 총격을 퍼붓는 쪽을 보았다. 그러나 아무것도 없었다. 신기하게도 허공에서 불이 뿜어 나오는 것처럼 보였다. 하지만 분명 뭔가 있었다. 공중에서 금속 물질이 저절로 결합되어 발생할 리는 없기 때문이다.

지크는 주차장에 들어가 차 사이를 헤치며 질주했다. 그가 스쳐 지나가는 차마다 난사되는 총알로 구멍이 숭숭 뚫리며 폭발했다.

상대는 기를 은폐하여 감지할 수 없는 기계였고, 세계 최고의 무기 과학기술이 창조해 낸 예술품이었다. 지크는 상대가 어디 있는지조차 알 수 없었기에 결국 안되겠다는 듯 한 지점에서 멈추어 서서 오른팔을 추켜올렸다.

"이별은 비 오는 날 하는 게 좋겠지! 나와라, 고철 덩어리!"

지크가 아스팔트를 강하게 내리치자 커다란 아스팔트 블록이 불쑥 솟아올랐다. 그 여파로 아스팔트 밑에 매장된 상수도가 파열됐는지 거대한 물줄기가 솟구쳤다. 공중으로 솟은 물은 마치 소나기처럼 주차장 여기저기 흩뿌렸다. 그때 주차장의 한 귀퉁이에서 스파크가 약간 일었다. 그에 따라 희미하게나마 굵은 다리로 떡 버티고 있는 중형 보행 전차의 모습이 서서히 드러났다.

물줄기를 그대로 맞고 있던 지크는 회심의 미소를 지으며 무명도에 손을 가져갔다.

"좋아! 이제 이별할 시간이다, 고철 덩어리!"

물에 젖은 상황에서도 BX-F의 적외선 추적 장치, 레이저 추적 장치, 위성 추적 장치는 지크의 위치를 입체적이면서도 정확히 포착했다. 사실 원래 목표는 티베였지만 위험인물을 우선 제거하도록 입력된 프로그램 때문에 BX-F는 계속해서 지크를 추적했다.

이윽고 지크가 움직이기 시작했다. 그가 움직이지 않는 동안 머신건의 탄창을 갈아 끼운 BX-F는 2문의 머신건인 디스트로이어를 재가동했다. 장갑차 파괴용으로 설계된 디스트로이어 머신건은 두께 2미터 이상의 철근 콘크리트가 아니면 모조리 관통해 부술 수 있는 파괴 병기였다.

그 정도의 파괴력을 가진 머신건은 분명 지크라고 해도 몸으로 막아 내기 상당히 어려웠다.

그러나 문제가 발생했다. 목표물의 이동 속도가 조준 한도 이상으로 빨라졌다. 스파크를 세차게 뿜어대며 넓디넓은 방송국 주차장을 내달리며 가속한 지크는 눈에 보이지 않을 정도였다. 총격이 가해지는 지면은 점차 그의 발과 멀어졌고, 그동안 무명도에 기를 응축한 지크는 때가 왔다는 듯 움직임을 멈추고 BX-F를 향해 빠르게 돌아섰다.

지크가 멈추자 BX-F의 조준 장치도 정상으로 돌아왔다. 총신은 빠르게 목표를 조준했다. 그러나 그보다 먼저 날카로운 지크의 시선이 BX-F에 멈췄다.

"먹어랏! 뇌도(雷道)!"

순간 스파크를 머금은 초음속 충격파가 무명도에서 무섭게 퍼져 나갔다. 그것은 지크와 BX-F 사이의 아스팔트 지면과 그 위에 주차된 차량들, 그리고 날아오는 총탄까지 모조리 쓸어 내며 방전의 불꽃을 퍼뜨렸다.

충격파를 정면으로 받았지만 놀랍게도 BX-F는 파괴되지 않았다. 장착된 배리어 덕에 뒤로 밀려 나가기만 했다. 결국 BX-F는 방송국 로비 한구석에 처박혔다.

물줄기를 맞으며 주위를 둘러보던 티베는 젖은 머리카락을 뒤로 쓸어 넘기며 한심하다는 표정을 지었다.

"저 건달, 오늘도 한 건 했는데? 하긴 런던 브리지보다 싸게 먹힐 건수지만."

지크의 활약으로 사방은 마치 전쟁이 휩쓸고 간 폐허처럼 변했다. 방송국 건물을 두르고 있던 장식용 유리벽과 1백 대 남짓한 차량이 파손되었고, 건물 외벽과 주차장 지면과 지하 상수도가 파열되었다. 그 모든 피해를 돈으로 대충 환산해 본 티베는 방송국 사장이 눈앞에 없는 것을 조금이나마 다행으로 여겼다.

케톤이 걱정스러운 표정으로 묻자 티베는 그의 머리를 쥐어박으며 핀잔을 주었다.

"아니, 넌 1년이 지났건만 어째 그 전과 변한 게 하나도 없니? 언제나 맹해 가지고! 쯧, 몸만 성장했어, 몸만. 누나가 예전부터 자신감 있게 행동하라고 몇 번이나 얘기했니!"

"아, 알았어, 누나. 다음부터 잘할게."

케톤은 알밤을 맞은 머리를 손바닥으로 비비며 티베가 변하지 않았다고 생각했다.

티베는 젖은 몸을 손으로 감싼 채 떨고 있었다. 그때 상체를 잔뜩 숙이며 방송국으로 접근하고 있는 지크가 그녀의 눈에 들어왔다. 티베는 큰 소리로 그를 불러 세웠다.

"헤이, 지크! 끝났으면 집에 가자! 나 씻고 좀 쉬고 싶단 말이야!"

티베의 태평스러운 말에 지크가 발끈하며 소리쳤다.

"넌 이 상황에서 그런 안이한 말이 나오니! 난 지금 보고 싶은 쇼 프로그램도 못 보고 땀 빼고 있는데 말이야!"

지크가 성을 내자 티베도 가만히 있지 않았다. 두 사람 사이에 이내 고성이 오갔다.

"다 알겠는데, 거기서 쇼 프로그램이 왜 나오는 거야! 나보다 그게 더 중요하다는 소리야, 뭐야! 그깟 쇼 프로그램은 얼마든지 LD로 떠줄게, 이 빌어먹을 인간아! 쇼 프로그램 보다가 죽어 버려랏!"

"뭐? 젠장, 쇼 프로그램도 안 보고 달려왔으면 어느 게 더 중요한지 알 것 아냐! 내가 생방송이나 보려고 여기 온 줄 알아…… 어라?"

고성은 지르던 그들은 갑자기 멋쩍은 표정을 지으며 각자 시선을 돌렸다. 케톤은 그들을 미심쩍은 표정으로 번갈아 바라보았다.

"아니 언제부터 그런 사이였어? 나, 난 누나를 믿었는데!"

"케톤, 이 녀석이 못 하는 소리가 없잖아! 그냥 말실수를 한 것뿐이야. 아니라고! 누나한테 혼날래!"

티베는 펄쩍 뛰며 완강히 부인했다. 지크도 아니라고 말하려 했으나 운이 없게도 그가 끼어들 틈이 없었다. 배리어가 작동되어 부서지지 않은 BX-F가 다시 가동되기 시작했다.

"젠장, 망신당해 버리자!"

지크는 될 대로 되라는 심정에 방송국 안으로 달려갔다. BX-F

가 아무리 배리어 덕에 부서지지 않았다고 해도 멀쩡한 것은 아니 었다.

배리어는 충격 한도를 벗어났기 때문에 사용이 불가능했다. 또 한 일명 스텔스 장치라고 하는 암행 전술 장치에 이상이 생겨 더 이상 몸체가 보이지 않는 병기로서의 가치를 상실한 지 오래였다. 하지만 자만하기에는 일렀다. 아직 무기 시스템은 이상이 없었기 에 무인 보행 전차의 인공지능은 BX-F 스스로 전투가 가능하다는 결론을 내리고 있었다.

상태 점검을 끝낸 BX-F는 천천히 몸을 일으키고 상체를 360도 회전하여 장갑 위에 붙어 있던 이물질들을 털어 냈다.

그 괴물이 처박힌 로비에 지크가 들어섰다. 다른 사람들은 이미 모두 피신한 상황이었다.

지크는 젖은 머리카락을 툴툴 털고 가죽 장갑을 단단히 죄었다. 그럴 때마다 장갑에서 물기가 배어 나왔지만 신경 쓰지 않았다. BX-F는 망설임 없이 지크에게 총구를 겨누었다. 그와 동시에 지 크는 자세를 낮추고 무명도의 자루에 오른손을 가져갔다.

"여기서 끝을 내주마!"

지크가 지면에서 발을 떼자마자, BX-F는 머신건의 모터에 전기 를 주입했다.

곧 푸른색 섬광이 일었고 BX-F의 전면에 장착된 2기 디스트로 이어 머신건은 파이프 뭉치로 변하며 공중으로 튀어 올랐다. 동시 에 BX-F는 동체 피신 프로그램을 가동했다. 거대한 BX-F의 몸체 는 거짓말처럼 공중으로 치솟더니 거미처럼 천장에 달라붙었다. 그러나 가만히 보고 있을 지크가 아니었다.

"난 곤충을 싫어해!"

BX-F를 향해 몸을 솟구친 지크는 회심의 미소를 지으며 BX-F 동체의 뒤쪽 장갑을 양손으로 쥐고 으스러뜨렸다. 그는 천장에 다리를 붙인 상태였다.

"떨어져! 그리고……."

BX-F는 지크가 힘을 가하자 천장에 고정시킨 다리에서 잠시 스파크가 일더니 지면을 향해 거꾸로 떨어지기 시작했다. 그때를 놓칠세라 지크는 천장을 박차고 지면에 재빨리 착지한 다음 떨어지는 BX-F를 향해 재차 몸을 날렸다.

"밖으로 꺼져!"

지크는 어깨로 BX-F를 들이받아 간단히 로비 밖으로 날려 버렸다. BX-F가 주차장에 내동댕이쳐져 폭발하는 것을 지켜본 지크는 건물 밖으로 유유히 나왔다.

"하핫, 지크 님의 승리다! 으하하하핫!"

그가 주먹을 불끈 쥐며 호쾌하게 웃음을 터뜨리자 티베와 케톤은 못 본 척하며 시선을 돌렸다.

"하여간 잘해도 칭찬해 주기 싫은 남자라니까."

누이의 말에 케톤도 동의하는 듯 고개를 살짝 끄덕였다.

방송국에는 벌써 수많은 경찰들과 소방관들이 벌 떼처럼 모여들고 있었다. 지크는 아차 하며 재빨리 다른 곳으로 도망쳤다.

젖은 몸으로 있던 티베와 케톤은 경찰이 건네준 우비를 입고 간단한 조사를 받았다.

"그래서 티베 양께서는 EOM의 유럽 잔당들이 방송국에 테러를 저지른 것이라고 들었다는 말씀이시죠? 하지만 목격자들은 시설을 부순 사람은 붉은 재킷을 입은 청년이라고 하던데요?"

티베는 완강히 고개를 저으며 말했다.

"그럴 리가요? 저와 제 동생이 여기서 계속 숨어서 지켜보고 있었는데요?"

경찰도 물을 맞아 가며 조사하는 게 귀찮았는지 고개를 끄덕이며 대충 넘어갔다.

"흠, 다시 조사를 해 보지요. 아, 존 경사. 로비에 있는 CCTV에 뭐가 잡혀 있나?"

"말도 말게. 그 녀석들 프로 클리너였는지 방송국 안팎 CCTV의 신호 전송 케이블을 모조리 끊어 놓았다네. 간단히 말해 녹화된 건 아무것도 없어. 환장할 노릇이지."

동료의 말을 들은 경찰은 쓰고 있던 모자를 푹 눌러쓰며 고개를 저었다. 주위를 흘끔 둘러본 티베는 저 멀리서 지크가 빨리 가자는 신호를 보내는 것을 알아채고 헛기침을 하며 경찰에게 말했다.

"저, 경관님, 저희는 이제 가봐도 되겠습니까?"

"아, 예. 미처 말씀드리지 못했군요. 오늘은 집에 가셔서 푹 쉬십시오. 충격이 크시겠습니다."

경찰의 위로를 들으며 티베는 케톤을 끌고 지크가 있는 쪽으로 향했다. 세 사람은 곧 방송국을 재빨리 벗어났다.

4

마동왕과 왕비 힐린

그 시각, 나폴레옹 호텔 로비에서도 똑같은 상황이 벌어졌다. 다른 것이 있다면 스텔스 장치를 가동하고 호텔을 감시하던 BX-F 두 대가 단 10초 만에 부품 덩어리로 변했다는 것이다. 게다가 로비에 숨어 있던 바이오로이드 닌자와 용병들도 모두 핏덩어리로 변해 있었다.

모두 단 한 명에게 당한 것이었다.

"크크큭, 마지막 세 놈인가?"

자신을 포위하는 닌자를 둘러본 바이론은 눈썹을 꿈틀대며 나지막이 광소를 터뜨렸다. 그는 귀찮다는 듯 눈을 감으며 그들에게 거대한 기의 압력을 가했다. 그들 몸뚱이가 풍선처럼 부풀어 오르더니 급기야 터졌고 산산조각이 나며 바닥에 흩어졌다. 인간 형상을 한 병기, 즉 바이오로이드였기에 그것은 곧 증기로 변해 사라졌다.

일을 모두 처리한 바이론은 겁에 질려 떨고 있는 카운터 직원 사이를 스쳐 지나가며 말했다.

"시체가 없으니 청소부가 고생할 필요 없겠군. 그렇지 않나? 크
크크."

그들은 지나쳐 가는 바이론을 불안한 눈으로 바라볼 뿐이었다.
그런데 갑자기 바이론은 두꺼운 손으로 직원 한 명의 목덜미를 움
켜쥐며 들어 올렸다. 그 직원은 허공에 매달린 채 켁켁거리며 애원
하는 눈빛을 보냈다. 바이론은 재미있다는 듯 킥킥 웃었다.

"저 앞에서 나랑 논 녀석들과 관련 있는 사람을 찾는데, 친절히
말해 줄 수 있겠지? 아, 너도 내 게임에 참여하고 싶다면 말하지 않
아도 돼."

"그, 그럴 리가요! 천만의 말씀을!"

호텔 직원은 애써 웃으며 묻지도 않은 말에 설명하기 시작했다.

"라이센, 왜 이렇게 시름에 잠겨 있는 것이오? 4년 만에 짐을 보
는 것이 기쁘지 않소?"

마동왕은 묵묵히 침묵을 지키고 앉아 있는 여성에게 걱정 어린
얼굴로 물었다. 그녀는 눈을 질끈 감으며 말했다.

"전하, 전하와 재회한 것은 기쁘기 그지없습니다. 하지만 저 때문
에 도대체 얼마나 많은 사람들이 죽어 간 것입니까! 저로 인해 세
상에 나오지 말아야 할 것까지 너무나 많이 나오고 말았습니다!"

마동왕은 긴 한숨을 내뱉으며 재회한 왕비의 뺨을 부드럽게 매
만졌다.

"난 오직 당신뿐이오, 라이센. 당신을 위해서라면 악마에게 영혼
을 팔더라도 후회 없소. 이제 당신을 만났으니 난 여한이 없소. 이
제 다시 타운젠드 21세로 돌아갈 것이오. 맹세하오."

"전하, 하지만……."

그때였다. 복도에서 찢어지는 듯한 비명 소리가 들려왔다. 그리고 마동왕이 움직이기도 전에 문을 부수며 검은 코트 차림의 거한이 방으로 난입했다. 그 거한의 오른손에는 마녀 '홀핀'의 머리가 들려 있었다. 그는 그것을 거칠게 바닥에 내동댕이치고 마동왕과 라이센 왕비에게 시선을 돌렸다.

"크크크크, 이게 누구신가? 벨로크 왕국의 마동왕께서 이런 누추한 호텔에 웬일이시지? 오호, 소설가이신 힐린 여사께서는 또 무슨 일이신가? 크크크크, 그렇군. 작가님께서 위대하신 마동왕의 왕비이실 줄은 상상도 못 했어. 난 또 내통자라고 생각했지. 두 분의 뜨거운 사랑이 깨질까 봐 감시원과 암살자 얘기는 도저히 내 입으로 못 하겠는걸? 크하하핫!"

그 얘기를 들은 라이센 왕비 힐린은 깜짝 놀라며 마동왕을 바라보았다.

"전하, 설마 진심으로 하신 말씀이실 줄은…… 정말 실망했습니다, 전하! 그들은 건드리지 않겠다고 하지 않으셨습니까!"

실망스러운 표정이 역력한 힐린의 눈빛에도 불구하고, 마동왕은 표정을 굳히며 조용히 말했다.

"어떻게 운이 좋아 여기까지 들어왔는지는 몰라도, 이곳을 빠져나갈 수는 없다! 나와라, 그림자들!"

그러나 마동왕의 명령에도 방 안은 달라진 것이 없었다. 바이론은 킥킥 웃으며 다크 팔시온으로 천장을 살짝 찔렀다.

"크크크, 햇볕이 안 드는 곳에는 그림자도 없지. 당연한 이치 아닌가?"

구멍 난 천장 틈 사이로 시뻘건 핏물이 주르르 떨어졌다. 어떠한 상황에서도 침착했던 마동왕의 표정이 순간 꿈틀댔다. 바이론은 살기 띤 미소를 지으며 손가락으로 괏물들을 가리켰다.

"크크크, 내 기억으로는 이 피들이 당신의 그림자 같군, 크큭. 난 맘만 먹으면 마음에 안 드는 이 도시도 송두리째 날릴 수 있어. 지금 이렇게 당신을 직접 만나 주는 것도 나로서는 최대한 배려한 셈이지. 난 귀찮은 절차는 딱 질색이거든, 크크큭. 그리고 어차피 너희는 악마들에게나 우리에게나 별 필요 없는 자들이다."

그러자 마동왕은 눈을 치뜨며 소리쳤다.

"무슨 헛소리를 지껄이는 거냐! 난 그들에게 많은 도움을 줬고 그 대가로 왕비를 찾았다! 지금 이간질하려는 것인가!"

바이론이 미친 듯이 실소를 터뜨리며 말했다.

"쿠훗, 악마들이 그렇게 착해졌나? 크하하핫, 지크 녀석보다 더 웃기는 삼류 개그 수준이군. 크하하핫! 그럼 일단, 죽어!"

고개를 뒤로 젖히며 웃던 바이론은 갑자기 웃음을 뚝 멈추고 그들을 향해 다크 팔시온을 힘차게 내던졌다. 너무 갑작스러운 상황이었기에 마동왕과 힐린은 피하지 못했다.

바이론이 던진 다크 팔시온은 아슬아슬하게 마동왕의 얼굴을 스치며 벽에 꽂혔다. 바이론은 재미있다는 듯 킥킥댔다.

"크큭, 아깝군. 가능하면 마동왕 너도 같이 죽이려 했는데 말이야."

바이론의 말이 끝나기가 무섭게 다크 팔시온이 꽂힌 벽에서 비릿한 녹색 액체가 분출되었다. 마동왕과 힐린은 놀란 얼굴로 그 벽을 보았다. 이윽고 검이 박힌 벽은 스르르 무너져 내렸고 그 잔해는 양의 두상을 한 저급의 악마로 변했다. 그 모습을 본 마동왕은 믿을 수 없다는 표정을 지었다.

"이, 이것은? 악마가 내 방에 있다는 소리는 들어 본 적이 없는데, 어떻게 된 것인가!"

바이론은 악마의 몸에 꽂힌 다크 팔시온을 뽑아 들며 마동왕을 바라보았다. 광기가 사라진 바이론의 얼굴을 본 마동왕은 묘한 공포감을 느꼈다.

"마법은 쓸 줄 아는 것 같으니 마법을 써서 즉시 본국으로 귀환하라. 그러지 않으면 영원히 악마들하고 춤출 시간을 제공해 주겠다. 아, 귀환하기 전에 왕비, 당신 나 좀 잠깐 볼까?"

바이론이 진지한 얼굴로 자신을 바라보자 힐린은 고개를 끄덕였다.

집에 돌아와 젖은 옷을 말리던 지크는 세이아가 행복한 표정으로 요리하는 모습을 보았다. 호기심이 든 그는 세이아에게 물었다.

"세이아 양, 오늘 무슨 즐거운 일이라도 있어요? 상당히 기분 좋은 것 같은데요?"

세이아가 이마에 맺힌 땀을 닦으며 환한 미소를 지었다.

"예, 이상하게 반가운 사람이 찾아올 것만 같은 느낌이 들어서요. 그냥 예감일 뿐인데도 기분이 좋네요."

지크는 세이아답다는 표정을 지으며 고개를 끄덕이다가 불현듯 불안한 표정을 지으며 생각했다.

'가만, 바이론 녀석이 아직 안 왔는데? 에이, 설마 깡패한테 얻어맞기라도 하겠어?'

지크는 혼자 킥킥댔다. 샤워를 마치고 간편한 옷차림으로 나온 티베는 그가 혼자 웃고 있자 인상을 쓰며 핀잔을 주었다.

"뭐야. 그렇게 박살 내고 다녔으면서 뭐가 그리 기분이 좋아?"

지크는 갑자기 앞에 앉아 있는 케톤을 손가락으로 가리켰다.

"헤헹, 남 걱정 마시고 동생하고 얘기나 하시지? 간만에 조용한 시간인데 말이야."

"조용한 시간인지 아닌지 네가 어떻게 알아?"

"후, 이 몸의 초감각을 못 믿겠다는 거야? 이거 너무 슬프군."

지크가 익살맞은 표정을 짓궂게 지어 보였다. 티베는 피식 웃으며 동생 옆자리에 앉았다.

"아무리 그런 포즈로 말해도, 당신이 하는 행동은 다 웃긴다는 사실을 알아두시지. 자신을 리오 씨라고 착각하지 마."

지크는 지금만큼 자신의 형제가 저주스러운 적이 없었다.

26장
베히모스의 재출현

1

오랜 친구 바이칼

"한 가지 이상한 점이 있는데 말이야……."

바이칼이 갑자기 그렇게 중얼거리자 단둘 아침을 먹던 리오가 의외라는 표정으로 물끄러미 쳐다보았다.

"응? 너에게도 이상한 일이라는 게 있었어?"

"닥쳐. 그 시끄러운 티베라는 여자 말이야, 고작 아슈테리카 같은 마족에게 일격을 맞고 이쪽 차원으로 떨어졌다고 했지? 그 정도의 마족이 차원이동을 할 만큼의 공격을 할 수 있을까? 차원이동을 하게끔 하거나 차원에 틈이 생길 정도의 공격력을 지닌 존재는 그리 많지 않아. 너도 못하잖아."

오물거리며 빵을 씹던 리오는 일리 있다는 듯 고개를 끄덕였다.

"하긴 그렇군. 하지만 차원이동 마법을 사용했을 수도 있잖아?"

"마법에 대한 지식은 완전히 쑥맥이군. 우리가 '디존'으로 이곳에 날아왔을 때는 이쪽과 저쪽 차원이 거의 합쳐진 상황이었어. 그러나 그 여자가 올 때는 그보다 간격이 벌어져 있던 상태다. 디존은 사용자도 모르는 공간에 상대방을 날려 보내는 마법이지. 결국 그녀는 디존으로 날아오지 않았다는 결론이야."

리오는 빵을 천천히 삼키고 물었다.

"그럼 어떻게 된 거지?"

"내가 알 바 아니지. 내가 거기까지 알아냈다면 탐정을 하지, 왜 너랑 돌아다니겠나."

바이칼이 한마디 내뱉자 둘 사이에 잠시 서늘한 기운이 감돌았다. 바이칼은 무안한 듯 붉어진 얼굴을 애써 감추며 말을 이었다.

"험, 이건 내가 반신반룡(半神半龍)이기 때문에 알고 있는 것인데, 그 세이아라는 여자 머리카락 색깔 말이야. 타고난 색이 아닌 것 같더군. 내 알기로 마력이 높게 측정되어 끌려왔다고 하던데…… 재수 없으면 그 여자도 이 일에 관여되어 있을 수 있다. 머리카락은 그냥 색소가 부족해서 은회색일 수도 있으니 이건 그냥 넘겨."

그러나 리오의 얼굴은 굳어질 대로 굳어져 있었다. 가만히 앉아 있던 리오는 바이칼을 흘끔 보며 물었다.

"빙산의 일각이라고 들어 봤겠지?"

무슨 헛소리냐는 듯 바이칼이 리오를 보았다. 그는 의자에서 몸을 벌떡 일으키며 말을 끝맺었다.

"지크가 말 안 한 것이 있어. 루이체에게 물어야 할 것 같아."

"너희 둘은 싸웠잖아."

"후훗, 난 화 안 났어. 걱정 말고 여기 계시지."

리오는 즉시 방을 나갔다. 바이칼은 사라지는 리오의 뒷모습을 보다가 리모콘으로 TV를 켰다.

"이기적인 녀석."

"루이체, 잠깐 오빠랑 얘기 좀 할까?"

리오는 벽에 기댄 채 나직이 말했다. 그러나 복도에는 아무도 없었다. 리오는 연습하다 말고 잠시 턱을 쓰다듬으며 중얼거렸다.

"아냐. 우선 화를 풀도록 해야 할 것 같은데…… 이런 식은 좀 곤란해, 음음."

리오가 복도에서 혼잣말을 하고 있을 무렵, 루이체는 침대에 걸터앉아 묵묵히 TV 쇼를 보고 있었다. 그녀의 기분이 좋지 않다는 것을 아는 마티와 프시케는 옆에서 자는 시에를 돌볼 뿐이었다.

"실례하겠다."

그때 갑자기 창문이 열리며 바이칼이 여자 넷이 있는 방 안으로 아무렇지도 않게 들어왔다. 파자마를 입고 있던 마티와 프시케는 깜짝 놀라며 그를 바라보았다.

바이칼은 두 사람을 아랑곳하지 않고 루이체의 얼굴을 보며 직설적으로 말했다.

"아직 화가 안 풀린 건가? 흠, 리오 앞에서 쓸데없는 아양만 떨더니 잘됐군."

"뭐!"

루이체는 발끈하며 바이칼을 쏘아보았다. 바이칼은 그녀를 외면하며 계속 비아냥거렸다.

"하긴 오빠라고 부른 지 80년이 더 되었는데도 그 녀석에 대해 아는 게 없으니…… 당연한 얘기를 길게 끌었군."

루이체는 바이칼이 계속 거만하게 비아냥대자 인상을 찡그렸다.

"여기까지 와서 그런 얘기를 하는 저의가 뭐죠?"

"저의? 저의라, 건방지군. 어쨌든 넌 리오가 그냥 미쳐서 어제처럼 싸웠다고 생각하나?"

바이칼은 의자를 끌어다 앉으며 계속 말했다.

"어제 리오가 누구 때문에 흥분했는지 모르는가 보군. 하긴 머리가 나쁘니 알 리가 있겠나."

"아, 알았으니 본론만 말해요!"

루이체는 마티와 프시케의 눈치를 보며 재촉했다. 바이칼은 가볍게 한숨을 내쉬었다.

"흠, 며칠 전 리오는 그 여자와 대결했다. 그때 몇백 년 전의 본성을 드러낼 뻔했지만 자제했어. 하지만 네가 바보같이 얻어맞고 쓰러지는 바람에 결국 참지 못하고 폭발해 버린 거다. 나도 눈에 안보일 만큼 눈이 확 뒤집힌 상황이었는데 네가 아무리 징징대 봤자 그때 녀석 눈에는 보이지 않는 게 당연하지."

"바이칼 님이 왜 오빠 눈에 보여야 하죠?"

"……!"

루이체의 기습은 바이칼의 정곡을 찔렀다. 잠시 할 말을 잃은 바이칼은 그녀의 장난기 어린 미소를 보며 말을 이었다.

"험, 넌 네 오빠가 어떤 존재인지도 모르고 지금까지 같이 놀러다녔다. 애송이처럼 상황 판단도 못하고 말이야. 녀석은 가즈 나이트. 어떤 이유에서건 파괴와 살육을 하며 임무를 수행해야 하는 운명을 가진 녀석이다."

루이체는 아무 말도 하지 못했다. 옆에서 듣던 마티와 프시케 역시 그저 침묵만 지켰다. 바이칼은 팔짱을 끼고 차갑게 말했다.

"주신이 무슨 이유로 너를 의형제에 끼워 넣었는지는 모르겠지만, 내가 보기에 넌 가즈 나이트의 동생 자격이 없어. 자격만 없으면 좋겠지. 넌 짐짝일 뿐이야."

루이체는 그만 고개를 숙이고 말았다. 반박할 수 있는 말은 없었다. 지금 자신이 바이칼과 리오의 보호를 받고 있다는 사실은 명백했기 때문이다.

"이제 됐어."

그때 리오가 안으로 들어왔다. 그는 고개를 떨구고 있는 루이체를 바라보며 말했다.

"그래, 짐작일 뿐일지도 몰라."

루이체의 어깨가 움찔거렸다. 그는 곧 동생의 어깨를 손으로 짚으며 조용히 말했다.

"하지만 도움이 될 물건이 들어 있는 짐작은 언제든지 환영이야. 그리고 넌 소중한 내 동생이란다."

"오빠……."

루이체는 고개를 들어 리오를 바라보았다. 리오는 동생의 머리를 쓰다듬으며 씩 웃어 보였다.

"난 분명히 믿고 있고, 또한 지금까지 경험해 왔어. 동료는 분명 도움이 된다는 것을 말이야. 그래서 난 언제나 사람들과 같이 다니지. 힘의 차이는 있지만 믿고 있으면 그들을 지킬 수 있다는 신념이 솟기 때문에 내겐 그들이 더없이 소중해. 게다가 루이체, 너는 동료이자 나의 가족이잖니."

바이칼이 쓸쓸한 표정을 지으며 투덜댔다.

"쳇, 난 악역이군."

뒤늦게 식사를 마친 루이체는 이쪽 차원으로 오기 전 상황을 리오와 바이칼에게 낱낱이 얘기해 주었다. 지크에게서 들은 얘기와 거의 일치했으나 다른 점이 있다면 라이아에 관한 부분이었다.

리오는 그제야 실마리가 풀렸다는 듯 허탈하게 웃으며 말했다.

"이상한 군대에게 납치당할 뻔한 라이아를 우연히 지나치던 지크가 구출했고, 결국 지크와 동행해 트립톤 항구까지 같이 갔다 이거군. 도중에 지크는 그 아이에게서 이상한 낌새를 발견했으나 그냥 넘어가고 말았다, 이건가? 바보 같은 녀석."

"녀석을 슈렌으로 착각하지 마라."

어느새 후식으로 나온 아이스크림을 반이나 비운 바이칼은 입가에 묻은 아이스크림을 손등으로 훔치며 말했다.

"음, 어쨌든…… 그리고 세이아 양 역시 큰 마력을 갖고 있어서 이곳으로 납치되었고. 그러다 탈출해서 내게 구조되었지. 지크 녀석이 말한 새벽의 아이인 '여명', 그건 다름 아닌 이오스 님의 두 딸을 지칭하는 것이었어."

바이칼은 먹던 아이스크림을 놓으며 말을 이었다.

"이오스 신은 잡혀 갔다. 하지만 린라우라는 악마대공은 켕기는 게 있는지 둘을 마저 잡기 위해 혈안이 되어 있었다. 결국 한 명을 잡았다고 해야 하나?"

"……그렇겠지."

리오는 무겁게 고개를 끄덕였다. 그리고 잠시 생각하던 그는 일어서며 모두에게 말했다.

"당장 프랑스로 돌아갑시다. 뭘 해야 할지 알 것 같으니까요."

일행은 모두 놀란 얼굴로 그를 바라보았다. 단지 바이칼만 놀라지 않았는지 숟가락으로 아이스크림을 계속 떠먹으면서 물었다.

"프랑스까지 가는 비행기는 물론 있겠지?"

모두 말없이 바이칼을 쳐다보았다. 그는 침을 꿀꺽 삼키며 말했다.

"난 피곤해."

그러나 모두의 시선은 바이칼만 뚫어지게 응시하고 있었다.

바이칼의 등에 올라탄 채 눈을 지그시 감고 있던 리오는 숨을 길게 들이마셨다. 리오가 그런 행동을 하는 것은 무슨 생각에 잠겨 있다는 것을 의미했다. 그것을 알고 있는 루이체는 궁금해하며 리오의 탄탄한 어깨를 손가락으로 쿡 찔렀다.

"무슨 생각 해?"

리오는 궁금한 표정을 짓고 있는 루이체를 돌아보며 천천히 대답했다.

"옛날 생각. 루이체가 태어나기 훨씬 전의 일들을 생각하고 있었지. 무턱대고 싸우기만 하는 투귀가 될지 아니면 무턱대고 죽이기만 하는 살인귀가 될지. 그도 아니면 기사가 될지 한창 고민했던 나의 옛 시절 말이야."

「쓸데없는 생각을 아직도 하고 있군. 편하니 눈에 보이는 게 없다 이건가?」

앞에서 들려온 싸늘한 목소리에, 리오는 피식 웃었다.

"훗, 미안하군. 그건 그렇고 어디까지 온 것 같아?"

일행을 태우고 고속으로 프랑스를 향해 날아가던 바이칼은 리오의 질문에 또다시 투덜댔다.

「내가 비행기인 줄 착각하는군. 난 이 행성의 지리 따윈 알고 싶지 않으니 다른 사람에게 물어봐. 귀찮게 하지 말고.」

리오는 쓸쓸히 웃을 뿐이었다. 그때 프시케가 손에 들고 있던 BSP 전용 위성 항법 장치를 내보이며 리오에게 위치를 알려 주었다.

"현재 속도로는 한 시간 내에 프랑스에 도착할 수 있을 것 같습니다. 위성 장치가 고장 나지 않았다면 맞을 겁니다."

리오의 표정이 단숨에 굳어졌다. 프시케는 그런 리오를 보고 놀라지 않을 수 없었다. 그는 오른손으로 턱을 괴며 조용히 말했다.

"한 시간이라……. 한 시간…… 아직은 괜찮겠군요. 그 장치 잠깐 보여 주실 수 있습니까?"

제너럴 블릭 본사에 있는 지하 연구소.

낮잠을 실컷 잔 와카루 박사는 숙면 후에 찾아오는 갈증을 느끼곤 우유를 들이켜며 천천히 연구소 상황실로 들어갔다. 그가 들어서자 북아메리카 대륙과 유럽 일대 중 일부분만 나타난 지도를 들여다보던 젊은 연구원은 벌떡 일어서며 소리쳤다.

"박사님, 목표물이 10초 전 방향을 남쪽으로 급속히 바꿨습니다. 어떻게 할까요?"

연구원의 보고를 들은 와카루는 덤덤한 표정을 지은 채 안마봉으로 어깨를 툭툭 치며 지시를 내렸다.

"그래? 그럼 상황판을 끄게."

태연하게 말하는 와카루에 비해 연구원은 펄쩍 뛰며 황당한 표정을 지었다.

"예? 박사님, 그렇게 되면 회장님이 어떻게 나오실 것 같습니까!"

"어떻게 되긴 이 사람아. 다른 방향으로 날아간 것을 보고해서 연료나 축냈다는 불호령이 떨어지는 것보다 나아. 저쪽도 생각할 줄 아는 인간이니 BSP 위성이 우리 손안에 있지 않을까 하는 추측을 충분히 할 수 있을 게야. 기계 잡음이 시끄러우니 상황판이나 끄고 그들이 이동하는 좌표를 직선으로 이어 보게나. 직선 좌표 내에 들어 있는 모든 나라를 찍어 두게. 마하 7 이상의 고속으로 비행하는 물체라 조금만 틀어도 상당히 벗어날 가능성이 크지. 하지만 아프리카나 남극으로 날아갈 확률은 적은 것 같으니 직선 예상 좌표를 이용해 최종 목적지를 예측하는 것이 확률은 더 높을 게야.

아이고, 목이야…… 시간이 갈수록 늙어 가는군."

와카루의 지시를 받은 연구원은 어찌 저리 태평할까 생각했다. 그는 상황판을 끄고 목표물이 간 방향으로 직선을 죽 그었다.

위성 항법 장치를 다른 방향으로 날려 보낸 뒤 한참 비행하던 바이칼은 순간 플레어 부스터를 멈추고 날개를 펼치며 서서히 선회했다.

"뭔가 온다."

바이칼이 감지한 것을 리오도 느꼈는지, 검을 꺼내 들고 공중에 몸을 띄운 다음 바이칼 옆에 서서 말했다.

"내가 녀석들을 맡을 테니 넌 어서 그쪽으로 가. 두 마리쯤 되는 것 같은데 잘만 하면 막을 수 있어."

리오의 말에 바이칼은 코에서 김을 내뿜으며 여느 때와 똑같은 말투로 말했다.

「애써 희생하겠다는데 말릴 이유 없지.」

리오가 실소를 터뜨리며 대꾸했다.

"훗, 지거나 죽어야 희생이라는 말이 성립되는 것 아닌가? 걱정 말고 어서 도망이나 가시지."

그사이 서쪽 하늘에서 두 개의 물체가 빠른 속도로 그들에게 접근해 왔다. 그들 앞에 멈춰 선 물체를 보고 놀란 것은 리오도, 바이칼도 아닌 바로 시에였다.

"앙그나, 카에!"

시에의 반응에 리오는 그리 놀라지 않았다. 눈앞에 떠 있는 두 물체의 생김새가 대체로 시에와 비슷했기 때문이다. 그러나 그 두 거인은 작은 시에와는 분위기가 아주 달랐다. 앙그나는 자신의 두

431

꺼운 근육을 꿈틀거리며 시에에게 소리쳤다.

"시에! 앙그나가 데리러 왔다. 어서 가자!"

그러자 시에는 단숨에 바이칼의 머리 위로 뛰어올라 앙그나와 카에를 향해 소리쳤다.

"싫어! 박사 무서워, 약 냄새 나는 나는 그곳 무서워! 난 절대 안 가!"

시에가 자기 머리 위에 올라탄 채로 소리치자 바이칼은 눈살을 찡그리며 리오에게 말했다.

「왜 내가 이런 원시 생명체가 내 고귀한 머리 위에서 놀고 있는 것을 그냥 두어야 하지?」

그러나 리오는 바이칼의 말을 듣고 있지 않았다. 그는 조용히 앙그나 옆으로 몸을 움직인 후 자신보다 더 두꺼운 앙그나의 어깻죽지를 손으로 툭툭 치며 말했다.

"애가 싫다는데 그냥 돌아가시지. 보아하니 잘 아는 사이 같은데, 웬만하면 아이가 가고 싶어 하는 곳으로 가게 하는 것이 어떨까?"

"앙그나, 막지 마라!"

앙그나는 눈에서 섬광을 뿜으며 옆에 있는 리오를 향해 팔을 거칠게 휘둘렀다. 리오는 가까스로 그 공격을 피하고 원래 있던 자리로 물러서며 바이칼에게 말했다.

"내 생각이 별로 맘에 안 들었나 보군. 반항하는데?"

앙그나는 살기를 품은 채로 리오에게 소리쳤다.

"우리 방해하면 죽는다, 누구라도 죽는다! 할아범이 그랬다, 시에라도 반항하면 죽이라고 했다! 모두 죽인다!"

그 모습을 본 바이칼은 한숨을 내쉬었다.

「화까지 내잖아. 어쩔 거야?」

리오는 씁쓸한 미소를 지은 채 시에를 돌아보며 말했다.

"시에, 넌 어떻게 할 거니?"

바이칼의 머리 위에서 가만히 앙그나와 카에를 지켜보던 시에는 곧바로 인상을 찡그리며 리오에게 소리쳤다.

"시에, 리요 따라갈 거야! 앙그나, 카에 싫어! 내가 알던 오빠 아니야! 언니 아니야! 약 냄새 나는 할아버지가 둘을 이상하게 만들었어! 둘 안 따라가!"

"좋아."

리오는 고개를 끄덕인 후, 두 개의 검을 양손에 나눠 쥐며 바이칼에게 말했다.

"모두를 부탁한다. 어서 가."

그러자 바이칼은 슬금슬금 뒤로 물러나며 말했다.

「흥, 가라고 하면 못 갈 줄 아나?」

"알았으니 빨리 가."

리오는 씁쓸한 표정을 지은 채 어서 가라는 손짓을 했다.

바이칼은 가던 방향으로 다시 날아갔다. 그러자 앙그나와 카에는 그들을 뒤쫓기 위해 다시 날아갈 몸짓을 했다. 그때 리오가 미소를 띤 채 둘 앞을 가로막았다.

"이런, 잠깐 나하고 가족에 대해 상담하고 가면 안 될까? 좀 고통이 따르는 상담이 될 것 같지만 말이야."

앙그나와 카에는 또다시 살의에 찬 눈을 번뜩이며 리오에게 무서운 속도로 달려들었다.

"방해하면 죽인다!"

"후, 쉽진 않을걸?"

순간 앙그나와 카에는 엄청난 압력에 의해 뒤로 튕겨 날아갔다. 둘은 약간 기세가 꺾인 얼굴로 리오를 바라보았다. 리오는 다시금 붉

433

게 빛나는 눈으로 앙그나와 카에를 바라보며 씩 미소를 머금었다.

"후훗, 루이체도 없는 이상 이제 날 방해할 존재는 없지. 이번만 큼은 엑스칼리버도 나에게 동조를 해주는군그래. 간다!"

앙그나와 카에가 그 살기에 놀라 잠시 주춤하는 사이 리오는 양 손바닥에 마법진을 떠올렸다. 리오의 손에서 곧 어마어마한 양의 뇌력이 분출되었다. 그는 양손을 모아 뇌력을 압축하며 앙그나와 카에를 향해 외쳤다.

"사라져라!"

대성을 지르자 리오의 양손에서 엄청난 굵기의 뇌력이 앞으로 뿜어 나갔다. 뻗어 나가는 딜 캐논의 기둥 주위로 엄청난 양의 물 줄기가 흩어졌다.

"크오오오오!"

자신들을 향해 위력적인 공격이 뻗어 오자, 흥분한 앙그나의 입 에서 적색의 빛이 모였다. 앙그나와 카에의 대표적인 공격인 아토 믹 레이였다. 두 개의 서로 다른 빛은 앙그나와 카에의 근처에서 충돌했고, 쌍방은 반동에 의해 약간씩 뒤로 밀려났다.

리오는 여전히 미소를 띠며 아직 뇌력이 흐르는 손을 꽉 쥐었다.

"두 번째는 플레어다!"

리오가 플레어를 사용하기 위해 마법진을 전개하는 순간, 틈을 노린 카에가 번개같이 몸을 날려 리오를 공격했다. 리오는 하는 수 없이 마법진을 거두고 카에의 공격을 피했다.

"큭!"

강렬한 통증이 리오의 등을 엄습해 왔다. 리오는 그 충격으로 해 수면 가까이 밀려 내려가고 말았다. 떨어져 내리던 리오는 겨우 중 심을 잡고 공중에 멈춰 서서 위를 올려다보았다.

"오, 이런!"

순간 리오는 빠르게 후진했다. 그가 있던 자리에 곧 수십 개의 광탄(光彈)이 떨어졌다.

"쳇, 둘이라는 것을 잊었군!"

수면 위를 미끄러지듯 날며 앙그나와 카에의 폭격을 피하던 리오는 다시금 손을 모으고 마법진을 형성하기 시작했다. 상공에서 떨어져 내리는 공격을 마법으로 밀어 버릴 심산이었다.

"플레어!"

마법진을 형성한 리오는 곧바로 뒤로 돌아서며 진을 전개했고, 그가 만든 형형색색의 마법진에서 곧장 거대한 빛줄기가 뿜어 나왔다. 빛의 범위 내에 속해 있던 광탄들은 모조리 증발했다. 사정 범위 내에 들어 있던 앙그나와 카에는 눈을 번뜩이며 양팔로 자신들의 몸 앞을 막았다.

지축이 흔들리는 폭발음과 함께, 그 폭발의 여파로 주위의 바닷물이 증발해 해상에는 보이지 않은 거대한 구체가 바닷물을 밀어낸 것 같은 광경이 잠시 펼쳐졌다.

리오는 물리 방어력은 그다지 높지 않지만 마법 방어력과 내화성이 뛰어난 망토를 이용해 폭발 열과 마법 충격을 막아 냈다. 그는 시각 한계를 넘어선 플레어의 빛이 점차 사그라지자 망토를 젖히며 상공을 올려다보았다.

"이 정도면…… 음?"

상공을 본 리오는 자기 눈을 믿을 수 없었다. 앙그나와 카에가 괴상한 보호막에 둘러싸인 채 아무런 충격도 받지 않은 상태로 몸을 웅크리고 있었다. 리오는 마른침을 꿀꺽 삼키며 중얼댔다.

"설마, 무중력 결계? 아냐, 무중력 결계라 해도 플레어의 직격을 견딜 수는 없어! 저건 도대체 뭐지?"

연구소에서 앙그나와 카에의 눈과 연결된 디스플레이로 상황을 지켜보던 와카루는 흡족한 듯 미소를 지으며 중얼거렸다.

"오호, 저것이 바로 베히모스와 펜릴의 차이인 자기강화라는 것이지! 지난번 금발 청년에게 형편없이 당할 때와는 상당히 달라져 있군그래. 시간이 갈수록 베히모스의 능력을 점점 발휘해 가는 것인가? 멋지군, 허허허. 저 리오라는 젊은이 어지간히 운이 없구먼. 하여튼 아까 그 마법 공격은 대단했어. 베히모스 자체에 내장된 바이오 칩 컴퓨터가 잠시 계산하지 못할 정도의 파워였으니 말이야. 지면에 쐈으면 도시 하나는 간단했겠군, 허허헛."

희희낙락하고 있는 와카루와는 달리, 리오의 표정은 딱딱하게 굳어 갔다. 그는 곁에 떠 있는 두 자루의 검을 다시 쥐며 생각했다.

'아냐, 플레어라면 위력상 초차원 결계 안쪽에도 충격을 줄 수 있어. 저 녀석들 지금 분명 상당한 내상을 입고 있을 거야. 괜히 긴장하지 말고 다시 한 번 부딪쳐 보자!'

두 개의 검을 거머쥔 리오는 앙그나와 카에가 잠시 머뭇거리는 틈을 타서 기를 상승시켰다.

사실 리오의 예측은 맞는 것이었다. 앙그나 앞에서 역중력 배리어로 플레어를 막아 낸 카에는 배리어를 걷어 내자마자 입에서 피를 뿜어냈다. 카에보다 내구력이 높은 앙그나도 인상을 쓰며 몸을 잠시 비틀거렸다. 앙그나는 심하게 비틀거리는 카에를 부축해 주며 말했다.

"인간의 모습, 어렵다! 다음번 공격 막기 어렵다! 원래 모습으로 변하자!"

둘의 몸은 곧 빛을 발하며 변신하기 시작했다. 흑색의 거대한 사자의 몸체에 날카롭게 솟은 긴 송곳니와 엄청난 날개. 펜릴과는 비교도 안 될 만큼 굵은 근육질의 다리들. 바로 초(超)생체병기 베히모스의 진면모였다.

기를 모으는 동안, 리오는 상공에서 거대한 괴수의 모습으로 변한 그들을 보며 미소를 지었다.

"변신? 그랬군. 역시 평범한 생물은 아니라고 생각했어. 후훗, 이거 더욱 싸울 기분이 나는데? 좋아, 간닷!"

리오는 자신을 향해 급속도로 하강하는 두 마리의 베히모스를 향해 검을 치켜들고 정면으로 날아올랐다.

"하아아아앗!"

괴력의 속도로 진격하는 리오의 모습에 앙그나는 망설임 없이 입을 벌리고 아토믹 레이의 일격을 가했다. 그러나 미리 예상하고 있던 리오는 일부러 늦춘 상승 속도를 최고속으로 바꿨다. 아토믹 레이가 발사된 순간 리오의 몸은 앙그나의 머리 위에 있었다. 놓칠 수 없는 절호의 기회였다.

그러나 공격을 가하려던 리오는 갑자기 이상한 힘에 밀려 앙그나로부터 튕겨 나갔다. 옆에 있던 카에가 밀려 나간 리오를 향해 아토믹 레이를 연속적으로 발사했다.

"이런, 젠장!"

리오는 가지고 있던 두 개의 검을 교차해 아토믹 레이를 막아 냈다. 엑스칼리버의 광(光)속성 방어력에 의해 아토믹 레이는 사방으로 분산되었다. 하지만 그는 그 충격으로 멀찌감치 뒤로 밀려났다. 리오는 그 이유를 생각하다가 뒤늦게 원인을 발견했다.

"젠장, 중력 배리어를 잊었군! 할 수 없지, 속전속결!"

곧바로 리오의 이마에 두 개의 회색 무늬가 떠올랐다. 제1안전주문의 해제를 알리는 신호였다. 앙그나와 카에는 무슨 생각에서 인지 서로의 간격을 좁히고 리오로부터 멀어졌다.

"자, 아까와는 상황이 좀 다를 거다. 플레어!"

리오가 형성한 마법진에서 이전보다 훨씬 두꺼운 진홍색 빛줄기가 뿜어 나왔다. 그 빛은 무서운 기세로 해수면을 가르며 앙그나와 카에를 향해 날아갔다. 그들도 입을 열며 아토믹 레이를 동시에 쏘았다. 날아오던 플레어의 빛줄기는 아토믹 레이와 중간에서 충돌했다. 그 지점에서는 엄청난 충격파와 열기가 발생해 사방으로 퍼져 나갔다.

또다시 플레어가 막혀 버리자 리오는 상당히 지친 표정으로 쓴맛을 다셨다. 앙그나와 카에는 지칠 줄 모르는 인공의 체력을 앞세워 리오에게 달려들었다.

"젠장, 저 녀석들! 응? 저건 뭐지?"

리오는 무엇을 봤을까. 리오는 경악에 휩싸인 채 바닷속으로 뛰어들었다. 그의 알 수 없는 행동에 앙그나와 카에는 수상한 낌새를 알아챘는지 주위를 흘끔 돌아보았다.

"쿠욱? 쿠오오오오!"

푸른색 빛줄기였다.

동쪽에서부터 엄청난 두께의 푸른색 빛이 바다를 가르고 해수면을 증발시키며 날아왔다. 엄청난 속도와 두께의 빛줄기였기에 앙그나와 카에의 속도로 피하기는 거의 불가능했다. 둘은 곧 푸른색 빛에 휩싸였다. 이윽고 주위는 두 번째 플레어와는 비교도 안 될 정도의 대폭발에 휩싸였다. 바다 한가운데가 아니라 지상이었다면 그 결과는 참혹한 정도가 아니라 상상조차 못 했을 것이다.

폭발과 잇따른 폭풍이 서서히 걷힌 후, 열기로 인해 김이 피어

오르는 해수면에 죽은 물고기들이 떠올랐다. 그와 함께 물에 흠뻑 젖은 붉은 머리카락의 사나이가 지친 표정으로 떠올랐다. 멀리서 날아오는 빛을 보자마자 물속으로 뛰어든 리오였다.

"녀석, 기가 피니셔를 쓸 생각이었다면 미리 신호를 줬어야 할 것 아냐. 하마터면 큰일 날 뻔했잖아."

그 말을 들었는지, 동쪽에서 바이칼이 빠른 속도로 날아왔다. 거대한 모습으로 변한 바이칼은 다시 몸체를 적당히 줄이며 바다 위에 떠 있는 리오에게 말했다.

「이 몸에게 구원을 받은 소감이 어떤가? 물론 당연히 황송하겠지만.」

리오는 바닷물을 손으로 헤치며 씁쓸한 표정을 지었다.

"목욕하기에 알맞은 온도군. 그건 그렇고 그 두 괴물들은 어떻게 됐을까?"

바이칼은 리오의 망토 자락을 입으로 물어 등에 올리고 왔던 곳을 향해 빠르게 날갯짓했다.

「녀석들이 어떻게 됐든, 이 몸이 알 바 아냐.」

리오는 바이칼의 등 위에 기진맥진한 상태로 엎드린 채 실소를 터뜨렸다.

"푸훗, 저주나 받아라. 정신연령이 낮은 녀석."

곧 그들은 그 해역에서 완전히 모습을 감추었다.

그러나 얼마 후, 바닷속에서 또 다른 물체가 서서히 떠올랐다. 직경 20미터가 넘는 거대한 구체의 세포질 두 덩어리였다. 그 세포질들은 공중에 떠올랐고, 곧 감싸고 있던 외벽이 터지며 무언가 모습을 드러냈다. 다름 아닌 베히모스들이었다.

"일행은 어떻게 했지?"

바이칼의 등에 엎드린 채로 리오가 물었다. 바이칼은 대수롭지 않다는 듯 가볍게 대꾸했다.

「바다에 버리고 왔지.」

바이칼의 대답에 리오의 얼굴은 잠시 굳어졌다. 그는 한숨을 쉬며 입을 열었다.

"더 웃기는 얘기는 몰라?"

바이칼도 자신이 내뱉은 말에 무안했는지 머리를 갸웃거린 후 실토했다.

「지나가는 여객선에 놓고 왔다. 육지에 거의 다다른 여객선이었으니 지금은 항구에서 기다리고 있을 거다.」

리오는 고개를 끄덕이며 한층 가벼워진 목소리로 말했다.

"후, 착한 녀석. 어쨌든 피곤하니 등 좀 계속 빌려 줘. 어떤 침대보다 편한데?"

아무 말 없이 날아가던 바이칼은 마음에 걸렸는지 인상을 찌그린 채 뒤를 흘끔 바라보았다.

「여기에 대한 죗값은 꼭 치르게 할 거다. 각오해.」

"초콜릿 아이스크림 두 통, 됐지?"

리오가 엎드린 채 검지와 중지를 들어 보이자, 바이칼의 투덜거림은 이내 거짓말처럼 사라졌다.

2

반가운 손님

지크는 저녁 식탁을 바라보며 잠시 상념에 잠겼다. 넬도 티베도 마찬가지였다. 챠오만 별말 없이 조용히 식사를 할 뿐이었다. 수프와 식기를 식탁 위에 갖다 놓고 의자에 앉은 세이아는 나이프와 포크만을 쥔 채 멍한 표정으로 앉아 있는 세 사람을 보곤 놀랐다.

"저, 지크 씨. 음식이 뭐 잘못되기라도 했나요?"

그러자 지크는 넋 나간 표정으로 대답했다.

"아뇨, 아주 멋진 식탁이에요."

지크의 알 수 없는 대답에 세이아는 가볍게 고개를 갸웃거렸다.

"네? 그런데 왜 식사를 안 하세요?"

"평소 먹던 빵보다 너무 고급이어서요. 늘 해 주시던 식사도 굉장히 맛있었는데, 오늘은 스테이크에다가 궁중요리처럼 호화스러운 과일 음료와 형형색색의 계란찜 등…… 너무 푸짐해서 뭐부터 먹어야 할지 모르겠어요. 게다가 이 정도의 양이면 회색분자까지 합세해도 다 못 먹어요. 내일 요리까지 다 하신 거예요?"

"아, 저, 그건……."

세이아는 말을 잇지 못했다. 조용히 식사를 하던 챠오가 가라앉은 목소리로 지크에게 말했다.

"감사히 먹기나 할 것이지 말이 많군. 밥상머리에서 음식이 너무 많다느니 사치스럽다느니 떠들어대는 매너는 또 뭐야."

발끈한 지크는 억지로 미소를 지으며 되물었다.

"오호, 그러시는 챠오 양께선 감사히 먹을 요리나 만들 줄은 아시나?"

챠오는 정곡을 찔린 듯 움찔하며 지크를 쏘아보았다. 기세등등한 지크가 계속 말을 이었다.

"헤헷, 하긴 뭐, 소시지에 칼집 내서 프라이팬에 구우는 것도 요리는 요리지. 그걸 숙소 집들이 할 때 자랑스럽게 내놓는 모습은 정말 예뻤어요, 챠오 양. 너무 인상적이어서 아직까지도 그 맛이 잊혀지지 않는군."

"그, 그건 술안주였어!"

"헤에, 그러십니까? 그땐 술이 없었는데?"

챠오는 졌다는 듯 고개를 푹 숙이고 나이프로 스테이크를 거칠게 썰었다. 지크는 그릇을 꺼내 들며 세이아에게 말했다.

"하도 놀라워서 그런 말을 한 것이니 실례되었다면 용서해 주세요. 그럼, 잘 먹겠습니다."

"잘 먹겠습니다!"

지크의 말이 끝나자마자 넬과 티베도 씩씩하게 외쳤다. 그런 세 사람을 그윽한 눈으로 보던 세이아는 살포시 입가에 미소를 지었다.

"크큭, 희희낙락하며 식사를 하시는군."

갑자기 집 안이 쩌렁쩌렁 울릴 정도로 큰 웃음소리가 들렸다. 지크는 얼굴을 찌푸리며 힘없이 말했다.

"제장, 밥맛 없게 회색분자가 돌아왔군. 어이, 식사 안 해!"

대답 대신 들려온 것은 술병의 주둥이가 깨지는 소리였다. 입술을 삐죽거리던 지크는 신경 쓰지 않고 다시 식사를 계속했다.

베란다에서 홀로 보드카를 병째 들이켜던 바이론은 묵묵히 밤하늘에 뜬 달을 올려다보았다. 초승달이었다. 다시 술을 한 모금 들이켠 그는 술기운이 가득한 목소리로 쓸쓸히 중얼댔다.

"후, 달빛이 약하군. 내가 두 번째로 좋아하는 빛인데 말이야. 크크큭."

음산한 어둠에 가라앉은 주위를 은은한 달빛이 감싸고 있었다.

바람소리가 들려왔다. 나뭇잎들이 서걱거리며 서로 몸을 부대꼈다. 그 소리를 잠시 듣던 바이론은 빛바랜 회색 머리카락을 가볍게 흔들었다. 뭔가를 느낀 것인지, 바이론은 술병을 내려놓으며 몸을 일으켰다.

"크큭, 이제 모일 녀석은 다 모인 건가?"

잠시 후 누군가 현관에 서서 초인종을 바삐 눌렀다. 식사를 하던 지크는 인상을 쓰며 현관으로 나왔다.

"예, 누구세요!"

"나야."

문밖에서 들려온 낯익은 여성의 목소리.

순간 지크의 몸은 굳어지고 말았다. 그는 공포영화 속 주인공 같은 겁먹은 표정으로 문을 슬그머니 열었다.

"루, 루이체?"

그녀 뒤에는 리오를 비롯한 또다른 일행이 서 있었다. 루이체는 악의에 찬 미소를 지으며 지크의 코끝을 손으로 잡고 말했다.

"뭐야, 그 귀신을 본 듯한 얼굴은. 오랜만에 동생을 만났는데 반갑지도 않은 거야?"

"악몽이야! 가까이 오지 마!"

"뭐가 악몽이야, 오빠! 오랜만에 본 동생에게 그럴 수 있어!"

갑자기 들려온 시끄러운 소리에 부엌에 있던 사람들은 현관으로 나왔다. 지크와 실랑이를 벌이는 루이체의 뒤로 리오가 서 있었다. 세이아는 활짝 웃으며 그를 반겼다.

"아, 리오 님! 돌아오셨군요!"

힘겹게 서 있던 리오는 손을 흔들며 고개를 끄덕였다.

"예, 돌아왔습니다. 별일 없었죠."

일이야 많았지만 세이아는 고개를 끄덕였다. 그를 본 순간, 이전의 무서운 일들은 깨끗이 뇌리에서 사라지는 것 같았다.

"리요! 리요! 먹을 거다, 먹을 거!"

루이체와 지크의 머리를 차례로 밟고 집 안에 들어온 시에는 번개같이 부엌으로 들어갔다. 세이아와 티베, 넬은 눈을 휘둥그레 뜨고 시에를 보았지만 그녀가 누군지 알 길이 없었다.

"시끄럽군, 크크큭."

"바이론?"

베란다에 기대 있는 바이론을 본 리오는 반가움과 의문이 교차한 표정으로 말했다. 어째서 바이론이 이 세계에 있는지 알 수 없었다. 하지만 그가 있다는 사실은 저쪽 일행 모두 무사하다는 의미였기에 리오는 안심했다.

"난 호텔로 갈 거야."

루이체와 지크가 가로막아 집 안으로 들어서지 못하고 있던 바이칼이 퉁명스레 내뱉었으나 발길을 돌리진 않았다.

먼 길을 오느라 피곤에 지쳐 티베의 방에서 잠을 자고 있던 케톤은 갑자기 밖에서 시끄러운 소리가 들려오자 졸린 눈을 비비며 슬며시 문을 열어 보았다.

"아, 아니?"

거실엔 새로운 식구가 여섯이나 불어나 있었다. 집주인 티베는 말도 안 된다는 얼굴로 지크에게 소리쳤다.

"아니, 이 집이 무슨 난민 수용소인 줄 알아! 왜 이렇게 사람들이 많이 온 거야!"

그러자 지크는 황당하다는 얼굴로 반문했다.

"그걸 왜 나한테 따지는 거야? 이상한 애네?"

"어쨌든! 그리고 왜 미리 연락 안 주셨어요, 리오 씨!"

리오는 피로가 역력한 얼굴로 미안하다는 듯 머리를 긁적였다.

"아, 그쪽에서 급히 달려오는 바람에 미처 연락할 틈이 없었습니다. 죄송합니다."

리오는 곧이어 시에에게 손짓을 했다. 시에는 즉시 달려와 리오의 등과 어깨에 찰싹 달라붙더니 매달렸다. 리오는 시에의 진홍색 머리카락을 매만지며 좌중에게 말했다.

"여기 있었던 분들은 처음 보실 겁니다. 이 아이의 이름은 시에입니다. 과학을 부모로 둔 아주 특별한 아이입니다."

"과, 과학요?"

넬을 비롯한 모두는 경악하는 얼굴이었다. 반면 시에는 활짝 미소를 지은 채 고개를 끄덕였다.

"맞다! 시에, 이상한 유리병에서 태어났다!"

리오는 계속 말을 이었다.

"우리는 EOM의 서부 기지를 알아냈지만 사정상 포기하고 아이만 데리고 왔습니다. 꽤 오랫동안 우리와 같이 있어야 하니 잘 부탁드립니다. 중요한 아이니 모두들 동생 하나 생긴 셈치고 대해 주시죠."

리오의 말이 끝나자 맨 먼저 지크가 시에에게 다가가 인사했다. 호기심이 발동하면 궁금증을 못 참는 그의 성격상 가만히 있을 리 없었다. 그는 여느 때처럼 쾌활하게 인사했다.

"헤헷, 난 지크라고 한단다. 리오의 형제야. 잘 부탁해."

시에는 지크의 머리를 쓰다듬으며 고개를 세차게 끄덕였다.

"알았다! 직쿠! 직쿠!"

어린아이가 마치 어른처럼 자신의 머리를 쓰다듬자 지크는 뒤로 물러서며 나지막이 중얼댔다.

"직쿠? 차라리 슬라이더라고 하지, 젠장."

시에를 둘러싸고 사람들이 말을 걸고 있는 동안 바이론은 다시 슬며시 베란다로 향했다. 그런 즐거운 분위기와는 맞지 않는 성격이기도 했고, 자신이 꼭 낄 필요도 없다고 생각했기 때문이다.

여섯 명이 모두 부엌에서 식사를 하는 동안, 지크는 거실 소파에 앉아 TV를 시청했다. 갑자기 그가 신기하다는 표정으로 고개를 갸웃거렸다.

"어? 그러고 보니 음식이 딱 들어맞잖아? 저 녀석들이 올 것을 세이아 양이 어떻게 알았지?"

"궁금한 거라도 있으세요?"

식사를 일찍 마친 프시케가 슬그머니 그의 옆에 앉았다. 지크는 씩 웃으며 고개를 저었다.

"아냐. 그냥 공급과 수요의 법칙을 생각하고 있었어. 그건 그렇고 무사했구나, 프시케."

"예, 부장님 덕분이죠. 하지만 저희 대신 부장님께서 잡혀 가셨으니……."

"뭐, 괜찮아."

지크는 눈빛이 흐려진 프시케의 등을 따뜻하게 토닥거렸다. 그는 프시케를 향해 살짝 윙크하며 말했다.

"우리 할아버지께서 그런 감옥살이 하나 견디지 못하실 것 같아? 그리고 우리가 걱정이나 하고 있으라고 대신 잡혀 가신 건 아니잖아, 그렇지?"

"그렇군요, 죄송해요. 제가 약한 소리를 해서……."

"헤헷, 달라진 거 하나도 없네, 프시케는? 하하하핫."

한두 명씩 식사를 끝내고 자리를 뜨자 부엌에 남은 사람은 시에와 리오, 세이아뿐이었다. 시에는 걸신들린 사람처럼 닥치는 대로 폭식하고 있었다. 세이아는 시에의 작은 몸집에 많은 양의 음식이 어떻게 다 들어갈까 생각하며 눈을 반짝였다.

식사를 끝낸 리오는 정면에 앉은 세이아를 주시하며 말했다.

"오늘은 특별히 신경 쓰신 것 같군요, 세이아 양. 이렇게 미리 음식을 장만해 놓은 줄은 꿈에도 생각 못 했는데요?"

세이아가 수줍게 웃으며 말했다.

"네, 저도 리오 님께서 오늘 오실 줄은 몰랐어요. 하지만 오늘은 그냥 이렇게 준비를 하고 싶더라고요. 어쨌든 정말 다행이에요."

"예. 그런데 집이 꽤 파손된 것 같더군요. 이 주변도 그렇고…… 무슨 일이 있었습니까?"

세이아는 근심 어린 얼굴로 그때의 일을 잠시 회상했다.

"사실 며칠 전 갈색 머리카락의 여자와 악마 한 명이 이곳을 습

격했답니다. 다행히 바이론 님과 지크 님 덕분에 위기를 모면했지
만 악마와 그 여자는 무슨 이유인지 저를 노리고 있었어요. 왜 저
를 노렸는지는 잘 모르겠네요."

자신의 예상이 맞아떨어졌다는 것을 느낀 리오는 잠시 생각하다
가 다시 세이아를 바라보며 말했다.

"그리 좋은 일은 아니었군요. 어쨌든 무사하셔서 다행입니다."

"네. 그런데 리오 님 몸에서 바닷물 냄새가 나는 것 같은데요?"

리오는 아차 하며 자리에서 일어났다.

"아, 죄송합니다. 저도 오다가 문제가 좀 생겼죠. 그럼 실례하겠
습니다."

세이아는 웃으며 고개를 끄덕였다.

오래 기다렸던 누군가를 만난 기쁨에 그녀는 행복한 마음으로
식기들을 닦기 시작했다.

"아, 이런. 바닷물에 빠졌다는 걸 깜빡 잊고 있었어. 냄새가 생각
보다 심한걸?"

리오는 망토를 빨려고 소파로 고개를 돌렸다. 하지만 망토는 이
미 바이칼이 차지한 뒤였다. 자신의 망토를 덮은 채 곤히 자는 바이
칼의 모습을 보고 그는 나지막이 실소를 터뜨리며 욕실로 향했다.

"저, 저……."

그때 소파에 앉아 있던 챠오가 손을 살짝 들며 리오를 불렀다.
리오는 평소처럼 부드러운 미소를 지으며 그녀를 돌아보았다.

"아, 지크의 동료분이시군요. 예전에 한번 뵌 적이 있죠?"

"아, 예."

약 1년 전쯤 챠오가 처음 보았을 때 리오는 주신으로부터 근신

처분을 받기 전이었다. 그때의 난폭한 모습에 비해 지금 그는 너무나 부드러워 보였다. 너무 달라진 모습이 챠오에겐 오히려 묘한 매력으로 다가왔다. 리오는 그녀에게 살짝 윙크를 보내며 말했다.

"죄송하지만 나중에 얘기하면 안 되겠습니까? 당신과 같은 멋진 숙녀분과 대화를 나누기엔 제 모습이 너무 누추하군요."

"예? 무, 무슨 말씀을……."

생전 처음 미남에게 달콤한 말을 들었기에 그녀의 마음은 몹시 흔들렸다. 사실 챠오는 생각보다 순진한 편이었다.

'나왔군, 필살의 사탕발림.'

TV 모니터에 시선을 고정하던 지크는 인상을 쓰며 챠오를 쳐다보았다. 그의 눈에 비친 챠오는 제정신이 아니었다.

'챠오마저! 도대체 둘이 만난 지 얼마나 됐다고 저러는 거야? 하여간 주신 할아범은 불공평하다니까.'

지크는 손가락으로 리모콘을 거칠게 눌러 대며 분풀이를 했다.

3

동방의 신주

"내가 알 바 아니지."

슈렌 일행과 함께 식사를 하던 휀은 린스의 말버릇처럼 냉정하게 말을 툭 내던졌다. 린스는 화를 참지 못하고 자리에서 벌떡 일어서며 소리쳤다.

"뭐가 알 바 아니라는 거야! 네가 아무리 가즈 나이트라고 해도 난 왕국의 공주라고! 그리고 내 옆에 계신 이분은 여왕이시고! 예를 지키지 않으면 종신형에 처할 수도 있어!"

휀은 코끝을 만지며 변함없이 차가운 눈빛으로 린스를 바라보며 말했다.

"할 수 있다면."

"뭐? 이런!"

결국 린스도 질렸는지 그냥 의자에 털썩 주저앉아 버렸다. 옆에 앉아 있던 슈렌이 조용히 그녀에게 말했다.

"고정하십시오."

린스는 허무한 표정으로 식탁을 손끝으로 두드리며 불만을 내비쳤다.

"쳇, 정말 재미없는 녀석들만 모였군. 도대체 왜 이래?"

식사를 일찌감치 마친 휀은 무뚝뚝한 표정으로 코트를 들고 밖으로 나갔다. 그가 사라지자마자 린스는 얼굴을 잔뜩 일그러뜨리며 팔꿈치로 슈렌을 툭툭 치고 물었다.

"이봐, 저 녀석 도대체 어떤 인간이야? 사바신 같은 건달도 꼼짝 못 하는 걸 보니 강하긴 한 것 같은데 말이야."

슈렌은 차를 한 모금 들이켜고 찻잔을 조용히 내려놓으며 천천히 입을 열었다.

"휀은 전 세계를 통틀어 최강의 가즈 나이트입니다. 신이나 악마왕을 제외하고 그와 대결해서 이긴 자가 없으니 말입니다. 사실 공격력에서는 리오가 우세할지 모르나 휀의 전투 경험이 발휘될 때는 그도 휀을 이길 수 없을 겁니다. 여태껏 신이 아니면서 휀과 결투해 무승부를 낸 존재는 바이론뿐이죠."

"바이론? 그 미치광이가 대단하단 말이야, 아니면 저 얼음덩어리가 대단하다는 말이야?"

"둘 다입니다. 어쨌든 가까운 시일 내에 직접 그의 강함을 확인하실 수 있으실 겁니다."

말을 끝낸 슈렌은 다시금 찻잔을 입으로 가져갔다.

"이봐, 슈렌. 적이다!"

그런데 갑자기 식당문이 벌컥 열리더니 사바신이 거칠게 난입했다. 슈렌은 잘됐다는 듯 재빨리 일어나며 린스에게 말했다.

"휀이 있는 한 큰일은 없을 겁니다. 안심하시길."

그런 말을 들을수록, 휀에 대한 린스의 궁금증은 점점 더 커져만 갔다.

"마마, 적의 침입이옵니다! 야만족들이 마귀들과 연합해 성의 북쪽으로 진군해 오고 있사옵니다!"

대신들과 정사를 논의 중이던 청성제는 근심 어린 한숨을 내쉬었다. 그는 소식을 전한 궁인을 바라보며 물었다.

"그래, 적의 병력은 어느 정도인가?"

"그, 그것이 정찰을 하던 병사에 의하면 분명 쳐들어오고 있는 것이 맞긴 하나 숲으로 진입하고 있기 때문에 어림잡아 대략 2천 명 정도라 하옵니다. 또한 마귀들도 다수 포함되어 있기에 보통 병사들로는 방어하는 데 급급해서 공격조차 못 할 거라고 북문의 수비대장이 말했사옵니다."

청성제는 알겠다는 듯 고개를 끄덕여 보인 후 열을 지어 앉은 무관 대신들을 바라보며 말했다.

"들으시오. 성내에 있는 군사들은 우선 방어에 주력하도록 하고, 선인들에게 도움을 요청해 연합한 마귀들을 소탕하시오. 사건정중과 적사자대 등 특수부대는 본성(本城) 방어에 주력하도록!"

성 안팎으로 소란이 일어나는 동안 휀은 성안의 광장 한가운데서 있었다. 자신의 옆으로 병사들이 소리를 지르며 뛰어다니고 지축을 울리는 병사들의 거친 발소리가 들려도 그는 아랑곳하지 않았다. 미동도 않고 서 있는 그를 움직이게 할 수 있는 존재는 아무것도 없었다.

"큰일 났다! 마귀들이 북쪽 성문을 갉아 먹고 있다!"

그때 한 병사가 땀에 흠뻑 젖은 채 뛰어왔다. 집합해 있던 병사들이 불안감으로 술렁이기 시작했다. 그러나 휀은 여전히 부동자세였다.

"보세요, 휀 라디언트 님! 당신은 가즈 나이트 아니신가요?"

휀은 여자의 목소리가 들려오자 그쪽으로 고개를 돌렸다. 그의 기억으로 가희라는 이름의 공주였다. 그녀를 가만히 바라보던 휀은 아무 일도 없었다는 듯 다시금 시선을 돌렸다.

무시당했다는 것과 무책임한 그의 행동에 결국 화가 폭발한 가희는 휀의 옷자락을 움켜쥐며 소리쳤다.

"분명 바이론 님이 당신에게 이곳의 일을 위임하시지 않았습니까! 물론 이오스 신께서 바이론 님에게 부탁하신 일이지만 그것을 떠맡으신 이상 어떤 조취라도 취해 주셔야 하는 게 도리 아니겠습니까? 그러고도 당신이 기사입니까!"

휀은 가희를 흘끔 바라보며 물었다.

"나에게 목숨을 구걸하는 건가."

"뭐, 뭐라고요!"

가희는 황당한 얼굴로 휀을 바라보았다. 역시 말이 통하지 않는 남자였다. 휀은 앞을 가로막고 있는 가희를 슬쩍 지나쳐 천천히 북문으로 향했다.

"괜찮아. 살고 싶은 건 인간의 본성이니까. 부끄러워할 필요 없다."

가희는 휀의 뒷모습을 무서운 눈으로 쏘아보았으나 그렇다고 달라질 건 없었다. 그녀는 타는 속마음을 인내심으로 누그러뜨리는 수밖에 없었다.

"키카카캇! 어서 녹여라! 침을 더 발라라! 이까짓 목재 문으로 우리를 막을 수 없다는 것을 보여 주는 것이다! 키카카캇!"

마귀대장의 지시에 따라 개미 떼처럼 문에 달라붙은 마귀들은 열심히 산성액을 문에 발랐다. 두껍고 탄탄하기로 소문난 성문도 산성액의 강력한 산화작용 앞에서 무력할 정도로 얇아져 갔다.

"대장, 구멍이 뚫렸습니다!"

"여기도 뚫렸습니다!"

문에 구멍이 뚫리는 것을 알면서도 성안의 병사들은 어찌할 방도가 없었다. 마귀들을 없애자니 문이 부서질 것 같고, 가만히 놔두자니 문이 점점 녹아 버렸기에 이러지도 저러지도 못 하는 실정이었다.

그때 병기를 들고 대기하던 병사들 사이를 비집고 한 청년이 성문을 향해 걸어갔다. 금발에 붉은색 무늬가 있는 백색 배틀 코트를 입은 알 수 없는 분위기의 청년 휀이었다.

"좋아, 다 뚫렸구나! 자, 안이 어떤지 들여다볼까? 키카카카!"

마귀대장은 신이 난 듯 문에 달라붙으며 맨 아래쪽 구멍에 눈을 갖다 댔다. 그러고는 또다시 웃으며 소리쳤다.

"쿠히히히! 얼어붙은 인간들 표정을 봐라! 새파랗구나, 새파래! 음? 저놈은 또 뭐야?"

마귀대장은 구멍을 통해 이쪽으로 걸어오는 휀을 보았다. 그 청년 역시 뚫린 구멍을 통해 자신을 보고 있는 마귀를 보았다. 휀은 그 구멍 앞에서 왼쪽 손바닥을 폈다. 알 수 없는 그의 행동에 마귀대장은 고개를 갸웃거렸다. 곧이어 휀의 짧은 목소리가 들려왔다.

"광황포."

한순간의 섬광이 지나가고 남은 것은 흔적도 없이 사라진 성문과 그 충격으로 쓰러진 병사들, 그리고 폭발로 인해 타버린 숲의 폐허뿐이었다. 광황포의 범위 내에 있던 마귀들과 야만족들의 흔적은 어디에서도 찾아볼 수 없었다. 있다면 타다 남은 단백질 덩어리와 뼛조각뿐이었다.

잠시 그 자리에 서 있던 훾은 곧 목을 이리저리 돌리며 공중으로 떠올랐다. 그런 후 북쪽 성을 뒤덮은 숲을 조용히 내려다보았다.

"1천, 1,500 정도 되는군."

훾은 왼손을 들어 올렸다. 곧 그의 손바닥에 눈부신 흰색 빛이 모여들기 시작했다. 그 빛의 크기는 점점 커져서 본성에서도 볼 수 있을 정도로 거대해졌다.

본성에서 만약의 전투에 대비하던 사바신과 슈렌은 그 빛을 본 즉시 무기를 내리고 휴식을 취했다. 심심했던지 대피하라는 말을 무시하고 구경하고 있던 린스가 양손으로 턱을 괸 채 사바신에게 말했다.

"왜 그래? 저기 있는 빛이 무슨 신호를 보내는 거야?"

사바신은 따분한 듯 느리게 목도를 들어 올리며 북쪽에서 빛나는 빛을 슬쩍 가리켰다.

"저 빛은 훾의 기술 중 하나인 래이브 라이트라는 거예요. 저 빛의 범위 내에 있는 적은 바로 전멸하죠. 언뜻 듣기로 적들은 2천 정도 된다는데, 저 빛이 발산된 이상 적들이 인간이거나 마귀라 해도 많이 남아 봤자 백 명 정도? 혹시 그 범위 내에 적들이 밀집해 있으면 전멸될 수도 있죠. 그러니 우리까지 나설 필요 없죠."

린스는 말도 안 된다는 듯 손을 내저었다.

"에이, 설마."

두 사람의 말을 들으면서 누워 있던 슈렌은 무슨 생각이 떠올랐는지 일어나 어디론가 걸어갔다.

"이봐! 어디 가는 거야, 슈렌?"

슈렌은 뒤도 돌아보지 않고 짧게 대답했다.

"상황이 궁금해서입니다."

슈렌은 한마디를 남기고 빠르게 사라졌다. 린스는 별것 아닐 것이라 생각하며 사바신에게 재차 물었다.

"궁금하면 산책하는 버릇이 있나 봐?"

"아뇨, 저 녀석은 귀찮은 사람을 싫어하죠."

린스는 사바신의 말을 곰곰이 되씹다가 미간을 찡그리며 말했다.

"너와 나, 둘 중에 누가 귀찮은 사람이지?"

"……."

숲에서 진격 명령을 기다리던 야만족과 마귀들은 폐허가 된 북쪽 문 근처에서 빛나는 광점을 멍하니 바라보고 있었다. 마치 두 개의 태양이 떠오른 것 같은 착각이 들 정도로 찬란한 빛이었기에 넋을 잃고 있었다. 계속 빛을 모으던 휀은 준비된 듯 손을 불끈 쥐었다. 빛은 한순간에 사라지고 말았다. 왼손을 어깨쯤에 들어 올린 그는 낮게 중얼댔다.

"1천 명 정도 없앨 수 있을지 모르겠군."

휀은 다시 왼쪽 손바닥을 펴면서 강하게 휘둘렀다. 그런 후 아무 일 없었다는 듯 지면에 착지하며 한마디 내뱉었다.

"터져."

그러자 성의 북쪽 숲에서 엄청난 빛의 장막이 솟구치는 것이 아닌가. 그 장막을 중심으로 숲 일대에 대폭발이 일어났다. 그로 인해 치솟은 화염의 높이는 본성에서 제일 높은 탑의 높이에 가까울 정도였다.

성안의 병사들은 폭발의 섬광과 폭발로 생긴 흙먼지를 피해 다시금 몸을 숙여야 했다. 휀은 손수건으로 입과 코를 막은 채 흙먼지 폭풍을 헤치며 유유히 성안으로 향했다.

한편 성안의 광장에 서서 북쪽의 대폭발 장면을 지켜보던 가희는 안도의 한숨을 쉬며 미소를 지었다.

"음, 확실히 대단하긴 하군. 리오 씨보다 더 강할 것 같은데? 이제 걱정은 좀 덜어도 되는 건가?"

"그럴 리가 있나, 후후후훗."

순간 가희는 몸이 얼어붙는 것 같았다. 매우 익숙한 목소리였지만 결코 두 번 다시 듣고 싶지 않았던 목소리였다. 가희는 몸을 움직이려 했으나 그녀의 뜻과는 달리 꼼짝도 할 수 없었다. 무언가에 고정된 듯 미동조차 하지 않는 것이었다. 갑자기 그녀로부터 얼마 떨어지지 않은 공간이 베어지듯 좌우로 틈이 벌어졌다. 그리고 그곳에서 보라색 광대 옷을 걸친 2미터가량의 장신 거인이 불쑥 튀어나왔다. 조커 나이트였다.

"조커 나이트!"

그녀의 앞에 완전히 모습을 드러낸 그는 킥킥 웃어대며 고개를 끄덕였다.

"기억해 주시니 황공할 따름이옵니다. 어쨌든 이제 훼방꾼이 없으니 당신을 처리할 수 있겠군요. 두 개의 영혼을 한 몸에 지닌 당신! 신이 용납하지 않은, 이 세상에 있을 수 없는 쌍둥이 자매죠! 당신이 죽으면 이제 모든 건 끝입니다, 후후후훗."

조커 나이트는 품속에서 카드 한 장을 꺼내 들었다. 낫을 든 사신의 모습이 그려진 타로 카드였다. 조커 나이트의 손을 떠난 그 카드는 연기와 함께 거대한 낫으로 변했다. 조커 나이트는 가희의 목에 낫을 대며 말했다.

"서쪽 대륙은 이미 원래 차원으로 돌아갔고, 이제 이 동방 대륙만 원래 차원으로 돌아가면 우리의 계획은 끝납니다. 수만 년 동안 기다려 온 우리의 계획 말입니다! 자, 돌아가십시오!"

가희는 자신의 목을 스치는 섬뜩한 날의 감촉과 함께 자신의 몸이 움직이는 것을 느꼈다. 자칫하면 목이 날아갈 찰나, 그녀는 온 힘을 다해 몸을 웅크려 조커 나이트의 공격을 간신히 피했다.

"아니!"

낮의 공격으로부터 몸을 피한 가희는 뒤로 빠르게 물러선 후 자세를 취했다. 오른쪽 목 부분에서 피가 나긴 했지만 그래도 잘린 것에 비하면 너무나 다행스러운 일이었다. 칼을 빼어 든 그녀는 조커 나이트와 싸울 준비를 했다. 조커 나이트는 낮에 살짝 묻은 가희의 피를 털며 천천히 다가왔다.

"마지막에 그림자 묶기가 풀렸군요. 후후, 저를 진짜 화나게 하셨습니다, 공주! 죽어랏!"

주위에서 멍하니 주춤거리던 병사들은 가희를 구하기 위해 칼을 빼 들었으나 조커 나이트가 휘두르는 낮이 보이지 않을 정도로 빠르게 움직이자 겁을 먹고 덤비지 못했다.

그러나 가희에게는 그 속도가 그리 위협적이진 않았다. 단지 자신과 비슷하다고 느낄 정도였다. 하지만 조커 나이트와 가희는 힘의 차원이 달랐다. 가희는 조커 나이트가 공격을 해 와도 방어는 하지 못했다. 방어를 하면 그 힘에 그대로 밀려 버릴 수도 있었다.

그때 병사들을 밀치며 휀이 나타났다. 하지만 가희와 조커 나이트가 대치하는 모습을 보고도 휀은 다른 곳으로 갔다.

조커 나이트의 맹공을 막아 내며 한참을 대치하던 가희는 운 좋게도 옆을 지나치는 휀을 보았다. 하지만 그가 이쪽을 보지도 않고 다른 곳으로 가자 그녀는 조커 나이트를 휀 쪽으로 유도했다.

'실력이 어느 정도인지, 한번 봐 주겠어!'

가희는 순간을 노려 고속으로 조커 나이트에게서 빠져나왔다. 그 역시 지지 않을 속도로 가희를 추격했다.

"도망쳐 보았자 내 손바닥 안이다!"

가희는 힘껏 달려오는 휀의 어깨를 손으로 짚고 그 너머로 훌쩍 뛰어내렸다. 휀이 누군지 모르던 조커 나이트는 광소를 터뜨리며 가차없이 베어 버리려는 듯 낫을 뒤로 크게 젖혔다.

"하하하하핫! 숨은 게 고작 남자 뒤라니, 이거 실망이군! 둘 다 베어 버리겠다!"

그러나 아무 일도 일어나지 않았다. 움직이려던 조커 나이트의 낫이 무슨 이유에서인지 멈추어 버렸다. 조커 나이트는 다시 한 번 팔에 힘을 주었으나 마찬가지였다.

휀은 조커 나이트를 무감각한 싸늘한 눈으로 바라보았다.

"내가 방해했나 보군."

그런 후 휀은 유유히 자리를 떠났다. 남아 있던 가희는 황당했다.

"아, 아니! 세상에 무슨 저런 사람이 있는 거지?"

조커 나이트의 몸은 다시 움직이기 시작했다. 하지만 그가 원하는 대로 움직일 수는 없었다. 자신의 몸을 억누르고 있는 힘은 살기가 아니었다. 투기도 아니었다. 그렇다고 빛의 힘도 아니었다. 조커 나이트는 마른침을 삼키며 가희 대신 휀을 응시했다. 그는 자신도 모르게 휀을 향해 소리쳤다.

"넌, 도대체 뭐냐! 도대체 무슨 수를 써서 내 공격을 막아 낸 것이냐!"

그러자 휀은 조커 나이트를 또다시 흘끔 보며 말했다.

"그게 공격이었나?"

조커 나이트는 흥분할 대로 흥분해 휀에게 달려들려고 했다.

"뭐라고! 날 무시하는 거냐! 벨제브브 님께서도 인정한 악마 기사 조커 나이트를 말이냐! 널 먼저 죽여 주겠다!"

휀은 관심 없는 듯 다른 곳으로 시선을 옮기며 중얼거렸다.

"공격이란 명분으로 또 괴상한 행동을 할 건가."

"그렇다면 어쩔 거냐!"

그러나 조커 나이트는 또다시 움직이지 못했다. 그 이상한 감각이 또다시 그의 몸을 옭아매자 움직일 수 없었다. 죽음 같은 느낌도 아닌, 마치 죽음을 초월하는 위압감이었다. 공격하면 자신이 죽는다. 조커 나이트의 세포 하나하나가 그렇게 부르짖고 있었다.

그때 조커 나이트는 자신을 에워싸고 있는 휀과 병사들 뒤로 우두커니 서 있는 슈렌을 보았다. 그는 재빨리 데몬 게이트를 열며 휀에게 소리쳤다.

"네 녀석! 감히 가즈 나이트와 함께 있었다니, 오늘은 네 녀석의 운이 좋은 날이다!"

당황한 나머지 앞뒤가 맞지 않는 말을 남긴 조커 나이트는 데몬 게이트 안으로 홀쩍 사라졌다.

"……고맙군."

주위에 있던 병사들은 긴장하고 있었는지 한꺼번에 한숨을 내쉬며 그 자리에 털썩 주저앉아 버렸다. 가희는 인상을 찡그린 채 휀을 바라보았다. 슈렌은 그룬가르드로 어깨를 툭툭 치며 나지막이 중얼거렸다.

"휀 덕분에 너무 편한데."

그날 저녁, 본성의 제궁 안에서는 청성제와 왕비, 가희, 그리고 가즈 나이트들과 린스 일행이 모인 자리에서 왕비가 서슴없이 폭언을 내뱉었다.

"마마, 그렇게 조용하던 도성이 어째서 갑자기 시끄러워졌다고 생각하십니까?"

청성제는 아무 말 없이 왕비를 바라보았다. 그녀는 얼굴을 잔뜩 구기며 손에 든 봉선으로 가희를 가리키며 소리쳤다.

"다 공주가 이상한 괴한들과 망국의 왕족을 성에 끌어들였기 때문이옵니다!"

가희는 아무 말 없이 고개를 숙였다. 사바신은 순간 화가 치밀어 올랐으나 옆에 앉은 슈렌의 만류로 나서지는 않았다. 린스도 발끈했지만 자신들 때문에 안 좋은 일이 계속 생겼다는 것은 부인할 수 없었기에 아무 말도 하지 못했다.

그런 상황에서도 휀은 창가에 서서 조용히 밤하늘을 바라보았다. 뒤에서 들리는 얘기는 완전히 무시한 채.

청성제는 시름 가득한 한숨을 내쉬며 왕비에게 말했다.

"그 말은 너무 심하지 않소, 왕비. 우연히 가희와 련희가 온 때와 일치해서 늘 시비를 걸던 야만족이 침략했을 수도 있지 않소. 그리고 마귀들은 가희와 련희가 오기 전부터 전국적으로 민폐를 끼치지 않았소. 우연일 수도 있는데 그렇게 단정적으로 말한다는 것은……."

"아닙니다, 마마! 병사가 똑똑히 들었다고 하옵니다! 그 악귀가 가희를 노리고 왔다는 것을 말입니다! 더 이상 말씀드릴 필요가 없지 않습니까!"

그때 창밖을 바라보던 휀이 왕비에게 들으라는 듯 말했다.

"말씀드릴 필요가 없다면 하지 마십시오."

그러자 왕비는 황당한 나머지 입을 다물지 못했다. 왕비의 표정을 본 사바신은 머리를 깊이 숙인 채 터져 나오는 웃음을 참느라 애를 썼다. 슈렌은 짧게 한숨을 쉬며 들리지 않을 만큼 작은 목소리로 중얼거렸다.

"확실히 편하군."

흥분한 왕비를 가까스로 궁에 돌려보낸 청성제는 이제 좀 편해졌다는 듯 한숨을 돌리며 가희에게 말했다.

"너무 속상해하지 말거라, 공주. 왕비이기 이전에 너의 어머니다. 공주 네가 환궁하자마자 이상한 일에 휘말린 탓에 걱정이 많은 것 같구나."

"소녀도 알고 있사옵니다, 아바마마."

가희는 애써 미소를 지은 채 말했다. 청성제는 고개를 끄덕이며 그녀의 어깨를 토닥거렸다. 그 순간 창밖으로 밤하늘을 바라보던 훼이 고개를 돌려 그녀를 잠깐 동안 바라보았다. 훼의 시선을 느낀 사람은 아무도 없었다. 그리고 그가 왜 그녀를 바라봤는지 이유를 아는 사람은 훼 자신뿐이었다.

조커 나이트는 악마왕 중 한 명인 벨제브브의 발밑에 거의 엎드리다시피 꿇어앉았다. 그 행동은 악마 세계에서는 극형을 내려달라는 표시로 통용되었다. 붉은 피부의 악마왕 벨제브브는 주먹으로 각진 턱을 괸 채 조커 나이트를 내려다보았다.

"그래, 무얼 잘못했느냐? 넌 지금 린라우 녀석의 일을 보좌하고 있어야 하지 않느냐? 상당히 들어 보고 싶구나."

음산할 정도로 싸늘한 그의 목소리에, 조커 나이트는 몸을 움찔하며 더욱 머리를 조아렸다.

"인간에게 압도당했습니다. 우리의 위대하신 악마왕 벨제브브
님께서 소인에게 내려 주신 조커 나이트라는 명예를 실추시켰습
니다. 제 자신이 저를 용서하지 못할 것 같습니다. 부디 저에게 극
형을 내려 주십시오."

그러자 벨제브브는 재미있다는 듯 황색의 빛을 발하는 눈을 움
찔거리며 물었다.

"오호, 그래? 어떤 인간인지 보고 싶군. 네 기억을 꺼내 보거라."

"예, 기꺼이."

조커 나이트의 눈동자에 한 사나이의 영상이 나타났다. 금발에
흰색 배틀 코트를 입고 있는 사나이. 감정 없는 사나이의 눈빛을
본 벨제브브는 싱긋 웃으며 중얼거렸다.

"후후훗. 역시 휀 라디언트였군."

조커 나이트는 영상을 거두며 놀란 눈으로 그를 올려다보았다.

"아, 아니, 왕이시여. 저자를 아십니까?"

"알다마다."

벨제브브는 의자 깊숙이 몸을 묻은 후 입고 있는 붉은색 상의를
들추었다. 조커 나이트는 벨제브브의 넓은 가슴에 십자 모양의 흉
터가 있는 것을 보고 경악했다. 벨제브브는 다시 상의를 내리고 적
의에 찬 미소를 지으며 말했다.

"녀석은 나에게 이 씻을 수 없는 상처를 남긴 최강의 가즈 나이
트인 휀 라디언트다. 그 녀석의 살신기인 레퀴엠을 맞고 나는 3백
년 만에 의식을 회복했다. 대신 처음 충격 때 입은 이 십자 모양의
상처는 회복되지 않았지. 난 신이 아니어서 레퀴엠을 맞고 살 수
있었다. 물론 그 녀석도 큰 상처를 입긴 했지만 결국 손해 본 건 나
지. 옛날 얘기는 관두고, 휀 녀석을 상대해서 멀쩡히 살아 돌아온

너에게 상을 내리겠다."

조커 나이트는 자신의 귀를 믿을 수 없었다. 살아 왔다고 해서 상을 받는 것은 이번이 처음이었다. 벨제브브는 마기가 가득한 숨을 뿜어내며 중얼거렸다.

"수만 년 전이라 해야 하나? 그 바보 같은 린라우 녀석의 계획을 디아블로, 아스타로트 등과 협의해 지원하지 않기로 했건만 어쩔 수 없군. 조커 나이트, 너의 힘을 약간 증폭시켜 주마. 아마 아직도 속고 있는 신장이라는 녀석들보다 두 배 정도는 강해질 거다."

그 말을 들은 조커 나이트는 황공함을 감추지 못하고 더욱 머리를 조아리며 감사를 표했다.

"성은이 망극하옵니다, 왕이시여! 왕께서 내려 주신 사악한 힘으로 반드시 그 휀이라는 녀석을 없애겠습니다!"

"훗, 웃기고 있군."

벨제브브가 비웃자 조커 나이트는 깜짝 놀라며 고개를 들었다. 벨제브브는 불쌍하다는 듯 고개를 저으며 말했다.

"그 정도 강해져 봤자 넌 보통 상태의 휀조차 절대 쓰러뜨리지 못한다. 명계에 가는 것이 정 소원이라면 다시 그 녀석과 싸워 봐라. 그 녀석의 검 플렉시온의 검광을 기억하고 죽는다면 지옥 문지기 켈베로스가 너를 친절히 모실 거다. 그 힘으로 린라우의 다른 명령이나 충실히 이행하라. 자, 이제 사라지도록."

벨제브브는 조용히 사라졌다. 아직도 무릎을 꿇고 있던 조커 나이트는 몸을 벌벌 떨며 중얼거렸다.

"그, 그 정도로 강한 녀석이었나? 휀이라는 녀석이!"

청성제까지 방에서 물러가자 린스가 주도권을 잡았다. 하지만 휀은 린스의 영향력이 전혀 먹혀들지 않았다.

"왜 내 말을 듣지 않는 거지? 내 말은 곧 명령이야. 네가 여기서 가장 강한 사람이라고 생각하는 거야?"

"아직 몰랐나 보군."

린스의 뼈 있는 농담에 휀은 서슴지 않고 한마디 했다. 그런 그의 대답에 린스의 화가 폭발했다.

"도대체 얼마나 잘났기에 만날 하는 말이 그런 거야! 그리고 너라는 인간은 왜 허구한 날 광장에 서서 '하늘'만…… 읍!"

순간 린스의 입을 사바신이 거친 손으로 막았다. 린스 쪽으로 몸을 움찔하던 휀은 다시 하늘을 올려다보았다. 사바신은 위기를 모면했다는 듯 한숨을 길게 쉬었다. 사바신의 손을 떼려던 린스는 사바신의 반응에 잠시 움직임을 멈췄다. 이윽고 사바신은 린스의 입에서 손을 떼고 종이에 글을 써서 린스에게 주었다.

다른 말은 몰라도 휀 앞에서 '하늘'이라는 말은 함부로 하지 마요. 목숨 보장 못 함.

슈렌과 사바신을 제외한 나머지 사람들은 그 글을 보고 눈이 휘둥그래졌다. 왜 하늘이라는 말을 싫어하는 것일까? 하지만 린스는 알았다는 듯 고개를 끄덕이며 계속 말했다.

"뭐, 좋아. 저 왕비라는 분이 더 이상 가희에게 화를 내지 않도록 우리가 처신을 잘 하자고. 누구처럼 문을 박살 내거나 숲을 통째로 날리거나 하지 말고 말이야."

슈렌과 사바신은 고개를 끄덕였다. 그때 휀이 뒤로 돌아서며 린스에게 말했다.

"애 같은 말만 하는군. 4년 전과 똑같은 걸 보니 몸만 성장했나?"

그 순간 노엘과 로드 덕의 얼굴이 새파랗게 질려 버렸다. 슈렌도 놀라서 눈을 크게 떴다. 그러나 정작 당사자인 린스는 무슨 소리냐는 듯 인상을 쓰며 휀에게 소리쳤다.

"무슨 소리야! 난 4년 전에 널 만난 기억이 없어!"

휀은 감정 없는 표정으로 린스에게 천천히 다가왔다. 린스는 무언가 섬뜩한 기분이 들었는지 뒤로 물러서려 했다. 그러나 그녀는 몸이 움직여지지 않았다.

휀은 린스가 목에 걸고 있는 은십자가—리오가 주었던 목걸이—를 손가락으로 집어 올리며 말했다.

"목걸이가 안됐군."

"그거 만지지 마! 리오가 준 거란 말이야!"

휀은 린스가 걸고 있던 십자가를 잡아 손안에 움켜쥐었다. 그리고 차가운 눈으로 린스를 바라보며 말했다.

"네 자신이 누구인지, 기억 못 하면 소용없는 물건이기도 하다."

십자가를 쥔 휀의 오른손 안에서 흰색의 빛이 번뜩였다. 휀이 힘을 풀자마자 은색 가루가 흩날리기 시작했다. 슈렌과 사바신을 제외한 나머지 사람들은 다시 한 번 놀랐다. 린스는 멍한 얼굴로 휀의 손에서 흩날리는 가루를 바라볼 뿐이었다.

"너, 너무해!"

"공주님!"

눈가에 눈물이 맺힌 채 울먹이던 린스는 방에서 뛰쳐나갔다. 노엘이 급히 그녀를 뒤쫓아 달려 나갔다. 그 모습을 본 가희는 참지 못하겠다는 듯 휀의 옷자락을 잡으며 소리쳤다.

"너무 심하잖아, 당신! 좋아하는 사람과의 추억이 담긴 물건인데 그렇게 간단히 부숴 버리면 어쩌겠다는 거야!"

휀은 오른손을 다시 펴고 린스에게서 빼앗은 은십자가를 가희의 왼쪽 귓볼에 걸어 주었다. 놀란 가희는 휀의 옷자락을 잡은 손을 놓았다.

"쉽게 흥분하는군."

휀은 구겨진 옷자락을 툭툭 털고 묵묵히 방을 나섰다. 슈렌은 머리 부분이 떨어져 나간 휀의 은수저를 손가락으로 빙빙 돌리며 중얼거렸다.

"휀도 리카를 알고 있는 건가?"

다음 날도 어김없이 휀은 광장 한가운데에 서 있었다. 근처를 지나치는 병사들과 궁인들은 두 차례에 걸친 전투로 휀이 어떤 사람인지 잘 알고 있었기에 아무도 그에게 말을 걸거나 방해하지 않았다.

그때 갑자기 휀의 눈을 누군가 손으로 가로막았다. 휀의 시선을 방해한 사람은 다름 아닌 가희였다. 그녀는 씁쓸한 표정을 지으며 말했다.

"그 목걸이, 린스 공주에게 돌려주지 않았어요."

그러나 휀은 아무 말이 없었다. 가희도 이젠 적응이 됐는지 신경 쓰지 않고 계속 말했다.

"아무래도 당신의 어제 행동, 지켜볼 의미가 있을 것 같았어요. 일종의 충격요법 같은데, 무슨 의미가 담겼는지 말해 줄 수 있나요? 말 안 해 주면 공주에게 그냥 돌려줄 거예요."

그러자 휀은 다른 곳으로 발걸음을 옮기며 나지막이 중얼거렸다.

"좋을 대로."

멀리 사라져 가는 휀을 멍하니 보고 있던 가희는 결국 한숨을 내쉬며 중얼거렸다.

"하여튼 저 남자 천상천하 유아독존이라니까. 대단해."

가희는 다시 제궁을 향해 돌아섰다.

4

돌아온 라이아

"아니, 감히 나를 빼먹다니!"

지크는 인상을 잔뜩 쓰며 앞에서 야식으로 아이스크림을 먹고 있는 넬과 시에를 쳐다보았다. 넬은 넉살 좋게 웃으며 지크에게 초콜릿 아이스크림을 건네주었다.

"헤헤, 그럴 리가요. 선배님 것도 사 왔어요."

그러자 지크는 더욱더 인상을 쓰며 물었다.

"다른 맛은 없어? 나 초콜릿은 질리는데……."

넬은 곤란한 표정을 지었다. 사실 시에가 초콜릿 맛 아이스크림을 먹고 싶다고 해서 잔뜩 사 온 것이었다. 지크는 씁쓸한 표정을 지으며 초콜릿 아이스크림 겉봉을 뜯었다.

"오늘만은 봐주지. 이 꼬마 만난 첫날이니까."

아이스크림 세 통을 혼자 비우고 있던 시에는 지크가 옆에 앉자 그의 머리를 마구 쓰다듬으며 즐거워했다.

"우아, 직쿠! 직쿠!"

온종일 시에가 머리를 쓰다듬자 지크는 넌더리 난다는 듯 굳은 표정으로 넬에게 말했다.

"애 좀 말려 봐."

바이칼은 한심하다는 듯 고개를 흔들며 TV로 시선을 돌렸다.

"정신 수준이 비슷한 동물끼리 잘 만났군."

그 순간 시에는 그야말로 동물적인 순발력과 탄력을 이용해 바이칼의 등 뒤에 찰싹 달라붙어 이번엔 그의 머리를 쓰다듬었다.

"빠이! 빠이!"

바이칼은 눈을 크게 뜬 채 아무 말도 하지 못했다. 그 모습을 지켜보던 지크는 킥킥 웃으며 중얼거렸다.

"쿠쿠큭, 정신 수준이 비슷한 동물끼리 붙어 있군. 하하하핫!"

"……베어 버리겠다, 언젠가는."

바이칼의 싸늘한 말을 들으며 지크는 집 안을 휘둘러보았다. 그렇게 시끌벅적하던 집이 갑자기 조용해진 탓이었다.

"그건 그렇고 다 어디 갔니? 여자들은 싹 사라졌네?"

"아, 언니들요? 아까 단합 모임을 한다면서 번화가에 있는 술집으로 가셨는데요."

넬의 말을 들은 지크는 다시 인상을 쓰며 넬에게 말했다.

"루이체, 마티, 챠오, 티베, 세이아, 프시케 여섯 명 전부 다?"

아직도 시에의 귀여움을 독차지하고 있는 바이칼이 TV 쇼로 버튼을 누르며 중얼거렸다.

"흥, 숫자는 셀 줄 아는군."

아이스크림을 입에 넣던 지크는 순간 바이칼을 멍하니 쳐다보았다. 그의 시선을 느낀 바이칼은 지크를 흘끔 쏘아보며 물었다.

"왜 기분 나쁜가?"

"아니, 네가 왜 같이 안 갔나 해서."

바이칼이 막 화를 내려던 순간, 시에가 그의 머리를 손으로 살짝 살짝 치며 TV를 향해 소리쳤다.

"우아! 노래다, 노래! 시에, 노래 좋아!"

그때 리오가 샤워를 마치고 막 거실로 나왔다. 바이칼은 딱딱하게 굳은 얼굴로 그를 바라보았다.

"여기 호텔이 어디지? 말 안 하면 죽이겠다."

수건으로 머리카락의 물기를 닦고 있던 리오는 뜬금없는 소리에 고개를 갸웃거렸다.

"응? 글쎄? 그런데 숙녀분들은 그새 다 어디 간 거야?"

지크는 아이스크림을 두 개째 입에 넣으며 짧게 대답했다.

"계 모임."

"……계?"

"티, 티베야, 술은 좀……."

500시시 맥주잔을 양손으로 들고 있는 티베를 곤란한 표정으로 세이아가 쳐다보았다. 직장 생활을 하면서 꽤 주량이 는 티베는 걱정 말라는 듯 세이아의 어깨를 툭 쳤다.

"아하, 괜찮아, 괜찮아. 맥주는 음료라고."

"그, 그래도……."

그사이 비슷한 성격의 마티와 챠오는 마주 보고 맥주를 벌컥벌컥 들이켜며 얘기를 나누고 있었다.

"지크와 같은 회사 동료라고?"

"유감스럽게도."

두 근육질의 여성은 처음 만날 때부터 이상한 라이벌 의식을 느끼고 있었다. 마티는 지크가 챠오 앞에서 꼼짝 못 하는 모습을 본 순간부터, 챠오는 지크가 귀엽다면서 마티의 머리카락을 쓰다듬었던 때부터 그랬다.

"그 녀석과는 관계없다는 것을 알아 둬."

다섯 잔째 맥주를 비운 탓에 취기가 돌아 얼굴이 붉어진 두 사람은 동시에 상대방에게 말했다.

"힐린 언니는 어떻게 된 걸까?"

얼큰하게 취한 티베는 탁자 위에 쓰러진 채 옆에 있는 세이아를 보며 물었다. 세이아는 이상하게도 취기가 느껴지지 않았다. 정말 알 수 없는 일이었다. 세이아는 티베를 바라보며 조용히 대답했다.

"괜찮으실 거야, 꼭."

둘 사이에 잠시 정적이 흘렀다. 이윽고 티베가 취한 목소리로 중얼거렸다.

"이 세계에 있는 동안 힐린 언니는 내 유일한 가족이었어. 난 알 수 없는 절대적 힘으로 가족과 헤어지게 되었지. 절대 돌아갈 수 없는 차원으로 떨어져 버린 나를 언니가 따뜻하게 감싸 주었어."

티베는 다시 맥주로 목을 축였다. 이번만큼은 세이아도 술을 마시는 그녀를 말리지 않았다. 잠시 후 티베는 탁자 위로 완전히 쓰러졌다. 세이아는 쓰러진 티베를 말없이 측은하게 내려다보았다. 갑자기 티베가 몽롱한 미소를 지으며 몸을 일으키더니 말했다.

"네가 리오 씨 처음 만났을 때 얘기 좀 해 줄래? 정말 궁금해."

취중에 한 말이었지만 세이아는 티베에게 그 얘기를 해 주고 싶었다. 세이아는 손을 모은 채 조용히 눈을 감으며 입을 열었다.

"난 그때 눈이 보이질 않아서 마을 사람들의 도움을 받으며 살고 있었어. 가족이라고는 동생 하나밖에 없었지. 어느 날 수도에서 찾아오신 친척분을 배웅하고 집에 돌아왔을 때, 촌장님이 민박을 원하시는 여행객과 함께 우리 집에 온 거야. 마을 청년들의 목소리를 숱하게 들어 온지라 남자 목소리가 낯설지는 않았는데 인사를 하는 리오 님의 목소리에 이상한 기분을 느꼈지. 젊긴 하지만…… 뭐랄까, 많은 경험을 해 본 분 같은…… 그리고 짧은 시간이었지만 난 한순간이라도 정면으로 그를 보고 싶었어. 리오 님의 얼굴을 매일 보고 있는 동생 라이아가 얼마나 부러웠던지…… 티베?"

세이아가 말하는 동안 티베는 어느새 잠들었다. 세이아는 고개를 흔들며 가볍게 미소 지었다.

그사이 챠오와 마티는 만취한 채로 팔씨름을 하고 있었다. 둘의 팔은 어느 쪽으로도 기울어지지 않았다.

"꽤 강한데!"

"흥, 작은 키에 비해 상당한데?"

사실 마티는 키로 보면 챠오에게 상대가 될 수 없었다. 그러나 그녀는 어릴 때부터 살아남기 위해 힘을 길러 왔고 최고의 암살자 칭호를 가진 스승으로부터 맹훈련을 받아 왔다. 그리고 지크를 만난 후 틈틈이 무술 지도를 받았기에 챠오에게 결코 뒤지지 않았다.

물론 챠오도 가문에서 유일하게 유권과 강권을 통달한 엄청난 여성이었다. 그러나 그 둘의 실력을 모른 채 구경하고 있는 옆 좌석의 청년들에게는 장난으로 하는 팔씨름으로 보일 뿐이었다.

순간 강화 플라스틱 탁자에 쩍 하고 금 가는 소리가 들렸다. 옆에서 지켜보고 있던 청년들의 눈이 휘둥그레졌다. 둘의 팔꿈치가 닿아 있는 탁자 표면이 함몰된 것을 본 청년들은 혀를 내둘렀다.

으슥한 밤이었다.

TV를 보고 있는 바이칼과 등을 맞대고 검을 닦던 리오는 피곤한 듯 하품을 하며 검과 수건을 내려놓았다.

"바이칼, 나 잘 테니까 이제 의자에 앉아서 TV를 보시지."

그러나 리오의 어깨에 머리를 기댄 바이칼은 벌써 푹 잠들어 있었다. 리오는 고개를 저으며 친구의 머리카락을 비볐다.

"하긴 이 녀석도 피곤하겠지. 사람들을 태우고 초고속으로 계속 비행했으니까. 어디 보자, 이 녀석이 잘 방이 남아 있을까?"

하지만 방이란 방은 모두 여자들이 차지하고 있었다. 아직 들어오지는 않았지만 그래도 함부로 방을 사용하는 것은 실례였다. 리오는 침낭에 의지해 거실 바닥에서 자고 있는 지크를 흘끔 보며 어쩔 수 없다는 듯 바이칼을 부축하고 소파로 향했다.

"오늘은 소파에서 주무시지, 용제님. 좀 불편할지도 모르겠지만."

리오는 소파 위에 바이칼을 반듯이 눕히고 이불을 꺼내 덮어 주었다. 그런 후 반대편 소파에 앉으며 시계를 쳐다보았다.

"그건 그렇고 들어오질 않네? 자정 넘었는데 무슨 일 있나?"

리오는 고개를 갸웃거리더니 걱정이 되는지 집을 나섰다.

"저, 괜찮으세요, 여러분?"

세이아는 난감한 표정을 지으며 일행 앞에 쓰러져 있는 10여 명의 청년들에게 물었다. 청년들은 아무 말이 없었다. 대신 피를 흘리며 쓰러져 있을 뿐이었다. 그때 세이아의 등 뒤에서 루이체가 혀가 감기는 목소리로 말했다.

"헤헤, 괜찮아요, 괜찮아요. 먼저 시비 건 녀석들은 저들이니까."

여자 세 명이 간단히 해치워 길바닥에 나뒹구는 친구들을 청년은 멍한 모습으로 보았다. 그는 손목을 돌리며 천천히 자신에게 다가오는 180센티미터가량의 여성과 눈이 마주쳤다. 그는 움찔하며 뒷걸음쳤다.

"저, 이러시면 안 돼요! 저희는 그냥 놀자고 한 것뿐이라고요!"

그러나 챠오의 권은 인정사정없었다.

마지막 남은 청년 역시 피를 뿌리며 뒤로 날아가 버렸다. 멀리 건물에 기대어 구경을 하고 있던 티베와 프시케는 박수를 치며 즐거워했다.

"파이팅, 챠오! 멋있어!"

리오도 멀리 떨어진 건물 뒤에 숨어 그 모습을 지켜보았다. 그는 손바닥으로 얼굴을 감싸며 중얼거렸다.

"저건 거짓말이야."

그때 마티가 운명의 여신처럼 리오에게 시선을 돌렸다. 그를 발견한 마티는 야릇한 웃음을 지으며 소리쳤다.

"리오다!"

그녀들에게 발각된 리오는 자신도 모르게 마른침을 꿀꺽 삼켰다. 도망칠 수도 없는 상황이었기에 그는 좀비처럼 천천히 다가오는 마티와 챠오 등을 긴장된 표정으로 바라보았다.

다음 날 티베는 머리가 깨질 것만 같은 두통과 함께 침대에서 일어났다. 옆자리에 세이아 대신 챠오가 자고 있었고, 루이체는 방바닥에서 흐트러진 자세로 곯아떨어져 있었다.

"어제 뭘 한 거지? 앗, 11시네! 윽, 할 수 없지. 오늘은 방송국에 안 나가는 수밖에. 음, 목말라."

티베는 손바닥으로 목을 쓸어 넘기며 주섬주섬 옷을 갈아입고 방을 나섰다. 거실로 나오자 여느 때같이 TV 화면에 몰입해 있는 지크가 보였다. 평소와 다른 점이 있다면 반대편 소파에 앉은 바이칼의 등 뒤에 시에가 원숭이처럼 달라붙어 있다는 것이었다.

티베가 아무 말 없이 두 사람을 지나 부엌으로 향하자 바이칼의 머리 뒤로 얼굴을 내밀어 TV를 뚫어지게 보고 있던 시에가 인상을 쓰며 말했다.

"음? 기분이 이상해지는 물 냄새다, 시에 싫어!"

티베는 움찔하며 뒤를 돌아보았다. 지크는 별것 아니라는 표정으로 시에에게 말했다.

"물이 아니고 술이라는 거야, 술. 주정뱅이에게 그 냄새가 심하게 나지."

티베는 찔렸는지 아무런 대꾸도 못 하고 묵묵히 부엌으로 향했다. 부엌에서 세이아가 앞치마를 두른 채 열심히 점심 준비를 하고 있었다. 티베가 무거운 표정으로 부엌으로 들어오자 놀란 눈으로 세이아가 물었다.

"아, 일어났구나? 몸은 괜찮니? 리오 님께서 말씀하시길, 만취한 다음 날 일어날 때는 머리가 좀 아플 거라고 하시던데……."

티베는 의자에 털썩 주저앉아 식탁 위에 엎드리며 힘겹게 고개를 끄덕였다.

"머리가 아파 미치겠어. 그건 그렇고 물 좀 주면 안 될까?"

세이아는 얼른 티베에게 물을 건네주었다. 목을 축인 티베는 곧 다시 몸을 일으키며 말했다.

"우리 어제 어떻게 들어왔니? 술집에서 나온 것밖에 기억이 없어."

세이아는 숙련된 손놀림으로 찬물에 담가 두었던 양파를 칼로 썰며 대답했다.

"응, 리오 님께서 다 데려오셨어. 혼자 감당할 자신이 없었는데 마침 잘됐지."

고개를 끄덕이던 티베는 갑자기 눈썹을 찡그리며 투덜댔다.

"너 의외로 술에 강하더구나?"

"글쎄…… 아, 바이론 님께서 너한테 주라고 하신 물건이 있어."

"뭐? 아니, 그 아저씨가 나한테 관심 있었나?"

티베는 당황한 기색이 역력한 얼굴로 갸웃거렸다.

그사이 리오는 옥상에서 바이론과 비밀스러운 얘기를 나누고 있었다. 바이론은 마셔도 전혀 취기를 느낄 수 없는 술을 한 모금 들이켰다. 술병을 든 바이론의 얼굴은 심각해 보였고, 리오는 팔짱을 낀 채 멀리 에펠탑을 바라보았다. 리오는 한숨을 내쉬고 조용히 중얼거렸다.

"……그랬군. 그 여자는 정말 라이아였나. 그렇다면 그때 세이아가 이 세계에서 발견된 이유가 해명되는군. 그럼 이제 제일 간단하고도 어려운 일이 한 가지 남은 건가?"

술을 몇 모금 들이켜던 바이론은 입에서 술병을 떼고 비웃었다.

"크크크. 두 가지 남았다, 멍청이. 하나는 네가 말하려는 것이고, 또 하나는 동방의 신주가 아직 발견되지 않았다는 것이다. 신주를 누가 찾느냐에 따라 승패가 좌우되는 거지. 두 자매는 최고의 방패와 무기일 뿐이거든. 크크크크, 너도 당해 봐서 알 거다. 어른으로 변한 그 꼬마의 엄청난 괴력을 말이야. 내가 보기에 휀과 나를 능가할 정도더군. 물론 안전주문이 안 풀린 상황에서 말이지만."

리오는 심각한 표정을 지은 채 눈을 감으며 물었다.

"그럼 그 동방의 신주에 대한 단서는 있긴 한가?"

"크크크, 동방에 있다는 것밖에는…… 나머지는 우리가 추리해야겠지. 난 머리 쓰는 일이 싫어서 이곳으로 왔을 뿐이다. 그쪽 일은 휀 녀석에게 일임했지. 그 녀석이 과연 협조적으로 나올지는 의문이지만, 크크크크큭."

"휀? 그가 어떻게 왔지?"

"꼬마는 몰라도 된다. 크큭, 이제 귀찮으니 꺼져."

리오는 고개를 끄덕이며 뒤로 돌아섰다.

그때 웃고 있던 바이론의 표정이 굳어졌다. 그는 술병을 내려놓은 후 천천히 자리에서 일어났다. 리오도 마찬가지였다. 눈을 좌우로 굴리며 갑자기 엄습하는 이상한 기운의 출처를 찾던 그는 자신과 바이론 사이의 공간을 응시했다.

"그쪽에서 반겨 줄 사람이 없었나 보군. 이번엔 화려한 옷차림으로 돌아온 걸 보니."

완전무장을 한 갈색 머리카락의 여성이 바이론과 리오 사이에 서서 섬뜩한 미소를 흘리며 소리쳤다.

"흥, 살려 달라는 말로밖에 안 들리는군. 오늘은 너희를 확실히 없애 주려고 왔다."

그녀의 살벌한 말투와 얼굴을 본 리오는 놀라지 않을 수 없었다.

예전과 같은 순수한 분위기는 전혀 찾아볼 수 없었다. 그녀는 마족을 방불케 할 정도로 화려한 색으로 얼굴을 채색하고 있었고, 몸에서 뿜어 나오는 기(氣)도 예전과 판이하게 달랐다.

"너, 오늘은 정말 결판을 내려고 온 건가?"

리오의 물음에 그녀는 행동으로 대답을 대신했다. 엄청난 파괴력을 갖고 있는 기합탄이 리오의 오른쪽 뺨을 스쳐 등 뒤로 보이는 파리 시가지를 향해 날아갔다.

곧 기합탄이 떨어진 도시 한복판에 불길이 치솟으며 폭발이 일어났다. 범위 안의 모든 것이 일순 한줌의 먼지로 변해 버렸다.

리오는 오른쪽 뺨에 길게 난 상처를 매만지며 씩 미소 지었다.

"결심이 대단하군. 린라우가 사탕 하나 더 준다고 했나?"

"적어도 네 녀석의 농담을 듣기 위해 온 것은 아니다. 어떻게 할까, 무기를 가지고 나올 때까지 생명을 연장해 줄까?"

리오는 고개를 저으며 옥상 한가운데 고인 물을 향해 손을 내뻗었다.

"필요 없어."

그 말과 동시에 고인 물에서 흰빛이 일렁이더니 이내 검 한 자루가 튀어나왔다. 바로 엑스칼리버였다. 리오는 재빨리 검을 쥐고 바이론에게 말했다.

"아래층에 있는 사람들을 맡아 주겠어? 개인 상담이 필요한 불량청소년 같아서 말이야."

갈색 머리카락의 여성을 바라보던 바이론은 킥킥 웃으며 아래로 내려갔다.

"이제 마음 놓고 죽으시지, 리오 스나이퍼. 크하하핫!"

세이아는 티베에게 안경 하나를 전해 주었다. 세이아는 누구 것인지 몰랐지만 티베에게는 무척 낯익은 안경이었다.

"힐린 언니 거야! 언니에게 무슨 일이 생긴 거야? 아, 아냐, 힐린 언니는 그냥 소설가일 뿐이니, 이 일에 아무 관련 없을 텐데."

그때 지크가 바지 주머니에 손을 찌른 채 부엌으로 들어왔다. 낯빛이 좋지 않은 세이아와 티베를 본 지크는 잠시 주춤했다.

"어? 무슨 일 있나?"

티베가 손에 든 안경을 내보이며 애원하듯 말했다.

"힐린 언니에게 무슨 심각한 일이 생긴 것 같아. 좀 도와줘!"

가만히 안경을 내려다보던 지크는 머리를 긁적거리며 대답했다.

"위험하다는 의미는 아닌 것 같은데? 오히려 자신은 괜찮으니 안심하라는 것 같아."

지크의 말을 들은 티베는 도저히 이해가 안 된다는 표정을 지었다. 그녀가 무슨 말을 하려던 찰나, 지크가 안경을 들어 찬찬히 살펴며 말했다.

"봐, 렌즈에 흠 하나 없잖아. 구부러진 곳도 없고. 이 안경은 플라스틱 렌즈이기 때문에 유리 렌즈보다 흠집이 쉽게 난다고. 재수 없으면 옷깃만 스쳐도 흠집이 나곤 하지. 누군가에게 강제로 끌려갔다면 이 안경이 안전하게 돌아올 수 있었을까? 아마, 자신은 괜찮으니 안심하라는 뜻 같아. 그보다 이거 누가 전해 준 거야? 누군지 몰라도 꽤 머리 썼네?"

티베는 묵묵히 안경만 내려다볼 뿐이었다. 침울한 티베를 가만히 바라보던 지크는 그녀의 긴 머리카락을 매만지며 조용히 말했다.

"술기운에 절었군. 번들번들하잖아?"

"뭐라고!"

지크는 어깨를 으쓱하며 말했다.

"뭘, 난 진실을 얘기했을 뿐…… 욱!"

순간 강렬한 펀치가 지크의 복부에 꽂혔다.

"여자한테 할 얘기가 그렇게 없어!"

티베는 주먹을 한 손으로 쓰다듬으며 성큼성큼 욕실로 향했다.

그녀가 한마디를 남기고 욕실로 들어가자, 상체를 웅크리고 있던 지크는 아무 일 없었다는 듯 몸을 펴며 씩 웃었다.

"징징대는 것보다 차라리 화내는 게 낫지, 헤헷."

세이아가 지크의 모습을 보고 살짝 미소를 지으며 말했다.

"지크 님은 정말 좋은 분 같군요. 하긴 티베도 그런 걸 알기 때문에 지크 님께 도움을 청했겠죠."

지크는 머리만 긁적거릴 뿐이었다. 그사이 술에 취해 곯아 떨어졌던 사람들이 하나둘 어기적거리며 모습을 드러냈다. 힘없이 비실거리는 그들을 바라본 바이칼은 다시 TV를 바라보며 나지막이 중얼거렸다.

"……좀비 같군."

그때 바이론 혼자 말없이 집 안으로 들어왔다. 바이론은 부엌 밖에서 세이아를 바라보며 단도직입적으로 말했다.

"좀 나와 보시겠나, 세이아 양? 얘기할 것이 좀 있지, 크크크."

세이아는 빙긋 웃으며 고개를 끄덕였다.

"아, 네. 잠깐만 기다려 주세요. 이 양파만 다 썰고 나갈게요."

바이론은 조용히 뒤돌아섰다. 속이 쓰라리는 듯 이마에 주름 잡힌 얼굴로 소파에 앉아 있던 루이체가 슬그머니 그에게 물었다.

"저, 바이론 님. 리오 오빠는 어디 갔나요?"

그러나 바이론은 대답하지 않았다. 루이체는 혹시나 하는 생각에 이번엔 바이칼에게 행방을 물었다.

"바이칼 님, 오빠 어디 있는지 혹시 아세요?"

바이칼은 창밖으로 시선을 던지며 갸름한 턱을 쓰다듬은 후 대답했다.

"누가 결계를 쳐놔서 너도 몰랐나 보군. 밖에서 누군가와 또 신나게 싸우고 있을 거다. 상대는 지난번 대결했던 그 여자 같아."

"리오 오빠가 싸운다고요!"

루이체의 고성에 부엌에서 느긋하게 우유를 마시던 지크는 화들짝 놀라 밖으로 나왔다. 세이아도 마찬가지였다. 루이체는 급히 밖으로 나가려고 현관문 쪽으로 달려갔으나 바이칼이 평소보다 큰 목소리로 제지했다.

"지금 나가 봤자 넌 지난번처럼 한 대 맞을 뿐이야. 상상을 초월할 정도로 강한 녀석들이 덤비는 상황에서 넌 리오 녀석에게 넌 하등 도움이 안 돼. 리오를 위해서 하는 말이야."

"하지만 리오 오빠가 다시 악귀로 변하는 건 두고 볼 수 없어요. 난 싫어요!"

"크큭, 네가 두고 볼 수 없으면 어쩔 건가? 정말 동화 같은 얘기만 하고 있군. 하긴 아직 꼬마니까, 크크크."

루이체는 아무 말도 하지 못하고 바이론을 쳐다보았다. 그는 손으로 흘러내린 머리카락을 가볍게 쓸어 올리며 말했다.

"그 녀석은 예전부터 자신의 분노로 말미암아 변하고 있었다. 이상할 것도 없지. 하지만 네가 생각하는 리오와 내가 알고 있는 리오는 좀 다른 것 같군."

"무슨 말씀이세요?"

지크는 팔짱을 낀 채 벽에 기대어 두 사람의 얘기를 묵묵히 듣고만 있었다. 물론 다른 사람들도 그랬다.

바이칼은 여전히 루이체에게 시선조차 두지 않으며 말을 이었다.

"무슨 말씀? 흥, 역시 수십 년 동안 헛것만 봐 왔군. 그 녀석은 가즈 나이트지 내 농담처럼 자선사업가가 아니란 말이다. 이런 말을 하는 나도 우습군. 어쨌든 리오는 네가 생각하는 녀석처럼 그렇게 바보가 아니다. 그러니 넌 잠자코 TV만 보고 있으면 돼."

루이체는 용납할 수 없었다. 그러나 어렴풋이 이해되기도 했다. 이상하게도 자신이 바보가 됐다는 생각이 머릿속을 들쑤셨다.

"바보야."

갑자기 지크가 등 뒤에서 루이체를 가만히 감싸 안았다. 루이체는 자신도 모르게 눈물을 주르륵 흘리고 말았다. 지크는 장난기가 가신 진지한 말투로 루이체를 다독거렸다.

"리오를, 네 오빠를 믿으라는 소리야. 바이칼 녀석은 네가 생각하는 것보다 훨씬 오랫동안 리오 녀석과 같이 지내 왔어. 의형제인 나보다 더 말이야. 그런 녀석이 말하는 거니까 자존심이 상하더라도 어쩔 수 없어. 저 녀석의 말은 사실이니까. 빙빙 돌려서 말하는 것이 흠이긴 하지만."

옆에서 듣고 있던 세이아도 고개를 끄덕이며 한마디 거들었다.

"네, 리오 님으로서는 이런 상황이 분명 처음은 아니실 거예요. 처음에는 실수를 하셨을지도 모르지만 같은 실수를 두 번 반복하실 분은 아니세요, 절대. 그분은 검보다 믿음을 소중히 여기시기 때문이죠."

묵묵히 듣고만 있던 바이론은 엷은 미소를 지으며 고개를 끄덕였다. 자신이 원했던, 지키고 싶었던 누군가의 모습과 닮았다는 생각에서였다.

"크크큭, 동생과는 달리 어머니와 많이 닮았군, 확실히. 나이가 더 많아서 그런가? 크크큭."

"네? 바이론 님, 무슨 말씀을……?"

순간 바이론은 세이아를 향해 빠른 속력으로 손을 휘둘렀다. 진공파가 세이아의 왼쪽 뺨을 할퀴고 지나갔고 그 자리에 세 줄기의 긴 흉터가 남겨졌다. 세이아는 뒤로 주춤거리다가 그 자리에 쓰러져 버렸다. 그러자 주위에 있던 지크와 일행은 경악하며 공포스러운 눈빛으로 바이론을 노려보았다. 특히 지크는 바이론에게 달려

들어 멱살을 잡으며 소리쳤다.

"이 자식, 무슨 횡포야! 그것도 얼굴에! 세이아 양이 뭘 어쨌다고 미친 짓을 한 거야! 정말 한판 붙고 싶어 몸이 근질근질하냐!"

일련의 소동에도 바이칼은 별 관심 없다는 듯 TV 화면에 눈을 고정하고 움직이지 않았다. 그때 쓰러져 있던 세이아를 부축하던 넬이 갑자기 소스라치게 놀라며 믿을 수 없다는 표정을 지었다.

"세, 세상에…… 세이아 언니!"

바이론의 멱살을 움켜잡고 있던 지크가 재빨리 세이아를 내려다보았다. 그 순간 지크 역시 자신의 눈을 도저히 믿을 수 없었다. 분명히 세이아의 왼쪽 뺨에 있어야 할 상처가 어느새 흔적도 없이 회복된 것이다. 혈흔도 없었다. 마치 시간을 거꾸로 되돌린 듯 엄청난 회복력이었다. 세이아 자신도 믿지 못하겠다는 얼굴이었다.

바이론은 지크의 머리카락을 손으로 거칠게 비비며 내뱉었다.

"크크크, 아무것도 모르는 꼬마는 꺼져라. 어쨌든 이게 내가 하고 싶은 말이었다, 세이아 양. 크크크큭."

"제가 인간이 아니라는 말씀인가요?"

세이아는 손으로 뺨을 감싼 채 힘없이 물었다. 바이론은 광소를 터뜨리며 말했다.

"크크크, 인간은 인간이지. 불노불사의 힘을 가진 반신반인이다. 어떤가? 되고 싶어도 되지 못하는 반신(半神)이 된 기분이. 크하하하핫!"

세이아는 입술을 깨물고는 아무 말도 하지 않았다. 대신 바이론의 멱살을 움켜쥐고 있던 지크는 멱살을 쥔 손목에 더욱 힘을 주며 소리쳤다.

"이 자식, 이런 짓을 하는 저의가 뭐야! 이래 봤자 득 될 건 하나도 없잖아! 무엇 때문에 이런 말을 꺼낸 거야! 왜 상처를 준 거냐고!"

바이론은 미소를 지은 채 지크의 손을 풀고 조용히 베란다로 다가갔다. 지크는 참을 수 없는지 주먹을 불끈 쥔 채 바이론의 뒤를 쫓아갔다.

"이 자식, 너 죽고 나 살자! 널 조금이나마 남자답다고 생각한 내가 바보지. 나와 한번 대결해 보자, 이거야!"

"저는 괜찮아요, 지크 님."

지크의 등 뒤로 세이아의 목소리가 들렸다. 지크는 노기가 역력한 얼굴로 그녀를 돌아보았다. 애써 눈물을 참고 있는 듯 그녀의 어깨가 조금씩 떨렸지만 얼굴에는 엷은 미소를 짓고 있었다.

"그래서 제가 여기 있는 것이군요. 이상한 사람들에게 잡혀와서 리오 님을 다시 만나게 되었고……. 그래서 저 때문에 챠오와 지크 님이 부상당하신 거군요. 모두 저 때문에…….."

울먹거리는 목소리로 세이아는 말끝을 흐렸다.

"젠장, 빌어먹을!"

지크는 더 이상 그녀의 말을 들을 수 없었는지 현관문을 거칠게 박차고 뛰어나가 버렸다. 머리에 수건을 휘감은 티베와 그녀의 동생 케톤을 비롯한 일행과 TV에 시선을 고정하고 있는 바이칼을 둘러본 세이아는 결국 고개를 떨구며 슬픈 목소리로 말했다.

"제가 원한 건 신이 아니었어요. 그저 좋아하는 사람과 오랫동안 같이 있고 싶었을 뿐이에요. 그에게 맛있는 음식을 만들어 주고 싶었는데…… 어째서 제게 이런 일이 생긴 거죠? 어째서…….."

비통한 어조로 묻는 그 질문에 대답해 줄 수 있는 이는 아무도 없었다. 바이론은 평소보다 훨씬 거칠게 술을 들이켰다.

리오는 엑스칼리버를 휘두르며 공격 준비를 했다. 디바이너와 비교하면 그야말로 솜털처럼 가벼웠다. 검을 휘두를 때마다 오히려 파라그레이드보다 더 가벼운 것 같았다. 그러나 실제 무게는 그렇지 않았다.

그만큼 엑스칼리버가 중심이 완벽하게 잡힌 검이라는 증거였다.

곧 리오는 검을 휘드르는 것을 멈추고 공중으로 떠올랐다. 그녀 역시 리오를 따라 떠올랐다.

일행이 있는 티베의 집에서 멀리 떨어져 온 리오는 움직임을 멈추고 왼손으로 오른팔 근육을 풀며 그녀에게 말했다.

"자, 이 정도면 됐군. 시작해 볼까?"

순간 대답 대신 기합과의 공격이 리오를 향해 날아들었다. 공격을 여유 있게 피한 리오는 피식 웃으며 중얼댔다.

"이런 이런, 숙녀답지 못하군, 후훗."

리오는 머리카락을 하나로 묶은 끈을 풀었다. 그의 긴 머리카락이 거칠게 부는 상공의 바람 때문에 출렁이기 시작했다. 완전히 산발이 된 리오는 앞에 떠 있는 여성에게 말했다.

"이름이나 한번 들어 볼까? 상당히 궁금했는데 말이야."

그녀는 피식 웃으며 가볍게 대답했다.

"라이아 드리스. 하긴 죽기 전에 내 이름을 듣는 것도 좋겠지, 후훗."

입에 끈을 물고 흩날리는 머리카락을 하나로 잡아 다시 묶은 리오는 준비가 되었다는 듯 고개를 끄덕이며 다시 한 번 물었다.

"그래? 흠, 좋아. 가족은 있나?"

"가족? 엄마와 바보 같은 언니 한 명뿐? 윽!"

리오의 강철 같은 손이 그녀의 목을 움켜쥐었다. 리오는 그녀의 얼굴을 정면으로 바라보며 말했다.

"나랑 장난하자는 건가? 라이아가 누군지도 모르면서 그 이름을 함부로 쓰면 안 되지."

리오는 손목에 힘을 풀어 그녀의 목을 놓아 준 후 손목을 천천히 돌리며 말했다.

"라이아가 누군지 가르쳐 줄까? 세이아라는 언니가 한 명 있고, 이오스 또는 트리네라 불리는 어머니와 발컨 드리스라는 아버지를 둔 평범하고 귀여운 소녀다. 너 따위가 사용할 이름이 아니지. 후훗, 누가 네 이름이 라이아라고 하던가? 린라우? 아니면 대머리 과학자?"

그녀는 아무 말 없이 리오를 무서운 얼굴로 쏘아볼 뿐이었다. 리오는 엑스칼리버를 다시 잡고 눈을 감으며 조용히 말했다.

"들리는군……. 자신을 구해 달라는 소리가 내 귀에 들려. 눈물이 날 정도로 애처로운 아이의 목소리가 말이야."

"흥, 무슨 헛소리냐!"

그녀는 새벽의 검을 거머쥐고 단숨에 베어 버리려는 듯 리오를 향해 달려들었다. 그러나 리오는 보지도 않고 엑스칼리버로 새벽의 검을 강하게 내리쳤다. 검은 놓치지 않았지만 그녀는 손에 강한 충격을 받았다.

리오는 다시 눈을 뜨며 조용히 말했다.

"서두를 건 없어. 어차피 내 얘기는 다 끝났어. 자, 눈에서 눈물이 날 정도로 해주지. 오늘은 지난번처럼 봐주지 않아. 네가 스스로 라이아라고 인정할 때까지 혼내 주마. 난 지금 매우 화가 났거든."

"……."

"이건 너나 린라우에 대한 분노가 아니다. 아무것도 모르는 상태에서 멀리 아른거리는 신기루만 쫓아다닌 내 자신에 대한 분노이자 처벌이다! 자, 오너라!"

그제야 리오는 본격적인 전투 자세를 취했다. 두 차례에 걸친 리오의 공격에 기세가 꺾인 그녀는 다시금 정신을 집중한 뒤 힘을 끌어 올리며 외쳤다.

"유언이 길군. 여기서 네 이름은 끝난다, 리오 스나이퍼!"

곧 기합이 극도로 집중된 두 검이 파리 상공에서 정면충돌했다. 그에 따라 엄청난 충격파가 상공에 떠 있던 구름을 갈라 놓았고 질서 정연한 파리 중심가의 도로를 쩍 갈랐다.

그 순간 일제히 시간이 정지된 것 같은 기묘한 느낌이 리오를 휘감았다. 리오의 귓가에 처절한 아이의 목소리가 들려왔다.

'왜 그때 떠나셨어요!'

리오는 시공을 초월해 귓가에 들려오는 그 슬픈 목소리에 씩 웃으며 대답했다. 물론 자신에게 검을 들이대고 있는 그녀를 향해.

"더 오래 있었다면 너와 세이아가 더 슬퍼했을 거야."

"시끄러워! 무슨 소리냐!"

리오를 힘으로 밀어낸 그녀는 다시금 리오를 향해 검을 휘둘렀다. 리오는 수직으로 자신의 머리를 향해 내리꽂히는 공격을 옆으로 강하게 밀어냈다. 그 순간에도 그는 아이의 목소리를 들었다.

'거짓말! 그렇게 자상하신 분이 다시 돌아오셨을 때 저희에게 그러실 수 있었어요? 저희는 모든 걸 잃었어요. 아빠가 손수 지으셨다는 빨간 지붕의 집까지!'

리오는 눈썹을 꿈틀대며 대답했다.

"모두 나 때문이다. 내가 그때 정신을 집중하지 못했기 때문에 적에게 포착되었고, 그 때문에 네 언니 세이아와 네가 고통을 당한 거야. 아예 돌아오지 않았다면 그런 일이 없었을 것을!"

"뭐냐! 나와 말장난을 하자는 거냐, 리오 스나이퍼! 헛소리는 그만해!"

다시금 그녀의 강렬한 공격이 날아들었다. 리오는 검으로 공격을 막아 내며 눈을 부릅떴다.

"닥치고 들어, 라이아!"

그 이후 벌어진 수차례의 격돌은 파리 중심지를 폐허로 만들었다. 사실 리오의 상태는 그리 좋지 않았다. 그러나 무엇이 그를 그렇게 강하게 만들었는지, 자신보다 훨씬 강력한 그 갈색 머리카락의 여성보다 월등한 힘을 발휘하도록 만들었는지 리오 자신도 알 수 없었다.

검이 스친 상처 부위에서 흘러나온 피가 그의 옷을 적셨다.

그러나 갈색 머리카락의 여성은 리오와는 달리 상처 하나 없이 매우 깨끗했다. 그녀의 회복 속도는 무척 빨랐다. 예전과는 상대도 안 되었다. 풀 파워로 전개된 지하드를 맞고도 원상태로 몸을 회복한 여신들의 회복력과 맞먹을 정도였다.

거기에 한 가지 달라진 점이 있었다.

험악한 인상을 쓴 채 강력한 살기를 뿜어내고 있는 그녀의 몸과는 달리, 그녀의 눈가에서 눈물이 하염없이 흘러내리고 있었다.

리오는 깊게 심호흡을 하고 그녀에게 다시 말했다.

"너희를 처음 만났을 때 난 가즈 나이트였고, 지금도 난 가즈 나이트다. 임무를 위해 싸우는 전투기계지. 그렇기 때문에 난 너희 자매만 지키고 있을 수는 없어. 그러나…… 바보 같긴 하지만 난 너희를 꼭 지켜 주고 싶었다. 두 번 다시 후회하고 싶지 않아서야! 하지만 난 지금도 후회하고 있어. 세이아와 라이아 너에 대한 일을!"

리오의 그 외침에 반응이라도 하듯, 그녀는 다시금 검을 강렬히 휘두르며 소리쳤다.

"시끄러워. 뭘 안다고 지껄이는 거야!"

'거짓말쟁이! 처음 만났을 때도, 다시 만났을 때도 당신 눈에 나는 없었어. 오직 세이아 언니뿐이었어! 당신은 날 귀여워해줬을 뿐이야. 난 그런 당신이 싫어!"

두 개의 목소리가 점점 일치하고 있다는 느낌이 들었다. 리오는 다시 한 번 공격을 막아 낸 후 검을 맞댄 채 조용히 말했다.

"아냐, 넌 나를 싫어하지 않아. 넌 지금 화가 났을 뿐이야. 하지만 그건 날 좋아하기 때문에 그런 거잖아! 네 하나뿐인 언니 세이아를 사랑하기 때문에 그런 거잖아!"

"당신은 내 마음을 몰라! 내 마음을 알아준 건 린라우 님 한 분뿐! 난 그분의 소원대로 당신을 없애 버리겠어!"

리오는 다시금 기를 끌어 올리며 크게 소리쳤다.

"그만 소리 집어치워! 넌 아이일 뿐이야. 이용되기 위해 몸만 어른처럼 성장한 아이일 뿐이라고! 기억 못 하겠니? 나뿐만 아니라 모두가 널 지켜 주고 아껴 줬잖아. 네 언니는 널 지키려다가 눈이 멀었고 아버지도 돌아가셨잖아! 레디도 널 지키려다가 죽음을 당했어. 게다가 바이론까지 너를 구출하기 위해 이쪽 차원으로 온 걸 모르나!"

리오의 노력에도 라이아는 계속 공격을 가하며 외쳤다.

"난 그런 거 몰라! 모른다고!"

"나처럼 후회하고 싶은 거냐, 라이아!"

그 순간 라이아의 공격이 딱 멈추었다. 리오는 쓸쓸한 표정으로 라이아에게 다가가며 말했다.

"내 얘기에 화를 내는 만큼, 넌 네 잘못을 알고 후회하고 있어. 그랬던 자신을 부정하고 있는 거야. 내 스승님께서 하신 말씀이지. 그러니 나처럼 후회하지 말아 줘, 제발 부탁…… 커헉!"

리오의 몸이 크게 흔들렸다. 라이아는 깜짝 놀라며 리오를 바라보았다. 그는 입에 선혈을 머금은 채 눈을 부릅뜨고 있었다.

"이, 이런!"

"리, 리오 기사님!"

라이아와 리오가 소리 지르는 동안, 리오의 등 뒤로 어느새 두 개의 그림자가 모습을 드러냈다. 그중 남자로 짐작되는 한 명이 완전 무방비 상태인 리오의 등에 강렬한 일격을 날렸다. 그 공격 자체가 상당한 충격이었고 또한 라이아와 싸우는 동안 안전주문까지 풀어가며 1급 마법을 사용했던 피로가 한꺼번에 터져 나와 리오는 그만 완전히 기력을 잃고 말았다. 눈앞이 희미해지더니 정신까지 혼미해지는 느낌이었다. 그는 최후의 힘을 불어넣으며 나지막이 중얼거렸다.

"세이아에게 가거라, 라이아!"

드디어 의식을 잃은 리오는 지면으로 떨어졌다. 라이아는 눈을 질끈 감으며 리오를 구하기 위해 몸을 날렸다.

"리오 기사님, 아악!"

그러나 라이아도 얼마 못가 원시적인 차림의 여성으로부터 일격을 맞고 기절해 버렸다. 리오와 라이아는 약간의 간격 차로 낙하했다.

"크큭, 꼴좋군."

걸걸한 남자의 목소리가 들리고 난 직후 아스팔트에 격돌하기 직전에 리오와 라이아는 멈췄다. 리오와 라이아를 쫓아 내려오던 두 개의 그림자, 앙그나와 카에는 염력으로 리오와 라이아를 멈추게 한 사나이를 바라보았다. 그 회색의 거한은 킥킥 웃으며 말했다.

"크크크, 오랜만이군. 동방에서 본 이후 처음이지, 아마? 저 허약한 녀석이 꿈꾸고 있을 동안 나와 놀아 보는 건 어떤가? 아, 걱정마라. 재미는 충분히 보장할 테니까. 피가 날 정도로 말이야, 크하하하핫. 죽는 거다!"

바이론의 웃음과 함께 그의 몸에서 엄청난 압력의 암흑투기가 뿜어 나오기 시작했다. 주위에 있던 건물들과 구조물들은 그 압력에 못 이겨 파괴되거나 멀찌감치 밀려 나갔다.

바이론이 뿜어내는 엄청난 살기에 반응이라도 하듯, 카에는 베히모스 상태로 변신하여 바이론 앞에 나타났다. 그러나 앙그나는 지면에 쓰러져 있는 리오와 라이아를 향해 급속으로 다시 하강하기 시작했다. 바이론은 앙그나에겐 신경 쓰지 않고 앞에서 이빨을 드러낸 카에를 쏘아보았다.

"크크큭, 멋진 친구 하나 소개해 줄까? 크기도 비슷해서 마음에 들 거다, 크하하핫!"

기의 강도를 점점 높이던 바이론의 눈은 이윽고 붉게 타오르기 시작했다. 그리고 그의 몸에서 뿜어 나오던 검은색 암흑투기가 갑자기 살아 있는 것처럼 꿈틀거렸다.

"크크크, 오대명룡진(伍大冥龍陣)이다! 갈기갈기 찢어 주마!"

그사이 앙그나는 급속히 하강하며 입을 크게 벌렸다. 그러자 곧 붉은색의 빛이 모여들기 시작했다. 아토믹 레이였다. 빛을 결집한 지 얼마 되지 않았기에 여느 때 같으면 리오에게는 어림도 없었을 것이었다. 그러나 무방비 상태에서 결정타를 맞아 의식을 잃고 쓰러져 있는 그를 즉사시키기에는 부족함이 없었다.

순간 음속을 넘어선 그림자 하나가 갑자기 지면에서 솟아오르더니 앙그나의 두꺼운 목을 잡고 뒤로 꺾었다. 그 반동으로 앙그나의 입안에 결집된 아토믹 레이가 공중으로 쏘아졌다.

"크헉!"

"이런, 엄살 부리기냐, 덩어리? 떨어져!"

앙그나의 목을 젖히고 있던 그림자는 있는 힘을 다해 앙그나를 끌어 올렸다. 계속 목이 조이며 잡아당겨진 앙그나는 결국 공중에 거꾸로 서 있는 상태가 되었다가 갑자기 지면으로 추락했다. 결국 앙그나는 부서진 철근콘크리트 더미에 추락했다. 앙그나를 지면으로 떨어뜨린 그 그림자는 야수를 능가하는 몸의 탄력을 이용해 우아하게 공중제비를 돌며 리오 옆에 착지했다.

힘은 약하지만 속도와 대인 전투 능력에서 타의 추종을 불허하는 사나이 지크였다.

"헤헷, 이 지크 님 앞에서 쓰러진 상대를 공격하려 하다니. 그러면 나쁜 아이지."

그러나 지크의 자신 있는 외침과는 달리 앙그나는 별일 없다는 듯 철근콘크리트 더미를 헤치고 나와 목을 돌리며 건장함을 과시했다. 지크는 다시 떨떠름한 표정을 지었다.

"쳇, 괜히 신났었군. 헤이, 너 진짜 안 아픈 거야?"

대답 대신 앙그나의 펀치가 지크를 향해 날아왔다. 지크는 눈을 움찔하며 왼쪽 무릎과 양팔을 앞으로 모아 그 공격을 막아 냈다.

"헛!"

단발의 공격이었지만 엄청난 힘이 실려 있었다. 방어를 했는데도 지크는 뒤로 튕겨져 날아갔다. 지크는 공중에서 재빨리 중심을 잡고 콘크리트 벽에 발을 디딘 후 다시금 몸을 회전시켜 충격을 최대한 완화했다. 그러나 여전히 팔이 저렸다.

지크는 팔을 힘차게 흔들며 앙그나에게 소리쳤다.

"이봐, 근육 덩어리! 별거 아닌데그래? 이 형에게 다시 덤벼 봐. 다시 펀치를 날려 보라고!"

앙그나는 재미있다는 표정을 지으며 지크를 향해 맹렬히 달려들었다. 지크는 생각보다 빠른 속도로 진격하는 앙그나를 흘끔 본 후 장갑을 낀 손을 맞부딪치며 속으로 생각했다.

'보통 공격은 소용없을 거야. 장갑이 터져 나갈지 모르지만 하는 수 없지! 늑골을 박살 내주마!'

그의 몸에서 스파크가 강렬하게 일기 시작했다.

이윽고 앙그나는 지금껏 바이론 외엔 정면으로 막아 본 적이 없는 괴력의 펀치를 지크에게 휘둘렀다. 그 충격이 상당하다는 것을 지크 역시 알고 있었다.

그는 상체를 빠르게 숙이며 왼손으로 날아오는 주먹의 측면을 잡아 냈다. 그 순간 마찰력을 이기지 못한 특수 합성 가죽 장갑은 펀치가 나가는 쪽이 뜯겨 나가고 말았다. 그럼에도 지크는 앙그나의 팔을 잡는 데 성공했다. 그 즉시 지크의 몸이 세포가 폭발할 정도로 진동하기 시작했다.

지크가 시퍼런 안광을 뿜어내며 진동하는 순간부터 소리가 들려왔다. 오로지 뼈와 근육이 만들어 내는 초음속의 진동으로 인해 발생한 바람 소리였다. 소리가 절정에 달한 순간, 지크는 오른쪽 어깨로 앙그나의 옆구리를 들이받으며 일갈을 터뜨렸다.

"첫타다!"

몸 전체의 진동으로 만들어 낸 초(超)일격이 앙그나의 옆구리에 꽂혔다. 곧 앙그나의 몸은 크게 흔들렸고 그 충격으로 인한 광음이 폐허처럼 변한 시가지에 울려 퍼졌다.

상당한 충격을 받았는지 앙그나의 몸은 경직되고 말았다. 하지만 거기서 끝난 게 아니었다. 절정에 달했다고 생각했던 진동은 더 강하게 다시금 지크의 몸에서 생성되었다. 지크는 오른쪽 팔꿈치로 재차 앙그나의 옆구리에 일격을 가하며 외쳤다.

"결정타야!"

두 번째 일격이 꽂힌 순간 앙그나는 입에서 선혈을 뿜어냈다. 눈 깜짝할 사이에 두 차례의 공격이 연속으로 나갔지만 지크와 앙그나에게는 몇 분 이상의 시간처럼 느껴졌다.

"크어억!"

앙그나는 미처 피하지 못하고 힘없이 뒤로 밀려났다. 몇 초 동안 힘을 다 소진해 버린 지크는 다리 힘이 풀리더니 무릎이 꺾이고 말았다. 옆에 삐쳐 나온 철근을 붙잡아 쓰러지는 것을 겨우 면한 지크는 머리가 어지러운 듯 왼손으로 이마를 짚었다. 그의 얼굴은 고통으로 일그러졌다.

"빌어먹을! 억지로 반동을 만들어 힘을 높이니 결과가 안 멋있군. 이거 꼴사납잖아."

갑자기 부스럭거리는 소리가 들려와 지크는 눈을 크게 뜨며 뒤를 돌아보았다. 두 차례의 강력한 공격에 의해 오른쪽 늑골이 완전히 부서진 앙그나는 다시금 일어나 오른쪽 늑골 근육에 힘을 가했다. 늑골 부위에서 우두둑 소리와 함께 뼈가 다시 접골되는 소리가 들렸다.

지크는 믿을 수 없다는 얼굴로 몸을 일으키며 중얼거렸다.

"빌어먹을! 이거 갑자기 어머니가 보고 싶어지는데?"

한편 살아 있는 듯 꿈틀대던 바이론의 암흑투기는 점점 실체를 드러내기 시작했다. 투기의 구체에서 뻗어 나온 다섯 개의 굵은 촉

수는 붉은색의 눈을 지닌 흑룡으로 바뀌었다.

거대한 베히모스와 다섯 개의 머리를 가진 흑룡이 파리의 하늘을 종횡무진 누비며 대결했다. 멀리 떨어져 있지 않은 건물 옥상에 앉아 그 모습을 지켜보던 바이칼은 불어오는 바람에 흩날리는 머리카락을 손으로 쓸어 넘기며 조용히 내뱉었다.

"괴수 영화를 찍는군."

바이론은 붉게 타오르는 눈으로 베히모스를 올려다보며 다시 한번 광소를 터뜨렸다.

"크하하하핫! 모두 물어뜯어라, 명계의 용이여. 녀석의 생고기를, 녀석의 뼈를! 처절히 울부짖게 만들어 주는 거다. 크하하핫!"

그의 광기를 기다렸다는 듯, 투기로 뭉쳐진 흑룡들은 제각기 공기를 가르는 포효를 지르며 베히모스에게 달려들었다. 다섯 마리의 흑룡들은 제각기 입에서 흑색의 브레스를 뿜었고 베히모스는 거대한 몸집에 어울리지 않을 정도로 유연하고 빠르게 피했다. 몇몇 브레스는 명중하긴 했지만 베히모스의 역중력 배리어에 밀려 그다지 효과는 거두지 못했다.

하지만 흑룡들의 공격은 그야말로 쉴 틈이 없었다. 그리고 더욱 중요한 것은 흑룡들의 공격이 베히모스에게만 집중된 것이 아니라는 점이었다.

베히모스는 공격다운 공격을 한 번도 하지 않았지만, 바이론의 흑룡들은 베히모스뿐 아니라 근처의 건물에도 가차 없이 공격을 퍼부었다. 한마디로 방해가 되거나 마음에 안 드는 것은 모조리 파괴하고 있었다.

그 흑룡들을 조종하는 바이론은 투기의 구체 안에서 팔짱을 낀 채 광소를 짓고 있을 뿐이었다.

"부족해, 부족해! 부수란 말이다, 파괴하란 말이다. 크하하핫!"

그 말과 동시에 흑룡들은 서로의 머리를 가까이한 후 베히모스를 향해 포화를 날렸다. 그러나 베히모스의 역중력 배리어는 브레스를 맞은 부분만 조금 약해졌을 뿐, 나머지 부분은 건재했다.

계속 공격을 당하던 베히모스는 반격하려는 듯 역중력 배리어의 농도를 강하게 한 후 바이론을 향해 고개를 돌렸다. 그러자 베히모스의 사자 갈기에 변화가 일어나기 시작했다. 마치 원반형 레이더의 안테나처럼 머리를 중심으로 갈기 부분까지 피부들이 사방으로 열리기 시작하는 것이었다. 열린 피부에는 생물의 눈처럼 생긴 붉은색 생체 렌즈들이 하나씩 박혀 있었다. 갑자기 그 렌즈 중앙에 핵융합 에너지의 광점이 모이기 시작했다.

"뭐라! 베히모스의 몸에 변화가 생겼다고?"

와카루는 깜짝 놀라며 먹고 있던 인삼차를 거칠게 내려놓고 위성 화면이 있는 곳으로 뛰어갔다. 화면에는 조수들이 보고한 대로, 와카루 자신도 모르고 있던 생체무기가 전개되고 있었다. 와카루는 뼈만 남은 오른손 주먹을 꼭 쥔 채 부르르 떨며 환희가 섞인 목소리로 말했다.

"오, 저것이 진정한 자기강화! 카에의 상태를 화면에 띄워 주게!"

곧 위성 디스플레이 한쪽에 베히모스 모드가 발동된 카에의 상태가 나타났다. 현재 전개된 무기의 예상 위력도 같이 떠올랐다. 와카루와 조수들은 경악하는 표정으로 입을 다물지 못했다. 예상 파괴력 수치가 이전의 아토믹 레이의 세 배에 가까웠기 때문이다.

"저 가즈 나이트가 만든 흑룡들이 포화를 날리는 것을 보고 자신의 몸을 변화시킨 모양이군. 위력은 노멀(normal) 아토믹 레이의 세

배군! 허허헛, 저 가즈 나이트가 어떻게 버틸지 궁금한데? 자네들은 어느 쪽에 걸겠나?"

와카루의 질문에 조수들은 고개를 갸웃거릴 뿐이었다.

아이의 모습으로 변한 라이아는 살며시 눈을 떴다. 맨 처음 보인 것은 짙은 갈색의 거친 옷이었다. 라이아는 천천히 위쪽으로 시선을 옮겼다. 이윽고 그녀의 눈에 비친 것은 옆에 쓰러져 있는 리오의 얼굴이었다.

"리오 기사님!"

라이아는 정신을 차리며 주위를 둘러보았다. 그리 멀지 않은 곳에서 지크와 초(超)근육질의 앙그나가 한참 육탄전을 벌이고 있다. 라이아는 지크의 이름을 크게 불렀다.

"지크 오빠!"

지크도 물론 그 목소리를 들었다. 하지만 그는 돌아볼 수 없었다. 돌아보면 언제 당할지 몰랐고, 만약 지금 죽는다면 겨우 돌아온 라이아를 지킬 수 없기 때문이었다.

짧고 강한 기합성을 내지르며, 지크는 앙그나의 명치에 기가 실린 강타를 가격했다. 앙그나는 연속적인 지크의 공격에 충격을 받았는지 뒤로 멀찌감치 밀려났다. 지크는 그 틈을 타서 라이아가 있는 방향을 향해 오른팔을 내뻗었다. 그의 손가락은 멋지게 V 자를 그리고 있었다.

라이아는 눈을 크게 뜬 채 나지막이 중얼거렸다.

"지크 오빠!"

하지만 그것도 그리 오래가지 못했다. 앙그나의 공격이 다시금 날아왔기 때문이다.

"빌어먹을 녀석, 좀 죽어라 죽어!"

앙그나의 펀치를 피하며 그의 머리를 짚은 지크는 회전이 실린 무릎차기로 상대의 후두부를 강타했다. 그러나 앙그나는 앞으로 약간 주춤할 뿐이었다. 지크는 뒤로 멀찌감치 떨어진 후 다시 스파크를 내뿜으며 중얼거렸다.

"젠장! 무명도, 무명도만 있다면……. 내가 왜 그걸 안 가지고 나왔지?"

사실 일이 이렇게 될 줄은 상상도 못 했다. 그래도 무명도를 가지고 나오지 않은 것은 크나큰 실수였다. 그리고 한 가지 이상한 점이 있었다. 그가 아무리 정신파로 무명도를 호출해도 무명도가 지크에게 날아오지 않는 것이었다.

"고장 났나? 쳇, 모르겠다!"

결국 육탄으로 돌진하는 지크의 모습을 바라보던 라이아는 한참 시끄러운 소리가 나는 곳으로 고개를 돌렸다. 검은색 구체 안에 붉은 눈을 빛내며 흑룡들을 조종해 대적하고 있는 바이론이 있었다.

라이아는 쓰러진 리오를 다시 내려다보았다.

"리오 기사님, 지크 오빠, 바이론 아저씨! 모두 나 때문에……!"

라이아는 손으로 뺨에 흘러내리는 눈물을 닦았다. 자신이 이들을 공격했던 기억이 생생하게 떠올랐다. 라이아는 눈물을 닦은 후 바이론 쪽으로 고개를 돌렸다. 바이론 앞에 떠 있는 베히모스가 다량의 에너지를 몸에 응축하고 있는 것이 느껴졌다. 바이론이 뿜어내고 있는 투기의 양과 비교하면 바이론이 열세인 듯 느껴질 정도였다. 게다가 바이론은 사용자가 방어할 수 없는 오대명룡진을 사용하는 중이라 그 상태에서 공격당한다면 위험할 수도 있었다.

"바이론 아저씨! 안 돼요!"

라이아의 목소리가 한참 전투에 몰두하고 있는 바이론의 귀에 들릴 리 없었다. 하지만 라이아는 간절한 눈으로 바이론의 얼굴을 보았다. 붉은빛이 이글거리는 눈빛과 광기에 젖은 얼굴. 그런데 마음이 통했는지 바이론이 슬쩍 라이아를 바라보고 짧은 순간 미소를 지었다.

그의 얼굴은 언제 웃었냐는 듯 다시금 광기로 일그러졌다. 아주 잠깐이지만 그런 그의 표정을 본 라이아는 참을 수 없다는 듯 조그만 두 주먹을 불끈 쥐며 비장한 목소리로 중얼거렸다.

"지켜 줄 거야! 모두를 지켜 줄 거야!"

집 안에는 바이론이 쳐놓은 결계 때문에 아무런 소리도 들리지 않았다. 하지만 무슨 일이 벌어지고 있다는 것은 모두 알고 있었다.

챠오는 아직도 힘없이 앉아 있는 세이아를 양팔로 안고 있었다. 티베는 소파에 앉아 근심 가득한 얼굴로 좌중을 둘러보며 소리쳤다.

"아니, 그 바이칼이라는 남자는 문을 열고 휑하니 나가는데 우리는 왜 나가지 못하는 거야! 소리도 안 들리니 답답해 죽겠잖아! 도대체 왜 이런 거야!"

그러자 심각한 표정을 짓고 있던 프시케가 티베에게 대충 이유를 설명했다.

"바이론 님 정도라야 이런 결계를 만들 수 있어요. 그런 이유로 살아 있는 생물이라면 바이론 님 정도의 강함을 지니고 있어야 이 집에서 나갈 수 있답니다. 바이칼 님은 그 정도로 강하기 때문에 나가실 수 있답니다. 하지만 이 집 안에 있는 저희로서는 무리겠지요."

티베 역시 마법에 대해 꽤 박식한 지식을 가지고 있었기 때문에 한숨을 내쉬며 고개를 저었다.

"하여튼 나쁜 인간들이라니까. 그건 그렇고 아까부터 계속 의자가 들썩거리네? 짜증 나게!"

그러자 옆에 있던 넬이 큰 눈을 깜빡거리며 고개를 갸웃거렸다.

"네? 의자가 들썩거린다뇨? 저는 안 그런데요, 언니?"

"뭐라고?"

티베는 즉시 자리에서 일어섰다. 그녀가 일어서자마자 그녀가 깔고 앉아 있던 무명도가 공중으로 치솟더니 베란다의 열린 틈을 통해 밖으로 날아갔다. 티베는 멍한 얼굴로 무명도가 날아간 곳을 바라보며 중얼댔다.

"내가 지금 무슨 짓을 한 거지?"

"쿠오오오옷!"

한참 에너지를 응집했던 베히모스의 입과 생체 렌즈가 튀어나온 갈기 부분에서 아토믹 레이가 일순간 방출되었다. 그 거대한 에너지는 바이론이 만들어 낸 흑룡들을 무시한 채 바이론에게 직격으로 날아갔다.

그러나 바이론은 눈썹 하나 꿈쩍하지 않았다. 그에게서 죽음의 공포는 전혀 찾아볼 수 없었다. 아니, 오히려 기다리고 있었다는 듯 회심의 미소를 지었다.

"크크, 크하하핫!"

바이론이 거친 광소를 질렀다. 그와 동시에, 살기를 뿜으며 날아가던 아토믹 레이는 바이론의 투기 앞에서 멈추고 말았다. 아토믹 레이가 멈추자마자 바이론 주위에 있던 크고 작은 건물 잔해들이 일정 범위 밖으로 밀려났다. 심지어 상공에 있던 대기까지 밀려났다. 다크 팔시온이 가진 중력 조절 기능을 사용한 중력 결계였다.

발사 한계 시간을 넘긴 아토믹 레이는 이내 사라졌다. 그와 함께 대기하고 있던 바이론의 흑룡들은 아토믹 레이를 쏘느라 풀어진 역중력 배리어 안으로 침투해 베히모스의 몸을 강하게 물었다.

"쿠오오옷!"

흑룡들은 잔인하게 베히모스의 인공 육질을 물어뜯었다. 몸의 크기만큼 엄청난 출혈이 사방으로 튀었다. 베히모스를 향해 다크 팔시온을 뽑아 든 바이론은 광소를 터뜨리며 날아갔다.

"크하하하하핫! 죽는 거다, 죽는 거다!"

멀리서 그 광경을 보던 바이칼은 이상하다는 듯 눈썹을 찡그렸다.

"저 녀석, 기가 소모되었다는 걸 느끼지 못하는 건가? 오대명룡진을 사용한 상태에서 중력까지 역전시켰는데도 펄펄 날다니, 하여튼 괴물이군. 휀 녀석이라도 저 정도의 기를 대량으로 소모하진 못할 텐데."

바이칼의 말처럼 바이론의 최대 강점은 바로 다른 가즈 나이트보다 강한 체력이었다. 그리고 그 체력에서 나오는 광기의 괴력은 어느 누가 보아도 공포 그 자체였다.

한편 지크는 계속 힘든 싸움을 하고 있었다. 속도는 확실히 지크가 앞섰고, 가격도 더 많이 했지만 내구력과 힘에서는 열세였기 때문에 상황은 점점 지크에게 불리했다.

"젠장, 누가 깔고 앉았나! 이놈의 칼이 왜 안 오는 거야!"

그 순간에도 앙그나의 공격은 계속되었다. 단순한 펀치와 킥이 주종을 이루는 공격이었지만 일발의 힘은 무서웠다. 지크의 특기 중 하나인 관절기도 먹혀들지 않았다. 보통의 넘기기 역시 소용없었다. 지크는 인정하고 싶지는 않았지만 맨손으로는 절대 물리칠 수 없는 상대였다.

한참 공방전이 벌어지고 있을 무렵, 갑자기 지크는 회심의 미소를 지었다. 그는 공중으로 몸을 솟구치며 외쳤다.

"헤헷, 드디어 왔구나!"

지크는 자신을 향해 날아온 무명도를 정확히 받아 냈다. 그는 앙그나로부터 멀리 떨어진 장소에 착지한 후 넝마가 된 장갑을 벗으며 외쳤다.

"이제 죽기 아니면 살기다! 영식, 극뢰(極雷)!"

곧이어 지크의 몸에서 뿜어 나온 스파크는 현재 그가 뿜어낼 수 있는 한도를 넘어서는 것이었다. 결국 플라스마 상태에 이르러 마치 푸른색 기류가 그의 몸을 휘감고 있는 것처럼 보였다. 모든 가즈 나이트의 최종 기술 중 유일한 비공격 기술인 영식, 극뢰. 그것은 사용자의 속도를 최고 초속 7킬로미터까지 급상승시키는 기술이었다. 지크는 그것을 사용한 상태에서 허리에 찬 무명도에 오른손을 가져간 뒤 오른발로 땅을 구르며 일갈을 터뜨렸다.

"간다! 뇌천살(雷千殺)!"

〈계속〉

～ 용어 해설 ～

◆ **무기류**

세레인
레디의 검. 물의 힘을 가지고 있다. 강도 등은 다른 검에 비해 약하다 할 수 있지만, 주위의 수증기를 빨아들여 물의 칼날을 만드는 특수한 기능을 가지고 있다.

엑스칼리버
주신이 만든 다섯 개의 검 중 최고의 능력을 자랑하는 최강급 검. 전설의 왕 아더가 사용했다. 검의 모든 성능은 플렉시온이나 다크 팔시온 등을 능가하며 증류수나 바닷물이 아닌, 순수한 민물에서 소환할 수 있기도 하다.

구십구도
도공 아흔아홉 명이 돌아가면서 제작한 도검으로 그 이름은 제작 과정에서 따온 것이다. 그러나 그리 특별한 점은 없다. 난영의 무기다.

BX-F
이전의 BX 시리즈가 민간인도 사용 가능하게 제작되어 있다면 BX-F는 완전 군용으로 제작된 인공지능 병기다. 크기나 장갑, 무장, 인공지능 등 이전의 시리즈와 완전히 차별되는 BX-F의 성능은 시각, 청각 암행장치에 의해 120퍼센트 활용된다. 특히 주무기인 디스트로이어 머신건은 대전차용으로 설계된 탓에 무시무시한 파괴력을 보인다.

아토믹 레이

핵융합 에너지를 빛의 형태로 바꾸어 상대에게 쏘는 광학병기. 상당한 폭발력을 지니고 있다. 베히모스만의 무기이기도 하다.

암행장치

시각, 청각, 그리고 레이더 추적과 열 추적으로부터 병기를 숨기는 장치의 통칭이다. 초기엔 레이더와 열 추적만을 피할 수 있었지만, 기술의 발달은 시각과 청각으로부터도 피할 수 있도록 해주었다. 하지만 그만큼의 에너지 소비는 각오해야 한다.

◆ 마법

가브리엘 보이스

성마력(聲魔力)이 담긴 음파를 일정한 범위에 뿌리는 마법. 유기물질은 모조리 파괴되며 보통의 결계나 마법 배리어로는 막을 수 없다. 1급 마법이라고는 하지만 마법의 범위가 상당히 좁다.

마리오네트

악신계의 신(神) 하데스가 주로 사용한다는 저주의 마법. 다섯 손가락의 움직임에 따라 상대방의 인체가 뒤틀린다. 위력이 강하지만 상대가 인간형일 때만 통한다는 결점이 있다.

자기희생 주문

자신의 남은 생명력을 모조리 마력으로 바꾸는 주문. 생명 에너지가 바뀌는 만큼 전환되는 마력 역시 막대하다. 단, 주문의 이름에 맞게 사용자는 거의 사망하는 것으로 알려져 있다.

오대명룡진

오대명룡포의 강화판으로서 흑룡 한 마리 한 마리가 지닌 파괴력과 자체적인 지능은 공포 그 자체다. 오대명룡포는 기의 소모를 덜하게 만든 일종의 절약형으로 보면 된다.

지옥의 춤

고급 마법으로 상대의 재생 능력을 역으로 돌려 상대의 몸을 파괴하는 저주의 마법. 재생 능력이 좋은 상대일수록 큰 효과를 발휘하지만 반대로 몸이 썩어 들어가는 언데드에겐 전혀 효과가 없다는 단점도 있다.

◆ 기술

루스트 블래스트

루카의 기술 중 하나. 대기를 응축해 상대에게 엄청난 압력을 뿜어내는 기술이다.

◆ 그 밖의 용어

역중력 배리어

중력을 역류시켜 차단공간을 형성하는 최고급 방어 장막이다. 사용 시 막대한 에너지가 필요하지만 중력의 역전에서 발생한 차단공간의 성능은 비할 상대가 없을 정도로 뛰어나다.

지곡류

동방 무술류파 중 최고라 칭해지는 문파로서 상당히 깊은 역사와 전통을 지니고 있다. 지곡류의 무술은 다양하면서도 강력해 적사자대를 매년 한 명 이상 배출할 정도다. 현재의 당수는 어중천이다.

가즈 나이트 오리진 5

© 이경영, 2016

초판 1쇄 인쇄일 2016년 5월 25일
초판 1쇄 발행일 2016년 5월 31일

지은이   이경영
펴낸이   정은영
편집국장 사태희
책임편집 이지웅

펴낸곳   (주)자음과모음
출판등록 2001년 11월 28일 제2001-000259호
주소   04083 서울시 마포구 성지길 54
전화   편집부 (02)324-2347, 경영지원부 (02)325-6047
팩스   편집부 (02)324-2348, 경영지원부 (02)2648-1311
E-mail   neofiction@jamobook.com

ISBN 978-89-544-3566-6 (04810)
      978-89-544-3561-1 (set)